RÉVÉLATION BRUTALE

LOUISE PENNY

RÉVÉLATION BRUTALE

Traduit de l'anglais (Canada)
par Claire Chabalier et Louise Chabalier

www.quebecloisirs.com
UNE ÉDITION DU CLUB QUÉBEC LOISIRS INC.
Avec l'autorisation de Flammarion Québec

Titre original : The Brutal Telling
Éditeur original : Headline Publishing Group, 2009

Œuvres citées :
   The Bells of Heaven, de Ralph Hodgson, utilisé avec l'autorisation du Bryn
Mawr College. Extraits de « Cressida à Troïlus : un cadeau » et de « Sekhmet,
la déesse à la tête de lionne, déesse de la guerre, des orages violents, de la peste
et de la guérison, contemple le désert dans le Metropolitan Museum of Art »,
poèmes de Margaret Atwood publiés dans Matin dans la maison incendiée,
2004, traduction de Marie Évangéline Arsenault. Reproduits avec l'autorisation
des Écrits des Forges.
   Extraits de « Gravity Zero », poème de Mike Freeman, © 2007, publié dans
le recueil Bones, utilisés avec l'aimable autorisation de l'auteur.

Tous droits réservés
Dépôt Légal --- Bibliothèque et Archives nationales du Québec, 2013
© 2009, Louise Penny
© 2012, Flammarion Québec, pour la traduction française
ISBN Q.L. 978-2-89666-214-2
Publié précédemment sous ISBN 978-2-89077-393-6

Imprimé au Canada

*Pour la SPCA Montérégie,
et toutes les personnes qui « sonneraient le carillon le plus fou ».
Et pour Maggie, qui a finalement donné tout son cœur.*

1

– Tous ? Même les enfants ?

Le feu dans l'âtre crachotait et crépitait.

– Massacrés ? demanda l'homme dans un souffle aussitôt aspiré par la cheminée.

– Pire.

Dans le silence qui suivit se trouvait tout ce qui était pire que le massacre.

– Sont-ils proches ?

Il sentit des picotements dans le dos tandis qu'il imaginait quelque chose d'horrible sortant des bois en rampant vers eux. Il regarda autour de lui en s'attendant presque à voir des yeux rouges le fixer à travers les fenêtres obscurcies. Ou à partir des coins de la pièce, ou de sous le lit.

– Ils sont tout autour de nous. Avez-vous vu la lumière dans le ciel nocturne ?

– Je pensais que c'étaient des aurores boréales.

Des lueurs roses, vertes et blanches ondoyaient dans le ciel et balayaient les étoiles. Comme quelque chose de vivant, qui luisait et grossissait. Et qui s'approchait.

Olivier Brûlé baissa les yeux, incapable de soutenir le regard tourmenté et dément de l'homme en face de lui. Il avait vécu avec cette histoire pendant si longtemps, en se répétant sans cesse qu'elle n'était pas vraie. C'était une légende qu'on racontait et embellissait encore et encore autour de feux de cheminée comme le leur.

C'était une histoire, rien de plus. Il n'y avait pas de mal à ça.

Cependant, dans cette humble cabane en bois enfouie dans une forêt sauvage du Québec, elle semblait plus qu'une histoire. Olivier lui-même se sentait sur le point d'y croire. Peut-être parce que, manifestement, l'Ermite y croyait.

Les deux hommes étaient assis dans des fauteuils de part et d'autre de la cheminée. Olivier regarda le feu qui brûlait depuis plus d'une décennie. De vieilles flammes qu'on n'avait pas laissées mourir. Elles marmonnaient, pétillaient et baignaient la cabane d'une lumière douce. Il remua les braises à l'aide du tisonnier et des étincelles montèrent dans l'âtre. La lueur des bougies dansait sur des objets brillants comme des yeux illuminés par les flammes dans le noir.

– Ce ne sera plus très long, maintenant.

Les yeux de l'Ermite étincelaient comme du métal au point de fusion. Il était penché vers l'avant, selon son habitude lorsque cette histoire était racontée.

Olivier balaya du regard la pièce unique. L'obscurité était trouée par la lumière vacillante des bougies qui projetait des ombres fantasmagoriques, monstrueuses. La nuit semblait s'être infiltrée par les fissures entre les rondins et s'était installée dans la cabane, roulée en boule dans les coins et sous le lit. Pour de nombreuses tribus autochtones, le mal vivait dans les coins. C'est pour cette raison que leurs maisons traditionnelles étaient rondes et non carrées comme les habitations fournies par le gouvernement.

Olivier ne croyait pas que le mal vivait dans les coins. Pas réellement. Du moins, pas à la clarté du jour. Selon lui, cependant, des choses demeuraient tapies dans les endroits sombres de cette cabane et seul l'Ermite en connaissait la nature. Des choses qui faisaient battre la chamade au cœur d'Olivier.

– Continuez.

Le ton se voulait calme.

Il se faisait tard et Olivier devait retourner à Three Pines, une marche de vingt minutes à travers les bois. Il effectuait ce trajet tous les quinze jours et le connaissait bien, même dans l'obscurité.

Uniquement dans l'obscurité. La relation entre les deux hommes n'existait qu'après la tombée du jour.

Ils buvaient du thé Orange Pekoe. Une gâterie, savait Olivier, réservée à l'invité de marque de l'Ermite. Son seul invité.

Mais c'était l'heure de raconter l'histoire. Ils se rapprochèrent du feu, car, en ce début de septembre, un froid humide s'était infiltré en même temps que la nuit.

– Où en étais-je? Ah oui, je me rappelle maintenant.

Olivier resserra ses doigts autour de la tasse.

– La force terrifiante a tout détruit sur son passage: le Vieux Monde, le Nouveau Monde. Anéantis. Il ne reste plus rien, sauf…

– Sauf?

– Un village minuscule. Caché dans une vallée. La sinistre armée ne l'a pas encore vu, mais ce n'est qu'une question de temps. Lorsqu'elle le découvrira, son redoutable chef prendra la tête des troupes. Il est gigantesque, plus grand que n'importe quel arbre, et son armure est faite de pierres, de coquillages épineux et d'os.

– Le Chaos.

Le mot avait été chuchoté. Puis, disparaissant aussitôt dans un coin sombre, il s'était roulé en boule. Et attendait.

– Le Chaos. Les Furies aussi. Et la maladie, la famine, le désespoir. Tous, ils s'élancent à la recherche d'une chose. Et ils n'arrêteront jamais de chercher. Jamais. Jusqu'à ce qu'ils la trouvent.

– Ce qui avait été volé.

L'Ermite hocha la tête, la mine sombre. Il semblait voir le carnage et la destruction, les hommes, les femmes et les enfants fuyant devant la force impitoyable, inhumaine.

– Mais quelle était cette chose? Qu'est-ce qui pouvait avoir tant d'importance pour justifier un tel massacre?

Olivier luttait de toutes ses forces pour ne pas détacher ses yeux du visage taillé au couteau. Il se retenait de regarder le coin dans la pénombre où, le savaient les deux hommes, se trouvait l'objet dans son misérable petit sac de toile. L'Ermite semblait lire dans ses pensées et Olivier remarqua sur ses lèvres un sourire mauvais, aussitôt disparu.

– Ce n'est pas l'armée qui veut la reprendre.

Tous deux virent alors ce qui se dressait derrière l'armée effroyable. Ce que même le Chaos craignait. Ce qui poussait le désespoir, la maladie et la famine à avancer, dans le seul but de retrouver ce qu'on avait dérobé à leur maître.

– C'est pire qu'un massacre.

Ils parlaient à voix basse, leurs paroles rampant près du sol. Comme des conspirateurs dans une cause perdue d'avance.

– Quand l'armée aura trouvé ce qu'elle cherche, elle s'arrêtera et s'écartera. Alors le pire se produira.

Le silence se fit encore une fois. Et dans ce silence se trouvait le pire qui pouvait se produire.

Dehors, des coyotes hurlaient. Ils avaient encerclé une proie.

« Ce n'est qu'une légende, se dit Olivier pour se rassurer. Une histoire. » Il regarda de nouveau les braises pour ne pas voir la terreur sur le visage de l'Ermite. Puis, voulant savoir l'heure, il inclina le bras vers le feu, et le verre de sa montre prit une couleur orangée. Il était deux heures trente.

– Le Chaos approche, mon garçon. Rien ne l'arrêtera. Il lui a fallu du temps, mais il est enfin arrivé.

L'Ermite hocha la tête. Ses yeux chassieux larmoyaient, peut-être à cause de la fumée, peut-être à cause d'autre chose. Olivier s'appuya contre le dossier du fauteuil, surpris de ressentir des courbatures dans son corps de trente-huit ans. Il se rendit alors compte qu'il était demeuré tendu tout au long de l'épouvantable récit.

– Je suis désolé. Il se fait tard et Gabri va s'inquiéter. Je dois m'en aller.

– Déjà?

Olivier se leva et alla pomper de l'eau froide dans la cuvette émaillée de l'évier pour laver sa tasse. Puis il se tourna vers l'homme.

– Je reviendrai bientôt, dit-il en souriant.

– Permettez-moi de vous offrir quelque chose, dit l'Ermite en parcourant la pièce des yeux.

Olivier regarda dans le coin où se trouvait le petit sac de toile. Fermé. Attaché avec de la ficelle.

L'Ermite eut un petit rire.

– Peut-être un jour, Olivier, mais pas aujourd'hui.

Sur le manteau de cheminée équarri à la hache, il prit un objet minuscule et le tendit au bel homme blond.

– Pour la nourriture, expliqua-t-il en désignant les conserves, le fromage, le lait, le thé, le café et le pain sur le comptoir.

– Non, je ne peux pas. Cela me fait plaisir.

Les deux hommes, cependant, connaissaient bien ce petit jeu et savaient qu'il finirait par accepter le cadeau.

– Merci, dit Olivier une fois rendu à la porte.

Dans les bois, ils entendirent un bruit de course précipitée. Une créature condamnée tentait désespérément d'échapper au sort qui l'attendait tandis que des coyotes tentaient désespérément de l'en empêcher.

Le vieil homme scruta le ciel.

– Soyez prudent, recommanda-t-il à Olivier.

Puis, avant de fermer la porte, il murmura un mot, un seul, qui fut aussitôt dévoré par la forêt. Olivier se demandait si l'Ermite se signait et marmonnait des prières derrière la porte. Celle-ci était épaisse, mais peut-être pas suffisamment.

Il se demandait aussi si le vieil homme croyait aux histoires sur l'armée puissante et sinistre, sur le Chaos à la tête des Furies. Implacables. Impossibles à arrêter. Proches.

Et, derrière, quelque chose d'horrible. D'innommable.

Enfin, se demanda Olivier, l'Ermite croyait-il aux prières ?

Allumant sa lampe de poche, il fouilla la nuit. Des arbres gris l'encerclaient. Il dirigea la lumière à gauche et à droite à la recherche du sentier étroit dans la forêt. Après l'avoir trouvé, il allongea le pas. Plus il se dépêchait, plus il avait peur. Et plus il était gagné par la peur, plus il courait, et trébuchait, poursuivi par des mots sombres dans un bois sombre.

Il émergea enfin de la forêt et s'immobilisa, les jambes flageolantes. S'appuyant sur ses genoux fléchis, il essaya de reprendre son souffle. Puis il se releva lentement et regarda le village dans la vallée.

Three Pines était endormi, comme il semblait toujours l'être, en paix avec lui-même et l'univers. Inconscient de ce qui se passait autour de lui, ou parfaitement au courant de tout, mais choisissant néanmoins la sérénité. Une lumière douce brillait dans quelques fenêtres et on avait tiré les rideaux dans de vieilles maisons timides. L'odeur agréable des premiers feux automnaux flotta jusqu'à Olivier.

Et au centre du petit village québécois se dressaient trois grands pins, trois gardiens.

Olivier était en sécurité. Il mit la main dans sa poche. Le petit cadeau. Le paiement. Il l'avait oublié.

Olivier jura et se tourna vers la forêt qui s'était refermée derrière lui. Il pensa encore une fois au petit sac de toile dans le coin de la cabane dont s'était servi l'Ermite pour le tourmenter, pour exciter sa convoitise. Cette chose qu'il lui avait promise. Cette chose que cachait un homme qui se cachait.

Olivier était fatigué. Il en avait marre et s'en voulait d'avoir oublié la babiole. Il en voulait également à l'Ermite de ne pas lui avoir donné l'autre chose. Selon lui, il l'avait méritée, maintenant.

Il hésita, puis replongea dans la forêt, sentant la peur croître et alimenter sa rage. À mesure qu'il marchait, puis courait, une voix le poursuivait. Le poussait à avancer.

– Le Chaos est arrivé, mon garçon.

2

– Réponds, toi.

Gabri remonta la couverture et resta immobile. Mais le téléphone continuait de sonner et à côté de lui Olivier dormait comme une bûche. Par la fenêtre, il voyait la bruine glisser sur la vitre et sentait l'humidité de ce dimanche matin pénétrer dans leur chambre. Sous la couette, cependant, il faisait chaud et il n'avait nullement l'intention de bouger.

Il poussa Olivier.

– Réveille-toi.

Rien, seulement un grognement.

– Au feu!

Toujours rien.

– Ethel Merman!

Encore rien. Mon Dieu, était-il mort?

Il se pencha vers son partenaire et vit ses chers cheveux clairsemés étalés sur l'oreiller et sa figure. Les yeux fermés, il dormait paisiblement. Gabri huma l'odeur musquée d'Olivier, à laquelle s'ajoutait un peu de transpiration. Bientôt ils prendraient leur douche et sentiraient tous les deux le savon Ivory.

Le téléphone retentit de nouveau.

– C'est ta mère, chuchota Gabri à l'oreille d'Olivier.

– Quoi?

– Réponds au téléphone. C'est ta mère.

Olivier s'assit dans le lit, luttant pour ouvrir les yeux, le regard trouble, comme s'il émergeait d'un long tunnel.

– Ma mère? Elle est morte depuis des années.

– Si une personne pouvait ressusciter pour t'empoisonner la vie, ce serait elle.

– C'est toi qui m'empoisonnes la vie.

– Ha, ha. Maintenant, réponds au téléphone.

Olivier étendit le bras par-dessus la montagne que représentait son partenaire et décrocha.

– Oui, allô ?

Gabri se blottit de nouveau dans le lit chaud et regarda l'heure sur le réveil lumineux. Six heures quarante-trois, le dimanche matin du long week-end de la fête du Travail.

Qui diable pouvait bien appeler à cette heure ?

Il s'assit et scruta le visage de son partenaire comme un passager étudierait celui d'un agent de bord au décollage. Y lisait-on de l'inquiétude ? De la peur ?

Il vit l'expression d'Olivier changer. D'abord légèrement soucieux, il parut ensuite perplexe, puis, en un instant, ses sourcils blonds retombèrent et il blêmit.

« Mon Dieu, se dit Gabri. Nous sommes perdus. »

– Qu'y a-t-il ? articula-t-il en silence.

Olivier ne répondit pas. Il écoutait. Mais son beau visage était éloquent. Quelque chose d'affreux s'était produit.

– Que se passe-t-il ? siffla Gabri.

Ils traversèrent le parc du village à la hâte, leurs imperméables claquant au vent. Se battant avec son parapluie, Myrna Landers vint à leur rencontre et, ensemble, ils se précipitèrent au bistro. Le jour se levait, gris et pluvieux. Ils atteignirent l'établissement en quelques enjambées seulement, mais, déjà, ils avaient les cheveux plaqués sur la tête et leurs vêtements étaient trempés. Or, pour une fois, ni Olivier ni Gabri ne se plaignirent. Glissant à côté de Myrna, ils s'arrêtèrent devant le bâtiment en brique.

– J'ai appelé la police. Elle devrait bientôt arriver, dit-elle.

– Es-tu certaine de ne pas t'être trompée ? demanda Olivier en dévisageant son amie et voisine.

Elle était grosse, ronde, mouillée, chaussée de bottes en caoutchouc jaune vif et vêtue d'un imperméable vert lime, et tenait serré dans sa main un parapluie rouge. C'était comme si un ballon de plage avait explosé. Mais jamais elle n'avait paru plus sérieuse. Bien sûr qu'elle était certaine de ne pas s'être trompée.

— Je suis entrée et j'ai vérifié, répondit-elle.

— Oh, mon Dieu, murmura Gabri. Qui est-ce?

— Je ne sais pas.

— Comment ça, tu ne sais pas? demanda Olivier.

Puis il regarda par la fenêtre à meneaux de son bistro en collant ses mains de chaque côté de sa figure pour bloquer la lumière blafarde du matin. Myrna tint son parapluie rouge vif au-dessus de lui.

Son souffle embuait la vitre, mais il eut le temps d'apercevoir ce que Myrna avait vu. Il y avait quelqu'un à l'intérieur. Étendu sur le vieux plancher de pin. Sur le dos.

— Et alors? demanda Gabri en étirant le cou pour essayer de voir lui aussi.

L'expression d'Olivier, toutefois, lui apprit tout ce qu'il devait savoir. Gabri fixa la grosse Noire à ses côtés.

— Est-il mort?

— Pire.

Que pouvait-il y avoir de pire que la mort? se demanda-t-il.

Pour les habitants du village, Myrna était ce qui se rapprochait le plus d'un médecin. Elle travaillait comme psychologue à Montréal avant que trop d'histoires tristes ne viennent à bout d'elle. Après mûre réflexion, elle avait tout plaqué. Elle avait rempli son auto de ses affaires et était partie avec l'intention de voyager durant quelques mois avant de s'installer quelque part. Dans un endroit qui la séduirait.

Une heure après avoir quitté Montréal, elle était arrivée par hasard à Three Pines, s'était arrêtée pour un café au lait et un croissant au Bistro d'Olivier, et n'était jamais repartie. Elle avait déchargé l'auto, loué la boutique à côté et l'appartement à l'étage, et ouvert une librairie d'occasion.

Les gens entraient pour trouver des livres et pour bavarder. Ils lui apportaient leurs histoires, parfois sous forme de volumes, parfois sous forme de récits. Certaines histoires, se rendait-elle compte, étaient véridiques, d'autres fictives. Elle n'en rejetait aucune, mais ne les croyait pas toutes.

– On devrait entrer, suggéra Olivier. Pour s'assurer que personne ne déplace le corps. Est-ce que ça va?

Gabri avait les yeux fermés, mais quand il les ouvrit, il semblait plus calme.

– Ça va. J'ai seulement eu un choc. Je ne crois pas le connaître.

Sur son visage, Myrna vit le même soulagement qu'elle avait éprouvé quand elle s'était précipitée à l'intérieur. C'était triste à dire, mais un étranger mort était préférable à un ami mort.

Ils entrèrent dans le bistro en file indienne et en restant près les uns des autres comme si le mort pouvait soudainement attraper l'un d'eux et l'emmener avec lui. Ils firent quelques pas et se penchèrent au-dessus du cadavre. La pluie dégoulinait de leur tête, roulait sur leur nez et tombait sur les vêtements usés de l'homme pour ensuite former des flaques sur le parquet en larges planches. Puis, en les tirant doucement, Myrna fit reculer Olivier et Gabri, comme pour les éloigner du précipice.

Car c'est ce qu'ils ressentaient. Ce matin, ils s'étaient réveillés dans leur lit douillet, dans leur maison douillette, où ils menaient une vie douillette. Puis, soudain, ils s'étaient trouvés au bord d'un précipice.

Les trois amis détournèrent la tête sans prononcer un mot et se dévisagèrent, les yeux grands ouverts.

Il y avait un homme mort dans le bistro.

Et pas seulement mort. Pire.

En attendant l'arrivée des policiers, Gabri fit du café. Myrna retira son imperméable, alla s'asseoir près de la fenêtre et regarda dehors. C'était une journée brumeuse de septembre. Olivier alluma un feu dans les âtres situés à chaque extrémité de la pièce aux poutres apparentes. Il tisonna vigoureusement un des feux et sentit la chaleur des flammes à travers ses vêtements humides. Mais, sinon, il était engourdi, et pas uniquement à cause du froid pénétrant.

Lorsqu'ils s'étaient penchés au-dessus du corps, Gabri avait murmuré: «Pauvre homme.»

Myrna et Olivier avaient hoché la tête. Devant eux se trouvait un homme âgé dans des vêtements miteux, qui semblait les regarder. Il avait le teint blafard, la bouche entrouverte, et on pouvait lire de l'étonnement dans ses yeux.

Myrna avait pointé le doigt vers l'arrière de la tête du mort. Les flaques d'eau rosissaient. Gabri s'était incliné légèrement pour se rapprocher, mais Olivier n'avait pas bougé. Ce n'était pas le crâne défoncé de l'homme qui le paralysait, le frappait de stupeur, mais son visage.

– Mon Dieu, Olivier, il a été assassiné! Oh mon Dieu!

Olivier avait continué de fixer les yeux du mort.

– Qui est-ce? avait chuchoté Gabri.

C'était l'Ermite. Mort. Assassiné. Dans le bistro.

– Je ne sais pas, avait répondu Olivier.

L'inspecteur-chef Armand Gamache reçut l'appel au moment où Reine-Marie et lui finissaient de débarrasser la table après le brunch du dimanche. Dans la salle à manger de leur appartement, dans le quartier d'Outremont, à Montréal, il entendait son adjoint, Jean-Guy Beauvoir, et sa fille, Annie. Ces deux-là ne se parlaient pas. Ne se parlaient jamais. Ils se disputaient. Surtout lorsque la femme de Jean-Guy, Enid, n'était pas là pour jouer le rôle de tampon. Invoquant la préparation des classes, elle s'était excusée de ne pouvoir venir au brunch. Jean-Guy, en revanche, ne refusait jamais une invitation à un repas gratuit. Même s'il y avait un prix à payer. Et le prix à payer était toujours Annie.

La dispute avait commencé avec le jus d'orange frais, continué avec les œufs brouillés et le brie, et s'était envenimée au moment où avaient été servis des fruits, des croissants et des confitures.

La voix d'Annie leur parvenait de la salle à manger.

– Mais comment peux-tu défendre l'utilisation du pistolet électrique?

– Un délicieux brunch encore une fois. Merci, Reine-Marie, dit David en déposant des assiettes à côté de l'évier et en embrassant sa belle-mère sur la joue.

De taille moyenne, David avait les cheveux foncés, clairsemés et courts. Âgé de trente ans, il avait quelques années de plus que sa femme, Annie, même s'il paraissait souvent plus jeune. Sa principale force, selon Gamache, était son entrain. Il n'était pas hyperactif, mais plein de vie. L'inspecteur-chef l'avait aimé dès le moment où Annie le leur avait présenté, cinq ans auparavant. Contrairement à d'autres jeunes hommes que sa fille avait amenés à la maison – la plupart des avocats, comme elle –, David n'avait pas essayé de jouer au plus fort avec le chef, un jeu qui n'intéressait pas Gamache ni ne l'impressionnait. Ce qui l'avait impressionné, cependant, c'était la réaction de David à leur première rencontre. Affichant un grand sourire, qui semblait remplir la pièce, il avait simplement dit : « Bonjour. »

Il était différent de tous les autres hommes auxquels sa fille s'était intéressée. David n'était ni un érudit ni un athlète, et il n'était pas extraordinairement beau. Il ne deviendrait pas le prochain premier ministre du Québec ni le patron du cabinet d'avocats pour lequel il travaillait. Non, David était un homme simple et gentil.

Annie l'avait épousé et Armand avait été ravi de conduire leur unique fille à l'autel, en compagnie de Reine-Marie, et enchanté de voir cet homme « gentil » se marier avec sa fille.

Car Armand Gamache savait ce que le contraire était : il connaissait la cruauté, le désespoir, l'horreur. La gentillesse n'était plus une qualité à la mode, savait-il aussi, mais elle était si précieuse.

– Tu préférerais peut-être qu'on abatte les suspects ?

Dans la salle à manger, la voix et le ton de Beauvoir avaient monté d'un cran.

– Merci, David, dit Reine-Marie en prenant les assiettes.

Gamache tendit un torchon à vaisselle à son gendre et les deux hommes essuyèrent à mesure que Reine-Marie lavait.

– Alors, dit David en se tournant vers l'inspecteur-chef, pensez-vous que les Canadiens ont une chance de remporter la coupe, cette année ?

– Non ! cria Annie. Je m'attends à ce que les policiers apprennent à arrêter des gens sans les blesser ni les tuer. Je m'attends à ce qu'ils voient les suspects comme des suspects, justement. Et pas comme des criminels, des moins que rien qu'on peut tabasser, électrocuter ou abattre.

– Je le crois, oui, répondit Gamache.

Il donna une assiette à David et en prit une pour lui.

– J'aime leur nouveau gardien de but, ajouta-t-il, et, à mon avis, leurs attaquants ont plus d'expérience. Je pense en effet que ce sera leur année.

– Mais leur faiblesse, c'est toujours la défense, non? demanda Reine-Marie. Les Canadiens se concentrent trop sur l'attaque.

– J'aimerais bien te voir essayer d'arrêter un meurtrier armé. Espèce de, de…, bredouilla Beauvoir.

Dans la cuisine, David et les Gamache cessèrent de parler pour entendre ses prochaines paroles. Une discussion semblable se répétait chaque fois : à chaque brunch, chaque Noël, chaque fête de l'Action de grâce, chaque anniversaire. Seuls les mots changeaient. Si le sujet de la dispute n'était pas les pistolets électriques, c'était les garderies, ou l'éducation, ou l'environnement. Si Annie disait bleu, Beauvoir disait orange. C'était ainsi depuis l'arrivée de Beauvoir, une douzaine d'années auparavant, à la section des homicides de la Sûreté du Québec, dirigée par Gamache. Il était devenu un membre de l'équipe, et de la famille.

– Espèce de quoi? demanda Annie.

– D'avocate de merde.

D'un geste de la main, Reine-Marie indiqua la porte dans la cuisine qui donnait sur un petit balcon métallique et la sortie de secours.

– On y va?

– On se sauve? chuchota Gamache en espérant qu'elle était sérieuse, mais en se doutant bien que non.

– Vous pourriez peut-être leur tirer dessus, Armand? suggéra David.

– Jean-Guy dégaine plus rapidement, répondit l'inspecteur-chef. Il m'atteindrait le premier.

– Ça vaudrait quand même la peine d'essayer, dit sa femme.

– D'avocate de merde? lança Annie d'un ton méprisant. C'est brillant, ça! Crétin de fasciste!

– J'imagine que je pourrais utiliser un pistolet électrique.

– Fasciste? Fasciste? cria Jean-Guy Beauvoir d'une voix presque perçante.

Dans la cuisine, Henri, le berger allemand de Gamache, se redressa dans son panier et leva la tête. Ses énormes oreilles, surdimensionnées, faisaient dire à l'inspecteur-chef qu'il n'était pas un animal de race, mais un croisement entre un berger et une antenne parabolique.

– Oh oh…, fit David.

Henri se roula en boule sur sa couchette et il était évident que David l'aurait rejoint s'il avait pu.

Tous les trois regardèrent dehors avec une certaine mélancolie en cette journée fraîche et pluvieuse, le dimanche du week-end de la fête du Travail. Ils ne comprirent pas les paroles suivantes d'Annie, mais la réponse de Beauvoir leur parvint très clairement.

– Va te faire foutre!

– Bon, je crois que cette discussion est terminée, dit Reine-Marie.

Puis, en indiquant la machine à expressos, elle demanda:

– Voulez-vous encore du café?

– Non, pas pour moi, merci, répondit David en souriant. Et, s'il vous plaît, n'en servez plus à Annie.

– Quelle femme stupide, marmonna Jean-Guy en entrant dans la cuisine.

Il saisit un torchon et se mit à essuyer vigoureusement une assiette. Gamache se dit qu'ils pouvaient dire adieu au motif *Indian Tree*.

– Dites-moi qu'elle est adoptée.

– Non, faite maison, répondit Reine-Marie en tendant l'assiette suivante à son mari.

– Toi, va te faire foutre! lança Annie.

Elle avait passé sa tête noire par la porte, puis avait disparu.

– Ah, la petite chérie! dit Reine-Marie.

De leurs deux enfants, Daniel était celui qui ressemblait le plus à leur père: même large carrure, réfléchi, intellectuel. Il était gentil, doux, et fort. À la naissance d'Annie, Reine-Marie avait pensé – c'était sans doute naturel – que sa fille serait comme elle: affectueuse, intelligente, vive d'esprit. Et avec une telle passion pour les livres que Reine-Marie était devenue bibliothécaire, puis responsable d'un service à la Bibliothèque nationale, à Montréal.

Mais Annie avait surpris ses parents. Elle était brillante, drôle et avait l'esprit de compétition. Elle se montrait féroce dans tout ce qu'elle entreprenait ainsi que dans ses convictions.

Reine-Marie et Armand auraient cependant dû avoir une petite idée du caractère de leur fille. Quand, bébé, elle hurlait, Armand l'emmenait faire de longues promenades en auto pour la calmer. De sa voix grave de baryton, il chantait des chansons des Beatles et de Jacques Brel. *La complainte du phoque en Alaska* de Beau Dommage, aussi, qui était la chanson préférée de Daniel. Un chant mélancolique. Mais il n'avait aucun effet sur Annie.

Un jour, après avoir attaché sa fille qui criait dans le siège pour enfant et fait démarrer la voiture, il avait fait jouer une vieille cassette du groupe The Weavers qui se trouvait dans le lecteur. Dès qu'ils s'étaient mis à chanter de leurs voix de fausset, Annie s'était calmée.

Au début, cela paraissait un miracle. Toutefois, après avoir fait le tour du pâté de maisons plus de cent fois en écoutant l'enfant rire et les Weavers chanter « *Wimoweh, a-wimoweh* », Gamache s'ennuyait des jours passés et avait très envie de hurler lui aussi. Mais quand ils chantaient, le petit lion s'endormait.

Annie avait été leur lionceau, et elle s'était transformée en lionne. Parfois, cependant, en se promenant avec son père, elle lui racontait ses craintes, ses déceptions et ses chagrins de jeune fille. L'inspecteur-chef ressentait alors un vif désir de la serrer dans ses bras, pour qu'elle n'ait pas tout le temps à feindre d'être courageuse.

Elle était féroce parce qu'elle avait peur. De tout.

Le reste du monde voyait une lionne forte et noble. Gamache regardait sa fille et voyait Bert Lahr, même si jamais il ne le lui aurait dit. Ni à son mari.

— Je peux te parler? demanda Annie en s'adressant à son père et en ignorant Beauvoir.

Gamache fit oui de la tête et tendit son torchon à David. Traversant le couloir, le père et la fille se rendirent au séjour, où des livres étaient bien rangés dans des bibliothèques et d'autres empilés pêle-mêle sous des tables et près du canapé. Sur la table basse se trouvaient des exemplaires du *Devoir* et du *New York Times*, et quelques bûches brûlaient dans le foyer. Ce n'était pas le feu vif d'une journée d'hiver glaciale, mais celui, doux, presque fluide, d'un début d'automne.

Ils parlèrent durant quelques minutes de Daniel, qui vivait à Paris avec sa femme et son enfant et qui attendait une autre fille pour la fin du mois. Ils parlèrent de son mari, David, et de son équipe de hockey qui était sur le point de commencer une autre saison.

En fait, Gamache écoutait plutôt qu'il ne parlait. Il ne savait pas si Annie avait quelque chose de particulier à lui dire ou voulait seulement bavarder. Henri arriva en trottant et laissa tomber sa tête sur les genoux d'Annie. Répondant à ses grognements et à ses gémissements, elle lui pétrit les oreilles. Finalement, il alla se coucher près du feu.

Le téléphone sonna. Gamache n'y prêta pas attention.

– Je crois que c'est celui dans ton bureau, dit Annie.

Elle voyait l'appareil sur le vieux bureau en bois, à côté de l'ordinateur et du carnet de notes, dans la pièce remplie de livres, qui sentait le bois de santal et l'eau de rose, et contenait trois fauteuils.

Son frère et elle s'assoyaient sur les sièges en bois pivotants et les faisaient tourner jusqu'à ce qu'ils se sentent nauséeux, pendant que leur père lisait tranquillement dans son fauteuil. Ou regardait fixement devant lui.

– Je le crois aussi.

La sonnerie retentit de nouveau. C'était un son qu'ils connaissaient bien. Il était différent de celui des autres téléphones. Il annonçait une mort.

Annie était mal à l'aise.

– Ça attendra, dit doucement son père. Tu avais quelque chose à me dire?

– Voulez-vous que je réponde? demanda Beauvoir en passant la tête par la porte.

Il sourit à Annie, mais ses yeux se portèrent rapidement sur l'inspecteur-chef.

– S'il vous plaît, Jean-Guy. Je viendrai dans un moment.

Gamache se retourna vers sa fille, mais entre-temps David s'était joint à eux et Annie avait repris l'expression qu'elle affichait dans sa vie professionnelle, qui ne différait pas beaucoup de celle qu'elle montrait dans sa vie privée. Il y avait peut-être un peu moins de vulnérabilité. Comme David s'assoyait à côté d'elle et lui prenait la main, son père se demanda pendant un bref instant pourquoi sa fille adoptait cet air devant son mari.

– Il y a eu un meurtre, monsieur, chuchota l'inspecteur Beauvoir, à l'entrée de la pièce.

– Oui? dit Gamache en regardant toujours sa fille.

– Vas-y, papa.

Elle fit un geste de la main, pas pour le congédier, mais pour le libérer de l'obligation de rester avec elle.

– Bientôt. Aimerais-tu qu'on aille se promener?

– Il tombe des cordes, dehors, dit David en riant.

Gamache adorait son gendre, mais trouvait parfois qu'il n'était pas très conscient de ce qui se passait autour de lui. Annie rit aussi.

– Vraiment, papa. Même Henri ne voudrait pas aller dehors par un temps pareil.

Henri se leva d'un coup et courut chercher sa balle. Deux mots aux conséquences sérieuses, « Henri » et « dehors », avaient été prononcés et avaient déclenché une force imparable.

– Eh bien, dit Gamache au moment où le berger allemand revenait en bondissant. Je dois aller travailler.

Il jeta un regard lourd de sens à Annie et à David, puis tourna les yeux vers Henri. Le message était clair. Même David le comprit.

– Seigneur, murmura-t-il avec bonne humeur en se levant du canapé confortable.

Annie et lui allèrent chercher la laisse du chien.

Lorsque l'inspecteur-chef Gamache et l'inspecteur Beauvoir arrivèrent à Three Pines, la police locale avait déjà bloqué l'accès au bistro avec du ruban. Les lieux grouillaient de villageois sous des parapluies, qui fixaient le vieux bâtiment en brique. L'endroit où ils avaient pris tant de repas, de consommations, et participé à tant de célébrations. Maintenant, c'était une scène de crime.

Quand Beauvoir, qui conduisait, commença à descendre la pente menant au village, Gamache lui demanda de se ranger.

– Qu'y a-t-il?

– Je veux seulement observer.

Les deux hommes demeurèrent assis dans l'auto chaude et regardèrent le village entre les balayages espacés des essuie-glaces. Devant eux se trouvait le parc, avec son étang et son banc, ses platebandes de roses et d'hortensias, ses phlox et roses trémières encore en fleurs. Et tout au bout, les trois grands pins qui ancraient le parc et le village.

Le regard de Gamache s'étendit aux constructions bordant le parc: les cottages en planches à clin blanches, patinées par le temps, avec leurs grandes galeries et leurs fauteuils en osier, les petites maisons en pierres des champs construites des siècles auparavant par les premiers colons qui avaient défriché ce coin de terre et arraché les pierres du sol. Mais la plupart des habitations autour du parc étaient en briques rougeâtres et avaient été bâties par des loyalistes de l'Empire-Uni fuyant la Révolution américaine. Three Pines se trouvait à quelques kilomètres de la frontière du Vermont et, si les relations avec les États-Unis étaient aujourd'hui amicales et chaleureuses, elles ne l'étaient pas à l'époque. Les fondateurs du village avaient désespérément cherché un sanctuaire, pour échapper à une guerre à laquelle ils ne croyaient pas.

Les yeux de l'inspecteur-chef remontèrent la rue du Moulin, qui menait hors du village, et là, sur la colline, se dressait la petite chapelle anglicane Saint-Thomas.

Gamache ramena son regard vers la foule abritée sous les parapluies et les gens qui discutaient, pointaient le doigt vers le bistro et le fixaient des yeux. Le Bistro d'Olivier était au milieu du demi-cercle de boutiques qui communiquaient les unes avec les autres. Il y avait le magasin général de M. Béliveau, la boulangerie de Sarah, le bistro d'Olivier et, enfin, la librairie de livres neufs et usagés de Myrna.

– Allons-y, dit Gamache en indiquant le village d'un geste de la tête.

C'était le mot qu'attendait Beauvoir. Il remit l'auto en marche et avança lentement. Vers le peloton de suspects, vers le tueur.

Mais une des premières leçons enseignées par le patron, quand il s'était joint à la Sûreté du Québec et à son réputé service des homicides, était que, pour attraper un meurtrier, il ne fallait pas aller de l'avant. Il fallait se tourner vers l'arrière. Vers le passé. Remonter au point d'origine du crime, et de l'assassin. Un événement, peut-être oublié de tous, était demeuré à l'intérieur du tueur et le ressentiment avait commencé à couver en lui.

L'inspecteur-chef l'avait mis en garde : on ne voit pas ce qui tue, d'où le danger. Ce n'est ni un revolver, ni un couteau, ni un poing. C'est une émotion. Rance et putride. Attendant l'occasion de frapper.

La voiture roulait lentement vers le bistro, vers le corps.

— Merci, dit Gamache quelques minutes plus tard à un agent du bureau local de la Sûreté qui leur ouvrait la porte de l'établissement.

Le jeune homme était sur le point d'interpeller l'inconnu, mais hésita.

C'est ce que Beauvoir aimait voir : la réaction des policiers quand ils se rendaient compte que cet homme imposant, dans la cinquantaine, n'était pas un simple curieux. Pour les jeunes agents de police, Gamache ressemblait à leur père. Il se dégageait de lui une sorte de charme suranné. Il était toujours vêtu d'un complet, ou sinon, comme ce jour-là, portait un pantalon de flanelle gris avec une veste et une cravate.

Les policiers remarquaient la moustache poivre et sel bien taillée et les cheveux foncés grisonnant autour des oreilles, où ils retroussaient légèrement. Les jours pluvieux, l'inspecteur-chef portait une casquette qu'il enlevait à l'intérieur, et les agents de police voyaient alors son début de calvitie. Et si cela n'était pas suffisant, ils remarquaient également ses yeux, comme tout le monde, d'ailleurs. Ils étaient brun foncé, pensifs, intelligents, avec quelque chose de plus. Quelque chose qui distinguait le célèbre chef du service des homicides de la Sûreté du Québec des autres officiers supérieurs.

Il y avait de la gentillesse dans ses yeux.

De l'avis de Beauvoir, cela constituait à la fois son point fort et son point faible.

Gamache sourit à l'agent surpris de se trouver face à face avec le policier le plus connu du Québec. Il lui tendit la main et le jeune homme la regarda un moment avant de la lui serrer en disant :

— Patron.

— Ah, j'espérais que ce serait vous.

Gabri traversa la pièce à grands pas, passant à côté des agents penchés au-dessus de la victime.

— Nous avons demandé à la Sûreté de vous envoyer, mais, apparemment, il n'est pas normal que des suspects exigent un enquêteur en particulier.

Il serra Gamache dans ses bras, puis se tourna vers les autres policiers.

— Vous voyez, c'est vrai que je le connais.

Puis il chuchota à l'inspecteur-chef :

— Je crois qu'il serait préférable de ne pas nous embrasser.

— Sage décision.

Gabri paraissait fatigué et tendu, mais calme. Il était débraillé, comme à l'habitude. Derrière lui, tranquille, presque effacé, se tenait Olivier. Lui aussi avait une allure débraillée, ce qui était vraiment inhabituel. Il semblait épuisé et avait les yeux profondément cernés.

— La médecin légiste vient d'arriver, patron, dit l'agente Isabelle Lacoste en s'avançant à la rencontre de Gamache.

Vêtue d'une jupe simple et d'un tricot léger, elle réussissait à être élégante. Comme la plupart des Québécoises, elle était petite et dégageait beaucoup d'assurance.

— C'est la D^{re} Harris, ajouta-t-elle.

En regardant par la fenêtre, ils virent la foule s'écarter pour laisser passer une femme tenant une trousse médicale. Elle aussi portait une jupe et un tricot, mais, contrairement à Isabelle Lacoste, elle paraissait plutôt mal fagotée dans ses vêtements. Cependant, ceux-ci étaient confortables. Et lorsqu'il faisait un sale temps, comme ce jour-là, « confortable » était une caractéristique très attrayante.

— Bien, dit l'inspecteur-chef en se tournant vers l'agente Lacoste. Que savons-nous ?

Lacoste conduisit Gamache et l'inspecteur Beauvoir au corps. Ils s'agenouillèrent. C'était un acte, un rituel, accompli des centaines de fois, mais qui conservait malgré tout un côté intime. Ils ne touchèrent pas au cadavre, mais s'en approchèrent très près. Plus près qu'ils ne l'auraient fait avec une personne vivante, sauf un être cher.

– La victime a été frappée par-derrière avec un objet contondant. Quelque chose de propre et de dur, et étroit.

– Un tisonnier? demanda Beauvoir en regardant les feux allumés par Olivier.

Gamache les regarda aussi. C'était un matin humide, mais pas très froid. Les feux n'étaient pas nécessaires. Peut-être étaient-ils destinés à réconforter plutôt qu'à réchauffer.

– Si c'était un tisonnier, il était propre. La médecin légiste examinera la blessure attentivement, bien sûr, mais il n'y a pas de traces de terre, de cendre, de bois, ni d'autre chose.

Gamache fixait la plaie béante sur la tête de l'homme tout en écoutant l'agente Lacoste.

– Pas d'arme, donc? demanda Beauvoir.

– Pas encore. Nous la cherchons, évidemment.

– Qui était-il?

– Nous ne le savons pas.

Gamache détourna les yeux de la blessure et regarda l'agente sans dire un mot.

– Il n'avait aucune pièce d'identité, poursuivit Isabelle Lacoste. Nous avons fouillé ses poches: rien. Même pas un kleenex. Et personne ne semble le connaître. Il s'agit d'un homme blanc, d'environ soixante-quinze ans, selon moi. Maigre, mais pas pour cause de malnutrition. Un mètre soixante-dix, peut-être un mètre soixante-quinze.

Des années auparavant, quand elle avait été intégrée au service des homicides, il lui avait paru étrange de relever de telles évidences, que l'inspecteur-chef pouvait facilement constater par lui-même. Mais il lui avait enseigné cette façon de faire, et elle la mettait en pratique. Plus tard, alors qu'elle-même formait une recrue, elle avait compris l'utilité de l'exercice.

Il permettait de s'assurer qu'ils voyaient les mêmes choses. Les policiers, comme n'importe qui d'autre, pouvaient avoir une vision subjective et se tromper. Un détail pouvait leur échapper; ils pouvaient mal interpréter un indice. Cette méthode réduisait cette possibilité, ou alors renforçait les constatations erronées.

— Il n'y avait rien dans les mains. Ni sous les ongles, semble-t-il. Pas de contusions. Pas de signes de lutte.

Les trois enquêteurs se relevèrent.

— L'état de la pièce le confirme.

Ils regardèrent autour d'eux. Rien n'avait été déplacé ni renversé. Tout était propre et bien rangé.

Le bistro dégageait une atmosphère paisible. Les feux à chaque extrémité de la pièce chassaient la morosité de la journée. Les flammes faisaient briller les parquets de bois cirés, noircis au fil des ans par la fumée et les pieds de fermiers.

Devant chaque foyer se trouvaient des canapés et de larges fauteuils au tissu décoloré. De vieilles chaises entouraient des tables en bois foncé. Près des fenêtres à meneaux, trois ou quatre bergères attendaient les villageois qui voulaient prendre leur temps pour boire leur café au lait fumant et manger leurs croissants, pour siroter leur scotch ou leur bourgogne. Gamache se dit qu'un bon remontant ferait sûrement beaucoup de bien aux gens qui poireautaient dehors sous la pluie. À Olivier et à Gabri aussi.

L'inspecteur-chef Gamache et son équipe étaient souvent venus au bistro, avaient pris de délicieux repas devant un beau feu en hiver ou un verre rafraîchissant sur la terrasse en été. En discutant presque toujours de meurtre. Mais jamais n'y avait-il eu un corps gisant dans l'établissement.

Sharon Harris se dirigea vers eux tout en retirant son imperméable. Puis elle sourit à l'agente Lacoste et serra solennellement la main de l'inspecteur-chef.

— Docteure Harris, dit-il en s'inclinant légèrement. Je suis désolé de vous déranger pendant ce long week-end.

Elle était à la maison, passant d'une chaîne de télévision à l'autre pour essayer de trouver une émission où l'on ne prêchait pas, lorsque le téléphone avait sonné. Dieu avait eu pitié d'elle, s'était-elle dit. Jetant maintenant un coup d'œil au cadavre, elle savait que la situation avait très peu à voir avec Dieu.

— Je vous laisse faire votre travail, ajouta Gamache.

Par la fenêtre, il voyait les villageois, toujours là, qui attendaient des nouvelles. Un bel homme, grand, grisonnant, se pencha pour écouter une femme plus petite aux cheveux ébouriffés. Peter et Clara Morrow : habitants du village et artistes. À côté d'eux se trouvaient Ruth Zardo, raide comme un piquet et imperturbable, qui fixait le bistro, et son canard, qui avait fière allure. Ruth portait un ciré qui luisait sous la pluie. Clara lui parla, mais fut ignorée. Ruth Zardo, Gamache le savait, était une vieille ivrogne aigrie. Et aussi sa poète préférée. Clara s'adressa de nouveau à Ruth qui, cette fois, répondit. Malgré la vitre, l'inspecteur-chef comprit ses paroles.

– *Fuck off.*

Gamache sourit. Trouver un cadavre dans le bistro était certainement une nouveauté. En revanche, d'autres choses ne changeaient jamais.

– Inspecteur-chef.

Le mot fut prononcé par une voix familière, grave et chantante. Il se tourna et vit Myrna Landers qui traversait la pièce en martelant le sol avec ses bottes d'un jaune criard, dans lesquelles elle avait rentré les jambes de son survêtement rose.

Une femme de couleur, dans tous les sens du terme.

– Myrna, dit-il en souriant et en l'embrassant sur les deux joues.

Ce geste surprit certains agents de la Sûreté locale, qui ne s'attendaient pas à ce que l'inspecteur-chef embrasse des suspects.

– Que faites-vous ici alors que tous les autres sont là-bas ? demanda-t-il en indiquant la fenêtre.

– C'est moi qui l'ai découvert.

Le visage de Gamache s'assombrit.

– C'est vrai ? Je suis désolé. Cela a dû être un choc, dit-il en la guidant vers un fauteuil près de la cheminée. J'imagine que quelqu'un a pris votre déposition.

Elle fit oui de la tête.

– L'agente Lacoste. Mais je n'avais pas grand-chose à dire.

– Aimeriez-vous du café, ou une bonne tasse de thé ?

Myrna sourit. C'est ce qu'elle lui avait souvent offert. Ce qu'elle offrait à tout le monde – elle avait toujours une bouilloire remplie d'eau sur son poêle à bois. C'était maintenant à son tour de s'en faire proposer, et elle se rendit compte à quel point c'était réconfortant.

– Du thé, s'il vous plaît.

Pendant qu'elle se réchauffait près du feu, l'inspecteur-chef Gamache alla demander à Gabri de leur apporter du thé, puis revint s'asseoir dans le fauteuil et se pencha en avant.

– Que s'est-il passé?

– Chaque matin, je fais une longue marche.

– C'est nouveau? Je ne savais pas que vous vous adonniez à ce genre d'activité.

– Eh bien, oui. Depuis le printemps, en tout cas. J'ai cinquante ans et je me suis dit que je devais retrouver ma forme.

Elle se fendit d'un grand sourire.

– Ou, au moins, une forme différente. Je vise la silhouette de type poire plutôt que pomme.

Puis, en tapotant son ventre, elle ajouta:

– Sauf que j'ai plutôt tendance à être le verger au complet.

– Qu'y a-t-il de mieux qu'un verger? dit Gamache en souriant lui aussi.

Il regarda son propre tour de taille.

– Je ne suis pas moi-même un jeune arbre. À quelle heure vous levez-vous?

– Je règle mon réveil pour six heures trente et quinze minutes plus tard je suis dehors. Ce matin, je venais de sortir quand j'ai remarqué la porte entrouverte du bistro. Je suis entrée et j'ai appelé. D'habitude, Olivier n'ouvre pas aussi tôt le dimanche. J'étais donc étonnée.

– Mais pas alarmée?

– Non.

Elle parut surprise par la question.

– J'étais sur le point de repartir quand je l'ai aperçu.

Myrna faisait dos à la pièce et Gamache ne jeta pas un coup d'œil du côté du corps. Il soutint plutôt son regard et l'encouragea à continuer d'un hochement de tête, sans dire un mot.

Gabri apporta le thé. Il aurait voulu se joindre à eux, c'était évident, mais, contrairement au gendre de Gamache, il était assez intuitif pour décoder le langage non verbal. Il déposa sur la table la théière, deux tasses en porcelaine dans leur soucoupe, du lait, du sucre et une assiette de biscuits au gingembre, puis il se retira.

– J'ai d'abord cru qu'il s'agissait d'un tas de torchons et de nappes laissés la veille par les serveurs, reprit Myrna quand Gabri se fut suffisamment éloigné. Ce sont des jeunes, pour la plupart, et on ne sait jamais. Mais, en m'avançant, je me suis rendu compte que c'était un corps.

– Un corps?

Ce mot servait à décrire une personne morte, pas une personne vivante.

– J'ai immédiatement su qu'il était mort. J'en ai déjà vu, des morts, vous savez.

Gamache le savait.

– Il était exactement comme vous le voyez maintenant.

Elle regarda Gamache verser le thé. D'un geste, elle lui indiqua qu'elle le préférait avec du lait et du sucre, puis elle prit la tasse, avec un biscuit.

– Je me suis approchée très près, mais sans le toucher. Je n'ai pas pensé qu'il avait été tué. Pas tout de suite.

– Qu'avez-vous pensé?

Gamache tenait sa tasse dans ses larges mains. Le thé était fort et parfumé.

– Je me suis dit qu'il avait été victime d'un AVC ou d'un infarctus. Quelque chose de soudain, à voir l'expression sur son visage. Il avait l'air surpris, mais ne semblait pas avoir eu peur ni souffert.

Voilà qui était bien dit, songea Gamache. La mort avait surpris cet homme. Comme la plupart des gens, même les vieux et les malades. Presque personne ne s'attend vraiment à mourir.

– Puis j'ai vu sa tête.

Gamache hocha la sienne. Difficile de ne pas la remarquer. Pas la tête elle-même, mais la partie qui manquait.

– Le connaissiez-vous?

– Jamais vu de ma vie. Je crois qu'il aurait été impossible de l'oublier.

Gamache dut le reconnaître. L'homme ressemblait à un clochard. S'il était facile d'ignorer ces gens, en revanche on pouvait difficilement les oublier. L'inspecteur-chef posa la tasse délicate sur la soucoupe. Son esprit revenait sans cesse à la question qu'il s'était posée au moment où il avait répondu à l'appel téléphonique et avait été informé du meurtre. Survenu dans le bistro de Three Pines.

Pourquoi ici?

Il jeta un coup d'œil à Olivier, qui parlait à l'inspecteur Beauvoir et à l'agente Lacoste. Il était calme et posé. Cependant, il devait certainement se rendre compte de l'impression que la situation donnait.

– Qu'avez-vous fait ensuite?

– J'ai appelé le 911, puis Olivier et Gabri. Ensuite je suis sortie pour les attendre.

Elle raconta ce qui s'était passé après, jusqu'au moment où les policiers étaient arrivés.

– *Thank you*, dit Gamache en se levant.

Myrna prit sa tasse de thé et rejoignit Olivier et Gabri à l'autre bout de la pièce, devant le second foyer.

Tout le monde dans le bistro savait qui étaient les trois principaux suspects. Tout le monde, sauf les trois principaux suspects.

3

La D^{re} Sharon Harris se releva, balaya sa jupe de la main et sourit faiblement à l'inspecteur-chef.

– Pas beaucoup de finesse, dit-elle.

Gamache baissa la tête et fixa le mort.

Beauvoir se pencha pour examiner les vêtements de l'homme. Ceux-ci étaient mal assortis et élimés.

– On dirait un clochard.

– Il devait vivre à la dure, renchérit Isabelle Lacoste.

Gamache s'agenouilla et scruta la figure du vieil homme, burinée et desséchée. Le soleil, le vent et le froid y avaient laissé leur marque. C'était le visage d'une personne éprouvée par les ans. Gamache frotta doucement son pouce contre la joue du vieillard pour vérifier s'il y avait une repousse de poils. Il était rasé de près, mais s'il avait eu une barbe, elle aurait été blanche. Comme ses cheveux, taillés avec maladresse de quelques coups de ciseaux.

Gamache prit une des mains du mort comme s'il voulait le réconforter. Il la tint un instant, puis la retourna, paume vers le haut, et frotta la sienne contre celle de l'homme.

– Je ne sais pas qui il était, mais il travaillait dur. Ça, ce sont des durillons. Or la plupart des clochards ne travaillent pas.

Gamache secoua lentement la tête. « Qui êtes-vous, alors ? Que faites-vous ici ? Dans ce bistro, dans ce village. » Un endroit que peu de personnes sur terre connaissaient. Et encore moins trouvaient.

Mais cet homme, lui, l'avait trouvé, se dit Gamache, qui tenait toujours la main froide. « Vous avez trouvé le village, et la mort. »

— La mort remonte à environ six ou dix heures, dit la médecin légiste. Elle a eu lieu après minuit, mais avant quatre ou cinq heures.

Gamache regarda fixement l'arrière de la tête de l'homme et la blessure fatale.

Elle était horrible. Un seul coup, semblait-il, avait été asséné avec un objet extrêmement dur. Par une personne enragée. Seule la rage pouvait expliquer une telle force. Une force capable de pulvériser un crâne et ce qu'il protégeait.

Sa tête contenait tout ce qui constituait cet homme, et quelqu'un la lui avait fracassée d'un coup violent et décisif.

— Il n'y a pas beaucoup de sang, commenta Gamache en se relevant.

Il regarda les techniciens de scènes de crime se disperser aux quatre coins de la grande salle à la recherche de preuves. Une pièce qui avait subi une violation. D'abord, en raison du meurtre et, maintenant, par leur présence. Ils étaient les visiteurs non désirés.

Debout près du feu, Olivier se réchauffait.

— En effet, reconnut la D^re Harris, et c'est curieux. Avec les blessures à la tête, le saignement est abondant. Il devrait y avoir plus de sang, beaucoup plus.

— On a peut-être nettoyé? suggéra Beauvoir.

Sharon Harris se pencha de nouveau au-dessus de la plaie, puis se redressa.

— Étant donné la force avec laquelle le coup a été porté, l'hémorragie a pu être importante et interne. Et la mort, presque instantanée.

C'était, pour Gamache, la meilleure nouvelle qu'il pouvait recevoir sur une scène de crime. Il était capable d'accepter la mort. Même le meurtre. C'était la souffrance qui le dérangeait. Il en avait vu beaucoup. D'atroces assassinats. Il était soulagé d'apprendre que, dans ce cas-ci, la mort avait été foudroyante. Un meurtre commis avec compassion, pourrait-on presque dire.

Un jour, il avait entendu un juge déclarer que la façon la moins cruelle d'exécuter un condamné était de lui annoncer qu'il était libre, puis de le tuer.

Gamache avait rejeté cette idée, s'y était opposé, l'avait durement critiquée. Puis, épuisé par cette lutte, il avait fini par l'accepter.

Regardant le visage de l'homme, il savait que celui-ci n'avait pas souffert. Frappé à l'arrière de la tête, il n'avait probablement même pas vu venir le coup.

C'était comme mourir dans son lit.

Mais pas tout à fait.

Le corps fut emporté dans une housse mortuaire. Dehors, des hommes et des femmes à l'air sombre s'écartèrent pour le laisser passer. Les hommes retirèrent leurs casquettes humides et les femmes regardèrent, tristes et les lèvres serrées.

Gamache tourna le dos à la fenêtre et rejoignit Beauvoir, assis avec Olivier, Gabri et Myrna. Les techniciens de scènes de crime s'étaient déplacés vers les autres pièces du bistro : la salle à manger privée, la pièce réservée au personnel, la cuisine. La salle principale semblait presque normale, maintenant. Sauf pour les questions restées en suspens.

– Je suis désolé de ce qui s'est produit, dit Gamache à Olivier. Comment vous sentez-vous ?

Olivier poussa un long soupir. Il paraissait vidé.

– Je suis encore sous le choc, je crois. Qui était-il ? Le savez-vous ?

– Non, répondit Beauvoir. A-t-on signalé la présence d'un étranger dans le coin ?

– Signaler ? À qui ? demanda Olivier.

Gabri, Myrna et lui regardèrent l'inspecteur d'un air perplexe. Il avait oublié que Three Pines n'avait ni policiers, ni feux de circulation, ni trottoirs, ni maire. Le service des pompiers volontaires était dirigé par Ruth Zardo, cette vieille poète folle, et la plupart des villageois étaient prêts à périr dans un incendie plutôt que de l'appeler.

Le crime n'existait pas à Three Pines. Mis à part le meurtre. Le seul acte criminel perpétré dans ce village était le pire de tous.

Et voilà qu'encore une fois un corps y avait été trouvé. Les autres victimes, au moins, avaient eu un nom. Celle-ci semblait être tombée du ciel, sur la tête.

– C'est un peu plus difficile en été, vous savez, expliqua Myrna en s'assoyant sur le canapé. Le nombre de visiteurs augmente. Des familles reviennent pour les vacances, les jeunes ont fini l'école. Ce week-end est le dernier long congé. Après, tout le monde rentre chez soi.

– C'est le week-end de la foire agricole du canton de Brume, précisa Gabri. Elle se termine demain.

– Bon, dit Beauvoir, qui se foutait royalement de la foire. Alors Three Pines se vide après ce congé. Les visiteurs dont vous avez parlé, s'agit-il d'amis, de membres de la parenté?

– La plupart, oui, répondit Myrna en se tournant vers Gabri. Quelques étrangers vont à ton gîte, n'est-ce pas?

Gabri hocha la tête.

– En fait, j'accueille ceux qui ne peuvent pas rester avec leur famille, faute de place.

– Ce que j'essaie de dire, reprit Beauvoir d'un ton exaspéré, c'est que les visiteurs qui viennent à Three Pines ne sont pas vraiment des étrangers, bordel!

– Désolé, répondit Gabri, nous ne faisons pas bordel.

Des sourires s'affichèrent sur les visages, y compris sur celui, fatigué, d'Olivier.

– Quelqu'un a parlé d'un étranger, dit Myrna, mais je n'ai pas prêté attention à ce que cette personne disait.

– Qui était-ce?

– Roar Parra, répondit-elle à contrecœur.

Elle avait l'impression de dénoncer, et personne n'aimait jouer les délateurs.

– Il disait à Old Mundin et The Wife avoir aperçu quelqu'un dans les bois.

Beauvoir nota cette information. Ce n'était pas la première fois qu'il entendait parler des Parra. C'était une famille tchèque bien en vue. Mais Old Mundin et The Wife? C'était sûrement une blague. Il serra les lèvres et lança un regard sévère à Myrna, qui le fixa avec le même air.

– Oui, dit Myrna, lisant dans son esprit.

Ce n'était pas très difficile. Même la théière pouvait le faire.

– Ce sont leurs noms.

– Old et The Wife? Vieux et L'Épouse?

Il n'était plus en colère, mais perplexe. Myrna confirma d'un hochement de tête.

— Quels sont leurs véritables prénoms? demanda-t-il.

— Old et The Wife, répondit Olivier.

— D'accord, j'accepte Old. C'est possible. Mais personne ne regarde son nouveau-né et décide de l'appeler The Wife. Du moins, je l'espère.

Myrna sourit.

— Vous avez raison. Je suis si habituée à l'entendre se faire appeler ainsi que je ne me suis jamais demandé quel était son vrai prénom.

Pour Beauvoir, il fallait vraiment être pitoyable pour accepter de porter un tel prénom. L'Épouse. Un nom, en fait, qui semblait tiré de la Bible, de l'Ancien Testament.

Gabri déposa sur la table quelques bières, des Coca-Cola et des bols contenant un mélange de noix. Les villageois avaient fini par rentrer chez eux. Le temps semblait pluvieux et froid, mais à l'intérieur du bistro il faisait bon et chaud. On pouvait presque oublier qu'il ne s'agissait pas d'une rencontre entre amis. Les techniciens de scènes de crime paraissaient avoir disparu dans les boiseries, leur présence n'étant révélée que par de légers grattements ou des marmonnements. Comme des rongeurs ou des fantômes. Ou des enquêteurs du service des homicides.

— Racontez-nous ce qui s'est passé hier soir, dit l'inspecteur-chef Gamache.

— Une vraie maison de fous, dit Gabri. C'est le dernier week-end de l'été, alors tout le monde est venu. La plupart des gens avaient passé la journée à la foire et ils étaient fatigués. Personne ne voulait faire à manger. C'est toujours comme ça pendant le long congé de la fête du Travail. Mais nous étions préparés.

— Que voulez-vous dire? demanda l'agente Lacoste, qui venait de se joindre au groupe.

— J'ai embauché du personnel supplémentaire, répondit Olivier. La soirée s'est bien déroulée. Les gens étaient très détendus et nous avons fermé à l'heure habituelle, vers une heure.

— Que s'est-il passé ensuite? demanda Lacoste.

Enquêter sur un meurtre pouvait sembler un processus complexe. En fait, c'était plutôt simple. Il suffisait de poser, encore et encore, la question : « Que s'est-il passé ensuite ? » Et d'écouter les réponses, bien sûr.

— En général, je fais la caisse et laisse le ménage au personnel du soir. Mais c'est différent le samedi. Après la fermeture, quand les serveurs et le personnel de cuisine rangent et nettoient, Old Mundin rapporte les meubles qu'il a réparés au cours de la semaine et repart avec d'autres qui ont été endommagés. Ça ne lui prend pas beaucoup de temps.

— Un instant, intervint Beauvoir. Mundin vient à minuit le samedi ? Pourquoi pas le dimanche matin ou à une heure plus raisonnable ? Pourquoi si tard ?

Il trouvait cette manière d'agir furtive, et il avait un flair exceptionnel pour détecter ce qui était dissimulé et sournois.

Olivier haussa les épaules.

— L'habitude, je suppose. Quand il a commencé ce travail, il n'était pas encore marié avec L'Épouse, alors il traînait ici, le samedi soir. Au moment de la fermeture, il prenait les meubles abîmés. Nous n'avions aucune raison de changer cette routine.

Dans un village où rien ne changeait, c'était logique.

— Mundin a donc pris les meubles. Que s'est-il passé ensuite ? demanda Beauvoir.

— Je suis parti.

— Étiez-vous le dernier à quitter les lieux ?

Olivier hésita.

— Pas vraiment. Comme nous avions été très occupés, il y avait un peu plus de travail. C'est un bon groupe de jeunes, vous savez. Responsables.

Gamache écoutait. Il préférait que ça se déroule ainsi, que ce soient ses enquêteurs qui posent les questions. Cela lui permettait d'observer les gens et d'écouter ce qu'ils disaient, comment ils le disaient et ce qu'ils omettaient. Et, maintenant, il décelait une certaine tension dans la voix calme d'Olivier lorsqu'il répondait aux questions. Olivier se tenait sur la défensive. Cela avait-il quelque chose à voir avec ses agissements, ou tentait-il de protéger son personnel ? Craignait-il que l'on soupçonne un des serveurs ?

– Qui était la dernière personne à partir ? demanda l'agente Lacoste.

– Le jeune Parra, répondit Olivier.

– Jeune Parra ? demanda Beauvoir. Comme Old Mundin ?

Gabri grimaça.

– Bien sûr que non. « Jeune » n'est pas son prénom. Ce serait ridicule. Il s'appelle Havoc.

Les yeux de Beauvoir se rétrécirent et l'inspecteur lança un regard mauvais à Gabri. Il savait ce que le mot *havoc* voulait dire : « ravages ». Il n'aimait pas qu'on se moque de lui et soupçonnait cet homme massif et doux de s'amuser à ses dépens, justement. Puis il jeta un coup d'œil à Myrna, qui ne riait pas. Elle hochait la tête.

– C'est son nom. Roar a prénommé son fils Havoc.

Jean-Guy Beauvoir le nota dans son carnet, mais sans enthousiasme ni conviction.

– Aurait-il fermé le bistro à clé ? demanda Isabelle Lacoste.

C'était, Gamache et Beauvoir le savaient, une question cruciale, mais Olivier ne sembla pas s'en rendre compte.

– Absolument.

L'inspecteur-chef et son adjoint échangèrent un regard. Enfin un élément significatif. Le meurtrier devait avoir une clé de l'établissement. Soudain, un monde rempli de suspects s'était considérablement rétréci.

– Puis-je voir vos clés ? demanda Beauvoir.

De leur poche, Olivier et Gabri sortirent chacun un trousseau de clés qu'ils remirent à l'inspecteur. Mais un troisième jeu lui fut présenté. En se tournant, il vit la grosse main de Myrna qui l'agitait.

– Pour les fois où je m'enferme à l'extérieur de chez moi, ou en cas d'urgence.

– Merci, dit Beauvoir.

Il semblait moins assuré que quelques instants auparavant.

– Avez-vous prêté votre clé à quelqu'un, dernièrement ? demanda-t-il aux deux hommes.

– Non.

Beauvoir sourit. C'était une bonne nouvelle.

— Sauf à Old Mundin, bien sûr. Il avait perdu la sienne et n'avait pas de double.

— Et à Billy Williams, dit Gabri à Olivier. Tu te souviens? Il utilise habituellement celle sous la jardinière près de la porte, mais il ne voulait plus avoir à se pencher lorsqu'il apporte le bois. Il devait la prendre pour en faire faire une autre.

Beauvoir grimaça. Son visage exprimait une profonde incrédulité.

— Pourquoi se donner la peine de fermer à clé?

— À cause de l'assurance, répondit Olivier.

«Eh bien, songea Beauvoir, quelqu'un va voir sa prime augmenter.» Il regarda Gamache et secoua la tête. Vraiment, ils méritaient tous d'être tués dans leur sommeil. Mais bien sûr, comble de l'ironie, c'étaient ceux qui fermaient à double tour et enclenchaient le système d'alarme qui se faisaient assassiner. Selon Beauvoir, Darwin s'était complètement fourvoyé: les plus aptes ne survivaient pas. Ils étaient tués à cause de la stupidité de leurs voisins, qui continuaient de vivre leur vie dans une parfaite insouciance.

4

– Tu n'as pas reconnu l'homme? demanda Clara pendant qu'elle tranchait un pain frais de la boulangerie de Sarah.

Il y avait un seul «homme» auquel l'amie de Myrna pouvait faire allusion. Myrna secoua la tête tout en coupant des tomates pour la salade, puis elle commença à hacher des échalotes. Tous les légumes avaient été fraîchement cueillis dans le potager de Peter et Clara.

– Et Olivier et Gabri ne le connaissaient pas? demanda Peter, qui était en train de découper un poulet rôti.

– C'est étrange, n'est-ce pas?

Myrna regarda ses amis. Peter: grand, grisonnant, élégant et méticuleux. Et à côté de lui sa femme, Clara: courte, rondelette, cheveux foncés en bataille et parsemés de petits morceaux de croûte de pain telles des paillettes. Ses yeux bleus étaient habituellement rieurs, mais pas ce jour-là.

Clara secouait la tête, perplexe. Quelques miettes de pain tombèrent sur le comptoir. Elle les ramassa distraitement, et les mangea. Maintenant que le choc initial de la découverte s'estompait, Myrna était à peu près certaine qu'ils pensaient tous la même chose.

Il s'agissait d'un meurtre. Le mort était un étranger. Mais l'assassin l'était-il aussi?

Et ils étaient sans doute tous arrivés à la même conclusion: c'était peu probable.

Myrna avait essayé de chasser cette idée, mais elle revenait sans cesse dans son esprit. Elle prit une tranche de baguette et mordit dedans. Le pain était chaud, moelleux. Il sentait bon et la croûte était croustillante.

– Pour l'amour de Dieu! s'exclama Clara en agitant le couteau en direction du pain à moitié mangé dans la main de Myrna.

– Tu en veux?

Myrna lui offrit un morceau et les deux femmes, debout devant le comptoir, mangèrent du bon pain frais. Normalement, Peter et elles seraient au bistro pour le lunch du dimanche, mais pas aujourd'hui – avec le corps et toute cette histoire. Alors ils étaient allés à côté, chez Myrna, dans son loft. La porte de sa librairie, en bas, était munie d'un système d'alarme, au cas où quelqu'un entrerait. À vrai dire, c'était plutôt une clochette qui tintait quand on ouvrait la porte. Parfois Myrna descendait, parfois non. Presque tous ses clients étaient des environs et ils savaient quelle somme laisser à côté de la caisse enregistreuse. Et puis, se disait Myrna, si quelqu'un avait un tel besoin d'un livre usagé qu'il devait le voler, eh bien, il pouvait le prendre.

Myrna frissonna. Elle regarda de l'autre côté de la pièce pour voir si une fenêtre était ouverte, laissant entrer à flots de l'air froid et humide. Elle vit les murs aux briques exposées, les poutres solides et la série de larges fenêtres industrielles. Elle s'en approcha pour vérifier, mais elles étaient toutes fermées, sauf une, légèrement entrouverte pour laisser pénétrer un peu d'air frais.

Faisant demi-tour sur le parquet en larges planches de pin, elle s'arrêta à côté du poêle à bois ventru au centre de la vaste pièce. Un feu y crépitait joyeusement. Elle souleva un des couvercles ronds et y glissa une autre bûche.

– Ç'a dû être horrible pour toi, dit Clara en s'approchant de Myrna.

– Oui, en effet. Ce pauvre homme, étendu là. Je n'ai pas vu la blessure tout de suite.

Clara et Myrna s'assirent sur le canapé devant le poêle. Peter leur apporta deux verres de scotch, puis retourna discrètement dans le coin cuisine. De cet endroit, il pouvait les voir et entendre leur conversation, mais il ne les dérangerait pas.

Il regarda les deux femmes, presque collées l'une sur l'autre, siroter leur boisson et parler doucement. En toute intimité.

Il enviait cette relation entre elles. Peter détourna les yeux et brassa le potage au cheddar et aux pommes.

– Qu'en pense Gamache? demanda Clara.

– Il semble aussi perplexe que nous. Non mais, vraiment, ajouta Myrna en se tournant pour faire face à Clara, pourquoi un étranger se trouvait-il dans le bistro? Mort.

– Assassiné.

Les deux amies réfléchirent à cela pendant un moment, puis Clara reprit:

– Olivier a-t-il dit quelque chose?

– Rien. Il paraissait frappé de stupeur.

Clara hocha la tête. Elle connaissait cette sensation.

La police était à leur porte. Bientôt elle serait dans leurs maisons, leurs cuisines, leurs chambres à coucher. Dans leur tête.

– Je me demande ce que Gamache peut bien penser de nous, dit Myrna. Chaque fois qu'il vient ici, il y a un corps.

– Chaque village québécois a une vocation, répondit Clara. Certains fabriquent du fromage, d'autres du vin, d'autres encore de la poterie. À Three Pines, nous produisons des cadavres.

– Les monastères ont des vocations, pas les villages, intervint Peter en riant.

Il déposa des bols de potage délicieusement parfumé sur la longue table de réfectoire.

– Et nous ne fabriquons pas des cadavres, ajouta-t-il, bien qu'il n'en fût pas si sûr.

– Gamache est le chef des homicides à la Sûreté, dit Myrna. Ça doit lui arriver souvent. En fait, il serait probablement très surpris s'il n'y avait pas de corps.

Myrna et Clara vinrent rejoindre Peter à la table et, pendant qu'elles parlaient, celui-ci pensa à l'homme chargé de l'enquête. Il était dangereux, Peter le savait. Dangereux pour quiconque avait tué cet homme, à côté. Il se demanda si le meurtrier savait quel type d'homme était à ses trousses. Mais la crainte de Peter, c'était que le meurtrier ne le sache que trop bien.

L'inspecteur Jean-Guy Beauvoir balaya du regard leur nouveau bureau provisoire et inspira. Avec étonnement, il se rendit compte à quel point l'odeur des lieux était familière, et même exaltante.

L'endroit sentait l'excitation, la chasse au meurtrier. Il sentait les longues heures passées devant des ordinateurs chauds, à assembler les pièces d'un casse-tête. Il sentait le travail d'équipe.

En vérité, l'odeur qu'il humait était celle dégagée par le diesel, la fumée de bois, l'encaustique et le béton. Encore une fois, Beauvoir se trouvait dans la vieille gare ferroviaire de Three Pines, laissée à l'abandon par le Canadien National des décennies auparavant. Le service des pompiers volontaires du village s'y était installé en douce, en espérant que personne ne le remarquerait. Ce qui fut le cas, bien sûr, le CN ayant oublié l'existence même du village depuis longtemps. La petite gare servait donc maintenant de local pour les camions d'incendie, les uniformes lourds et encombrants des pompiers, et leur équipement. Les murs, dont on avait conservé les lambris de planches à rainure et languette, étaient couverts d'affiches proposant des voyages en train à travers les Rocheuses en voiture panoramique et d'autres illustrant des techniques de sauvetage. Des conseils de prévention des incendies, des listes de rotation des volontaires et de vieux horaires de train se disputaient l'espace disponible, de même qu'une énorme affiche annonçant la lauréate du Prix du Gouverneur général dans la catégorie Poésie. On y voyait une femme fixant perpétuellement la salle de son regard à la fois fou et enragé.

Maintenant, cette femme, en chair et en os, fixait aussi Beauvoir du même regard fou et enragé.

— Qu'est-ce que vous faites ici, bordel de merde ?

À côté d'elle, un canard avait aussi les yeux rivés sur lui.

Ruth Zardo. Probablement la poète la plus importante et la plus respectée du pays. Et Rose, son canard. Beauvoir savait que, lorsque l'inspecteur-chef Gamache la regardait, il voyait une poète douée. Lui, cependant, ne voyait que la répulsion qu'elle lui inspirait.

— Un meurtre a été commis, répondit-il, d'une voix digne et pleine d'autorité, espérait-il.

— Je le sais bien qu'un meurtre a été commis. Je ne suis pas une imbécile.

Le canard secoua la tête et battit des ailes. Beauvoir, tellement habitué à la voir accompagnée de son oiseau, ne s'en étonnait plus. En fait, et même s'il ne l'admettrait jamais, il était soulagé de constater que Rose était encore en vie. Peu de choses, soupçonnait-il, duraient longtemps autour de cette vieille chnoque timbrée.

– Nous devons de nouveau utiliser ce bâtiment, dit-il avant de leur tourner le dos.

Ruth Zardo, malgré son grand âge, sa boiterie et son caractère exécrable, avait été élue chef du service des pompiers volontaires. Dans l'espoir, croyait Beauvoir, qu'elle périrait dans les flammes un de ces jours. Mais, se disait-il aussi, elle ne brûlerait probablement pas.

– Non.

De sa canne, Ruth donna un grand coup sur le plancher de béton. Rose n'eut aucune réaction, mais Beauvoir sursauta.

– Vous ne pouvez pas l'avoir.

– Je suis désolé, madame Zardo, mais nous en avons besoin et nous comptons nous y installer.

Le ton de Beauvoir était moins courtois qu'il l'avait été. Tous les trois se dévisagèrent, mais seulement Rose cligna des yeux. Beauvoir savait que la seule façon pour cette cinglée d'avoir le dessus sur lui, c'était si elle se mettait à réciter sa poésie insipide et indigeste. Rien ne rimait. Rien n'avait de sens. Elle le démolirait en un instant. Cependant, il savait aussi que, de tous les villageois, elle était la dernière personne qui citerait un de ses vers. Elle paraissait gênée, honteuse même, de ce qu'elle avait créé.

– Comment va votre poésie? demanda-t-il.

Il la vit chanceler. Ses cheveux blancs et clairsemés, taillés très court, étaient collés sur sa tête, donnant l'impression d'un crâne blanchi dénudé. Son cou était maigre et noueux, et son grand corps, qui avait probablement déjà été robuste, était frêle. Mais rien d'autre, chez elle, n'était faible.

– J'ai lu dernièrement que vous allez bientôt publier un autre livre.

Ruth Zardo recula légèrement.

– L'inspecteur-chef aussi est ici, comme vous le savez sans doute.

Son ton était aimable, maintenant, raisonnable, chaleureux. D'après son air, on aurait dit que la vieille femme venait de voir Satan.

— Je sais à quel point il a hâte de vous en parler. Il doit arriver bientôt. Il a appris vos poèmes par cœur.

Ruth Zardo tourna les talons et s'en alla.

Il avait réussi. Il l'avait chassée. La sorcière était morte ou, du moins, partie.

Il se mit à l'œuvre pour installer leur quartier général. Il commanda des bureaux et du matériel de communication, des ordinateurs et des imprimantes, des numériseurs et des télécopieurs. Des tableaux de liège et des marqueurs odorants. Il comptait accrocher un des tableaux par-dessus l'affiche de la vieille poète folle au sourire méprisant. Et par-dessus son visage il écrirait des mots se rapportant à un meurtre.

Le silence régnait dans le bistro.

Les spécialistes de scènes de crime avaient quitté les lieux. L'agente Isabelle Lacoste était agenouillée à l'endroit où le corps avait été trouvé. Consciencieuse comme toujours, elle s'assurait qu'aucun indice ne leur avait échappé. D'après ce que l'inspecteur-chef pouvait voir, Olivier et Gabri n'avaient pas bougé : ils étaient encore assis sur le vieux canapé au tissu fané devant la large cheminée, chacun dans son monde, hypnotisé par les flammes. Il se demanda à quoi ils pensaient.

Gamache s'approcha, s'assit dans le grand fauteuil à côté d'eux et leur posa la question.

— Je pensais à l'homme mort, répondit Olivier. Je me demandais qui il était, ce qu'il faisait ici. Je pensais à sa famille, en me demandant si quelqu'un s'inquiétait à son sujet.

— Je pensais au dîner, dit Gabri. Quelqu'un d'autre a-t-il faim ?

— Moi, lança l'agente Lacoste de l'autre côté de la pièce.

— Moi aussi, patron, ajouta Gamache.

Lorsqu'ils entendirent le bruit de casseroles dans la cuisine, Gamache se pencha vers Olivier. Ils étaient seuls, maintenant. Olivier le fixa d'un air absent. Mais l'inspecteur-chef avait déjà vu cet air. En fait, il était pratiquement impossible d'avoir le regard vide, à moins que la personne le veuille. Pour Gamache, un visage sans expression signifiait un cerveau bouillonnant.

De la cuisine leur parvenait l'odeur caractéristique de l'ail et ils entendaient Gabri chanter *What Shall We Do With the Drunken Sailor?*

– Selon Gabri, l'homme était un clochard. Vous, que pensez-vous ?

Olivier se rappela les yeux vitreux, qui semblaient le fixer. Et il se rappela la dernière fois où il s'était rendu à la cabane.

« Le Chaos approche, mon garçon. Il lui a fallu du temps, mais il est enfin arrivé. »

– Qu'aurait-il pu être d'autre ?

– Pourquoi, à votre avis, a-t-il été tué ici, dans votre bistro ?

– Je ne sais pas, répondit Olivier, l'air abattu. Je n'ai pas cessé de me creuser la tête pour essayer de comprendre. Pourquoi quelqu'un aurait-il tué un homme ici ? Ça n'a pas de sens. Je ne vois aucune raison.

– Il y en a une.

– Ah oui ? fit Olivier en se redressant. Laquelle ?

– Je l'ignore, mais je la découvrirai.

Olivier regarda cet homme calme et redoutable, qui paraissait soudain remplir la pièce entière sans même élever la voix.

– Le connaissiez-vous ?

– Vous m'avez déjà posé cette question, répliqua sèchement Olivier, avant de se ressaisir. Excusez-moi, mais c'est vrai, vous savez, et ça devient agaçant. Non, je ne le connaissais pas.

Gamache le dévisagea. Olivier avait le visage tout rouge. Mais pourquoi ? Parce qu'il était en colère, à cause de la chaleur du feu, ou parce qu'il venait de mentir ?

– Quelqu'un le connaissait, reprit enfin Gamache.

Il s'appuya contre le dossier du fauteuil, donnant ainsi à Olivier l'impression de pouvoir respirer plus librement, la pression ayant été relâchée.

– Mais pas moi ni Gabri.

Il fronça les sourcils, et Gamache se dit qu'il était réellement contrarié.

– Que faisait-il ici ?

– Vous voulez dire ici à Three Pines, ou ici dans le bistro ?

– Les deux.

Gamache savait qu'Olivier venait de mentir. Il voulait dire le bistro, c'était évident. Au cours d'une enquête sur un meurtre, les gens mentaient toujours. Si la vérité était la première victime d'une guerre, les mensonges des gens comptaient parmi les premières victimes d'une enquête criminelle. Les mensonges qu'ils se racontaient à eux-mêmes, ceux qu'ils racontaient aux autres. Les petits mensonges qui leur permettaient de sortir du lit par un matin froid et gris. Gamache et son équipe traquaient les mensonges et les révélaient. Jusqu'à ce que disparaissent toutes les petites histoires imaginées pour faciliter la vie quotidienne. Les gens se retrouvaient alors tout nus, démasqués. Le secret consistait à distinguer les bobards importants du reste. Celui d'Olivier semblait insignifiant. Dans ce cas, pourquoi se donner la peine de mentir ?

Gabri s'approcha avec un plateau contenant quatre assiettes fumantes. Quelques minutes plus tard, tous réunis autour du foyer, ils mangeaient des fettucines avec des crevettes et des pétoncles sautés dans l'huile d'olive et l'ail. Il y avait également du pain frais et du vin blanc.

Pendant le repas, ils parlèrent du long week-end de la fête du Travail, de châtaigniers et de marrons. De la rentrée des classes et des jours qui raccourcissaient.

À l'exception d'eux, le bistro était vide. Pourtant, l'inspecteur-chef avait l'impression qu'il était bondé, plein à craquer avec les mensonges racontés et ceux qu'on était en train de forger.

5

Après le repas, tandis que l'agente Lacoste se rendait au gîte de Gabri pour réserver des chambres pour la nuit, Armand Gamache partit d'un pas lent dans l'autre direction. Il ne pleuvait plus, mais une brume s'accrochait à la forêt et aux collines environnantes. Les villageois sortaient de leur maison pour faire des courses ou jardiner. L'inspecteur-chef marcha sur le chemin boueux, puis, tournant à gauche, se dirigea vers le pont de pierre à arches enjambant la rivière Bella Bella.

— Avez-vous faim ? demanda Gamache en ouvrant la porte de la vieille gare et en tendant à Beauvoir un sac en papier.

— Je crève de faim. Merci.

L'inspecteur faillit courir jusqu'à son supérieur. Du sac, il sortit un épais sandwich au poulet, brie et pesto. Il y avait également un Coca-Cola et une pâtisserie.

— Et vous ? demanda Beauvoir, la main suspendue au-dessus du précieux sandwich.

— Oh, j'ai déjà mangé, répondit le chef en se disant qu'il valait peut-être mieux ne pas décrire son repas à son adjoint.

Les deux hommes apportèrent des chaises près du poêle à bois ventru et, pendant que Beauvoir mangeait, échangèrent leurs impressions.

— À ce stade, dit Gamache, nous n'avons aucune idée de l'identité de la victime ni du meurtrier. Nous ne savons pas, non plus, pourquoi l'homme était dans le bistro ni avec quoi il a été tué.

— Encore aucune trace d'une arme ?

— Non. Selon la D^re Harris, ce serait une barre en métal ou quelque chose de semblable. Un objet lisse et dur.

– Un tisonnier?

– Peut-être. Nous avons pris ceux d'Olivier pour les faire analyser.

Gamache fit une pause.

– Qu'y a-t-il? demanda Beauvoir.

– Je trouve un peu étrange qu'Olivier ait allumé un feu dans les deux foyers. Le temps est pluvieux, mais pas très froid. Il vient de découvrir un corps et c'est une des premières choses auxquelles il pense...

– Vous croyez que l'arme peut être un des tisonniers? Et qu'Olivier a fait du feu pour pouvoir s'en servir? Pour brûler toute preuve se trouvant sur eux?

– Je crois que c'est possible, répondit Gamache d'une voix neutre.

– Nous les ferons vérifier. Mais si l'un d'eux se révèle être l'arme du crime, Olivier n'est pas nécessairement celui qui l'a utilisé. N'importe qui pouvait prendre un tisonnier et frapper le type.

– C'est vrai. Mais seul Olivier s'est occupé des feux ce matin.

En tant qu'inspecteur-chef, il devait, bien sûr, considérer toutes les personnes comme des suspects. Il était clair, cependant, que cela ne lui plaisait pas.

Beauvoir fit signe à des hommes costauds d'entrer. Ils apportaient l'équipement pour le bureau provisoire. Sur ces entrefaites, l'agente Lacoste arriva et rejoignit les deux hommes près du poêle.

– J'ai réservé nos chambres. Ah oui, j'ai rencontré Clara Morrow. Elle nous invite à souper ce soir.

Gamache hocha la tête. C'était une bonne chose. Ils pouvaient en apprendre davantage au cours d'une soirée entre amis que dans le cadre d'un interrogatoire.

– Olivier m'a donné les noms des jeunes qui travaillaient au bistro hier soir, poursuivit l'agente Lacoste. Je m'apprête à aller les rencontrer. Et des policiers fouillent le village et les environs à la recherche de l'arme, en prêtant une attention particulière aux tisonniers ou à des objets semblables.

L'inspecteur Beauvoir termina son repas et alla superviser l'aménagement du bureau. Isabelle Lacoste ressortit pour aller interroger les employés. Une partie de Gamache détestait voir les membres de son équipe se disperser. Il leur rappelait, encore et encore, de ne pas oublier ce qu'ils faisaient et qui ils recherchaient. Un meurtrier.

Des années auparavant, l'inspecteur-chef avait perdu un agent, abattu par un tueur. Pas question que cela se reproduise. Cependant, il ne pouvait pas tous les protéger, tout le temps. Comme il l'avait fait avec Annie, il devait les laisser partir.

C'était le dernier interrogatoire de la journée. Jusqu'à présent, l'agente Lacoste avait rencontré cinq personnes ayant travaillé au bistro la veille et avait obtenu la même réponse : non, rien de particulier ne s'était produit. L'endroit avait été plein de clients toute la soirée, car c'était un samedi soir et le long week-end de la fête du Travail. L'école recommençait mardi et ceux qui étaient venus au village pour l'été retourneraient à Montréal lundi. Le lendemain.

Quatre des serveurs reprenaient leurs études universitaires le surlendemain. Leur témoignage fut peu utile, car ils n'avaient eu d'yeux, semblait-il, que pour une table de jolies filles.

L'agente Lacoste eut plus de chance avec la cinquième personne, une serveuse qui avait vu autre chose que de belles poitrines. Mais, de l'avis de tous, ç'avait été une soirée ordinaire bien qu'extrêmement occupée. Personne ne mentionna un cadavre et Lacoste se dit que, même captivés par les seins, les garçons auraient remarqué cela.

Elle se rendit ensuite chez le dernier serveur, le jeune homme responsable du bistro après le départ d'Olivier. Celui qui avait procédé à une dernière vérification avant de fermer à clé.

La maison était en retrait de la route principale, au bout d'un chemin de terre. Des érables se dressaient de part et d'autre de l'allée. Ils n'arboraient pas encore leurs couleurs automnales éclatantes, mais sur certains les feuilles commençaient à prendre des teintes orangées et rouges. Dans quelques semaines, Isabelle Lacoste le savait, cette allée serait magnifique.

Elle sortit de l'auto et s'immobilisa, stupéfaite. Devant elle s'élevait un immense bloc de béton et de verre. La construction détonnait dans cet environnement, comme une tente sur Fifth Avenue, à New York. Elle ne cadrait pas avec le milieu. Lacoste constata autre chose en marchant vers la maison : celle-ci l'intimidait, et elle se demanda pourquoi. Bien sûr, elle était davantage portée vers un style plus traditionnel, mais non guindé. Elle aimait la brique et les poutres apparentes, mais détestait le fouillis. Cependant, depuis la naissance de ses enfants, elle avait renoncé à ce que ce soit toujours impeccable chez elle. Ces temps-ci, traverser une pièce sans marcher sur un objet qui couinait constituait un exploit.

Cette construction représentait certainement un exploit sur le plan architectural. Mais était-ce un foyer ?

La porte fut ouverte par une femme d'âge moyen aux formes arrondies, qui parlait un excellent français, quoique peut-être un peu châtié. Surprise, Isabelle Lacoste se rendit compte qu'elle s'attendait à ce que des personnes anguleuses vivent dans cette demeure tout en angles.

– Madame Parra ? demanda-t-elle en montrant sa carte d'identité.

La femme fit oui de la tête, sourit chaleureusement et se recula pour laisser passer Lacoste.

– Entrez. C'est au sujet de ce qui s'est produit au bistro d'Olivier, j'imagine.

– Oui.

Lacoste se pencha pour retirer ses bottes boueuses. Ce geste l'avait toujours gênée ; elle trouvait que cela manquait de dignité. Les célèbres enquêteurs du service des homicides de la Sûreté du Québec qui menaient des interrogatoires en chaussettes…

Mme Parra ne l'en empêcha pas, mais lui tendit des pantoufles prises dans un coffre en bois près de la porte, rempli de vieilles chaussures entassées pêle-mêle. Encore une fois, Isabelle Lacoste fut étonnée, car elle s'était attendue à un intérieur rigoureusement bien rangé.

– J'aimerais parler à votre fils.

– Havoc.

Havoc. L'inspecteur Beauvoir avait trouvé le prénom amusant, mais pas l'agente Lacoste. Curieusement, il semblait cadrer avec ce lieu froid, sévère. Quel autre endroit réussirait à contenir des « ravages » ?

Avant de se rendre chez les Parra, elle s'était renseignée à leur sujet. Elle avait dressé un portrait sommaire, mais utile. La femme devant elle siégeait au conseil municipal de Saint-Rémy et son mari, Roar, s'occupait de l'entretien de grandes propriétés dans les environs. Ils avaient fui la Tchécoslovaquie au milieu des années quatre-vingt, étaient venus au Québec et s'étaient installés un peu en retrait de Three Pines. En fait, il existait dans la région une importante et influente communauté tchèque, composée de réfugiés qui n'avaient cessé de courir qu'après avoir trouvé ce qu'ils cherchaient : la liberté et la sécurité. Hanna et Roar s'étaient arrêtés en trouvant Three Pines.

Et une fois là, ils avaient eu un fils.

– Havoc! cria sa mère en direction du bois.

Les chiens étaient sortis lorsqu'elle avait ouvert la porte.

Elle appela encore quelques fois, puis un jeune homme trapu arriva. Sa figure était rouge parce qu'il avait travaillé fort et ses cheveux noirs bouclés étaient ébouriffés. Il sourit et Lacoste sut que les autres serveurs n'avaient eu aucune chance avec les filles. Elles auraient toutes succombé à son charme. Isabelle sentit qu'il avait également volé un petit morceau de son cœur. Elle fit un calcul rapide : elle avait vingt-huit ans, lui vingt et un. Dans vingt-cinq ans, l'écart entre les âges n'aurait pas beaucoup d'importance, mais son mari et ses enfants ne seraient peut-être pas d'accord…

– Que puis-je faire pour vous ? demanda-t-il en se penchant pour enlever ses bottes en caoutchouc vertes. Bien sûr, c'est au sujet de cet homme qu'on a découvert dans le bistro ce matin. Je suis désolé. J'aurais dû le savoir.

Pendant que Havoc parlait, ils arrivèrent à une cuisine splendide, comme l'agente Lacoste n'en avait jamais vu dans la vraie vie. Les divers éléments n'étaient pas disposés en triangle selon la façon classique, et obligatoire – du moins le croyait-elle –, mais sur une ligne droite contre un mur au fond de la pièce lumineuse. Il y avait un très long comptoir en béton, des électroménagers en inox et des tablettes flottantes laissant voir des assiettes d'un blanc pur, parfaitement alignées. Du stratifié foncé recouvrait les placards inférieurs. La cuisine avait un look à la fois rétro et très moderne.

La pièce ne contenait pas d'îlot, mais une table au dessus en verre dépoli et, devant le comptoir, des chaises en teck qui semblaient d'époque. S'assoyant sur l'une d'elles et la trouvant confortable, Isabelle Lacoste se demanda s'il s'agissait d'antiquités rapportées de Prague. Mais pouvait-on passer des frontières en douce avec des chaises en teck?

À l'autre extrémité de la pièce, des fenêtres occupaient un mur complet, du plancher au plafond. Elles se prolongeaient sur les côtés, offrant ainsi une vue spectaculaire sur les champs, la forêt et une montagne à l'arrière-plan. L'agente Lacoste aperçut un clocher blanc et un panache de fumée au loin. Le village de Three Pines.

Dans le coin salon près des immenses fenêtres, deux canapés séparés par une table basse se faisaient face.

— Prendriez-vous du thé? demanda Hanna.

Isabelle Lacoste fit oui de la tête.

La mère et le fils ne paraissaient pas à leur place dans ce milieu presque aseptisé. Tandis qu'elle attendait le thé, Lacoste se mit à penser au Parra manquant : le père, Roar. Avait-il imposé ce style tout en angles et froid? Était-ce lui qui avait souhaité ce côté épuré, rassurant, les lignes droites, les pièces presque vides, les tablettes désencombrées?

— Connaissez-vous l'identité de l'homme mort? demanda Hanna.

Sur la table d'une propreté impeccable, elle déposa une tasse de thé devant l'agente Lacoste et une assiette blanche contenant des biscuits.

Lacoste la remercia et en prit un. Il était moelleux et chaud. Au goût de raisin et d'avoine s'ajoutait celui, plus fin, de cassonade et de cannelle. C'était une saveur familière, réconfortante. Sur la tasse, elle vit un bonhomme de neige souriant, habillé de rouge, qui saluait de la main. Le Bonhomme Carnaval, ce personnage associé à la fête hivernale de la ville de Québec. Elle but une gorgée. Le thé était fort et sucré. Un peu à l'image de Hanna, pensa-t-elle, car cette personne lui semblait à la fois forte et douce.

– Non, pas encore, répondit-elle.

– Nous avons entendu dire…

Mme Parra hésita.

– … que la mort n'était pas naturelle. Est-ce vrai?

Lacoste se rappela le crâne défoncé.

– En effet, sa mort n'était pas naturelle. Il a été assassiné.

– Mon Dieu! s'exclama Hanna. C'est affreux! Avez-vous une idée de qui a fait ça?

– Nous le saurons bientôt. Pour le moment, je veux seulement savoir ce qui s'est passé hier soir, dit-elle en se tournant vers le jeune homme assis en face d'elle.

Au même instant, elle entendit une voix à la porte arrière lancer quelque chose dans une langue qu'elle ne comprit pas. Du tchèque, supposa-t-elle. Un homme trapu s'avança dans la cuisine en frappant son bonnet tricoté contre son manteau.

– Roar, veux-tu bien faire ça dans le vestibule? dit Hanna en français.

Malgré le ton de remontrance, elle était de toute évidence heureuse de le voir.

– La police est ici. C'est au sujet du corps.

– Quel corps?

Lui aussi avait parlé en français, avec un léger accent. Il paraissait inquiet.

– Où? Ici?

– Non, papa, pas ici. Un homme mort a été trouvé dans le bistro, ce matin. Il a été tué.

– Tu veux dire assassiné? Quelqu'un a été assassiné dans le bistro hier soir?

L'incrédulité se lisait sur son visage. Comme son fils, Roar était râblé et musclé. Il avait des cheveux foncés bouclés, mais, contrairement à ceux de Havoc, les siens grisonnaient. Selon l'agente Lacoste, il devait approcher la cinquantaine.

Elle se présenta.

– Je vous connais, dit-il. Je vous ai déjà vue à Three Pines.

Son regard était franc, pénétrant, et ses yeux bleus d'une dureté déconcertante.

Il avait une bonne mémoire des visages, se dit Lacoste. La plupart des gens se souvenaient de l'inspecteur-chef Gamache.

Peut-être même de l'inspecteur Beauvoir. Peu se souvenaient d'elle, ou des autres agents.

Mais cet homme, oui.

Il se versa du thé, puis s'assit. Lui non plus ne semblait pas tout à fait à sa place dans cette pièce moderne et immaculée. Pourtant, elle le sentait parfaitement à l'aise. Il donnait l'impression d'un homme qui serait à l'aise presque n'importe où.

— Vous n'étiez pas au courant à propos du corps ?

Roar Parra mordit dans un biscuit et secoua la tête.

— J'ai travaillé toute la journée dans les bois.

— Sous la pluie ?

Il renâcla.

— Quoi ? Un peu de pluie ne vous tuera pas.

— Mais un coup à la tête, oui.

— C'est ce qui l'a tué ?

Lacoste confirma d'un hochement de tête.

— Qui était-il ?

— Personne ne le sait, répondit Hanna.

— Mais peut-être que vous, vous le savez, dit l'agente Lacoste.

Elle sortit une photo de sa poche et la posa, face vers le bas, sur la surface dure et froide de la table.

— Moi ? répliqua Roar en émettant un petit grognement. Je ne savais même pas qu'un homme était mort.

— J'ai entendu dire que vous avez vu un étranger rôder autour du village cet été.

— Qui vous a raconté ça ?

— Peu importe. Des gens vous ont entendu en parler. Était-ce un secret ?

Parra hésita.

— Pas vraiment. Je ne l'ai vu qu'une fois, peut-être deux. Ce n'est pas important. C'était stupide. J'avais cru voir un type, c'est tout.

— Stupide ?

Il sourit. C'était la première fois que l'agente Lacoste le voyait sourire et cela transforma son visage sévère, comme si une croûte était tombée. Des plis apparurent sur ses joues et ses yeux brillèrent durant un bref instant.

– Croyez-moi, c'est stupide. Et je sais ce que stupide veut dire, ayant élevé un adolescent. Je vais vous expliquer, mais, à mon avis, cela ne veut rien dire. Il y a quelques mois, un couple a acheté la vieille maison des Hadley. Les nouveaux propriétaires procèdent à des rénovations et m'ont embauché pour construire une écurie et ouvrir des sentiers. Ils voulaient également que je nettoie le jardin. Ce sont de gros travaux.

Lacoste connaissait la vieille maison des Hadley, cette vaste demeure victorienne maintenant en ruine, qui surplombait Three Pines.

– J'ai cru apercevoir quelqu'un dans les bois. Un homme. J'avais l'impression qu'on m'observait, mais c'était peut-être mon imagination. C'est facile de se faire des idées à cet endroit. Parfois, je me tournais brusquement pour voir s'il y avait réellement quelqu'un, mais ce n'était jamais le cas. Sauf une fois.

– Que s'est-il passé?

– L'homme a disparu. J'ai appelé et même couru après lui, mais il n'était plus là.

Parra fit une pause.

– Il n'a peut-être jamais été là, ajouta-t-il.

– Mais ce n'est pas ce que vous croyez, n'est-ce pas? Selon vous, il y avait quelqu'un.

Il la regarda et fit oui de la tête.

– Seriez-vous capable de le reconnaître?

– Peut-être.

– J'ai une photo du mort, prise ce matin. Attention, elle pourrait vous choquer.

D'un hochement de tête, Roar lui indiqua qu'il était prêt. Elle retourna la photo. Les trois Parra la fixèrent, puis secouèrent la tête. Lacoste laissa la photo sur la table, près des biscuits.

– Tout s'est déroulé normalement hier soir? Rien d'inhabituel ne s'est produit? demanda-t-elle à Havoc.

Sa réponse correspondit à ce que les autres serveurs avaient décrit: soirée occupée, bons pourboires, pas de temps pour penser.

– Des étrangers?

Havoc réfléchit un moment, puis fit non de la tête. Parmi les clients se trouvaient des vacanciers, des gens venus pour le week-end, mais il connaissait tout le monde.

— Qu'avez-vous fait après le départ d'Olivier et d'Old Mundin?

— J'ai rangé la vaisselle, inspecté rapidement les lieux, éteint les lumières et fermé à clé.

— Êtes-vous certain d'avoir fermé à clé? On a trouvé la porte ouverte ce matin.

— Oui. Je ferme toujours à clé.

Isabelle Lacoste décela de la peur dans la voix du beau jeune homme. C'était normal. La plupart des personnes, même si elles étaient innocentes, devenaient craintives lorsque des enquêteurs du service des homicides les interrogeaient. Mais elle avait remarqué autre chose, aussi.

Le père avait regardé son fils, puis avait rapidement détourné les yeux. Et Lacoste se demanda qui Roar Parra était réellement. Aujourd'hui, il travaillait dans les bois, coupait le gazon et entretenait des jardins. Mais que faisait-il avant? Bien des hommes se sentaient attirés par le calme d'un jardin seulement après avoir connu une vie de violence.

Roar Parra avait-il vécu des atrocités? En avait-il commis?

6

– Inspecteur-chef ? C'est Sharon Harris.

– Oui, docteure Harris, répondit Gamache dans le récepteur.

– Je n'ai pas encore terminé l'autopsie, mais mon travail préliminaire a fourni quelques éléments d'information.

– Bien. Continuez.

Gamache se pencha au-dessus du bureau et rapprocha son calepin.

– Le corps ne présente aucune marque permettant de l'identifier : ni tatouage ni cicatrice laissée par une opération. J'ai demandé un examen dentaire.

– Comment étaient ses dents ?

– Ah, voilà un point intéressant. Elles étaient en meilleur état que ce que je m'attendais. Je parie qu'il n'allait pas souvent chez le dentiste, et il avait perdu quelques molaires à cause de la gingivite, mais, dans l'ensemble, il avait d'assez belles dents.

– Les brossait-il ?

Il y eut un petit rire.

– Aussi incroyable que cela puisse paraître, oui. Il utilisait la soie dentaire, aussi. J'ai remarqué un peu de déchaussement, de plaque et des caries, mais il avait une bonne hygiène dentaire. Il y a des signes qu'à une certaine époque il a reçu pas mal de soins : obturations, traitement de canal.

– Cela coûte cher.

– En effet. À un moment donné, cet homme avait de l'argent.

Il n'était pas né clochard, pensa Gamache. Mais personne d'autre non plus, à vrai dire.

— Pouvez-vous évaluer à quand remontent ces traitements ?

— Je dirais au moins vingt ans, à en juger par l'usure et les matériaux utilisés, mais j'ai envoyé un échantillon à l'expert en odontologie médicolégale. Je devrais avoir une réponse demain.

— Vingt ans, dit Gamache d'un ton songeur, en faisant quelques calculs sur son calepin. Cet homme avait plus de soixante-dix ans. Il aurait donc reçu ces soins dans la cinquantaine. Puis quelque chose s'est produit. Il a perdu son emploi, il s'est mis à boire, il a sombré dans la dépression : quelque chose l'a fait craquer.

— Oui, je suis d'accord, il lui est arrivé quelque chose, mais pas dans la cinquantaine. Plutôt vers la fin de la trentaine ou au début de la quarantaine.

— Aussi longtemps que ça ?

Il regarda ses notes, où il avait écrit et encerclé « 20 ans ». Il était perplexe.

— C'est de cela que je voulais vous parler, chef, reprit la médecin légiste. Il y a quelque chose d'étrange à propos de ce corps.

Gamache se redressa et retira ses lunettes de lecture. De l'autre côté de la pièce, Beauvoir le vit faire et s'approcha de son bureau.

— Continuez, dit Gamache en faisant signe à Beauvoir de s'asseoir, puis il appuya sur un bouton du téléphone. Je vous ai mise sur haut-parleur. L'inspecteur Beauvoir est ici.

— Eh bien, ça m'a paru curieux qu'un clochard se brosse les dents et utilise la soie dentaire. Mais les sans-abris agissent parfois de manière bizarre. Comme vous le savez, ils souffrent souvent de troubles mentaux et peuvent avoir des obsessions.

— Rarement au sujet de l'hygiène, cependant.

— Vous avez raison. C'était étrange. Puis, lorsque je l'ai dévêtu, j'ai constaté qu'il était propre. Il a pris un bain ou une douche récemment. Ses cheveux aussi, bien qu'ébouriffés, étaient propres.

— Il existe des maisons de transition, dit Gamache. Il se trouvait peut-être dans l'une d'elles. Une agente s'est toutefois informée auprès des services sociaux locaux et, apparemment, on ne le connaissait pas.

— Comment pouvez-vous en être certain?

La médecin légiste n'avait pas l'habitude de questionner l'inspecteur-chef, mais elle était curieuse.

— Nous ignorons son nom, et sa description ressemblerait sûrement à celle d'autres sans-abris.

— C'est vrai, reconnut Gamache. L'agente l'a décrit comme un homme de plus de soixante-dix ans, mince, aux cheveux blancs, aux yeux bleus et à la peau tannée. Parmi les hommes correspondant à cette description et qui fréquentent les refuges de la région, aucun ne manque. Mais nous avons envoyé quelqu'un montrer sa photo.

Son commentaire fut suivi d'un bref silence.

— Qu'y a-t-il?

— Votre description est erronée.

— Que voulez-vous dire?

Pourtant, se dit Gamache, il avait sûrement vu l'homme aussi bien que tout le monde.

— Ce n'était pas un homme âgé. Voilà pourquoi je vous ai appelé. C'est ce que je voulais vous dire. Ses dents étaient un indice, puis j'ai poursuivi mon examen. Ses artères et ses veines ne contenaient pas beaucoup de dépôts de plaque, et j'ai trouvé très peu d'athérosclérose. Sa prostate n'est pas particulièrement grosse et il n'y a aucun signe d'arthrite. À mon avis, il était dans la mi-cinquantaine.

«Mon âge», pensa Gamache. Était-ce possible? Cette loque humaine sur le plancher aurait le même âge que lui?

— Et je ne crois pas que c'était un sans-abri.

— Pourquoi?

— D'abord, il était trop propre. Il prenait soin de lui. Il n'avait rien d'un mannequin de *GQ*, c'est vrai, mais tout le monde ne peut pas ressembler à l'inspecteur Beauvoir.

Beauvoir se rengorgea légèrement.

— De l'extérieur, il donnait l'impression d'avoir soixante-dix ans, mais, à l'intérieur, il était en bonne santé. J'ai ensuite regardé ses vêtements. Eux aussi étaient propres. Et rapiécés. Ils étaient vieux et usés, mais propres et convenables.

Peu de gens — à part des parents âgés — employaient encore de tels mots, «propres et convenables», mais ils semblaient appropriés dans ce cas. Ils décrivaient des vêtements simples, pas chics ni à la mode, mais résistants, propres, présentables. Il s'en dégageait une certaine noblesse désuète.

— Je n'ai pas fini mon travail, mais c'est ce que révèle mon examen préliminaire. Je vous enverrai mon rapport par courriel.

— Très bien. Avez-vous une idée du type de travail qu'il faisait ? Comment se gardait-il en forme ?

— À quel gym il était abonné, vous voulez dire ?

Gamache percevait le rire dans sa voix.

— C'est cela. Faisait-il du jogging, des haltères ? Était-il inscrit à une activité de cardiovélo, ou à un cours de Pilates, peut-être ?

Cette fois, la médecin légiste rit franchement.

— Je ne peux qu'avancer une supposition. À mon avis, il marchait peu, mais soulevait beaucoup d'objets. Le haut de son corps est un peu plus musclé que le bas. En poursuivant mes observations, je garderai votre question en tête.

— Merci, docteure.

— Une autre chose, intervint Beauvoir. L'arme du crime. Avez-vous trouvé d'autres indices quant à sa nature ? Pouvez-vous émettre des hypothèses ?

— Je m'apprête justement à faire cette partie de l'autopsie, mais j'ai jeté un rapide coup d'œil et mon opinion demeure la même. Il s'agit d'un instrument contondant.

— Un tisonnier ? demanda Beauvoir.

— C'est possible. J'ai remarqué une substance blanche dans la blessure. Ce pourrait être de la cendre.

— Le labo doit nous envoyer demain matin les résultats de l'analyse des tisonniers, dit Gamache.

— Je vous rappellerai dès que j'aurai d'autres informations à vous transmettre.

La D^{re} Harris raccrocha juste au moment où l'agente Lacoste arrivait.

— Le ciel s'éclaircit. La soirée sera agréable et le coucher de soleil très beau.

Beauvoir la regarda, incrédule. Elle était censée avoir fouillé les environs à la recherche d'indices, de l'arme du crime, du meurtrier, interrogé des suspects, et son premier commentaire concernait le beau coucher de soleil?

Il vit le chef se diriger nonchalamment vers une fenêtre tout en sirotant son café, puis se tourner et dire, sourire aux lèvres :

– Magnifique.

Une table de conférence avait été installée au centre du bureau provisoire, autour de laquelle, à une extrémité, des bureaux et des fauteuils étaient disposés en demi-cercle. Sur chaque bureau se trouvaient un ordinateur et un téléphone. Ça faisait un peu penser à Three Pines, la table rappelant le parc du village et les bureaux les boutiques. Il s'agissait d'une disposition séculaire qui avait fait ses preuves.

Un jeune agent du bureau local de la Sûreté tournait autour de la table, comme s'il voulait dire quelque chose.

– Puis-je vous aider? demanda l'inspecteur-chef.

Les autres agents de la Sûreté locale se figèrent pour observer la scène. Quelques-uns échangèrent des sourires entendus.

Le jeune homme redressa les épaules.

– J'aimerais participer à votre enquête, vous aider.

Un silence de mort plana dans la pièce. Même les techniciens interrompirent ce qu'ils étaient en train de faire, comme le font les témoins d'une effroyable calamité.

– Pardon? fit l'inspecteur Beauvoir en s'avançant. Qu'avez-vous dit?

– J'aimerais aider.

Le jeune agent pouvait maintenant voir le camion se diriger vers lui à toute allure tandis que son propre véhicule dérapait, hors de contrôle. Il venait de se rendre compte, trop tard, de son erreur.

Malgré tout, il ne flancha pas. Était-il paralysé par la peur ou démontrait-il au contraire du courage? Difficile à dire. Derrière lui, quatre ou cinq gros agents se croisèrent les bras, sans rien faire pour l'aider.

– N'êtes-vous pas censé installer des bureaux et brancher des téléphones? demanda Beauvoir en se rapprochant.

– Oui, et j'ai terminé, répondit-il d'une petite voix mal assurée, mais encore audible.

– Et qu'est-ce qui vous fait penser que vous pouvez être d'une quelconque utilité?

Debout derrière Beauvoir, l'inspecteur-chef les observait, silencieux.

Le jeune agent regardait Beauvoir lorsqu'il répondait à ses questions, mais ses yeux revenaient ensuite vers Gamache.

– Je connais la région. Je connais les gens.

– Eux aussi, dit Beauvoir en indiquant d'un geste du bras le mur de policiers derrière l'agent. Si nous avions besoin d'aide, pourquoi devrions-nous vous choisir?

Cette question sembla désarçonner le jeune homme, qui ne répondit pas. Beauvoir agita la main comme pour le chasser, puis tourna les talons et s'éloigna.

– Parce que, dit l'agent en s'adressant à l'inspecteur-chef, je l'ai demandé.

Beauvoir s'arrêta et se retourna, avec une expression d'incrédulité sur son visage.

– Pardon? Pardon? Nous menons une enquête sur un meurtre. Il ne s'agit pas d'un jeu. Faites-vous même partie de la Sûreté?

La question n'était pas ridicule. L'agent paraissait à peine âgé de seize ans et son uniforme était trop grand pour lui, malgré les efforts – évidents – déployés pour l'ajuster. Avec lui au premier plan et ses confrères à l'arrière, on avait l'impression d'observer un schéma évolutionniste, où le jeune agent représentait une espèce en voie d'extinction.

– Si vous n'avez plus rien à faire, veuillez quitter les lieux.

Le jeune homme hocha la tête et pivota pour aller se remettre au travail, mais dut s'arrêter devant le mur formé par les autres agents. Il en fit le tour, sous le regard de Gamache et des membres de son équipe. La dernière chose que ceux-ci virent avant de se retourner fut son dos, et son cou cramoisi.

Gamache invita Beauvoir et Lacoste à s'asseoir avec lui à la table de conférence.

– Que pensez-vous? demanda-t-il doucement.

– À propos du corps?

– À propos du jeune homme.

– Pas encore! s'exclama Beauvoir, exaspéré. Si nous avons besoin d'aide, le service des homicides compte beaucoup d'agents qualifiés. S'ils sont occupés, il y a toujours la liste d'attente.

Quantité d'agents d'autres divisions rêvent d'être mutés aux homicides. Pourquoi choisir un gamin d'un bled perdu et sans expérience ? Si nous voulons un autre enquêteur, nous en ferons venir un du quartier général.

C'était leur dispute classique.

Travailler à la section des homicides de la Sûreté constituait l'affectation la plus prestigieuse au Québec, et probablement au Canada. Les membres de ce service enquêtaient sur le pire de tous les crimes, dans les pires conditions. Et ils travaillaient avec le meilleur, le plus respecté et le plus célèbre de tous les enquêteurs. L'inspecteur-chef Gamache.

Alors pourquoi choisir des nullités, des minus ?

– Nous le pourrions, bien sûr, reconnut le chef.

Mais Beauvoir savait qu'il ne le ferait pas. Gamache avait trouvé Isabelle Lacoste assise devant le bureau du responsable des agents de la circulation, sur le point de démissionner de la Sûreté. Il lui avait demandé de se joindre à son équipe, au grand étonnement de tout le monde.

Quant à Beauvoir lui-même, il l'avait trouvé réduit à surveiller la cage des pièces à conviction au poste de Trois-Rivières. Tous les jours, Beauvoir – l'agent Beauvoir, à cette époque – subissait l'ignominie d'enfiler son uniforme de la Sûreté pour ensuite entrer dans la cage. Et y rester. Comme un animal. Après avoir tellement fait suer ses collègues et ses patrons, c'était le seul endroit qui restait pour lui. Où il se trouvait seul, avec des objets inanimés, dans le silence complet, sauf lorsque d'autres agents venaient déposer ou retirer quelque chose. Ceux-ci ne le regardaient même pas. Il était devenu un paria. Méprisé, invisible.

Mais l'inspecteur-chef Gamache l'avait vu. Un jour qu'il enquêtait dans la région, il avait apporté des pièces à conviction à ranger dans la cage, et avait trouvé Jean-Guy Beauvoir.

L'agent, l'homme, dont personne ne voulait était maintenant le bras droit du chef des homicides.

Beauvoir demeurait cependant convaincu que Gamache avait tout simplement eu de la chance jusqu'à maintenant, mis à part quelques exceptions notables. Il fallait voir la réalité en face : les agents sans expérience étaient dangereux. Ils commettaient des erreurs. Et aux homicides, les erreurs pouvaient mener à la mort.

Il se tourna et regarda le jeune et frêle agent avec dégoût. Était-ce lui qui gafferait, ferait une bévue monumentale qui entraînerait une autre mort ? «Ce pourrait être moi, la victime», pensa Beauvoir. Mais il y avait pire encore, se dit-il en jetant un coup d'œil à Gamache assis à côté de lui.

— Pourquoi lui ? murmura-t-il.

— Il semble gentil, agréable, commenta Lacoste.

— Comme la soirée, ajouta Beauvoir d'un ton railleur.

— Comme la soirée, répéta-t-elle. Il était tout seul.

Après un moment de silence, Beauvoir demanda :

— C'est tout ?

— Il n'a pas l'air à sa place avec les autres. Regarde-le.

— Tu choisirais un avorton, le plus faible de la portée ? Pour enquêter sur un meurtre ?

Puis, s'adressant à Gamache, il dit :

— Pour l'amour de Dieu, chef, nous ne sommes pas la Société protectrice des animaux.

— Vous croyez ? répondit Gamache avec un petit sourire.

— Il nous faut une personne solide, la meilleure, pour cette équipe, pour cette affaire. Nous n'avons pas le temps de former quelqu'un. Et, honnêtement, il donne l'impression d'avoir besoin d'aide pour lacer ses souliers.

En effet, devait reconnaître Gamache, le jeune agent paraissait maladroit.

— Je vais lui demander de se joindre à nous, dit l'inspecteur-chef. Je sais que vous n'êtes pas d'accord, Jean-Guy, et je comprends vos raisons.

— Alors pourquoi l'intégrer à l'équipe, monsieur ?

— Parce qu'il l'a demandé, répondit Gamache en se levant. Et que personne d'autre ne l'a fait.

— Mais tous accepteraient sans aucune hésitation de collaborer avec nous, argumenta Beauvoir en se levant aussi. N'importe qui accepterait.

— Que recherchez-vous chez une personne devant faire partie de notre équipe ?

Beauvoir réfléchit.

– Je veux quelqu'un qui soit intelligent et courageux.

Gamache inclina la tête du côté du jeune homme.

– À votre avis, quelle dose de courage lui a-t-il fallu pour nous proposer ses services? Quelle dose de courage lui faut-il pour aller au travail tous les jours? À peu près autant qu'il vous en fallait, à Trois-Rivières, ou à vous, ajouta-t-il en se tournant vers Lacoste, quand vous étiez affectée à la circulation. Les autres aimeraient peut-être se joindre à nous, mais ils n'ont pas eu assez d'intelligence ou de courage pour le demander. Notre jeune homme, lui, a démontré qu'il ne manquait ni de l'un ni de l'autre.

« *Notre*, pensa Beauvoir. Notre jeune homme. » Il le regarda, à l'autre bout de la pièce. Il était tout seul, occupé à enrouler des câbles et à les ranger dans une boîte.

– J'apprécie votre opinion, Jean-Guy, vous le savez. Mais je maintiens ma décision.

– Je comprends, monsieur.

Il était sincère.

– Je sais que cette décision est importante pour vous. Mais vous n'avez pas toujours raison.

Gamache regarda droit dans les yeux de son inspecteur, qui eut un mouvement de recul, craignant d'être allé trop loin, d'avoir abusé de leur relation personnelle. Mais, ensuite, le chef sourit.

– Heureusement, quand je fais une erreur, je peux compter sur vous pour me le dire.

– À mon avis, vous en faites une en ce moment.

– C'est noté. Merci. Auriez-vous maintenant l'obligeance d'inviter le jeune homme à se joindre à nous?

Beauvoir traversa la pièce d'un pas décidé et s'arrêta à côté de l'agent.

– Venez avec moi, lui dit-il.

L'agent se redressa, l'air inquiet.

– Oui, monsieur.

Un policier derrière eux ricana. Beauvoir s'immobilisa et se tourna vers le jeune homme qui le suivait.

– Comment vous appelez-vous?

— Paul Morin. Je travaille au poste de la Sûreté à Cowansville, monsieur.

— Agent Morin, veuillez s'il vous plaît vous asseoir à la table avec nous. Nous aimerions connaître votre opinion sur cette enquête.

Morin parut abasourdi, mais pas autant que les grands gaillards derrière lui. Pivotant dans l'autre sens, Beauvoir se dirigea lentement vers la table de conférence. Il se sentait bien.

— Vos rapports, s'il vous plaît, dit Gamache en jetant un coup d'œil à sa montre.

Il était dix-sept heures trente.

— Nous avons commencé à recevoir des résultats de l'analyse des pièces à conviction recueillies au bistro, répondit Beauvoir. Il y avait du sang de la victime sur le plancher et entre les lattes, mais pas beaucoup.

— La D^re Harris nous transmettra bientôt un rapport plus complet, dit Gamache. Selon elle, le peu de sang pourrait s'expliquer par une hémorragie interne.

Beauvoir hocha la tête.

— Nous avons des détails sur ce que l'homme portait. Rien, toutefois, qui permette de l'identifier. Ses vêtements étaient vieux mais propres, et de bonne qualité, à l'origine. Chandail en mérinos, chemise de coton, pantalon en velours côtelé.

— Je me demande s'il avait revêtu ses plus beaux vêtements, commenta l'agente Lacoste.

— Continuez, dit Gamache en se penchant vers l'avant et en retirant ses lunettes.

— Eh bien…, commença Lacoste en essayant de préciser sa pensée. Supposons qu'il devait rencontrer quelqu'un d'important. Il se serait douché, rasé, et peut-être même coupé les ongles.

— Et il aurait voulu avoir des vêtements propres, poursuivit Beauvoir. Il en a peut-être trouvé dans un magasin d'articles d'occasion ou une friperie.

— Il y en a une à Cowansville, dit l'agent Morin. Et une autre à Granby. Je peux aller m'informer.

— Très bien, dit l'inspecteur-chef.

L'agent Morin se tourna vers l'inspecteur Beauvoir, qui hocha la tête en signe d'approbation.

– La D^re Harris ne croit pas que cet homme était un clochard, du moins pas dans le sens classique du terme, précisa Gamache. Il paraissait âgé de plus de soixante-dix ans, mais elle est convaincue qu'il était plutôt dans la cinquantaine.

– Vraiment? fit l'agente Lacoste. Qu'est-ce qui a bien pu lui arriver?

Voilà justement la question à laquelle il fallait répondre, se dit Gamache. Que lui était-il arrivé? Dans la vie, pour qu'il vieillisse de deux décennies, et au moment de sa mort.

Beauvoir se leva et se dirigea vers les feuilles vierges épinglées au mur. Il prit un marqueur, en retira le capuchon et, instinctivement, l'agita sous son nez pour le humer.

– Passons en revue les événements d'hier soir.

En consultant ses notes, Isabelle Lacoste résuma son interrogatoire du personnel du bistro.

Les enquêteurs commençaient à visualiser ce qui s'était passé la veille. En écoutant le compte rendu, Gamache imaginait le bistro chaleureux rempli de villageois venus prendre un repas ou un verre en ce week-end de la fête du Travail. Ils parlaient de la foire du canton de Brume, du concours hippique, du jugement d'animaux d'élevage, de la tente d'artisanat. Ils soulignaient la fin de l'été et en profitaient pour dire au revoir à leur famille et à leurs amis. Gamache voyait les traînards quitter enfin les lieux et les jeunes serveurs débarrasser les tables, éteindre les feux, laver la vaisselle, puis la porte s'ouvrir et Old Mundin entrer. N'ayant aucune idée de ce à quoi il ressemblait, il se le représenta comme un personnage d'un tableau de Bruegel l'Ancien. Un paysan voûté et jovial. Un serveur l'avait peut-être aidé à apporter les chaises réparées à l'intérieur. Olivier s'était probablement entretenu avec lui et l'avait payé, puis Mundin était reparti avec d'autres pièces de mobilier.

Et ensuite?

Selon l'information recueillie par Lacoste, les serveurs étaient partis un peu avant Olivier et Mundin. Laissant une seule personne dans le bistro.

– Qu'avez-vous pensé de Havoc Parra? demanda Gamache.

– Il paraissait surpris de ce qui est survenu, répondit Lacoste. Il faisait peut-être semblant, bien sûr. Difficile à dire.

Son père m'a appris quelque chose d'intéressant, cependant. Il a confirmé ce qu'on nous avait rapporté : il a vu quelqu'un dans les bois.

– Quand ?

– Plus tôt cet été. Il travaille à la vieille maison des Hadley, pour les nouveaux propriétaires, et il pense avoir vu un homme là-haut.

– Il *pense* ? Ou il l'a vu ? demanda Beauvoir.

– Il pense l'avoir vu. Il s'est mis à sa poursuite, mais le gars a disparu.

Après un moment de silence, Gamache dit :

– Havoc Parra affirme avoir quitté le bistro, en fermant à clé, avant une heure du matin. Six heures plus tard, Myrna Landers, sortie se promener, découvre le corps. Pourquoi aurait-on tué un étranger à Three Pines, dans le bistro ?

– Si Havoc a réellement verrouillé la porte, l'assassin doit donc être quelqu'un qui savait où trouver une clé, dit Lacoste.

– Ou qui en avait déjà une, ajouta Beauvoir. Savez-vous ce qui m'intrigue ? Pourquoi le meurtrier a-t-il laissé l'homme là ?

– Que veux-tu dire ? demanda Lacoste.

– Eh bien, il n'y avait personne dans les parages. C'était la nuit. Pourquoi ne pas avoir transporté le cadavre jusque dans la forêt ? La distance à parcourir n'est pas grande, une centaine de mètres à peine. Les animaux auraient fait le reste, et le corps n'aurait probablement jamais été découvert. Nous n'aurions jamais su qu'un meurtre avait été commis.

– À votre avis, pourquoi le corps a-t-il été laissé sur place ? demanda Gamache.

Beauvoir réfléchit un instant.

– Je crois que quelqu'un voulait qu'on le trouve.

– Dans le bistro ?

– Oui, dans le bistro.

7

Olivier et Gabri traversaient le parc sans se presser. Il était dix-neuf heures et de la lumière commençait à briller dans les fenêtres, sauf au bistro, qui était sombre et vide.

– Seigneur! grogna une voix dans la pénombre. Les tapettes sont sorties.

– Merde, fit Gabri. La folle du village s'est échappée de son grenier.

Ruth Zardo clopina en direction des deux hommes, suivie de Rose.

– J'ai entendu dire que tu avais finalement tué quelqu'un avec ton esprit incisif, dit Ruth à Gabri en réglant son pas sur le sien.

– En fait, il paraît que sa tête a explosé quand il a lu un de tes poèmes.

– Si seulement c'était vrai, répondit Ruth.

Elle glissa ses bras décharnés sous ceux des hommes et c'est bras dessus, bras dessous qu'ils se rendirent chez Peter et Clara.

– Comment vas-tu, Olivier? ajouta-t-elle doucement.

– Pas trop mal, répondit-il en évitant de regarder le bistro plongé dans le noir lorsqu'ils passèrent devant.

Le bistro avait été son bébé, sa création. Il y avait mis tout ce que son monde contenait de bon: ses plus belles antiquités, ses meilleures recettes, de grands vins. Certains soirs, derrière le bar, il feignait d'essuyer des verres, mais, en réalité, il écoutait les rires dans la salle et regardait les personnes venues à son établissement, et qui étaient heureuses de s'y trouver. Elles se sentaient à leur place, et lui aussi.

Jusqu'à cette histoire.

Qui voudrait venir à un endroit où un meurtre avait été commis ? Et que se passerait-il si les gens apprenaient qu'il connaissait l'Ermite, découvraient ce qu'il avait fait ? Non, mieux valait ne rien dire et attendre la suite des événements. La situation était déjà suffisamment grave.

Les trois amis s'arrêtèrent devant la maison de Peter et Clara. À l'intérieur, ils virent Myrna poser son exubérant arrangement floral sur la table de la cuisine, déjà dressée pour le souper. Clara s'extasiait sur la beauté et la qualité artistique de la composition. Ils n'entendaient pas les mots, mais son ravissement était évident. Dans le séjour, Peter jeta une autre bûche dans le feu.

Ruth détourna les yeux de cette scène domestique réconfortante et les posa sur l'homme à côté d'elle. La vieille poète se pencha et chuchota à son oreille, de façon que Gabri ne puisse l'entendre.

– Sois patient. Tout ira bien. Tu le sais, n'est-ce pas ?

Elle regarda de nouveau vers la fenêtre éclairée et vit Clara étreindre Myrna, puis Peter entrer dans la cuisine et s'exclamer lui aussi en apercevant le bouquet. Olivier se pencha à son tour et, embrassant la vieille joue froide, remercia Ruth. Mais elle avait tort. Elle ignorait ce que lui savait.

Le Chaos avait trouvé Three Pines et fondait sur le village. Tout ce qui représentait la sécurité, la douceur et la gentillesse était sur le point d'être emporté.

Peter avait versé à boire à tout le monde sauf à Ruth, qui s'était servi elle-même un vase rempli de scotch et qu'elle sirotait assise au milieu du canapé devant le foyer. Rose allait et venait dans la pièce en se dandinant, sans que personne y prête attention. Même Lucy, la golden retriever de Peter et Clara, regardait à peine le canard. La première fois que la poète s'était présentée avec l'oiseau chez les Morrow, ils avaient insisté pour qu'elle le laisse à l'extérieur, mais Rose avait cancané si bruyamment qu'ils avaient été forcés de la faire entrer, pour la faire taire.

– *Hello.*

La voix grave, familière, venait de l'entrée.

— Seigneur, vous n'avez pas invité Clouseau ? demanda Ruth en s'adressant à la pièce vide.

Il n'y avait personne, sauf Rose, qui accourut vers elle.

— C'est très joli, dit Isabelle Lacoste en entrant dans la cuisine claire et spacieuse.

Sur la longue table en bois se trouvaient des corbeilles de baguettes tranchées, du beurre, des carafes d'eau et des bouteilles de vin. Un arôme d'ail, de romarin et de basilic frais flottait dans l'air.

Au centre de la table trônait un bouquet époustouflant de roses trémières, de roses blanches, de clématites, de pois de senteur et de phlox roses odorants.

On remplit de nouveau les verres et les invités passèrent au séjour, où ils allaient et venaient en mangeant des tranches de baguette avec du brie coulant ou du pâté de caribou aux pistaches et à l'orange.

À une extrémité de la pièce, Ruth soumettait l'inspecteur-chef à un interrogatoire.

— Je suppose que vous ne connaissez pas encore l'identité du mort.

— Je crains que non, répondit Gamache d'un ton neutre. Pas encore.

— Savez-vous avec quoi il a été tué ?

— Non.

— Avez-vous une idée de qui l'a tué ?

Gamache secoua la tête.

— Une hypothèse quant à pourquoi le crime a été commis dans le bistro ?

— Aucune, admit Gamache.

Ruth lui fit de gros yeux.

— Je voulais seulement vérifier si vous étiez toujours aussi incompétent. C'est rassurant de constater que certaines choses ne changent pas.

— Heureux de savoir que vous approuvez, répondit Gamache.

Il s'inclina légèrement devant elle, puis se dirigea vers le foyer, où il prit le tisonnier et l'examina.

— C'est un tisonnier, dit Clara en s'approchant de lui. Il sert à attiser le feu.

Elle sourit tout en l'observant. Il se rendit compte qu'en tenant l'instrument très près de son visage, comme s'il n'avait jamais vu un tel objet, il avait dû sembler un peu étrange. Il le reposa, soulagé. Pas de sang.

— Il paraît que votre exposition solo aura lieu dans quelques mois, dit-il avec un sourire en se tournant vers elle. Vous devez être au comble de l'excitation.

— Autant que si j'avais la fraise d'un dentiste dans le nez.

— C'est aussi affreux que ça?

— Bof. Ce n'est que de la torture, après tout.

— Vos tableaux sont-ils terminés?

— Oui, heureusement. C'est de la merde, bien sûr, mais au moins je les ai achevés. Denis Fortin en personne viendra discuter de la façon de les disposer. J'ai un ordre précis en tête, mais s'il n'est pas d'accord, j'ai un plan: je me mettrai à pleurer.

Gamache rit.

— C'est de cette manière que j'ai obtenu le poste d'inspecteur-chef.

— Je te l'avais dit, siffla Ruth à Rose.

— Vos toiles sont extraordinaires, Clara. Vous le savez, n'est-ce pas? dit Gamache en l'éloignant des autres.

— Comment le sauriez-vous? Vous n'avez vu qu'une de mes œuvres. Les autres sont peut-être très mauvaises. Je me demande si j'ai fait le bon choix en optant pour la peinture par numéros.

Gamache grimaça.

— Aimeriez-vous les voir?

— Avec joie.

— Bien. Après le souper? Cela vous donne environ une heure pour apprendre à dire: «Mon Dieu, Clara, ces toiles sont les plus belles œuvres d'art jamais réalisées, par qui que ce soit, où que ce soit!»

— De la lèche? C'est de cette manière que je suis devenu inspecteur.

— Vous êtes une personne aux talents multiples.

— Comme vous.

— Merci. Puisqu'on est sur le sujet de votre métier, avez-vous une idée de l'identité du mort? demanda-t-elle à voix basse. Vous avez répondu non à Ruth, mais est-ce vrai?

– Me croyez-vous capable de mentir?

«Pourquoi pas, se dit-il, puisque tout le monde ment.»

– Sommes-nous sur le point de résoudre le crime, c'est ce que vous voulez savoir?

Clara confirma d'un hochement de tête.

– C'est difficile à dire. Nous avons des pistes, quelques hypothèses. Comme nous ne connaissons pas l'identité de l'homme, il est plus difficile de déterminer pourquoi il a été tué.

– Et si vous ne trouvez jamais qui il était?

Gamache baissa les yeux sur Clara. Y avait-il quelque chose dans sa voix? Le souhait, mal dissimulé, qu'ils ne découvrent jamais qui était l'homme mort?

– Cela nous complique la tâche, reconnut-il, mais ne la rend pas impossible.

Bien que calme, sa voix devint momentanément dure. Ils allaient élucider cette affaire, voulait-il qu'elle sache, d'une façon ou d'une autre.

– Étiez-vous au bistro hier soir?

– Non. Nous étions à la foire avec Myrna. Nous avons mangé un dégoûtant repas de frites, hamburgers et barbe à papa, fait quelques tours de manèges, assisté au concours d'amateurs, puis nous sommes revenus ici. Myrna est peut-être allée au bistro, mais Peter et moi étions fatigués.

– Nous savons que le mort n'était pas du village ni de la région. Avez-vous aperçu des étrangers dans les parages?

– Il y a des gens qui traversent le village sac au dos ou encore à vélo, répondit Clara.

Elle but une gorgée de vin rouge et, après un instant de réflexion, ajouta:

– Mais la plupart sont plus jeunes. À ce qu'on dit, l'homme était assez âgé.

Gamache ne lui révéla pas l'information transmise par la médecin légiste un peu plus tôt dans la journée.

– Roar Parra a mentionné à l'agente Lacoste qu'il avait vu un rôdeur dans le bois, cet été. Cela vous dit-il quelque chose?

Il la regarda attentivement.

– Un rôdeur ? N'est-ce pas un peu mélodramatique ? Non, je n'ai vu personne, et Peter non plus. Il me l'aurait dit. Nous passons beaucoup de temps dans le jardin. S'il y avait eu quelqu'un, nous l'aurions vu.

D'un geste du bras, elle indiqua leur arrière-cour, maintenant plongée dans l'obscurité. Comme le savait Gamache, elle était vaste et descendait en pente douce jusqu'à la rivière Bella Bella.

– M. Parra ne l'a pas vu de ce côté-là. Il l'a vu là-bas, précisa Gamache en pointant le doigt vers la vieille demeure des Hadley sur la colline.

Ils prirent leur verre et sortirent sur la galerie. L'inspecteur-chef était vêtu de la façon habituelle : pantalon de flanelle gris, chemise, cravate, veste. Clara portait un tricot, fort utile en ce début de septembre, car à cette période de l'année les soirées commençaient tôt et étaient plus fraîches. De la lumière brillait dans les habitations du village, y compris dans celle sur la colline.

Ils regardèrent la maison en silence pendant quelques instants. Gamache fut le premier à parler.

– J'ai entendu dire qu'elle avait été vendue.

Clara fit oui de la tête. Ils entendaient le murmure des conversations venant du séjour et, dans la lumière qui s'en échappait, Gamache voyait le visage de Clara de profil.

– Il y a quelques mois. On est quand, maintenant ? La fin de semaine de la fête du Travail ? Je dirais qu'ils l'ont achetée en juillet et la rénovent depuis ce temps. Un jeune couple, ou, du moins, de mon âge. Ce qui me semble jeune.

Elle rit.

Pour Gamache, ce n'était pas facile de voir la vieille maison des Hadley comme seulement une autre habitation de Three Pines, où elle ne semblait pas à sa place. Elle paraissait se dresser en accusateur. Elle était comme un voyeur sur la colline, qui regardait les villageois de haut, les jugeait. Les traquait. Et qui, parfois, en attrapait un et le tuait.

Des choses horribles s'étaient produites à cet endroit.

Plus tôt dans l'année, Reine-Marie et lui étaient venus aider les habitants du village à repeindre et à réparer la vieille demeure. Ils croyaient que tout le monde, toute chose méritait une seconde chance. Même une maison. Et ils espéraient que quelqu'un l'achèterait.

Ç'avait été le cas.

– Je sais que les nouveaux propriétaires ont embauché Roar pour effectuer des travaux sur la propriété, nettoyer les jardins, poursuivit Clara. Il a même construit une écurie et commencé à dégager les sentiers. Du vivant de Timmer Hadley, il devait bien y avoir une cinquantaine de kilomètres de pistes cavalières dans ces bois. Toutes envahies par la végétation, maintenant. Roar a du pain sur la planche.

– M. Parra prétend avoir vu l'inconnu dans les bois quand il travaillait. Il se sentait épié depuis quelque temps, paraît-il, mais a aperçu quelqu'un seulement une fois. Il s'est lancé à sa poursuite, mais le type a disparu.

Gamache détourna les yeux de la maison des Hadley pour regarder Three Pines. Des jeunes jouaient au football-toucher dans le parc, pour étirer le plus longtemps possible leurs vacances estivales. Des bribes de phrases prononcées par des villageois assis sur d'autres galeries et profitant de ce début de soirée parvenaient jusqu'à Clara et lui. Le principal sujet des conversations, cependant, ne devait pas être les tomates qui mûrissaient, ni les nuits plus fraîches, ni les réserves de bois de chauffage à constituer.

Quelque chose de putride s'était faufilé dans le petit village tranquille. Des mots comme « meurtre », « sang », « corps » flottaient dans l'air du soir. Et autre chose également : le doux parfum d'eau de rose et de bois de santal de l'homme imposant et calme à côté de Clara.

À l'intérieur, Isabelle Lacoste prit une bouteille sur le plateau de boissons posé sur le piano et se servit un autre scotch coupé d'eau. Elle balaya la pièce du regard. Une bibliothèque remplie à craquer de livres couvrait un mur entier, sauf aux endroits occupés par une fenêtre et la porte vitrée menant à la galerie, au travers de laquelle elle voyait l'inspecteur-chef et Clara.

À l'autre extrémité du séjour, Myrna bavardait avec Olivier et Gabri. Peter s'affairait dans la cuisine et Ruth, assise devant la cheminée, buvait. L'agente Lacoste était déjà venue chez les

Morrow, mais seulement dans le cadre d'une enquête, jamais à titre d'invitée.

La demeure correspondait à l'image qu'elle s'en était faite : un petit nid douillet. Elle se voyait retourner à Montréal et convaincre son mari de vendre leur maison, retirer les enfants de l'école, quitter leur emploi et déménager ici. Ils trouveraient un cottage près du parc et travailleraient au bistro ou à la librairie de Myrna.

Elle se laissa tomber dans un fauteuil et regarda Beauvoir sortir de la cuisine, avec un morceau de pain recouvert de pâté dans une main et une bière dans l'autre, et se diriger vers le canapé. Il s'arrêta brusquement, comme si quelque chose l'avait dégoûté, et changea de direction pour aller à l'extérieur.

Ruth se leva et boita jusqu'au plateau de boissons, un sourire mauvais aux lèvres. Après avoir fait le plein de scotch, elle retourna au canapé, tel un monstre marin disparaissant de nouveau sous l'eau pour attendre une proie.

— Avez-vous une idée de quand nous pourrons rouvrir le bistro ? demanda Gabri, qui, accompagné d'Olivier et de Myrna, avait rejoint Isabelle Lacoste.

— Gabri ! lança Olivier, agacé.

— Quoi ? Je m'informe, c'est tout.

— Nous avons terminé ce que nous devions y faire, répondit Lacoste. Vous pouvez ouvrir quand vous voulez.

— Le bistro ne peut pas rester fermé très longtemps, vous savez, dit Myrna. Nous mourrions tous de faim.

La tête de Peter apparut dans l'encadrement de la porte.

— À table !

— Quoique peut-être pas tout de suite, ajouta-t-elle en se dirigeant avec les autres vers la cuisine.

Ruth s'extirpa du canapé et alla à la porte de la galerie.

— Êtes-vous sourds ? cria-t-elle à Gamache, Beauvoir et Clara. Le repas va être froid. Rentrez.

En passant à côté d'elle, Beauvoir sentit son sphincter anal se contracter. Clara suivit Beauvoir jusqu'à la table, mais Gamache resta en arrière.

Il lui fallut quelques instants avant de se rendre compte qu'il n'était pas seul. À côté de lui et appuyée sur sa canne, Ruth se dressait de toute sa taille, droite comme un *I*, la figure marquée de zones d'ombre, telles des crevasses profondes, et de lumière.

— Une étrange chose à donner à Olivier, ne croyez-vous pas?

La vieille voix, sèche et coupante, s'éleva au-dessus des rires provenant du parc.

— Je vous demande pardon? dit Gamache en se tournant vers elle.

— Le mort. Même vous ne pouvez pas être aussi bouché. Quelqu'un a fait ça à Olivier. C'est un être cupide, fainéant et probablement assez faible, mais il n'a tué personne. Alors pourquoi choisirait-on son bistro pour y commettre un meurtre?

Gamache leva les sourcils.

— Vous pensez que quelqu'un a délibérément choisi son bistro?

— Eh bien, ce n'était pas accidentel. L'assassin a choisi le Bistro d'Olivier pour y commettre son crime et a fait cadeau du corps à son propriétaire.

— Pour tuer à la fois un homme et un commerce? demanda Gamache. Comme donner du pain blanc à un poisson rouge?

— Allez vous faire foutre.

— «Mais rien que j'ai donné n'était bon pour toi; comme du pain blanc aux poissons rouges», cita Gamache.

Ruth Zardo se raidit, puis, dans un grognement sourd, termina son propre poème.

Ils se gavent et se gavent, et ça les tue et
ils dérivent dans la piscine, le ventre à l'air,
grimaçant leur étonnement,
misant sur notre culpabilité,
comme si leur propre gloutonnerie toxique
n'était pas de leur faute.

Gamache l'écouta réciter les vers tirés de l'un de ses poèmes préférés. Il regarda le bistro, sombre et vide un soir où il aurait dû grouiller de villageois.

Ruth avait-elle raison? Quelqu'un avait-il délibérément choisi le bistro? Si oui, cela signifiait qu'Olivier était impliqué, d'une manière ou d'une autre. S'était-il lui-même attiré ces ennuis?

Qui dans le village détestait suffisamment le clochard pour le tuer et en voulait assez à Olivier pour perpétrer le crime dans son bistro? Ou le clochard avait-il seulement été un instrument pratique? Un pauvre homme au mauvais endroit, utilisé comme arme contre Olivier?

— À votre avis, qui voudrait faire ça à Olivier? demanda-t-il à Ruth.

Elle haussa les épaules, puis pivota sur ses talons et s'en alla. Il la vit prendre sa place parmi ses amis, qui agissaient les uns envers les autres d'une façon qui leur était familière. Et qui l'était maintenant pour Gamache.

Et pour le tueur?...

8

Le repas tirait à sa fin. Il avait consisté en du maïs en épi enduit de beurre doux, un saumon cuit au barbecue sur charbon de bois et des légumes du potager de Peter et Clara. Les invités bavardaient pendant qu'on servait la salade et qu'on leur offrait du pain chaud. Avec le somptueux bouquet de Myrna au centre de la table, composé de roses trémières, de pois de senteur et de phlox, ils avaient l'impression de manger dans un jardin.

Gamache entendait Lacoste poser des questions à ses compagnons de table, d'abord au sujet des Parra, puis d'Old Mundin. Il se demandait s'ils se rendaient compte qu'elle les soumettait à un interrogatoire.

Quant à Beauvoir, il parlait de la foire et de visiteurs avec les personnes à côté de lui. Ruth, assise en face, le fixait d'un air furieux. Gamache se demanda pourquoi, bien que ce fût pour ainsi dire sa seule forme d'expression.

L'inspecteur-chef se tourna vers Peter, qui servait la salade de roquette, laitue frisée et tomates fraîches.

– J'ai appris que la vieille maison des Hadley a été vendue. Avez-vous rencontré les nouveaux propriétaires ?

Peter lui tendit le saladier en bois ronceux.

– Oui. Les Gilbert. Marc et Dominique. La mère de Marc habite aussi avec eux. Elle est venue de Québec. Je crois qu'elle était infirmière, ou quelque chose du genre, mais elle est à la retraite depuis longtemps. Dominique travaillait dans la publicité à Montréal et Marc était courtier en valeurs mobilières. Il a gagné une fortune, puis a pris une retraite anticipée avant que les marchés chutent.

– Voilà un homme chanceux.

– Voilà un homme intelligent.

Gamache se servit de salade. Il sentait la délicate vinaigrette à l'ail, à l'huile d'olive et à l'estragon. Peter leur versa à tous les deux un autre verre de vin rouge, puis donna la bouteille à son voisin pour qu'elle fasse le tour de la table. Gamache l'observa attentivement, essayant de déceler s'il avait formulé un commentaire caustique, lourd de sous-entendus. En utilisant le mot « intelligent », Peter avait-il voulu dire « malin », « rusé », « fourbe » ? Mais non, Gamache était persuadé qu'il était sincère. C'était un compliment. Peter Morrow insultait rarement qui que ce soit, mais, aussi, il complimentait rarement quelqu'un. Ce Marc Gilbert paraissait l'avoir impressionné.

– Les connaissez-vous bien ?

– Nous les avons invités quelques fois à souper. Charmant couple.

De la part de Peter, il s'agissait d'une remarque presque enthousiaste.

– Avec tout l'argent dont ils disposaient, c'est un peu curieux qu'ils aient choisi la vieille maison des Hadley, abandonnée depuis plus d'un an, commenta Gamache. Ils auraient probablement pu acheter n'importe quelle propriété de la région.

– Nous aussi, nous étions un peu surpris, mais ils ont dit vouloir repartir à neuf. Ils cherchaient un endroit qu'ils pourraient transformer à leur image, qui deviendrait le leur. Ils ont pratiquement tout arraché dans la maison, vous savez. La propriété comprend de vastes terrains, aussi, et Dominique veut avoir des chevaux.

– Roar Parra a commencé à dégager les pistes, apparemment.

– Un long travail.

Peter avait baissé la voix jusqu'au murmure, si bien que les deux hommes étaient penchés l'un vers l'autre comme des conspirateurs. Gamache se demandait quel pouvait bien être l'objet du complot.

– C'est une grande maison, pour trois personnes. Ont-ils des enfants ?

– Eh bien, non.

Peter jeta un coup d'œil furtif aux gens autour de la table. Puis ses yeux revinrent se poser sur Gamache. Qui avait-il regardé précisément ? Clara ? Gabri ? Il était impossible de le savoir.

– Se sont-ils fait des amis dans le village ?

Gamache, qui s'était redressé et s'était exprimé d'un ton normal, prit une bouchée de salade. Peter balaya de nouveau la table du regard et baissa encore plus la voix.

– Pas vraiment.

Avant que Gamache puisse poser d'autres questions, Peter se leva et commença à desservir. Debout à côté de l'évier, il regarda ses amis qui bavardaient. Ils étaient proches. Si proches qu'ils pouvaient tendre le bras et se toucher, ce qu'ils faisaient à l'occasion.

Peter, lui, ne le pouvait pas. Il se tenait à l'écart, et observait. Ben, qui avait déjà habité la vieille maison des Hadley, lui manquait. Enfant, Peter avait joué dans cette maison. Il en connaissait tous les coins et recoins. Tous les endroits terrifiants où vivaient des fantômes et des araignées. Mais d'autres gens y vivaient maintenant et l'avaient transformée en autre chose.

En pensant aux Gilbert, Peter se sentit le cœur un peu plus léger.

– À quoi pensez-vous ?

Peter sursauta en constatant que Gamache l'avait rejoint.

– À rien de particulier.

Gamache prit le batteur électrique des mains de Peter et versa de la crème à fouetter et une goutte d'essence de vanille dans le bol refroidi. Il mit l'appareil en marche et se pencha vers Peter, ses paroles couvertes par le vrombissement, de sorte que seul son compagnon pouvait les entendre.

– Parlez-moi de la vieille maison des Hadley et des gens qui s'y sont installés.

Peter hésita, mais savait que Gamache ne lâcherait pas prise. Et ils ne pourraient pas avoir une conversation plus discrète. Alors il parla, ses mots fouettés et mélangés, inintelligibles pour quiconque se trouvait à une distance de plus de quinze centimètres.

– Marc et Dominique ont l'intention d'ouvrir une auberge de luxe et un spa.

— Dans la vieille maison des Hadley?

Gamache parut si étonné que Peter eut presque envie de rire.

— Ce n'est plus l'endroit dont vous vous souvenez. Vous devriez la voir maintenant. Elle est magnifique.

L'inspecteur-chef se demanda si une couche de peinture et de nouveaux appareils ménagers pouvaient exorciser les démons, et si l'Église catholique était au courant.

— Mais ça ne plaît pas à tout le monde, poursuivit Peter. Les Gilbert se sont entretenus avec quelques-uns des employés d'Olivier et leur ont offert du travail mieux rémunéré. Olivier a réussi à garder presque tout son personnel, mais il a dû augmenter les salaires. Ces deux-là ne s'adressent pour ainsi dire pas la parole.

— Marc et Olivier?

— Ils ne veulent même pas se trouver dans la même pièce.

— Cela doit créer des situations embarrassantes, dans un petit village.

— Pas vraiment.

— Alors pourquoi chuchotons-nous? demanda Gamache en arrêtant le batteur et en parlant normalement.

Peter, énervé, regarda de nouveau du côté de la table.

— Écoutez, je sais qu'Olivier va s'en remettre, mais, pour l'instant, c'est simplement plus facile de ne pas aborder le sujet.

Peter tendit un petit gâteau à Gamache, qui le coupa en deux, puis il empila sur le dessus des tranches de fraises dans leur jus d'un rouge écarlate.

Gamache vit Clara se lever et Myrna la suivre. Olivier s'approcha et prépara du café.

— Puis-je aider? demanda Gabri.

— Tiens, mets de la crème, répondit Peter. Sur le gâteau, précisa-t-il lorsque Gabri se dirigea vers Olivier avec une cuillerée de chantilly.

Bientôt fut formée une petite chaîne de montage d'hommes assemblant des gâteaux aux fraises. Quand ils eurent terminé, ils se tournèrent pour apporter les desserts à la table, mais s'arrêtèrent net.

Devant eux, posées sur des chevalets et uniquement éclairées par des bougies, se trouvaient trois grandes toiles de Clara. Soudain, Gamache se sentit pris de vertige, comme s'il avait reculé dans le temps, jusqu'à l'époque de Rembrandt, de Léonard de Vinci, de Titien, lorsqu'on regardait des tableaux soit à la lumière du jour, soit à la lueur de bougies. Est-ce ainsi que *La Joconde* avait été vue la première fois ? La chapelle Sixtine ? À la lueur du feu ? Comme l'art rupestre.

Il s'essuya les mains sur un torchon à vaisselle et s'approcha des trois chevalets. Il remarqua que les autres invités faisaient de même, attirés par les peintures. Autour d'eux, les flammes des bougies dansaient et fournissaient un meilleur éclairage qu'aurait imaginé Gamache. Ou, peut-être, les toiles de Clara produisaient-elles leur propre lumière – c'était bien possible.

– J'en ai d'autres, évidemment, mais celles-ci constitueront les pièces maîtresses de l'exposition à la Galerie Fortin, expliqua Clara.

Cependant, personne ne l'écoutait vraiment. Tout le monde avait les yeux rivés sur l'un ou l'autre des tableaux. Gamache se recula pendant un moment pour observer la scène.

Trois portraits, trois femmes âgées, le fixaient à leur tour.

L'un des portraits était clairement celui de Ruth. C'était l'œuvre qui avait d'abord retenu l'attention de Denis Fortin. Celle qui avait mené à cette extraordinaire proposition d'une exposition solo. Celle qui suscitait la curiosité dans le milieu des arts, de Montréal à Toronto, de New York à Londres, où l'on était intrigué par le nouveau talent, le trésor, découvert dans le fin fond des Cantons-de-l'Est.

Et elle était là, cette toile, devant eux.

Clara Morrow avait peint Ruth sous les traits d'une Vierge Marie âgée, oubliée. Furieuse, le visage hagard, la Ruth du portrait était remplie de désespoir, d'amertume. De regrets à la suite d'une vie sacrifiée, d'occasions gâchées, de pertes et de trahisons réelles et imaginées, créées et provoquées. De ses mains émaciées, elle tenait fermement un châle bleu. Celui-ci avait glissé et dénudé une épaule osseuse, et la peau pendait, comme quelque chose cloué au mur et vide.

Et pourtant, le portrait rayonnait, il emplissait la pièce de lumière à partir d'un point minuscule, dans les yeux. Ruth, aigrie et enragée, fixait quelque chose au loin, à une très grande distance, qui s'approchait, plus imaginé que réel.

L'espoir.

Clara avait su rendre le moment où le désespoir se transforme en espoir. L'instant où débute la vie. Elle avait réussi à représenter la grâce.

Gamache en avait le souffle coupé et sentait ses yeux commencer à brûler. Il cligna des paupières et se détourna du tableau, comme s'il l'aveuglait. Tous les autres dans la pièce, remarqua-t-il, fixaient aussi cette œuvre, leurs traits paraissant plus doux à la lueur des bougies.

Le portrait suivant était indéniablement celui de la mère de Peter, que Gamache avait rencontrée et qu'il était impossible d'oublier. Clara l'avait peinte le regard dardé en direction de la personne observant le tableau. Elle ne regardait pas au loin, comme Ruth, mais plutôt quelque chose de très près. Trop près. Ses cheveux blancs étaient attachés en un chignon lâche et son visage était parcouru d'un réseau de fines lignes, comme une fenêtre qu'on venait de fracasser, mais qui n'était pas encore tombée. Elle était blanche et rose, en bonne santé et belle. Elle affichait un doux sourire tranquille qui s'étendait jusqu'à ses yeux bleus si tendres. Gamache pouvait presque sentir le talc et la cannelle. Néanmoins, le portrait le troublait profondément. C'est alors qu'il remarqua la main subtilement tournée vers l'extérieur. Les doigts semblaient essayer de sortir de la toile. Pour l'atteindre, lui. Il avait l'impression que cette charmante et douce vieille femme allait le toucher. Et si elle le faisait, il serait consumé par le chagrin comme jamais auparavant. Il se trouverait plongé en ce lieu vide où rien n'existe, pas même la douleur.

Elle était repoussante. Et pourtant, il ne pouvait s'empêcher d'être attiré par elle, comme une personne sujette au vertige se sent attirée par le bord du précipice.

Quant à la troisième femme âgée, Gamache ne la reconnaissait pas. Il ne l'avait jamais vue et se demanda si c'était la mère de Clara. Il y avait quelque chose de vaguement familier chez elle.

Il observa attentivement le portrait. Clara peignait l'âme des gens, et il voulait savoir ce que cette âme contenait.

La femme paraissait heureuse. Elle regardait quelque chose par-dessus son épaule en souriant. Quelque chose qui comptait beaucoup pour elle. Elle aussi portait un châle, un vieux châle en laine grossière rouge foncé. Elle donnait l'impression d'une personne habituée à la richesse, mais soudain tombée dans la pauvreté. Pourtant, elle ne semblait pas s'en faire.

«Intéressant», pensa Gamache. Elle avançait dans une direction, mais regardait dans l'autre. Derrière elle. Cette femme lui inspirait un irrésistible sentiment de désir. Tout ce qu'il voulait, se rendit-il compte, c'était approcher un fauteuil de ce tableau, se verser une tasse de café et garder les yeux sur ce portrait pour le reste de la soirée. Pour le reste de sa vie. Cette toile était ensorcelante. Et dangereuse.

Non sans mal, il s'arracha à la fascination du portrait et vit Clara, debout dans l'obscurité, qui observait ses amis regardant ses créations.

Peter aussi observait la scène. Avec une fierté sincère.

– *My God!* s'exclama Gabri. C'est extraordinaire.

– *Congratulations*, Clara, dit Olivier. Ces tableaux sont vraiment remarquables. En as-tu d'autres ?

– Veux-tu dire : ai-je fait un portrait de toi ? dit-elle en riant. Non, *my darling*. Seulement de Ruth et de la mère de Peter.

– Et celui-là, c'est qui ? demanda Lacoste en indiquant le dernier portrait que Gamache avait examiné avec tant d'attention.

– Je ne le dis pas, répondit Clara en souriant. Vous devez deviner.

– Est-ce moi ? demanda Gabri.

– Oui, Gabri, c'est toi.

– Vraiment ?

Il remarqua trop tard le sourire de Clara.

Bizarrement, pensa Gamache, ç'aurait presque pu être Gabri. Il regarda de nouveau la toile éclairée par la douce lueur des bougies. La ressemblance ne se situait pas sur le plan physique, mais sur celui des émotions. Le portrait dégageait une impression de bonheur. Mais autre chose aussi, qui ne correspondait pas tout à fait à Gabri.

— Et alors, lequel de ces portraits est le mien ? demanda Ruth, qui s'approcha des toiles en boitant.

— Celui-là, espèce de vieille ivrogne, dit Gabri.

Ruth scruta son double.

— Je ne vois pas la ressemblance. Ça m'a plutôt l'air d'être toi.

— Vieille sorcière, murmura Gabri.

— Vieux pédé, grommela Ruth.

— Clara t'a représentée en Vierge Marie, expliqua Olivier.

Ruth se pencha un peu plus près et secoua la tête.

— Vierge ? chuchota Gabri à l'oreille de Myrna. Apparemment, baiser quelqu'un en l'emberlificotant ne compte pas.

— Tiens, ça me fait penser, dit Ruth en regardant Beauvoir. Peter, aurais-tu un bout de papier ? J'ai une inspiration pour un poème. D'après toi, est-ce exagéré d'utiliser les mots *asshole* et *shithead* dans la même phrase ?

Beauvoir grimaça, sachant que ces termes voulaient dire « trou de cul » et « connard ».

— Fermez les yeux et pensez à l'Angleterre, suggéra Ruth à Beauvoir, qui pensait justement à son anglais.

Gamache s'approcha de Peter, qui continuait de fixer les œuvres de sa femme.

— Comment vous sentez-vous ?

— Voulez-vous dire : ai-je envie de lacérer ces toiles avec une lame de rasoir, puis de les brûler ?

— Quelque chose comme ça.

Ils avaient déjà eu une conversation semblable, liée au fait que Peter allait peut-être devoir bientôt céder sa place de meilleur artiste de la famille, du village, de la province, à Clara. Peter avait parfois de la difficulté à accepter cette éventualité.

— Je ne pourrais pas l'empêcher de réussir même si j'essayais, reprit Peter. Et je ne veux pas essayer.

— Il y a une différence entre empêcher de réussir et soutenir activement.

— Ces tableaux sont merveilleux. Même moi, je ne peux plus le nier, avoua Peter. Elle me stupéfie.

Les deux hommes se tournèrent vers la petite femme rondelette qui regardait ses amis avec anxiété, apparemment inconsciente d'avoir créé des chefs-d'œuvre.

– Travaillez-vous à quelque chose? demanda Gamache en indiquant de la tête la porte fermée du studio de Peter.

– J'ai toujours un tableau en cours. C'est une bûche.

– Une bûche?

C'était difficile de donner l'impression qu'il s'agissait d'un sujet génial. Peter Morrow était devenu l'un des artistes les plus réputés du pays en reproduisant des objets banals dans les moindres détails, jusqu'à les rendre méconnaissables. Il se concentrait sur une partie d'un objet, puis agrandissait et peignait cette section.

Ses œuvres paraissaient abstraites. Savoir qu'elles ne l'étaient pas procurait une grande satisfaction à Peter. Elles montraient la réalité poussée à l'extrême. Elles étaient si vraies que personne ne reconnaissait ce qu'elles représentaient. Maintenant, c'était au tour de la bûche prise sur le dessus de la pile à côté du foyer et qui l'attendait dans son atelier.

Les desserts furent servis, suivis de café accompagné de cognac. Pendant que les invités allaient et venaient dans la maison et que Gabri jouait du piano, Gamache se sentit de nouveau attiré par les peintures, surtout par celle de la femme inconnue. Qui regardait vers l'arrière. Clara vint le rejoindre.

– Mon Dieu, Clara, ces toiles sont les plus belles œuvres d'art jamais réalisées, par qui que ce soit, où que ce soit!

– Vous le pensez vraiment? demanda-t-elle avec une gravité feinte.

Gamache sourit.

– Elles sont admirables, vous savez. Vous n'avez rien à craindre.

– Si c'était vrai, je ne pourrais pas peindre.

D'un geste de la tête, Gamache indiqua le tableau qu'il avait regardé si attentivement.

– Qui est-ce?

– Oh, tout simplement quelqu'un que je connais.

Gamache attendit, mais, de manière peu caractéristique, Clara demeura silencieuse. De toute façon, se dit-il, l'identité du personnage importait peu. Clara s'éloigna et Gamache continua de fixer la toile. Puis soudain, le portrait changea. Ou peut-être s'agissait-il d'une illusion d'optique, pensa-t-il, créée par la lumière incertaine. Pourtant, plus il le regardait, plus il avait le sentiment que Clara avait mis autre chose dans ce tableau. Comme dans le portrait de Ruth en femme aigrie découvrant l'espoir, celui-ci aussi contenait l'inattendu.

Une femme heureuse voyait, près d'elle et au second plan, des choses qui lui plaisaient et la réconfortaient. Toutefois, ses yeux semblaient concentrés sur quelque chose d'autre. Qui se trouvait au loin, mais se dirigeait vers elle.

Tout en sirotant son cognac, Gamache continua d'observer le tableau. Et, graduellement, il en vint à saisir l'émotion que cette femme commençait à ressentir.

La peur.

9

Les trois enquêteurs de la Sûreté dirent au revoir et traversèrent le parc. Il était vingt et une heures et l'obscurité était totale. Lacoste et Gamache s'arrêtèrent pour regarder le ciel. Beauvoir, qui, selon son habitude, les précédait de quelques pas, se rendit soudain compte qu'il était seul et s'immobilisa lui aussi. À contrecœur, il leva la tête et fut surpris de voir autant d'étoiles. Les paroles de Ruth, quand il était parti, lui revinrent en mémoire.

– «Beauvoir» et «va te faire voir», c'est une belle rime, non?

Ça n'augurait rien de bon!

Au même moment, une lumière s'alluma dans le loft au-dessus de la librairie. Ils virent Myrna se déplacer dans son logement, se préparer du thé, mettre des biscuits dans une assiette, puis éteindre.

– Elle s'est versé à boire et a mis des biscuits dans une assiette, dit Beauvoir.

Gamache et Lacoste se demandèrent pourquoi il exprimait ce qu'ils avaient tous parfaitement vu.

– Il fait noir. Pour voir ce qu'on est en train de faire, il faut de la lumière, ajouta-t-il.

Gamache réfléchit à ces paroles qui décrivaient des évidences, mais c'est l'agente Lacoste qui, la première, comprit.

– Le bistro, hier soir. Le meurtrier n'aurait-il pas eu besoin d'allumer? Et si oui, quelqu'un l'aurait remarqué, non?

Gamache sourit. Ils avaient raison. Quelqu'un aurait remarqué si le bistro avait été éclairé.

Il regarda les maisons autour de lui en se demandant laquelle offrait la meilleure vue sur l'établissement. Mais elles étaient disposées en éventail de part et d'autre du bistro, telles des ailes. Aucune ne permettait d'avoir une vue parfaite; il fallait être directement en face. Il se tourna et vit les trois pins majestueux dans le parc. Ce sont eux qui auraient été témoins du meurtre. Mais quelque chose d'autre se trouvait en face. En face et en hauteur.

La vieille maison des Hadley. Elle était située à une certaine distance, mais, la nuit, si l'intérieur du bistro avait été éclairé, il était fort possible que les nouveaux propriétaires aient assisté à un meurtre.

— Il existe une autre possibilité, avança l'agente Lacoste. L'assassin n'a pas allumé, se doutant qu'on pourrait le voir.

— Tu veux dire qu'il aurait utilisé une lampe de poche? demanda Beauvoir.

Il imaginait le meurtrier attendant sa victime dans le bistro la veille au soir et allumant une lampe de poche pour éclairer ses pas. Isabelle Lacoste secoua la tête.

— Ça aussi se verrait de l'extérieur. À mon avis, il n'aurait pas pris ce risque.

— Alors, il n'a pas allumé, dit Gamache, qui comprenait où elle voulait en venir. Parce qu'il n'avait pas besoin de le faire. Il connaissait les lieux.

Le lendemain matin, le soleil brillait et réchauffait de nouveau l'air. Gamache dut retirer son gilet de laine tandis qu'il marchait dans le parc avant le petit-déjeuner. Des enfants, debout avant leurs parents et grands-parents, pêchaient des grenouilles dans l'étang. Ils ne prêtèrent aucune attention à Gamache, qui était heureux de les observer d'une certaine distance, puis de continuer seul sa paisible promenade. D'un geste de la main, il salua Myrna qui effectuait sa propre marche solitaire et atteignait le haut de la colline.

C'était le dernier jour des vacances estivales. Ça faisait des lustres qu'il ne retournait plus sur les bancs d'école, mais il ressentait toujours le petit tiraillement: un mélange de tristesse, car l'été était fini, et de joie à l'idée de revoir ses amis. Il y avait également les vêtements neufs achetés à la suite d'une croissance pendant l'été, les nouveaux crayons, taillés et retaillés, et l'odeur des copeaux. Les nouveaux cahiers, aussi, qui, étrangement, suscitaient toujours une grande excitation chez lui. Ils étaient intacts, ne contenaient encore aucune erreur, mais laissaient entrevoir toutes sortes de possibilités.

Il éprouvait une sensation semblable au début d'une nouvelle enquête. Leurs cahiers étaient-ils intacts ? Avaient-ils déjà commis des erreurs ?

Voilà à quoi il réfléchissait tandis qu'il faisait le tour du parc, les mains jointes derrière le dos et le regard perdu au loin. Après avoir effectué quelques tours d'un pas tranquille, il rentra pour le petit-déjeuner.

Beauvoir et Lacoste étaient déjà attablés, un café au lait mousseux posé devant chacun. Ils se levèrent lorsque Gamache entra, mais il leur fit signe de se rasseoir. Une odeur de bacon à l'érable, d'œufs et de café s'échappait de la cuisine. À peine s'était-il installé à la table que Gabri arriva avec des assiettes d'œufs Benedict, des fruits et des muffins.

– Olivier vient de partir pour aller au bistro. Il ne sait pas s'il ouvrira aujourd'hui, dit l'homme massif, qui, ce matin-là, ressemblait beaucoup à Julia Child et parlait comme elle. Je lui ai conseillé de le faire, mais nous verrons bien, ajouta-t-il. Je lui ai fait remarquer qu'il perdrait de l'argent s'il n'ouvrait pas. Ce sont habituellement les mots magiques. Des muffins ?

– Oui, merci, dit l'agente Lacoste, qui en prit un.

Ils lui faisaient penser à des explosions nucléaires. Isabelle Lacoste s'ennuyait de ses enfants et de son mari, mais, à son grand étonnement, ce petit village réussissait à combler le vide qu'elle ressentait. Bien sûr, si on avalait suffisamment de muffins, on réussissait à combler le plus grand des vides, pour un certain temps. Elle était prête à essayer.

Après que Gabri eut apporté un café au lait à Gamache et se fut éloigné, Beauvoir se pencha vers l'avant.

– Quel est le plan de match pour aujourd'hui, chef ?

– Nous devons procéder à des vérifications d'antécédents. Je veux tout savoir sur Olivier, et, aussi, qui pourrait lui en vouloir.

– D'accord, répondit l'agente Lacoste.

– Et renseignez-vous sur les Parra, ici et en République tchèque.

– Pas de problème, dit Beauvoir. Et vous?

– J'ai rendez-vous avec une vieille amie.

Armand Gamache remonta la colline menant à l'extérieur de Three Pines, sa veste de tweed sur le bras, en donnant des coups de pied dans une châtaigne. Les pommiers répandaient une douce et agréable odeur. Les fruits étaient mûrs, la végétation luxuriante, mais dans quelques semaines un gel meurtrier surviendrait et détruirait tout.

À mesure qu'il avançait, la maison des Hadley grossissait. Il se prépara à l'affronter, à résister aux vagues de chagrin qui déferlaient de la demeure, roulaient par-dessus et à travers quiconque était suffisamment stupide pour s'en approcher.

Mais, ou bien ses moyens de défense s'étaient améliorés, ou bien un changement s'était produit.

Gamache s'immobilisa à un endroit baigné de soleil et fit face à la maison, qui se dressait tel un trophée. C'était une demeure victorienne construite de façon un peu anarchique, avec des tourelles, des bardeaux pareils à des écailles, de vastes galeries et des balustrades en fer forgé noir. La peinture, fraîchement appliquée, brillait au soleil. Le rouge vif luisant de la porte rappelait non pas la couleur du sang, mais celle de Noël. Des cerises et des pommes d'automne, également. Le sentier avait été dégagé, les ronces remplacées par des dalles de pierre. Gamache remarqua les haies et les arbres taillés, les branches mortes élaguées. L'œuvre de Roar Parra.

Puis, à son grand étonnement, il se rendit compte qu'il regardait la vieille maison des Hadley le sourire aux lèvres, et avait même hâte d'y entrer.

Une dame âgée d'environ soixante-quinze ans ouvrit la porte.

– Oui?

Ses cheveux, bien coiffés, étaient gris acier. Elle ne portait pratiquement pas de maquillage, sauf un peu d'ombre à paupières. Elle l'observa avec curiosité, puis, le reconnaissant, elle sourit en ouvrant grande la porte.

Gamache lui présenta une pièce d'identité.

– Je suis désolé de vous déranger, madame. Je suis Armand Gamache, de la Sûreté du Québec.

– Je sais qui vous êtes, monsieur. Entrez, je vous en prie. Je m'appelle Carole Gilbert.

Avec une gracieuse politesse, elle l'invita à pénétrer dans le vestibule. Il s'était déjà trouvé dans cette pièce, à de nombreuses reprises. Or elle était presque méconnaissable. C'était comme un squelette recouvert de nouveaux muscles et tendons, d'une nouvelle peau. L'ossature était demeurée, mais tout le reste avait changé.

– Vous connaissez la maison ? demanda-t-elle en l'observant.

– Je l'ai connue, répondit-il en ramenant son regard sur la femme.

Elle garda les yeux braqués sur lui, sans le défier, mais avec l'assurance d'une châtelaine qui connaît son rang social et n'a pas besoin de le justifier. Elle était aimable, chaleureuse et, supposa Gamache, très, très observatrice. Qu'avait dit Peter à son sujet ? Qu'elle avait été infirmière ? Une excellente infirmière, sans aucun doute. Les meilleures voyaient tout ; rien ne leur échappait.

– Elle a énormément changé, dit-il.

Elle confirma d'un hochement de tête et le conduisit à l'intérieur. Il s'essuya les pieds sur la carpette protégeant le plancher de bois luisant et la suivit. Le vestibule donnait sur un grand hall, au carrelage noir et blanc d'une propreté irréprochable, et un escalier majestueux. Des couloirs voûtés menaient à d'autres pièces. La dernière fois qu'il était venu dans cette maison, elle tombait en ruine. Elle était dans un état de délabrement avancé, comme si, dégoûtée, elle s'était retournée contre elle-même. Certains éléments avaient été arrachés, des panneaux de papier peint pendaient, les lattes des parquets gondolaient, les plafonds gauchissaient. Aujourd'hui, un énorme bouquet posé sur une table polie au centre du hall ajoutait une note de gaieté et parfumait l'air. Les murs gris fauve – un subtil mélange de beige et de gris – rendaient la pièce lumineuse, chaleureuse et élégante. À l'image de la femme qui le précédait.

– Nous n'avons pas encore terminé les travaux de rénovation, dit-elle.

Ils tournèrent à droite et, après avoir descendu quelques marches au bout du couloir, entrèrent dans le vaste salon.

– Je dis «nous», poursuivit-elle, mais je devrais plutôt dire mon fils et ma belle-fille. Et les ouvriers, bien sûr.

Elle accompagna ces paroles d'un petit rire empreint d'autodérision.

– L'autre jour, j'ai eu le malheur de demander si je pouvais aider. On m'a remis un marteau et envoyée installer des cloisons sèches. Eh bien, j'ai heurté une canalisation d'eau et un fil électrique.

Son rire était si naturel et contagieux que Gamache ne put s'empêcher de rire lui aussi.

– Maintenant, je prépare le thé. C'est mon travail. Puis-je vous en offrir?

– Merci, madame. Ce serait très gentil.

– Je vais avertir Marc et Dominique que vous êtes ici. C'est au sujet de ce pauvre homme dans le bistro, je suppose.

– En effet.

Elle démontrait de l'empathie, mais paraissait détachée. Comme si cela ne la concernait pas. «Espérons que ce soit le cas», se dit Gamache.

Pendant qu'il attendait, il regarda autour de lui et se dirigea vers les immenses fenêtres allant du plancher au plafond, par lesquelles le soleil entrait à flots. La pièce, invitante, était meublée de canapés et de fauteuils qui semblaient confortables. Le riche tissu dont ils étaient recouverts leur donnait un look moderne. De part et d'autre du foyer se trouvaient deux fauteuils Eames. Au style contemporain s'ajoutait le charme suranné du Vieux Monde. La personne qui avait décoré cette pièce avait du goût.

Des rideaux de soie, fabriqués sur mesure, encadraient les fenêtres et descendaient jusqu'au parquet de bois. Gamache supposa qu'ils ne devaient pratiquement jamais être tirés. Pourquoi boucher cette vue? Elle était superbe.

De sa position sur la colline, la maison dominait la vallée. Il voyait la rivière Bella Bella serpenter à travers le village, contourner une montagne et atteindre la vallée suivante. Les arbres au sommet de la montagne commençaient à changer de couleur. C'était déjà l'automne là-haut. Bientôt, des teintes de rouge, d'acajou et d'orange citrouille couvriraient les pentes, comme si la forêt s'embrasait. Cette maison constituait le meilleur endroit pour contempler ce paysage. Et voir autre chose.

Par la fenêtre, il vit Ruth et Rose se promener dans le parc. La vieille poète lançait du pain rassis ou des cailloux à d'autres oiseaux. Il vit également Myrna qui travaillait dans le potager de Clara et l'agente Lacoste qui traversait le pont menant à leur bureau provisoire dans l'ancienne gare. Elle s'arrêta pour regarder l'eau qui coulait doucement sous la structure de pierre et Gamache se demanda à quoi elle pensait. Puis elle se remit en marche. D'autres villageois faisaient leurs courses du matin, s'occupaient de leurs jardins ou lisaient le journal assis sur leur galerie en buvant du café.

De cet endroit sur la colline, l'inspecteur-chef voyait tout. Y compris le bistro.

L'agent Paul Morin était arrivé à leur bureau avant Lacoste et attendait dehors en écrivant des notes dans son carnet.

– Je pensais à l'enquête hier soir…, dit-il en la regardant déverrouiller la porte.

Il la suivit à l'intérieur de la pièce froide et sombre. Elle alluma et alla à son bureau.

– … et je crois que le meurtrier a dû allumer les lumières dans le bistro. Qu'en pensez-vous? J'ai essayé de me déplacer dans ma maison à deux heures du matin, mais je n'y voyais pas du tout. Il faisait noir comme dans un four. En ville, les lampadaires peuvent peut-être fournir un peu d'éclairage, mais pas ici. Comment l'assassin savait-il qui il tuait?

– S'il avait donné rendez-vous à la victime au bistro, je suppose qu'il n'aurait pas eu à se poser la question.

– Bien sûr, reconnut Morin en approchant sa chaise du bureau de l'agente Lacoste. Mais commettre un meurtre est un acte lourd de conséquences. On ne veut surtout pas se tromper. C'était un coup violent à la tête, non?

Isabelle Lacoste tapa son mot de passe – le prénom de son mari – sur le clavier de l'ordinateur. Morin était si occupé à consulter ses notes et à parler qu'il n'avait certainement rien vu, pensa-t-elle.

– Je ne crois pas que ce soit aussi facile que c'en a l'air, poursuivit-il avec sérieux. J'ai tenté l'expérience la nuit passée. J'ai frappé un cantaloup avec un marteau.

Ces paroles lui valurent toute l'attention de l'agente Lacoste. Pas seulement parce qu'elle voulait connaître le résultat, mais parce que quiconque se levait à deux heures du matin pour asséner, dans le noir, un coup de marteau à un melon méritait qu'on s'intéresse à lui. Peut-être même sur le plan médical…

– Et?

– Le premier coup l'a seulement effleuré. J'ai dû recommencer quelques fois avant de réussir. C'était plutôt salissant.

Pendant un bref instant, Morin se demanda ce que penserait son amie à son réveil en voyant le fruit défoncé. Il avait laissé un mot, mais n'était pas persuadé qu'il était bien clair.

« C'est moi qui ai fait ça, avait-il écrit. En faisant une expérience. »

Il aurait peut-être dû être plus explicite.

Mais l'agente Lacoste comprenait l'utilité de cette expérience. Elle s'appuya contre le dossier de sa chaise et réfléchit. Morin eut l'intelligence de se taire.

– Et quelle est ta conclusion? demanda-t-elle après un moment.

– Qu'il a dû allumer, répondit-il sur un ton qui manquait toutefois de conviction. Mais c'était risqué. Un tel geste me semble illogique. Pourquoi assassiner l'homme dans le bistro quand il y a une forêt dense à quelques mètres? Il serait possible d'y tuer des tas de gens et personne ne s'en rendrait compte. Pourquoi commettre le crime là où le corps serait trouvé et où on pourrait être vu?

– Tu as raison, dit l'agente Lacoste. Ce n'est pas logique. Le chef croit que cela a peut-être quelque chose à voir avec Olivier. L'assassin a peut-être délibérément choisi son bistro.

– Pour l'impliquer?

– Ou nuire à son commerce.

– C'était peut-être Olivier lui-même, avança l'agent Morin. Pourquoi pas? Il est pratiquement le seul à pouvoir se déplacer sans problème dans le noir. Et il avait une clé...

– Tout le monde en avait une. Apparemment, il y avait plein de clés en circulation dans la région, et Olivier en gardait une sous la jardinière près de la porte.

Morin hocha la tête. Ça ne le surprenait pas. On agissait encore ainsi à la campagne, du moins dans les petits villages.

– Olivier est sans aucun doute un de nos principaux suspects, ajouta Lacoste. Mais pourquoi assassinerait-il quelqu'un dans son propre bistro?

– Il a peut-être surpris l'homme. Le clochard a pu entrer par effraction et être pris sur le fait par Olivier, qui l'a tué en se battant avec lui.

L'agente Lacoste demeura silencieuse, attendant de voir s'il irait jusqu'au bout du raisonnement. Morin pressa ses doigts les uns contre les autres et, le visage appuyé contre eux, regarda fixement devant lui.

– Mais c'était au milieu de la nuit. S'il avait vu quelqu'un dans le bistro, il aurait appelé la police, non? Ou aurait au moins réveillé son partenaire. À mon avis, Olivier Brûlé n'est pas le genre de gars à saisir un bâton de baseball et à se précipiter seul pour affronter un voleur.

Isabelle Lacoste expira et observa l'agent Morin. Si on regardait le visage de ce jeune homme mince sous un certain éclairage, on pouvait avoir l'impression qu'il était un idiot. Or ce n'était absolument pas le cas.

– Je connais Olivier, dit-elle, et, selon moi, ce qu'il a découvert l'a stupéfié. Il était sous le choc. Une émotion difficile à feindre et je jurerais qu'elle était réelle. Non, lorsque Olivier Brûlé s'est levé hier matin, il ne s'attendait pas à trouver un cadavre dans son bistro. Cependant, ça ne signifie pas qu'il n'est pas impliqué. Même involontairement. Le chef nous a demandé de fouiller dans son passé: lieu de naissance, antécédents, famille, écoles fréquentées, ce qu'il faisait avant de venir ici. Si quelqu'un lui en voulait, s'il avait fait chier quelqu'un.

– Pour commettre un tel crime, il faut être plus qu'en rogne contre une personne qui vous a fait chier.

– Qu'en sais-tu ?

– Eh bien, je ne tue pas les gens qui me font chier.

– Non, effectivement. Mais je présume que tu es relativement sain d'esprit, sauf pour cette histoire avec le melon.

Elle sourit en disant cela et il rougit.

– Écoute, juger les autres en les comparant à soi constitue une grosse erreur. Une des premières leçons qu'on apprend en travaillant avec l'inspecteur-chef Gamache, c'est que les réactions des autres diffèrent des nôtres. Et celles d'un meurtrier encore davantage. Cette affaire n'a pas débuté avec le coup à la tête. Elle a commencé bien des années auparavant, avec un autre genre de blessure. Quelque chose est arrivé à notre tueur, qui peut nous paraître insignifiant, anodin même, mais dont les effets sur lui ont été dévastateurs. Un événement s'est produit, ou il a subi une rebuffade, ou il s'est disputé avec quelqu'un. La plupart des gens en feraient peu de cas. Mais pas les tueurs. Ils ruminent leur rancœur, ils accumulent les ressentiments, qui, avec le temps, prennent de l'ampleur. Ce sont des émotions qui sont à la source d'un meurtre. Des émotions devenues repoussantes, incontrôlables. N'oublie pas ça. Et ne crois jamais que tu sais ce que quelqu'un pense, et encore moins ressent.

C'était la première leçon qu'elle avait apprise de l'inspecteur-chef et la première qu'elle enseignait à son tour à son propre protégé. Pour démasquer un assassin, il fallait suivre des indices, c'est vrai. Mais également des émotions. Celles qui étaient putrides, répugnantes, immondes. Il fallait suivre les traces visqueuses jusqu'à ce qu'on trouve, acculée au mur, la personne pourchassée.

Il y avait d'autres leçons, beaucoup d'autres. Et elle les lui enseignerait également.

Voilà ce à quoi elle avait pensé sur le pont, et ce qui l'inquiétait, aussi. Saurait-elle montrer à ce jeune homme à faire preuve de suffisamment de prudence et lui donner les outils nécessaires pour attraper un tueur ?

– Nathaniel, dit Morin en se levant pour aller à son propre ordinateur. C'est le prénom de votre mari ou de votre fils ?

— De mon mari, répondit l'agente Lacoste, légèrement décontenancée.

Il avait vu le mot de passe, en fin de compte.

Le téléphone sonna. C'était la médecin légiste. Elle devait parler de toute urgence à l'inspecteur-chef Gamache.

10

À la demande de l'inspecteur-chef, Marc et Dominique Gilbert lui faisaient faire le tour du propriétaire. Ils se trouvaient maintenant devant une pièce que Gamache connaissait bien, la chambre à coucher principale de la maison des Hadley, celle de Timmer Hadley.

Deux meurtres avaient été commis en ces lieux.

En regardant la porte close, fraîchement repeinte d'un blanc éclatant, il se demanda ce qu'il découvrirait à l'intérieur. Dominique ouvrit la porte sur une pièce inondée de soleil. Gamache ne put cacher sa surprise.

– Tout un changement, n'est-ce pas? dit Marc Gilbert, visiblement content de sa réaction.

La chambre était tout simplement superbe. On en avait retiré toutes les pièces de bois chantournées et autres ornements ajoutés au fil des ans. Les moulures décoratives, le manteau de cheminée foncé, les lourdes tentures de velours qui tenaient la lumière à distance avec leur épaisse couche de poussière, leur aspect sombre et leur austérité victorienne: tous disparus. Même l'énorme lit à colonnes, si lugubre.

Les Gilbert avaient ramené la pièce à sa structure de base, des lignes pures qui mettaient en valeur ses belles proportions. Les rideaux aux larges rayures grises et vert cendré laissaient la lumière pénétrer à flots. Le haut de chacune des grandes fenêtres était orné d'un vitrail remontant à l'époque de la construction de la maison, plus de cent ans auparavant, et qui répandait des couleurs égayantes dans la chambre. Le parquet de bois, récemment teint, brillait. Le grand lit était doté d'une tête de lit rembourrée et recouverte de tissu, et garni de simples draps blancs immaculés. Dans l'âtre, des bûches attendaient le premier client.

– Laissez-moi vous montrer la salle de bains attenante, dit Dominique.

Grande et svelte, Dominique devait être dans la mi-quarantaine, évalua Gamache. Elle était vêtue d'un jean et d'un chemisier blanc. Ses cheveux blonds flottaient sur ses épaules. Elle dégageait une impression de confiance tranquille et de bien-être. Ses mains, aux ongles coupés court, étaient parsemées de taches de peinture blanche.

À côté d'elle, Marc Gilbert souriait, heureux de présenter leur création. Et Gamache était bien placé pour savoir que cette résurrection de la vieille maison des Hadley résultait bel et bien d'un acte de création.

Marc aussi était grand – près d'un mètre quatre-vingt-dix. Il dépassait légèrement Gamache et avait une dizaine de kilos en moins. Il portait les cheveux courts, presque rasés, comme pour cacher une calvitie naissante. Il avait des yeux perçants d'un bleu vif et se comportait de manière chaleureuse et énergique. Mais, contrairement à sa femme parfaitement détendue, il y avait chez lui une certaine tension. Il n'était pas vraiment nerveux, mais semblait anxieux, comme s'il attendait quelque chose.

«Il veut mon approbation», pensa Gamache. C'était assez normal, en fait, quand on faisait admirer les résultats d'un projet aussi important. Dominique attira l'attention de l'inspecteur-chef sur les particularités de la salle de bains : la mosaïque de carreaux de verre dans les tons de bleu turquoise, la baignoire à remous, la douche de plain-pied. Elle était fière de leur réalisation, mais ne semblait pas avoir besoin qu'il s'exclame devant le travail accompli.

Marc, oui.

Gamache n'eut aucun mal à lui donner ce qu'il espérait, car il était sincèrement impressionné.

– Et, il y a environ une semaine, nous avons ajouté cette porte, précisa Marc, en l'ouvrant.

De la salle de bains, ils passèrent sur un balcon avec vue sur les jardins à l'arrière de la maison et un champ au loin. Quatre chaises étaient regroupées autour d'une table.

– J'ai pensé que ceci vous ferait du bien, dit une voix derrière eux.

Marc se précipita pour prendre le plateau qu'apportait sa mère, sur lequel se trouvaient quatre verres de thé glacé et des scones.

– Assoyons-nous, dit Dominique en indiquant la table.

Gamache tira une chaise pour Carole, qui le remercia.

– J'aimerais proposer un toast, dit l'inspecteur-chef. Aux deuxièmes chances, ajouta-t-il en levant son verre.

Lorsqu'ils trinquèrent, il observa les trois personnes qui avaient été attirées par cette triste maison abandonnée, en ruine. Qui lui avaient donné une nouvelle vie.

En retour, la maison avait fait de même.

– Il y a encore des travaux à effectuer, dit Marc, mais nous devrions être bientôt prêts à ouvrir.

– Nous espérons pouvoir accueillir nos premiers clients d'ici l'Action de grâce, ajouta Dominique. Si seulement Carole pouvait se bouger le derrière et travailler un peu ! Elle refuse de creuser les trous pour les piquets de clôture et de couler le béton.

– Je le ferai peut-être cet après-midi, répondit Carole Gilbert en riant.

– J'ai remarqué des antiquités dans la maison. Les avez-vous apportées de chez vous ? lui demanda Gamache.

Elle confirma d'un hochement de tête.

– Nous avons mis en commun tous nos biens, mais il a malgré tout fallu acheter beaucoup d'autres meubles et accessoires.

– D'Olivier ?

– Certains.

C'était la réponse la plus laconique que Gamache avait obtenue jusqu'à maintenant. Il attendit la suite.

– Nous avons un joli tapis qui vient de lui, dit Dominique. Celui du hall d'entrée, je crois.

– Non, il est au sous-sol, précisa Marc d'une voix cassante.

Il sourit pour essayer d'adoucir son ton sec, mais n'y parvint pas vraiment.

– Et quelques chaises, il me semble, ajouta rapidement Carole.

Cela devait représenter environ un centième de un pour cent de l'ameublement de la vaste demeure. Tout en sirotant son thé, Gamache observa les trois autres personnes autour de la table.

– Le reste, nous l'avons acheté à Montréal. Rue Notre-Dame. Vous la connaissez?

Gamache fit oui de la tête, puis écouta Marc décrire leurs allées et venues dans cette célèbre rue remplie de boutiques d'antiquités. Certaines n'étaient que des brocantes, mais d'autres contenaient de réelles trouvailles, des trésors quasi inestimables.

– Old Mundin répare quelques meubles provenant de ventes-débarras. Ne le dites pas aux clients, dit Dominique en riant.

– Pourquoi n'avez-vous pas acheté plus d'articles d'Olivier?

Les deux femmes se concentrèrent sur leurs scones et Marc donna de petits coups sur les glaçons dans son verre.

– Nous trouvions ses prix un peu élevés, inspecteur-chef, répondit enfin Dominique. Nous aurions préféré faire affaire avec lui, mais…

Elle ne termina pas sa phrase et, encore une fois, Gamache attendit la suite. Finalement, c'est Marc qui parla.

– Nous avions l'intention de lui acheter des tables et des lits. Mais, après nous être entendus avec lui, nous avons découvert qu'il nous les vendait presque le double de ce qu'il demandait à l'origine.

– À vrai dire, Marc, nous n'en sommes pas absolument certains, intervint sa mère.

– En tout cas, l'évaluation me semble assez juste. Quoi qu'il en soit, nous avons annulé la commande. Vous pouvez imaginer sa réaction.

Après être demeurée silencieuse pendant un moment, Dominique dit:

– Je pense toujours que nous aurions dû payer ce qu'il exigeait, ou lui en parler discrètement. C'est notre voisin, après tout.

– Je n'aime pas me faire arnaquer, répondit Marc.

– Personne n'aime ça, mais il y a différentes façons de faire face à une telle situation. Nous aurions peut-être dû tout simplement payer. Regarde ce qui s'est produit.

– Que s'est-il produit? demanda Gamache.

— Eh bien, Olivier est un des piliers de Three Pines. Si vous le contrariez, il y a un prix à payer. Nous sommes un peu gênés d'aller au village, et nous ne nous sentons certainement pas les bienvenus au bistro.

— Il paraît que vous avez proposé du travail à des employés d'Olivier, dit Gamache.

Marc rougit.

— Qui vous a dit ça ? Olivier ? demanda-t-il d'un ton brusque.

— Est-ce vrai ?

— Et si ce l'était ? Ce qu'il les paie équivaut presque à un salaire de famine.

— Y en a-t-il qui ont accepté votre offre ?

Marc hésita, puis avoua qu'ils l'avaient tous déclinée.

— Mais seulement parce qu'il leur a accordé une augmentation de salaire. Nous avons au moins fait ça pour eux.

Dominique, qui avait paru mal à l'aise en observant son mari, lui prit la main.

— Je suis certaine qu'ils ont aussi voulu demeurer fidèles à Olivier. Ils semblent l'aimer.

Marc ronchonna et réprima sa colère. Cet homme, se rendit compte Gamache, acceptait mal de ne pas obtenir ce qu'il voulait. Sa femme, au moins, était consciente de l'impression que cette situation pouvait donner et avait essayé de paraître raisonnable.

— Depuis, il n'a pas cessé de nous dénigrer auprès de tous les villageois, reprit Marc, ne lâchant pas prise.

— Ils finiront par revenir à de meilleurs sentiments, dit Carole en regardant son fils d'un air inquiet. Le couple d'artistes s'est montré gentil à notre égard.

— Oui, Peter et Clara Morrow, ajouta Dominique. Je les trouve sympathiques. Clara a dit qu'elle aimerait venir faire de l'équitation, lorsque les chevaux arriveront.

— Et ce sera quand ? demanda Gamache.

— Un peu plus tard aujourd'hui.

— Ah oui ? Vous devez avoir hâte. Combien y en aura-t-il ?

— Quatre, répondit Marc. Des purs-sangs.

— En fait, dit Carole en se tournant vers sa belle-fille, je crois que tu as changé d'idée à ce sujet, n'est-ce pas ?

– Vraiment ? Je pensais que tu voulais des purs-sangs, dit Marc à sa femme.

– Au début, oui, mais ensuite j'ai vu des hunters et, comme nous vivons à la campagne, je me suis dit qu'il serait approprié d'avoir des chevaux de chasse.

Se tournant vers Gamache, elle ajouta :

– Je n'ai pas l'intention de chasser. C'est une race de cheval.

– Utilisée dans les épreuves de saut d'obstacles, dit-il.

– Vous faites de l'équitation ?

– Pas à ce niveau, mais ça me plaisait. Je n'ai pas monté à cheval depuis des années.

– Il faudra que vous veniez, dit Carole.

Ils étaient pourtant tous à peu près certains qu'il n'enfilerait pas des jodhpurs moulants pour se hisser ensuite sur un hunter. Gamache sourit, cependant, en imaginant la tête de Gabri si jamais il apprenait qu'on lui avait fait cette invitation.

– Quels sont les noms des chevaux ? demanda Marc.

Dominique hésita et sa belle-mère répondit à sa place.

– C'est difficile de s'en souvenir, n'est-ce pas ? Un s'appelle Tonnerre, je crois.

– Oui, c'est ça. Tonnerre, Trotteur, Troyen... Et le quatrième ?

Elle regarda de nouveau Carole.

– Éclair.

– Vraiment ? demanda Marc. Tonnerre et Éclair ?

– Ce sont des frères, dit Dominique.

Comme ils avaient fini de boire leurs thés glacés et qu'il ne restait que des miettes de scones, ils se levèrent et retournèrent dans la maison.

– Pourquoi avez-vous déménagé ici ? demanda Gamache tandis qu'ils descendaient l'escalier menant au rez-de-chaussée.

– Pardon ? dit Dominique.

– Pourquoi avez-vous déménagé à la campagne, et à Three Pines en particulier ? L'endroit n'est pas facile à trouver.

– Nous aimons ça.

– Vous ne voulez pas qu'on vous trouve ?

La voix de Gamache contenait une pointe d'humour, mais son regard était perçant.

– Nous recherchions la paix, dit Carole.

– Nous recherchions un défi, dit son fils.

– Nous recherchions un changement. Tu te souviens?

Dominique se tourna vers son mari, puis de nouveau vers Gamache.

– Nous avions tous les deux des emplois de haute responsabilité à Montréal, mais nous étions fatigués. Épuisés.

– Ce n'est pas tout à fait vrai, protesta Marc.

– En tout cas, ce n'est pas loin de la vérité. On ne pouvait plus continuer. On ne voulait plus.

Elle n'en dit pas davantage. Elle comprenait la réticence de Marc à admettre ce qui s'était passé. L'insomnie, les crises de panique. L'arrêt forcé sur l'autoroute Ville-Marie pour reprendre son souffle. Ses mains qu'il avait presque dû arracher du volant. Il était en train de perdre les pédales.

Jour après jour, il était allé travailler dans cet état d'esprit. Durant des semaines, des mois. Un an. Jusqu'à ce qu'il avoue enfin à Dominique comment il se sentait. Ils étaient partis en week-end – le premier congé qu'ils s'accordaient depuis des années – et avaient parlé.

Dominique ne faisait pas de crises d'angoisse, mais elle éprouvait autre chose. Un sentiment de vide. Une impression de futilité. Chaque matin, elle devait se persuader que son emploi en publicité avait de l'importance.

Ça devenait de plus en plus difficile de s'en convaincre.

Puis elle s'était rappelé un rêve d'enfance depuis longtemps enfoui et oublié, jusqu'à ce jour: celui de vivre à la campagne et d'avoir des chevaux.

Elle voulait tenir une auberge. Accueillir des gens et les materner. Marc et elle n'avaient pas d'enfants et elle avait un grand besoin de dorloter, de choyer. Ils avaient donc quitté Montréal, en laissant derrière eux les exigences de carrières trop stressantes, d'une vie trop superficielle. Ils étaient venus à Three Pines, avec leurs valises pleines d'argent, d'abord pour se remettre sur pied, puis offrir des soins à d'autres.

Ils avaient certainement réussi à retaper cette vieille maison amochée.

– Un samedi, nous avons vu une annonce dans la *Gazette*, dit Dominique. Nous sommes venus voir la maison et l'avons achetée.

– À vous entendre, ce fut simple, dit Gamache.

– Ce ne fut pas compliqué, en effet, une fois que nous avons eu établi ce que nous voulions.

En la regardant, Gamache n'eut aucune peine à le croire. Cette femme avait compris une vérité capitale, que la plupart des gens n'apprenaient jamais. Qu'on forge soi-même son destin. Cela en faisait une personne remarquable, presque redoutable.

– Et vous, madame ? demanda Gamache en s'adressant à Carole Gilbert.

– Oh, je suis à la retraite depuis un bon moment.

– Vous habitiez Québec, je crois.

– Oui. J'ai arrêté de travailler et j'ai déménagé là-bas quand mon mari est mort.

– Je suis désolé.

– Il ne faut pas. Ça remonte à de nombreuses années. Mais lorsque Marc et Dominique m'ont invitée à venir ici, j'ai pensé que ce serait amusant.

– Vous étiez infirmière ? Vos connaissances seront utiles, dans un spa.

– J'espère que non ! répondit-elle en riant. Tu n'as pas l'intention de faire du mal aux clients, n'est-ce pas ? demanda-t-elle à Dominique. Que Dieu vienne en aide à quiconque réclame mon aide !

Lorsqu'ils furent revenus dans le salon, l'inspecteur-chef s'arrêta à côté des immenses fenêtres allant du sol au plafond, puis se retourna.

– Merci pour la visite. Et le thé. Mais j'aurais des questions pour vous.

– Au sujet du meurtre au bistro, dit Marc.

Il se rapprocha légèrement de sa femme, puis ajouta :

– Ça semble si étonnant qu'un meurtre soit commis dans ce village.

– On le penserait, en effet.

Gamache se demanda si quelqu'un leur avait raconté l'histoire de leur maison. Elle ne devait pas figurer dans la fiche descriptive de l'agent immobilier.

— Eh bien, pour commencer, avez-vous vu des étrangers dans les parages?

— Tout le monde est un étranger, répondit Carole. Nous connaissons presque tous les villageois, maintenant, du moins assez pour les saluer dans la rue, mais, cette fin de semaine, il y a beaucoup de gens que nous n'avions jamais vus.

— Il aurait été difficile de ne pas remarquer cet homme. Il aurait eu des allures de clochard, de vagabond.

— Non, je n'ai vu personne correspondant à une telle description, dit Marc. Et toi, maman?

— Non, personne.

— Où chacun de vous se trouvait-il samedi soir et dimanche matin?

— Marc est allé se coucher le premier, je crois. Comme la plupart du temps. Dominique et moi avons regardé le *Téléjournal* de Radio-Canada, puis nous sommes montées.

— Vers vingt-trois heures, il me semble, ajouta Dominique.

— L'un de vous s'est-il levé pendant la nuit?

— Moi, dit Carole. Pour aller aux toilettes.

— Pourquoi nous posez-vous cette question? demanda Dominique. Le meurtre a eu lieu dans le bistro. Il n'a rien à voir avec nous.

Gamache se tourna et pointa le doigt vers les fenêtres.

— Voilà pourquoi.

Ils regardèrent le village en bas, où des vacanciers remplissaient leurs voitures, s'apprêtant à partir. Des gens s'embrassaient, des parents appelaient leurs enfants, réticents à cesser leurs jeux dans le parc. Une jeune femme remontait la rue du Moulin d'un bon pas, dans leur direction.

— Cette maison est la seule offrant une vue d'ensemble du village, la seule d'où l'on peut voir à l'intérieur du bistro. Si le meurtrier avait allumé les lumières, vous auriez pu voir ce qui s'y passait.

— Nos chambres sont à l'arrière, précisa Dominique.

Gamache l'avait remarqué pendant la visite des lieux.

– C'est vrai, mais j'espérais que l'un d'entre vous souffre d'insomnie.

– Désolée, inspecteur-chef. Nous dormons d'un sommeil de mort, ici.

Gamache ne mentionna pas que, dans la vieille maison des Hadley, les morts n'avaient jamais reposé en paix.

Au même moment, on sonna à la porte et les Gilbert sursautèrent, n'attendant personne. Mais l'inspecteur-chef, oui. Il avait vu l'agente Lacoste traverser le parc du village et emprunter la rue du Moulin.

Quelque chose s'était produit.

– Puis-je vous parler en privé? demanda Isabelle Lacoste après avoir été présentée.

Les Gilbert comprirent le message et laissèrent les enquêteurs seuls. Lacoste les regarda sortir de la pièce, puis se tourna vers Gamache.

– La médecin légiste a appelé. La victime n'a pas été tuée dans le bistro.

11

Myrna frappa discrètement à la porte du bistro, puis l'ouvrit.

— Est-ce que tu vas bien? demanda-t-elle à voix basse dans la pénombre.

Depuis qu'elle habitait Three Pines, c'était la première fois qu'elle voyait le bistro demeurer dans le noir pendant le jour. Même à Noël, Olivier ouvrait son établissement.

Il était assis dans un fauteuil, le regard fixe. Tournant les yeux vers elle, il sourit.

— Oui, je vais bien.

— Comme dans le «BIEN» de Ruth: bête, inquiet, emmerdeur, névrosé?

— C'est à peu près ça.

Myrna s'assit en face et lui offrit une tasse de thé qu'elle avait apportée de sa librairie. Une boisson forte, fumante, avec du lait et du sucre. Du thé Red Rose. Rien de recherché.

— Aimerais-tu qu'on parle?

Elle se tut et observa son ami. Elle connaissait les traits de son visage, avait vu les petits changements survenir au cours des ans: les pattes-d'oie, les cheveux blonds et fins plus clairsemés. Ce qui n'avait pas changé, constatait-elle, ne se voyait pas à l'œil nu, et pourtant, c'était ce qui paraissait le plus: son grand cœur, sa générosité. Il était le premier à apporter de la soupe à un malade, à rendre visite à une personne hospitalisée. À faire la lecture à quelqu'un trop faible et fatigué – et dont la fin approchait – pour le faire lui-même. Gabri, Myrna et Clara allaient voir les villageois et organisaient l'aide, et lorsqu'ils se présentaient à l'hôpital, Olivier était déjà là.

C'était maintenant à leur tour de l'aider.

– Je ne sais pas si je veux rouvrir.

Myrna prit une gorgée de thé et hocha la tête.

– Je comprends. Tu as eu tout un choc. Ç'a dû être terrible de le voir ici. Ce le fut pour moi, et l'endroit ne m'appartient pas.

« Tu ne peux t'imaginer à quel point », pensa Olivier.

Regardant fixement par la fenêtre, il vit l'inspecteur-chef Gamache et l'agente Lacoste partir de la vieille maison des Hadley et descendre la rue du Moulin. Il espérait de tout cœur qu'ils poursuivraient leur chemin, qu'ils ne s'arrêteraient pas au bistro, avec leurs yeux inquisiteurs et leurs questions dérangeantes.

– Je me demande si je ne devrais pas vendre. Passer à autre chose.

Myrna fut surprise d'entendre ces paroles, mais ne le montra pas.

– Pourquoi ? demanda-t-elle doucement.

Olivier secoua la tête et baissa les yeux sur ses mains.

– Tout change. Tout a changé. Pourquoi les choses ne restent-elles pas comme elles étaient ? Ils ont pris mes tisonniers, tu sais. Je crois que Gamache pense que c'est moi le meurtrier.

– Je suis certaine que non. Olivier, regarde-moi, dit-elle avec fermeté. Peu importe ce qu'il pense. Nous connaissons la vérité à ton sujet. Et tu dois savoir quelque chose sur nous : nous t'aimons. Crois-tu que nous venons ici tous les jours pour la nourriture ?

Il hocha la tête et sourit faiblement.

– Tu veux dire que ce n'est pas pour les croissants ? Ni pour le vin rouge ? Pas même pour le gâteau au chocolat ?

– Bon, d'accord, peut-être pour le gâteau. Écoute, c'est pour toi que nous venons ici. Pour *te* voir. Nous t'aimons, Olivier.

Il leva les yeux vers elle. Il ne s'en était pas rendu compte jusqu'à maintenant, mais il avait toujours craint que l'affection de ses amis soit conditionnelle. Il était le propriétaire du seul bistro dans le village. Ils l'aimaient pour l'atmosphère qu'il créait et son accueil chaleureux. Pour la nourriture et les boissons. Leurs sentiments pour lui s'arrêtaient là. Ils l'aimaient pour ce qu'il pouvait leur donner. Leur vendre.

Sans le bistro, il n'était rien pour eux.

Comment Myrna savait-elle ce qu'il ne s'était jamais avoué à lui-même? Elle lui sourit. Comme d'habitude, elle portait son cafetan aux couleurs éclatantes. Pour son anniversaire, qui approchait, Gabri lui en avait confectionné un pour l'hiver, en flanelle. Olivier l'imaginait dans sa boutique avec ce vêtement. Une énorme et chaude boule de flanelle.

L'univers, qui resserrait son étau sur lui depuis quelques jours, relâcha un peu sa prise.

– Nous allons à la foire. C'est le dernier jour. Viens-tu? Te laisserais-tu tenter par de la barbe à papa, du soda mousse et un hamburger au bison? Il paraît que Wayne sera là avec ses porcelets cet après-midi. Je sais combien tu adores les petits cochons.

Une fois – une seule –, il avait traîné ses amis jusqu'à l'enclos des cochons pour voir les bébés. Depuis, il était «le gars aux porcelets». Ça ne le dérangeait pas trop d'être perçu ainsi, car, en fait, il adorait les cochons. Sans doute parce qu'il avait beaucoup d'affinités avec eux. Mais il secoua la tête.

– Désolé, je n'en ai pas envie. Mais allez-y. Vous me ramènerez un animal en peluche.

– Aimerais-tu de la compagnie? Je peux rester avec toi.

Elle était sincère, il le savait. Toutefois, il avait besoin d'être seul.

– Merci, mais je me sens vraiment bête, inquiet, emmerdeur et névrosé.

– D'accord, du moment que tu te sens «bien», dit Myrna en se levant.

Après des années de pratique en tant que psychologue, elle savait écouter les gens, mais aussi quand les laisser seuls.

Par la fenêtre, Olivier regarda Myrna, Peter, Clara, Ruth et Rose, le canard, monter dans la voiture des Morrow. Il répondit à leur salut en leur faisant un signe joyeux de la main. Myrna n'agita pas la sienne, elle hocha simplement la tête. Olivier abaissa sa main, croisa le regard de son amie et hocha lui aussi la tête.

Il l'avait crue quand elle avait affirmé qu'ils l'aimaient. Mais cet homme qu'ils aimaient n'existait pas. C'était un être imaginaire. S'ils connaissaient le vrai Olivier, ils le chasseraient, de leur vie et probablement du village.

Tandis que l'auto remontait lentement la colline, Olivier entendit de nouveau les mots prononcés dans la cabane cachée dans la forêt. Il pouvait encore sentir la fumée de bois, les herbes séchées, et il voyait l'Ermite. Intact. En vie. Effrayé.

L'histoire, aussi, lui revint en tête. Mais, il le savait bien, ce n'était pas simplement une histoire.

Il était une fois un dieu, le roi de la montagne, qui veillait sur un trésor qu'il avait profondément enfoui et qui lui tenait compagnie depuis des millénaires. Les autres dieux, jaloux et en colère, le menacèrent des pires représailles s'il ne partageait pas le trésor avec eux.

Mais, étant le plus puissant de tous les dieux, le roi de la montagne se contenta de rire, sachant qu'ils ne pouvaient rien contre lui. Il n'y avait aucun assaut qu'il ne pouvait repousser par une charge encore plus foudroyante. Il était invincible. Il se prépara pour l'attaque. Attendit. Mais elle ne vint jamais.

Rien ne vint. Jamais.

Ni missile, ni lance, ni cheval de bataille. Aucun cavalier, aucun chien, aucun oiseau. Pas une graine dans le vent. Pas même le vent.

Rien ne vint. Jamais plus.

Ce fut d'abord le silence qui le dérangea. Puis l'absence de sensations. Rien ne venait le toucher. Aucune brise ne caressait sa surface rocheuse. Aucune fourmi ne l'escaladait, aucun oiseau ne se posait sur lui. Pas un ver ne creusait de galerie.

Il ne ressentait rien.

Jusqu'au jour où arriva un jeune homme.

Olivier revint à la réalité. Son corps et ses muscles étaient tendus. Ses ongles s'enfonçaient dans ses paumes.

Pourquoi, se demanda-t-il pour la millionième fois, pourquoi avait-il fait ça?

Avant de quitter le bureau provisoire pour aller rencontrer la médecin légiste, l'inspecteur-chef s'avança jusqu'à la grande feuille de papier punaisée sur le mur. En grosses lettres rouges, l'inspecteur Beauvoir avait écrit:

QUI ÉTAIT LA VICTIME?
POURQUOI L'HOMME A-T-IL ÉTÉ TUÉ?
QUI L'A TUÉ?
QUELLE ÉTAIT L'ARME DU CRIME?

En soupirant, Gamache ajouta:

OÙ A-T-IL ÉTÉ TUÉ?
POURQUOI LE CORPS A-T-IL ÉTÉ DÉPLACÉ?

À ce stade de l'enquête, les questions l'emportaient sur les indices. Mais c'était ainsi qu'ils obtenaient des réponses. En posant des questions. Gamache était perplexe, mais pas mécontent.

Jean-Guy Beauvoir se trouvait déjà à l'hôpital de Cowansville et l'attendait. Ensemble, ils descendirent les escaliers conduisant au sous-sol où on gardait les dossiers et les morts.

— Je vous ai appelé dès que j'ai compris ce que je voyais, dit la D^{re} Harris après les avoir salués.

Elle les mena dans une pièce stérile, abondamment éclairée par des néons. L'homme reposait sur une table d'autopsie en métal. Gamache aurait aimé qu'on le recouvre d'une couverture. Il semblait avoir froid.

— Il y a eu une hémorragie interne, mais elle n'était pas importante. Avec ce genre de blessure, dit la médecin légiste en indiquant le crâne défoncé, il y aurait du sang sur la surface où il est tombé.

— Il n'y en avait pratiquement pas sur le plancher du bistro, fit remarquer Beauvoir.

— Il a été tué ailleurs, affirma la D^{re} Harris avec conviction.

— Où? demanda Gamache.

— Vous voulez une adresse?

— Si ça ne vous dérange pas, répondit l'inspecteur-chef en souriant.

La D^{re} Harris sourit à son tour.

— Je ne sais pas où il a été tué, mais j'ai trouvé des choses qui pourraient aiguiller vos recherches.

Elle alla à une table sur laquelle étaient alignées des fioles étiquetées, en prit une et la tendit à Gamache.

— Vous vous rappelez cette substance blanche dans la plaie? Je croyais qu'il pouvait s'agir de cendre. Ou d'un fragment d'os, peut-être même de pellicules. Eh bien non, rien de tout cela.

Gamache dut mettre ses lunettes pour voir le minuscule flocon blanc dans la fiole, puis il lut l'étiquette.

Paraffine, prélevée dans la plaie.

— De la paraffine? Comme de la cire?

— En effet. On dit communément «cire», mais le véritable nom est «paraffine». Il s'agit d'une matière peu utilisée de nos jours, comme vous le savez probablement. Elle servait autrefois à fabriquer des bougies, puis elle a été remplacée par d'autres cires plus stables.

— Ma mère l'utilise quand elle met des cornichons en pots. Elle la fait fondre et en verse sur le dessus du bocal pour le sceller hermétiquement. C'est juste?

— Oui, répondit la médecin légiste.

Gamache se tourna vers son adjoint.

— Et où était votre mère dans la nuit de samedi?

Beauvoir rit.

— La seule personne qu'elle menace d'assommer, c'est moi. Elle ne représente aucun danger pour la société.

L'inspecteur-chef rendit la fiole à la D^re Harris.

— Avez-vous formulé des hypothèses?

— La substance était profondément enfoncée dans la plaie. Elle pouvait donc se trouver sur le crâne de l'homme avant qu'il soit tué, ou sur l'arme du crime.

— Un pot de cornichons? demanda Beauvoir.

— Des objets plus étranges ont déjà été utilisés, répondit Gamache, sans toutefois pouvoir en nommer.

Beauvoir secoua la tête. Le meurtrier devait sûrement être un Anglo. Qui d'autre pourrait transformer un cornichon en arme?

— Alors, ce n'était pas un tisonnier? demanda l'inspecteur-chef.

— Non, à moins qu'il ait été très propre. Il n'y avait aucune trace de cendre. Seulement ça, dit-elle en pointant le doigt vers la fiole. Mais il y a autre chose, ajouta-t-elle en s'approchant du comptoir du laboratoire.

— Sur la partie arrière des vêtements, nous avons trouvé ceci. À peine détectable, mais présent.

Elle remit un rapport à Gamache en lui indiquant une ligne.

— Polyuréthane acrylique et oxyde d'aluminium, lut-il. Qu'est-ce que c'est ?

— Du Varathane, répondit Beauvoir. Nous venons tout juste de refaire les planchers chez moi. Le produit sert à protéger le bois après le sablage.

— On ne l'utilise pas seulement pour les planchers, mais aussi en menuiserie, précisa la D^re Harris. C'est un vernis plastique. Pour revenir à l'homme, mis à part la blessure à la tête, il était en bonne condition physique. Il pouvait s'attendre à vivre encore vingt-cinq ou trente ans.

— Je vois qu'il avait mangé quelques heures avant d'être tué, dit Gamache en poursuivant la lecture du rapport d'autopsie.

— Oui, un repas végétarien. Des aliments biologiques, je crois. J'ai demandé une analyse. Une nourriture très saine. Pas ce que mangerait normalement un clochard.

— Quelqu'un l'a peut-être invité à souper, puis tué, dit Beauvoir.

La médecin légiste hésita avant de répondre.

— J'y avais pensé. C'est une possibilité.

— Mais ? demanda Gamache.

— Mais on dirait que c'était sa façon habituelle de s'alimenter. Qu'il ne s'agissait pas seulement d'une fois.

— Donc, ou bien il se préparait lui-même à manger et optait pour une saine alimentation, ou bien quelqu'un, un végétarien, lui faisait la cuisine, résuma Gamache.

— Grosso modo, c'est ça, répondit la médecin légiste.

— Aucune trace d'alcool ni de drogue ne semble avoir été relevée, dit Beauvoir en parcourant le rapport.

La D^re Harris confirma d'un signe de tête.

— Je ne crois pas qu'il ait été un sans-abri. Je ne sais pas si quelqu'un se souciait de lui, mais je sais qu'il prenait soin de lui-même.

«Cela ferait une belle épitaphe, pensa Gamache. Il prenait soin de lui-même.»

– C'était peut-être un «survivaliste», dit Beauvoir. Vous savez, un de ces cinglés qui fuient la ville pour se terrer dans les bois parce qu'ils croient la fin du monde proche.

L'inspecteur-chef se tourna vers lui. «Voilà une pensée intéressante», se dit-il.

– Honnêtement, je suis perplexe, dit la médecin légiste. Il est évident qu'il a été frappé d'un seul coup, fatal, à l'arrière de la tête. Cela en soi est curieux. Qu'un seul coup ait été porté…

Sa voix s'estompa. Puis elle secoua la tête.

– Normalement, la personne qui a assez de cran pour tuer quelqu'un en l'assommant est en proie à une très forte émotion, à une sorte de folie passagère. Elle est en pleine hystérie et est incapable de s'arrêter. On voit alors de multiples coups. Mais un seul…

– Qu'en déduisez-vous? demanda Gamache, qui fixait le crâne défoncé.

– Qu'il ne s'agit pas simplement d'un crime passionnel, répondit-elle en regardant le chef. Il y a un côté irraisonné au geste, c'est vrai, mais il y a eu planification. La personne qui a commis le crime était enragée, mais contrôlait sa rage.

Gamache haussa les sourcils. C'était rare, extrêmement rare. Et déconcertant. Contrôler une rage folle équivalait à essayer de maîtriser un troupeau d'étalons sauvages qui, naseaux fumants, galopaient à toute allure, se cabraient, leurs sabots labourant le sol.

Qui possédait une telle maîtrise de soi?

Leur meurtrier.

Beauvoir et le chef échangèrent un regard. Cela ne présageait rien de bon.

Gamache s'approcha du corps sur la table d'autopsie en métal. Si la victime était un survivaliste, son plan avait échoué. Si cet homme avait craint la fin du monde, il ne s'était pas enfui suffisamment loin, ne s'était pas suffisamment enfoncé dans la forêt sauvage canadienne.

Et la fin du monde l'avait trouvé.

12

Debout à côté de sa belle-mère, Dominique Gilbert regardait au loin sur le chemin de terre. De temps à autre, les deux femmes devaient s'écarter lorsque passait une voiture pleine de gens quittant Three Pines, soit pour se rendre à la foire qui se terminait ce jour-là, soit pour rentrer tôt en ville afin d'éviter les bouchons.

Elles n'avaient pas les yeux tournés vers le village, mais dans l'autre direction, vers la route menant à Cowansville. Et aux chevaux.

Dominique n'en revenait pas encore qu'elle ait pu totalement oublier son rêve d'enfance. En fait, ce n'était peut-être pas surprenant, étant donné qu'elle avait aussi rêvé d'épouser Keith Partridge, de la série télévisée, et qu'on découvre qu'elle était la fille Romanov mystérieusement disparue. Son fantasme de posséder des chevaux s'était évanoui, comme tous ses autres rêves chimériques, remplacé par des réunions de conseil d'administration et des clients, des abonnements au gym et des vêtements de plus en plus chers. Jusqu'à ce qu'un jour la coupe soit pleine et se renverse. Dès lors, les belles promotions, les vacances et les cures de rajeunissement dans des spas ne représentèrent plus aucun intérêt pour elle. Mais au fond de la coupe remplie de buts, d'objectifs, d'aspirations, il restait une dernière goutte.

Son rêve : avoir un cheval.

Enfant, elle avait fait de l'équitation. Avec le vent dans ses cheveux et les rênes en cuir qui lui paraissaient légères dans ses mains, elle se sentait libre. Et en sécurité. Oubliées, toutes les grandes inquiétudes d'une petite fille sérieuse.

Des années plus tard, lorsque l'insatisfaction avait fait place au découragement, lorsqu'elle était devenue lasse et pouvait à peine sortir du lit le matin, le rêve avait refait surface. Comme si la cavalerie, la police montée, était venue à sa rescousse.

Les chevaux la sauveraient, ces magnifiques créatures qui aimaient leur cavalier au point de s'élancer au combat avec lui, malgré la terreur, les explosions, les hurlements et le sifflement des armes à feu. Si leur cavalier leur signifiait de charger, ils obéissaient.

Qui n'aimerait pas ça ?

Un matin, Dominique s'était réveillée en sachant ce que Marc et elle devaient faire. Pour leur santé mentale. Pour leur âme. Ils devaient quitter leur emploi et trouver une propriété à la campagne. Et avoir des chevaux.

Dès qu'ils eurent acheté la vieille maison des Hadley et demandé à Roar Parra de construire une écurie, Dominique s'était mise à chercher ses chevaux. Elle avait passé des mois à effectuer des recherches pour déterminer la race idéale, les tempéraments les plus appropriés. Elle s'était même interrogée sur la hauteur, le poids et la couleur. Devait-elle préférer des chevaux alezans ou pommelés ? Tous les mots qu'elle avait appris dans son enfance lui revenaient à la mémoire. Toutes les images de calendrier qu'elle avait scotchées sur le mur de sa chambre à côté de la photo de Keith Partridge. Le cheval noir aux chaussettes blanches, le puissant étalon gris dressé sur ses pattes arrière, le noble et fier pur-sang arabe.

Finalement, Dominique avait arrêté son choix sur quatre superbes chevaux de chasse, très grands et à la robe luisante : deux alezans, un noir et un autre tout blanc.

– J'entends un camion, dit Carole.

Elle prit la main de sa belle-fille, sans la serrer, comme si elle tenait des rênes.

Un camion apparut. Dominique agita la main. Le véhicule ralentit, puis, guidé par ses gestes, le chauffeur tourna dans la cour et s'immobilisa devant l'écurie flambant neuve.

Quatre chevaux sortirent du van, leurs sabots résonnant sur la rampe en bois. Lorsqu'ils furent tous dans la cour, le chauffeur se dirigea vers les deux femmes, en jetant sa cigarette par terre et en l'écrasant du pied.

— Vous devez signer, madame.

Il présenta sa planchette à pince. Dominique tendit la main et signa son nom en détachant à peine ses yeux des chevaux. Elle donna ensuite un pourboire à l'homme.

Après l'avoir accepté, il regarda les deux femmes à l'air perplexe, puis les chevaux.

— Vous êtes certaines de vouloir les garder?

— Oui, je suis certaine, merci, répondit Dominique avec plus d'assurance qu'elle en ressentait.

Son rêve maintenant devenu réalité, elle se rendait compte qu'elle n'avait aucune idée de ce qu'il fallait faire avec un cheval, et encore moins avec quatre. Le chauffeur sembla prendre pitié d'elle.

— Vous voulez que je les mène à leurs box?

— Non, ça ira. Nous pouvons le faire. Merci.

Elle voulait qu'il parte rapidement pour qu'il ne soit pas témoin de ses doutes, de sa maladresse, de son incompétence. Dominique Gilbert commettait rarement des gaffes, mais elle avait l'impression que cela s'apprêtait à changer.

Le chauffeur tourna le van vide dans l'autre direction et quitta les lieux.

— Eh bien, ma chère, dit Carole à sa belle-fille, j'imagine qu'on ne peut pas faire pire que leurs propriétaires précédents.

En regardant le véhicule reprendre la route de Cowansville, les deux femmes aperçurent le mot peint à l'arrière, en grosses lettres noires, comme pour ne laisser aucun doute. ABATTOIR. Puis elles se retournèrent vers les quatre pauvres bêtes, avec leur crinière emmêlée, leurs yeux vairons, leur dos creusé et leurs sabots qui avaient besoin d'être taillés. Et leur robe couverte de boue et de plaies.

— « Les cloches du ciel sonneraient le carillon le plus fou… », murmura Carole.

Dominique ne savait pas ce qu'il en était des cloches du ciel, mais ça bourdonnait dans sa tête. Qu'avait-elle fait? Elle s'avança avec une carotte dans la main et l'offrit au premier cheval, une vieille jument mal en point qui s'appelait Bouton d'or. Pas habituée à la gentillesse, la jument hésita. Puis elle fit un pas en avant et, avec ses grosses lèvres, prit la carotte dans la main tendue.

Dominique avait annulé son achat des magnifiques chevaux de chasse et avait décidé de choisir plutôt des bêtes destinées à la boucherie. Si les chevaux devaient représenter son salut, le moins qu'elle pouvait faire était de commencer par leur sauver la vie.

Une heure et demie plus tard, Dominique et Carole se trouvaient toujours devant l'écurie avec les quatre chevaux, mais un vétérinaire s'était joint à elles.

– Quand vous les aurez lavés, il faudra appliquer ceci sur leurs plaies, dit-il en tendant à Dominique un seau d'onguent. Deux fois par jour, matin et soir.

– Peut-on les monter ? demanda Carole.

Elle tenait le licou du plus gros cheval. Dans son for intérieur, elle soupçonnait qu'il ne s'agissait pas du tout d'un cheval, mais d'un orignal. Il s'appelait Macaroni.

– Bien sûr. En fait, je le recommande.

Le vétérinaire passa encore une fois d'un cheval à l'autre en effleurant de ses larges mains les flancs de ces bêtes en si piteux état.

– Pauvre cheval, murmura-t-il dans l'oreille de la vieille jument.

Bouton d'or avait perdu presque toute sa crinière, il ne lui restait que des crins épars sur la queue et elle était sale.

– Ils ont besoin d'exercice, d'eau et de nourriture. Mais, par-dessus tout, ils ont besoin qu'on s'occupe d'eux.

Après avoir terminé son examen, le vétérinaire secoua la tête.

– La bonne nouvelle, c'est qu'ils n'ont rien de vraiment grave. On les a laissés croupir dans des champs boueux et des écuries glaciales, sans jamais leur donner les soins appropriés. Mais celui-ci...

Il s'approcha du grand cheval noir aux yeux vairons, qui recula. Le vétérinaire attendit un moment, puis, doucement, s'en approcha encore une fois en faisant des sons apaisants jusqu'à ce qu'il se calme.

– Celui-ci a été maltraité, c'est évident, dit-il en indiquant les cicatrices sur les flancs de l'animal. Il a peur. Quel est son nom ?

Dominique consulta la facture de l'abattoir, puis regarda Carole.

– Qu'y a-t-il ? demanda sa belle-mère. Oh…, fit-elle après avoir elle aussi jeté un œil sur la facture.

Puis, s'adressant au vétérinaire, elle ajouta :

– Peut-on changer le nom d'un cheval ?

– Normalement, ma réponse serait oui, mais pas dans le cas de celui-ci. Il a besoin de continuité. Les chevaux s'habituent à leur nom. Pourquoi me posez-vous la question ?

– Ce cheval s'appelle Marc.

– J'ai déjà entendu pire, dit le vétérinaire en remballant ses affaires.

Les deux femmes échangèrent un regard. Marc, le mari de Dominique – pas le cheval –, ne savait pas encore qu'elle avait décidé de remplacer les chevaux de chasse par ces bêtes pitoyables. Il n'allait probablement pas être content. Elle avait entretenu l'espoir qu'il ne s'en rendrait pas compte ou que, si elle leur donnait des noms évocateurs à consonance virile, comme Tonnerre ou Trotteur, il s'en ficherait. Mais il remarquerait certainement une misérable loque à moitié aveugle, terrifiée, couverte de cicatrices, et qui portait le nom de Marc.

– Je vous suggère de monter à cheval le plus rapidement possible, ajouta le vétérinaire. Au pas, au début, jusqu'à ce que les chevaux aient retrouvé leurs forces. Ne vous inquiétez pas, tout ira bien, dit-il aux deux femmes avec un sourire chaleureux. Ces quatre chevaux ont beaucoup de chance.

Puis il monta dans son auto et s'en alla.

– Oui, dit Carole, jusqu'à ce qu'on mette la selle au mauvais endroit.

– Je crois qu'elle va au milieu, dit Dominique.

– Merde.

La Sûreté était sur la piste du sang. Puisque le meurtre n'avait apparemment pas été commis au bistro, il fallait trouver la scène du crime. La victime avait perdu beaucoup de sang, et, même si le tueur avait eu deux jours pour tout nettoyer, le sang laissait des marques. Il aurait été difficile de faire disparaître toute trace de ce crime violent. Des agents fouillèrent chacune des maisons de Three Pines et des alentours, chaque commerce, remise, grange, garage, niche à chien. Jean-Guy Beauvoir avait coordonné les recherches, envoyant des équipes faire le tour du village et des environs. Lui-même était resté au bureau provisoire pour attendre leurs rapports. Il avait guidé les policiers et, à l'occasion, les avait admonestés, sa patience s'épuisant à mesure qu'entraient les rapports négatifs.

Rien.

Aucun indice d'une scène de crime. Aucune trace d'une arme. Pas même dans la vieille maison des Hadley, où les planchers n'étaient pas tachés de sang. Les analyses effectuées sur les tisonniers d'Olivier avaient confirmé qu'aucun n'était l'arme utilisée. Celle-ci n'avait toujours pas été trouvée.

Les agents de la Sûreté avaient cependant trouvé les bottes que Guylaine avait perdues et, sous la maison de M. Béliveau, un caveau à légumes depuis longtemps abandonné, mais où étaient encore entreposés des pots de betteraves et des bouteilles de cidre. Il y avait aussi un nid d'écureuil dans le grenier de Ruth – une découverte pas particulièrement étonnante – et des graines suspectes dans le vestibule de Myrna, qui se révélèrent être des graines de roses trémières.

Rien.

– Je vais élargir la zone de recherche, dit Beauvoir à Gamache au téléphone.

– C'est probablement une bonne idée.

Il ne semblait pas convaincu, toutefois.

Dans le récepteur, Beauvoir entendait des cloches, de la musique et des rires.

Armand Gamache était à la foire.

La foire du canton de Brume existait depuis plus de cent ans et attirait des gens de tous les Cantons-de-l'Est. Comme la plupart des foires, elle avait été organisée pour permettre aux fermiers de présenter leur bétail, de vendre leurs légumes, de conclure des marchés et de voir des amis. Les animaux d'élevage étaient jugés dans une étable et, dans une grange, des articles d'artisanat étaient exposés. Dans les longues rangées de baraques ouvertes, on vendait toutes sortes de produits maison, et les enfants faisaient la queue pour acheter de la réglisse et des bonbons au sirop d'érable, du pop-corn et des beignes frais.

C'était la dernière fête de l'été, le pont menant à l'automne.

Armand Gamache passa à côté des manèges et des marchands vantant leurs produits, puis regarda sa montre. C'était l'heure. Il se dirigea vers un champ derrière les bâtiments, où une foule s'était réunie. Pour le lancer de la botte Wellington.

S'arrêtant à la lisière du champ, il regarda des enfants et des adultes s'aligner. Le jeune homme responsable de la compétition les calma et remit à chacun une vieille botte en caoutchouc. Ensuite il se recula, leva le bras, et le garda levé.

La tension était presque insoutenable.

Puis il le laissa retomber comme s'il s'agissait d'une hache.

Toutes les personnes alignées levèrent le bras en même temps, puis firent un mouvement vers l'avant et, sous les cris d'encouragement des spectateurs, déclenchèrent une véritable tempête de bottes Wellington.

Gamache comprit immédiatement pourquoi il avait réussi à trouver une si bonne place sur le côté du champ. Au moins trois bottes se dirigeaient vers lui.

Il se tourna et courba le dos, se protégeant instinctivement la tête de ses bras. Avec une série de bruits sourds, les bottes atterrirent autour de lui, mais pas sur lui.

Le jeune responsable accourut aussitôt.

– Ça va ?

Il avait des cheveux bruns bouclés, qui prenaient une teinte auburn sous le soleil. Son visage était bronzé et il avait des yeux d'un bleu très foncé. Il était extraordinairement beau, et contrarié.

– Vous ne devriez pas être ici. J'étais certain que vous alliez vous déplacer.

Il toisa Gamache comme s'il n'en revenait pas qu'on puisse faire preuve de tant de stupidité.

– Désolé, c'est ma faute, reconnut Gamache. Je cherche Old Mundin.

– C'est moi.

Gamache dévisagea le beau jeune homme qui, maintenant, rougissait.

– Et vous êtes l'inspecteur-chef Gamache, dit-il en tendant une large main calleuse. Je vous ai déjà vu à Three Pines. Est-ce que votre femme n'a pas participé au spectacle de danse, à la fête du Canada, dans un numéro de *clogging*?

Gamache pouvait à peine détacher les yeux de ce jeune homme si plein d'énergie et au visage si radieux. Il confirma d'un hochement de tête.

– C'est ce que je croyais. J'étais un des joueurs de violon. Donc, vous me cherchiez?

Derrière Old Mundin, d'autres personnes avaient commencé à former une ligne et regardaient dans sa direction. Il leur jeta un coup d'œil, mais paraissait détendu.

– J'aimerais vous parler, lorsque vous aurez un moment.

– Certainement. Il me reste deux ou trois épreuves à superviser, puis je pourrai partir. Vous voulez essayer?

Il offrit à Gamache une des bottes qui l'avaient presque assommé.

– Que dois-je faire? demanda celui-ci en suivant Mundin jusqu'à la ligne.

– C'est le lancer de la botte Wellington, répondit le jeune homme en riant. Je pense que vous arriverez à comprendre.

Gamache sourit. Il ne se montrait pas particulièrement vif d'esprit, aujourd'hui. En prenant place à côté de Clara, il vit Old Mundin courir jusqu'à l'autre extrémité de la ligne, où se trouvaient une belle jeune femme et un enfant d'environ six ans. Mundin s'agenouilla et donna une petite botte au garçonnet.

– C'est Charles, son fils, dit Clara.

Charles Mundin était beau, lui aussi. Il rit et se tourna dans la mauvaise direction. Avec beaucoup de patience, ses parents lui expliquèrent comment il devait se placer. Old Mundin embrassa son fils et revint à sa position de départ.

L'enfant, constata Gamache, était atteint du syndrome de Down.

– À vos marques! cria Mundin en levant le bras. Prêts?

Gamache tint fermement sa botte et jeta un coup d'œil à Peter et Clara qui, concentrés, regardaient droit devant.

– Lancez!

Dressant le bras d'un geste brusque, Gamache sentit la botte lui frapper le dos. Puis il la projeta vers l'avant, mais elle était boueuse et lui glissa de la main. Elle prit une trajectoire oblique et atterrit à moins d'un mètre devant lui, sur le côté.

Bien que sa poigne fût un peu plus solide, Clara ne réussit pas à retenir sa botte beaucoup plus longtemps, et celle-ci partit comme une flèche, presque droit dans les airs.

– *Fore!* cria tout le monde. Attention!

Tous les participants se penchèrent en arrière, s'efforçant, malgré le soleil aveuglant, de repérer la botte qui plongeait vers eux. Elle tomba sur Peter. Heureusement, il s'agissait d'une petite botte d'enfant, rose, et elle rebondit sans lui faire mal. Derrière lui, Gamache entendit Gabri et Myrna faire un pari sur l'excuse qu'invoquerait Clara.

– Je parie dix dollars sur «La botte était mouillée», dit Myrna.

– Non, elle a utilisé cette excuse l'année dernière. Que penses-tu de «Peter s'est placé en dessous»?

– Pari accepté!

Clara et Peter vinrent les rejoindre.

– Pouvez-vous croire qu'ils m'ont encore donné une botte mouillée?

Gabri et Myrna s'esclaffèrent, et Clara, un large sourire sur les lèvres, croisa le regard de Gamache. Il y eut un échange d'argent.

– L'année prochaine, chuchota Clara à l'oreille de Gamache, je dirai que Peter s'est penché du côté où tombait la botte. Vous pourrez miser.

– Et si vous ne l'atteignez pas?

– Je l'atteins toujours. Il se penche du côté où tombe la botte, vous savez.

– C'est ce que j'ai entendu dire.

Myrna agita la main pour saluer Ruth qui clopinait à l'autre bout du champ, accompagnée de Rose. En guise de réponse, Ruth lui fit un bras d'honneur, le majeur dressé. Ayant remarqué son geste, Charles Mundin se mit à saluer tout le monde le majeur dressé de la même façon.

– Ruth ne participe pas au lancer de la botte Wellington ? demanda Gamache.

– Ça ressemble trop à du plaisir, répondit Peter. Elle est venue chercher des vêtements d'enfant à l'exposition d'artisanat.

– Pourquoi ?

– Qui sait pourquoi Ruth fait quoi que ce soit, dit Myrna. Y a-t-il eu des progrès dans l'enquête ?

– Eh bien, nous avons établi un élément important.

Tous firent cercle autour de lui. Même Ruth s'approcha en boitillant.

– Selon la médecin légiste, l'homme n'a pas été tué dans le bistro. Le crime a été commis ailleurs, puis on l'a transporté à cet endroit.

Les bruits de la foire lui parvenaient très clairement, maintenant. Il entendait les forains promettre d'énormes peluches si on réussissait à abattre un canard de plomb. Des cloches tintaient pour attirer l'attention sur des jeux et le présentateur du manège de chevaux avertissait les gens que le concours hippique allait bientôt commencer. Mais autour de Gamache, c'était le silence, jusqu'à ce que Clara prenne enfin la parole.

– C'est une bonne nouvelle pour Olivier, n'est-ce pas ?

– Vous voulez dire que ça le rend moins suspect ? J'imagine. Mais ça soulève beaucoup d'autres questions.

– Comment, par exemple, le corps s'est-il retrouvé dans le bistro ? dit Myrna.

– Et où l'homme a-t-il été tué ? ajouta Peter.

– Nous fouillons toutes les maisons du village.

– Pardon ? fit Peter. Vous entrez chez nous sans notre permission ?

– Nous avons des mandats, répondit Gamache, surpris par la réaction véhémente de Peter.

– C'est malgré tout une violation de notre vie privée. Vous saviez que nous allions revenir. Vous auriez pu attendre.

– Oui, j'aurais pu, mais j'ai décidé de procéder immédiatement. Il ne s'agit pas de visites de courtoisie et, honnêtement, vos sentiments n'entrent pas en ligne de compte.

– Nos droits non plus, apparemment.

– Cette remarque n'est pas exacte.

L'inspecteur-chef s'était exprimé d'un ton ferme. Plus Peter s'énervait, plus lui-même devenait calme.

– Nous avons des mandats. Malheureusement, vous avez perdu le droit à votre intimité dès l'instant où un homme a été tué dans votre village. Ce ne sont pas les policiers qui ont violé vos droits, mais le meurtrier. Ne l'oubliez pas. Vous devez nous aider, et cela signifie nous laisser faire notre travail.

– Et vous laisser fouiller nos maisons. Je me demande comment vous vous sentiriez, vous.

– Cela ne me plairait pas non plus, admit Gamache. Qui, d'ailleurs, aimerait ça? Mais j'espère que je comprendrais. L'enquête vient à peine de commencer. Préparez-vous à pire. Lorsque nous aurons terminé, nous saurons où tout est caché.

Il regarda Peter d'un air sévère.

Celui-ci voyait la porte fermée de son atelier. Il imaginait des agents de la Sûreté l'ouvrant, allumant, pénétrant dans son espace le plus intime. L'endroit où il gardait ses œuvres d'art. L'endroit où il gardait son cœur. Son tableau le plus récent était dans cette pièce, recouvert d'une toile. Caché. À l'abri des regards critiques.

Mais, maintenant, des étrangers avaient pu ouvrir cette porte, lever le voile et voir le tableau. Qu'avaient-ils pensé?

– Nous n'avons encore rien trouvé, sauf, apparemment, les bottes manquantes de Guylaine.

– Ah bon, vous les avez retrouvées, dit Ruth. Cette vieille garce m'accusait de les avoir volées.

– On les a trouvées dans la haie entre vos deux maisons, précisa Gamache.

– Quelle coïncidence, répondit Ruth.

Gamache remarqua les Mundin qui l'attendaient avec leur fils à la lisière du champ. Après avoir pris congé des autres, il se dirigea vers eux d'un bon pas, puis les suivit jusqu'au stand qu'avait installé Old Mundin. Il était rempli de meubles qu'il avait lui-même fabriqués. De l'avis de Gamache, les choix d'une personne étaient toujours révélateurs. Mundin avait choisi de faire des meubles, des meubles de qualité. Gamache, qui s'y connaissait un peu en ébénisterie, jeta un coup d'œil sur les tables, les buffets, les chaises. C'était du travail minutieux, méticuleux. Tous les assemblages étaient en queue d'aronde, sans aucun clou ; les éléments décoratifs avaient été incrustés avec soin ; toutes les surfaces étaient lisses. La qualité était irréprochable. Il fallait beaucoup de temps et de patience pour exécuter du travail aussi admirable. Et jamais le jeune menuisier n'obtiendrait pour ses tables, chaises et vaisseliers des sommes correspondant à leur réelle valeur.

Malgré tout, Old Mundin avait choisi ce métier ; c'était plutôt rare de nos jours pour un jeune homme.

– Comment pouvons-nous aider ? demanda L'Épouse avec un sourire chaleureux.

Elle avait des cheveux très foncés et très courts, et de grands yeux doux. Elle portait différents vêtements les uns par-dessus les autres. Ils avaient l'air confortables et lui donnaient un look tsigane. « Une mère nourricière, pensa Gamache, mariée à un menuisier. »

– J'ai quelques questions à vous poser, mais, auparavant, parlez-moi de vos meubles. Ils sont magnifiques.

– Merci, dit Mundin. Je passe presque toute l'année à en fabriquer pour ensuite les vendre à la foire.

Gamache passa sa large main sur la surface lisse d'une commode.

– Beau lustre. Vous utilisez de la paraffine ?

Old éclata de rire.

– Pas à moins de vouloir que les meubles prennent soudain feu ! La paraffine est hautement inflammable.

– Un vernis plastique ?

Un sourire vint plisser le beau visage du jeune homme.

– Vous devez nous confondre avec Ikea. C'est facile, j'imagine, blagua-t-il. Non, nous utilisons de la cire d'abeille.

Gamache releva le « nous ». Il avait observé ce couple durant quelques minutes seulement, mais il paraissait évident que ces deux-là formaient une équipe.

– Faites-vous beaucoup de ventes à la foire ? demanda-t-il.

– C'est tout ce qui nous reste, répondit L'Épouse en indiquant les meubles autour d'eux.

— Ils seront tous partis d'ici la fermeture ce soir, ajouta Old. Je devrai ensuite me remettre à l'ouvrage. L'automne est une période idéale pour aller chercher du bois dans la forêt. Je fabrique presque tous mes meubles au cours de l'hiver.

— J'aimerais voir votre atelier.

— Quand vous voudrez.

— Pourquoi pas maintenant ?

Old Mundin dévisagea Gamache, qui soutint son regard.

— Maintenant ?

— Est-ce que ça pose problème ?

— Eh bien…

— Ne t'inquiète pas, Old, dit L'Épouse. Je resterai ici. Vas-y.

— Ça ne vous dérange pas si Charles vient avec nous ? demanda Old à Gamache. C'est difficile pour L'Épouse de le surveiller tout en s'occupant des clients.

— J'insiste pour qu'il nous accompagne, répondit l'inspecteur-chef en tendant la main au bambin, qui la prit sans hésitation.

Gamache eut un pincement au cœur en prenant conscience à quel point cet enfant était précieux, et le serait toujours, un enfant qui, toute sa vie, ferait totalement confiance aux autres. Il était également conscient que ce serait très difficile pour ses parents de le protéger.

— Ne vous faites pas de souci à son sujet, dit-il à L'Épouse. Tout ira bien.

— Oh, je ne m'inquiète pas pour lui, mais plutôt pour vous.

— Excusez-moi, dit Gamache en s'avançant pour lui serrer la main, mais je ne connais pas votre nom.

— Mon prénom est Michelle, mais tout le monde m'appelle L'Épouse.

Sa main était dure et calleuse, comme celles de son mari, mais elle avait une voix chaude, cultivée, qui lui rappelait un peu celle de Reine-Marie.

— Pourquoi ?

— Ç'a commencé par une plaisanterie entre nous, puis c'est resté. Old et L'Épouse. D'une certaine façon, ces noms semblent nous aller.

Gamache était d'accord. Ils convenaient à ce couple, qui paraissait vivre dans son propre monde, parmi ses magnifiques créations.

— Bye-bye, dit Charles à sa mère en faisant le nouveau geste de la main, majeur dressé.

— Old..., dit celle-ci d'un ton de reproche.

— Il n'a pas appris ça de moi, protesta-t-il.

Il ne dénonça pas Ruth, cependant, remarqua Gamache.

Old attacha son fils dans la camionnette, puis ils quittèrent le parc de stationnement de la foire.

— « Old » est-il votre vrai nom ?

— On m'a toujours appelé Old, mais en réalité mon nom est Patrick.

— Depuis combien de temps vivez-vous ici ?

— À Three Pines ? Quelques années.

Après un moment de réflexion, il ajouta :

— *My God*, ça fait onze ans. C'est presque incroyable. Olivier est la première personne que j'ai rencontrée.

— Qu'est-ce que les gens pensent de lui ?

— Je ne peux pas parler pour « les gens », mais je sais ce que moi, je pense. J'aime Olivier. Il se montre toujours juste envers moi.

— Mais pas avec tout le monde ?

Gamache avait perçu l'inflexion.

— Certaines personnes ne connaissent pas la valeur de ce qu'elles ont.

Les yeux sur la route, Old Mundin conduisait prudemment.

— Et il y en a beaucoup qui veulent seulement semer la zizanie. Elles n'aiment pas se faire dire que leur vieux coffre est tout simplement vieux, et non une antiquité, qu'il n'a aucune valeur. Ça les énerve. Mais Olivier sait ce qu'il fait. Beaucoup de gens ouvrent des boutiques d'antiquités dans la région, mais peu savent vraiment ce qu'ils font. Olivier, oui.

Pendant quelques instants, les deux hommes, en silence, regardèrent défiler le paysage, puis Gamache reprit la conversation :

— Je me suis toujours demandé où les commerçants trouvaient leurs antiquités.

– La plupart font affaire avec des *pickers*, des cueilleurs. Leur activité principale consiste à courir les ventes aux enchères ou à créer des liens avec les habitants d'une région. Surtout avec des personnes âgées qui pourraient désirer vendre certains de leurs biens. Par ici, si on frappe à votre porte le dimanche matin, il est plus probable qu'il s'agit d'un cueilleur que d'un témoin de Jéhovah.

– Olivier a-t-il un cueilleur?

– Non, il trouve lui-même ses antiquités. Il travaille fort pour ce qu'il obtient, et il a l'œil exercé: il sait ce qui a de la valeur et ce qui n'en a pas. Et il est juste, en général.

– En général?

– Eh bien, il doit faire un profit et, souvent, ce qu'il récolte a besoin de réparations. Il me donne les vieux meubles pour que je les restaure. Cela peut représenter beaucoup de travail.

– Je parie que vous ne lui facturez pas votre travail à sa pleine valeur.

– La valeur est un concept relatif, vous savez.

Old jeta un coup d'œil à Gamache tandis que la camionnette bringuebalait sur la route cahoteuse.

– J'aime ce que je fais, et si je demandais un taux horaire raisonnable, personne ne pourrait acheter mes meubles, et Olivier ne m'engagerait pas pour réparer les belles pièces qu'il trouve. Pour moi, ça vaut donc la peine d'établir un tarif moins élevé. Je n'ai pas à me plaindre, j'ai une belle vie.

– Quelqu'un a-t-il déjà été très en colère contre Olivier?

Old demeura silencieux et Gamache se demanda s'il l'avait entendu, mais il finit par répondre.

– Une fois, il y a environ un an. La vieille Mme Poirier avait décidé de quitter sa maison du chemin de la Montagne pour déménager dans une résidence pour personnes âgées à Saint-Rémy. Olivier tournait autour d'elle depuis quelques années. Le moment venu, elle lui a vendu presque toutes ses affaires. Il a fait des découvertes assez étonnantes.

– A-t-il payé un prix équitable?

– Ça dépend à qui vous posez la question. Elle était contente. Olivier était content.

– Alors qui était en colère?

Old Mundin ne dit rien. Gamache attendit.

– Ses enfants. Selon eux, Olivier s'était insinué dans sa vie, avait abusé de la naïveté d'une pauvre vieille femme seule.

Old tourna alors dans une petite ferme. Des roses trémières étaient appuyées contre un mur et le jardin regorgeait de rudbeckies et de roses anciennes. À côté de la maison se trouvait un potager bien entretenu, aux rangs réguliers.

La camionnette s'immobilisa et Mundin indiqua une grange.

– Voilà mon atelier.

Gamache déboucla la ceinture de sécurité du siège pour enfant et prit Charles, endormi, dans ses bras, puis les deux hommes se dirigèrent vers la grange.

– Vous avez dit qu'Olivier avait fait une trouvaille inattendue chez Mme Poirier?

– Il a payé une somme forfaitaire pour tout ce dont elle n'avait plus besoin. Elle a choisi ce qu'elle voulait garder et il a acheté le reste.

S'arrêtant devant la porte de la grange, Old Mundin se tourna vers Gamache.

– Dans le lot, il y avait un ensemble de six chaises chippendale. Valant environ dix mille dollars chacune. Je le sais parce que j'ai travaillé sur ces chaises, mais je ne crois pas qu'Olivier l'ait dit à qui que ce soit d'autre.

– Et vous?

– Non. Vous seriez surpris à quel point je dois me montrer discret dans mon travail.

– Savez-vous si Olivier a offert plus d'argent à Mme Poirier?

– Non, je ne le sais pas.

– Mais ses enfants étaient en colère.

Mundin répondit d'un simple hochement de tête, puis ouvrit la porte, et ils pénétrèrent dans un monde différent. Tous les arômes complexes d'une ferme en automne avaient disparu. On ne sentait plus l'odeur subtile de fumier, d'herbe coupée, de foin, de fines herbes.

La seule note décelable ici était celle de bois. De bois fraîchement scié. De vieux bois de grange. De bois de toutes sortes. Le long de chaque mur était empilé du bois attendant d'être transformé en meubles. Old Mundin passa délicatement une main sur une planche grossièrement équarrie.

– On ne s'en douterait pas, mais il y a du bois ronceux là-dessous. Il faut savoir quoi chercher. Les petites imperfections. Curieux, n'est-ce pas, comment des imperfections à l'extérieur peuvent indiquer la présence de quelque chose de magnifique à l'intérieur ?

Il regarda Gamache droit dans les yeux. Charles bougea légèrement et, pour le rassurer, l'inspecteur-chef posa sa grosse main sur son dos.

– J'avoue qu'en matière de bois mes connaissances sont limitées, mais vous semblez avoir différentes essences. Pourquoi ?

– Pour des besoins différents. J'utilise l'érable, le merisier et le pin pour des pièces de mobilier destinées à l'intérieur et le cèdre pour l'extérieur. Ça, c'est du cèdre rouge. Mon préféré. Pour l'instant, il n'a l'air de rien, mais une fois taillé et poncé…, dit Mundin en faisant un geste éloquent.

Gamache remarqua deux chaises sur une plateforme, dont l'une était posée à l'envers.

– Elles viennent du bistro ?

S'approchant, il constata en effet que chacune d'elles avait une patte branlante.

– Oui. Je les ai prises là-bas samedi soir.

– Peut-on parler de ce qui s'est produit au bistro devant Charles ?

– Bien sûr. Il comprendra, ou pas. De toute façon, ça n'a aucune importance. Il sait que ça n'a rien à voir avec lui.

« Si seulement plus de monde pouvait faire cette distinction », pensa Gamache.

– Vous étiez là le soir du meurtre.

– C'est exact. Tous les samedis, je passe prendre des meubles abîmés et rapporte ce que j'ai réparé. Ce soir-là, comme d'habitude, je suis arrivé peu après minuit. Les derniers clients partaient et les jeunes avaient commencé à ranger.

« Les jeunes », pensa Gamache. Et pourtant, les serveurs du bistro n'étaient pas beaucoup plus jeunes que cet homme. Mais, d'une certaine façon, Old donnait l'impression d'être très vieux, justement.

– Je n'ai pas vu de cadavre, cependant.

– Dommage. Ça nous aurait aidés. Avez-vous remarqué quelque chose d'inhabituel ?

Old Mundin réfléchit. Charles se réveilla et se tortilla. Gamache déposa l'enfant sur le sol, où il ramassa un bout de bois qu'il se mit à faire tourner encore et encore.

– Je suis désolé. J'aimerais pouvoir aider, mais ça m'a semblé un samedi soir comme les autres.

Gamache ramassa à son tour un morceau de bois et le débarrassa de la couche de sciure.

– Comment avez-vous commencé à réparer des meubles pour Olivier ?

– Oh, ça remonte à plusieurs années. Il m'a donné une chaise à remettre en état. Elle était demeurée des années dans une grange et il venait tout juste de la transférer dans le bistro. Ce que vous devez comprendre…

Suivit alors un monologue passionné sur les vieux meubles en pin du Québec. La peinture de lait, les horreurs causées par le décapage, le danger de ruiner une belle pièce en la restaurant. La fine ligne qui existait entre rendre un meuble utilisable et le rendre sans valeur.

Gamache écoutait, fasciné. Il se passionnait pour l'histoire du Québec et, par voie de conséquence, pour les antiquités québécoises, les meubles remarquables fabriqués par les colons au cours des longs mois d'hiver, des siècles auparavant. En s'investissant dans leur travail, ils avaient créé des meubles en pin à la fois utiles et beaux. Chaque fois que Gamache touchait une vieille table ou une armoire, il imaginait l'habitant en train de façonner le bois, de le rendre bien lisse en le frottant encore et encore avec ses mains rugueuses. Et de confectionner quelque chose de beau.

Beau et durable, grâce à des personnes comme Old Mundin.

– Qu'est-ce qui vous a amené à Three Pines ? Pourquoi ne pas vous être installé dans une ville ? Vous auriez sûrement plus de travail à Montréal ou même à Sherbrooke.

– Je viens de Québec, où je suis né. On pourrait penser qu'un restaurateur d'antiquités trouverait beaucoup de travail là-bas, mais c'est difficile pour un débutant. J'ai déménagé à Montréal, où j'ai trouvé un emploi dans une boutique d'antiquités de la rue Notre-Dame, mais il faut croire que je n'étais pas fait pour la grande ville. J'ai donc décidé d'aller à Sherbrooke. Je suis monté dans l'auto, j'ai pris la direction du sud, et je me suis perdu. À Three Pines, je me suis arrêté au bistro pour m'informer du chemin à prendre. Après avoir commandé un café au lait, je me suis assis et la chaise s'est effondrée.

Il éclata de rire, tout comme Gamache.

– J'ai offert de la réparer, et puis voilà!

– Vous avez dit habiter ici depuis onze ans. Vous deviez être très jeune lorsque vous avez quitté Québec.

– J'avais seize ans. Je suis parti après la mort de mon père. Après trois ans à Montréal, je suis venu ici, j'ai rencontré L'Épouse, nous avons eu Charles, et j'ai démarré une petite entreprise.

Ce jeune homme avait accompli beaucoup de choses pendant ces onze années, pensa Gamache.

– Comment Olivier vous a-t-il paru samedi soir?

– Comme d'habitude. À la fête du Travail, ils sont toujours très occupés au bistro, mais il semblait détendu. Enfin, aussi détendu qu'il peut l'être…

Le sourire apparu sur le visage de Mundin témoignait d'une réelle affection.

– Vous ai-je entendu dire que l'homme n'a pas été tué au bistro, en fin de compte?

Gamache confirma d'un hochement de tête.

– Nous essayons de découvrir où le meurtre a eu lieu. En fait, pendant que vous étiez à la foire, j'ai demandé à mes agents d'effectuer des recherches dans les environs, y compris chez vous.

– Vraiment?

Ils étaient revenus à la porte de la grange. Mundin se retourna et plongea le regard dans l'obscurité.

– Ou ils sont très bons, ou ils n'ont rien examiné. Impossible de savoir.

– C'est précisément le but.

Contrairement à Peter, remarqua l'inspecteur-chef, Old Mundin ne semblait pas préoccupé.

– Mais pourquoi tuer quelqu'un à un endroit, puis le transporter ailleurs? demanda Mundin, comme s'il se parlait à lui-même. Je comprends qu'un meurtrier veuille se débarrasser du corps, surtout s'il a commis le crime dans sa propre maison, mais pourquoi l'apporter au bistro d'Olivier ? Très étrange, à mon avis, mais l'emplacement central du bistro y est peut-être pour quelque chose. Cet endroit était peut-être tout simplement commode.

Gamache ne réagit pas à ce commentaire. Tous deux savaient pertinemment qu'il était faux. Le bistro était loin d'être un endroit commode où se débarrasser d'un corps. Et cela inquiétait l'inspecteur-chef. Il ne s'agissait pas d'une mort fortuite, et le choix du lieu où laisser le corps ne l'était pas non plus.

Un être très dangereux circulait parmi eux. Une personne qui paraissait heureuse, aimable, gentille même. Mais c'était une tromperie. Un masque. Gamache savait que, lorsqu'il trouverait le meurtrier et lui retirerait son masque, il lui arracherait aussi la peau. Le masque était devenu l'homme. La duplicité était totale.

13

– Nous nous sommes bien amusés à la foire, dit Gabri en fermant la porte du bistro et en allumant. Je t'ai rapporté ça.

Il tendit un lion en peluche à Olivier, qui le posa délicatement sur ses genoux.

– Merci.

– Es-tu au courant de la nouvelle? D'après Gamache, l'homme n'a pas été tué ici. Il dit aussi qu'on nous rendra nos tisonniers. J'ai hâte de retrouver mon tisonnier bien dur. Pas toi? demanda Gabri en lui jetant un regard coquin.

Mais Olivier n'eut aucune réaction.

Gabri alluma d'autres lumières dans la pièce sombre, puis prépara un feu dans une des cheminées en pierre. Son compagnon resta assis dans le fauteuil, les yeux braqués sur la fenêtre. Gabri soupira, versa une bière pour chacun et alla le rejoindre. Ensemble, ils burent tout en mangeant des noix de cajou et en regardant le village tranquille à travers la vitre. C'était la fin de la journée, et la fin de l'été.

– Qu'est-ce que tu vois? demanda Gabri après un moment.

– Que veux-tu dire? Je vois la même chose que toi.

– Impossible. Ce que je vois me rend heureux. Toi, tu n'es pas heureux.

Gabri était habitué aux états d'âme de son partenaire. Olivier était celui qui était calme, réservé. Gabri pouvait paraître plus sensible, mais tous les deux savaient la vérité. Olivier ressentait les choses plus intensément et les gardait enfouies en lui. Gabri avait été malmené par la vie, mais ses blessures, bien qu'ayant laissé des traces, étaient superficielles. Celles d'Olivier, profondes et cachées, et peut-être même mortelles, avaient pénétré jusqu'à la moelle des os.

Cependant, Gabri n'avait jamais rencontré un homme plus gentil. Pourtant, des hommes, il en avait rencontré beaucoup. Avant de faire la connaissance d'Olivier. Tout ça avait changé dès le moment où il avait posé les yeux sur cet homme élancé, blond et timide.

Son cœur, considérablement grand, avait fondu.

— Qu'est-ce qui ne va pas? demanda Gabri en se penchant vers l'avant et en prenant la main fine d'Olivier. Dis-le-moi.

— Ce n'est plus amusant, répondit Olivier après un moment. Pourquoi continuer? Personne ne voudra revenir ici. Qui voudrait manger dans un restaurant où on a trouvé un corps?

— Comme dit Ruth, nous ne sommes tous que des corps, en fin de compte.

— Super. Attends que je mette ça dans la publicité.

— Eh bien, au moins tu ne fais aucune discrimination. Morts, prémorts: tout le monde est bienvenu. Voilà qui ferait peut-être un meilleur slogan.

Gabri remarqua un léger tressaillement aux commissures des lèvres de son partenaire.

— Écoute, l'homme n'a pas été tué ici, a dit la police. C'est une excellente nouvelle, qui fait une différence.

— Tu crois? demanda Olivier, une lueur d'espoir dans les yeux.

— Sais-tu ce que je crois réellement? dit Gabri d'un ton sérieux. Je crois que ça n'aurait aucune importance. Peter, Clara, Myrna? Penses-tu qu'ils cesseraient de venir même si ce pauvre homme avait été assassiné ici? Et les Parra? Et M. Béliveau? Ils continueraient de venir même si on trouvait une montagne de corps dans le bistro. Sais-tu pourquoi?

— Parce qu'ils aiment l'endroit?

— Parce qu'ils t'aiment, toi. Sincèrement. Écoute-moi, Olivier, ton bistro est le meilleur, le plus agréable de toute la région, et ta cuisine la plus savoureuse. C'est un endroit génial. *Tu* es génial. Tout le monde t'aime. Et tu sais quoi?

— Quoi? demanda Olivier d'un ton maussade.

— Tu es l'homme le plus gentil et le plus beau du monde entier.

– Tu dis ça seulement pour me remonter le moral, dit Olivier, qui se sentit redevenir petit garçon.

Alors que d'autres enfants s'amusaient à attraper des grenouilles et des sauterelles et à collectionner des bouts de bois, lui cherchait à se faire rassurer. Recherchait de l'affection. Il accumulait les mots et les gestes, même ceux d'inconnus, et les enfonçait dans le vide qui ne cessait de se creuser en lui.

Cela avait fonctionné. Pendant un certain temps. Après, les mots n'avaient plus suffi.

– C'est Myrna qui t'a soufflé ces paroles?

– Oui, bien sûr. C'est complètement faux, un gros mensonge inventé par Myrna et moi. Veux-tu bien me dire ce qui ne va pas chez toi?

– Tu ne comprendrais pas.

Gabri suivit le regard d'Olivier. Par la fenêtre, il vit la colline et soupira. Ils avaient déjà eu une discussion à ce sujet.

– Ils sont là, on n'y peut rien. On devrait peut-être…

– On devrait peut-être quoi? l'interrompit sèchement Olivier.

– Tu cherches une raison pour être malheureux, c'est ça?

Même selon ses critères, la réaction d'Olivier était exagérée. On l'avait rassuré à propos du corps, rassuré que tout le monde l'aimait encore et que Gabri n'allait pas le quitter. Quel était donc le problème?

– On devrait peut-être leur donner une chance. Leur auberge et spa pourrait même nous aider, qui sait?

Ce n'était pas ce que voulait entendre Olivier. Il se leva brusquement et faillit renverser le fauteuil. Il sentait la colère remplir sa poitrine. Elle lui faisait l'effet d'être doté de pouvoirs surhumains qui le rendaient invincible, fort, courageux. Brutal.

– Tu veux être leur ami? D'accord, mais fous-moi la paix.

– Tu déformes le sens de mes paroles. Puisqu'on ne peut rien à leur présence ici, alors pourquoi ne pas essayer de bien nous entendre avec eux? Voilà ce que je voulais dire.

– Tu te penses à la maternelle? Ces gens-là veulent nous faire fermer boutique. Tu comprends? Au début, j'ai été gentil, mais après ils ont décidé de nous voler nos clients, et même notre personnel. Crois-tu que quelqu'un choisirait ton gîte quétaine quand il pourrait rester là-bas?

La figure d'Olivier était marbrée de plaques rouges. Sous les cheveux blonds clairsemés, Gabri voyait la rougeur s'étendre au crâne.

– De quoi parles-tu? Je m'en fous si les gens ne viennent pas, tu le sais bien. Nous n'avons pas besoin de l'argent. Je le fais par plaisir.

Olivier luttait pour se maîtriser, pour ne pas prononcer des paroles qui seraient de trop. Les yeux des deux hommes lançaient des éclairs et l'air entre eux crépitait.

– Pourquoi? demanda Olivier après un moment.

– Pourquoi quoi?

– Si l'homme mort n'a pas été tué dans le bistro, pourquoi l'a-t-on trouvé ici?

Gabri sentit sa colère fondre et s'évaporer.

– La police est venue me voir aujourd'hui, dit Olivier d'un ton presque monocorde. Un agent va rencontrer mon père demain.

Pauvre Olivier, songea Gabri. Il avait une bonne raison de s'en faire, après tout.

Jean-Guy Beauvoir sortit de la voiture et fixa la maison de Mme Poirier de l'autre côté de la route.

Elle était délabrée et avait besoin de bien plus qu'une simple couche de peinture. La galerie s'affaissait, les marches paraissaient dangereuses, des planches du revêtement étaient tombées.

Beauvoir était entré dans des dizaines de maisons semblables dans la campagne québécoise, habitées par des personnes qui y étaient nées. Clotilde Poirier buvait probablement du café dans une tasse ébréchée ayant appartenu à sa mère et dormait sur le matelas où elle avait été conçue. Des fleurs séchées et des cuillers décoratives, envoyées par des membres de la famille qui s'étaient exilés dans des endroits éloignés comme Rimouski, Chicoutimi ou Gaspé, ornaient sans doute les murs. Devant la fenêtre et près du poêle à bois, il y aurait une chaise berçante recouverte d'une couverture légèrement tachée et sur laquelle se trouveraient des miettes. Une fois la vaisselle du petit-déjeuner lavée, Clotilde Poirier s'y assoirait et regarderait par la fenêtre. Observant et attendant.

Observant quoi? Attendant quoi? Un ami? Une auto familière? Une autre cuiller?

L'observait-elle en ce moment?

La Volvo d'Armand Gamache apparut au sommet de la colline et l'inspecteur-chef se gara derrière Beauvoir. Les deux hommes prirent un moment pour regarder la maison.

— Je me suis renseigné au sujet du Varathane, dit Beauvoir, en pensant qu'une centaine de litres du produit serait très utile ici. Les Gilbert n'ont pas utilisé ce vernis dans leurs travaux de rénovation. J'ai parlé à Dominique Gilbert. Selon elle, ils veulent être le plus écolos possible. Après avoir fait sabler les planchers, ils ont appliqué de l'huile de bois de Chine.

— Donc, le vernis trouvé sur les vêtements du mort ne provenait pas de la vieille maison des Hadley, dit Gamache.

Il était déçu, car cela avait semblé une bonne piste.

— Que venons-nous faire ici? demanda Beauvoir.

Tous deux se tournèrent de nouveau vers la maison, qui s'écroulait petit à petit, et le pick-up rouillé dans la cour. Le chef lui avait donné rendez-vous à cet endroit, mais il ne savait pas pourquoi.

Gamache lui expliqua ce qu'Old Mundin avait raconté à propos d'Olivier et des meubles de Mme Poirier, en particulier au sujet des chaises chippendale.

— Alors ses enfants croient qu'Olivier l'a arnaquée? Et les a volés eux aussi, par le fait même?

— Apparemment.

Gamache frappa à la porte. Après un moment, ils entendirent une voix grincheuse.

— C'est qui?

— L'inspecteur-chef Gamache, madame. De la Sûreté du Québec.

— J'ai rien fait de mal.

Gamache et Beauvoir échangèrent un regard.

— Nous devons vous parler, madame Poirier. C'est au sujet de l'homme mort découvert dans le bistro à Three Pines.

— Oui, et alors?

Il était extrêmement difficile de mener un interrogatoire à travers des planches écaillées d'un centimètre d'épaisseur.

– Pouvons-nous entrer? Nous aimerions vous poser des questions au sujet d'Olivier Brûlé.

Une dame âgée, mince et petite, ouvrit la porte. Elle leur fit de gros yeux, puis, pivotant sur ses talons, retourna rapidement dans la maison. Les deux enquêteurs la suivirent.

La décoration – un bien grand mot – correspondait à ce qu'avait imaginé Beauvoir. Au fil des générations, toutes sortes de choses reçues avaient été accrochées aux murs, de sorte que ceux-ci évoquaient un site archéologique, à l'horizontale. Plus on avançait dans la maison, plus les objets étaient récents. Des fleurs séchées dans un cadre, des napperons plastifiés, des crucifix, des peintures de Jésus et de la Vierge Marie – et, oui, des cuillers – étaient alignés sur le papier peint défraîchi à motifs de fleurs.

L'intérieur, cependant, était d'une propreté irréprochable et un arôme de biscuits flottait dans l'air. Des photos de petits-enfants, peut-être même d'arrière-petits-enfants, étaient posées sur des étagères et de petites tables. Une nappe à rayures, délavée, mais non tachée et bien repassée, recouvrait la table de la cuisine, au centre de laquelle se trouvait un vase contenant des fleurs de fin d'été.

– Du thé? demanda la vieille femme en prenant une théière sur le poêle.

Beauvoir refusa l'offre, mais Gamache accepta. Elle revint avec trois tasses.

– Eh bien, parlez.

– Olivier vous a acheté quelques meubles, paraît-il, commença Beauvoir.

– Pas seulement quelques-uns. Tout le lot. Dieu merci! Il m'a offert plus que n'importe qui d'autre, même si mes enfants ont pu vous raconter autre chose.

– Nous ne leur avons pas encore parlé, répondit Beauvoir.

– Moi non plus. Pas depuis que j'ai vendu mes affaires.

Elle ne semblait pas contrariée.

– Sont tous cupides, ajouta-t-elle. Ils attendent que je meure pour hériter.

– Comment avez-vous rencontré Olivier? demanda Beauvoir.

— Un jour, il s'est présenté à la porte. M'a demandé si j'avais des meubles à vendre. Je l'ai envoyé promener à quelques reprises.

Elle sourit à ce souvenir.

— Mais il y avait quelque chose chez lui… Et il revenait me voir. J'ai fini par le laisser entrer, mais seulement pour une tasse de thé. Il venait environ une fois par mois, prenait le thé avec moi, puis s'en allait.

— À quel moment avez-vous décidé de lui vendre vos affaires ? demanda Beauvoir.

— J'y arrive, dit-elle d'un ton tranchant, et Beauvoir commença à comprendre les efforts qu'avait dû déployer Olivier pour obtenir les meubles. Une année, l'hiver a été particulièrement long et froid. Il y avait eu beaucoup de neige aussi. J'en ai eu assez, alors j'ai décidé de vendre la maison et de déménager à Saint-Rémy dans une résidence pour personnes âgées nouvellement construite. Je l'ai dit à Olivier. En faisant le tour des pièces avec lui, je lui ai montré toutes les cochonneries que mes parents m'avaient laissées : des vieilles armoires, des vieilles commodes, des gros machins en pin. Tous peints dans des couleurs ternes. Des bleus, des verts. J'avais essayé de les décaper, mais ça n'avait rien donné.

À côté de lui, Beauvoir entendit le chef inspirer, seul signe de la douleur qu'il ressentait. Travaillant avec Gamache depuis des années, il connaissait sa passion pour les antiquités et savait qu'il ne fallait jamais, au grand jamais, enlever de la vieille peinture. C'était comme dépiauter quelque chose de vivant.

— Vous avez donc montré tous vos meubles à Olivier. Qu'a-t-il dit ?

— Qu'il prendrait tout, y compris, sans même y jeter un coup d'œil, le contenu de la grange et du grenier. Il y avait là des tables et des chaises datant d'avant mes grands-parents. J'avais l'intention de tout envoyer au dépotoir, mais mes paresseux de fils ne sont jamais venus les chercher, alors j'ai vendu le lot à Olivier. Bien fait pour eux.

— Vous souvenez-vous combien il vous a donné ?

— Je m'en souviens très bien : exactement trois mille deux cents dollars. Assez pour payer pour tout ce mobilier. Il vient de chez Sears.

Gamache jeta un coup d'œil aux pattes de la table. De l'aggloméré. Un fauteuil inclinable faisait face à la nouvelle télévision et il y avait un vaisselier en contreplaqué foncé contenant des assiettes décoratives.

Mme Poirier balaya elle aussi la pièce du regard, avec fierté.

– Il est revenu quelques semaines plus tard, et savez-vous ce qu'il m'a apporté? Un lit flambant neuf. Un plastique recouvrait encore le matelas. Il me l'a même installé. Il vient encore me voir de temps en temps. C'est un homme très gentil.

Beauvoir hocha la tête. Un homme très gentil qui avait remis à cette dame âgée une fraction de la valeur de ses meubles.

– Mais vous n'habitez pas la résidence pour personnes âgées. Pourquoi?

– Avec le mobilier neuf, la maison était différente, correspondait plus à moi. Je l'aimais bien, de nouveau.

Elle raccompagna les enquêteurs à la porte et Beauvoir remarqua le paillasson avec le mot «Bienvenue». Le tapis était usé, mais toujours là. Après avoir pris congé de Mme Poirier, les deux hommes se dirigèrent vers la demeure de son fils aîné, environ un kilomètre plus loin.

Un homme corpulent, bedonnant et mal rasé ouvrit la porte.

– C'est la police, lança-t-il d'une voix forte vers l'intérieur.

La maison et l'homme sentaient la bière, la sueur et le tabac.

– Claude Poirier? demanda Beauvoir.

Il s'agissait d'une formalité. Qui d'autre cet homme pouvait-il être? Il approchait la soixantaine, et ça paraissait. Avant de quitter le bureau provisoire, Beauvoir avait pris le temps de se renseigner au sujet de la famille Poirier. Pour voir à qui ils avaient affaire.

Les fils avaient été arrêtés pour toutes sortes d'infractions: délits mineurs, conduite en état d'ébriété, vol à l'étalage, fraude. Ils étaient du genre à exploiter les gens, à critiquer, à accuser les autres. Toutefois, cela ne les empêchait pas d'avoir parfois raison. Comme au sujet d'Olivier. Il les avait bel et bien baisés.

Après les présentations, Poirier débita une longue et triste litanie de récriminations. Beauvoir avait beaucoup de difficulté à l'amener à se concentrer sur Olivier, tellement la liste des personnes lui ayant fait du tort – y compris sa mère – était longue.

Les deux enquêteurs sortirent enfin de la maison aux odeurs âcres, presque en titubant. À plusieurs reprises, ils respirèrent profondément l'air frais de la fin de l'après-midi.

– Pensez-vous qu'il puisse être le coupable ? demanda Gamache.

– En tout cas, il est suffisamment en colère pour tuer, répondit Beauvoir, mais à mon avis, à moins qu'il ait pu transporter le corps au bistro en appuyant sur un bouton de sa télécommande, on peut le rayer de la liste des suspects. Je ne l'imagine pas se levant de ce canapé puant assez longtemps pour le faire.

Quand ils furent arrivés aux voitures, l'inspecteur-chef s'immobilisa.

– À quoi pensez-vous ? demanda Beauvoir.

– Je me rappelais les paroles de Mme Poirier. Elle était sur le point d'envoyer toutes ces antiquités au dépotoir. Vous rendez-vous compte ?

Beauvoir voyait que, à cette seule pensée, Gamache souffrait.

– Mais Olivier les a sauvées, poursuivit le chef. La vie est parfois étrange. Il n'a peut-être pas offert une somme suffisante à Mme Poirier, mais il lui a tenu compagnie et témoigné de l'affection. Combien valent de tels gestes ?

– Alors, je peux acheter votre auto ? Je vous offre vingt heures en ma compagnie.

– Ne soyez pas cynique. Un jour, vous serez peut-être seul et vieux, et alors vous comprendrez.

En suivant la Volvo jusqu'à Three Pines, Beauvoir repensa aux paroles de son supérieur et reconnut qu'Olivier avait en effet sauvé les antiquités et consacré du temps à la vieille grincheuse. Malgré tout, il aurait pu aussi lui payer un prix équitable.

Mais il ne l'avait pas fait.

Marc Gilbert regarda Marc le cheval et Marc le cheval regarda Marc Gilbert. Ni l'un ni l'autre ne semblait content.

– Dominique ! cria Marc de la porte de l'écurie.

– Oui ? répondit-elle sur un ton joyeux en traversant la cour pour le rejoindre.

Elle avait espéré que son mari ne découvrirait pas les chevaux avant quelques jours. Jamais, en fait. Mais ce souhait entrait dans la même catégorie de rêves que celui où elle devenait Mme Keith Partridge. Les chances de le voir se réaliser étaient, au mieux, nulles.

Et, maintenant, son mari se trouvait dans l'écurie sombre, les bras croisés sur la poitrine.

– C'est quoi, ça ?

– Ce sont des chevaux.

Cependant, devait-elle convenir, il était possible que Macaroni soit un orignal.

– Je le sais, mais de quelle race ? Ce ne sont pas des hunters, n'est-ce pas ?

Dominique hésita. Pendant un bref instant, elle se demanda ce qui se passerait si elle répondait oui. Mais son mari, supposa-t-elle, bien qu'il ne fût pas un expert en chevaux, ne la croirait pas.

– En effet, ils sont mieux que des chevaux de chasse.

– Mieux dans quel sens ?

Ses phrases devenaient de plus en plus courtes : ce n'était jamais bon signe.

– Eh bien, ils coûtent moins cher.

Cet argument sembla avoir un effet apaisant sur Marc. « Aussi bien tout lui raconter », se dit-elle.

– Je les ai achetés de l'abattoir. Ils allaient être tués aujourd'hui.

Marc ne réagit pas immédiatement. Elle le voyait lutter avec sa colère, essayant non pas de l'étouffer, mais de la garder en lui.

– Il y avait peut-être une raison, si on allait les, euh…

– Tuer. Non, le vétérinaire les a examinés et, selon lui, ils vont bien, ou, du moins, iront mieux sous peu.

L'écurie sentait le désinfectant, le savon et les produits médicamenteux.

– Physiquement, peut-être, mais tu ne me feras pas croire que celui-là est normal, reprit son mari en désignant le cheval appelé Marc.

Au même moment, l'animal s'ébroua en dilatant les naseaux.

– Il n'est même pas propre. Pourquoi?

«Zut!» se dit Dominique. Pourquoi fallait-il que son mari soit si observateur?

– Eh bien, personne ne pouvait l'approcher.

Puis elle eut une idée et ajouta:

– Selon le vétérinaire, le cheval a besoin d'une attention particulière. Seule une personne exceptionnelle pourra s'en approcher.

– C'est vrai? demanda Marc en regardant de nouveau l'animal.

Lorsqu'il s'avança, la main tendue, le cheval recula et rabattit ses oreilles vers l'arrière. Dominique agrippa son mari et le tira vers elle juste au moment où Marc le cheval essayait de le mordre.

– La journée a été longue, il est désorienté, dit Dominique.

– Hum, fit Marc en sortant de l'écurie avec elle. Quel est son nom?

– Tonnerre.

– Tonnerre, dit Marc, comme s'il s'exerçait à prononcer le nom. Tonnerre, répéta-t-il, cette fois comme s'il chevauchait l'étalon en l'éperonnant.

Carole les attendait à la porte de la cuisine.

– Alors, dit-elle en s'adressant à son fils, comment vont les chevaux? Comment va Marc?

– Je vais bien, merci, répondit-il en la regardant d'un drôle d'air et en prenant le verre qu'elle lui tendait. Et comment va Carole?

Derrière lui, Dominique faisait des signes désespérés à sa belle-mère, qui riait. Celle-ci s'apprêtait à dire quelque chose, mais se retint quand elle vit les gesticulations de sa belle-fille.

– Très bien, merci, répondit-elle. Comment trouves-tu les chevaux, les aimes-tu?

– Aimer est un bien grand mot, comme «chevaux», d'ailleurs.

– Il faudra du temps pour qu'on s'habitue tous les uns aux autres, dit Dominique.

Elle prit le scotch que lui offrait Carole et avala une gorgée, puis ils sortirent dans le jardin par la porte-fenêtre.

Tandis que les deux femmes bavardaient, comme des amies plutôt qu'en tant que belle-fille et belle-mère, Marc regarda les fleurs, les arbres matures, la clôture fraîchement repeinte et les champs onduleux au loin. Bientôt, pensa-t-il, les chevaux – ou quoi qu'ils soient – brouteraient dans ces prés.

De nouveau, une impression de vide l'envahit et il sentit une légère déchirure, comme chaque fois que le gouffre à l'intérieur de lui se creusait davantage.

Quitter Montréal avait été très difficile pour Dominique, et sa propre mère avait eu un pincement au cœur quand elle était partie de Québec. Elles laissaient des amis derrière. Marc, lui, avait feint d'être désolé, assisté à toutes les fêtes d'adieu, affirmé que tout le monde lui manquerait, mais c'était faux. Il ne s'ennuyait de personne.

Pour qu'il s'ennuie d'eux, les gens devaient faire partie de sa vie, ce qui n'avait pas été le cas. Il se rappela le poème de Kipling que son père aimait beaucoup et lui avait appris. Ces vers, en particulier :

Et si tu peux aimer tous tes amis en frère,
Sans qu'aucun d'eux soit tout pour toi

Aucun homme, justement, n'avait été tout pour lui au cours des quarante-cinq dernières années.

Il ne manquait pas de collègues, de connaissances, de copains. Sur le plan affectif, il était un communiste : tout le monde avait la même importance à ses yeux, et personne ne comptait trop.

Tu seras un homme, mon fils.

Ainsi se terminait le poème.

Mais en écoutant les deux femmes bavarder tranquillement et en contemplant les riches prés sans fin, Marc Gilbert se demanda si, finalement, c'était suffisant. Ou même vrai.

Les enquêteurs se réunirent autour de la table et Beauvoir retira le capuchon de son marqueur rouge. Pour l'agent Morin, le petit bruit sec rappelait le coup d'un pistolet de départ. Il était depuis peu avec le service des homicides, mais avait développé un faible pour l'odeur de marqueur et ce son caractéristique.

Il s'assit, un peu nerveux comme toujours, craignant de dire les pires âneries. L'agente Lacoste avait essayé de le rassurer. Lorsqu'ils se préparaient pour la réunion, elle avait remarqué ses mains tremblantes et lui avait chuchoté qu'il pourrait peut-être se contenter d'écouter, cette fois.

Il l'avait regardée, l'air surpris.

— Ne vont-ils pas penser que je suis un idiot? Que je n'ai rien à dire?

— Fais-moi confiance, tu ne perdras pas ton job, ni aucun autre, parce que tu gardes le silence. Détends-toi, laisse-moi parler aujourd'hui, et on verra pour demain. D'accord?

Il l'avait dévisagée en essayant de déterminer quels pouvaient être ses motifs. Tout le monde en avait, il le savait. Certaines personnes se laissaient guider par la gentillesse; d'autres, non. Il n'était pas membre de la Sûreté depuis longtemps, mais savait déjà que la plupart des agents n'agissaient pas par altruisme.

C'était un milieu où la compétition était féroce, particulièrement pour entrer au service des homicides. Aucune affectation n'était plus prestigieuse, et ceux qui étaient choisis avaient la chance de travailler avec l'inspecteur-chef Gamache.

Morin venait tout juste d'arriver aux homicides et son statut était encore précaire. Une seule erreur et il pouvait dire adieu à son poste. Et il serait immédiatement oublié. Mais il ne permettrait pas que cela se produise. Instinctivement, il sut que ce moment était crucial. L'agente Lacoste était-elle sincère?

— Bien, quelles informations avons-nous? demanda Beauvoir.

Il se tenait à côté de la feuille punaisée au mur, près d'une carte du village.

— Nous savons que la victime n'a pas été assassinée dans le bistro, répondit Lacoste, mais nous ne savons toujours pas où elle a été tuée ni quelle est son identité.

— Ni pourquoi le corps a été déplacé, ajouta Beauvoir.

Il résuma la visite que le chef et lui avaient rendue aux Poirier, mère et fils. Puis Lacoste raconta ce que Morin et elle avaient appris au sujet d'Olivier Brûlé.

– Il a trente-huit ans. Enfant unique. Né et élevé à Montréal. Père cadre dans une compagnie ferroviaire. Mère, maintenant décédée, femme au foyer. Il vient d'un milieu aisé et a fréquenté l'école Notre-Dame de Sion.

Gamache haussa les sourcils. C'était une école catholique privée, et réputée. Annie y avait été élève – bien des années après Olivier – et avait reçu une éducation stricte de la part des religieuses. Son fils Daniel avait refusé d'y aller, préférant les écoles publiques où l'enseignement était moins rigide. Annie avait appris le latin, la logique, la résolution de problème. Daniel avait appris à rouler un joint. Or tous les deux étaient devenus des adultes sensés et heureux.

– Olivier a obtenu une maîtrise en administration des affaires de l'Université de Montréal et s'est trouvé un emploi à la Banque Laurentienne, poursuivit Lacoste en parcourant ses notes. Ses clients étaient des sociétés prestigieuses. Il réussissait très bien, apparemment. Puis il a démissionné.

– Pourquoi? demanda Beauvoir.

– Pour l'instant, je ne sais pas. J'ai un rendez-vous demain à la banque et je dois aussi rencontrer le père d'Olivier.

– Et sur sa vie personnelle, qu'avez-vous trouvé? demanda Gamache.

– J'ai parlé à Gabri. Ils ont commencé à vivre ensemble il y a quatorze ans. Gabri a un an de moins, c'est-à-dire trente-sept ans. Il travaillait comme instructeur de conditionnement physique au YMCA du quartier.

– Gabri? dit Beauvoir en pensant à l'homme bien en chair.

– Ça arrive aux meilleurs d'entre nous, répondit Gamache.

– Après la démission d'Olivier, ils ont quitté leur appartement dans le Vieux-Montréal et sont venus ici. Ils ont acheté le bistro et emménagé au-dessus, mais ce n'était pas encore un bistro. L'établissement avait été une quincaillerie.

– Vraiment? demanda Beauvoir.

Il ne pouvait imaginer l'endroit autrement que comme bistro. Il essaya de se représenter des pelles à neige, des piles, des ampoules électriques suspendues aux poutres exposées, ou installées devant les deux cheminées en pierre, mais n'y parvint pas.

– Écoutez ceci, dit Lacoste en se penchant vers l'avant. En consultant le registre du cadastre, j'ai découvert que, il y a dix ans, Olivier a non seulement acheté le bistro, mais également le gîte. En fait, il a tout acheté : le magasin général, la boulangerie, le bistro et la librairie de Myrna.

– Il a tout acheté ? demanda Beauvoir. Le village lui appartient ?

– On pourrait dire ça. Personne n'est au courant, je crois. J'ai parlé à Sarah, à la boulangerie, et à M. Béliveau, au magasin général, qui m'ont dit louer d'un type habitant à Montréal. Ils ont signé un bail à long terme et le loyer est raisonnable. Ils envoient leurs chèques à une société à numéro.

– Olivier a une société à numéro ? demanda Beauvoir.

Gamache écoutait attentivement et enregistrait tout.

– Combien a-t-il déboursé ? voulut savoir Beauvoir.

– Au total, sept cent vingt mille dollars.

– Seigneur Dieu, c'en est de l'argent ! s'exclama Beauvoir. Où se l'est-il procuré ? Il a contracté une hypothèque ?

– Non. Il a payé comptant.

– Tu as dit que sa mère était morte, il a peut-être hérité.

– J'en doute, dit Lacoste. Elle est décédée il y a seulement cinq ans, mais je me renseignerai quand je serai à Montréal.

– Il faut suivre la trace de l'argent, dit Beauvoir.

C'était un truisme répandu dans le milieu des enquêtes criminelles, surtout dans les cas de meurtres. Et voilà que soudain une énorme somme apparaissait… Beauvoir gribouilla encore quelques mots sur les feuilles au mur, puis leur parla des résultats de l'autopsie.

Morin écoutait, fasciné. C'était donc ainsi qu'on démasquait les meurtriers. Pas en procédant à des tests d'ADN ni en utilisant des boîtes de Pétri ou des rayons ultraviolets, ni en se basant sur tout autre examen effectué en laboratoire. Ces tests étaient utiles, certes, mais le véritable laboratoire était cette pièce. Il regarda, en face de lui, l'autre personne qui se contentait d'écouter, sans rien dire.

L'inspecteur-chef Gamache détourna ses yeux brun foncé de Beauvoir et les posa sur le jeune agent. Et sourit.

* * *

Peu après la fin de la réunion, Isabelle Lacoste s'en retourna à Montréal et l'agent Morin chez lui. Beauvoir et Gamache traversèrent lentement le pont de pierre et revinrent dans le village en passant devant le bistro sombre. Lorsqu'ils arrivèrent au gîte, Olivier et Gabri en sortaient.

— Je vous ai laissé un mot, dit Gabri. Puisque le bistro est fermé, nous sortons tous pour souper et vous êtes invités.

— De nouveau chez Peter et Clara? demanda Gamache.

— Non, chez Ruth.

Les deux imposants officiers de la Sûreté restèrent muets de stupeur, comme si quelqu'un avait braqué un revolver sur eux. Gamache semblait étonné, mais Beauvoir paraissait effrayé.

— Vous devriez peut-être porter une coquille protectrice, chuchota Gabri à Beauvoir en le croisant sur les marches de la galerie.

— Eh bien, pas question que j'y aille. Et vous? demanda Beauvoir une fois que Gamache et lui furent à l'intérieur.

— Vous voulez rire? Manquer une occasion de voir Ruth dans son habitat naturel? Jamais de la vie.

Vingt minutes plus tard, l'inspecteur-chef s'était douché, avait téléphoné à sa femme, changé de pantalon et enfilé un cardigan fauve sur une chemise et une cravate bleues. Il trouva Beauvoir assis dans le salon avec une bière et des croustilles.

— Vous ne changez pas d'idée, patron?

C'était tentant, devait reconnaître Gamache, mais il fit non de la tête.

— Je laisserai une bougie à la fenêtre, lança Beauvoir en regardant le chef partir.

La maison en bois de Ruth était située non loin du gîte et donnait sur le parc. Elle était minuscule, avec une galerie à l'avant et un toit à deux pignons. Gamache y était déjà venu, mais toujours pour poser des questions, son carnet de notes à la main. Jamais en tant qu'invité. Lorsqu'il entra, tous les yeux se tournèrent dans sa direction et il vit une masse compacte de personnes s'élancer vers lui. Myrna arriva la première.

— Pour l'amour du ciel, vous avez votre revolver, j'espère?

— Je n'en ai pas.

— Que voulez-vous dire, vous n'en avez pas?

– Les revolvers sont dangereux. Pourquoi en voulez-vous un?

– Pour que vous tiriez sur elle. Elle essaie de nous tuer.

Myrna agrippa la manche de Gamache et du doigt indiqua Ruth qui, vêtue d'un tablier à froufrous, circulait parmi ses invités, un plateau en plastique orange fluo dans la main.

– En fait, précisa Gabri, elle essaie de nous kidnapper et de nous ramener aux années cinquante.

– Sans doute la dernière fois qu'elle a reçu des gens à souper, dit Myrna.

– Des canapés, vieux pédé? demanda Ruth en fonçant sur le nouvel invité qu'elle venait d'apercevoir.

Gabri et Olivier se regardèrent.

– Elle veut dire toi, dirent-ils en même temps.

Mais, aussi incroyable que cela puisse paraître, elle s'adressait à Gamache.

– *Lord love a duck*, dit Ruth avec un épouvantable accent britannique.

Rose arriva derrière elle en se dandinant.

– Elle a commencé à parler comme ça dès notre arrivée, expliqua Myrna.

En reculant pour s'éloigner du plateau, elle renversa une pile d'exemplaires du *Times Literary Supplement*. Gamache vit des craquelins avec une garniture brunâtre – qui, espérait-il, était du beurre d'arachide – glisser sur le plateau orange.

– Je me rappelle avoir lu quelque chose à ce sujet, poursuivit Myrna. À propos de gens qui parlent avec un accent après avoir subi un traumatisme cérébral.

– Être possédé du démon est-il considéré comme un traumatisme cérébral? demanda Gabri. Elle parle une langue complètement différente.

– *Cor blimey*, dit Ruth.

Mais le plus frappant dans la maison n'était ni les lampes à cerceaux, ni les meubles en teck, ni Ruth à l'accent britannique affecté offrant des canapés douteux. Ce n'était pas non plus les causeuses couvertes de livres, de journaux et de revues, ni l'épaisse moquette verte qui en était également jonchée. Non, c'était le canard.

Rose portait une robe.

– Je vous conseille de vous mettre à l'abri, sinon vous risquez de vous faire canarder, dit Gabri.

– Notre Rose.

Ruth avait posé le plateau de craquelins au beurre d'arachide et offrait maintenant des branches de céleri garnies de Velveeta.

Gamache observait la scène en se demandant s'il ne devait pas faire un appel téléphonique à la Société protectrice des animaux et un autre à un hôpital psychiatrique. Cependant, ni Rose ni Ruth ne paraissaient perturbées. On ne pouvait pas en dire autant des invités.

– En voulez-vous une? demanda Clara en lui présentant une boulette couverte de ce qui semblait être des graines.

– Qu'est-ce que c'est?

– Nous pensons qu'il s'agit de suif, pour les oiseaux, répondit Peter.

– Et vous m'en offrez?

– Eh bien, quelqu'un devrait en manger pour ne pas la froisser, répondit Clara.

De la tête, elle indiqua Ruth qui disparaissait dans la cuisine.

– Nous, nous avons trop peur, ajouta-t-elle.

– *No thank you*, dit-il en souriant.

Sur ces mots, il partit à la recherche d'Olivier. En arrivant devant la cuisine, il y jeta un coup d'œil et vit Ruth qui ouvrait une boîte de conserve. Debout sur la table, Rose la regardait.

– Tiens, on va ouvrir ça, marmonnait Ruth. On devrait peut-être sentir le contenu. Qu'en penses-tu?

Le canard ne semblait pas avoir d'opinion. Ruth huma quand même la boîte ouverte.

– Ça ira.

La vieille poète s'essuya les mains sur un torchon, puis souleva le bas de la robe de Rose et replaça une plume en la lissant.

– Puis-je vous aider? demanda Gamache.

– Oh, vous êtes un amour.

Gamache grimaça, s'attendant à ce qu'elle lui lance un couperet. Mais Ruth sourit et lui tendit une assiette d'olives farcies d'un morceau de mandarine en conserve. Il prit l'assiette et retourna dans le séjour, où il fut accueilli comme s'il avait pactisé avec le diable. Il était très soulagé que Beauvoir ne soit pas là pour voir Ruth plus folle et plus anglo que jamais, Rose vêtue d'une robe et lui-même offrant de la nourriture qui assurément tuerait ou paralyserait quiconque était assez stupide pour la manger.

— Une olive ? demanda-t-il à Olivier.

Les deux hommes regardèrent l'assiette.

— Alors, la mandarine, ce serait moi ? demanda Gabri.

— Sors la tête de ton cul, Gabri, répliqua Olivier.

Gabri ouvrit la bouche, mais, voyant les regards désapprobateurs de tout le monde, la referma aussitôt.

Peter, qui, un peu à l'écart du groupe, sirotait le verre d'eau que Ruth lui avait servi, sourit. Clara lui avait répondu pour ainsi dire la même chose quand il avait affirmé avoir perçu la fouille des policiers comme un viol.

— Pourquoi ? avait-elle demandé.

— Tu n'as pas ressenti la même chose ? Tous ces étrangers qui regardent tes toiles.

— N'est-ce pas ce qu'on appelle une exposition ? Plus de gens ont vu mes tableaux cet après-midi qu'au cours de toute ma carrière. Qu'il en vienne, des policiers ! Et qu'ils apportent leur chéquier.

Elle avait ri ; il était évident qu'elle s'en fichait. Mais pas son mari, visiblement.

— Qu'y a-t-il ? avait-elle demandé.

— Le tableau n'est pas prêt à être vu.

— Écoute, Peter, tu parles comme si la situation avait quelque chose à voir avec ton art.

— Eh bien, c'est le cas.

— Ils sont à la recherche d'un meurtrier, pas d'un artiste.

Comme toute vérité dérangeante, ces paroles avaient créé un malaise entre eux.

Gamache et Olivier s'étaient éloignés du groupe et dirigés vers un coin tranquille.

— J'ai appris que vous avez acheté votre établissement il y a quelques années.

Surpris par cette remarque, Olivier rougit légèrement et, instinctivement, balaya la pièce d'un regard furtif pour s'assurer que personne n'écoutait leur conversation.

– J'ai pensé qu'il s'agissait d'un bon investissement. J'avais des économies et les affaires marchaient bien ici.

– Elles devaient, en effet. Vous avez déboursé près de trois quarts d'un million de dollars.

– Je parie que ça vaut un million aujourd'hui.

– C'est possible. Mais vous avez payé comptant. Les affaires étaient si bonnes que ça?

Olivier jeta un autre coup d'œil autour de lui, mais personne ne pouvait les entendre. Il baissa malgré tout la voix.

– Le bistro et le gîte marchent très bien, du moins pour le moment. Mais la surprise, ce sont les antiquités.

– Que voulez-vous dire?

– Il y a un engouement pour les meubles en pin québécois, et j'ai fait de belles trouvailles.

Gamache hocha la tête.

– Nous avons parlé aux Poirier cet après-midi.

Le visage d'Olivier se durcit.

– Écoutez, contrairement à ce qu'ils prétendent, je n'ai pas arnaqué leur mère. Elle était prête à vendre, voulait à tout prix vendre.

– Je sais. Nous lui avons parlé également. De même qu'aux Mundin. Les meubles devaient être en très mauvais état.

Olivier se détendit un peu.

– En effet. Ils avaient passé des années dans le grenier ou dans des granges glaciales et humides. Il a aussi fallu se débarrasser des souris. Certaines pièces étaient pratiquement irréparables tellement elles étaient endommagées. Ça me brisait le cœur.

– Mme Poirier a dit que vous étiez revenu en lui apportant un lit neuf. C'était gentil de votre part.

Olivier baissa les yeux.

– Eh bien, je voulais la remercier.

Sa conscience le travaillait, pensa Gamache. Cet homme possédait un sens moral prodigieux, mais il était également prodigieusement cupide.

– Vous avez dit que le bistro et le gîte marchaient très bien *pour le moment*. Que vouliez-vous dire?

Olivier regarda par la fenêtre pendant un instant, puis ramena ses yeux sur Gamache.

– Youhou, à table, tout le monde! chantonna Ruth.

– Que devrions-nous faire? murmura Clara à Myrna. Pouvons-nous nous sauver?

– Trop tard. Ruth ou le canard nous attraperait certainement. Notre seule option est de nous blottir dans un coin et de prier pour que l'aube se lève. Si le pire se produit, fais la morte.

Gamache et Olivier se levèrent. Tous les autres étaient déjà attablés.

– Vous êtes au courant, je suppose, pour la vieille maison des Hadley? demanda Olivier.

Comme Gamache ne répondait pas, il enchaîna:

– Ils ont pratiquement tout démoli et transforment l'endroit en auberge et spa. Il y aura dix cabines de massage et des salles pour la méditation et le yoga. Ils offriront des soins à la journée et des séjours plus longs pour des entreprises qui organisent des séminaires. Nous serons envahis par des hordes de gens. Ce sera la fin de Three Pines.

– De Three Pines?

– OK, répondit sèchement Olivier. Du bistro et du gîte.

Ils rejoignirent les autres dans la cuisine et prirent place à la table de jardin en plastique blanc.

– Attention, ça s'en vient! lança Gabri au moment où Ruth posait un bol devant chaque personne.

Gamache regarda le contenu du sien et reconnut des pêches en conserve, des morceaux de bacon, du fromage et des oursons en gélatine.

– Toutes des choses que j'adore, dit Ruth en souriant.

Rose était assise à côté d'elle sur un nid de serviettes, le bec enfoui sous la manche de sa robe.

– Scotch? demanda Ruth.

– *Please.*

Six verres furent tendus en même temps vers elle. Ruth versa le scotch, dans les bols.

Environ trois siècles et de nombreuses vies plus tard, les invités sortirent d'un pas incertain dans la nuit calme et fraîche.

– Bye-bye, fit Ruth en agitant la main.

Quand elle ferma la porte, Gamache fut rassuré de l'entendre ajouter :

– Connards.

14

Quand ils arrivèrent au gîte, Beauvoir les attendait… si l'on peut dire. Il était profondément endormi dans son fauteuil. À côté de lui, il y avait un verre de lait au chocolat et une assiette ne contenant que des miettes. Des braises rougeoyaient dans l'âtre.

– Devrions-nous le réveiller? demanda Olivier. Il a l'air si paisible.

Beauvoir avait la tête tournée sur un côté et un filet de bave avait coulé sur sa joue. Sa respiration était bruyante et régulière. Sur sa poitrine reposait le petit lion en peluche que Gabri avait gagné pour Olivier à la foire, qu'il retenait d'une main.

– On dirait un petit bébé flic, commenta Gabri.

– Ah, ça me fait penser, Ruth m'a demandé de lui remettre ça.

Gamache prit le bout de papier qu'Olivier lui tendait. Puis, après avoir décliné l'offre d'aide des deux hommes, il les regarda monter l'escalier d'un pas lourd. Il était vingt et une heures.

– Jean-Guy, chuchota-t-il. Réveillez-vous.

Il mit un genou à terre et toucha l'épaule de son adjoint. Beauvoir s'éveilla en sursaut, en poussant un petit grognement, et le lion glissa de sa poitrine et tomba sur le sol.

– Qu'y a-t-il?

– C'est l'heure d'aller au lit.

Il regarda Beauvoir se redresser.

– Comment c'était?

– Personne n'est mort.

– À Three Pines, c'est presque un exploit.

– Olivier m'a remis ça pour vous, de la part de Ruth.

Gamache lui donna le papier. Après s'être frotté les yeux, Beauvoir le déplia et le lut.

*Peut-être y a-t-il quelque chose dans tout cela
qui m'a échappé.*

Il secoua la tête et remit le bout de papier à Gamache.

– Qu'est-ce que ça signifie ? Est-ce une menace ?

Gamache fronça les sourcils.

– Je n'en ai aucune idée. Pourquoi vous écrirait-elle ?

– Êtes-vous jaloux ? Elle est peut-être tout simplement folle.

Tous les deux savaient, cependant, qu'employer le mot « peut-être », c'était se montrer charitable.

– En parlant de folle, votre fille a téléphoné.

– Annie ?

Soudain inquiet, Gamache chercha instinctivement son téléphone cellulaire, qui, comme il le savait pourtant, ne fonctionnait pas dans le village au fond de la vallée.

– Tout va bien. Elle voulait vous parler d'un petit problème au bureau. Rien de grave. Elle voulait seulement démissionner.

– Merde. C'est probablement de cela qu'elle voulait parler, hier, quand nous avons reçu l'appel nous demandant de venir ici.

– Eh bien, ne vous en faites pas, je m'en suis occupé.

– Je ne crois pas que lui dire d'aller se faire foutre peut être considéré comme une manière de « s'en occuper ».

Beauvoir rit et se pencha pour ramasser le lion.

– Si dans votre famille vous la surnommez « la lionne », il y a probablement une bonne raison. Elle est féroce.

– On la surnomme la lionne parce qu'elle est aimante et passionnée.

– Et une dévoreuse d'hommes ?

– Tous les traits de caractère que vous détestez chez elle, vous les admirez chez les hommes. Elle est intelligente, elle défend son point de vue sur ce qui lui tient à cœur. Elle dit ce qu'elle pense et ne se laisse pas intimider. Pourquoi la provoquez-vous ? Chaque fois que vous venez manger à la maison et qu'elle est là, ça finit par une dispute. Honnêtement, je commence à en avoir assez.

– D'accord, j'essaierai de me montrer plus conciliant. Mais elle est exaspérante.

– Vous aussi. Vous avez beaucoup de choses en commun, tous les deux. Quel était le problème au bureau ? demanda Gamache en s'assoyant dans le fauteuil à côté de Jean-Guy.

– Oh, une affaire qu'elle voulait a été confiée à un autre avocat, qui a moins d'expérience. J'ai parlé avec elle pendant un moment. Je suis presque certain que, finalement, elle n'assassinera pas tout le monde à son bureau.

– Ah, ma chère fille…

– Et elle a décidé de ne pas démissionner. Je lui ai dit qu'elle regretterait toute décision hâtive.

– Vraiment ? Vous lui avez dit ça, vous ? demanda Gamache avec un sourire, son adjoint étant le roi des impulsifs.

– Eh bien, quelqu'un devait lui donner un bon conseil, répondit Jean-Guy en riant. Ses parents sont complètement fous, vous savez.

– Il paraît, oui. Merci.

C'était un conseil judicieux. Et le chef savait que Beauvoir en était conscient. Il avait l'air content. Gamache regarda sa montre : il était vingt et une heures trente. Il tendit la main pour prendre le téléphone de Gabri.

Pendant qu'il parlait à sa fille, Beauvoir se mit à caresser distraitement le lion en peluche.

Peut-être y a-t-il quelque chose dans tout cela
qui m'a échappé.

Voilà ce que l'on redoutait dans une affaire de meurtre : que quelque chose vous ait échappé. L'inspecteur-chef Gamache avait constitué un remarquable service des homicides, choisissant personnellement les quelque deux cents policiers qui enquêtaient aux quatre coins de la province.

Mais Beauvoir savait que l'équipe dont il faisait partie était la meilleure.

Lui était le chien de chasse, le limier. Le meneur, loin devant.

L'agente Lacoste, déterminée, méthodique, était le chasseur.

Et l'inspecteur-chef? Armand Gamache était l'explorateur. Celui qui partait en éclaireur là où d'autres refusaient de s'aventurer, ou ne le pouvaient pas. Ou avaient trop peur pour pénétrer dans des territoires inconnus, sauvages. Gamache s'y enfonçait et trouvait les gouffres, les cavernes, et les monstres qui s'y cachaient.

Beauvoir avait longtemps cru qu'il agissait ainsi parce qu'il ne craignait rien. Mais il s'était finalement rendu compte que l'inspecteur-chef avait de nombreuses peurs. Et c'est ce qui faisait sa force. Il savait reconnaître la peur chez les autres. Plus que tout, c'était elle qui guidait le geste fatal, le coup de couteau, le coup de poing. Le coup à la tête.

Et le jeune agent Morin? Que contribuait-il à l'équipe? Beauvoir devait admettre qu'il le trouvait sympathique. Cela ne l'empêchait pas de voir son inexpérience. Jusqu'à maintenant, dans cette enquête, Beauvoir le limier avait bel et bien flairé l'odeur de la peur.

Mais elle provenait de Morin.

Jean-Guy laissa le chef parler à sa fille et monta à l'étage. Dans l'escalier, il se mit à fredonner un vieil air des Weavers, en espérant que Gamache ne remarquerait pas l'animal en peluche qu'il tenait fermement dans sa main.

Le lendemain matin, lorsque M. Béliveau vint ouvrir son magasin général, un client attendait déjà. L'agent Paul Morin se leva du banc sur la galerie et se présenta au vieil épicier.

– Comment puis-je vous aider? demanda celui-ci tout en déverrouillant la porte.

À Three Pines, il était rare que les habitants aient besoin de ses produits au point d'attendre son arrivée. Mais ce jeune homme n'était pas un villageois.

– Avez-vous de la paraffine?

Un sourire illumina le visage sévère de M. Béliveau.

– J'ai tout.

Paul Morin, qui n'était jamais entré dans le magasin, en fit le tour. Les étagères en bois foncé étaient remplies de boîtes de conserve bien alignées. Des sacs de nourriture pour chien et de graines pour les oiseaux étaient appuyés contre le comptoir. Sur le dessus des étagères, il y avait de vieilles boîtes de jeux : jacquet, dames, serpents et échelles, Monopoly. À côté, en rangées bien droites, étaient empilés des casse-têtes et des ensembles de peinture par numéros. Des denrées non périssables étaient regroupées sur des tablettes le long d'un mur ; le long d'un autre se trouvaient des pots de peinture, des bottes et des mangeoires.

– Par là-bas, à côté des pots Mason. Avez-vous l'intention de faire des marinades ? demanda M. Béliveau avec un petit rire.

– En vendez-vous beaucoup ?

– À ce temps-ci de l'année ? C'est tout juste si j'arrive à répondre à la demande.

– Et ça, vous en vendez beaucoup ? demanda Morin en levant un petit contenant.

– J'en vends à l'occasion. En général, pour ce genre de produit, les gens vont au Canadian Tire de Cowansville ou au magasin de matériaux de construction. J'en garde en stock seulement au cas où.

– Quand en avez-vous vendu, la dernière fois ?

Il avait posé la question pendant qu'il payait ses achats. Il ne s'attendait pas réellement à une réponse, mais s'était dit qu'il valait mieux s'informer.

– En juillet.

– Vraiment ?

Morin avait l'impression qu'il allait devoir s'exercer à garder un visage impassible lorsqu'il interrogeait des gens, comme un joueur de poker.

– Comment vous en souvenez-vous ?

– Ça fait partie de mon travail. On finit par connaître les habitudes des clients. Et lorsqu'ils achètent quelque chose d'inusité, comme ceci, dit-il en indiquant le contenant avant de le mettre dans le sac en papier, je le remarque. En fait, deux personnes ont acheté ce produit.

L'agent Paul Morin quitta le magasin de M. Béliveau avec ses articles, et beaucoup d'informations inattendues.

L'agente Isabelle Lacoste commença sa journée avec l'entrevue la plus simple. Après qu'elle eut pressé un bouton, l'ascenseur se referma avec un bruissement et la mena jusqu'au dernier étage de la tour Banque Laurentienne, à Montréal. Dans la salle d'attente, elle regarda le port d'un côté et, de l'autre, le mont Royal surmonté de sa croix gigantesque. Les magnifiques édifices en verre agglutinés au centre-ville reflétaient le soleil, et aussi les aspirations et les réalisations de cette remarquable ville francophone.

Isabelle Lacoste était toujours surprise de la fierté que la vue du centre-ville de Montréal lui inspirait. Les architectes avaient réussi à le rendre à la fois impressionnant et charmant. Les Montréalais ne tournaient jamais le dos au passé. Les Québécois étaient ainsi, pour le meilleur et pour le pire.

– Je vous en prie, dit la réceptionniste avec un sourire, en indiquant une porte maintenant ouverte.

– Merci.

L'agente Lacoste pénétra dans un bureau luxueux et un homme dans la cinquantaine, svelte et à l'allure athlétique, vint à sa rencontre. Il tendit la main et se présenta.

– Je suis Yves Charpentier. J'ai une partie de l'information que vous vouliez, dit-il dans un français dénotant une bonne éducation.

Lacoste était ravie lorsqu'elle pouvait s'adresser à des hauts dirigeants dans sa langue. Les gens de sa génération le pouvaient. Mais elle avait entendu ses parents et grands-parents parler de leur époque, et elle connaissait suffisamment bien l'histoire récente pour savoir que, dans une situation similaire trente ans auparavant, elle se serait probablement trouvée en présence d'un anglophone unilingue. Elle parlait parfaitement bien anglais, mais là n'était pas la question.

Elle accepta l'offre de café.

– Le sujet est délicat, dit M. Charpentier lorsque sa secrétaire fut repartie en fermant la porte. Je ne veux pas que vous pensiez qu'Olivier Brûlé était un criminel, et nous n'avons jamais envisagé de déposer une plainte contre lui.

– Mais?

– Pendant les premières années, nous étions très satisfaits de son travail. Je dois l'avouer, nous avons tendance à être impressionnés par les profits, et il en générait beaucoup. Il a rapidement gravi les échelons de l'entreprise. Les gens l'aimaient, surtout les clients. Dans ce domaine, il y a beaucoup de beaux parleurs, de personnes superficielles, mais Olivier était sincère. Discret, respectueux. C'était un soulagement de faire affaire avec lui.

— Mais ? répéta Lacoste.

Elle esquissa un petit sourire pour essayer d'atténuer son ton insistant. M. Charpentier sourit à son tour.

— De l'argent de l'entreprise a disparu. Quelques millions.

Il l'observa pour voir sa réaction, mais elle demeura impassible, attendant la suite.

— Une enquête discrète fut lancée. Entre-temps, d'autre argent a disparu. Finalement, nous avons remonté la piste jusqu'à deux personnes, dont Olivier. Je n'arrivais pas à le croire, mais, après quelques entretiens, il a avoué.

— Est-ce possible qu'il ait voulu couvrir l'autre employé ?

— C'est peu probable. Honnêtement, l'autre employé, bien qu'intelligent, n'était pas assez futé pour avoir fait ça.

— Pourtant, il ne faut pas beaucoup d'intelligence pour détourner des fonds. Au contraire, j'aurais pensé qu'il faut être stupide.

M. Charpentier rit.

— Je suis d'accord, mais je n'ai pas été assez clair. L'argent avait disparu du compte de l'entreprise, mais il n'avait pas été volé. Olivier nous a montré ce qu'il avait fait, sa série de transactions. Apparemment, il observait l'activité financière en Malaisie depuis quelque temps et y avait vu de formidables possibilités d'investissement. Il en a parlé à son patron, mais celui-ci n'était pas du même avis. Olivier a quand même décidé d'aller de l'avant, sans autorisation. Tout était là. Il avait consigné toutes ses opérations financières, avec l'intention de rendre l'argent, avec les profits engendrés. Et il avait eu raison : les trois millions de dollars se sont transformés en vingt millions.

Cette fois, Lacoste réagit, pas verbalement, mais l'expression sur son visage entraîna un hochement de tête de la part de Charpentier.

— Exactement. Ce gars-là savait flairer les bonnes affaires. Où est-il, maintenant ?

— Vous l'avez congédié? demanda Lacoste, ignorant la question.

— Il a démissionné. Nous nous interrogions sur la décision à prendre à son sujet. Parmi les cadres supérieurs, les avis étaient partagés. Son patron était dans tous ses états et voulait qu'on le laisse pendre du haut de l'édifice. Nous n'agissions pas ainsi, lui avons-nous expliqué. Plus maintenant.

Lacoste rit.

— Certains d'entre vous voulaient le garder?

— Il réussissait tellement bien dans ce qu'il faisait.

— C'est-à-dire faire de l'argent. Êtes-vous convaincu qu'il allait le remettre?

— Voilà le nœud du problème. Une moitié d'entre nous le croyait, l'autre pas. Finalement, Olivier a démissionné, s'étant rendu compte qu'il avait perdu notre confiance. Quand on perd ça, eh bien…

« Eh bien, pensa Lacoste. Eh bien, eh bien… »

Et maintenant Olivier se trouvait à Three Pines. Mais comme toute personne qui déménage, il avait emporté avec lui qui il était.

« Eh bien, eh bien… »

Les trois enquêteurs de la Sûreté se réunirent autour de la table dans le bureau provisoire.

— Alors, où en sommes-nous? demanda Beauvoir, debout encore une fois à côté des feuilles punaisées au mur.

Les questions qu'il y avait écrites étaient toujours sans réponse, mais deux autres avaient été ajoutées.

Où a-t-il été tué?
Pourquoi le corps a-t-il été déplacé?

Il secoua la tête. Ils semblaient aller dans la mauvaise direction. Même les rares pistes qui paraissaient plausibles dans cette affaire, comme un tisonnier qui aurait pu être l'arme du crime, ne menaient à rien.

Ils n'avaient rien.

— En fait, dit Gamache, nous savons beaucoup de choses. Nous savons que l'homme n'a pas été tué dans le bistro.

– Ça laisse le reste de la planète à éliminer, répondit Beauvoir.

– Nous savons que la paraffine et un vernis plastique sont liés au meurtre. Et nous savons qu'Olivier est impliqué d'une façon ou d'une autre.

– Mais nous ne savons même pas qui était la victime.

D'un geste exprimant sa frustration, Beauvoir souligna la question sur sa feuille. Gamache attendit un moment avant de réagir.

– Non, dit-il enfin, mais nous le découvrirons. Nous finirons par tout savoir. Comme lorsqu'on assemble les pièces d'un casse-tête, nous finirons par avoir une vue d'ensemble de la situation. Il s'agit seulement d'être patient. Et de persévérer. Il nous faut plus d'information sur les antécédents d'autres suspects possibles. Les Parra, par exemple.

– J'ai les renseignements que vous vouliez, dit l'agent Morin en redressant ses frêles épaules. Hanna et Roar Parra sont venus ici au milieu des années quatre-vingt. Ils ont demandé le statut de réfugié, et l'ont obtenu. Ils sont maintenant citoyens canadiens.

– Donc tout est légal ? demanda Beauvoir d'un ton presque désolé.

– Oui, tout est légal. Ils ont un enfant. Havoc. Vingt et un ans. La famille s'implique beaucoup dans la communauté tchèque de la région. Les Parra ont parrainé quelques personnes.

– D'accord, d'accord, dit Beauvoir en agitant impatiemment la main. Y a-t-il quelque chose d'intéressant ?

Morin consulta ses abondantes notes. Qu'est-ce qui paraîtrait intéressant aux yeux de l'inspecteur ?

– Avez-vous appris des détails sur leur vie avant qu'ils émigrent ici ? demanda Gamache.

– Non, monsieur. J'ai appelé à Prague et j'attends des réponses. Mais, à cette époque, la tenue des registres n'était pas très rigoureuse.

– OK, l'interrompit Beauvoir en remettant le capuchon du marqueur qu'il avait à la main. Autre chose ?

L'agent Morin déposa un sac en papier sur la table de conférence.

– Je me suis arrêté au magasin général, ce matin, et j'ai acheté ces articles.

Du sac, il sortit un pain de paraffine.

– Selon M. Béliveau, tout le monde achète de la paraffine, surtout à cette période de l'année.

– Pas très utile, commenta Beauvoir en revenant s'asseoir.

– Non, mais ceci pourrait l'être.

Il retira du sac un contenant sur lequel était écrit *Varathane*.

– Il a vendu ce produit à deux personnes en juillet : Gabri et Marc Gilbert.

– Ah oui ?

Beauvoir enleva le capuchon de son marqueur.

Comme tous les Montréalais, l'agente Lacoste connaissait Habitat 67, l'étrange et excentrique complexe résidentiel créé dans le cadre d'Expo 67, la grande exposition universelle. L'ensemble était considéré comme une œuvre avant-gardiste à l'époque, et l'était toujours. Le bâtiment érigé sur le bord du Saint-Laurent constituait un hommage à la créativité et au génie visionnaire. Une fois qu'on avait vu Habitat 67, jamais on ne l'oubliait. Au lieu de construire un immeuble carré ou rectangulaire, l'architecte avait conçu des appartements où chaque pièce était un cube qui se détachait des autres, un cube oblong. Le tout donnait l'impression de pièces d'un jeu de construction empilées les unes par-dessus les autres un peu n'importe comment. Chaque cube était relié à d'autres, au-dessus, en dessous ou sur le côté, et chaque partie de l'immeuble profitait de la lumière du jour. De plus, chacune des pièces offrait une vue spectaculaire, soit du majestueux fleuve, soit de la magnifique ville.

Lacoste n'avait jamais mis les pieds dans un appartement d'Habitat 67, mais elle s'apprêtait à le faire. Jacques Brûlé, le père d'Olivier, y habitait.

– Entrez, dit-il, sans le moindre sourire, en ouvrant la porte. C'est au sujet de mon fils, avez-vous dit ?

M. Brûlé ne ressemblait pas à son fils. C'était un homme de forte carrure et il avait une abondante chevelure noire. Derrière lui, Lacoste voyait les parquets de bois luisants, l'âtre en ardoise et les immenses fenêtres donnant sur le fleuve. L'appartement, luxueux, était décoré avec goût.

— Est-ce que nous pourrions nous asseoir ?

— Est-ce que vous pourriez en venir à l'essentiel ?

Il resta dans l'encadrement de la porte, lui bloquant l'accès à son domicile.

— Comme je vous l'ai précisé au téléphone, je suis de la brigade criminelle. Nous enquêtons sur un meurtre commis à Three Pines.

Le visage de Jacques Brûlé demeura sans expression.

— Là où habite votre fils.

Il inclina la tête, une seule fois.

— On a trouvé un corps dans le bistro, poursuivit Lacoste.

Elle n'avait pas spécifié le nom du bistro à dessein. Le père d'Olivier attendit la suite, sans montrer que cela lui disait quelque chose, sans manifester la moindre crainte ou inquiétude.

— Le Bistro d'Olivier, dit-elle enfin.

— Et que voulez-vous de moi ?

Dans une enquête sur un meurtre, il n'était pas rare de découvrir des familles désunies, mais Lacoste ne s'y était pas attendue dans ce cas.

— J'aimerais obtenir de l'information sur Olivier, sur son éducation, ses origines, ses centres d'intérêt.

— Vous êtes venue voir le mauvais parent. Il aurait fallu vous adresser à sa mère.

— Je suis désolée, mais je croyais qu'elle était morte.

— En effet.

— Au téléphone, vous m'avez dit qu'Olivier avait fréquenté l'école Notre-Dame de Sion. Elle jouit d'une excellente réputation, mais c'est une école primaire. Où est-il allé après la sixième année ?

— À Loyola, je crois. Ou était-ce Brébeuf ? Je ne m'en souviens pas.

— Pardon ? Sa mère et vous étiez-vous séparés ?

— Non. Jamais je n'aurais divorcé.

Jusqu'à maintenant, c'était sa réaction la plus vive. Il paraissait beaucoup plus troublé par l'allusion à un divorce que par la mort ou même un meurtre. Lacoste attendit qu'il poursuive.

Après un long moment, Jacques Brûlé finit par reprendre la parole.

— J'étais souvent absent, occupé à bâtir une carrière.

Cependant, l'agente Lacoste, qui traquait des meurtriers mais connaissait malgré tout le nom de l'école de ses enfants, savait qu'il ne s'agissait pas là d'une explication convaincante, ni d'une excuse.

— Votre fils faisait-il des mauvais coups? Se bagarrait-il? Avez-vous eu des problèmes?

— Avec Olivier? Aucun. Bien sûr, c'était un garçon comme tous les autres. Il s'attirait parfois des ennuis, mais rien de sérieux.

Isabelle Lacoste avait l'impression d'interroger une guimauve, ou un vendeur au sujet d'un ensemble de salle à manger. Tout au long de la conversation, M. Brûlé avait semblé sur le point de faire référence à son fils comme si c'était un meuble.

— À quand remonte la dernière fois où vous lui avez parlé?

La question n'avait peut-être aucun rapport avec l'enquête, mais elle voulait savoir.

— Je ne sais pas.

Elle aurait dû le deviner.

Lorsqu'elle partit, il lui lança:

— Dites-lui bonjour de ma part.

Rendue à l'ascenseur, Lacoste pressa le bouton, puis se retourna pour regarder l'homme massif dans l'encadrement de la porte, qui bloquait toute la lumière qui, comme elle le savait, pénétrait à flots dans son appartement.

— Vous pourriez peut-être le lui dire vous-même. Lui rendre visite, même. Avez-vous rencontré Gabri?

— Gabri?

— La personne avec qui il partage sa vie.

— Gabrielle? Il ne m'a pas parlé d'elle.

L'ascenseur arriva et elle y monta. Elle se demandait si M. Brûlé réussirait à trouver Three Pines. Elle s'interrogeait également sur cet homme qui gardait tant de choses cachées.

Mais, manifestement, son fils aussi.

* * *

Il était presque midi et Olivier était dans son bistro, à côté de la porte d'entrée. Il se demandait s'il ne devrait pas la déverrouiller, laisser entrer les gens. Peut-être la foule étoufferait-elle la voix dans sa tête. La voix de l'Ermite. Et cette terrible histoire qui les unissait. Même au-delà de la mort.

Le jeune homme arriva au pied de la montagne maintenant aride. Comme tout le monde dans la région, il avait entendu les histoires. D'enfants incorrigibles amenés ici pour être offerts en sacrifice à l'affreux roi de la montagne.

Il chercha de petits os sur le sol poussiéreux, mais il n'y avait rien. Aucune vie. Pas même la mort.

Au moment où il s'apprêtait à partir, il entendit un léger soupir. Une brise s'était levée là où rien ne bougeait avant. Il la sentait à l'arrière de son cou, et il sentit sa peau se refroidir et ses cheveux se dresser. Il regarda la vallée luxuriante en contrebas, les forêts denses et les toits de chaume, et se demanda comment il avait pu être assez stupide pour monter jusqu'ici. Seul.

— Non, entendit-il dans le vent. Non.

Le jeune homme se retourna.

— Reste, entendit-il encore. Non, reste, disait le soupir.

15

Les trois enquêteurs quittèrent le bureau provisoire ensemble, mais, arrivés au parc du village, se séparèrent. Tandis que l'inspecteur-chef et l'agent Morin allaient de nouveau interroger Olivier et Gabri, Beauvoir se dirigea vers l'ancienne maison des Hadley.

Il se sentait fier comme un coq. Ils venaient de découvrir que les Gilbert avaient menti. La veille, Dominique lui avait affirmé qu'ils n'utilisaient jamais de Varathane. Elle avait paru très contente de lui dire à quel point ils étaient « verts ». Maintenant, cependant, il existait une preuve qu'ils avaient acheté au moins un demi-litre du produit.

Mais s'il marchait d'un pas allègre, c'était surtout parce qu'il était curieux – il avait très hâte, en fait – de voir ce que les Gilbert avaient fait de la vieille demeure.

Gamache tourna la poignée de la porte du bistro et fut surpris de trouver cette dernière ouverte. Plus tôt ce matin-là, pendant le petit-déjeuner de pain doré accompagné de fraises et de bananes coupées en tranches, de sirop d'érable et de bacon, Gabri avait avoué ne pas savoir quand Olivier rouvrirait le bistro.

– Peut-être jamais, avait-il dit. Et qu'adviendrait-il de nous, alors ? Je devrais commencer à accueillir des invités payants.

– Heureusement que vous possédez un gîte, avait répondu Gamache.

– On pourrait penser que c'est un avantage, n'est-ce pas ? Mais ma paresse extrême constitue un handicap.

Et pourtant, lorsque l'inspecteur-chef et l'agent Morin entrèrent dans le bistro, ils virent Gabri en train d'astiquer le comptoir du bar. De plus, de la cuisine leur parvenaient de délicieux arômes.

— Olivier, cria Gabri en venant à leur rencontre. Nos premiers clients depuis le meurtre viennent d'arriver, ajouta-t-il d'un ton chantant.

— Oh, pour l'amour de Dieu, Gabri, s'exclama une voix dans la cuisine.

Ils entendirent également le bruit d'une casserole déposée sans délicatesse. Quelques secondes plus tard, Olivier surgissait par la porte battante.

— Ah, c'est vous.

— Seulement nous, hélas. Nous voulons vous poser quelques questions. Avez-vous un moment?

Olivier paraissait sur le point de répondre non, mais il changea d'idée et indiqua des fauteuils près du foyer. Un feu y crépitait de nouveau. Et les tisonniers étaient revenus à leur place.

Gamache regarda l'agent Morin, qui écarquilla les yeux. L'inspecteur-chef ne s'attendait sûrement pas à ce qu'il mène l'entrevue, non? Mais le temps s'écoulait et personne ne parlait. Morin réfléchit. «Ne te montre pas trop ferme», se dit-il. Il savait cependant que cela ne devrait pas représenter un problème. «Amène le suspect à baisser sa garde.» Gabri lui souriait en s'essuyant les mains sur son tablier, et attendait. «Pour l'instant, tout va bien, pensa Morin. Le numéro de l'agent pas très futé fonctionne. Si seulement ce n'était pas un numéro...»

À son tour, il sourit aux deux hommes, tout en se creusant la cervelle. Jusqu'à maintenant, à titre d'agent de la Sûreté, il avait seulement interrogé des personnes qu'il avait arrêtées pour excès de vitesse sur l'autoroute 10. Il ne lui semblait pas nécessaire de demander à Gabri s'il avait un permis de conduire.

— Est-ce au sujet du meurtre? demanda Gabri pour l'aider.

— Oui, répondit Morin, retrouvant enfin la voix. Peut-être pas tant au sujet du meurtre qu'à propos d'une question que nous aimerions éclaircir.

— Assoyez-vous, je vous en prie, dit Olivier en indiquant de nouveau les fauteuils.

— Ce n'est pas grand-chose, vraiment, continua Morin en s'assoyant comme les autres. Seulement un petit détail à régler. Nous nous demandions pourquoi vous avez acheté un contenant de Varathane au magasin de M. Béliveau en juillet.

— Avons-nous fait ça? demanda Olivier en se tournant vers Gabri.

— Eh bien, moi, oui. Il fallait refaire le comptoir du bar, tu te rappelles?

— Veux-tu bien arrêter de revenir là-dessus? Le bar, je l'aime comme il est, patiné par le temps.

— C'est une honte. Tu te souviens, quand nous l'avons acheté, il reluisait.

Tous regardèrent le long comptoir en bois avec la caisse enregistreuse et les pots de bonbons assortis, de bonbons haricots et de réglisses en forme de pipe. Derrière, sur des étagères, étaient alignées des bouteilles d'alcool.

— C'est une question d'atmosphère, répondit Olivier. Ici, tout devrait être vieux ou avoir l'air vieux. Non, ne dis rien, ajouta-t-il aussitôt en levant la main pour empêcher Gabri de répliquer, puis il se tourna vers les policiers. Nous ne sommes pas du même avis à ce sujet. Quand nous avons déménagé ici, cet endroit était une quincaillerie. Tous les éléments qui étaient d'origine avaient été arrachés ou recouverts.

— Les poutres étaient cachées sous des panneaux d'insonorisation, dit Gabri. Même les foyers avaient été démolis et transformés en espaces de stockage. Pour les reconstruire, nous avons dû faire appel à un maçon.

— Vraiment? dit Gamache, impressionné.

L'âtre paraissait ancien.

— Mais qu'en est-il du Varathane?

— Oui, Gabri, qu'en est-il du Varathane? demanda Olivier.

— Eh bien, je voulais décaper le bar, le poncer et le revernir, mais…

— Mais?

— J'espérais qu'Old Mundin pourrait le faire. Il s'y connaît et ça lui plairait.

– Oublie ça. Personne ne va toucher à ce bar.

– Où est le contenant que vous avez acheté chez M. Béliveau ? demanda l'agent Morin.

– Dans le sous-sol à la maison.

– Puis-je le voir ?

– Si vous voulez.

Gabri regarda Morin comme s'il était fou.

Jean-Guy Beauvoir n'en croyait pas ses yeux. Mais plus encore, il n'arrivait pas à croire quelque chose de moins tangible : il trouvait ce tour de la vieille maison des Hadley très agréable. Jusqu'à maintenant, Marc et Dominique Gilbert lui avaient montré toutes les magnifiques chambres, avec foyer et téléviseur à écran plat, bain à remous et douche vapeur. La mosaïque de carreaux de verre reluisants. La machine à expressos dans chaque chambre. Tout était prêt pour les premiers clients.

Ils se trouvaient maintenant dans la partie spa, à l'étage inférieur, où l'éclairage était tamisé, les couleurs apaisantes et les arômes calmants. Des produits déjà déballés attendaient d'être exposés sur des étagères pas encore installées. Cette section, bien qu'aussi spectaculaire que les autres, n'était pas terminée.

– Encore un mois, à notre avis, dit Marc. Nous espérons accueillir nos premiers clients au cours du long week-end de l'Action de grâce. Nous parlions justement de publier une annonce dans les journaux.

– Selon moi, c'est trop tôt, mais Marc pense que nous serons prêts. Nous avons engagé presque tout notre personnel. Quatre massothérapeutes, un moniteur de yoga, un entraîneur personnel et une réceptionniste. Et ça, c'est seulement pour le spa.

Tous les deux continuèrent de papoter ainsi sur un ton animé.

«Enid aimerait venir ici», se dit Beauvoir.

– Combien demandez-vous pour un couple ?

– Pour une nuit à l'auberge et un traitement au spa pour chacun, le tarif de base sera de trois cent vingt-cinq dollars, pour une chambre ordinaire au milieu de la semaine, répondit Marc. Mais cela inclut le petit-déjeuner et le souper.

Aux yeux de Beauvoir, aucune des chambres ne paraissait «ordinaire», mais le prix non plus. Combien des crèmes pouvaient-elles donc coûter? Malgré tout, peut-être pour leur anniversaire de mariage. Olivier et Gabri l'assassineraient, mais peut-être n'avaient-ils pas besoin de le savoir. Enid et lui pourraient rester à l'auberge, sans aller à Three Pines. De toute façon, qui voudrait quitter ce lieu?

Marc avait éteint les lumières, et ils avaient commencé à remonter l'escalier, lorsqu'il ajouta:

– Ça, c'est pour chacun.

– Pardon?

– Trois cent vingt-cinq dollars par personne. Taxes non comprises.

Beauvoir était content d'être derrière le couple et que personne ne puisse voir l'expression sur son visage. Apparemment, se dit-il, seuls les riches pouvaient recevoir des traitements curatifs.

Jusqu'à maintenant, cependant, il n'avait vu aucun signe d'utilisation d'un vernis plastique. Il avait examiné des parquets, des comptoirs et des portes, en s'exclamant sur la qualité du travail, au grand bonheur des Gilbert. Mais c'était surtout le reflet révélateur qu'il cherchait à déceler, le luisant non naturel.

Rien.

Avant de prendre congé des Gilbert, il se demanda s'il ne devrait pas leur poser la question directement, mais il ne voulait pas dévoiler son jeu tout de suite.

En se promenant ensuite dans la cour, il remarqua les pelouses manucurées, les jardins nouvellement plantés, les arbres tuteurés et robustes. Tout cela lui plaisait, correspondait à son sens de l'ordre. Voilà comment devait être la campagne: civilisée.

Roar Parra apparut d'un côté de la maison en poussant une brouette. Lorsqu'il vit Beauvoir, il s'arrêta.

– Puis-je vous aider?

Beauvoir se présenta et regarda le fumier de cheval dans la brouette.

– Ça vous fait plus de travail, j'imagine, dit-il en emboîtant le pas à Parra.

— J'aime les chevaux. Je suis content de les voir revenus. La vieille Mme Hadley en avait, dans le temps. Après, les écuries sont tombées en ruine et la végétation a envahi les sentiers.

— D'après ce que j'ai entendu dire, les nouveaux propriétaires vous ont demandé de les rouvrir.

Parra grogna.

— Énorme tâche. Mais mon fils m'aide quand il peut, et j'aime ça. C'est tranquille dans les bois.

— Sauf lorsque des étrangers y errent.

Beauvoir remarqua l'air méfiant de Parra.

— Que voulez-vous dire ?

— Eh bien, vous avez affirmé à l'agente Lacoste avoir vu un étranger disparaître dans la forêt. Mais ce n'était pas le mort. Qui était-ce, croyez-vous ?

— J'ai dû me tromper.

— Pourquoi dites-vous ça ? Vous ne le pensez pas vraiment, n'est-ce pas ?

L'inspecteur observa attentivement l'homme. Il était couvert de sueur et de saleté, et de fumier. Il était râblé et musclé. Mais rien de tout cela n'en faisait un être stupide. Au contraire, pensait Beauvoir, cet homme était très intelligent. Alors pourquoi venait-il de mentir ?

— J'en ai assez que les gens me regardent comme si j'avais dit que des extraterrestres m'avaient kidnappé. Le bonhomme était là, puis l'instant d'après il avait disparu. Je l'ai cherché, mais ne l'ai pas trouvé. Et non, je ne l'ai pas revu depuis.

— Il est peut-être parti.

— Peut-être.

Ils marchèrent en silence. Dans l'air flottaient les odeurs musquées de paille fraîche et de fumier.

— D'après ce que j'ai compris, les nouveaux propriétaires sont très soucieux de l'environnement.

Beauvoir avait réussi à donner l'impression de formuler un reproche, comme s'il s'agissait d'une idée un peu ridicule, une nouvelle lubie des citadins.

— Je parie qu'ils vous interdisent de vous servir de pesticides ou d'engrais.

– Comme je leur ai dit, je refuse d'en utiliser. J'ai dû leur apprendre à composter et même à recycler. Je me demande même s'ils en avaient déjà entendu parler. Et ils se servent encore de sacs en plastique quand ils font l'épicerie. Incroyable, non?

Beauvoir, qui en utilisait aussi, secoua la tête. Parra vida le contenu de sa brouette sur un tas fumant, puis se tourna vers l'inspecteur en laissant échapper un petit rire.

– Quoi? demanda Beauvoir.

– Maintenant, ils sont on ne peut plus verts. Il n'y a rien à redire à cela, bien sûr. J'aimerais que tout le monde soit comme eux.

– Ça veut donc dire que, dans toutes leurs rénovations, ils n'ont utilisé aucun produit toxique, comme du vernis plastique.

L'homme trapu rit de nouveau.

– C'est ce qu'ils voulaient faire, mais je les en ai empêchés. Je leur ai parlé de l'huile de bois de Chine.

Beauvoir sentit son optimisme diminuer. Laissant Roar Parra remuer le tas de compost, il retourna à la maison et sonna à la porte. Il était temps de poser la question directement. C'est la mère de Marc qui vint ouvrir.

– J'aimerais reparler à votre fils, s'il vous plaît.

– Bien sûr, inspecteur. Entrez, je vous en prie.

Elle était distinguée et affable. Contrairement à son fils. Malgré ses belles manières, son attitude enjouée et amicale, de temps en temps Marc laissait transparaître une certaine condescendance, la conscience qu'il possédait beaucoup de choses alors que les autres étaient bien moins nantis, ce qui, à ses yeux, les rendait inférieurs à lui.

– Merci, mais je vais l'attendre. J'ai seulement besoin d'une petite précision.

Lorsqu'elle fut partie, Beauvoir, resté dans l'entrée, admira les murs du hall fraîchement peints en blanc, les meubles cirés, les fleurs. L'impression d'ordre et de calme, d'hospitalité. Dans la vieille maison des Hadley. Il avait de la difficulté à y croire. Marc Gilbert avait peut-être des défauts, mais il avait réussi à accomplir cette transformation. La lumière pénétrait à flots par les fenêtres et faisait reluire les parquets de bois.

Reluire…

16

Lorsque Mme Gilbert revint avec son fils, l'inspecteur Beauvoir avait roulé la carpette et, agenouillé, examinait le plancher du vestibule.

– Qu'y a-t-il? demanda Carole Gilbert.

Beauvoir leva la tête et leur fit signe de rester où ils étaient, puis se pencha de nouveau vers le sol.

Le parquet avait été verni. Il était lisse, dur, clair et luisant. Sauf à un endroit. Beauvoir se releva et se brossa les genoux.

– Avez-vous un téléphone sans fil?

– Je vais aller le chercher, répondit Marc.

– Votre mère pourrait peut-être s'en charger, dit Beauvoir en regardant Carole Gilbert, qui fit oui de la tête et s'en alla.

– Qu'y a-t-il? demanda Marc en se penchant lui aussi, les yeux fixés sur le sol.

– Vous savez de quoi il retourne, monsieur Gilbert. Hier, votre femme a dit que vous n'aviez jamais utilisé de Varathane, que vous essayiez d'être le plus écolos possible. Mais c'est faux.

Marc rit.

– Vous avez raison. Nous avons appliqué ce vernis ici, mais c'était avant de savoir qu'il existait un meilleur produit. Nous avons alors cessé de nous en servir.

Beauvoir garda les yeux braqués sur Marc Gilbert. Il entendait Carole revenir avec le téléphone, ses talons claquant sur les planchers de bois.

– J'utilise ce vernis, moi, dit-il. Sans doute ne suis-je pas aussi soucieux de l'environnement que vous. Il sèche en vingt-quatre heures environ, mais il lui faut une ou deux semaines avant de durcir complètement. Ce vernis ne date pas de plusieurs mois. Ce n'est pas le produit que vous avez utilisé en premier, n'est-ce pas ? Celui-ci a été appliqué au cours de la dernière semaine.

Cette fois, Marc Gilbert eut l'air troublé.

– Écoutez, j'en ai appliqué une nuit quand ma femme et ma mère dormaient. C'était vendredi dernier. Ce bois est de bonne qualité et, comme ce sera l'endroit le plus passant de l'auberge, j'ai décidé de mettre du vernis plastique. Mais seulement ici, pas ailleurs. Ni Dominique ni ma mère ne sont au courant, je crois.

– Vous n'entrez pas toujours par cette porte ? C'est l'entrée principale, après tout.

– Nous nous garons sur le côté et entrons toujours par la cuisine. Mais nos clients passeront par ici.

– Voici le téléphone, dit Carole, qui était revenue.

Beauvoir la remercia et appela au bistro.

– Puis-je parler à l'inspecteur-chef Gamache, s'il vous plaît ? demanda-t-il à Olivier.

– Oui ? dit la voix grave du chef.

– J'ai trouvé quelque chose. Vous devriez venir. Et apportez une trousse pour scène de crime, s'il vous plaît.

– Scène de crime ? Qu'est-ce que cela signifie ? demanda Marc d'un ton agacé.

Mais Beauvoir ne répondait plus aux questions.

Quelques minutes plus tard, Gamache et Morin arrivèrent et il leur montra le parquet luisant. Et la petite marque gâchant le lustre parfait.

Morin prit des photos, puis, enfilant des gants, préleva quelques échantillons avec une pince.

– Je les apporte immédiatement au laboratoire, à Sherbrooke, dit-il en quittant la maison.

Gamache et Beauvoir se tournèrent vers les Gilbert. Dominique était revenue de faire les courses et s'était jointe à eux.

– Qu'y a-t-il ? demanda-t-elle.

Ils se trouvaient tous dans le grand hall, maintenant, d'où ils pouvaient voir le vestibule avec le ruban jaune de la police et la carpette roulée.

Gamache affichait un air sévère. Ce n'était plus l'homme affable de l'autre jour.

– Qui était l'homme mort?

Trois personnes étonnées le fixèrent.

– Nous vous l'avons déjà dit, répondit Carole. Nous ne le savons pas.

Gamache hocha lentement la tête.

– En effet, c'est ce que vous avez dit. Et également que vous n'aviez jamais vu quelqu'un correspondant à sa description. Mais c'est faux, vous avez menti. Ou, du moins, l'un de vous a menti et cette personne sait ce que le rapport d'analyse du laboratoire nous apprendra.

Les Gilbert se regardèrent tous les trois.

– L'homme était étendu ici, dans votre entrée, sur du vernis pas complètement sec. On en a trouvé sur son gilet. Et quelques fibres de son vêtement sont restées collées sur le parquet.

– Tout ça est ridicule, dit Carole en dévisageant tour à tour Gamache et Beauvoir.

Elle aussi pouvait se métamorphoser, et l'aimable châtelaine se transforma en une femme redoutable, au regard furieux et dur.

– Sortez immédiatement de notre maison!

Gamache inclina légèrement la tête et, au grand étonnement de Beauvoir, fit demi-tour. Ses yeux croisèrent ceux de son adjoint.

En descendant le chemin de terre menant à Three Pines, le chef dit:

– Félicitations, Jean-Guy. Nous avons fouillé cette maison à deux reprises et ce détail nous avait échappé.

– Alors pourquoi sommes-nous partis? Nous devrions être là-haut en train de les interroger.

– Peut-être. Mais le temps joue en notre faveur. L'un d'eux sait que nous aurons bientôt une preuve, probablement avant la fin de la journée. Laissons cette personne mariner un peu. Croyez-moi, je ne leur ai pas fait de cadeau.

Et, en y pensant, Beauvoir sut que c'était vrai.

Marc Gilbert se présenta au bureau provisoire un peu avant l'heure du dîner.

– Puis-je vous parler ? demanda-t-il à Gamache.

– Vous pouvez parler devant tout le monde. Il n'y a plus de secrets, n'est-ce pas, monsieur Gilbert ?

Marc se hérissa, mais s'assit sur la chaise qu'on lui indiquait. Beauvoir fit signe à Morin de s'approcher avec son calepin.

– Je suis venu de mon plein gré, vous noterez, dit Marc.

– C'est noté, répondit Gamache.

Marc Gilbert s'était dirigé vers la vieille gare d'un pas lent, en repassant dans sa tête ce qu'il allait dire aux enquêteurs. Quand il s'était adressé aux arbres, aux pierres et aux canards volant vers le sud, ses paroles avaient semblé sensées. Maintenant, il n'en était plus aussi certain.

– Écoutez, cela va vous paraître ridicule, je sais…

Il s'était juré, pourtant, de ne pas commencer de cette façon. Il essaya de focaliser son attention sur l'inspecteur-chef et non sur cette fouine d'adjoint ou le garçon idiot prenant des notes.

– … mais j'ai trouvé le corps étendu dans l'entrée. Je n'arrivais pas à dormir, alors je me suis levé et, en me dirigeant vers la cuisine pour me préparer un sandwich, je l'ai aperçu. Près de la porte.

Il fixait Gamache, qui l'observait avec des yeux calmes, attentifs. Son regard n'était ni accusateur ni même incrédule. Il écoutait, c'est tout.

– Il faisait noir, bien sûr, j'ai donc allumé et me suis approché. J'ai pensé qu'il pouvait s'agir d'un ivrogne qui avait titubé jusqu'en haut de la colline en quittant le bistro et, voyant notre maison, avait décidé d'y passer la nuit.

Il avait raison, son explication paraissait ridicule. Pourtant, le chef ne disait rien.

– J'étais sur le point de demander de l'aide, mais je ne voulais pas inquiéter Dominique ni ma mère. Je me suis approché davantage de l'homme, puis j'ai vu sa tête.

– Et vous avez compris qu'il avait été assassiné, dit Beauvoir, qui ne croyait pas un mot de son histoire.

– Oui, c'est ça, répondit Marc en regardant l'inspecteur avec soulagement, avant de voir son sourire narquois. Je n'en croyais pas mes yeux, ajouta-t-il en se retournant vers Gamache.

— Donc, résuma Beauvoir, vous trouvez un homme assassiné dans votre maison au beau milieu de la nuit. Vous n'aviez pas verrouillé la porte ?

— Nous le faisons habituellement, mais nous recevons beaucoup de livraisons et comme nous-mêmes n'utilisons pas souvent cette porte, je suppose qu'on a oublié.

— Qu'avez-vous fait, monsieur Gilbert ? demanda Gamache d'une voix posée, apaisante.

Marc ouvrit la bouche, puis la referma et baissa les yeux sur ses mains. Quand il arriverait à cette étape de son récit, s'était-il aussi juré, il ne détournerait pas les yeux ni ne les baisserait. Il resterait impassible. Mais voilà qu'il faisait tout le contraire.

— J'ai réfléchi un moment, puis j'ai soulevé l'homme et l'ai transporté jusqu'au village, jusqu'au bistro.

Voilà, c'était dit.

— Pourquoi ? demanda Gamache.

— J'allais appeler la police, j'avais même le téléphone dans la main, répondit-il en tendant sa main vide comme s'il s'agissait d'une preuve. Mais j'ai ensuite pensé à tout le travail que nous avions fait pour préparer l'auberge. Nous sommes si près de réaliser notre rêve. L'ouverture est prévue pour le mois prochain, vous savez, et j'ai compris qu'on allait parler du mort dans tous les journaux. Qui voudrait venir se détendre dans une auberge où un meurtre a été commis ?

Beauvoir était bien obligé d'admettre qu'il avait raison, surtout compte tenu du prix demandé.

— Alors, vous avez foutu le corps dans le bistro. Pourquoi là ?

Se tournant vers l'inspecteur, Gilbert répondit :

— Parce que je ne voulais pas le mettre dans la maison d'un villageois pour que cette personne le découvre, comme ça m'était arrivé à moi. Et je savais qu'Olivier laissait une clé sous une jardinière près de la porte.

Les enquêteurs étaient sceptiques, il s'en rendait bien compte, mais il poursuivit néanmoins son difficile récit.

— J'ai apporté le corps au bistro, l'ai posé sur le sol, puis je suis revenu chez moi. De la section spa, j'ai monté une carpette pour couvrir l'endroit où l'homme avait été étendu. Personne ne remarquerait la disparition du tapis. Il y avait encore tant de travaux à effectuer.

— Ce que vous avez fait est grave, dit Gamache en le regardant droit dans les yeux. Nous pourrions vous accuser d'entrave à la justice, d'outrage à un cadavre, d'obstruction dans la conduite d'une enquête.

— De meurtre, aussi, ajouta Beauvoir.

— Nous voulons toute la vérité. Pourquoi avez-vous apporté le corps au bistro ? Vous auriez pu le laisser dans les bois.

Marc soupira. Il avait espéré qu'ils ne le cuisineraient pas sur ce point.

— J'y avais pensé, mais beaucoup d'enfants se trouvaient à Three Pines pour le long week-end et je ne voulais pas que l'un d'eux le découvre.

— Noble sentiment, dit Gamache d'un ton neutre. Mais il était peu probable que cela se produise, n'est-ce pas ? Les enfants jouent-ils souvent dans les bois autour de votre maison ?

— Ça arrive. Auriez-vous pris le risque ?

— Moi, j'aurais appelé la police.

Le chef laissa cette phrase faire son effet. Elle enlevait à Marc Gilbert toute possibilité de prétendre avoir agi par grandeur d'âme et l'exposait pour ce qu'il était : un homme qui, au mieux, avait commis un acte répréhensible et, au pire, un meurtre.

— La vérité, dit Gamache presque dans un murmure.

— J'ai apporté le corps au bistro pour qu'on pense que l'homme avait été tué là. Olivier nous traite comme de la merde depuis notre arrivée.

— Alors vous vous êtes vengé en lui faisant cadeau d'un cadavre ? demanda Beauvoir.

Il connaissait quelques personnes à qui il aimerait faire un tel présent, mais jamais il ne passerait à l'acte. Or cet homme l'avait fait. Cela en disait long sur la haine, d'une rare et surprenante intensité, qu'il vouait à Olivier. Et sur sa détermination.

Marc Gilbert regarda ses mains, regarda ensuite par la fenêtre, puis promena ses yeux sur les murs de la vieille gare et les posa enfin sur l'homme imposant devant lui.

— Voilà ce que j'ai fait. Je n'aurais pas dû, je le sais.

Il baissa la tête. Lui-même n'en revenait pas de sa stupidité. Puis il la releva soudainement en se rendant compte que le silence se prolongeait. Il avait le regard brillant.

— Un instant, vous ne pensez quand même pas que j'ai tué l'homme?

Personne ne parla.

Marc Gilbert regarda tour à tour l'inspecteur-chef, son adjoint et même l'agent idiot qui attendait, le stylo à la main.

— Pourquoi l'aurais-je fait? Je ne sais même pas qui il est.

Les enquêteurs ne disaient toujours rien.

— C'est la vérité, je ne l'avais jamais vu avant.

Beauvoir brisa finalement leur silence.

— Et pourtant, il était dans votre maison. Mort. Pourquoi le corps d'un étranger se trouverait-il chez vous?

— Vous voyez? s'écria Gilbert en désignant Beauvoir de la main. Voilà pourquoi je n'ai pas appelé la police. Je savais que vous penseriez ça.

Il se prit la tête dans les mains comme s'il essayait de contenir les pensées qui s'y bousculaient.

— Dominique va me tuer. Oh! Seigneur! Oh! mon Dieu!

Ses épaules s'affaissèrent et il laissa retomber sa tête, comme si elle était alourdie par le poids de ses actes et de ce qui l'attendait.

Juste à ce moment-là, le téléphone sonna. L'agent Morin décrocha.

— Sûreté du Québec.

La personne à l'autre bout du fil parlait vite et d'une voix étouffée.

— Je suis désolé, dit Morin d'un ton gêné, car, il le savait, il interrompait l'interrogatoire. Je ne vous comprends pas.

Les autres le regardaient. Il rougit et essaya d'écouter plus attentivement, mais n'arrivait toujours pas à saisir ce que la personne disait. Puis soudain son visage changea de couleur.

— Un instant, dit-il en couvrant le microphone de sa main. C'est Mme Gilbert. Il y a un homme sur leur propriété. Elle l'a vu dans le bois à l'arrière de la maison.

Il écouta de nouveau la voix au téléphone.

— Il s'approche maintenant de la maison. Elle demande ce qu'elle doit faire.

Les trois autres hommes se levèrent.

— Mon Dieu, il a dû me voir partir et il sait que les femmes sont seules, dit Marc.

Gamache prit le téléphone.

— Madame Gilbert, la porte arrière est-elle fermée à clé? Pouvez-vous aller vérifier?

Il attendit.

— Bien. Où est-il maintenant?

Après avoir écouté la réponse, il se dirigea à grandes enjambées vers la porte, suivi de Beauvoir et de Marc Gilbert.

— Nous arrivons dans deux minutes. Enfermez-vous avec votre belle-mère dans une des salles de bains à l'étage. Celle que vous m'avez montrée. Oui, celle avec le balcon. Verrouillez les portes, tirez les rideaux et restez là jusqu'à ce que nous venions vous chercher.

Beauvoir avait fait démarrer la voiture. Gamache claqua la portière et tendit le téléphone à Morin.

— Restez ici. Et vous aussi.

— Pas question, je viens, répondit Gilbert, qui s'apprêtait à ouvrir une portière à l'arrière.

— Non, vous resterez ici. Parlez à votre femme, rassurez-la. Vous nous retardez, monsieur, ajouta Gamache d'une voix tendue où perçait de la colère.

Marc Gilbert arracha le téléphone des mains de Morin comme Beauvoir démarrait en trombe. Ils traversèrent le pont, contournèrent le parc, remontèrent la rue du Moulin et s'arrêtèrent juste devant la vieille maison des Hadley. Ils sortirent rapidement et sans bruit de l'auto.

— Avez-vous un revolver? chuchota Beauvoir tandis que, penchés, ils couraient vers un coin de la maison.

Gamache secoua la tête. «Franchement», pensa Beauvoir. Il lui arrivait parfois d'avoir envie d'étrangler son chef.

— Les revolvers sont dangereux.

— Et c'est pourquoi lui en a probablement un, dit Beauvoir en faisant un mouvement de la tête vers l'arrière de la propriété.

Gamache leva une main et Beauvoir se tut. D'un geste, le chef indiqua une direction, puis disparut sur le côté. Beauvoir passa en courant devant la porte principale et tourna le coin de la maison. Tous deux se rendaient à l'arrière, là où Dominique avait vu l'homme.

Courbé et rasant le mur, l'inspecteur-chef avançait à pas de loup. Le temps pressait. L'inconnu était là depuis au moins cinq minutes. Il était peut-être même déjà à l'intérieur. Il pouvait s'en passer, des choses, en une minute, alors en cinq...

Gamache contourna un buisson et arriva à l'arrière de la maison. Il perçut un mouvement, puis vit un homme. Imposant. Portant un chapeau, des gants et une veste militaire. Il se trouvait tout près de la porte de la cuisine. S'il réussissait à entrer, se dit Gamache, leur travail, à Beauvoir et à lui, se compliquerait. Il y avait tellement d'endroits où se cacher, et l'intrus serait encore plus proche des femmes.

Tandis que Gamache l'observait, l'homme jeta un œil autour de lui et fit un pas vers la porte-fenêtre. Gamache s'avança.

– Stop! Sûreté du Québec!

L'homme s'immobilisa. Il tournait le dos à l'inspecteur-chef et ne pouvait savoir si celui-ci tenait un revolver. Mais Gamache non plus ne savait pas si l'homme en avait un.

– Je veux voir vos mains.

L'inconnu ne bougea pas. Ce n'était pas bon signe. Gamache se tint prêt à plonger sur le côté si jamais l'homme pivotait sur lui-même et tirait. Mais ni l'un ni l'autre ne fit un mouvement. Puis soudain, l'homme se retourna.

Pour Gamache, policier d'expérience bien entraîné, le temps parut ralentir et l'univers s'effondrer. Plus rien n'existait à part l'homme devant lui qui pivotait. Son corps, ses bras, ses mains. Et en le regardant tourner, Gamache aperçut quelque chose dans sa main droite et se baissa vivement.

L'homme se trouvait maintenant par terre, plaqué par Beauvoir. L'inspecteur-chef se précipita vers eux et cloua la main de l'inconnu au sol.

– Il avait quelque chose dans la main. Le voyez-vous? demanda-t-il.

– Je l'ai, répondit Beauvoir tandis que Gamache remettait l'homme debout.

Tous les deux le regardèrent. Il était grand et maigre, et avait perdu son chapeau. Ses cheveux gris argenté étaient en désordre.

– Non mais, qu'est-ce qui vous prend? demanda-t-il, furieux.

– Vous êtes sur une propriété privée, répondit Beauvoir en tendant à son chef ce que l'homme avait tenu dans sa main.

C'était un sac. De muesli. Sur le devant, on pouvait lire: Manoir Bellechasse.

Gamache examina l'inconnu plus attentivement. Il avait l'impression de le connaître. L'homme, l'air impérieux, lui fit de gros yeux.

– Comment osez-vous? Savez-vous qui je suis?

– En fait, oui, je le sais, répondit Gamache.

Après avoir reçu un appel, Morin laissa partir Marc Gilbert, qui arriva essoufflé chez lui quelques minutes plus tard. Sa femme et sa mère étaient en sécurité, lui avait-on assuré, mais il fut soulagé de le constater par lui-même. Il les embrassa et les serra dans ses bras, puis se tourna vers l'inspecteur-chef.

– Où est-il? Je veux le voir.

De toute évidence, «le voir» constituait un euphémisme.

– Il est dans l'écurie avec l'inspecteur Beauvoir.

– Parfait, répondit Marc en se dirigeant vers la porte.

– Marc, attends, dit sa mère en se précipitant vers lui. Nous devrions peut-être laisser la police s'en occuper.

Carole Gilbert paraissait encore effrayée. «Et avec raison», se dit Gamache en pensant à l'homme dans l'écurie.

– Tu n'es pas sérieuse? Cet homme nous épiait. Qui sait s'il n'a pas fait autre chose.

– Que veux-tu dire?

Marc Gilbert hésita.

– Qu'est-ce que tu nous caches? demanda sa femme.

Marc jeta un coup d'œil à Gamache.

– Je pense qu'il a peut-être assassiné l'autre homme et laissé son corps dans notre maison. Comme une sorte de menace. Ou son intention était peut-être de tuer l'un de nous et il a pensé que l'étranger était un membre de notre famille. Je ne sais pas. Mais d'abord le corps apparaît, puis ce type essaie d'entrer chez nous par effraction. Quelqu'un cherche à nous nuire. Et je veux découvrir pourquoi.

— Un instant, dit Dominique en levant les mains pour signifier à son mari d'arrêter de parler. Que dis-tu? Le corps était réellement ici? ajouta-t-elle en regardant vers le vestibule. Dans notre maison?

Elle s'adressa ensuite à Gamache.

— Est-ce vrai?

Puis elle se retourna vers son mari.

— Marc?

Il ouvrit la bouche et la referma aussitôt, puis respira profondément.

— Oui, il était ici. La police avait raison. Je l'ai trouvé quand je me suis levé au milieu de la nuit. J'ai eu peur et j'ai fait quelque chose de stupide.

— Tu as déménagé le corps au bistro?

On aurait dit qu'elle venait d'être giflée par une personne qu'elle adorait, tellement le choc était grand. Et la mère de Marc le fixait comme s'il avait fait pipi dans la salle à manger du Château Frontenac. Il connaissait ce regard. Il l'avait vu quand, petit, il avait fait pipi dans la salle à manger du Château Frontenac.

Son esprit bouillonnant cherchait désespérément quelqu'un sur qui rejeter le blâme, fouillait dans tous les coins sombres. Il ne pouvait tout de même pas être tenu pour responsable. Il existait certainement des éléments dont sa femme ne tenait pas compte. Ce qu'il avait fait ne correspondait tout de même pas à l'acte d'absolue stupidité dont l'accusaient les yeux de Dominique.

Mais il savait que sa femme avait raison.

Se tournant vers Gamache, Dominique Gilbert dit:

— Je vous donne la permission de l'abattre.

— Merci, madame, mais cela ne suffit pas. J'aurais besoin d'autre chose, d'un revolver, par exemple.

— Dommage.

Puis, regardant son mari, elle ajouta:

— Mais à quoi pensais-tu?

Il expliqua aux deux femmes, comme il l'avait fait pour les enquêteurs, le raisonnement qui avait paru si logique, si éblouissant, à trois heures du matin.

— Tu prétends avoir agi pour le bien de l'auberge? dit Dominique quand il eut fini. Eh bien, laisse-moi te dire qu'il y a quelque chose qui cloche quand trimbaler des corps fait partie de notre plan d'affaires.

— Ce n'était pas vraiment planifié..., répondit-il en cherchant à se justifier. Bon, d'accord, j'ai commis une erreur monumentale, mais n'y a-t-il pas une question, cruciale à mon avis, qu'il faudrait se poser?

Il avait enfin trouvé quelque chose, roulé en boule dans un des coins sombres, qui lui permettrait de respirer un peu.

— J'ai déménagé le corps, c'est vrai, *mais*, qui l'a mis dans notre maison?

Les femmes avaient été si stupéfaites par sa confession qu'elles n'avaient même pas pensé à cela. Mais Gamache, oui. Car, outre le lustre du parquet et la petite marque, il avait remarqué autre chose: l'absence totale de sang. Beauvoir aussi l'avait constatée. Même si Marc Gilbert avait bien nettoyé, jamais il n'aurait pu enlever tout le sang. Il en serait resté des traces.

Or il n'y avait rien, à part quelques fibres de tissu provenant du gilet du mort.

Gilbert avait peut-être tué l'homme, mais pas dans son entrée. Il était déjà mort quand on l'avait apporté ici.

Marc Gilbert se leva.

— Voilà une des raisons pour lesquelles je veux voir l'homme qui a essayé de pénétrer chez nous par effraction. Je crois qu'il est mêlé au meurtre.

Sa mère se leva aussi et posa la main sur le bras de son fils.

— Je pense vraiment que tu devrais laisser la police s'en occuper. Ce type est peut-être dérangé.

Elle regarda Gamache, mais l'inspecteur-chef n'avait aucunement l'intention d'empêcher son fils de voir l'intrus. Au contraire. Il voulait voir la réaction des deux hommes quand ils seraient en présence l'un de l'autre.

— Venez avec moi, dit-il à Marc. Vous pouvez vous joindre à nous, si vous voulez, ajouta-t-il en s'adressant aux deux femmes.

— En tout cas, moi, je vous accompagne, répondit Dominique. Vous devriez peut-être rester ici, dit-elle à sa belle-mère.

– Je viens aussi.

Lorsqu'ils s'approchèrent de l'écurie, les chevaux dans le champ levèrent la tête.

Beauvoir, qui les voyait pour la première fois, ralentit et s'immobilisa presque. Il n'avait pas vu beaucoup de vrais chevaux dans sa vie. Au cinéma, oui. Mais ces bêtes-là ne ressemblaient pas à celles dans les films. Bien sûr, la plupart des hommes ne ressemblaient pas à Sean Connery ni la plupart des femmes à Julia Roberts. Même si on tenait compte de la sélection naturelle, ces animaux paraissaient… bizarres. On aurait même dit que l'un d'eux n'était pas un cheval. Lentement, les bêtes se dirigèrent vers le groupe, l'une d'elles en se déplaçant de côté.

Paul Morin, qui avait déjà vu beaucoup de chevaux, dit :
– Belles vaches.

Dominique l'ignora. Mais maintenant que leur vie, à son mari et à elle, basculait soudain, elle se sentait attirée par les chevaux et le calme qu'ils dégageaient. Par leur souffrance, aussi. Non, plutôt par leur courage. Si, pendant toute leur existence, ils avaient pu endurer les mauvais traitements qu'on leur avait infligés, elle pouvait bien encaisser n'importe quel coup qui l'attendait dans l'écurie. Dominique s'arrêta et les autres la dépassèrent. Revenant sur ses pas, elle se dirigea vers l'enclos, où elle se hissa sur un seau et se pencha par-dessus la clôture. Trois des chevaux, encore craintifs, ne s'approchèrent pas. Seule l'énorme et laide Bouton d'or, aux mouvements gauches et au corps couvert de cicatrices, s'avança. Elle posa doucement son front large et plat contre la poitrine de Dominique, comme si c'était sa place naturelle. Comme si c'était la clé. En s'éloignant pour rejoindre les autres et affronter la silhouette sombre qu'ils apercevaient dans l'écurie, Dominique perçut l'odeur de cheval sur ses mains. Et sentit la pression rassurante entre ses seins.

Il fallut quelques instants avant que leurs yeux s'habituent à la faible lumière à l'intérieur de l'écurie. Puis la silhouette prit forme, devint humaine. Devant eux apparut un homme âgé, grand, élancé, élégant.

– Vous m'avez fait attendre, dit une voix dans la pénombre.

Marc, dont la vue n'était pas aussi bonne qu'il le prétendait, ne voyait qu'une forme floue. Cependant, les mots et la voix lui révélèrent tout. Pris d'un étourdissement, il tendit les bras. Sa mère, à côté de lui, agrippa sa main pour le soutenir.

– Maman? murmura-t-il.

– Tout va bien, Marc, dit l'homme.

Mais Marc savait que ce n'était pas vrai. Il avait entendu les rumeurs au sujet de la vieille maison des Hadley et des esprits maléfiques qui y habitaient. Ces histoires lui avaient plu, car, à cause d'elles, personne n'avait voulu de la demeure et Dominique et lui avaient pu l'acheter pour une bouchée de pain.

Et maintenant, quelque chose d'immonde en avait surgi. La vieille maison des Hadley avait produit un fantôme de plus.

– Papa?

17

– Papa?

Marc fixa la silhouette noire, plus foncée que l'ombre, puis sa mère, et de nouveau la silhouette. Aucun doute possible sur la voix, il n'avait jamais pu l'effacer de sa mémoire. La voix grave et calme qui pouvait formuler une réprimande tout en étant accompagnée d'un léger sourire, si bien que l'enfant, le garçon, l'homme, n'avait jamais réellement su ce qu'il devait penser ni où il en était. Mais il en avait eu une petite idée.

– Bonjour, Marc.

Il y avait une petite pointe d'humour dans la voix. Comme si la situation était amusante. Comme si le choc foudroyant que venait de subir Marc constituait une raison de rire.

Le Dr Vincent Gilbert sortit de l'écurie et du royaume des morts, et apparut dans la lumière.

– Maman? dit Marc en se tournant vers la femme à côté de lui.

– Je suis désolée, Marc. Viens avec moi.

Elle tira son fils unique à l'extérieur, au soleil, et l'assit sur une botte de foin. Il sentait le foin lui piquer le derrière; ce n'était pas un siège confortable.

– Pourrais-tu aller lui chercher quelque chose à boire? demanda Carole à sa belle-fille.

Mais Dominique, une main sur la figure, paraissait aussi abasourdie que son mari.

– Marc? dit-elle.

Beauvoir regarda Gamache. La journée allait être très longue si tout ce que disaient les Gilbert était les noms des uns et des autres.

S'étant ressaisie, Dominique se mit à marcher rapidement, puis à courir, en direction de la maison.

— Je suis désolé. Est-ce que je t'ai surpris?

— Bien sûr que tu l'as surpris, Vincent, dit Carole d'un ton brusque. Comment croyais-tu qu'il se sentirait?

— Je pensais qu'il serait plus heureux que ça.

— Tu ne réfléchis jamais.

Marc dévisagea son père, puis se tourna vers sa mère.

— Tu m'avais dit qu'il était mort.

— J'ai peut-être exagéré.

— Mort? Tu lui as dit que j'étais mort?

— C'est ce qu'on avait convenu que je dirais. Es-tu devenu gâteux?

— Moi? Moi? As-tu la moindre idée de ce que j'ai fait de ma vie pendant que tu jouais au bridge?

— Oui, tu as abandonné ta famille et…

— Ça suffit, l'interrompit Gamache en levant la main.

Vincent et Carole durent faire un effort, mais ils finirent par le regarder.

— J'aimerais que les choses soient très claires. Cet homme est-il votre père, Marc?

Marc observa attentivement l'homme à côté de sa mère. Il était plus vieux et avait maigri. Près de vingt ans s'étaient écoulés, après tout. Depuis qu'il avait disparu en Inde. Ou du moins, c'est ce que sa mère lui avait dit. Quelques années plus tard, toujours selon ses dires, elle l'avait fait déclarer mort. Elle avait alors demandé à son fils s'ils devraient organiser une cérémonie funéraire en son honneur.

Marc n'y avait pas réfléchi une seule seconde. Il avait de meilleures choses à faire que d'aider à planifier un service religieux pour un homme qui avait été absent toute sa vie.

Et il n'y en avait donc plus été question. Le Grand Homme – car tel était le père de Marc – fut oublié. Plus jamais Marc ne parla de lui, ne pensa à lui. Quand il avait rencontré Dominique et qu'elle lui avait demandé si son père était *le* Vincent Gilbert, il avait répondu oui, mais qu'il était mort. Disparu dans un trou sombre à Calcutta, Bombay ou Madras.

— N'est-il pas un saint? avait demandé Dominique.

– Oui. Saint Vincent, qui ressuscitait les morts et enterrait les vivants.

Elle n'avait pas posé d'autres questions.

– Voici.

Dominique était revenue avec des verres et des bouteilles sur un plateau, sans trop savoir ce qui convenait à une occasion pareille. Au cours de toutes les réunions de conseil d'administration qu'elle avait présidées, toutes les soirées qu'elle avait organisées pour des clients, toutes les séances d'arbitrage auxquelles elle avait assisté, jamais une situation semblable ne s'était présentée. Un père ressuscité. Mais de toute évidence pas vénéré.

Après avoir déposé le plateau sur une bûche, elle approcha ses mains de son visage. En sentant l'odeur musquée de cheval, elle se détendit. Elle baissa les mains, mais pas sa garde. Elle avait un instinct sûr pour détecter des problèmes et en percevait un très nettement cette fois.

– Oui, c'est mon père, confirma Marc.

Puis, se tournant de nouveau vers sa mère, il demanda :

– Il n'est pas mort ?

« Voilà une question intéressante, pensa Gamache. Pas *Il est vivant ?* mais plutôt *Il n'est pas mort ?* » Il semblait y avoir une différence.

– Je crains que non.

– Je suis ici, vous savez, dit le Dr Gilbert. Je vous entends.

Cependant, il ne paraissait pas troublé par toute cette histoire, seulement amusé. Gamache savait que le Dr Vincent Gilbert se révélerait un adversaire formidable. Et il espérait que ce Grand Homme – car il en était un, Gamache le savait aussi – n'était pas également un homme malveillant.

Carole tendit un verre d'eau à son fils et en prit un pour elle, puis s'assit à côté de lui sur le foin.

– Ton père et moi étions d'accord que notre mariage était terminé depuis longtemps. Il est parti en Inde, comme tu le sais.

– Pourquoi m'as-tu dit qu'il était mort ?

Si Marc n'avait pas posé la question, Beauvoir l'aurait fait. Il avait toujours considéré sa propre famille comme plus qu'un peu bizarre. Jamais de murmures, jamais de conversations calmes. Il y avait toujours de l'électricité dans l'air. Tout le monde criait, hurlait, s'engueulait, se mêlait de la vie des autres. C'était bordélique. Il avait eu envie de tranquillité, de paix, et c'est ce qu'il avait trouvé auprès d'Enid. Leur vie ensemble était relax, reposante ; ils n'allaient jamais trop loin, ni ne se rapprochaient trop.

Il devrait l'appeler, se dit-il.

Mais, aussi bizarre que pouvait être sa famille, ce n'était rien en comparaison de celle-ci. En fait, c'était un des grands réconforts que lui procurait son travail : au moins, sa famille paraissait plutôt bien quand on la comparait avec des gens qui s'entre-tuaient vraiment, au lieu de seulement y penser.

– Ça me semblait plus facile. Je préférais être veuve que divorcée.

– Mais moi, là-dedans ? demanda Marc.

– Je me suis dit que ce serait plus facile pour toi aussi. Plus facile de croire que ton père était mort.

– Comment as-tu pu penser ça ?

– Je suis désolée. J'ai eu tort. Mais tu avais vingt-cinq ans, et tu n'avais jamais été très proche de ton père. J'ai vraiment pensé que ça n'aurait aucune importance pour toi.

– Alors tu l'as tué ?

Vincent Gilbert, demeuré silencieux jusqu'à ce moment, éclata de rire.

– Voilà qui est bien dit.

– Va chier, répliqua Marc. On parlera de toi dans un instant.

Il changea de position sur la botte de foin piquante. Son père était une vraie plaie, un trou de cul.

– Il était d'accord, quoi qu'il puisse prétendre maintenant. Je n'aurais pas pu le faire sans sa collaboration. En échange de sa liberté, il a accepté d'être mort.

Marc se tourna vers son père.

– C'est vrai ?

Vincent Gilbert paraissait moins arrogant maintenant, moins assuré.

– Je n'étais pas moi-même. Je n'allais pas bien. J'étais allé en Inde pour me retrouver, et je m'étais dit que la meilleure façon d'y parvenir était de me débarrasser complètement de mon ancienne vie. De devenir un autre homme.

— Alors je n'existais plus ? Quelle famille tordue ! Où étais-tu ?

— Au Manoir Bellechasse.

— Depuis vingt ans ? Tu as passé vingt ans dans une auberge de luxe ?

— Eh bien, non. J'y ai passé quelques jours à différentes reprises au cours de l'été. J'en ai rapporté ceci, dit-il en indiquant un paquet sur une étagère dans l'écurie. C'est pour toi, Dominique.

— Du muesli, dit-elle après être allée chercher le paquet. Du Manoir Bellechasse. Merci.

— Du muesli ? Tu ressuscites et tu apportes des céréales pour le petit-déjeuner ? demanda Marc.

— Je ne savais pas de quoi tu avais besoin. J'avais appris de ta mère que tu avais acheté une propriété par ici, alors je suis venu de temps en temps pour observer.

— C'est vous que Roar Parra a aperçu dans les bois, dit Dominique.

— Roar Parra ? Roar ? Est-ce une farce ? Le troll, ce serait lui ? L'homme trapu au teint sombre ?

— Tu veux dire l'homme aimable qui aide ton fils à transformer cet endroit ? demanda Carole.

— Je dis ce que je pense.

— Pouvez-vous arrêter, s'il vous plaît ? dit Dominique en lançant un regard furieux aux parents de Marc. Conduisez-vous mieux que ça.

— Pourquoi es-tu ici ? demanda finalement Marc.

Vincent Gilbert hésita un moment, puis s'assit sur une autre botte de foin et dit :

— J'étais resté en contact avec ta mère. Elle m'a parlé de ton mariage, de ton travail. Tu semblais heureux. Puis elle m'a informé que tu avais quitté ton emploi et déménagé au milieu de nulle part. Je voulais m'assurer que tu allais bien. Je ne suis pas un parfait imbécile, tu sais, ajouta-t-il.

Son beau visage aux traits nobles s'était assombri.

— Je sais que c'est tout un choc à encaisser. Et je suis désolé. Je n'aurais pas dû laisser ta mère faire ce qu'elle a fait.

– Pardon ? dit Carole.

– Malgré tout, je n'avais pas l'intention d'entrer en contact avec toi. Mais quand on a trouvé ce corps et que la police est venue ici, j'ai pensé que tu aurais peut-être besoin de mon aide.

– Oui, justement, qu'en est-il de ce corps ? demanda Marc à son père, qui le fixa sans répondre. Eh bien ?…

– Eh bien quoi ? Oh, un instant !

Vincent Gilbert regarda son fils, puis Gamache, qui l'observait attentivement, puis de nouveau son fils, et se mit à rire.

– Tu n'es pas sérieux ? Tu penses que j'ai quelque chose à voir avec ce meurtre ?

– Est-ce le cas ? demanda Marc.

– T'attends-tu vraiment à ce que je réponde ?

L'homme aux manières cordiales se hérissa. Plus encore, il exhalait la colère. La transformation s'était produite si brusquement que Gamache en fut décontenancé. L'homme cultivé, courtois, qui semblait trouver la situation plutôt amusante, écumait d'une rage si effroyable qu'elle le submergea puis se déversa pour engloutir tout le monde autour. Marc avait provoqué le monstre, en oubliant qu'il était caché là ou en voulant voir s'il existait toujours. Il avait maintenant sa réponse. Marc resta immobile comme une statue, sa seule réaction étant d'écarquiller légèrement les yeux.

Mais sa réaction en disait long. Dans ses yeux, Gamache voyait le nouveau-né, l'enfant, le jeune homme – apeuré. Le fils qui ne savait jamais ce qu'il découvrirait en son père. Celui-ci se montrerait-il aimant, gentil, affectueux, aujourd'hui ? Ou lui brûlerait-il la peau avec un regard, une parole ? Laissant le garçon nu et honteux, car il se savait faible et avide d'attention, stupide et égoïste. Il s'était donc forgé une carapace pour résister aux attaques. De telles cuirasses permettaient à de jeunes enfants de survivre, Gamache le savait bien, mais elles cessaient rapidement de protéger et devenaient le problème. Parce que si la carapace tenait la douleur à distance, elle bloquait aussi la lumière. Et, à l'intérieur, la pauvre petite âme effrayée devenait quelque chose de complètement différent, qui se développait uniquement dans l'obscurité.

Gamache observa Marc. Celui-ci avait provoqué le monstre devant lui qui, effectivement, s'était réveillé et avait réagi violemment. Mais avait-il aussi réveillé un monstre en lui? Ou cela s'était-il produit plus tôt?

Quelqu'un avait laissé un corps chez les Gilbert. S'agissait-il du père? Du fils? Ou d'une autre personne?

Gamache se tourna ensuite vers Vincent Gilbert.

— Moi, je m'attends à ce que vous répondiez, monsieur, dit-il en soutenant son regard dur.

— Docteur, répliqua Gilbert d'une voix glaciale. Je ne me laisserai pas diminuer, ni par vous ni par personne d'autre.

Il regarda son fils, puis revint à l'inspecteur-chef.

— Désolé, dit Gamache en s'inclinant légèrement, mais sans jamais quitter des yeux l'homme en colère.

Les excuses ainsi présentées semblèrent faire enrager Gilbert encore davantage, qui venait de se rendre compte que l'un d'eux avait la force de caractère pour supporter les insultes et l'autre non.

— Parlez-nous du corps, reprit Gamache, comme si les deux hommes étaient engagés dans une conversation plaisante.

Gilbert le toisa avec mépris. Du coin de l'œil, Gamache aperçut Marc le cheval qui s'approchait, arrivant des champs. Il avait l'air d'une bête qu'un démon chevaucherait: décharné, crotté et couvert de plaies, il louchait et était à moitié aveugle. Il était attiré, supposa Gamache, par quelque chose qui lui paraissait enfin familier. La rage.

Les deux hommes se dévisagèrent. Finalement, Gilbert émit un grognement de dérision et fit un geste de la main comme s'il trouvait Gamache et sa question insignifiants. Le monstre retourna dans sa caverne.

Mais le cheval s'approchait de plus en plus.

— Je ne sais rien à propos du corps. Mais j'ai pensé que Marc pourrait avoir des problèmes et je voulais être ici au cas où il aurait besoin de moi.

— Pour que tu fasses quoi? demanda Marc. Que tu flanques une peur bleue à tout le monde? Tu ne pouvais pas tout simplement sonner à la porte ou écrire une lettre?

— Je ne savais pas que tu étais aussi impressionnable.

Le monstre était ressorti pour infliger la petite blessure, puis il sourit et battit de nouveau en retraite. Mais Marc en avait eu assez. Il se pencha par-dessus la clôture et mordit l'épaule de Vincent Gilbert. Marc le cheval, bien sûr.

– Que diable ! s'écria Gilbert en sautant pour s'écarter, la main sur son épaule poisseuse.

– Allez-vous l'arrêter ? demanda Marc à Gamache.

– Allez-vous porter plainte ?

Marc regarda son père, puis la créature pitoyable derrière lui. Noire, malheureuse et probablement à moitié folle. Et Marc l'homme sourit.

– Non. Continue à être mort, papa. Maman avait raison. C'est plus facile comme ça.

Sur ces mots, il pivota sur ses talons et se dirigea vers sa demeure.

– Quelle famille ! dit Beauvoir.

Gamache et lui revenaient lentement au village. L'agent Morin était retourné au bureau provisoire et ils avaient laissé les Gilbert s'entredéchirer.

– Malgré tout, il semble y avoir une sorte d'équilibre dans cette affaire.

– Que voulez-vous dire ?

Un peu à gauche d'où ils se trouvaient, Gamache remarqua Ruth Zardo qui sortait de chez elle, suivie de Rose vêtue d'un pull. Il lui avait écrit un mot de remerciement pour le souper de la veille et l'avait glissé dans sa boîte aux lettres rouillée au cours de sa promenade matinale. Il regarda Ruth prendre le billet, y jeter un coup d'œil, puis le mettre dans la poche de son vieux gilet de laine miteux.

– Eh bien, un homme est mort et un autre ressuscite.

Gamache sourit et se demanda s'il s'agissait d'un échange équitable.

Ruth vit les deux policiers au même moment où Beauvoir l'apercevait.

– Sauvez-vous, souffla-t-il au chef. Je vous couvrirai.

– Trop tard, mon vieux. Le canard nous a repérés.

En effet, alors que Ruth paraissait contente de les ignorer, Rose se dirigeait vers eux à une vitesse alarmante.

– Elle semble vous aimer, dit Ruth à Beauvoir en s'approchant du même pas chaloupé que son canard. Mais il faut dire qu'elle a une cervelle d'oiseau.

– Madame Zardo, la salua Gamache avec un sourire tandis que Beauvoir lui lançait un regard mauvais.

– Paraît que c'est ce Gilbert qui a mis le corps dans le bistro d'Olivier. Pourquoi ne l'avez-vous pas arrêté ?

– Vous êtes déjà au courant de ça ? Qui vous l'a dit ? demanda Beauvoir.

– Qui ne m'en a pas parlé ? La nouvelle a fait le tour du village. Eh bien ? Allez-vous arrêter Marc Gilbert ?

– Pourquoi ?

– Pour le meurtre, voyons donc. Êtes-vous fou ?

– Si je suis fou ? Qui se promène avec un canard portant un pull ?

– Et alors, vous voudriez que je fasse quoi ? La laisser mourir de froid lorsque l'hiver arrivera ? Quel genre d'homme êtes-vous ?

– Moi ? En parlant de fous, qu'est-ce que c'était que ce bout de papier que vous avez demandé à Olivier de me remettre ? Je n'arrive même plus à me souvenir de ce qui était écrit, mais ça n'avait aucun sens.

– Ah vraiment, c'est ce que vous croyez ? répondit d'un ton hargneux la vieille poète desséchée.

– « Peut-être y a-t-il quelque chose dans tout cela / qui m'a échappé. »

En entendant Gamache citer les vers, Ruth lui lança un regard froid.

– C'était un message privé. Il ne s'adressait pas à vous.

– Qu'est-ce qu'il signifie, madame ?

– C'est à vous de le découvrir. Et en voici un autre.

Elle plongea la main dans son autre poche et en tira un autre morceau de papier, soigneusement plié. Après l'avoir tendu à Beauvoir, elle s'éloigna en direction du bistro.

Beauvoir jeta un coup d'œil au papier blanc parfaitement carré dans sa paume, puis ferma sa main.

Les deux hommes regardèrent Ruth et Rose traverser le parc. À l'autre bout, ils virent des gens entrer dans le bistro.

— Elle est folle, évidemment, dit Beauvoir lorsqu'ils reprirent le chemin du bureau provisoire. Mais elle a posé une bonne question. Pourquoi n'avons-nous pas arrêté quelqu'un? Entre le père et le fils, nous aurions pu remplir des rapports d'arrestation tout l'après-midi.

— À quelle fin?

— Satisfaire la justice.

Gamache rit.

— Ah oui, j'avais oublié ça. Excellente remarque.

— Non, sérieusement, monsieur. Ce ne sont pas les chefs d'accusation qui manquaient, de la violation de domicile jusqu'au meurtre.

— Nous savons tous les deux que la victime n'a pas été assassinée dans ce vestibule.

— Mais cela ne veut pas dire que Marc Gilbert n'a pas tué l'homme ailleurs.

— Pour ensuite l'emporter chez lui, puis le reprendre pour aller le déposer au bistro?

— Le père aurait pu le faire.

— Pourquoi?

Beauvoir y réfléchit un instant. Il n'arrivait pas à croire que cette famille n'était pas coupable de quelque chose. Et le meurtre semblait tout à fait leur genre. Cependant, il était plus probable qu'ils s'entretuent.

— Il voulait peut-être faire du mal à son fils, répondit Beauvoir.

Mais cette hypothèse ne lui parut pas très plausible. Les deux hommes s'arrêtèrent sur le pont de pierre enjambant la rivière Bella Bella et l'inspecteur se pencha au-dessus du parapet, réfléchissant encore. Pendant quelques secondes, il se sentit comme hypnotisé par la réverbération du soleil sur l'eau.

— C'est peut-être tout le contraire, reprit-il, en précisant sa pensée au fur et à mesure. Gilbert voulait peut-être revenir dans la vie de son fils, mais avait besoin d'un prétexte. Dans le cas de n'importe qui d'autre, je trouverais cela ridicule, mais son orgueil l'empêcherait probablement de tout simplement frapper à la porte et de s'excuser. Il lui fallait une raison. Je le vois très bien assassinant un clochard, une personne qu'il jugerait infiniment inférieure à lui. Quelqu'un qu'il pourrait utiliser pour atteindre son objectif.

– Et quel aurait été cet objectif? demanda Gamache, qui comme son adjoint fixait l'eau limpide.

En se tournant vers le chef, Beauvoir vit la lumière reflétée qui dansait sur son visage.

– Retrouver son fils. Mais il faudrait qu'il soit perçu comme un sauveur, et non comme un père déchu qui revient en rampant.

Gamache regarda Beauvoir, intéressé.

– Continuez.

– Alors il tue un clochard, un homme dont personne ne remarquerait l'absence, le dépose dans le vestibule de son fils et attend que la bombe éclate, en se disant qu'il réapparaîtra pour s'occuper de la famille quand elle aura besoin d'aide.

– Mais Marc a déplacé le corps, et il n'y avait plus de prétexte.

– Jusqu'à maintenant. Le moment où le père s'est manifesté me paraît intéressant, soit une heure après que nous avons découvert que le corps s'était trouvé dans la vieille maison des Hadley.

Gamache hocha la tête en plissant les yeux et regarda de nouveau les eaux tourbillonnantes de la rivière. Beauvoir connaissait le chef suffisamment bien pour savoir qu'il repassait dans sa tête tous les détails de cette affaire, en avançant avec précaution sur des terrains glissants, pour essayer de trouver une piste obscurcie par la duplicité et le temps.

Beauvoir déplia le papier resté dans sa main.

Je ne fais que m'asseoir là où on me place, composée
de pierre et de vœux pieux :

– Qui est Vincent Gilbert, monsieur ? Vous semblez le connaître.

– C'est un saint.

Beauvoir se mit à rire, mais arrêta en voyant le visage sérieux de Gamache.

– Que voulez-vous dire ?

– C'est ce que croient certaines personnes.

– Il m'a plutôt donné l'impression d'être un trou de cul.

– Voilà la difficulté : faire la différence entre les deux.

– Vous, croyez-vous qu'il est un saint ? demanda Beauvoir, qui osait à peine poser la question.

Soudain, Gamache sourit.

– Je vous laisse ici. Que diriez-vous de dîner au bistro dans une demi-heure ?

Beauvoir jeta un coup d'œil à sa montre : midi et demi.

– Parfait.

Il regarda le chef retourner lentement vers le centre de Three Pines. Puis il baissa de nouveau les yeux, et lut les autres vers que Ruth avait écrits.

que la divinité qui tue pour le plaisir
guérira aussi,

Quelqu'un d'autre observait Gamache. Dans le bistro, Olivier regardait par la fenêtre tout en écoutant les doux sons des rires et de la caisse enregistreuse. L'endroit était plein à craquer. Tout le village, toute la campagne environnante avait envahi le bistro, pour manger, pour apprendre les plus récentes nouvelles, pour échanger des potins. Pour s'informer des derniers rebondissements inattendus.

La vieille maison des Hadley avait produit un autre cadavre et l'avait recraché dans le bistro. Ou du moins, son propriétaire l'avait fait. Tout soupçon à l'égard d'Olivier était maintenant dissipé, la souillure effacée.

Autour de lui, Olivier entendait les gens parler de Marc Gilbert, avancer des hypothèses sur son état d'esprit, sur les motifs de ses actions. Était-il le meurtrier ? Une chose, cependant, ne faisait l'objet d'aucune discussion, ne faisait aucun doute : Gilbert était un homme fini.

– Qui va vouloir loger là-haut ? demanda quelqu'un. Selon Parra, ils ont dépensé une fortune pour transformer la vieille maison des Hadley, et puis il arrive ceci.

Tout le monde était d'accord. C'était dommage, mais inévitable. La nouvelle auberge était vouée à la faillite avant même qu'elle ouvre ses portes.

Pendant qu'Olivier regardait Gamache se diriger lentement vers le bistro, Ruth apparut à côté de lui.

– Tu imagines, dit-elle en regardant elle aussi la progression constante de l'inspecteur-chef, être traqué par ça ?

Clara et Gabri se faufilèrent à travers la foule pour venir les rejoindre.

– Qu'est-ce que vous regardez ? demanda Clara.

– Rien, répondit Olivier.

– Lui.

Ruth pointa le doigt vers Gamache, apparemment perdu dans ses pensées, mais qui s'approchait toujours un peu plus. Sans se presser, mais sans hésiter non plus.

– Il doit être content, dit Gabri. Il paraît que c'est Marc Gilbert qui a tué l'homme et l'a déposé ici, dans le bistro. Affaire classée.

– Alors pourquoi Gamache ne l'a-t-il pas arrêté ? demanda Clara, en prenant une gorgée de bière.

– Gamache est un imbécile, dit Ruth.

– Selon ce que j'ai entendu dire, Gilbert affirme avoir trouvé le corps chez lui, répondit Clara. L'homme aurait déjà été mort.

– Ouais, comme si une telle chose pouvait se produire, dit Olivier.

Ses amis décidèrent de ne pas lui rappeler que c'était précisément ce qui lui était arrivé.

Clara et Gabri se frayèrent un chemin jusqu'au bar pour aller chercher d'autres boissons.

Les serveurs n'arrêtaient pas une seconde ; ils allaient être épuisés. Ils méritaient un bonus, se dit Olivier, quelque chose pour compenser la perte de salaire des deux derniers jours. Il fallait avoir confiance, lui répétait toujours Gabri, avoir confiance que tout s'arrangerait.

Et en effet, tout avait fini par s'arranger. À merveille.

À côté de lui, Ruth donnait des coups de canne cadencés sur le parquet de bois. C'était plus qu'agaçant ; d'une certaine manière, c'était menaçant. Un son si doux, mais impossible à arrêter. Tac, tac, tac, tac.

– Scotch ?

Cela la ferait arrêter. Mais elle demeura raide comme un piquet, et sa canne continua de monter et descendre. Tac, tac, tac. Puis Olivier comprit ce qu'elle rythmait ainsi.

L'inspecteur-chef Gamache se rapprochait toujours, lentement, résolument. Et chacun de ses pas était marqué par un coup de la canne de Ruth.

– Je me demande si le meurtrier sait quel être redoutable le pourchasse, dit Ruth. J'ai presque pitié de lui. Il doit se sentir pris au piège.

– C'est Gilbert, le meurtrier. Gamache va l'arrêter bientôt.

Mais le martèlement de la canne de Ruth correspondait aux cognements dans sa poitrine. Il regarda Gamache s'approcher encore. Puis, miraculeusement, l'inspecteur-chef passa devant eux sans entrer dans le bistro. Olivier entendit ensuite le tintement de la clochette de Myrna.

– Alors, il paraît qu'il y a eu du nouveau à la vieille maison des Hadley.

Myrna versa une tasse de café pour Gamache et le rejoignit près des étagères.

– En effet. Qui vous l'a dit?

– Qui ne m'en a pas parlé? Tout le monde est au courant: Marc Gilbert est celui qui a mis le corps dans le bistro. Mais ce que les gens n'arrivent pas à déterminer, c'est s'il a tué l'homme.

– Quelles sont certaines des opinions émises?

– Eh bien…

Myrna prit une gorgée de café et regarda Gamache avancer entre les rangées de livres.

– Certains pensent qu'il l'a probablement fait, puis est venu déposer le corps au bistro pour se venger d'Olivier. Tout le monde sait qu'ils ne s'aiment pas. Mais selon les autres, si c'était vraiment son but, il aurait commis le meurtre dans le bistro. Pourquoi tuer l'homme ailleurs, puis le déplacer?

– Et que répondriez-vous à cette question? C'est vous, la psychologue.

Gamache abandonna ses recherches dans les étagères et se tourna vers Myrna.

– Ex-psychologue.

— Mais on ne peut pas mettre ses connaissances à la retraite.

— On ne peut pas retourner au bonheur de l'ignorance ?

Ils se dirigèrent vers les fauteuils devant la fenêtre en saillie et sirotèrent leur café pendant que Myrna réfléchissait.

— Ça me paraît invraisemblable, dit-elle enfin, mais sa réponse ne semblait pas lui plaire.

— Vous voulez que le meurtrier soit Marc Gilbert ?

— Que Dieu me pardonne, mais oui. Je n'y avais pas réellement pensé avant, mais maintenant que cette possibilité existe, eh bien, ce serait… commode.

— Parce qu'il est un étranger ?

— *Beyond the pale*, répondit Myrna.

— Pardon ?

— Connaissez-vous cette expression, inspecteur-chef ?

— Je l'ai déjà entendue, oui. Elle veut dire dépasser les bornes, faire quelque chose d'inacceptable. C'est une façon de voir un meurtre, j'imagine.

— Ce n'est pas dans ce sens que je l'employais. Savez-vous d'où elle vient ?

Lorsque Gamache secoua la tête, elle sourit.

— C'est le type de connaissances mystérieuses qu'accumule une libraire. L'expression remonte à l'époque médiévale. Les châteaux forts étaient entourés d'épais murs de pierre. On en a tous vu, n'est-ce pas ?

Gamache avait visité de nombreux châteaux et forteresses, presque tous en ruine maintenant, mais ce dont il se souvenait le plus distinctement, c'étaient les belles illustrations en couleurs des livres dans lesquels, enfant, il aimait se plonger. Les tours de guet avec les archers vigilants, les murailles crénelées, les lourdes portes en bois. Les douves et le pont-levis. Et à l'intérieur du cercle de murs se trouvait la cour du château. En cas d'attaque, les villageois se précipitaient à l'intérieur, puis on levait le pont-levis et fermait les portes massives. Les personnes à l'intérieur étaient en sécurité. Du moins l'espéraient-elles.

Myrna, la paume d'une main tournée vers le haut, y traçait des cercles avec un doigt.

— Des murs étaient érigés tout autour pour protéger les gens.

Puis son doigt cessa son mouvement, s'arrêtant au centre de sa paume.

— C'est cette enceinte que l'on nomme *pale*.

— Donc, si on est *beyond the pale*, c'est-à-dire à l'extérieur de l'enceinte...

— On est un étranger, dit Myrna. On représente une menace.

Elle referma lentement sa main. En tant que Noire, elle savait ce qu'être à l'extérieur signifiait. Toute sa vie elle avait été une étrangère, jusqu'à ce qu'elle déménage à Three Pines. Elle était maintenant à l'intérieur et c'était au tour des Gilbert d'être les étrangers.

Cependant, l'«intérieur» n'était pas toujours aussi confortable qu'elle se l'était imaginé.

Gamache sirotait son café tout en l'observant. Il avait noté un fait intéressant : tout le monde semblait savoir que Marc Gilbert avait déplacé le corps, mais personne ne semblait au courant de la présence de l'autre Gilbert, ressuscité d'entre les morts.

— Que cherchiez-vous tout à l'heure ? demanda Myrna.

— Un livre intitulé *Être*.

— *Être* ? C'est celui sur le frère Albert et l'organisme qu'il a créé ? Elle se leva et se dirigea vers les rayonnages.

— Nous avons déjà parlé de ce livre.

Elle changea de direction et se rendit jusqu'au fond de sa librairie.

— Oui, il y a quelques années, répondit Gamache en la suivant.

— Je me rappelle, maintenant. J'en ai donné un exemplaire à Old Mundin et L'Épouse quand Charles est né. Le livre est épuisé, je crois. Vraiment dommage. C'est un ouvrage remarquable.

Ils se trouvaient maintenant dans la section des livres usagés.

— Ah, le voici. Il me reste un exemplaire. Un peu écorné, mais les meilleurs livres le sont.

Elle tendit le mince volume à Gamache.

— Puis-je vous laisser ici ? J'ai dit à Clara que j'irais la rejoindre au bistro pour le dîner.

Armand Gamache s'installa confortablement dans son fauteuil et, à la lumière du soleil pénétrant par la fenêtre, commença à lire. Au sujet d'un trou de cul. Et d'un saint. Et d'un miracle.

Jean-Guy Beauvoir entra dans le bistro bondé. Après avoir commandé une bière à un Havoc débordé, il se faufila à travers la foule. Il saisit des bribes de conversations sur la foire agricole – apparemment, les juges avaient été pourris, les pires depuis des années – et sur le temps qu'il faisait. Mais il entendit surtout les gens parler du corps.

Roar Parra et Old Mundin étaient assis dans un coin avec d'autres hommes. Ils aperçurent Beauvoir et le saluèrent d'un signe de tête, mais n'abandonnèrent pas leurs précieuses places.

Beauvoir parcourut la pièce du regard à la recherche de Gamache. Il savait, cependant, qu'il n'était pas encore arrivé, il en avait été persuadé dès l'instant où il était entré. Après quelques minutes, il réussit à s'installer à une table, et une minute plus tard l'inspecteur-chef se joignait à lui.

– Vous avez travaillé fort, monsieur ? demanda Beauvoir en enlevant des miettes de biscuit sur la chemise du chef.

– Toujours. Et vous ?

Gamache commanda une bière de gingembre, puis consacra toute son attention à son inspecteur.

– J'ai googlé « Vincent Gilbert ».

– Et puis ?

– Voici ce que j'ai trouvé, répondit Beauvoir en ouvrant son carnet de notes. Vincent Gilbert. Né à Québec en 1934, dans une famille francophone bien en vue. Père député à l'Assemblée nationale, mère issue de l'élite francophone. A obtenu un diplôme en philosophie de l'Université Laval, puis un doctorat en médecine de McGill. S'est spécialisé en génétique. Est devenu célèbre en mettant au point un test de dépistage du syndrome de Down, in utero. Pour pouvoir diagnostiquer la maladie le plus tôt possible et essayer de la traiter.

Gamache hocha la tête.

– Mais il a cessé ses recherches et est parti en Inde. À son retour, au lieu de reprendre immédiatement ses activités en laboratoire pour poursuivre ses recherches, il est allé travailler avec le frère Albert à La Porte.

L'inspecteur-chef posa un livre sur la table et le poussa vers Beauvoir. Celui-ci le retourna et, sur la quatrième de couverture, vit un visage impérieux et renfrogné. Exactement le même qu'il avait eu sous les yeux lorsqu'il s'était agenouillé sur la poitrine de cet homme une heure auparavant.

– *Être*, lut-il, puis il reposa le livre sur la table.

– C'est à propos du temps qu'il a passé à La Porte.

– J'ai lu des articles au sujet de cet organisme pour personnes atteintes du syndrome de Down. Gilbert y a collaboré bénévolement, à titre de directeur médical, lorsqu'il est revenu au pays. Ensuite, il a refusé de continuer ses recherches. Il me semble que, après avoir travaillé là-bas, il aurait dû vouloir plus que jamais trouver un traitement pour guérir cette maladie.

– Vous devriez le lire, dit Gamache en tapotant le livre du doigt.

– Vous devriez m'en parler, répondit Beauvoir avec un petit sourire narquois.

Gamache hésita un moment, rassemblant ses idées.

– *Être* n'est pas vraiment un livre sur La Porte. Ni même sur Vincent Gilbert. C'est plutôt une réflexion sur l'arrogance et l'humilité, et sur ce qu'être humain signifie. C'est un merveilleux livre, écrit par un homme merveilleux.

– Comment pouvez-vous dire cela au sujet de l'homme que nous venons de rencontrer? C'était un salaud.

Gamache rit.

– Je suis d'accord avec vous. La plupart des saints étaient des salauds. Saint Ignace avait un casier judiciaire, saint Jérôme était un homme exécrable à l'esprit mesquin et saint Augustin couchait à droite et à gauche. Dans une de ses prières à Dieu, il a demandé: « Accordez-moi la chasteté, mais pas encore maintenant. »

– Ouais, grommela Beauvoir, ça ressemble à beaucoup de monde. Alors pourquoi une personne est-elle un saint et une autre un trou de cul?

– Je n'ai pas la réponse à cette question. C'est un des mystères.

– Ne me dites pas des conneries. Vous n'allez même pas à l'église. Que pensez-vous vraiment?

Gamache se pencha en avant.

– Je pense qu'être saint, c'est être humain, et Vincent Gilbert est certainement cela.

– Mais vous pensez autre chose, aussi, non ? Je le vois. Vous l'admirez.

Gamache prit l'exemplaire usé d'*Être*. Tournant la tête, il vit Old Mundin en train de boire du Coca-Cola et de manger du fromage et du pâté sur du pain baguette. Il se rappela la petite main de Charles Mundin agrippant son doigt. Avec une totale confiance et une grâce naturelle.

Il essaya d'imaginer un monde sans cela. Le Dr Vincent Gilbert, le Grand Homme, aurait presque certainement gagné un prix Nobel s'il avait poursuivi ses recherches. Mais il y avait mis fin et s'était plutôt attiré le mépris de ses collègues et d'une bonne partie de la planète.

Et pourtant, *Être* ne se voulait pas une manière de présenter des excuses. Il ne s'agissait pas non plus d'une explication. Le livre existait, tout simplement. Comme Charles Mundin.

– Prêts ? demanda Gabri, venu prendre leurs commandes.

Il s'apprêtait à repartir, lorsque l'agent Morin arriva.

– J'espère que ça ne vous dérange pas que je me joigne à vous.

– Pas du tout, répondit Gamache.

Gabri nota sa commande et, au moment où il s'apprêtait de nouveau à repartir, l'agente Lacoste apparut. Gabri se passa la main dans les cheveux.

– Seigneur, dit Beauvoir, il va bientôt en sortir du placard.

– Vous seriez surpris, dit Gabri.

Après avoir pris la commande de Lacoste, il ajouta :

– Bon, c'est tout ? Attendez-vous la fanfare ?

– C'est tout, patron, le rassura Gamache. Merci.

Quand Gabri fut hors de portée de voix, Gamache dit à l'agente Lacoste :

– Je ne m'attendais pas à vous voir.

– Je n'avais pas prévu venir, mais je voulais faire mon rapport en personne. J'ai parlé au patron d'Olivier à la banque et à son père.

Elle baissa la voix et résuma ce que lui avait appris le cadre à la Banque Laurentienne. Au moment où elle terminait, on lui apportait sa salade de crevettes, mangues et coriandre sur des feuilles de jeunes épinards. Elle regarda cependant avec envie l'assiette fumante devant le chef, qui contenait des pâtes maison avec champignons portobellos, ail, basilic et parmesan.

– On n'a donc pas pu établir avec certitude si Olivier allait voler l'argent ou le remettre à la banque, dit Beauvoir, en regardant son steak cuit sur charbon de bois et en mordant dans ses pommes allumettes assaisonnées.

– L'homme à qui j'ai parlé croyait qu'il faisait fructifier l'argent pour la banque. Malgré tout, Olivier aurait probablement été congédié s'il n'avait pas démissionné.

– Sont-ils certains qu'il a donné à la banque tout l'argent que les investissements en Malaisie ont rapporté? demanda Gamache.

– Ils le pensent, oui. Et, jusqu'à maintenant, nous n'avons trouvé aucun autre compte appartenant à Olivier.

– Nous ne savons donc toujours pas d'où est venu l'argent pour acheter les propriétés dans le village, dit Beauvoir. Qu'est-ce que le père d'Olivier avait à dire?

Elle leur parla de sa visite à Habitat 67. Lorsqu'elle eut terminé, on avait retiré leurs assiettes et un menu des desserts avait été déposé devant chacun d'eux.

– Rien pour moi, merci, dit Lacoste à Havoc Parra en souriant.

Il lui sourit à son tour, tout en faisant signe à un autre serveur de débarrasser puis dresser une table voisine.

– Qui veut partager des profiteroles avec moi? demanda Beauvoir.

Ils allaient devoir résoudre cette affaire bientôt, sinon il aurait besoin d'une nouvelle garde-robe.

– Moi, dit Lacoste.

Quand arrivèrent les petits choux fourrés de crème glacée et nappés d'une sauce au chocolat chaude, Gamache regretta de ne pas en avoir commandé. Il regarda, fasciné, Beauvoir et Lacoste prendre de grosses cuillerées de crème glacée, qui avait commencé à fondre, mélangée avec la pâtisserie et le chocolat noir.

– Alors le père d'Olivier n'est jamais venu ici, dit Beauvoir en s'essuyant la bouche avec sa serviette. Il n'a aucune idée de l'endroit où vit Olivier ni de ce qu'il fait. Il ne sait même pas que son fils est gai?

— Olivier ne doit sûrement pas être le seul fils qui n'ose pas le dire à son père, commenta Lacoste.

— Des secrets, dit Beauvoir. Encore des secrets.

Paul Morin regardait par la fenêtre et, soudain, Gamache vit l'expression de son visage changer. Puis le murmure des conversations dans le bistro cessa. Le chef suivit le regard de son agent.

Un orignal dévalait la rue du Moulin avec la grâce d'un pachyderme, en direction du village. Lorsqu'il fut un peu plus près, Gamache se leva. Il y avait quelqu'un sur son dos, cramponné à son cou massif.

— Vous, restez ici et gardez la porte, dit-il à l'agent Morin. Et vous, venez avec moi, dit-il aux deux autres.

Avant que quiconque puisse réagir, Gamache et ses adjoints étaient sortis du bistro. Et lorsque des gens voulurent les suivre, l'agent Morin était déjà debout devant la porte. Petit, frêle, mais déterminé. Personne n'allait passer.

À travers les carreaux, tout le monde regarda la créature maladroite se ruer vers le village dans une course effrénée. Gamache fit quelques pas dans sa direction, mais la bête ne ralentit pas, son cavalier ne la maîtrisant plus. Le chef étendit les bras pour l'arrêter. Lorsqu'elle s'approcha encore plus, il reconnut un des animaux des Gilbert. Un cheval, apparemment. Il y avait une lueur farouche dans ses yeux blancs, et ses sabots martelaient le sol convulsivement. Beauvoir et Lacoste se placèrent de chaque côté du chef et étendirent eux aussi les bras.

De son poste devant la porte, l'agent Morin ne pouvait pas voir ce qui se passait à l'extérieur. Tout ce qu'il voyait, c'étaient les visages des clients qui regardaient dehors. Il s'était trouvé sur les lieux de suffisamment d'accidents pour savoir que, lorsque la scène était horrible, les gens criaient, mais que, dans les pires cas, il n'y avait que silence.

Le silence régnait dans le bistro.

Les trois policiers gardèrent leur position et le cheval fonça droit sur eux, puis changea brusquement de direction, en poussant un hurlement comme une créature possédée. Le cavalier tomba sur l'herbe du parc et l'agente Lacoste réussit à attraper les rênes quand le cheval dérapa dans un mouvement de torsion. Gamache aussi saisit les rênes et tous deux finirent par immobiliser le cheval.

L'inspecteur Beauvoir était agenouillé dans l'herbe, penché au-dessus du cavalier.

– Est-ce que ça va? Ne bougez pas, restez tranquille.

Mais, comme la plupart des gens à qui l'on donne ce conseil, le cavalier se redressa, puis retira sa bombe. C'était Dominique Gilbert. Comme ceux du cheval, ses yeux étaient exorbités et affolés. Laissant Lacoste calmer l'animal ombrageux, Gamache revint rapidement vers Beauvoir et s'agenouilla à côté de lui.

– Que s'est-il passé? demanda-t-il.

– Dans les bois, répondit Dominique Gilbert, la voix haletante. Une cabane. J'ai regardé à l'intérieur. Il y avait du sang. Beaucoup de sang.

18

Le garçon, à peine sorti de l'enfance, entendit le vent, entendit le gémissement, et se plia à sa demande. Il resta. Un jour plus tard, sa famille se lança à sa recherche, craignant le pire. Mais elle le trouva de l'autre côté de la terrible montagne. En vie. Seul. Elle le supplia de quitter cet endroit, mais, à son grand étonnement, il refusa.

— Il a été drogué, dit sa mère.

— On lui a jeté un sort, dit sa sœur.

— Il a été envoûté, dit son père en s'éloignant à reculons.

Mais sa famille avait tort. Il avait, en fait, été séduit. Par la montagne déserte. Par sa solitude. Et par les minuscules pousses vertes sous ses pieds. Son œuvre.

Il avait fait renaître la formidable montagne. Elle avait besoin de lui.

Alors le garçon resta et, petit à petit, la chaleur revint. L'herbe, les arbres et les fleurs au doux parfum réapparurent. Les renards, les lapins et les abeilles aussi. Là où il marchait surgissaient des sources et là où il s'assoyait apparaissaient des étangs.

Il représentait la vie pour la montagne et celle-ci lui en était reconnaissante. Et le garçon se sentait plein de gratitude envers la montagne.

Au cours des ans, la terrible montagne devint belle et la nouvelle se répandit : l'horrible endroit était devenu un lieu paisible, agréable, où le danger n'existait pas. Graduellement, les gens, y compris la famille du garçon, revinrent à la montagne.

Ils construisirent un village, et le roi de la montagne, qui avait souffert de solitude pendant si longtemps, se fit leur protecteur. Toutes *les nuits, alors que les autres dormaient, le garçon, maintenant un jeune homme, se rendait au sommet et, couché sur la douce mousse verte, écoutait la voix qui venait des profondeurs.*

Puis une nuit, tandis qu'il était allongé, il entendit quelque chose de surprenant. Le roi de la montagne lui révéla un secret.

Comme tout le monde dans le bistro, Olivier regardait le cheval fou et la cavalière désarçonnée. Il avait la chair de poule et n'avait qu'une envie : se frayer un passage parmi ces gens et se sauver en hurlant. Fuir. Loin, très loin. Jusqu'à ce qu'il tombe, épuisé. Car, contrairement aux clients du bistro, Olivier savait ce que l'arrivée du cheval et de la femme signifiait.

Mais il ne bougea pas et observa la scène comme s'il était toujours l'un d'eux, bien qu'il sût qu'il ne ferait plus jamais partie du groupe.

Armand Gamache entra et parcourut la pièce du regard.

– Roar Parra est-il encore ici ?

– Oui, dit une voix à l'arrière.

Les gens se tassèrent et l'homme râblé apparut.

– Mme Gilbert a découvert une cabane loin dans la forêt. Cela vous dit-il quelque chose ?

Parra réfléchit, comme tout le monde dans le bistro, puis, tous ensemble, ils secouèrent la tête.

– J'ignorais qu'il y en avait une.

Gamache resta absorbé dans ses pensées. Puis, regardant par la fenêtre, il vit Dominique Gilbert qui reprenait son souffle.

– Un verre d'eau, s'il vous plaît.

Gabri lui en apporta un.

– Venez avec moi, ajouta-t-il en s'adressant à Parra.

Après que Dominique eut bu l'eau, il lui demanda :

– La cabane est-elle loin ? Peut-on s'y rendre en VTT ?

Elle fit non de la tête.

– La forêt est trop dense.

– Comment y êtes-vous allée ? demanda Beauvoir.

– Macaroni m'y a emmenée, répondit-elle en caressant le cou du cheval en sueur. Après ce qui est arrivé ce matin, je voulais me retrouver seule, alors je l'ai sellé et j'ai décidé de partir à la recherche des pistes cavalières.

— Ce n'était pas très intelligent, dit Parra. Vous auriez pu vous perdre.

— Je me suis perdue, en effet. Voilà comment j'ai découvert la cabane. J'étais sur un des sentiers que vous avez dégagés, mais je suis arrivée au bout. Comme je devinais plus ou moins où passait l'ancienne piste, j'ai continué d'avancer. Puis je l'ai vue.

Les images se bousculaient dans son esprit: la cabane sombre, les taches foncées sur le plancher, elle se remettant rapidement en selle, cherchant le chemin du retour et essayant de ne pas paniquer. Sa tête avait résonné de la mise en garde maintes fois répétée à chaque Canadien depuis l'enfance. Jamais, au grand jamais, aller seul dans la forêt.

— Pensez-vous pouvoir retrouver la piste qui conduit à la cabane? demanda Gamache.

Saurait-elle? Elle réfléchit un instant, puis fit oui de la tête.

— Bien. Aimeriez-vous vous reposer?

— J'aimerais autant en finir le plus vite possible.

Gamache hocha la tête et se tourna vers Roar Parra.

— Accompagnez-nous, s'il vous plaît.

Tandis qu'ils remontaient la colline, Dominique conduisant Macaroni avec Parra à côté d'elle et les officiers de la Sûreté fermant la marche, Beauvoir chuchota à son chef:

— Si le sentier est impraticable pour les VTT, comment nous rendrons-nous à la cabane?

— Savez-vous dire «Allez, hue!»?

— Je sais dire «Holà!», répondit Beauvoir, qui regarda son chef comme s'il lui avait fait une proposition indécente.

— Eh bien, je vous conseille de vous exercer à le dire.

Une demi-heure plus tard, Roar avait sellé Bouton d'or et Chester. Il n'y avait aucune trace de Marc le cheval, mais Marc le mari sortit de l'écurie, coiffé d'une bombe.

— Je viens avec vous.

— J'ai bien peur que non, monsieur Gilbert, dit Gamache. C'est une question de nombre. Il y a trois chevaux: un pour votre femme et, comme nous devons l'accompagner, les deux autres sont pour l'inspecteur Beauvoir et moi.

Beauvoir examina Chester, qui bougeait comme s'il écoutait du Dixieland. L'inspecteur n'était jamais monté sur un cheval et, à son avis, ce ne serait probablement pas encore le cas aujourd'hui.

Le trio se mit en route avec Dominique en tête, suivie de l'inspecteur-chef tenant un rouleau de ruban rose vif pour marquer le sentier et de Beauvoir, derrière. Gamache avait souvent fait de l'équitation dans le passé. Quand il avait commencé à fréquenter Reine-Marie, il l'avait emmenée en faire sur le mont Royal. Emportant un pique-nique, ils se promenaient dans les bois, en plein cœur de Montréal, puis s'arrêtaient dans un endroit dégagé, donnant sur la ville, où ils attachaient leurs montures et mangeaient des sandwichs en buvant du vin blanc frais. Les écuries du mont Royal n'existaient plus, mais, de temps en temps, Reine-Marie et lui partaient le dimanche après-midi faire une balade à cheval, quelque part dans la région.

Mais c'était une tout autre expérience avec Bouton d'or. Il avait l'impression d'être dans une petite embarcation sur une mer houleuse et se sentait un peu nauséeux. Environ toutes les dix foulées, il attachait un ruban rose à un arbre. Devant lui, Dominique était juchée haut sur Macaroni. Il n'osait pas regarder derrière lui, mais le chapelet de jurons le rassurait : Beauvoir était toujours là.

— Merde ! Tabarnac ! Hostie ! Attention !

Les branches écartées venaient les frapper de plein fouet, comme si la nature leur donnait une volée.

On avait conseillé à Beauvoir de garder les talons baissés et de tenir solidement les rênes. Mais, rapidement, ses pieds glissèrent des étriers et il s'agrippa fermement à la crinière grise. Retrouvant les anneaux, il se redressa juste au moment où une branche vint lui cingler la figure. Après ça, il s'efforça simplement de rester en selle : un exercice dénué de grâce et humiliant.

— Tabarnac ! Merde ! Hostie ! Attention !

Le sentier rétrécissait et la forêt s'assombrissait. Les cavaliers progressaient plus lentement. Gamache doutait qu'ils soient encore sur la piste, mais c'était trop tard maintenant, il ne pouvait rien faire. Lacoste et Morin préparaient une trousse de scène de crime et les rejoindraient en VTT dès que Parra aurait ouvert le chemin. Mais cela prendrait des heures.

Combien de temps faudrait-il à Lacoste pour se rendre compte qu'ils s'étaient égarés? Une heure? Trois? Et quand ferait-il nuit? S'étaient-ils beaucoup écartés du chemin? La forêt devenait encore plus sombre et l'air plus frais. Il lui semblait qu'ils étaient partis depuis des heures. Il regarda sa montre, mais ne réussit pas à voir le cadran dans la faible lumière.

Dominique s'arrêta et les deux autres chevaux vinrent se tasser l'un contre l'autre.

– Holà! fit Beauvoir.

Prenant les rênes des mains de Beauvoir, Gamache calma son cheval.

– La voilà, chuchota Dominique.

Gamache se pencha d'un côté puis de l'autre pour essayer de voir derrière les arbres. Il descendit de sa monture, l'attacha à un arbre et passa devant Dominique. Mais toujours pas de cabane en vue.

– Où?

– Là, répondit Dominique, toujours en chuchotant. À côté de ce rond de lumière.

Un large rayon de soleil traversait les arbres. Gamache regarda à côté. La cabane était là.

– Restez ici, dit-il, tout en faisant signe à son adjoint de le suivre.

Beauvoir regarda autour de lui en se demandant comment descendre. Finalement, il se pencha, enlaça un arbre et se laissa glisser de côté. Tout autre cheval aurait pu être offusqué, mais Chester avait vu pire et, au terme de cette randonnée, s'était pris d'affection pour cet homme. Pas une seule fois il ne l'avait fouetté, ni frappé à coups de pied ou de poing. Il était le cavalier le plus gentil et le plus doux que Chester avait connu dans sa vie.

Les deux enquêteurs fixèrent la cabane en rondins. Sur la galerie se trouvait une chaise berçante avec un grand coussin. Des fenêtres ornées de boîtes remplies de fleurs encadraient la porte, qui était fermée. Une cheminée en pierre s'élevait à une extrémité, mais aucune fumée ne s'en échappait.

Derrière eux, ils entendaient les chevaux qui s'ébrouaient, le bruissement de leur queue. Ils entendaient aussi de petits animaux courant se mettre à l'abri. Une odeur de mousse, d'aiguilles de pin et de feuilles en décomposition se dégageait de la forêt.

Les deux hommes s'avancèrent lentement jusque sur la galerie. Gamache balaya les planches du regard : quelques feuilles mortes, mais pas de sang. D'un geste de la tête, il indiqua à Beauvoir une des fenêtres. Sans faire de bruit, celui-ci s'en approcha et se colla le dos contre le mur. Gamache alla à l'autre fenêtre et, à son signal, tous deux regardèrent à l'intérieur en même temps.

Ils virent une table, des fauteuils, un lit. Il n'y avait pas de lumière, aucun mouvement.

– Personne, dit Beauvoir.

D'un hochement de tête, Gamache fit savoir qu'il partageait cet avis. Il tourna la poignée de la porte et celle-ci s'entrouvrit avec un léger grincement. Puis il l'ouvrit complètement en la poussant du pied et jeta un coup d'œil à l'intérieur.

La cabane consistait en une seule pièce. Gamache constata immédiatement qu'il n'y avait en effet personne et entra. Beauvoir, cependant, garda la main sur son revolver. Au cas où. Il était un homme prudent, ayant été élevé dans une famille où régnait le chaos.

De la poussière en suspension tourbillonnait dans la faible lumière qui entrait par une des fenêtres. Machinalement, Beauvoir tâta le mur à la recherche d'un interrupteur, mais comprit que c'était peine perdue. Il trouva cependant des lampes à huile et les alluma. Cet éclairage leur permit de voir un lit, une commode, quelques bibliothèques, deux bergères et une table.

Il n'y avait rien d'autre à part les biens appartenant à la victime et son sang, que révélait une large tache foncée sur le plancher de bois.

Aucun doute, c'était bien le lieu du crime.

Roar Parra s'était mis en route une heure après Gamache et, guidé par les rubans roses, avait élargi le sentier à la tronçonneuse, permettant ainsi aux VTT de passer avec l'équipe de scènes de crime. Beauvoir prit des photos tandis que Lacoste, Morin et les techniciens passaient la pièce au peigne fin à la recherche d'indices.

Parra et Dominique Gilbert étaient repartis à cheval, en tirant Chester derrière eux. Celui-ci avait tourné quelques fois la tête vers l'arrière en espérant apercevoir ce drôle d'homme qui avait oublié de le battre.

Le claquement des sabots avait graduellement fait place au silence.

Puisque son équipe travaillait à l'intérieur et que l'espace était restreint, Gamache décida d'explorer les environs. Sous les fenêtres, des capucines aux couleurs gaies et du feuillage vert garnissaient les boîtes délicatement ouvrées. Il frotta les feuilles des plantes entre ses doigts et reconnut l'odeur de coriandre, de romarin, de basilic et d'estragon. Il se dirigea ensuite vers le rayon de lumière entre les arbres.

Une clôture de branchages entrelacés entourait un vaste rectangle de six mètres sur douze. Des plantes grimpantes poussaient entre les branches et, en s'approchant, Gamache vit qu'elles étaient chargées de pois. Il ouvrit la barrière en bois et entra dans le potager aux rangs parfaitement droits et soigneusement entretenus. La victime avait planté des tomates, des pommes de terre, des pois, des haricots, du brocoli et des carottes, qui ne seraient pas récoltés. Gamache cueillit un haricot et le mangea. À mi-chemin du sentier se trouvaient une brouette contenant un peu de terre et une pelle, et, tout au bout, une chaise faite de branches recourbées, aux coussins délavés. Celle-ci paraissait confortable et invitante, et Gamache imagina l'homme travaillant dans son potager, puis se reposant sur la chaise. Il remarqua le creux dans les coussins. L'homme s'était assis là, peut-être durant des heures. Dans le rai de lumière.

Seul.

Peu de gens, savait-il, réussissaient à vivre dans la solitude. Même si certaines personnes le désiraient, même si elles choisissaient de vivre ainsi, la plupart ne le supportaient pas. Elles ne savaient pas comment occuper leur temps et finissaient par s'ennuyer. «Mais pas cet homme», se dit Gamache. Et il se le représenta fixant son potager, réfléchissant.

À quoi réfléchissait-il?

– Chef?

Tournant la tête, il vit Beauvoir qui venait vers lui.

– Nous avons terminé la fouille préliminaire.

– Vous avez trouvé une arme?

Beauvoir secoua la tête.

– Non, mais nous avons trouvé des pots Mason remplis de légumes et de la paraffine, en assez grande quantité. Je suppose que nous savons pourquoi, dit-il en jetant un œil sur les rangs de légumes.

Il semblait impressionné, comme toujours quand il voyait de l'ordre.

Gamache hocha la tête.

– Qui était-il?

– Je ne sais pas.

L'inspecteur-chef se retourna alors complètement pour faire face à son adjoint.

– Que voulez-vous dire? Cette cabane n'appartient pas à notre victime?

– Nous croyons que oui. Il s'agit très probablement de l'endroit où l'homme est mort. Mais nous n'avons trouvé aucune pièce d'identité. Rien. Ni photo, ni acte de naissance, ni passeport, ni permis de conduire.

– Des lettres?

Beauvoir fit non de la tête.

– Il y a des vêtements dans la commode. Ils sont vieux, usés, reprisés, mais propres. En fait, toute la pièce est propre et bien rangée. Il y a beaucoup de livres aussi. Nous sommes en train de les examiner. Certains ont des noms à l'intérieur, tous différents. Ils doivent provenir de librairies de livres usagés. Nous avons également trouvé des outils de menuisier et de la sciure près d'un des fauteuils. Et un vieux violon. On peut imaginer ce qu'il faisait le soir.

Gamache vit l'homme, en vie, en bonne santé même, rentrant après avoir travaillé dans le potager, se préparant un souper frugal, s'installant près du feu et sculptant un morceau de bois. Puis, à l'approche de la nuit, jouant du violon. Pour lui seul.

Qui était cet homme qui aimait tant la solitude?

– La cabane est d'un confort rudimentaire, poursuivit Beauvoir. Pour avoir de l'eau, il se servait d'une pompe manuelle. Je n'ai pas vu ça depuis des années. Et il n'y a ni toilettes ni douche.

Les deux hommes regardèrent autour d'eux et virent un sentier sinueux, bien tracé. Au bout, ils découvrirent des toilettes extérieures. «Une bécosse», pensa Beauvoir, et il faillit vomir. Gamache ouvrit la porte, jeta un coup d'œil à l'intérieur, puis la referma. Cet endroit aussi était propre, bien que des toiles d'araignée aient commencé à apparaître. Bientôt, savait-il, des bêtes et la végétation envahiraient les lieux jusqu'à ce que ces latrines disparaissent, avalées par la forêt.

– Comment faisait-il pour se laver? demanda Beauvoir tandis qu'ils revenaient vers la cabane.

C'était un fait établi par la médecin légiste: l'homme se lavait, et régulièrement.

– Il y a une rivière, répondit Gamache, qui s'immobilisa.

Devant eux se dressait la maisonnette, un parfait petit joyau au cœur de la forêt.

– Écoutez, on l'entend. C'est probablement la Bella Bella qui coule en direction du village.

Effectivement, Beauvoir entendit ce qui ressemblait étrangement à la circulation automobile. Un son réconfortant. À côté de la cabane se trouvait également un réservoir servant à recueillir l'eau de pluie.

– Nous avons relevé des empreintes digitales, dit Beauvoir en ouvrant la porte pour le chef. Nous croyons qu'elles appartiennent à deux personnes.

Gamache haussa les sourcils. L'intérieur laissait l'impression qu'une seule personne habitait là. Mais, manifestement, quelqu'un d'autre avait découvert la cabane, et l'homme.

La chance leur souriait-elle enfin? Le meurtrier aurait-il laissé ses empreintes?

Il faisait de plus en plus sombre dans la cabane. Morin trouva d'autres lampes et des bougies. Gamache regarda les membres de son équipe travailler. Il y avait une certaine élégance dans leurs gestes, que seul, peut-être, un agent des homicides pouvait apprécier. Leurs mouvements, quand ils se déplaçaient, se penchaient, se baissaient, se relevaient, s'agenouillaient, étaient fluides. C'était presque beau.

Debout au milieu de la pièce, Gamache enregistrait tout. Les murs étaient faits de gros rondins. Assez curieusement, il y avait des rideaux aux fenêtres, et un panneau de verre ambré était appuyé contre celle de la cuisine.

Une pompe manuelle était fixée au comptoir en bois, près de l'évier, et des assiettes et des verres étaient rangés en ordre sur les étagères exposées. Remarquant de la nourriture sur le comptoir, Gamache s'approcha et l'examina sans y toucher. Il y avait du pain, du beurre et du fromage, qui avait été grignoté, mais pas par un être humain. Il vit aussi du thé Orange Pekoe dans une boîte ouverte, un pot de miel, un litre de lait entamé. Il le sentit : le lait était suri.

Il fit signe à Beauvoir de venir.

– Que pensez-vous de ça ?

– L'homme faisait ses courses.

– Comment ? Il n'est certainement pas allé au magasin général de M. Béliveau et je suis prêt à parier qu'il n'a pas marché jusqu'à Saint-Rémy. Quelqu'un lui a apporté cette nourriture.

– Puis l'a tué ? A bu une tasse de thé, puis lui a fracassé le crâne ?

– Peut-être, peut-être, murmura l'inspecteur-chef en regardant autour de lui.

La lumière projetée par les lampes à huile était très différente de celle produite par des ampoules électriques. Dans cet éclairage tamisé, les contours de l'univers paraissaient plus doux.

Un poêle à bois séparait la cuisine rustique de la partie séjour. Il y avait une petite table, recouverte d'un tissu, où l'homme devait prendre ses repas. Une cheminée en galets, avec de part et d'autre une bergère, lui faisait face. À l'autre bout de la pièce se trouvaient un grand lit de cuivre et une commode.

Le lit était fait, les oreillers bien gonflés. Des étoffes recouvraient les murs, vraisemblablement pour empêcher le froid de pénétrer, comme dans les châteaux à l'époque médiévale. Quelques tapis étaient disposés çà et là sur le sol sans tache, à l'exception de celle, noirâtre, laissée par du sang.

Une bibliothèque remplie de vieux livres occupait tout un mur. En s'approchant, Gamache aperçut quelque chose enfoncé entre les rondins. Il tira dessus.

C'était un billet de un dollar.

Le Canada n'utilisait plus cette coupure depuis des années, voire des décennies. En examinant les murs plus attentivement, il vit d'autres morceaux de papier. D'autres billets de un dollar et aussi de deux dollars. Et même de vingt dollars.

Cela constituait-il le système bancaire de l'homme? Au lieu de bourrer son matelas avec les billets, comme un vieil avare, il en bourrait les murs? Après avoir fait le tour de la pièce, Gamache conclut qu'ils servaient à boucher les fissures. La cabane était construite en bois et en argent canadien, qui faisait office d'isolant.

Il alla ensuite à la cheminée et s'arrêta devant une des bergères, celle dont le siège et le dos présentaient les creux les plus prononcés. Il passa la main sur le tissu usé. Sur la table à côté du fauteuil se trouvaient les outils à travailler le bois mentionnés par Beauvoir et, appuyés contre elle, le violon et son archet. Près des outils, il vit un livre, fermé, mais dans lequel un signet avait été inséré. L'homme lisait-il quand il avait été dérangé?

Il prit le livre, et sourit.

— «J'avais dans ma maison trois chaises: une pour la solitude, deux pour l'amitié, trois pour la société», lut-il.

— Pardon? dit Lacoste qui, accroupie, regardait sous la table.

— C'est tiré de *Walden ou La vie dans les bois* de Thoreau, répondit Gamache en désignant le livre. Il vivait dans une cabane, vous savez. Pas très différente de celle-ci, peut-être.

— Mais lui avait trois chaises, dit Lacoste en souriant. Notre homme n'avait que deux fauteuils.

Seulement deux, mais c'était suffisant, et significatif, se dit Gamache. «Deux pour l'amitié.» L'homme avait-il un ami?

Lacoste s'était redressée.

— Je crois qu'il était peut-être russe.

— Pourquoi?

— Il y a quelques icônes sur cette tablette, là, près des livres, répondit-elle en indiquant d'un geste du bras la bibliothèque derrière elle.

En effet, devant les livres reliés en cuir se trouvaient des peintures religieuses russes.

Gamache fronça les sourcils et parcourut la pièce du regard. Puis il demeura parfaitement immobile. Seuls ses yeux bougeaient dans tous les sens.

Beauvoir s'approcha.

– Qu'y a-t-il?

Le chef ne répondit pas. Le silence se fit. Il regarda encore une fois autour de lui, n'en revenant pas de ce qu'il voyait. Son étonnement était si grand qu'il ferma puis rouvrit les yeux.

– Qu'y a-t-il? répéta Beauvoir.

– Faites très attention avec ça, conseilla Gamache à l'agent Morin, qui tenait un verre.

– Bien sûr, répondit celui-ci en se demandant pourquoi le chef disait soudainement une telle chose.

– Voulez-vous me le donner, s'il vous plaît?

Morin remit le verre à Gamache, qui l'approcha d'une lampe à huile. La lumière douce lui confirma ce qu'il s'attendait à voir, mais que jamais il n'aurait cru tenir un jour dans ses mains: un verre en cristal, magnifiquement taillé. À la main. Il n'arrivait pas à déchiffrer la marque sous le verre, mais même s'il avait pu, cela ne lui aurait rien dit, n'étant pas un spécialiste. Cependant, il avait suffisamment de connaissances pour savoir qu'il tenait un objet précieux.

Le verre était vieux, ancien même. Fabriqué selon une méthode disparue depuis des siècles. Gamache le déposa délicatement et se tourna vers la cuisine. Sur les étagères rustiques, il vit au moins dix verres, de tailles différentes et tous aussi anciens. Tandis que son équipe l'observait, Armand Gamache examina des assiettes, des tasses, des ustensiles, puis alla voir les étoffes sur les murs. Il regarda les tapis, en releva les coins. Il s'avança enfin vers la bibliothèque, un peu comme une personne craignant ce qu'elle découvrirait.

– Qu'y a-t-il, patron? demanda Beauvoir en le rejoignant.

– Il ne s'agit pas d'une vulgaire cabane, Jean-Guy. C'est un musée. Chaque objet est une antiquité, d'une valeur inestimable.

– Vous n'êtes pas sérieux? demanda Morin en déposant un pichet en forme de cheval.

Mais qui donc était cet homme? se demanda Gamache. Qui choisissait de vivre dans une telle solitude? «Trois pour la société.»

De toute évidence, cet homme fuyait la société. Craignait-il quelque chose? Seule la peur pouvait expliquer cet isolement. Était-il un survivaliste? C'était une des hypothèses avancées par son équipe, mais Gamache rejeta cette idée. Le contenu de la cabane démentait une telle supposition. Il n'y avait ni fusils ni armes d'aucune sorte, pas de revues sur comment survivre par ses propres moyens, aucune publication révélant de sinistres conspirations.

Cet homme avait plutôt emporté avec lui, au fin fond des bois, des verres délicats en cristal.

Gamache regarda les livres, sans oser les toucher.

– Les empreintes ont-elles été relevées?

– Oui, monsieur, répondit Morin. Et j'ai regardé à l'intérieur s'il y avait un nom. Ça n'a pas été très utile. Les noms sont tous différents. Ce sont des livres usagés, de toute évidence.

– De toute évidence, murmura Gamache pour lui-même.

Il baissa les yeux sur celui dans sa main. En l'ouvrant à la page marquée d'un signet, il lut: «Je gagnai les bois parce que je voulais vivre suivant mûre réflexion, n'affronter que les actes essentiels de la vie, et voir si je ne pourrais apprendre ce qu'elle avait à enseigner, non pas, quand je viendrais à mourir, découvrir que je n'avais pas vécu.»

Gamache revint à la page de titre et inspira doucement.

C'était une première édition.

19

– Peter ?

Clara frappa doucement à la porte de son studio. Il l'ouvrit, en essayant de ne pas donner l'impression de faire des mystères, puis abandonna. Clara le connaissait trop bien, et savait que, quand il était question de son art, il faisait toujours des mystères.

– Comment ça va ?

– Pas trop mal, répondit-il.

Sa seule envie était de fermer la porte et de retourner à son tableau. Il avait passé la journée à prendre un pinceau et à s'approcher de la toile, pour ensuite abaisser le pinceau. La peinture ne pouvait quand même pas être terminée ? C'était si gênant. Que penserait Clara ? Que penserait sa galerie ? Les critiques ? Ça ne ressemblait à rien de ce qu'il avait fait auparavant. Du moins, pas depuis l'enfance.

Il ne pouvait laisser personne voir ce tableau.

Il était ridicule.

Ce qui manquait, il le voyait bien, c'était plus de définition, de détails. Plus de profondeur. Le type de caractéristiques auxquelles ses clients et ses admirateurs s'attendaient. Et pour lesquelles ils achetaient ses tableaux.

Il avait levé puis baissé son pinceau une douzaine de fois ce jour-là. Cela ne s'était jamais produit avant. Perplexe, il avait vu Clara douter d'elle-même, se tourmenter, angoisser, pour enfin créer des œuvres picturales atypiques. Comme sa *Marche des oreilles heureuses*, sa série inspirée par les ailes des libellules, et, bien sûr, son chef-d'œuvre, *Utérus guerriers*.

C'est ce que produisait l'inspiration.

Peter, lui, procédait de façon plus lucide, plus claire. Il était plus discipliné. Il planifiait chacune de ses toiles, dessinait un croquis de chaque tableau, savait des mois d'avance ce sur quoi il allait travailler. Il ne comptait pas sur quelque chose d'aussi farfelu que l'inspiration.

Jusqu'à maintenant. Cette fois-ci, il était venu dans son studio avec une bûche sur laquelle on voyait très nettement les cernes indiquant l'âge de l'arbre. Prenant sa loupe, il s'était approché du rondin avec l'intention d'en agrandir une petite partie, jusqu'à ce qu'elle soit méconnaissable. Comme il aimait dire aux critiques d'art à l'occasion de ses vernissages – au cours desquels se vendaient tous ses tableaux –, c'était une allégorie de la vie. Une manière d'exprimer la tendance des êtres humains à tout exagérer, jusqu'à ne plus pouvoir reconnaître une vérité toute simple. Les critiques buvaient ses paroles.

Cette fois-ci, cependant, ça n'avait pas fonctionné. Il avait été incapable de voir la vérité toute simple. Il avait plutôt peint ceci.

Lorsque Clara fut repartie, Peter s'affala sur sa chaise et fixa l'œuvre déroutante sur son chevalet, et, dans son for intérieur, se répéta : « Je suis génial, je suis génial. » Puis il murmura, si bas qu'il entendit à peine les mots :

– Je suis un meilleur artiste que Clara.

Debout sur la terrasse du bistro, Olivier regardait la forêt sombre sur la colline. En fait, Three Pines était entouré de forêts, ce qu'il n'avait jamais remarqué, jusqu'à maintenant.

On avait trouvé la cabane. Il avait espéré que cela ne se produirait pas, mais voilà, c'était arrivé. Et, pour la première fois depuis qu'il habitait Three Pines, il sentit la forêt obscure se refermer sur lui.

– Mais si tous ces objets valent une fortune, dit Beauvoir en indiquant de la tête l'intérieur de la pièce unique, pourquoi le meurtrier ne les a-t-il pas pris ?

– Je me posais la même question, répondit Gamache, confortablement installé dans la large bergère à côté de la cheminée vide. Pourquoi ce meurtre a-t-il été commis, Jean-Guy? Pourquoi tuer un homme qui semble avoir vécu paisiblement, caché dans les bois, durant des années, peut-être même des décennies?

— Et pourquoi, ensuite, emporter le corps mais pas les objets de valeur? demanda Beauvoir, assis dans le fauteuil en face du chef.

— Et si le corps avait plus de valeur que le reste?

— Mais alors, pourquoi le déposer dans la vieille maison des Hadley?

— Si l'assassin avait laissé le corps ici, jamais nous ne l'aurions découvert, dit Gamache, perplexe. Nous n'aurions jamais su qu'un meurtre avait été commis.

— Pourquoi tuer l'homme, si ce n'est pour son trésor?

— Trésor?

— C'est ce que c'est, non? Des objets d'une valeur inestimable au milieu de nulle part. C'est un trésor enfoui, sauf que, au lieu d'être enterré dans le sol, il est enfoui dans la forêt.

Pourtant, le meurtrier l'avait laissé là. Tout ce qui semblait l'avoir intéressé dans cette cabane, c'était d'enlever la vie à celui qui y habitait.

— Avez-vous remarqué ceci?

Beauvoir se leva et se dirigea vers la porte, puis l'ouvrit et pointa le doigt vers le haut, avec un air amusé.

Il y avait un numéro sur le linteau de la porte.

16

— Vous n'allez tout de même pas me dire qu'il recevait du courrier, dit Beauvoir tandis que Gamache fixait les deux chiffres, songeur.

Ceux-ci, en cuivre, étaient vert-de-gris, ternis par le temps. On les distinguait à peine sur le bois foncé du chambranle. Gamache secoua la tête, puis regarda sa montre. Il était presque dix-huit heures.

Après quelques minutes de discussion, il fut décidé que l'agent Morin passerait la nuit dans la cabane, pour veiller sur les objets précieux.

— Venez avec moi, lui dit Gamache. Pendant que les autres finissent le travail ici, je vous conduirai au village. Vous vous préparerez une petite valise et demanderez qu'on vous remette un téléphone satellite.

Morin prit place derrière l'inspecteur-chef sur le VTT et cherche quelque chose à agripper, optant finalement pour le dessous du siège. Gamache fit démarrer le véhicule. Ses enquêtes l'avaient emmené dans de minuscules ports de pêche et des hameaux isolés. Il avait conduit des motoneiges, des bateaux à moteur, des motocyclettes et des VTT. Tout en convenant qu'ils étaient pratiques, et nécessaires, il les détestait tous. Ils troublaient la tranquillité avec leurs hurlements sinistres et polluaient la nature avec du bruit et des émanations.

Si quelque chose pouvait réveiller les morts, c'étaient certainement ces machines.

Quand le VTT commença à cahoter sur le chemin, Morin se rendit compte qu'il aurait de la difficulté à rester en place. Lâchant le siège, il enserra la taille de l'homme massif devant lui. Il sentait l'imperméable du chef sur sa joue, et le corps robuste en dessous. Et il décelait une odeur de bois de santal et d'eau de rose.

Le jeune homme se redressa, posant une main sur la Montagne, l'autre sur son visage. Il avait de la difficulté à croire ce que la Montagne lui avait dit. Puis il se mit à ricaner.

Ce rire laissa la Montagne perplexe. Ce n'était pas le cri de terreur que poussaient habituellement les créatures qui s'approchaient d'elle.

En écoutant, le roi de la montagne se rendit compte qu'il s'agissait d'un son joyeux. D'un son contagieux. Lui aussi laissa échapper des grondements et cessa seulement lorsque les villageois commencèrent à avoir peur. Car ce n'était pas ce qu'il voulait. Plus jamais il ne voulait faire fuir d'épouvante qui que ce soit.

Il dormit bien cette nuit-là.

Mais pas le garçon. Il n'arrêtait pas de se tourner et se retourner, alors il finit par quitter sa cabane pour aller scruter le sommet.

Chaque nuit à partir de ce moment, le garçon se sentit accablé par le secret de la Montagne. Il devint las et faible. Ses parents et ses amis s'en inquiétèrent. Même la Montagne le remarqua.

Finalement, une nuit, bien avant le lever du soleil, le garçon secoua ses parents pour les réveiller.

— Nous devons partir.

— Quoi? demanda sa mère, les yeux encore endormis.

— Pourquoi? demandèrent son père et sa sœur.

— Le roi de la montagne m'a parlé d'une merveilleuse contrée où les gens ne meurent pas, ne sont jamais malades, ne vieillissent pas. C'est un endroit que lui seul connaît. Mais il dit que nous devons partir maintenant, cette nuit, pendant qu'il fait encore noir. Et ne pas traîner.

Ils réveillèrent les autres villageois. Avant que l'aube se pointe, ils avaient fait leurs bagages et étaient prêts. Le garçon fut le dernier à quitter les lieux. Il fit quelques pas dans la forêt et, s'agenouillant, toucha la surface de la Montagne endormie.

— Au revoir, murmura-t-il.

Puis il glissa le paquet sous son bras et disparut dans la nuit.

Jean-Guy Beauvoir était à l'extérieur de la cabane. Il commençait à faire nuit et il mourait de faim. Ils avaient terminé leur travail et il attendait seulement que l'agente Lacoste remballe ses affaires.

— Il faut que je fasse pipi, dit-elle en sortant à son tour. Des idées?

— Il y a une bécosse par là-bas, répondit-il en pointant le doigt au loin.

— Ouais, dit Lacoste en prenant une lampe de poche. N'est-ce pas ainsi que commencent les films d'horreur?

— En fait, on est déjà rendu à la deuxième bobine, répondit-il avec un sourire moqueur.

Il regarda sa collègue avancer avec précaution le long du sentier menant aux toilettes. Son ventre gargouillait. Il espérait, du moins, que le son provenait de son ventre. Le plus tôt ils retrouveraient la civilisation, le mieux ce serait. Comment pouvait-on vivre dans un tel lieu? Il n'enviait pas Morin qui allait y passer la nuit.

Il aperçut la lueur sautillante d'une lampe de poche; Lacoste revenait.

— Es-tu entré dans les latrines? demanda-t-elle.

— Es-tu folle? Le chef y a jeté un coup d'œil, mais pas moi.

La seule pensée de mettre les pieds dans ces chiottes lui donnait la nausée.

– Alors tu n'as pas vu ce qu'il y a à l'intérieur.

– Laisse-moi deviner : le papier cul aussi est de l'argent.

– Eh bien oui. Des billets de un et de deux dollars.

– Tu te moques de moi ?

– Pas du tout. Et j'ai trouvé ceci, ajouta-t-elle en montrant un livre dans sa main. C'est une première édition. Signée par E. B. White. C'est *Charlotte's Web*.

Beauvoir fixa le livre. Il n'avait aucune idée de quoi Lacoste parlait.

– *La toile de Charlotte*. Quand j'étais enfant, c'était mon livre préféré. L'araignée Charlotte, ça ne te dit rien ? Le cochon Wilbur ?

– S'ils ne sautent pas dans une explosion, je n'ai pas lu l'histoire.

– Qui laisserait une première édition signée dans des latrines ?

– Qui y laisserait de l'argent ?

Beauvoir eut soudain envie d'aller aux toilettes.

– Bonjour, patron, lança Gabri du séjour, en agitant la main.

Il pliait des vêtements d'enfant et les plaçait dans une boîte.

– Alors, la cabane dans les bois : était-ce l'endroit où vivait l'homme ? Le mort.

– Nous le croyons.

Gamache vint rejoindre Gabri et le regarda plier des petits tricots.

– Pour Rose. Nous avons demandé à tout le monde d'en donner pour qu'on les remette à Ruth. Ça, dit-il en levant un blazer de petit garçon, est-ce que c'est trop grand pour Rose ? C'est à Olivier. Il dit qu'il l'a fait lui-même, mais j'ai de la difficulté à le croire, bien qu'il soit très habile de ses mains…

Gamache ignora la dernière remarque.

– Il est un peu grand. Et peut-être trop masculin pour Rose, vous ne trouvez pas ?

– C'est vrai, répondit Gabri en le déposant sur la pile des vêtements refusés. Dans quelques années, cependant, il pourrait faire à Ruth.

– Est-ce que personne n'a jamais mentionné l'existence de la cabane ? Mme Hadley, peut-être ?

Gabri secoua la tête, mais continua de travailler.

– Personne.

Puis il arrêta de plier et posa les mains sur ses genoux.

– Je me demande comment il réussissait à survivre. Allait-il à pied jusqu'à Cowansville ou Saint-Rémy pour chercher de la nourriture?

«Une autre chose que nous ignorons», pensa Gamache lorsqu'il monta à sa chambre. Il se doucha et se rasa, puis appela sa femme. Il commençait à faire nuit et, au loin, il entendait les sons perçants dans la forêt. Les VTT. Un revenant au village, l'autre retournant à la cabane.

Quand il redescendit, une autre personne avait pris la place de Gabri dans le séjour du gîte. Vincent Gilbert était confortablement installé dans un fauteuil près du feu.

– J'étais au bistro, mais les gens n'arrêtaient pas de me déranger, alors je suis venu ici pour *vous* déranger. J'essaie de me tenir loin de mon fils. C'est curieux, mais ressusciter d'entre les morts ne semble plus avoir la cote.

– Vous attendiez-vous à ce qu'il soit content?

– Honnêtement, oui. C'est incroyable, n'est-ce pas, à quel point nous pouvons nous leurrer.

Gamache le regarda d'un air interrogateur.

– Bon, d'accord: à quel point *je* peux me leurrer, ajouta Gilbert sèchement.

Il étudia Gamache. Grand, bien bâti. Probablement cinq kilos en trop, peut-être plus. S'il ne faisait pas attention, il prendrait trop de poids et pourrait mourir d'une crise cardiaque.

Il imagina Gamache agrippant soudain sa poitrine, écarquillant les yeux puis les fermant à cause de la douleur. Il le voyait, haletant, tituber le long d'un mur. Et le Dr Vincent Gilbert, le médecin renommé, restait là les bras croisés, sans rien faire, pendant que ce chef des homicides s'écroulait sur le sol. Il éprouvait un certain réconfort à l'idée d'avoir ce pouvoir, le pouvoir de vie et de mort.

Gamache aussi observait l'homme devant lui, cet homme dur qui le dévisageait avec le même regard furieux que celui qu'il avait vu sur la couverture arrière de ce merveilleux livre, *Être*. Un regard de défi, arrogant, plein d'assurance.

Mais Gamache avait lu le livre et savait ce qui se cachait derrière ce regard.

— Logez-vous ici?

Ils avaient dit au Dr Gilbert de ne pas quitter la région, et le gîte était le seul endroit proposant des chambres d'hôte.

— Non. Je suis le premier client à l'auberge de Marc. Mais je ne crois pas que je vais demander des soins thermaux.

Il eut la bonne grâce de sourire. Comme la plupart des personnes austères, il paraissait complètement différent lorsqu'il souriait.

L'étonnement de Gamache était évident.

— Je suis aussi surpris que vous, dit Gilbert. C'est Dominique qui m'a invité, bien qu'elle m'ait suggéré d'être...

— Discret?

— Invisible. Alors je suis descendu au village.

Gamache s'assit dans un fauteuil.

— Pourquoi êtes-vous venu à la recherche de votre fils maintenant?

Il n'avait échappé à personne que Gilbert et le corps étaient apparus au même moment. Encore une fois, Gamache vit dans sa tête la cabane, avec les deux fauteuils confortables près du feu. Deux hommes âgés y avaient-ils été assis un soir d'été? Parlant, discutant? Se disputant? L'un d'eux assassinant?

Vincent Gilbert baissa les yeux sur ses mains. Des mains qui étaient entrées à l'intérieur de corps humains. Qui avaient tenu des cœurs. Réparé des cœurs. Les avaient fait battre de nouveau, et avaient redonné la vie. Elles tremblaient. Et il sentit une douleur dans sa poitrine.

Était-il en train de faire une crise cardiaque?

Relevant la tête, il vit l'homme imposant et calme qui l'observait. S'il subissait une crise cardiaque, se dit-il, cet homme l'aiderait probablement.

Comment expliquer le temps qu'il avait passé à La Porte, avec des hommes et des femmes trisomiques? Au début, il avait pensé que son travail consistait uniquement à s'occuper de leur corps.

« Aidez les autres. »

Voilà ce que le gourou lui avait dit de faire. Il vivait dans l'ashram en Inde depuis des années, et le gourou lui avait finalement adressé la parole. Il avait passé presque une décennie là-bas, en échange de trois mots.

« Aidez les autres. »

Alors c'est ce qu'il avait fait. Il était revenu au Québec et s'était joint au frère Albert à La Porte. Pour aider d'autres personnes. Jamais, au grand jamais, il ne lui était venu à l'esprit que celles-ci l'aideraient. Après tout, comment des personnes si handicapées pourraient-elles avoir quoi que ce soit à offrir au grand guérisseur et philosophe ?

Cela avait pris des années, mais un matin, lorsqu'il s'était réveillé dans sa petite maison à La Porte, quelque chose avait changé. Quand il était allé prendre le petit-déjeuner, il s'était rendu compte qu'il connaissait le nom de tout le monde. Et tout le monde lui parlait, ou lui souriait. Certains venaient lui montrer quelque chose qu'ils avaient trouvé : un escargot, un bâton, un brin d'herbe.

C'était banal. Rien. Et pourtant, pendant son sommeil, le monde avait complètement changé. Lorsqu'il s'était couché, il avait été celui qui aidait les autres ; à son réveil, il était lui-même guéri.

Cet après-midi-là, à l'ombre d'un érable, il avait commencé à écrire *Être*.

— Je n'avais pas perdu Marc de vue. Je suivais sa carrière à Montréal, ses succès. Quand Dominique et lui ont vendu leur maison pour s'installer ici, j'ai reconnu les signes.

— Les signes de quoi ?

— D'épuisement. Je voulais aider.

« Aidez les autres. »

Il commençait seulement à comprendre le pouvoir de ces trois mots si simples. Et que l'aide pouvait prendre diverses formes.

— En faisant quoi ? demanda Gamache.

— En m'assurant qu'il allait bien, répondit sèchement Gilbert. Écoutez, ils sont bouleversés, là-haut, à cause du corps. En le déplaçant, Marc a fait quelque chose de stupide. Mais je le connais, ce n'est pas un meurtrier.

— Comment le savez-vous ?

Gilbert lui lança un regard furieux. Sa colère était revenue, une rage froide. Cependant, Gamache savait ce qui se cachait derrière cette rage, derrière toute rage.

La peur.

De quoi Vincent Gilbert avait-il peur?

La réponse était facile. Il avait peur que son fils soit arrêté pour meurtre. Ou bien parce qu'il savait son fils coupable, ou bien parce qu'il le savait innocent.

Quelques minutes plus tard, une voix fusa à travers le bistro bondé, en direction de l'inspecteur-chef, qui venait d'entrer à la recherche d'un verre de vin rouge et de tranquillité pour lire son livre.

— Sale petit cachottier!

Plus d'une personne leva les yeux. Myrna fonça jusqu'à la table de Gamache, à l'autre bout de la pièce, et darda un regard furieux sur lui. Se levant, celui-ci inclina légèrement la tête et montra une chaise.

Myrna s'assit si soudainement que la chaise émit un petit craquement.

— Un verre de vin?

— Pourquoi ne m'avez-vous pas dit pourquoi vous vouliez ça? demanda-t-elle en indiquant le livre *Être* dans sa main.

Gamache la regarda avec un large sourire.

— Ah, les secrets.

— Et combien de temps pensiez-vous que ça demeurerait un secret?

— Assez longtemps. Il est venu prendre un verre ici, paraît-il. L'avez-vous rencontré?

— Vincent Gilbert? Si reluquer, bredouiller et flatter servilement peut vouloir dire «rencontrer», alors oui, je l'ai rencontré.

— Je suis persuadé qu'il aura oublié que c'était vous.

— Parce qu'on peut facilement me confondre avec quelqu'un d'autre? Est-il vraiment le père de Marc?

— Oui, il l'est.

— Il m'a ignorée, vous savez, lorsque j'ai essayé de me présenter. Il m'a regardée comme si j'étais une miette.

Le vin et un bol de noix de cajou venaient d'arriver.

– Heureusement, je lui ai dit que j'étais Clara Morrow.

– Moi aussi, répondit Gamache. Il va peut-être commencer à avoir des doutes.

Myrna rit et sentit sa contrariété s'évaporer.

– Selon Old Mundin, l'homme dans la forêt était Vincent Gilbert, qui espionnait son propre fils. Est-ce vrai?

Gamache se demanda combien d'informations il convenait de révéler, mais, de toute évidence, ce détail n'était plus un secret. Il répondit par un hochement de tête.

– Pourquoi espionner son fils?

– Ils étaient en brouille.

– C'est la première chose positive que j'entends au sujet de Marc Gilbert. C'est plutôt ironique, cependant. Le célèbre Dr Gilbert aide tant d'enfants, mais il est brouillé avec son fils.

Gamache pensa à Annie. Se comportait-il de la même manière avec elle? Écoutait-il les problèmes des autres, mais en restant sourd aux besoins de sa fille? Il lui avait parlé la veille et s'était convaincu qu'elle allait bien. Mais «aller bien» et «être épanouie» étaient deux choses complètement différentes. Si elle était prête à écouter les conseils de Beauvoir, ça ne devait certainement pas aller si bien que ça.

– Patron, dit Olivier en tendant des menus à Gamache et à Myrna.

– Je ne reste pas, dit Myrna.

Olivier ne semblait pas vouloir repartir.

– Selon ce que j'ai entendu dire, vous avez découvert où vivait le mort. Finalement, il habitait dans la forêt?

Sur ces entrefaites, Lacoste et Beauvoir arrivèrent et commandèrent des apéros. Après avoir avalé une dernière gorgée de vin et pris une poignée de noix de cajou, Myrna se leva pour partir.

– Dorénavant, je vais prêter une plus grande attention aux livres que vous achetez, dit-elle.

– Auriez-vous *Walden*, par hasard? demanda Gamache.

– Ne me dites pas que vous avez aussi découvert Thoreau là-bas? Qui d'autre se cache dans nos bois? Jimmy Hoffa, peut-être? Amelia Earhart? Passez chez moi après souper et je vous donnerai mon exemplaire de *Walden*.

Après son départ, Olivier prit les commandes des trois enquêteurs, puis apporta des petits pains chauds généreusement tartinés de beurre à la monarde et de pâté. De son sac à bandoulière, Beauvoir sortit un paquet de photos de la cabane et les tendit au chef.

— Je les ai imprimées dès notre retour.

Il prit une bouchée de son pain chaud. Il était affamé. L'agente Lacoste fit de même, puis, en sirotant son vin, regarda par la fenêtre. Tout ce qu'elle voyait, cependant, c'était la réflexion de l'intérieur du bistro. Des villageois en train de manger ou assis au bar avec un verre de bière ou de whisky, et d'autres se relaxant près du feu. Personne ne s'intéressait à eux. Mais soudain, elle croisa le regard de quelqu'un dans la réflexion. Celui d'un fantôme, plus que d'une personne. Elle se retourna juste au moment où Olivier disparaissait dans la cuisine.

Quelques minutes plus tard, on apportait une assiette d'escargots baignant dans le beurre à l'ail pour Beauvoir, un bol de soupe aux pois parfumée à la menthe pour Lacoste et, pour Gamache, un potage au chou-fleur et stilton accompagné d'un chutney aux poires et aux dattes.

— Hmm! fit Lacoste en prenant une cuillerée. Directement du jardin. Ceux-là aussi, probablement.

De la tête, elle indiqua les escargots de Beauvoir, qui fit la grimace, mais les mangea malgré tout, en trempant son pain croustillant dans le beurre fondu.

Gamache examinait les photos. Lentement, il les posa sur la table. C'était comme découvrir par hasard le tombeau de Toutankhamon.

— J'ai téléphoné à la directrice Brunel, dit-il.

— La responsable du service des crimes contre les biens? demanda Lacoste. Très bonne idée.

Thérèse Brunel était une spécialiste en matière de vols d'œuvres d'art et une amie personnelle de Gamache.

— Elle va mourir d'apoplexie quand elle va voir cette cabane, dit Beauvoir en riant.

Olivier vint retirer leurs assiettes.

— Comment le mort avait-il pu accumuler tous ces objets? demanda Gamache, réfléchissant tout haut. Et les apporter là-bas?

– Et pourquoi? ajouta Beauvoir.

– Mais il n'y avait pas d'objets personnels, dit Lacoste. Aucune photo, pas une seule lettre, pas de livrets de banque ni de pièces d'identité. Rien.

– Aucune arme du crime évidente non plus, dit Beauvoir. Nous avons envoyé le tisonnier et quelques outils de jardinage au labo pour analyse, mais ça ne semble pas prometteur.

– J'ai trouvé quelque chose, cependant, après que tu es parti.

Lacoste posa un sac sur la table et l'ouvrit.

– Il était sous le lit, collé contre le mur. Je ne l'avais pas vu, la première fois que j'ai regardé, expliqua-t-elle. J'ai relevé les empreintes digitales et pris des échantillons. Ils sont en route vers le labo.

Sur la table se trouvait un morceau de bois sculpté, taché de ce qui semblait être du sang.

Quelqu'un avait taillé un mot dans le bois.

Woe.

20

L'agent Morin allait et venait dans la cabane en fredonnant. Il tenait solidement le téléphone satellite dans une main et une bûche dans l'autre. Le bois n'était pas destiné au poêle, qui dégageait une bonne chaleur, ni à la cheminée où brûlait un petit feu. Non, c'était au cas où quelque chose surgirait de l'ombre, des coins sombres, et l'attaquerait.

Il avait allumé toutes les lampes et toutes les bougies. Celles-ci paraissaient avoir été fabriquées par la victime avec le surplus de paraffine, une fois les conserves faites.

Morin s'ennuyait de sa télévision, de son téléphone cellulaire, de sa petite amie. De sa mère. Pour la centième fois, lui semblait-il, il leva le téléphone vers sa bouche puis l'abaissa.

« Tu ne peux pas appeler l'inspecteur-chef. Qu'est-ce que tu lui dirais ? Que tu as peur ? Peur de rester seul dans une cabane dans les bois ? Où un homme a été assassiné ? »

Et pas question d'appeler sa mère. Elle s'arrangerait pour venir jusqu'ici et, le lendemain matin, l'inspecteur-chef et le reste de l'équipe le trouveraient en compagnie de sa maman lui repassant ses chemises et lui préparant des œufs au bacon.

Non, plutôt mourir.

Encore une fois, il fit le tour de la pièce en se déplaçant sans faire de bruit, comme Elmer Fudd. De temps en temps, il touchait des objets ou se penchait pour les regarder de plus près, soulevait des verres, mais toujours en faisant très, très attention. Il examina un panneau d'ambre à la fenêtre de la cuisine et un chandelier en argent ciselé. Finalement, il sortit un sandwich d'un sac en papier et défit l'emballage en papier paraffiné : jambon et brie sur baguette. Pas mal. Il prit la canette de Coca-Cola, tira sur la languette et alla s'asseoir près du feu. Le fauteuil était extrêmement confortable. Manger le détendit et, quand il arriva au dessert – une pâtisserie –, il était redevenu lui-même. Il tendit le bras pour prendre le violon, mais se ravisa. Il prit plutôt un livre au hasard sur une des étagères et l'ouvrit.

Il ne connaissait pas l'auteur, un type nommé Currer Bell. Il commença à lire. Le livre racontait l'histoire d'une jeune fille appelée Jane qui vivait en Angleterre. Bientôt, cependant, les yeux de Morin se fatiguèrent à cause du faible éclairage. C'était probablement l'heure d'aller se coucher, se dit-il. Il devait être passé minuit.

Il jeta un coup d'œil à sa montre : vingt heures trente.

Il regarda le violon et, après un moment d'hésitation, se décida à le prendre. Le bois était épais et semblait chaud au toucher. En connaisseur, il passa une main sur l'instrument, le caressa, le tourna et le retourna, puis le reposa subitement. Il ne devait pas y toucher. Il reprit sa lecture, mais, quelques minutes plus tard, le violon se trouvait de nouveau dans ses mains. Il se dit, se supplia même, de ne pas céder à la tentation, mais prit néanmoins l'archet en crin de cheval. Sachant qu'il ne pouvait plus reculer maintenant, il se leva.

L'agent Morin cala l'instrument sous son menton et fit glisser l'archet sur les cordes. Le son était grave, riche, envoûtant. Le jeune homme ne put résister plus longtemps et bientôt les accords réconfortants de *Colm Quigley* se répandirent dans la cabane, presque jusque dans les coins.

Ils étaient rendus au plat principal : un poulet de Cornouailles farci aux fruits et cuit à la broche pour Gamache, des fettucines à la tomate et au basilic frais avec du brie fondu pour Lacoste et un tajine d'agneau aux pruneaux pour Beauvoir. On leur apporta également une assiette de légumes grillés, fraîchement cueillis.

Tendre et savoureux, le poulet était délicatement aromatisé avec de la moutarde de Meaux et du vermouth.

– Quelle est la signification de ce morceau de bois sculpté ? demanda Gamache à ses collaborateurs.

— Eh bien, c'est pour ainsi dire le seul objet dans la cabane qui n'était pas une antiquité, répondit Lacoste. Et, compte tenu des outils trouvés, je suppose que c'est l'œuvre de la victime.

Gamache hocha la tête. C'était aussi son avis.

— Mais pourquoi *woe* ? demanda-t-il.

— Est-ce que ce serait son nom ? demanda Beauvoir d'un ton peu convaincu.

— M. Woe ? Ce mot veut dire « malheur » en anglais. Cela pourrait expliquer pourquoi il vivait seul dans une cabane, dit Lacoste.

— Pourquoi quelqu'un sculpterait-il un tel objet pour lui-même ? demanda Gamache en posant son couteau et sa fourchette. Il n'y avait rien d'autre qui semblait avoir été sculpté ?

— Non, rien, répondit Beauvoir. Nous avons trouvé des haches, des marteaux, des scies, qui ont beaucoup servi. À mon avis, l'homme a construit cette cabane lui-même. Mais il ne l'a certainement pas taillée au couteau.

« *Woe*, se dit Gamache en reprenant son couteau et sa fourchette. L'ermite était-il si malheureux que ça ? »

— Avez-vous vu nos photos de la rivière, monsieur ? demanda l'agente Lacoste.

— Oui. Nous savons maintenant comment l'homme conservait sa nourriture.

En fouillant le long de la berge, Lacoste avait trouvé un sac ancré dans l'eau froide, qui contenait des pots d'aliments périssables.

— Il ne produisait évidemment pas du lait ni du fromage, et personne ne se souvient de l'avoir vu dans les magasins de la région, dit Beauvoir. Il ne reste qu'une possibilité.

— Quelqu'un lui apportait des provisions, conclut Lacoste.

— Tout va bien ? demanda Olivier.

— Très bien, patron. Merci, répondit Gamache en souriant.

— Voulez-vous un peu plus de mayonnaise ou de beurre ?

Olivier souriait lui aussi tout en essayant de ne pas paraître trop empressé. Il pouvait apporter tous les condiments, petits pains et verres de vin qu'il voulait, cela ne changerait rien. Jamais il ne se ferait bien voir de ces gens.

— Non, merci, répondit Lacoste.

À regret, Olivier partit.

— Nous avons au moins les empreintes relevées dans la cabane. Nous devrions apprendre quelque chose demain, dit Beauvoir.

— Je crois que nous savons pourquoi l'homme a été tué maintenant, dit Gamache.

— Les sentiers, dit Lacoste. Roar Parra les dégageait pour Dominique. L'un d'eux menait presque à la cabane, du moins passait suffisamment près pour permettre de l'apercevoir.

— Et Mme Gilbert l'a vue, dit Beauvoir. Mais, mis à part sa parole, rien ne nous dit qu'elle ne l'a pas découverte au cours d'une autre randonnée.

— C'est vrai, mais les Gilbert n'avaient pas encore les chevaux, précisa Lacoste. Ils ont été livrés le lendemain du meurtre.

— Dominique Gilbert a pu marcher dans les anciennes pistes avant l'arrivée des chevaux pour indiquer à Roar lesquelles ouvrir, dit Gamache.

— Roar aussi a pu parcourir les sentiers, ajouta Beauvoir. Ou encore son fils, Havoc. Parra a dit que celui-ci l'aiderait.

Les deux autres policiers réfléchirent. Cependant, aucune raison valable n'expliquait pourquoi le père ou le fils irait marcher dans les anciennes pistes cavalières avant de les dégager.

— Mais pourquoi tuer le reclus? demanda Lacoste. Même si l'un des Parra ou Dominique Gilbert l'avait découvert, pourquoi l'assassiner? Cela n'a pas de sens. Tuer pour voler le trésor, peut-être, mais celui-ci n'a pas été emporté.

— Le meurtrier n'a peut-être pas tout laissé derrière, avança Beauvoir. Nous savons ce que nous avons trouvé, mais il y avait peut-être d'autres objets.

Ces mots eurent l'effet d'un coup de massue sur Gamache. Pourquoi n'avait-il pas pensé à ça? Il avait été si subjugué par les objets dans la cabane, jamais il n'avait envisagé qu'il pouvait manquer quelque chose.

L'agent Morin se coucha dans le lit en essayant de trouver une position confortable. Dormir dans un lit fabriqué par un homme mort lui faisait une drôle d'impression.

Il ferma les yeux. Se tourna sur le côté, puis sur le dos. Il ouvrit les yeux et fixa les flammes qui dansaient dans la cheminée.

La cabane lui paraissait moins effrayante, presque douillette, même.

En tapotant l'oreiller pour le gonfler, il sentit quelque chose. Il se redressa et tâta l'oreiller. Aucun doute, celui-ci ne contenait pas que des plumes. Il se leva, alluma une lampe et retira la taie : une poche profonde était cousue à l'intérieur. Doucement, comme un vétérinaire examinant une jument enceinte, il y enfonça le bras jusqu'au coude. Sa main se ferma sur un objet dur et noueux.

Il le sortit et l'approcha de la lampe. Il s'agissait d'une sculpture finement ouvragée d'hommes et de femmes sur un navire. Tous regardaient vers la proue. Morin s'émerveilla de la qualité du travail. L'artiste avait réussi à rendre l'excitation suscitée par un voyage, cette fébrilité que sa sœur et lui éprouvaient quand, enfants, ils partaient en auto avec leurs parents vers l'Abitibi ou la Gaspésie.

Il reconnut l'expression de joie sur les visages. En regardant plus attentivement, il remarqua qu'il y avait des gens de tous les âges, y compris des nouveau-nés et des vieillards. La plupart avaient un sac. Certains affichaient un air émerveillé, d'autres semblaient attendre quelque chose, d'autres encore paraissaient calmes, satisfaits.

Ils étaient tous heureux. Ce bateau était rempli d'espoir.

Un détail remarquable attira l'attention de Morin : les voiles étaient faites de très fines lamelles de bois. Il retourna la sculpture. Quelque chose était gravé en dessous. S'approchant de la lampe, il lut : OWSVI.

Était-ce du russe ? Selon l'agente Lacoste, l'homme mort pouvait être russe, à cause des icônes. Était-ce son nom, écrit dans l'alphabet bizarre de cette langue ?

Puis il eut une idée. Il retourna au lit et examina le second oreiller, qui avait été sous le premier. Lui aussi contenait un objet dur. Morin sortit une autre sculpture, également en bois, exécutée avec le même souci du détail. Celle-ci représentait des hommes et des femmes près d'un plan d'eau, qui regardaient vers le large. Certains avaient un regard perplexe, mais la plupart semblaient simplement contents de se trouver là. Il retourna la pièce de bois. Elle aussi avait des lettres gravées en dessous.

MRKBVYDDO

Il posa la sculpture sur la table à côté de la première. De l'espoir et un sentiment de joie semblaient émaner de ces œuvres. Morin les fixait, fasciné. Aucune émission de télévision n'arrivait à le captiver autant.

Cependant, plus il les regardait, plus il se sentait troublé, et son malaise grandit au point où il se crut épié. Il regarda vers la cuisine, puis parcourut des yeux le reste de la pièce. Se concentrant de nouveau sur les sculptures, il fut surpris de constater que l'impression de danger venait d'elles.

Morin frissonna et se tourna brusquement. La pièce était sombre et il regretta de ne pas avoir allumé davantage de lampes. Près du plafond, dans le coin le plus reculé de la cabane, un scintillement attira son attention. Étaient-ce des yeux?

Saisissant la bûche, il s'avança doucement, en se courbant. Lorsqu'il s'approcha du coin, le scintillement se précisa. C'était une toile d'araignée sur laquelle se reflétait la lumière douce de la lampe. Mais il y avait quelque chose d'étrange. Soudain, il sentit ses cheveux se dresser sur sa tête: un mot avait été tissé dans la toile.

Woe.

21

Tous les enquêteurs étaient déjà réunis autour de la table lorsque Morin arriva le lendemain matin, on ne peut plus débraillé. Ils lui jetèrent un coup d'œil, et l'agente Lacoste lui indiqua la place à côté d'elle, où, miraculeusement pour le jeune homme affamé, l'attendaient un bol de café au lait fumant et une assiette d'œufs brouillés et de bacon, ainsi que d'épaisses tranches de pain grillé et des confitures.

Morin engloutit toute la nourriture et écouta les rapports des autres, puis ce fut son tour.

Il déposa les deux sculptures sur la table et les poussa lentement jusqu'au centre. Elles étaient si vivantes que le bateau paraissait avoir appareillé et avancer tout seul. Et les gens sur la rive semblaient attendre son arrivée avec impatience.

– Qu'est-ce que c'est? demanda Gamache.

Il se leva et fit le tour de la table pour mieux voir les sculptures.

– Je les ai trouvées hier soir. Elles étaient cachées dans les oreillers sur le lit.

Les trois policiers parurent stupéfaits.

– Vraiment? Dans les oreillers? dit Lacoste.

– Cousues à l'intérieur. Elles étaient très bien cachées, mais je ne sais pas si l'homme voulait les cacher ou les protéger.

– Pourquoi ne nous as-tu pas appelés? demanda Beauvoir en se forçant à détacher les yeux des sculptures pour regarder Morin.

– Est-ce que j'aurais dû? répondit le jeune agent en regardant tour à tour les trois autres avec un air affligé. Je me suis dit qu'on ne pourrait rien faire, du moins pas avant maintenant.

Il avait voulu appeler. Seul un énorme effort de volonté l'avait empêché de composer le numéro du gîte et de les réveiller tous. Il n'avait pas voulu céder à la peur. Mais il voyait bien, d'après leur expression, qu'il avait commis une erreur.

Toute sa vie il avait été craintif, et toute sa vie sa peur avait faussé son jugement. Il avait espéré que ce n'était plus le cas, mais apparemment il se trompait.

— La prochaine fois, dit le chef en le regardant d'un air sévère, appelez. Nous formons une équipe et nous devons tout savoir.

— Oui, patron.

— Les empreintes ont-elles étaient relevées? demanda Beauvoir.

Morin hocha la tête et leva une enveloppe.

— Les voici.

Beauvoir s'empara de l'enveloppe et alla à son ordinateur pour numériser les empreintes. Mais même une fois rendu à son poste, il ne cessait de se retourner pour regarder les deux sculptures.

Penché au-dessus de la table, Gamache les scrutait à travers ses demi-lunes.

— Elles sont remarquables.

La joie des petits voyageurs en bois était palpable. Gamache s'agenouilla, si bien que ceux-ci, maintenant au même niveau que ses yeux, semblaient voguer vers lui. Les sculptures donnaient l'impression d'être les deux moitiés d'un tout : un bateau rempli de monde se dirigeait vers le rivage, où d'autres gens heureux attendaient.

Alors pourquoi ressentait-il un malaise? Pourquoi voulait-il mettre en garde les personnes sur le bateau, leur conseiller de faire demi-tour?

— Quelque chose est écrit en dessous de chacune, dit Morin.

Il en prit une et la montra au chef qui, après y avoir jeté un coup d'œil, la tendit à Lacoste. Beauvoir prit l'autre et vit une série de lettres. Elles ne semblaient avoir aucun sens, mais, bien sûr, elles signifiaient quelque chose. C'était à eux de découvrir ce qu'elles voulaient dire.

— Est-ce du russe? demanda Morin.

— Non. Le russe s'écrit en caractères cyrilliques. Ça, ce sont des lettres de l'alphabet romain, répondit Gamache.

– Qu'est-ce que ça signifie ?

Les trois enquêteurs plus expérimentés se regardèrent.

– Je n'en ai aucune idée, avoua l'inspecteur-chef. La plupart des artisans mettent une marque sur leurs œuvres, les signent d'une façon ou d'une autre. C'est peut-être ainsi que le sculpteur signait les siennes.

– Mais dans ce cas, les lettres ne seraient-elles pas les mêmes sous les deux sculptures ? demanda Morin.

– C'est vrai. En fait, je n'ai pas d'explication. La directrice Brunel pourra peut-être nous en fournir. Elle doit arriver au cours de la matinée.

– J'ai trouvé autre chose hier soir, dit Morin. J'en ai pris une photo. Elle n'est pas très claire, mais…

Il mit en marche son appareil photo numérique et le tendit à Beauvoir, qui regarda l'image pendant un bref instant.

– Trop petit. Je n'arrive pas à bien voir. Je vais afficher la photo à l'ordinateur.

Les autres continuèrent de discuter de l'affaire pendant que Beauvoir téléchargeait l'image.

– Tabarnac, l'entendirent-ils murmurer.

– Qu'y a-t-il ? demanda Gamache en s'approchant de son bureau.

Lacoste le rejoignit et ils fixèrent l'écran plat.

Devant eux se trouvaient la toile… et le mot.

Woe.

– Qu'est-ce que ça signifie ? demanda Beauvoir, presque pour lui-même.

Gamache secoua la tête. Comment une araignée aurait-elle pu tisser un mot ? Et pourquoi celui-là ? Le même mot qu'ils avaient découvert taillé dans un morceau de bois caché sous le lit.

– Quel cochon.

Ils regardèrent Lacoste.

– Pardon ? dit Gamache.

– Lorsque j'étais dans les latrines, hier, j'ai trouvé un exemplaire signé d'une première édition.

– Un livre au sujet d'une fille nommée Jane ? demanda Morin, qui regretta aussitôt d'avoir posé la question.

Les autres le dévisageaient comme s'il avait dit «Quel cochon».

– J'ai trouvé un livre dans la cabane, expliqua-t-il. D'un certain Currer Bell.

L'agente Lacoste avait les yeux vides, l'inspecteur-chef paraissait perplexe, et Morin n'osait même pas penser au type de regard que lui lançait Beauvoir.

– Laissez faire. Continuez.

– C'était *La toile de Charlotte*, d'E. B. White, dit Lacoste. Un de mes livres préférés quand j'étais petite.

– Un des préférés de ma fille aussi, dit Gamache.

Il se rappelait avoir lu et relu ce livre à la fillette qui faisait semblant de ne pas avoir peur de l'obscurité. Ni de la penderie fermée ni des grincements et des craquements de la maison. Il lui lisait tous les soirs, jusqu'à ce qu'elle s'endorme enfin.

Le livre qui la réconfortait le plus, et qu'il connaissait presque par cœur, était *La toile de Charlotte*.

– Quel cochon, répéta-t-il, puis il lâcha une cascade de rires sonores. C'est l'histoire d'un porcelet esseulé destiné à l'abattoir. Une araignée nommée Charlotte se lie d'amitié avec lui et essaie de lui sauver la vie.

– En tissant dans sa toile des messages à son sujet, expliqua Lacoste. Des messages comme « Quel cochon » pour que le fermier pense que Wilbur était spécial. L'exemplaire que j'ai trouvé dans les latrines est signé par l'auteur.

Gamache secoua la tête. « Incroyable », se dit-il.

– Est-ce que ça a fonctionné ? demanda Morin. Le cochon a-t-il été sauvé ?

Beauvoir le toisa avec dédain. Il devait avouer, cependant, que lui aussi voulait savoir.

– Oui, répondit Gamache.

Puis il fronça les sourcils. Dans la vraie vie, les araignées ne tissaient pas des messages dans leurs toiles. Alors qui avait mis ce mot à cet endroit ? Et pourquoi ? Et pourquoi *woe* ?

Ça le démangeait de retourner là-bas.

– Il y a autre chose.

Encore une fois, tous les yeux se tournèrent vers l'agent à l'air un peu simplet.

– C'est au sujet des toilettes extérieures. Avez-vous remarqué quelque chose ? demanda-t-il en s'adressant à Lacoste.

— Tu veux dire à part le livre et les piles de billets de banque servant de papier hygiénique ?

— Pas à l'intérieur. Dehors.

Elle réfléchit un moment, puis secoua la tête.

— Il faisait probablement trop noir. Quand je les ai utilisées hier soir, je n'ai rien remarqué non plus. Seulement ce matin.

— Quoi, bon Dieu ? demanda sèchement Beauvoir.

— Il y a un sentier. Il mène jusqu'aux toilettes, mais ne s'arrête pas là. Il continue. Je l'ai suivi ce matin et il aboutit ici.

— Au bureau provisoire ? demanda Beauvoir.

— Eh bien non, pas exactement. Il serpente dans les bois et se termine là-haut.

D'un geste du bras, Morin indiqua la colline surplombant le village.

— J'ai marqué l'endroit où il aboutit. Je crois pouvoir le retrouver.

— Vous avez fait une grosse bêtise, dit Gamache.

Il avait un air sévère et son ton n'était pas chaleureux. Morin rougit immédiatement.

— Ne vous aventurez jamais seul dans les bois. Jamais, comprenez-vous ? Vous auriez pu vous perdre.

— Mais vous me trouveriez, n'est-ce pas ?

Oui, tous le savaient, c'est ce que ferait l'inspecteur-chef. Gamache les avait tous trouvés une fois, et il les retrouverait.

— C'était un risque inutile. Ne baissez jamais votre garde, continua Gamache en fixant le jeune agent d'un regard intense. Une erreur pourrait vous coûter la vie. Ou celle de quelqu'un d'autre. Demeurez toujours vigilant. Des menaces planent tout autour, provenant de la forêt et du tueur que nous traquons. Ni l'un ni l'autre ne pardonnera une erreur.

— Oui, monsieur.

— Très bien, dit Gamache.

Puis il se leva et les autres bondirent de leur siège.

— Maintenant, vous devez nous montrer où aboutit le sentier.

En bas dans le village, Olivier regardait par une fenêtre du bistro, sourd au bourdonnement des conversations et aux éclats de rire des clients venus prendre le petit-déjeuner. Il vit Gamache et les autres marcher le long de la corniche de la colline. Ils s'arrêtèrent un moment, puis l'arpentèrent quelques fois. Même de l'endroit où il se trouvait, il pouvait voir Beauvoir faire des gestes de colère à l'endroit du jeune agent qui avait toujours l'air si peu dégourdi.

«Tout ira bien, se répétait-il. Tout ira bien. Tu n'as qu'à sourire.»

Les enquêteurs cessèrent leurs allées et venues. Ils regardèrent fixement la forêt, comme lui les regardait fixement.

Puis une vague déferla sur lui, qui lui coupa le souffle qu'il retenait depuis si longtemps. Qui arracha le sourire figé sur ses lèvres.

C'était presque un soulagement. Presque.

– La voilà, dit Morin.

Il avait attaché sa ceinture autour d'une branche. Ça lui avait paru une solution astucieuse quand il l'avait fait, mais l'idée n'avait plus semblé très brillante quand il avait fallu chercher une étroite ceinture brune à la lisière de la forêt.

Mais ils l'avaient trouvée.

Gamache regarda le sentier. Lorsqu'on savait qu'il était là, il était impossible de ne pas le voir. Il vous sautait aux yeux. Comme les illusions d'optique délibérément incluses dans des peintures et que, une fois repérées, on ne pouvait plus s'empêcher de voir. Le tigre parmi la vaisselle, le vaisseau spatial dans le jardin.

– Je vous rejoindrai à la cabane dès que je le pourrai, dit Gamache.

Avec l'agente Lacoste, il regarda Beauvoir et Morin s'enfoncer dans les bois. Comme des religieuses, il avait l'impression qu'ils étaient en sécurité s'ils n'étaient pas tout seuls. C'était une drôle d'analogie, mais elle le réconfortait. Il garda les yeux sur eux jusqu'à ce qu'il ne les voie plus. Mais il attendit encore, jusqu'à ce qu'il ne les entende plus. Seulement alors retourna-t-il à Three Pines.

Peter et Clara Morrow étaient dans leurs ateliers respectifs lorsque la sonnette de la porte retentit. C'était un son étrange, surprenant même. Aucune de leurs connaissances ne sonnait à la porte. Les gens entraient tout simplement et faisaient comme s'ils étaient chez eux. Combien de fois Clara et Peter avaient-ils trouvé Ruth dans leur séjour ? Les pieds sur le canapé, en train de lire un livre et de boire un martini à dix heures du matin, Rose pelotonnée sur le tapis usé à côté d'elle. Ils pensaient qu'ils allaient peut-être devoir faire appel à un prêtre pour se débarrasser d'elles.

Plus d'une fois, aussi, ils avaient trouvé Gabri dans leur baignoire.

— Il y a quelqu'un ? chantonna la voix grave d'un homme.

— J'y vais, lança Clara.

Peter ne prit pas la peine de répondre. Il allait et venait dans son studio, tournant autour de la toile sur son chevalet, s'en approchant, puis s'en éloignant. Il avait peut-être l'esprit concentré sur son travail, comme toujours, mais son cœur était ailleurs. Depuis que la perfidie de Marc Gilbert avait été connue dans le village, Peter n'avait pu pour ainsi dire penser à autre chose.

Il avait sincèrement aimé Marc. S'était senti attiré par lui, comme il se sentait attiré par le jaune de cadmium et le bleu marial, et Clara. Il avait été excité, presque grisé, à l'idée de rendre visite à Marc. De prendre un verre avec lui, de converser, d'aller se promener avec lui.

Marc Gilbert avait détruit ça aussi. Essayer de causer la ruine d'Olivier était une chose, quelque chose de terrible. Mais, dans son for intérieur, Peter ne pouvait s'empêcher de penser que détruire une amitié possible était aussi grave. C'était comme passer un clou rouillé sur quelque chose de beau. Et rare. Du moins pour Peter.

Maintenant, il détestait Marc Gilbert.

À l'extérieur de son atelier, il entendit Clara parler, et une voix familière lui répondre.

Armand Gamache.

Peter décida de se joindre à eux.

— Du café ? proposa Clara à l'inspecteur-chef après que Peter et lui se furent salués.

— Non, merci. Je ne peux pas rester longtemps. Je suis venu pour affaires.

Clara trouva que c'était une drôle de façon de faire allusion à une affaire de meurtre.

– Vous avez eu une journée très occupée, hier, dit-elle lorsqu'ils s'assirent autour de la table dans la cuisine. Dans le village, on ne parle que de ça. C'est difficile, cependant, de déterminer ce qui est le plus renversant. Que Marc Gilbert est celui qui a déplacé le corps, que Vincent Gilbert est ici ou que le mort vivait apparemment dans la forêt depuis un bon moment. Est-ce vraiment là qu'il vivait?

– Nous le croyons, mais nous attendons de pouvoir le confirmer. Nous ignorons toujours qui il était.

Gamache observa attentivement les Morrow. Ils semblaient aussi perplexes que lui.

– Je n'arrive pas à croire que personne ne savait qu'il était là, dit Clara.

– À notre avis, quelqu'un le savait. Quelqu'un lui apportait de la nourriture. Il y en avait sur le comptoir.

Clara et Peter se regardèrent, ébahis.

– L'un de nous? Qui?

«L'un de nous», pensa Gamache. Trois petits mots, mais puissants. Ils avaient, plus que toute autre chose, mis des milliers de bateaux à la mer, déclenché des milliers de guerres. L'un de nous. Un cercle tracé. Et fermé. Une frontière marquée. Ceux qui sont à l'intérieur et ceux qui ne le sont pas.

Des familles, des clubs, des gangs, des villes, des États, des pays. Un village.

Comment Myrna avait-elle décrit le phénomène? Se trouver à l'extérieur de l'enceinte.

Mais il s'agissait plus que du simple fait d'appartenir à un groupe. Si l'«appartenance» était si puissante, si attrayante, si elle faisait tant partie des aspirations profondes des êtres humains, c'était parce qu'elle assurait aussi la sécurité, et la loyauté. Si vous étiez «l'un de nous», vous étiez protégé.

Était-ce une des difficultés auxquelles il devait faire face dans cette affaire? se demanda Gamache. En plus de lutter pour trouver le tueur, fallait-il aussi combattre les efforts de ceux à l'intérieur qui cherchaient à le protéger? Le pont-levis était-il levé? L'enceinte fermée? Les habitants de Three Pines protégeaient-ils un meurtrier? L'un d'eux?

– Pourquoi quelqu'un lui apporterait-il de la nourriture pour ensuite le tuer? demanda Clara.

– C'est vrai, ça n'a pas de sens, ajouta Peter.

– À moins que le meurtrier n'ait pas eu l'intention de tuer, dit Gamache. Il s'est peut-être produit quelque chose qui l'a provoqué.

– Bon, d'accord, mais s'il l'a frappé dans un accès de colère et l'a tué, ne se serait-il pas simplement enfui? Pourquoi emporter le corps et traverser toute la forêt pour le laisser chez les Gilbert? demanda Clara.

– Pourquoi, en effet? demanda Gamache. Avez-vous des hypothèses?

– Parce qu'il voulait qu'on trouve le corps, dit Peter. Et la maison des Gilbert était l'endroit le plus proche.

Le meurtrier voulait qu'on trouve le corps. Pourquoi? La plupart des assassins se donnaient beaucoup de mal pour cacher leur crime. Pourquoi cet homme avait-il au contraire fait connaître le sien?

– Qu'on trouve le corps ou la cabane, poursuivit Peter.

– Nous croyons que la cabane aurait été découverte dans quelques jours de toute façon, répondit Gamache. Roar Parra dégageait des pistes cavalières dans ce secteur.

– Nous ne vous aidons pas beaucoup, dit Clara.

Gamache plongea la main dans son sac à bandoulière.

– Je suis surtout venu pour vous montrer quelque chose que nous avons trouvé dans la cabane. J'aimerais avoir votre opinion.

Il sortit deux serviettes et les déposa doucement sur la table. On aurait dit des nouveau-nés qu'on avait enveloppés pour les protéger contre un monde froid. Lentement, il les ouvrit.

Clara se pencha pour mieux voir.

– Regardez les visages, dit-elle.

Puis, levant la tête vers Gamache, elle ajouta:

– Ils sont si beaux.

Gamache hocha la tête. Oui, ils étaient beaux. Mais pas seulement les traits. C'était la joie exprimée qui les rendait beaux, leur vitalité.

– Puis-je? demanda Peter en avançant la main.

Gamache lui ayant répondu d'un hochement de tête, il prit une des sculptures et regarda en dessous.

– Il y a quelque chose d'écrit, mais je n'arrive pas à le déchiffrer. Une signature?

– Une sorte de signature, peut-être, répondit Gamache. Nous n'avons pas réussi à établir la signification des lettres.

Peter examina les deux œuvres : le bateau et le rivage.

– Est-ce l'homme mort qui les a sculptées?

– Nous le croyons.

Toutefois, compte tenu des autres objets dans la cabane, Gamache n'aurait pas été surpris d'apprendre qu'elles avaient été sculptées par Michel-Ange. Il y avait une différence, cependant : tout le reste était exposé à la vue, alors que l'homme avait gardé ces sculptures cachées. D'une manière ou d'une autre, elles devaient être différentes.

En observant le couple, il vit d'abord le sourire de Clara s'effacer, puis celui de Peter. Ils avaient maintenant l'air presque malheureux. Mal à l'aise, à tout le moins. Clara se tortillait sur sa chaise. Quelque chose clochait et les Morrow avaient mis moins de temps que les enquêteurs de la Sûreté, ce matin-là, à s'en rendre compte. Ce n'était pas surprenant, pensa Gamache. Ils étaient des artistes et, vraisemblablement, plus en phase avec leurs émotions.

Une impression de gaieté, de joie, se dégageait des sculptures. Mais, en dessous, il y avait autre chose. Une tonalité mineure, une note lugubre.

– Qu'y a-t-il? demanda Gamache.

– Il y a quelque chose qui ne va pas dans ces sculptures, qui ne concorde pas avec le reste, répondit Clara.

– Pouvez-vous me dire quoi?

Peter et Clara continuèrent de fixer les œuvres, puis se regardèrent. Tous deux se tournèrent enfin vers Gamache.

– Désolé, dit Peter. Lorsqu'il est question d'art, il peut parfois s'agir d'une perception subliminale, d'un effet que même l'artiste n'avait pas voulu produire. Une proportion pas tout à fait juste. Une couleur qui jure.

– Je peux vous affirmer, cependant, que ce sont de merveil-leuses œuvres d'art, dit Clara.

– Qu'est-ce qui vous le fait dire? demanda Gamache.

– Elles suscitent une vive émotion, comme toutes les grandes œuvres.

Clara étudia de nouveau les sculptures. Y avait-il trop de joie? Était-ce cela le problème? Un excès de beauté, d'allégresse, d'espoir était-il perturbant?

Elle croyait – espérait – que non. Non, il y avait autre chose dans ces œuvres.

– Ça me fait penser, dit Peter. N'as-tu pas rendez-vous avec Denis Fortin dans quelques minutes?

– Oh, merde, merde, merde! s'exclama Clara en se levant d'un bond.

– Je ne vous retiendrai pas, dit Gamache, en enveloppant les sculptures.

Clara vint ensuite le rejoindre à la porte.

– Je viens d'avoir une idée. M. Fortin s'y connaît peut-être plus que nous en sculpture. En fait, il est difficile d'avoir moins de connaissances. Puis-je lui en montrer une?

– C'est une bonne idée. Une excellente idée. Où le rencontrez-vous?

– Au bistro dans cinq minutes.

Gamache sortit une des serviettes de son sac et la tendit à Clara.

– Formidable, dit-elle tandis qu'ils descendaient l'allée menant à la route. Je lui dirai que c'est moi qui l'ai faite.

– Auriez-vous aimé réaliser cette œuvre?

Clara se rappela l'horreur qu'elle avait commencé à ressentir en regardant les sculptures.

– Non, répondit-elle.

22

À son retour au bureau provisoire, Gamache trouva la directrice Thérèse Brunel assise à la table de conférence, entourée de photographies. Lorsqu'il entra, elle se leva et lui sourit.

– Inspecteur-chef, dit-elle en s'avançant vers lui, la main tendue. L'agente Lacoste m'a si bien installée que je serais prête à déménager ici.

Thérèse Brunel avait l'âge de la retraite. À la Sûreté, cependant, jamais personne ne le mentionnerait. Non par peur de cette femme charmante, ni par politesse, mais parce que, plus que tout autre membre du corps policier, elle était irremplaçable.

Elle s'était présentée au bureau de recrutement de la Sûreté vingt ans auparavant. Le jeune agent de service avait cru à une plaisanterie : une femme raffinée dans la mi-quarantaine et portant un tailleur Chanel voulait un formulaire de demande d'emploi. Il lui en avait donné un, presque convaincu qu'il s'agissait d'une forme de menace destinée à un fils ou une fille dont elle était déçue. Mais ensuite, de plus en plus déconcerté, il l'avait regardée s'asseoir, jambes croisées aux chevilles, un parfum délicat flottant dans l'air, et le remplir elle-même.

Thérèse Brunel avait été la responsable des acquisitions au mondialement réputé Musée des beaux-arts de Montréal, mais avait secrètement entretenu une passion pour les casse-têtes. Des puzzles de toutes sortes. Et lorsque ses enfants avaient quitté la maison pour aller à l'université, elle s'était rendue à la Sûreté pour se faire embaucher. Quel plus formidable casse-tête pouvait-il exister que celui de résoudre un crime ? Puis, en suivant des cours donnés à l'école de police par l'inspecteur-chef

Armand Gamache, elle avait découvert un autre casse-tête et une autre passion : l'esprit humain.

Maintenant d'un rang plus élevé que son mentor, elle dirigeait la division des crimes contre les biens. Elle était dans la mi-soixantaine et toujours aussi dynamique.

— Madame la directrice Brunel, dit Gamache en lui serrant chaleureusement la main.

Thérèse Brunel et son mari, Jérôme, avaient souvent été invités à souper chez les Gamache et, à leur tour, les avaient reçus à leur appartement de la rue Laurier. Mais, au travail, ils étaient respectivement « l'inspecteur-chef » et « la directrice ».

Gamache se dirigea ensuite vers l'agente Lacoste, qui s'était aussi levée à son arrivée.

— Avons-nous reçu quelque chose ?

Elle secoua la tête.

— Mais je viens d'appeler au labo et les résultats d'analyse devraient être prêts d'une minute à l'autre.

— Bien. Merci, répondit-il avec un petit hochement de tête.

L'agente Lacoste se rassit devant son ordinateur et Gamache revint auprès de la directrice Brunel.

— Nous attendons les résultats de l'analyse d'empreintes digitales. Je suis très heureux que vous ayez pu venir aussi rapidement.

— Ça me fait plaisir. Et puis, qu'est-ce qui pourrait être plus excitant ?

Elle le mena jusqu'à la table de conférence et, se penchant vers lui, murmura :

— Voyons, Armand, c'est du sérieux, tout ça ?

Elle indiqua les photos éparpillées sur la table.

— Tout à fait, chuchota-t-il à son tour. Et nous aurons peut-être aussi besoin de l'aide de Jérôme.

Jérôme Brunel, médecin maintenant à la retraite, partageait depuis longtemps la passion de sa femme pour les casse-têtes, mais, alors que Thérèse avait orienté la sienne vers l'esprit humain, lui s'était concentré sur les codes secrets. À partir de son bureau confortable et en désordre dans leur appartement montréalais, il faisait affaire avec des responsables de la sécurité et des diplomates désespérés, déchiffrant des codes cryptés ou, parfois, en créant.

C'était un homme jovial et cultivé.

Gamache sortit la sculpture de son sac, la déballa et la déposa sur la table. Encore une fois, le bateau rempli de passagers heureux naviguait sur la table.

– Très joli, dit Thérèse Brunel, en mettant ses lunettes et en se penchant pour mieux voir. Vraiment très joli, marmonna-t-elle pour elle-même en examinant l'œuvre, mais sans la toucher. Admirablement réalisé. Qui que soit l'artiste, il connaît le bois, est sensible à ce matériau. Et il a un don artistique.

Elle fit un pas vers l'arrière et garda les yeux fixés sur la sculpture. Gamache l'observa et, comme il s'y attendait, son sourire s'effaça, et elle eut même un mouvement de recul.

C'était la troisième fois qu'il assistait à une telle réaction ce jour-là, une réaction que lui-même avait eue. Les sculptures semblaient creuser jusqu'au tréfonds de l'âme, jusqu'à la partie à la fois la plus intime et la plus commune à tous les êtres humains. Elles trouvaient leur humanité, puis, comme un dentiste, elles commençaient à forer. Jusqu'à ce que le sentiment de joie se transforme en terreur.

Après un moment, le visage de Thérèse Brunel s'éclaircit et elle remit son masque de professionnelle. L'experte en résolution de problèmes avait remplacé la femme. Elle se rapprocha de la sculpture, fit le tour de la table pour l'examiner de tous les côtés, mais toujours sans la toucher. Puis elle la prit et, comme tout le monde, regarda en dessous.

– OWSVI, lut-elle. Des majuscules. Gravées dans le bois, pas peintes.

Elle parlait comme un médecin légiste disséquant un cadavre et dictant ses observations.

– C'est un bois dur. Du merisier?

Elle le regarda plus attentivement, le sentit, même.

– Non, les veines ne correspondent pas à cette essence. Du cèdre? Non, ce n'est pas la bonne couleur, à moins que…

Elle alla à la fenêtre pour examiner la sculpture à la lumière du soleil. Puis elle la baissa et sourit à Gamache en le regardant par-dessus ses lunettes.

– Oui, du cèdre rouge, aussi appelé thuya géant. Fort probablement de la Colombie-Britannique. C'est un excellent choix, vous savez. Il dure éternellement. C'est également un bois très dur. Et pourtant, aussi surprenant que cela puisse paraître, très facile à sculpter. Les Haïdas, sur la côte Ouest, l'ont utilisé durant des siècles pour faire leurs mâts totémiques.

— Et ils sont toujours debout.

— Ce serait le cas si la plupart n'avaient pas été détruits à la fin des années 1800 par le gouvernement ou l'Église. Mais on peut encore en admirer un bel exemple au Musée des civilisations, à Ottawa.

L'ironie de la situation n'échappa à aucun d'eux.

— Alors, que fais-tu ici? demanda Thérèse Brunel à la sculpture. Et de quoi as-tu si peur?

— Pourquoi dites-vous cela?

L'agente Lacoste leva la tête. Elle aussi voulait savoir pourquoi.

— Vous-même, Armand, l'avez certainement ressenti, non?

Elle avait utilisé son prénom, un signe que, même si elle paraissait calme et posée, elle était en fait déroutée.

— Il y a quelque chose de froid dans cette œuvre. J'hésite à dire maléfique…

Surpris, Gamache haussa les sourcils. À part dans un sermon, il entendait rarement le mot «maléfique». Brutal, malveillant, cruel, oui. Et même horreur; les enquêteurs parlaient parfois de l'horreur d'un crime.

Mais jamais ils n'employaient le terme «maléfique». Voilà pourquoi Thérèse Brunel était une investigatrice brillante, qui élucidait des mystères et des crimes. Et était son amie. Elle préférait se laisser guider par la conviction plutôt que par les conventions.

— Maléfique? demanda Lacoste de son bureau.

La directrice Brunel la regarda.

— J'ai dit que j'hésitais à la qualifier ainsi.

— Et hésitez-vous toujours? demanda Gamache.

Elle prit de nouveau l'œuvre d'art et, la levant jusqu'à la hauteur des yeux, observa les passagers lilliputiens. Tous vêtus pour un long voyage, les bébés enveloppés dans des couvertures, les femmes avec leurs sacs de pain et de fromage, les hommes solides et déterminés. Ils regardaient tous devant, dans l'attente de quelque chose de merveilleux. Le souci du détail était remarquable.

Thérèse Brunel tourna la sculpture, puis l'éloigna d'un geste brusque, comme si elle venait de lui mordre le nez.

– Qu'y a-t-il? demanda Gamache.

– J'ai trouvé le ver.

Ni Carole Gilbert ni son fils n'avaient bien dormi la nuit précédente. Ni Dominique, se doutait-elle. Elle n'accorda aucune pensée à Vincent, qui dormait dans la petite chambre à l'étage. Ou, plus exactement, chaque fois qu'il émergeait dans son esprit, elle le repoussait dans sa petite pièce, et essayait de verrouiller la porte.

Le lever du jour avait été beau, doux. Elle était allée à la cuisine préparer du café dans une cafetière à piston, puis, un jeté en mohair autour de ses épaules, elle avait emporté un plateau dehors et s'était installée sur la terrasse donnant sur le jardin et les champs couverts de brume.

La journée de la veille avait paru une suite ininterrompue de situations d'urgence, les klaxons retentissant dans sa tête des heures durant. En tant que membres de la même famille, ils s'étaient soutenus et avaient présenté un front uni au fil des différentes révélations.

Que le père de Marc était toujours vivant.

Que Vincent était en fait sur la propriété.

Que l'homme assassiné avait été trouvé dans leur nouvelle maison.

Et que Marc l'avait déplacé, l'avait emporté au bistro, dans une tentative délibérée de nuire à Olivier, peut-être même de causer sa ruine.

Lorsque l'inspecteur-chef Gamache avait finalement quitté les lieux, ils s'étaient tous sentis étourdis, comme un boxeur sonné. Trop hébétés et fatigués pour s'en prendre les uns aux autres. Après avoir clairement exprimé ses sentiments, Marc était allé dans la section spa pour plâtrer, peindre, clouer. Vincent avait eu assez de bon sens pour partir et n'était revenu que tard dans la soirée. Et Dominique avait découvert la cabane en allant faire une promenade avec le cheval le moins mal en point.

« Les cloches du ciel sonneraient le carillon le plus fou… »,
pensa Carole en regardant les chevaux qui paissaient dans le
champ brumeux, en se méfiant les uns des autres. Même de
l'endroit où elle se trouvait, elle voyait leurs plaies.

Les cloches du ciel sonneraient
Le carillon le plus fou qu'elles aient jamais sonné,
Si le pasteur perdait la tête,
Et si les gens retrouvaient la leur ;
Si lui et eux s'agenouillaient ensemble pour d'amères oraisons.
Des prières pour les tigres apprivoisés et miteux,
Pour les ours et les chiens danseurs.

– Maman.

Carole, qui avait été perdue dans ses pensées, sursauta. Elle
se leva et regarda son fils. Il avait les traits tirés, mais s'était
douché et rasé. Son ton de voix était froid, distant. Ils se dévisagèrent. Cligneraient-ils des yeux pour ensuite s'asseoir, se verser du café et parler du temps ? Des manchettes du jour ? Des
chevaux ? Feraient-ils semblant qu'une tempête ne s'était pas
déchaînée autour d'eux ? Et qu'elle n'était pas le résultat de leurs
propres agissements ?

Qui avait agi le plus mal ? Carole en mentant à son fils durant des années, et en lui disant que son père était mort ? Ou
Marc en allant déposer un mort dans le bistro, et en ruinant
ainsi tout espoir qu'ils soient un jour acceptés au sein de la
petite communauté.

Elle avait gâché le passé de son fils et lui avait gâché leur
avenir.

Ils formaient une belle équipe…

– Je suis désolée, dit Carole en ouvrant les bras.

Silencieusement, Marc traversa la terrasse dallée et s'y laissa
presque tomber. Il était grand et elle non, mais elle le soutint
néanmoins, lui frotta le dos et murmura :

– Allons, allons, tout ira bien.

Puis ils s'assirent, le plateau avec des croissants et de la
confiture de fraises entre eux. Le monde était d'un beau vert, ce
matin-là, des grands érables et chênes jusqu'à la prairie. Marc

versa le café pendant que Carole s'enveloppait dans le jeté en mohair et regardait les chevaux brouter l'herbe dans le champ, en levant de temps en temps la tête sur ce monde qu'ils auraient dû quitter deux jours auparavant. Même maintenant, dans la brume, ils semblaient être à cheval entre les deux mondes.

– Ils ont presque l'air de chevaux, dit Marc, si on plisse les yeux.

Carole se tourna vers son fils et éclata de rire. Il faisait une grimace, comme s'il essayait de transformer les créatures dans le champ en majestueux hunters, les chevaux de chasse auxquels il s'était attendu.

– Non mais, sérieusement, ça, c'est vraiment un cheval?

Il pointait le doigt vers Chester qui, dans la lumière incertaine, ressemblait à un chameau.

Carole se sentit soudain très triste à l'idée qu'ils allaient peut-être devoir quitter cette demeure, chassés par leurs propres actions. Le jardin n'avait jamais été plus beau et, avec le temps, il serait encore plus magnifique à mesure que les diverses plantes s'épanouiraient et se mêleraient les unes aux autres.

– Je m'inquiète au sujet de celui-là, dit Marc en indiquant le cheval le plus foncé, à l'écart des autres. Tonnerre.

– Oui, eh bien…

Carole, mal à l'aise, changea de position pour regarder son fils.

– À son sujet…

– Imagine s'il décidait de mordre un de nos clients. Bien que, je l'avoue, je sois content de ce qu'il a fait à papa.

Carole réprima un sourire. La vue du Grand Homme avec de la bave de cheval sur l'épaule avait constitué le seul élément agréable d'une très mauvaise journée.

– Que suggères-tu? demanda-t-elle.

– Je ne sais pas.

Carole demeura silencieuse. Ils savaient tous les deux ce que Marc insinuait. Si le cheval n'apprenait pas les bonnes manières d'ici un mois, il allait falloir le faire abattre avant l'Action de grâce.

– «Pour les chevaux dans les mines, aveugles et misérables, murmura-t-elle, pour les pauvres petits lièvres que l'on chasse.»

– Pardon ?

– Son… euh, son nom n'est pas vraiment Tonnerre. Il s'appelle Marc.

– Tu plaisantes ?

Ni l'un ni l'autre, cependant, ne riait. Marc regarda le cheval fou, malveillant, qui se tenait à bonne distance des autres. Une tache noire dans la prairie brumeuse. Comme une erreur. Une marque.

Un Marc.

Plus tard, lorsque Marc et Dominique partirent acheter de la nourriture et du matériel de construction, Carole trouva quatre carottes dans la cuisine et les apporta aux chevaux. Au début, ceux-ci se montrèrent réticents à lui faire confiance. Mais, après un moment, Bouton d'or, puis Macaroni et enfin Chester s'approchèrent prudemment et prirent la carotte dans sa paume comme s'ils lui baisaient la main.

Mais il en restait un.

Elle chuchota, roucoula des mots doux à Marc le cheval. Elle cherchait à l'attirer, le suppliait. Penchée au-dessus de la clôture, elle tendit la carotte le plus loin possible.

– S'il te plaît, dit-elle comme pour l'amadouer. Je ne te ferai pas mal.

Mais il ne la crut pas.

Elle retourna à la maison, monta les escaliers et frappa à la porte de la petite chambre.

Armand Gamache prit la sculpture et fixa les gens agglutinés sur le pont.

Même si c'était facile de ne pas le remarquer, il aurait pu se gifler. Maintenant, il lui sautait aux yeux. Le petit personnage complètement à l'arrière du bateau, accroupi devant une femme corpulente et son grand sac.

Il sentit les poils de ses bras se hérisser lorsqu'il étudia le visage du minuscule jeune homme en bois, à peine sorti de l'enfance, qui regardait par-dessus son épaule, au-delà de la femme imposante. Qui regardait en arrière. Alors que tous les autres avaient le regard tourné vers l'avant, lui était presque affalé par terre et regardait vers l'arrière. Vers l'endroit d'où ils étaient venus.

Et l'expression sur son visage glaça le sang de Gamache. Lui glaça les os, jusqu'à la moelle. Lui glaça le cœur.

Voilà à quoi ressemblait la terreur. Voilà le sentiment qu'elle inspirait. Le petit visage de bois était un transmetteur. Et son message était horrible. Soudain, Gamache éprouva l'envie presque irrésistible de regarder derrière lui, pour voir ce qui pouvait être tapi là. Il mit plutôt ses lunettes et s'approcha encore plus.

Le jeune homme tenait un paquet serré dans ses bras.

Finalement, Gamache redéposa la sculpture et retira ses lunettes.

— Je vois ce que vous voulez dire.

La directrice Brunel soupira.

— Oui, ce voyage a quelque chose de maléfique, de funeste.

Gamache était d'accord.

— La sculpture vous semble-t-elle familière? Pourrait-elle figurer sur votre liste d'œuvres d'art volées?

— Il y a des milliers d'objets sur cette liste, répondit-elle avec un sourire. Des tableaux de Rembrandt jusqu'à des cure-dents gravés.

— Et je parie que vous avez tout mémorisé.

Son sourire s'élargit et elle inclina légèrement la tête. Il la connaissait bien.

— Mais il n'y a rien comme ceci. Ça se démarquerait du reste.

— Est-ce de l'art?

— Si vous me demandez si cette sculpture a de la valeur, je dirais qu'elle est presque inestimable. Si une telle œuvre avait été à vendre quand j'étais au Musée des beaux-arts, je me serais précipitée pour l'acquérir. Et j'aurais payé une petite fortune.

— Pourquoi?

Elle regarda l'homme imposant et calme devant elle. Il lui faisait penser à un professeur d'université. Elle l'imaginait très bien portant la toge et la toque et se déplaçant comme un char de l'État dans les couloirs d'une université ancienne, des étudiants enthousiastes dans son sillage. Lorsqu'elle avait fait sa connaissance, à l'école de police, il avait vingt ans de moins, mais c'était déjà un homme plein d'autorité. Maintenant, il exerçait son autorité avec encore plus d'aisance. Son front commençait à se dégarnir, ses tempes grisonnaient, comme sa moustache bien taillée, et sa taille s'épaississait, s'élargissait. Tout comme, le savait-elle, s'élargissait son influence.

Il lui avait enseigné beaucoup de choses. Mais l'un de ses conseils les plus précieux avait été de ne pas se contenter de regarder, mais d'écouter. Comme il l'écoutait en ce moment.

– Ce qui rend une œuvre d'art unique, ce n'est ni la couleur, ni la composition, ni le sujet. Ça n'a absolument rien à voir avec ce que l'on voit. Pourquoi certains tableaux sont-ils considérés comme des chefs-d'œuvre alors que d'autres, peut-être même mieux exécutés, sont tombés dans l'oubli ? Pourquoi adore-t-on encore certaines symphonies des siècles après la mort du compositeur ?

Gamache y réfléchit un moment. Et ce qui lui vint à l'esprit, c'était la peinture qui avait été posée sans cérémonie sur un chevalet après le souper quelques jours auparavant. Mal éclairée, pas encadrée.

Et pourtant, il aurait pu la contempler pendant une éternité.

Il s'agissait de la peinture de la femme âgée dont le corps était tourné vers l'avant, mais la tête vers l'arrière.

Il avait ressenti son envie. La même fibre sensible qui se contractait lorsqu'il observait la sculpture l'avait fait souffrir quand il avait regardé cette femme. Clara n'avait pas simplement peint une femme, elle n'avait même pas peint une émotion. Elle avait créé un univers. Dans cette seule image.

Ça, c'était un chef-d'œuvre.

Soudain, il se sentit très triste pour Peter, et espérait qu'il n'essayait plus de rivaliser avec sa femme. Elle n'était nulle part en vue sur ce champ de bataille.

– On se souviendra de ça, reprit la directrice Brunel en indiquant la sculpture d'un doigt manucuré, longtemps après que vous et moi serons morts. Longtemps après que ce charmant village aura disparu.

– Il y en a une autre, vous savez, dit-il, ce qui lui procura le rare plaisir de voir Thérèse Brunel surprise. Mais avant que je vous la montre, je crois que nous devrions aller à la cabane.

Il regarda les pieds de la directrice. Elle portait d'élégantes chaussures neuves.

— J'ai apporté des bottes, inspecteur-chef, dit-elle, avec une pointe de moquerie et de reproche dans la voix, en se dirigeant d'un bon pas vers la porte. Quand m'avez-vous emmenée dans des endroits où il n'y avait pas de boue?

— Je crois que la Place-des-Arts avait été lavée au jet avant le dernier concert symphonique auquel nous avons assisté, répondit-il, en souriant par-dessus son épaule à l'agente Lacoste lorsqu'ils sortirent.

— Je voulais dire dans un contexte professionnel. Il y a toujours de la boue et toujours un cadavre.

— Eh bien, cette fois il y a certainement de la boue, mais pas de cadavre.

— Monsieur! s'écria Lacoste en courant jusqu'à l'auto, une feuille imprimée à la main. J'ai pensé que vous aimeriez voir ceci.

Elle lui tendit la feuille en lui faisant remarquer qu'elle venait du labo. Les rapports d'analyse commençaient à entrer, et d'autres résultats seraient envoyés au cours de la journée. En prenant connaissance de celui-là, Gamache afficha un sourire de satisfaction, puis se tourna vers Thérèse Brunel.

— Ils ont trouvé des copeaux de bois, ou plus exactement de la sciure, à côté d'un fauteuil dans la cabane. Il y en avait aussi sur les vêtements de la victime. Selon le labo, c'est du cèdre rouge. De la Colombie-Britannique.

— J'imagine que nous avons trouvé l'artiste, répondit-elle. Si seulement on savait pourquoi il a représenté tant de terreur…

«Pourquoi, en effet?» se demanda Gamache en montant dans la voiture et en prenant la direction de la rue du Moulin.

Avec le VTT qui les attendait, ils s'enfoncèrent au cœur de la forêt québécoise. Un professeur et une élégante experte en art. Ni l'un ni l'autre n'étaient ce qu'ils paraissaient être, et ils se dirigeaient vers une cabane rustique qui ne l'était certainement pas.

Gamache s'arrêta juste avant le dernier virage du sentier. La directrice Brunel et lui descendirent du VTT et firent à pied le reste du trajet. C'était un monde complètement différent, dans la forêt, et il voulait qu'elle se fasse une impression de l'endroit où la victime avait choisi de vivre. Un monde d'ombres fraîches et de lumière diffuse, de pénétrantes odeurs âcres de matières en décomposition. De créatures invisibles, mais que l'on entendait trottiner, déguerpir.

Gamache et Brunel étaient très conscients d'être les étrangers, ici. Et pourtant, cet univers ne leur semblait pas menaçant. Pas maintenant. Dans douze heures, après le coucher du soleil, il s'en dégagerait une impression différente.

— Je comprends ce que vous voulez dire, dit Brunel en regardant autour d'elle. Un homme pourrait très facilement vivre ici sans qu'on le découvre. C'est très paisible, n'est-ce pas? ajouta-t-elle d'un ton presque mélancolique.

— Pourriez-vous vivre ici? demanda Gamache.

— Oui, je crois que je le pourrais. Est-ce que ça vous surprend?

Gamache ne répondit pas, mais sourit tout en continuant de marcher.

— Je n'ai pas besoin de grand-chose, poursuivit-elle. Avant, oui. Quand j'étais plus jeune. Des voyages à Paris, un bel appartement, de beaux vêtements. J'ai tout cela, maintenant. Et je suis heureuse.

— Mais sans doute pas parce que vous avez ces choses, n'est-ce pas?

— En vieillissant, j'ai de moins en moins de besoins. Je crois sincèrement que je pourrais vivre ici. Entre vous et moi, Armand? Une partie de moi aspire à une telle vie. Vous, pourriez-vous vivre ici?

Gamache répondit d'un hochement de tête et revit la cabane toute simple. Une seule pièce.

— Une chaise pour la solitude, deux pour l'amitié et trois pour la société, dit-il.

— *Walden*. Et de combien de chaises auriez-vous besoin?

Après avoir réfléchi un instant, il répondit:

— Deux. La compagnie des gens ne me dérange pas, mais j'ai seulement besoin d'une autre personne.

— Reine-Marie. Et moi, je n'ai besoin que de Jérôme.

— Dans la cabane, il y a un exemplaire de l'édition originale de *Walden*, vous savez.

Thérèse soupira.

– Incroyable. Qui donc était cet homme, Armand ? Avez-vous une idée ?

– Pas la moindre.

Il s'arrêta et elle fit de même, regardant dans la même direction que lui.

Au début, elle ne distingua pas grand-chose, mais soudain elle vit la cabane, comme si celle-ci s'était matérialisée uniquement pour eux. Et qu'elle les invitait à entrer.

– Entre, dit-il.

Carole Gilbert respira profondément, puis fit un pas en avant, s'avança au-delà du terrain solide qu'elle avait cultivé durant des années. Au-delà des repas intimes avec des amies de toujours, au-delà des soirées de bridge et du temps consacré au bénévolat, au-delà des agréables après-midi de pluie passés à lire à côté de la fenêtre, à regarder les porte-conteneurs remonter et redescendre le Saint-Laurent. Elle laissa derrière elle cette douce vie de veuve à l'intérieur des fortifications du Vieux-Québec, qu'elle avait construite pour se protéger de toute chose désagréable.

– Bonjour, Carole.

L'homme grand et élancé se tenait debout au milieu de la pièce, dans une attitude réservée. D'après son air, il semblait s'être attendu à ce qu'elle vienne. Carole sentait son cœur battre à tout rompre. Ses mains et ses pieds, glacés, étaient engourdis. Elle avait un peu peur de s'effondrer. Pas de s'évanouir, mais d'être incapable de se tenir debout, de se défendre.

– Vincent.

Sa voix était ferme.

Le corps de cet homme, un corps qu'elle connaissait mieux que quiconque, avait changé. Il avait rapetissé, s'était ratatiné. Ses cheveux, autrefois épais et brillants, s'étaient éclaircis et étaient devenus presque blancs. Ses yeux étaient toujours bruns, mais, alors que son regard avait été perçant et assuré, il était maintenant interrogateur.

Il tendit une main. La scène semblait se dérouler à une vitesse atrocement lente. Sur la main, il y avait des taches qu'elle ne reconnaissait pas. Combien de fois avait-elle tenu cette main au cours des premières années, pour ensuite tant désirer qu'elle la tienne, elle? Combien de fois avait-elle fixé cette main qui tenait *Le Devoir* devant le visage de son mari? C'était son seul contact avec cet homme à qui elle avait donné son cœur, la vue de ces doigts longs et délicats tenant les nouvelles du jour, plus importantes, de toute évidence, que ses nouvelles à elle. Ces doigts témoignaient de la présence d'un autre être humain dans la pièce, mais à peine. À peine présent et à peine humain.

Puis un jour, il avait abaissé le journal, l'avait regardée avec ses yeux perçants et avait affirmé ne pas être heureux.

Elle avait ri, d'un rire réellement amusé, se souvenait-elle. Non pas parce qu'elle pensait qu'il s'agissait d'une blague, mais parce qu'il était sérieux. Cet homme brillant semblait croire que c'était une catastrophe s'il n'était pas heureux.

C'était, de bien des façons, parfait. Comme tant d'hommes de son âge, il avait une aventure. Elle le savait depuis des années. Mais cette aventure, c'était avec lui-même qu'il l'avait. Il s'adorait. En fait, c'était pour ainsi dire la seule chose qu'ils avaient en commun. Tous deux aimaient Vincent Gilbert.

Mais soudain, ce n'était plus suffisant. Il avait besoin de plus que cela. Et pour ce grand homme qu'il se savait être, la réponse au problème ne pouvait pas se trouver près de chez lui. Elle devait se cacher quelque part au fond d'une caverne en Inde.

Parce qu'il était si extraordinaire, son salut devait l'être aussi.

Ils avaient passé le reste du petit-déjeuner à comploter sa mort, une solution qui correspondait au sens du drame de Vincent et au soulagement qu'éprouvait Carole. Comble de l'ironie, ç'avait été la meilleure conversation qu'ils avaient eue depuis des années.

Ils avaient, bien sûr, commis une énorme erreur. Ils auraient dû informer Marc. Mais qui aurait pu croire que ça l'intéresserait?

Elle s'était rendu compte trop tard – cela remontait-il seulement à la veille? – que Marc avait été profondément affecté par la mort de son père. Pas par le décès en soi, à vrai dire. Cela, il l'avait accepté facilement. Non, c'était la résurrection de son père qui avait créé les cicatrices, comme si Vincent, en sortant de la tombe, avait lacéré le cœur de Marc à coups de griffes.

Et maintenant cet homme ratatiné, à la peau tavelée et peut-être gâteux lui tendait la main sans hésitation. Et l'invitait à entrer.

— Nous devons parler, dit-elle.

Il baissa sa main et hocha la tête. Elle attendit qu'il énumère ses défauts et ses torts, toutes les erreurs qu'elle avait commises, lui reproche le mal incommensurable qu'elle lui avait fait.

— Je suis désolé, dit Vincent.

— Je sais que tu l'es, répondit-elle avec un hochement de tête. Moi aussi.

Elle s'assit sur le bord du lit et le tapota. Il vint s'asseoir à côté d'elle. Si près de lui, elle voyait les rides que les soucis avaient creusées sur sa figure. Il lui parut intéressant de constater que de telles rides n'apparaissaient que sur le visage.

— Tu as l'air bien. L'es-tu? demanda-t-il.

— J'aimerais que rien ne soit arrivé.

— Y compris mon retour?

Il sourit et lui prit la main.

Mais au lieu de faire palpiter son cœur, ce geste la laissa de glace. Elle se méfiait de cet homme, se rendit-elle compte, cet homme surgi à l'improviste du passé et qui soudain mangeait leur nourriture et dormait dans leur lit.

Il était comme Pinocchio. Un homme fait de bois qui essayait de donner l'impression d'être humain. Brillant et souriant, mais un imposteur. Si on le coupait en deux, on verrait des cernes. Des cercles de fourberie, de magouillage, de justification. Voilà de quoi il était fait. Cela n'avait pas changé.

Cet homme n'était que mensonge par-dessus mensonge par-dessus mensonge. Et maintenant il était ici, dans leur maison. Et soudain leur vie s'écroulait.

23

– Mon Dieu! ne cessait de répéter la directrice Brunel en faisant le tour de la cabane.

De temps en temps, elle s'arrêtait, prenait un objet et ses yeux s'écarquillaient. Puis elle le reposait. Avec précaution. Et passait au suivant.

– Mais ce n'est pas possible! s'exclama-t-elle en s'approchant du panneau orange lumineux reposant contre la fenêtre de la cuisine. Cela provient de la Chambre d'ambre, j'en suis certaine. Mon Dieu! Je ne me trompe pas, ajouta-t-elle à voix basse.

Un peu plus et elle se signait.

L'inspecteur-chef l'observa pendant un moment. Elle n'était pas prête, il le savait, pour ces découvertes. Il avait essayé de la préparer avec les photos, mais celles-ci ne rendaient pas justice aux objets.

Il lui avait parlé de la porcelaine fine.

Des verres en cristal.

Des premières éditions signées.

Des tapisseries.

Des icônes.

– Un violon? dit-elle, incrédule.

Elle pointait le doigt vers l'instrument en bois, aux reflets chatoyants, près de la bergère.

– Il a été déplacé, dit Beauvoir.

Puis, fixant le jeune agent, il ajouta:

– C'est toi qui y as touché hier soir?

Morin rougit et parut effrayé.

– Euh, je l'ai seulement pris un instant et...

La directrice Brunel apporta l'instrument à la fenêtre et l'examina sous divers angles.

– Inspecteur-chef, pouvez-vous lire ceci?

Elle lui tendit le violon en lui indiquant une étiquette. Pendant que Gamache essayait de déchiffrer l'inscription, elle prit l'archet.

– Un archet Tourte, dit-elle en s'étranglant presque.

Voyant le visage sans expression des enquêteurs, elle agita l'archet devant eux et ajouta:

– Il vaut quelques centaines de milliers de dollars.

Puis elle se tourna vers Gamache.

– L'étiquette dit-elle Stradivarius?

– Je ne crois pas. Je vois *Anno* 1738, lut-il avec peine, et Carlo quelque chose. Et aussi *Fece in Cremona*.

Gamache retira ses lunettes et regarda Thérèse Brunel.

– Ça vous dit quelque chose?

Elle sourit et, tenant encore l'archet, répondit:

– Carlo Bergonzi. Il était luthier, et le meilleur élève de Stradivarius.

– Donc, ce n'est pas le meilleur violon, dit Beauvoir.

Il avait au moins entendu parler des stradivarius, mais le nom de l'autre type ne lui disait rien.

– L'instrument n'est peut-être pas de la même qualité que ceux fabriqués par son maître, mais un Bergonzi vaut quand même un million.

– Un Bergonzi? demanda Morin.

– Oui. Vous connaissez?

– Pas vraiment, mais nous avons trouvé des feuilles de musique pour violon, avec une note. Le nom Bergonzi y apparaît.

Morin alla à la bibliothèque et revint quelques instants plus tard avec des feuilles et une carte qu'il remit à la directrice. Celle-ci y jeta un coup d'œil et la passa à Gamache.

– En quelle langue le mot est-il écrit, selon vous? demanda-t-elle. Ce n'est ni du russe ni du grec.

Gamache lut la note. Elle semblait adressée à un certain B. Il y était question d'un violon Bergonzi et elle était signée C. Le reste était incompréhensible, bien qu'il crût reconnaître des termes d'affection. Une date était inscrite: le 8 décembre 1950.

– B pourrait-il être la victime? demanda Brunel.

Gamache secoua la tête.

– Les dates ne concordent pas. Notre homme n'était pas encore né. Et B ne peut pas être Bergonzi, je suppose?

– En effet, la date est trop récente. Il est mort il y a très longtemps.

«Alors qui étaient B et C? Et pourquoi notre homme avait-il cette partition et la carte?» se demanda-t-elle. Elle regarda les feuilles et sourit. Les tendant à l'inspecteur-chef, elle indiqua du doigt la première ligne. La musique avait été composée par quelqu'un dont les initiales étaient BM.

– Donc, résuma Gamache en abaissant les pages, la musique a été composée par BM, et la note fixée aux feuilles est adressée à B et mentionne un Bergonzi. Il me semble logique de supposer que B jouait du violon et composait, et que quelqu'un – C – lui a fait cadeau de cet instrument, ajouta-t-il en le désignant d'un geste de la tête. Alors, qui était BM et pourquoi l'homme mort avait-il en sa possession sa musique et son violon?

– Vous paraît-elle intéressante? demanda la directrice Brunel à Morin.

Gamache lui tendit la partition. Avec la bouche entrouverte et ses épaisses lèvres luisantes, le jeune agent paraissait vraiment idiot. Il fixa la première feuille et se mit à fredonner. Puis il leva les yeux.

– Ça me semble bon.

– Jouez le morceau, dit Gamache en lui remettant le violon d'un million de dollars.

Morin le prit à contrecœur.

– Vous avez joué sur cet instrument hier soir, n'est-ce pas? lui demanda le chef.

– Quoi? s'écria Beauvoir.

Morin se tourna vers l'inspecteur.

– Les empreintes avaient été relevées et il avait été photographié. Je ne pensais pas que cela aurait de l'importance.

– As-tu aussi jonglé avec la porcelaine ou utilisé les verres pour t'exercer au baseball? On ne joue pas avec les pièces à conviction.

– Désolé.

– Jouez cette musique, s'il vous plaît, dit Gamache.

La directrice Brunel lui tendit l'archet très précieux.

– Je n'ai pas joué ça hier soir. À vrai dire, je connais surtout la musique folklorique.

– Faites de votre mieux, dit le chef.

L'agent Morin hésita, puis cala le violon sous son menton. Courbant le dos, il leva l'archet et le fit glisser vers le bas, sur les cordes en boyau.

Lentement, des notes mélodieuses s'envolèrent de l'instrument et emplirent l'air. Elles étaient presque visibles, tant le son était riche. «Probablement pas le rythme prévu par BM», supposa Gamache en voyant Morin qui déchiffrait la partition avec difficulté. Néanmoins, la mélodie était belle, complexe, travaillée. BM était manifestement doué. Gamache ferma les yeux et imagina l'ermite, seul, un soir d'hiver. La neige qui tombait en gros flocons à l'extérieur. Une simple soupe aux légumes sur le poêle, un feu dans la cheminée, qui chauffait la pièce. Et la musique qui remplissait la petite cabane. Ce morceau-là.

Pourquoi celui-là et pas un autre?

– Connaissez-vous cette pièce? demanda Gamache en regardant la directrice Brunel qui écoutait, les yeux fermés.

Elle les ouvrit et secoua la tête.

– Non, mais c'est très joli. Je me demande qui était ce BM.

Morin abaissa le violon, soulagé de pouvoir arrêter.

– Le violon était-il accordé quand vous avez joué, hier? demanda-t-elle.

– Oui. L'homme a dû en jouer récemment.

Morin s'apprêtait à déposer l'instrument, mais l'inspecteur-chef l'arrêta.

– Qu'avez-vous joué hier soir, si ce n'était pas ça? demanda-t-il en indiquant la partition.

– Un air que mon père m'a appris. Rien de spécial. Je n'aurais pas dû, je le sais…

Gamache leva la main pour mettre fin aux excuses.

– Ce n'est pas grave. Jouez ce que vous avez joué hier soir.

Voyant l'air surpris de Morin, Gamache ajouta :

– Ce que vous venez de jouer ne permet pas de se faire une bonne idée de l'instrument, n'est-ce pas? Vous faisiez de la lecture à vue. J'aimerais entendre le violon comme l'entendait la victime. Comme il doit être joué.

– Mais, monsieur, je suis un violoneux, pas un violoniste.

– Quelle est la différence?

Morin hésita.

– Il n'y en a pas vraiment. En tout cas, pas dans les instruments. Mais le son, lui, est différent. Mon père disait toujours qu'un violoniste fait chanter le violon tandis que le violoneux le fait danser.

– Alors faites-le danser.

Rougissant jusqu'aux oreilles, Morin cala de nouveau l'instrument sous son menton, marqua un temps d'arrêt, puis promena l'archet sur les cordes.

La musique les surprit tous. Une complainte celtique s'échappa de l'archet, du violon, du jeune agent. Elle remplit la cabane, monta jusqu'aux poutres du plafond, s'enfonça presque dans les coins. Une mélodie toute simple, agréable comme des couleurs harmonieuses, un bon repas, une conversation plaisante, tourbillonna autour d'eux. Et se logea dans leur poitrine. Pas dans leurs oreilles ni dans leur tête, mais dans leur cœur. La musique, lente, pleine de dignité mais joyeuse, était jouée avec assurance. Avec grâce.

L'agent Morin avait changé. Son corps dégingandé et maladroit s'adaptait parfaitement au violon, comme s'il avait été créé et conçu pour jouer. Pour produire cette musique. Morin avait les yeux fermés et paraissait éprouver ce que Gamache ressentait: de la joie. Du ravissement, même. Tel était le pouvoir de cette musique, de cet instrument.

En observant son agent, l'inspecteur-chef sut soudain à quoi il lui faisait penser. À une note de musique. La grosse tête, le corps mince. Il était une note ambulante, à la recherche d'un instrument. Et il l'avait trouvé. Le violon était peut-être un chef-d'œuvre, mais l'agent Paul Morin, lui, en était certainement un.

Après une minute, Morin arrêta de jouer et les derniers sons moururent, absorbés par les rondins, les livres, les tapisseries. Les gens.

– C'était magnifique, dit la directrice Brunel.

Morin lui remit le violon.

– Ça s'appelle *Colm Quigley*. Mon air préféré.

Dès que l'instrument eut quitté ses mains, il redevint le jeune homme gauche, aux mouvements saccadés, sans grâce. Mais il ne serait plus uniquement ça pour ceux qui l'avaient entendu jouer.

– Merci, dit Gamache.

La directrice Brunel posa le violon.

– Renseignez-vous au sujet de ceci et tenez-moi au courant, dit Gamache en tendant la note et la partition à Morin.

– Bien, monsieur.

Thérèse Brunel reprit son examen des lieux, s'arrêtant devant des objets et marmonnant des «Mon Dieu!» de temps en temps. Elle allait de surprise en surprise.

Mais ce n'était rien à côté de ce qui attendait l'inspecteur-chef Gamache là-haut, près des chevrons, dans le coin le plus reculé de la cabane. Si, la veille, son équipe avait vu cette chose, elle l'aurait trouvée tout à fait normale, la seule chose normale, en fait, dans la pièce. Qu'y avait-il de plus naturel qu'une toile d'araignée dans une cabane?

Or elle se révéla la moins normale, la moins naturelle.

– Mon Dieu! entendirent-ils la directrice s'exclamer en prenant une assiette ornée d'une grenouille. Elle provient de la collection de Catherine II la Grande, qui a disparu il y a des centaines d'années. Incroyable.

«Si elle veut voir quelque chose d'"incroyable", pensa Gamache, elle devrait regarder par ici.» Beauvoir avait allumé sa lampe électrique.

Avant de voir la toile d'araignée, Gamache avait été sceptique. Mais elle était bien là, scintillant presque joyeusement dans la lumière artificielle et crue, comme si elle se moquait d'eux.

Woe, disait la toile.

– *Woe*, murmura Gamache.

Une heure plus tard, la directrice Brunel trouva Armand Gamache sur la chaise en branches recourbées dans un coin du potager.

– J'ai terminé, dit-elle.

Gamache se leva et elle s'assit à sa place en expirant profondément.

— Je n'ai jamais rien vu de tel, Armand. Nous en avons démantelé, des réseaux de voleurs d'œuvres d'art, et trouvé des collections inouïes. Vous vous souvenez de l'affaire Charbonneau, l'année dernière, à Lévis ?

— Les Van Eyck.

Elle hocha la tête, puis la secoua comme pour la vider de ses pensées.

— Nous avons fait des trouvailles extraordinaires. Il y avait des croquis originaux et une huile dont on ne soupçonnait même pas l'existence.

— N'y avait-il pas aussi un Titien ?

— Oui, en effet.

— Et selon vous cette cabane est remplie d'objets encore plus extraordinaires ?

— Je ne veux pas jouer à la professeure, à celle qui sait tout, mais, à mon avis, ni vous ni votre équipe n'avez une idée de l'importance de cette découverte.

— Je vous en prie, madame la professeure, éclairez-moi, dit Gamache pour la rassurer. Je vous ai invitée pour ça.

Il sourit et Thérèse Brunel se dit, non pour la première fois, que l'inspecteur-chef Armand Gamache avait été sa trouvaille la plus précieuse.

— Vous feriez peut-être mieux de vous asseoir, dit-elle.

Il trouva une bûche, la mit sur le côté scié et s'assit dessus.

— L'affaire Charbonneau était incroyable, poursuivit la directrice Brunel, mais, à certains points de vue, assez banale. La plupart des voleurs d'œuvres d'art, et des collectionneurs qui achètent sur le marché noir, se spécialisent dans peut-être un ou deux types d'objets. À cause de cette spécialisation et des sommes importantes en jeu, les voleurs ne ciblent qu'un ou deux créneaux : la sculpture italienne du XVIIe siècle, les maîtres de l'école hollandaise ou encore les antiquités grecques. Sinon, comment sauraient-ils s'ils ne volent pas des faux ou des reproductions ? Dans l'affaire Charbonneau, nous avons effectivement découvert des choses merveilleuses, mais faisant partie de la même « famille ». Vous comprenez ?

– Oui. C'étaient des tableaux de la Renaissance, la plupart du même peintre.

– C'est ça. Cela illustre bien à quel point la plupart des voleurs sont devenus spécialisés. Mais ici, dit-elle en indiquant la cabane, il y a des tapisseries de soie tissées à la main, du cristal ancien. Savez-vous ce qui se cachait sous la nappe brodée? Notre victime mangeait sur la plus exquise table en marqueterie que j'aie jamais vue. Elle doit avoir au moins cinq cents ans et a certainement été fabriquée par un maître artisan. Même la nappe est une œuvre d'art. La plupart des musées la garderaient sous vitre. Le Victoria and Albert Museum, à Londres, débourserait une fortune pour l'obtenir.

– Peut-être l'a-t-il fait.

– Voulez-vous dire qu'elle aurait pu être volée dans ce musée? C'est possible. Eh bien, j'ai du pain sur la planche.

Elle paraissait impatiente de commencer. Et pourtant, elle semblait peu pressée de quitter la cabane, le potager.

– Je me demande qui il était.

Elle cueillit quelques haricots et en offrit un à son compagnon.

– «Tout le malheur des hommes vient d'une seule chose, qui est de ne savoir pas demeurer en repos dans une chambre.»

– Pascal, dit Gamache.

Il connaissait la citation et en appréciait la pertinence.

– Notre homme, lui, y arrivait, ajouta-t-il, mais il s'entourait d'objets qui avaient beaucoup à raconter. Qui avaient un passé.

– C'est une façon intéressante de voir les choses.

– Qu'est-ce que la «Chambre d'ambre»?

– Comment connaissez-vous ça? demanda-t-elle en lui jetant un regard interrogateur.

– Vous avez prononcé ces mots pendant que vous faisiez le tour de la pièce.

– Vraiment? Vous voyez cette chose orange dans la fenêtre de la cuisine? Ça en fait partie.

Gamache regarda vers la cabane et vit effectivement quelque chose aux reflets chauds briller dans le peu de lumière qui s'y reflétait. Cela ressemblait à un large et épais panneau de vitrail. Thérèse Brunel continuait de le fixer, comme si elle était hypnotisée. Puis elle sortit de sa rêverie.

– Je suis désolée. Jamais je n'aurais cru être la personne qui en découvrirait une partie.

– Que voulez-vous dire ?

– La création de la Chambre d'ambre, commandée par Frédéric Ier de Prusse, remonte au début du XVIIIe siècle. C'était une immense pièce aux murs recouverts d'ambre et d'or. Des artistes et des artisans consacrèrent des années à sa construction et elle devint une des merveilles du monde.

Voyant son regard lointain, Gamache sut que Thérèse Brunel se représentait la pièce.

– Le roi l'avait fait construire pour sa femme, Sophie-Charlotte, poursuivit-elle. Quelques années plus tard, la Chambre fut offerte à l'empereur de Russie et resta à Saint-Pétersbourg jusqu'à la guerre.

– Laquelle ?

Elle sourit.

– Excellente question. La Seconde Guerre mondiale. Les Soviétiques, semble-t-il, l'ont démontée quand ils se sont rendu compte que les nazis allaient envahir la ville. Cependant, ils n'ont pas réussi à la cacher et les Allemands l'ont trouvée.

Elle s'arrêta.

– Continuez, la pria Gamache.

– C'est tout. Nous n'en savons pas plus. La Chambre d'ambre a disparu et, depuis, de nombreux historiens, chercheurs de trésors, antiquaires sont à sa recherche. Nous savons que, sur ordre d'Albert Speer, les Allemands ont emporté la chambre et l'ont cachée. Vraisemblablement pour la mettre en lieu sûr. Mais elle n'a plus jamais été vue.

– Quelles sont les hypothèses ?

– Eh bien, la plus plausible est celle voulant qu'elle ait été détruite lors des bombardements des Alliés. Mais il en existe une autre. Albert Speer était très intelligent et bien des gens prétendent qu'il n'était pas un vrai nazi. Il était loyal à Hitler, mais ne partageait pas la plupart de ses idéaux. Speer était un partisan de l'internationalisme et un homme cultivé qui s'était donné pour mission de mettre les trésors du monde à l'abri, afin qu'ils ne soient pas détruits, par l'un ou l'autre camp.

— Albert Speer était peut-être un homme cultivé, dit Gamache, mais c'était un nazi. Il était au courant des camps de la mort, du massacre qu'on y commettait, et il l'approuvait. Sauver des œuvres d'art lui permettait de se donner bonne conscience, c'est tout.

Le ton était froid, le regard dur.

— Je ne dis pas le contraire, Armand. Je suis d'accord avec vous. Je vous fais simplement part des hypothèses. Celle concernant Speer veut qu'il ait caché les éléments constituant la Chambre d'ambre très loin des armées allemandes et alliées, dans les monts Métallifères.

— Où?

— Il s'agit d'une chaîne de montagnes entre l'Allemagne et ce qui est aujourd'hui la République tchèque.

Tous les deux réfléchirent, puis Gamache demanda :

— Alors, comment un élément de la Chambre d'ambre est-il arrivé ici?

— Et où est le reste?

Denis Fortin était assis en face de Clara Morrow. Il n'avait pas le droit d'être aussi jeune, se dit-elle. Début quarantaine, probablement. Un artiste raté qui s'était découvert un autre talent, plus extraordinaire : il savait reconnaître le génie chez les autres.

C'était de l'égoïsme à visage humain. Le meilleur qui soit, selon Clara. Il n'y avait pas de martyrs, personne n'était lésé, personne ne devait rien à qui que ce soit. Elle ne se faisait pas d'illusions. Denis Fortin se trouvait dans le Bistro d'Olivier, à Three Pines, avec une bière St-Ambroise dans la main, parce qu'il pensait obtenir quelque chose.

Et la raison de la présence de Clara, à part un ego démesuré, était qu'elle voulait quelque chose de Fortin, à savoir la célébrité et la fortune.

Ou, à tout le moins, une bière gratuite.

Mais avant d'être happée dans la spirale de la gloire que lui procurerait son talent inégalé, elle devait faire une chose. Plongeant la main dans son sac, elle sortit une serviette roulée en boule.

— On m'a demandé de vous montrer ceci. Un homme a été trouvé mort, ici, il y a quelques jours. Assassiné.

– Vraiment ? C'est étrange, non ?

– Pas autant que vous pourriez le penser. Que personne ne le connaisse, ça, c'est étrange. Mais la police vient de découvrir une cabane dans les bois et cet objet s'y trouvait. Le responsable de l'enquête m'a chargée de vous le montrer, au cas où il vous dirait quelque chose.

– Un indice ?

Fortin semblait très intéressé et observait Clara attentivement tandis qu'elle ouvrait la serviette. Bientôt, les petits personnages étaient sur le rivage et regardaient au-delà de l'étendue de bois vers la bière artisanale devant Fortin.

Clara fixa le galeriste. Les yeux à demi fermés, celui-ci s'approcha de la sculpture et pinça les lèvres en se concentrant.

– Très joli. Bonne technique. Beaucoup de détails. Les visages sont très différents, et expressifs. Oui, dans l'ensemble, je dirais qu'il s'agit d'une sculpture habilement exécutée. Le style est plutôt naïf, mais conforme à ce qu'on attendrait d'un type qui taille le bois au fin fond de la forêt.

– Ah bon ? dit Clara. Moi, j'ai trouvé que c'était très bien. Excellent, même.

Fortin se pencha vers l'arrière et lui sourit. Pas avec condescendance, mais comme un ami qui sourit à un autre ami, plus gentil.

– Je suis peut-être un peu trop dur, mais j'ai vu beaucoup de ces sculptures dans ma carrière.

– Identiques à celle-ci ?

– Non, mais presque. Des personnes qui pêchent, fument une pipe ou montent à cheval. Ce sont les pièces qui ont le plus de valeur. On trouve toujours un acheteur pour une belle sculpture d'un cheval ou d'un chien. Ou d'un cochon. Les cochons sont populaires.

– C'est bon à savoir. Il y a quelque chose d'écrit en dessous.

Elle retourna la sculpture et la tendit à Fortin. Celui-ci plissa les yeux, mit ses lunettes, lut l'inscription, puis redonna la pièce en bois à Clara en fronçant les sourcils.

– Je me demande ce que ça veut dire.

– Avez-vous une idée ?

Clara n'était pas prête à s'avouer vaincue. Elle voulait ramener une information à Gamache.

– Fort probablement une signature ou un numéro de lot. Une façon d'identifier l'œuvre. C'était la seule pièce?

– Il y en avait deux. Combien vaudrait celle-ci?

– Difficile à dire, répondit Fortin en reprenant la sculpture. Elle est plutôt bien, mais ce n'est pas un cochon.

– Dommage.

– Hum…

Fortin réfléchit un instant, puis ajouta:

– Je dirais deux cents, peut-être deux cent cinquante dollars.

– C'est tout?

– Je me trompe peut-être.

Il était poli, Clara s'en rendait bien compte, mais il commençait à s'ennuyer. Elle enroula la sculpture dans la serviette et la remit dans son sac.

– Bon, dit Fortin en se penchant en avant.

Son beau visage exprimait un vif intérêt.

– Parlons maintenant d'œuvres de grand art, poursuivit-il. Comment voulez-vous accrocher vos tableaux?

– J'ai fait quelques croquis, répondit Clara en lui tendant son cahier.

Quelques minutes plus tard, Fortin leva la tête. Ses yeux brillaient.

– C'est merveilleux. J'aime votre façon de grouper des toiles, puis de laisser un espace. C'est comme un souffle, n'est-ce pas?

Clara fit oui de la tête. Quel soulagement de parler à quelqu'un à qui il n'était pas nécessaire de tout expliquer!

– Votre idée de ne pas placer ensemble les trois vieilles femmes me plaît beaucoup. Ç'aurait été logique, mais vous les avez séparées. Chacune occupe un mur différent et sert de point d'ancrage.

– Je voulais qu'elles soient entourées d'autres peintures, expliqua Clara d'un ton animé.

– Qui pourraient être des complices, des amis ou des critiques, ajouta Fortin sur le même ton. On ne sait pas quelles sont leurs intentions.

– Ni comment elles pourraient changer, dit Clara.

Elle avait montré ses croquis à Peter. Il avait été poli, l'avait encouragée, mais, s'était-elle rendu compte, il n'avait pas compris.

À première vue, la disposition des tableaux pouvait paraître déséquilibrée. En fait, elle l'était. C'était voulu. Clara voulait que les gens entrent, voient les œuvres qui semblaient d'un style traditionnel, pour ensuite prendre graduellement conscience qu'elles ne l'étaient pas.

Elles avaient une profondeur, un sens, elles renfermaient une énigme.

Durant environ une heure, Clara et Fortin bavardèrent de l'exposition, d'art contemporain, de l'émergence de nouveaux artistes très prometteurs, parmi lesquels, Fortin s'empressa de rassurer Clara, elle figurait au premier plan.

— Je ne voulais pas vous en parler, ne sachant pas si cela va se concrétiser, mais j'ai envoyé votre portfolio à FitzPatrick au MoMA. C'est un vieil ami et il a dit qu'il viendrait au vernissage…

Clara laissa échapper une exclamation et faillit renverser sa bière. Fortin rit et leva la main.

— Attendez, ce n'est pas ça, ma nouvelle. Je lui ai suggéré de parler de l'exposition dans son entourage, et il semble qu'Allyne, du *New York Times*, sera là et…

Il hésitait à continuer, car Clara semblait frappée d'apoplexie. Quand elle ferma la bouche, il poursuivit :

— Et la chance faisant bien les choses, Destin Browne sera à New York au cours de ce mois-là pour préparer une exposition au MoMA, et elle s'est montrée intéressée.

— Destin Browne ? Vanessa Destin Browne ? La conservatrice en chef du Tate Modern, à Londres ?

Fortin hocha la tête et tint fermement son verre de bière. Mais Clara ne risquait pas de renverser quoi que ce soit, elle était soudain devenue parfaitement immobile. Elle était assise calmement dans le petit bistro sympathique, la lumière de la fin d'été entrant à flots à travers les fenêtres à meneaux. Derrière Fortin, elle vit les vieilles maisons, réchauffées par le soleil, les platebandes de vivaces remplies de roses, de clématites, de roses trémières. Elle vit les villageois, dont elle connaissait le nom et les habitudes, et aussi les trois grands pins, dressés comme des phares. On ne pouvait pas les manquer, même si la forêt les entourait. À condition de savoir ce que l'on cherchait et d'avoir besoin d'un point de repère.

La vie était sur le point d'emmener Clara ailleurs, de lui faire quitter cet endroit où elle était devenue qui elle était. Ce petit village qui résistait au changement, mais qui aidait ses habitants à changer. Fraîche émoulue de l'école d'art, elle y était venue la tête pleine d'idées avant-gardistes, habillée dans des teintes de gris et voyant le monde en noir et blanc. Forte de ses convictions. Mais ici, au milieu de nulle part, elle avait découvert la couleur, et les nuances, grâce aux villageois qui avaient fait preuve d'une grande générosité en lui permettant de peindre leur âme. Pas celle d'êtres parfaits, mais d'hommes et de femmes avec des défauts, pleins de peurs et d'incertitudes, et, dans le cas d'au moins une personne, de martinis.

Mais qui restaient malgré tout debout. Dans cette région reculée, au milieu de cette nature sauvage et de ses charmes, de son bosquet de pins.

Elle éprouva soudain une immense gratitude pour ses voisins, et pour cette inspiration qui lui avait permis de les peindre fidèlement.

Fermant les yeux, elle leva la tête vers les rayons de soleil.

— Est-ce que ça va? demanda Fortin.

Clara rouvrit les yeux. Il paraissait auréolé de lumière, avec ses cheveux blonds qui brillaient, et affichait un sourire chaleureux et patient.

— Vous savez, je ne devrais probablement pas vous révéler ça, mais, il y a quelques années, personne ne voulait de mes tableaux. Les gens riaient en les voyant. C'était dur. J'ai failli abandonner.

— La plupart des grands artistes racontent la même histoire, dit-il doucement.

— J'ai failli ne pas obtenir mon diplôme, vous savez. Peu de gens savent ça.

— Une autre bière? demanda Gabri en prenant le verre vide de Fortin.

— Pas pour moi, merci, répondit le galeriste.

Puis, se tournant vers Clara, il ajouta:

— Entre nous? La plupart des plus doués ne l'obtiennent pas. Comment peut-on faire passer un examen à un artiste?

– Moi, j'ai toujours été bon dans les tests, dit Gabri en prenant le verre de Clara. Non, attendez, c'était plutôt les test…
icules.

Après avoir lancé un regard coquin à Clara, il s'éloigna d'un
pas majestueux.

– Sale pédé, dit Fortin en prenant une poignée de noix de
cajou. Ça ne vous donne pas envie de vomir?

Clara se figea. Elle fixa Fortin pour voir s'il blaguait. Non,
il était sérieux. Mais il disait la vérité : elle avait tout à coup
envie de vomir.

24

L'inspecteur-chef Gamache et la directrice Brunel revinrent à la cabane, chacun absorbé dans ses pensées. Lorsqu'ils furent sur la galerie, la directrice dit :

— Je vous ai fait part de ce que j'ai trouvé. Maintenant, c'est à votre tour. À propos de quoi chuchotiez-vous, l'inspecteur Beauvoir et vous, dans le coin, comme deux vilains petits garçons ?

Peu de gens oseraient qualifier l'inspecteur-chef Gamache de vilain petit garçon. Il sourit, puis se rappela cette chose dans le coin de la cabane, qui avait scintillé en donnant l'impression de se moquer d'eux.

— Aimeriez-vous que je vous montre ?

— Non, je vais plutôt retourner dans le potager ramasser des navets. Bien sûr, quelle question ! dit-elle en riant.

Une fois à l'intérieur, elle regarda partout à la fois, posant les yeux tantôt sur un objet précieux, tantôt sur un autre, puis elle fixa le coin le plus sombre de la pièce.

— Je ne vois rien.

Beauvoir se joignit à eux et alluma sa lampe de poche. Elle suivit la lumière le long du mur jusqu'aux chevrons.

— Je ne vois toujours rien.

— Et pourtant, c'est là, dit Gamache.

Pendant qu'ils attendaient, Beauvoir pensa à d'autres mots laissés pour qu'on les découvre, punaisés sur la porte de sa chambre au gîte, ce matin-là.

Il avait demandé à Gabri s'il savait quelque chose au sujet du bout de papier, mais celui-ci avait paru surpris et avait secoué la tête.

Beauvoir avait fourré le morceau de papier dans sa poche et n'avait eu le courage de le lire qu'après le premier café au lait de la journée.

et le corps doux d'une femme,
et essuiera ta fièvre à coups de langue,

Ce n'était pas l'idée que la vieille poète folle s'était introduite dans le gîte pour épingler la note sur sa porte qui troublait le plus Beauvoir. Ni qu'il n'y comprenait rien. Non, ce qui le troublait le plus, c'était la virgule à la fin.

Elle annonçait une suite.

— Je suis désolée, je ne vois vraiment rien.

La voix de la directrice Brunel le sortit de sa rêverie.

— Voyez-vous une toile d'araignée? demanda Gamache.

— Oui.

— Donc, vous voyez ce que je voulais vous montrer. Regardez plus attentivement.

Après un moment, son visage changea d'expression. Elle écarquilla les yeux et haussa les sourcils. Puis elle inclina légèrement la tête comme si elle ne voyait pas très bien.

— Mais, il y a un mot écrit dans la toile. Qu'est-ce que c'est? *Woe*? Comment est-ce possible? Quel genre d'araignée arrive à faire ça? demanda-t-elle.

Elle ne s'attendait évidemment pas à une réponse, et n'en obtint pas.

Juste à ce moment-là, le téléphone satellite sonna. Après avoir répondu, l'agent Morin tendit l'appareil à l'inspecteur-chef.

— L'agente Lacoste pour vous, monsieur.

— Oui, allô?

Il écouta pendant quelques instants, puis ajouta:

— Vraiment?

Il écouta encore un peu, tout en regardant autour de la pièce, puis leva la tête vers la toile d'araignée.

— D'accord. Merci, dit-il avant de raccrocher.

Il réfléchit un moment, puis alla chercher un escabeau.

— Voulez-vous que je…, dit Beauvoir en indiquant l'escabeau.

— Ce n'est pas nécessaire.

Gamache respira profondément et commença l'escalade de l'Annapurna. Rendu à la deuxième marche, il tendit une main tremblante et Beauvoir s'avança jusqu'à ce que les doigts du chef trouvent son épaule. Se sentant soutenu, Gamache leva l'autre main et donna de petits coups dans la toile avec un stylo. Lentement, sans être vu des autres qui étiraient le cou, il déplaça un brin de la toile.

— C'est bien ça, murmura-t-il.

Une fois redescendu sur la terre ferme, il indiqua le coin d'un mouvement de la tête. Beauvoir éclaira la toile.

— Comment avez-vous fait ça? demanda-t-il.

Le message avait changé. Ce n'était plus *Woe* qui était écrit, mais *Woo*.

— Un des brins s'était détaché.

— Mais comment le saviez-vous? demanda Beauvoir, qui tenait à comprendre.

Les uns après les autres, ils avaient examiné attentivement la toile. De toute évidence, ce n'était pas le travail d'une araignée. Elle paraissait faite de fils, peut-être du fil de nylon pour canne à pêche, tissés pour imiter une toile d'araignée. Ils la décrocheraient bientôt et la feraient analyser. Elle avait beaucoup d'informations à leur révéler, bien que passer de *Woe* à *Woo* ne semblât pas les éclairer davantage.

— Nous avons reçu d'autres rapports d'analyse au bureau provisoire, dit le chef. Ceux concernant les empreintes. Je vous en parlerai dans une minute. Mais vous vous souvenez de ce morceau de bois trouvé sous le lit?

— Celui où avait été taillé *Woe*? demanda Morin, qui s'était joint à eux.

Gamache fit oui de la tête.

— Il y avait du sang dessus. Celui de la victime, selon le laboratoire. En l'enlevant, les techniciens ont découvert autre chose. Ce n'est pas *Woe* qui avait été sculpté dans le bois. Quand les taches de sang qui masquaient partiellement les lettres ont été nettoyées, le mot révélé était...

— *Woo*, dit Beauvoir. Vous avez donc pensé que ce mot était peut-être aussi celui dans la toile.

— Ça valait la peine de vérifier.

— Je crois que je préfère *Woe*, dit Beauvoir en regardant la toile. Au moins, ça veut dire quelque chose. Que signifie *Woo* ?

Tous se mirent à réfléchir. Si quelqu'un était passé près de la cabane et avait jeté un coup d'œil à l'intérieur, cette personne aurait vu un groupe d'adultes, presque immobiles, qui regardaient dans l'espace en marmonnant « *Woo* » de temps en temps.

— *Woo*, dit Brunel. Est-ce que ça ne veut pas dire « courtiser » en anglais ?

— *Woohoo* ? Comme quelqu'un qui pleure ? dit Beauvoir. Non, je me trompe, c'est *boohoo*.

— Ce n'est pas un autre terme pour kangourou ? demanda Morin.

— Kangouwou ? C'est *rou*, répondit sèchement Beauvoir.

— Merde, jura Brunel.

— *Woo, woo*, dit Morin à voix basse.

« Trouve quelque chose d'intelligent, se supplia-t-il, qui ne ressemblerait pas au "tchou tchou" d'un train. » Mais plus il répétait le mot, plus il le trouvait absurde.

— *Woo*, chuchota-t-il.

Seul Gamache ne disait rien. Il écoutait, mais son esprit revenait sans cesse à l'autre nouvelle, et son regard se durcit quand il pensa au résultat de l'analyse des empreintes relevées sur le morceau de bois taché de sang.

— Il ne peut pas rester ici, dit Marc en passant ses bras sous l'eau du robinet dans la cuisine.

— Moi non plus, je ne le veux pas ici, mais au moins on peut le surveiller, dit sa mère.

Les Gilbert regardèrent par la fenêtre le vieil homme assis en tailleur sur la pelouse, qui méditait.

— Que voulez-vous dire par « le surveiller » ? demanda Dominique.

Son beau-père la fascinait. Il exerçait une sorte de magnétisme détraqué. Elle voyait qu'il avait eu une forte personnalité autrefois, une solide emprise sur les gens. Et il se comportait comme si c'était toujours le cas. Un reste de dignité se dégageait de lui, mais aussi un peu de fourberie.

Marc prit le pain de savon et le frotta sur ses avant-bras, comme le ferait un chirurgien avant une opération. En fait, il enlevait la poussière et le plâtre laissés par la pose des cloisons sèches, un travail fatigant, qu'il effectuait presque certainement pour quelqu'un d'autre : le prochain propriétaire de l'auberge. C'était tant mieux, au fond, car il s'acquittait très mal de cette tâche.

— Je veux dire que des choses se produisent quand Vincent est là, expliqua Carole, et ce, depuis toujours. Comme un grand capitaine de navire, il a toujours foncé droit devant, sans se rendre compte des épaves laissées dans son sillage.

Cela ne paraissait peut-être pas, mais elle se montrait charitable. Par égard pour Marc. À vrai dire, Vincent avait probablement conscience du mal qu'il causait. Elle en était venue à croire qu'il fonçait délibérément sur les gens pour leur passer dessus. Les détruisait, en faisant exprès.

Elle avait été son infirmière, son assistante, sa bonne à tout faire. Son témoin aussi et, pour finir, sa conscience. Voilà probablement pourquoi ils avaient fini par se détester l'un l'autre.

De nouveau, les Gilbert regardèrent l'homme calmement assis en tailleur dans leur jardin.

— Je ne peux pas penser à lui en ce moment, dit Marc en se séchant les mains.

— Nous devons le laisser demeurer ici, dit Dominique. C'est ton père.

Marc regarda sa femme d'un air à la fois amusé et triste.

— Ça y est. Il a réussi, n'est-ce pas ? Son charme a opéré sur toi.

— Je ne suis pas une petite fille naïve, tu sais.

Marc ne sut quoi répondre. Elle avait tenu tête, il le savait, à certains des plus riches tyrans et des plus grands manipulateurs du monde financier canadien, mais le Dr Vincent Gilbert était différent. Il ensorcelait.

— Je te demande pardon. Il se passe tellement de choses.

Il avait pensé que déménager à la campagne serait un jeu d'enfant, comparativement à la cupidité, à la peur et aux magouilles qu'il avait connues dans le monde de la finance. Or, jusqu'à maintenant, il avait trouvé un cadavre et l'avait déplacé, avait terni la réputation de sa famille auprès des villageois et été accusé de meurtre. Maintenant, il était sur le point de jeter dehors un saint et, en plus, avait probablement mal installé les cloisons sèches.

Et les feuilles n'avaient pas encore changé de couleur.

Ils seraient partis quand cela se produirait, à la recherche d'une autre maison, ailleurs, où, espérait-il, ils réussiraient mieux. Il s'ennuyait de la vie relativement facile du monde des affaires, où des crapules sans scrupules se cachaient dans tous les bureaux cloisonnés. Ici, tout paraissait si agréable et paisible, mais c'était un leurre.

Il regarda de nouveau par la fenêtre. Au premier plan se trouvait son père, assis les jambes croisées. Dans le champ derrière lui, il y avait deux vieux chevaux mal en point de même qu'une bête ressemblant à un orignal et, au loin, un cheval crotté qui, en toute justice, aurait déjà dû être transformé en pâtée pour chiens. Ce n'était pas ce que Marc avait imaginé quand il avait déménagé à la campagne.

— Marc a raison, tu sais, dit Carole à sa belle-fille. Vincent entre dans la vie des gens en les tyrannisant, les charmant ou les culpabilisant. Mais il obtient toujours ce qu'il veut.

— Et que veut-il ? demanda Dominique.

La question était légitime. Alors pourquoi était-il si difficile d'y répondre ?

On sonna à la porte. Tous les trois se regardèrent. Au cours des vingt-quatre dernières heures, ils en étaient venus à redouter ce son.

— J'y vais, dit Dominique en quittant la cuisine d'un pas rapide.

Elle revint une minute plus tard, suivie d'un petit garçon et d'Old Mundin.

— Vous connaissez mon fils, je crois, dit Old, après avoir salué Marc et Carole d'un sourire. Allons, Charlie, qu'est-ce que La Mère t'a dit de dire à ces gentilles personnes ?

Ils patientèrent pendant que Charlie réfléchissait. Quelques instants plus tard, il leur fit un doigt d'honneur.

— Il a appris ça de Ruth, expliqua Old.

— Un beau modèle à suivre. Aimerait-il un scotch ? demanda Carole.

Un sourire apparut sur le beau visage hâlé d'Old Mundin.

– Non. Ruth lui a donné un martini et nous essayons de ne pas mélanger les sortes d'alcool.

Soudain, le jeune homme sembla mal à l'aise. Il posa ses mains sur les épaules de son fils et le tira vers lui.

– J'ai entendu dire qu'il était ici. Est-ce que cela vous dérangerait?

Une totale incompréhension se lisait sur le visage de Marc, de Dominique et de Carole.

– Nous dérangerait? dit Dominique.

– Le Dr Gilbert. Je l'avais aperçu dans la forêt, vous savez. Je savais qui il était, mais pas qu'il était votre père, dit-il en s'adressant à Marc.

– Pourquoi n'avez-vous rien dit? demanda Dominique.

– Ce n'était pas mes affaires. J'avais l'impression qu'il ne voulait pas être vu.

Marc se demanda si la vie n'était pas plus simple ici, après tout. C'était peut-être lui qui compliquait les choses. Le monde des affaires lui avait fait croire, à tort, qu'il devait se mêler de tout.

– Je ne veux pas le déranger, poursuivit Mundin, mais je me demandais s'il était possible de le voir. De lui présenter Charlie, peut-être.

Cette requête semblait avoir exigé un effort douloureux de la part de ce jeune père plein de dignité.

– J'ai lu et relu son livre, *Être*. Votre père est un grand homme. Je vous envie.

Et Marc enviait Old Mundin. De toucher son fils, de le tenir contre lui, de le protéger, de l'aimer. De faire preuve d'humilité, pour lui.

– Il est dans le jardin, dit Marc.

– Merci.

Rendu à la porte, Old s'arrêta.

– J'ai des outils. Je pourrais revenir demain et vous aider. Un homme a toujours besoin d'aide.

«Tu seras un homme, mon fils.» Pourquoi son père ne lui avait-il pas dit qu'un homme avait toujours besoin d'aide?

Marc hocha la tête, conscient de l'importance de ce qui venait de se passer. Old Mundin offrait de les aider à construire leur maison, pas à la quitter. Parce que son père était Vincent Gilbert. Son trou de cul de père les avait sauvés.

Mundin se tourna vers Dominique.

– Ah oui, L'Épouse vous fait dire bonjour.

– Dites aussi bonjour de ma part…, répondit Dominique. Et, après une courte pause, elle ajouta :

– … à L'Épouse.

– Je n'y manquerai pas.

Puis Charlie et son père allèrent dans le jardin sous le regard des trois autres.

Le Dr Vincent Gilbert, sorti depuis peu de la forêt, était en quelque sorte devenu le centre d'attention.

Quand le jeune homme et son fils s'approchèrent, Vincent Gilbert entrouvrit un œil et regarda à travers ses longs cils. Pas les deux personnes qui marchaient lentement vers lui, mais les trois personnes à la fenêtre.

«Aidez les autres», lui avait-on conseillé. Il en avait l'intention, mais il devait d'abord s'aider lui-même.

C'était tranquille dans le bistro. Quelques villageois étaient attablés dehors au soleil et jouissaient du calme en savourant leur café ou leur Campari. À l'intérieur, Olivier se tenait à la fenêtre.

– Seigneur ! On dirait que tu n'as jamais vu le village, dit Gabri derrière le bar.

Il astiquait le comptoir et remplissait les bocaux à friandises qu'il avait, pour la plupart, contribué à vider.

Ces derniers jours, quand Gabri cherchait Olivier, il le trouvait au même endroit : debout devant la fenêtre en saillie, regardant dehors.

– En veux-tu une ? demanda Gabri en s'approchant de son partenaire et en lui offrant une réglisse en forme de pipe.

Mais Olivier ne réagit pas, resta figé comme s'il avait été ensorcelé. Alors Gabri mordit dans la friandise, mangeant d'abord le bout en sucre, selon la règle.

– Qu'est-ce qui ne va pas ? demanda-t-il en suivant le regard d'Olivier.

Il vit ce à quoi il s'attendait. En tout cas, rien de bien captivant. Seulement les clients sur la terrasse et Ruth, suivie de

Rose, dans le parc. Aujourd'hui, le canard portait un pull en tricot.

Olivier plissa les yeux en fixant le canard. Puis il se tourna vers Gabri.

— Ce pull ne te paraît pas familier?

— Lequel?

— Celui que porte le canard, voyons.

Olivier scruta le visage de son partenaire. Le gros homme n'avait jamais su mentir. Gabri finit le reste de la pipe et prit un air perplexe.

— Je n'ai aucune idée de quoi tu parles.

— C'est mon pull, non?

— Allons donc, Olivier, penses-tu que le canard et toi portez la même taille?

— Pas maintenant, mais quand j'étais petit. Où sont mes vêtements de bébé?

Gabri demeura silencieux. Dans sa tête, il maudissait Ruth de faire parader Rose dans sa nouvelle garde-robe. Enfin, pas si nouvelle que ça.

— J'ai pensé qu'il était temps de s'en débarrasser, répondit-il. Ruth avait besoin de pulls et d'autres choses pour garder Rose au chaud cet automne et en hiver. Je me suis souvenu de tes vêtements de bébé. Pourquoi les gardais-tu, au juste? Ils ne faisaient qu'occuper de l'espace dans le sous-sol.

— Quel espace pouvaient-ils bien occuper? demanda Olivier.

Il sentait qu'il perdait le contrôle de ses émotions, se décomposait à l'intérieur.

— Comment as-tu osé? demanda-t-il rageusement à Gabri qui, sous le choc, eut un mouvement de recul.

— Mais tu avais toi-même parlé de t'en débarrasser.

— Oui, moi. Moi, m'en débarrasser. Pas toi. Tu n'avais pas le droit.

— Je suis désolé. Je ne savais pas que ces vêtements avaient autant d'importance pour toi.

— Eh bien, ils en ont. Qu'est-ce que je vais faire maintenant?

Olivier observait Rose qui se dandinait derrière Ruth tandis que celle-ci marmonnait quelque chose – Dieu sait quoi – au canard. Et il sentit ses yeux se remplir de larmes et un trop-plein d'émotion lui nouer la gorge. Il ne pouvait pas vraiment reprendre les vêtements. Pas maintenant. C'était fini. Il ne les reverrait plus jamais.

– Veux-tu que je les récupère? demanda Gabri en prenant la main d'Olivier.

Olivier secoua la tête. D'ailleurs, il ne savait pas pourquoi il réagissait si fortement. Il avait beaucoup d'autres soucis, plus graves. Et il avait effectivement parlé de se défaire de la boîte de vieux vêtements. Seuls la paresse et le fait de ne pas savoir à qui les donner l'en avaient empêché.

Alors pourquoi pas à Rose? Au loin, il entendit cancaner dans le ciel et vit Rose et Ruth lever la tête. Des canards se dirigeaient vers le sud.

Une tristesse envahit Olivier. Il ne les reverrait plus. C'était fini. Tout était fini.

Cela faisait des semaines que les villageois marchaient dans la forêt. Au début, le jeune homme les avait pressés d'avancer et, de temps en temps, avait jeté un coup d'œil derrière lui. Il regrettait d'avoir demandé à sa famille et à ses amis de l'accompagner. Sans les vieillards et les enfants, il aurait été rendu beaucoup plus loin. Mais à mesure que les semaines passaient et que les jours paisibles se succédaient, il commença à moins s'inquiéter et fut heureux d'avoir de la compagnie.

Il ne regardait presque plus par-dessus son épaule. Puis le premier signe apparut.

C'était le soir, mais il ne faisait pas nuit. Il ne faisait jamais totalement nuit. Il se demanda si les autres s'en étaient rendu compte. Il n'y avait, après tout, qu'une légère lueur au loin. Sur la ligne d'horizon. Le lendemain, le soleil se leva. Pas complètement, cependant. Le ciel était sombre, mais seulement là-bas, à l'horizon. Comme si une ombre venue de l'autre côté s'y était déversée.

Alors, le jeune homme sut.

Il serra son paquet contre lui et poussa les autres à accélérer le pas. Ils étaient tout à fait disposés à marcher plus vite, car l'immortalité, la jeunesse éternelle, le bonheur les attendaient. Ils étaient presque grisés par la joie. Et le jeune homme se cacha dans cette allégresse.

La nuit, la lueur dans le ciel s'intensifiait et, le jour, l'ombre progressait vers eux.

— Est-ce ici ? demanda sa vieille tante d'un ton rempli d'espoir lorsqu'ils eurent franchi la crête d'une colline. Sommes-nous arrivés ?

Devant eux, il y avait de l'eau. Rien que de l'eau.

Et derrière, l'ombre, qui ne cessait de s'allonger.

25

– Olivier ?

La tête blonde était penchée au-dessus des additions de la matinée. L'heure du dîner approchait et une odeur d'ail, de fines herbes et de poulet grillé emplissait le bistro.

Olivier les avait vus arriver, les avait même entendus. Cette espèce de hurlement, comme si la forêt elle-même criait. Ils avaient émergé des bois sur leurs VTT et les avaient garés sur la propriété de la vieille maison des Hadley. Beaucoup de villageois avaient interrompu leurs activités pour regarder l'inspecteur-chef Gamache et l'inspecteur Beauvoir descendre à pied jusqu'au village. Ils étaient en grande conversation et personne ne les dérangea. Olivier s'était alors éloigné de la fenêtre pour aller derrière le bar. Autour de lui, les jeunes serveurs dressaient les tables pendant que Havoc Parra écrivait les plats du jour sur le tableau.

La porte s'ouvrit et Olivier y tourna le dos, pour profiter de chacun des derniers instants.

– Olivier ? dit l'inspecteur-chef. Nous devons vous parler. En privé, s'il vous plaît.

Olivier se retourna et sourit ; s'il s'insinuait dans leurs bonnes grâces, semblait-il penser, peut-être renonceraient-ils à cet entretien. L'inspecteur-chef sourit à son tour, mais son sourire n'atteint pas ses yeux sérieux. Menant les deux enquêteurs jusqu'à l'arrière-salle donnant sur la rivière Bella Bella, Olivier indiqua les chaises autour de la table et s'assit lui aussi.

– Comment puis-je vous aider ?

Son cœur cognait dans sa poitrine et il avait les mains froides et engourdies. Il ne sentait plus ses extrémités et des points dansaient devant ses yeux. Il avait de la difficulté à respirer et se sentait étourdi.

— Parlez-nous de l'homme qui vivait dans la cabane, demanda l'inspecteur-chef Gamache d'un ton neutre. L'homme mort.

Il se croisa les mains, s'installa confortablement, comme un bon compagnon de table qui veut entendre vos histoires.

Il n'y avait pas moyen d'y échapper, Olivier le savait bien. Il l'avait su dès l'instant où il avait vu l'Ermite, mort, sur le plancher du bistro. Il avait vu cette avalanche dévaler vers lui, prenant de plus en plus de vitesse. Olivier ne pouvait pas fuir. Jamais il ne pourrait éviter ce qui s'en venait.

— Il a été l'un de mes premiers clients quand Gabri et moi avons déménagé à Three Pines.

Les mots, retenus à l'intérieur depuis si longtemps, sortirent lentement. C'était comme de la pourriture. Olivier était surpris de ne pas avoir une haleine puante.

De la tête, Gamache lui fit un petit signe d'encouragement.

— Nous avions seulement une boutique d'antiquités, à ce moment-là. Je n'avais pas encore transformé ce lieu en bistro. Nous avions loué la partie du haut pour y vivre. L'endroit était affreux. Bourré de cochonneries, et d'une saleté dégoûtante. Les éléments caractéristiques d'origine avaient été recouverts de plâtre. Mais nous avons travaillé jour et nuit pour tout restaurer. Nous n'étions ici que depuis quelques semaines, je crois, lorsqu'il est entré. Il ne ressemblait pas à l'homme que vous avez vu sur le plancher. Pas à cette époque. Ça remonte à des années.

Olivier revit tout dans sa tête. Gabri était à l'étage, dans leur nouveau logement, où il dénudait les poutres et retirait les cloisons sèches, derrière lesquelles étaient cachés de magnifiques murs en brique. Chaque découverte était plus excitante que la précédente. Mais aucune ne pouvait rivaliser avec leur sentiment croissant d'avoir trouvé un chez-soi. Un endroit où ils allaient pouvoir s'installer. Au début, ils avaient été si occupés à déballer leurs affaires qu'ils n'avaient pas vraiment pris le temps de découvrir les particularités du village. Mais lentement, au cours des premières semaines et des premiers mois, celui-ci s'était révélé à eux.

— Je venais à peine de mettre sur pied l'entreprise et n'avais pas grand-chose à vendre, seulement quelques objets accumulés au fil des ans. Je rêvais depuis l'enfance d'ouvrir un magasin d'antiquités, et voilà que l'occasion se présentait.

— Elle ne s'est pas présentée toute seule, dit doucement Gamache. Elle a reçu un peu d'aide.

Olivier soupira. Il aurait dû se douter que Gamache apprendrait cela.

— J'avais démissionné de mon emploi en ville. Comme on vous l'a probablement dit, je réussissais très bien.

Gamache hocha de nouveau la tête.

Olivier sourit en se remémorant cette époque grisante, quand il portait des complets en soie, était abonné à un club de gym et roulait en Mercedes, son seul problème, lorsqu'il allait chez le concessionnaire, étant de choisir la couleur.

Puis il avait commis une erreur, était allé trop loin.

Ç'avait été humiliant. Il était si déprimé qu'il avait eu peur de ce qu'il aurait pu faire et avait donc voulu obtenir de l'aide professionnelle. Et c'est dans la salle d'attente du thérapeute qu'il avait rencontré Gabri. Corpulent, volubile, narcissique et si plein de vie.

Au début, Olivier avait été dégoûté, car cet homme représentait tout ce qu'il méprisait. Il considérait ses propres amis et lui-même comme des gais. Discrets, élégants, cyniques.

Gabri était seulement un pédé. Vulgaire. Et gros. Il n'y avait rien de discret chez lui.

Mais rien de mesquin non plus. Et avec le temps Olivier se rendit compte à quel point la gentillesse était une belle qualité.

Et il tomba amoureux de Gabri. Profondément, éperdument et de façon aucunement discrète.

Gabri avait accepté de laisser son emploi au Y de Westmount et de déménager à la campagne, peu importait où. Alors un jour, en voiture, ils s'étaient dirigés vers le sud. Et soudain, au haut d'une côte, ils s'étaient arrêtés. Ils étaient perdus, avaient-ils dû finalement reconnaître. Mais comme ils n'avaient pas de destination particulière, ils ne pouvaient pas être perdus, avait joyeusement fait remarquer Gabri à Olivier qui, à la place du conducteur, se débattait avec une carte routière du Québec. Il avait fini par se rendre compte que Gabri était sorti du véhicule et donnait de petites tapes sur la fenêtre de son côté. Il l'abaissa et Gabri fit de grands gestes des bras.

Agacé, Olivier avait jeté la carte sur le siège arrière et était sorti.

– Quoi? avait-il demandé sèchement à Gabri, qui regardait droit devant.

Il avait suivi son regard, et découvert l'endroit où ils seraient chez eux.

Il en avait été immédiatement persuadé.

Cet endroit correspondait à tous ceux des contes de fées qu'il lisait, enfant, sous les couvertures. Son père devait penser – espérait probablement – qu'il lisait des ouvrages sur des batailles navales, ou regardait des magazines de femmes nues, alors que dans les livres qu'il lisait il était plutôt question de villages, de chaumières, de jardins. De volutes de fumée et de murs de pierres sèches plus vieux que quiconque dans le village.

Il avait oublié tout cela, jusqu'à ce moment. Puis il s'était aussi souvenu de son autre rêve de jeunesse: ouvrir une boutique d'antiquités, un petit commerce où il pourrait présenter ses trouvailles.

– On y va, ma belle?

Gabri avait pris Olivier par la main et, laissant la voiture là où elle se trouvait, ils avaient descendu à pied la route de terre et étaient entrés dans Three Pines.

– J'ai d'abord été déçu quand l'Ermite est entré…

– L'ermite? demanda Gamache.

– C'est ainsi que je l'appelais.

– Vous ne connaissiez pas son nom?

– Il ne me l'a jamais dit et je ne le lui ai jamais demandé.

Gamache croisa le regard de Beauvoir. L'inspecteur paraissait à la fois déçu et sceptique.

– Ses cheveux étaient un peu longs et sa tenue plutôt débraillée. Pas le genre de personne qui dépense beaucoup. Mais, comme je n'étais pas très occupé, je lui ai parlé. Il est revenu une semaine plus tard, puis environ une fois par semaine pendant quelques mois. Un jour, il m'a dit qu'il avait quelque chose à vendre. Ça aussi, c'était très décevant. Je m'étais montré gentil avec lui, et maintenant il voulait que j'achète une vieillerie quelconque. Ça m'a fait chier et j'ai failli lui demander de s'en aller, mais j'ai alors vu l'objet dans sa main.

Olivier se souvenait d'avoir baissé les yeux. Ils étaient au fond de la boutique, où l'éclairage n'était pas bon, et l'objet lui avait paru terne ; il ne brillait pas, ne scintillait pas. Il avait tendu la main pour le prendre, mais l'Ermite avait reculé la sienne. L'objet avait alors accroché la lumière. C'était un portrait miniature.

Les deux hommes s'étaient approchés de la fenêtre et Olivier avait pu bien l'observer. La miniature, entourée d'un vieux cadre dédoré, avait dû être peinte avec un seul crin de cheval, tant les détails étaient fins. On y voyait un homme de profil, à la tenue négligée et portant une perruque poudrée.

Au simple souvenir de cette peinture, le cœur d'Olivier s'emballa.

– Combien voulez-vous ? avait-il demandé.

– Peut-être de la nourriture ? avait répondu l'Ermite, et le marché avait été conclu.

Olivier regarda Gamache, qui n'avait cessé de l'observer de ses yeux bruns sérieux.

– C'est ainsi que ça a commencé. J'ai accepté de prendre la peinture en échange de quelques sacs d'épicerie.

– Et combien valait-elle ?

– Pas grand-chose.

Olivier se rappela avoir délicatement sorti la miniature de son cadre et vu les caractères anciens à l'arrière. Il s'agissait du portrait d'un comte polonais. Il y avait une date, aussi : 1745.

– Je l'ai vendue pour quelques dollars.

Il soutint le regard de Gamache.

– Où ?

– Dans une des boutiques d'antiquités de la rue Notre-Dame, à Montréal.

Gamache hocha la tête.

– Poursuivez.

– Après ça, l'Ermite m'apportait quelque chose de temps en temps et je lui donnais de la nourriture. Mais il est devenu de plus en plus paranoïaque. Il ne voulait plus venir au village. Alors il m'a invité chez lui, dans sa cabane.

– Pourquoi avez-vous accepté de vous y rendre? C'était un dérangement, non?

Olivier avait craint qu'on lui pose cette question.

– Parce que ce qu'il me donnait s'avérait assez intéressant. Rien d'extraordinaire, mais de bonne qualité, et j'étais curieux. La première fois que je suis entré dans la cabane, il m'a fallu quelques minutes avant de me rendre compte de ce qu'il avait. Étrangement, tout paraissait à sa place. Puis j'ai regardé plus attentivement. Les assiettes dont il se servait valaient des dizaines, des centaines de milliers de dollars. Avez-vous vu les verres?

Les yeux d'Olivier étincelaient d'excitation.

– Fantastique!

– A-t-il expliqué comment il en était venu à posséder de tels objets inestimables?

– Jamais, et je ne le lui ai jamais demandé. J'avais peur de l'effrayer et qu'il ne veuille plus me recevoir.

– Était-il conscient de la valeur de ce qu'il avait?

C'était une question intéressante, qu'Olivier s'était posée de nombreuses fois. L'Ermite traitait les plus belles pièces d'argenterie ciselées de la même façon que Gabri traitait la vaisselle Ikea. Il ne faisait aucun effort particulier pour manipuler quoi que ce soit avec précaution. Mais il n'agissait pas de façon désinvolte non plus. Une chose était certaine: l'Ermite était un homme prudent.

– Je ne suis pas sûr, répondit Olivier.

– Donc, si je comprends bien, vous lui donniez de la nourriture et lui vous donnait des antiquités d'une valeur quasi inestimable?

Le ton de Gamache était neutre, n'exprimait que de la curiosité. Il ne comportait aucun accent de reproche comme, Olivier le savait, il aurait pu, et dû.

– Il ne m'a pas donné les meilleures pièces, du moins pas au début. Et j'ai fait plus que lui apporter des produits d'épicerie. Je l'ai aidé à bêcher son potager et lui ai apporté les graines à semer.

— Combien de fois lui rendiez-vous visite ?

— Toutes les deux semaines.

Gamache réfléchit un moment, puis demanda :

— Pourquoi vivait-il dans cette cabane, isolé de tout le monde ?

— Il se cachait, j'imagine.

— Mais de quoi ?

Olivier secoua la tête.

— Je ne sais pas. J'ai essayé d'aborder le sujet, mais il ne voulait pas en parler.

— Que pouvez-vous nous dire ?

Gamache avait posé la question d'un ton moins patient qu'avant. Beauvoir leva la tête de son carnet et Olivier remua sur sa chaise.

— Je sais que l'Ermite a mis quelques mois à construire la cabane. Puis il y a apporté toutes les affaires lui-même.

Olivier étudiait le visage de Gamache, cherchant à y déceler son approbation, un signe qu'il s'adoucissait. L'homme massif se pencha légèrement en avant et Olivier se hâta de continuer.

— Il m'a tout raconté. La plupart de ses objets et de ses meubles n'étaient pas gros. Seulement les bergères, en fait, et le lit. Le reste, n'importe qui aurait pu le transporter. Et il était fort.

Gamache demeura silencieux, et Olivier se tortilla sur son siège.

— Je dis la vérité. Il ne m'a jamais expliqué comment il avait obtenu toutes ces affaires, et je n'osais pas le lui demander. Mais c'est assez évident, n'est-ce pas ? Il avait dû les voler. Sinon, pourquoi se cacher ?

— Vous pensiez donc qu'elles avaient été volées et vous n'avez rien dit ? demanda Gamache d'une voix toujours exempte de reproche. Vous n'avez pas appelé la police ?

— Non. Je sais que j'aurais dû, mais je ne l'ai pas fait.

Pour une fois, Beauvoir n'afficha pas un air méprisant. Une telle attitude lui paraissait parfaitement naturelle et compréhensible. Après tout, combien de personnes le feraient ? Ça le stupéfiait toujours lorsqu'il entendait des histoires à propos de gens qui trouvaient des valises pleines d'argent et les remettaient aux autorités. À son avis, il fallait se questionner sur la santé mentale de ces personnes.

De son côté, Gamache pensait aux autres personnes touchées par l'accord conclu entre les deux hommes, celles à qui les objets avaient appartenu. Le merveilleux violon, la précieuse verrerie, la porcelaine, l'argenterie, la table en marqueterie. Si l'Ermite se cachait dans les bois, c'était pour échapper à quelqu'un.

— A-t-il dit d'où il venait? demanda Gamache.

— Non. Une fois, je lui ai posé la question, mais il n'a pas répondu.

Gamache réfléchit un moment, puis demanda:

— Et à l'entendre?

— Pardon?

— Sa voix, comment était-elle?

— Elle était normale. Nous parlions en français.

— Le français du Québec ou le français de France?

Olivier hésita. Gamache attendit.

— Du Québec, mais...

Gamache ne bougea pas, comme s'il avait pu attendre toute la journée. Toute la semaine. Une éternité.

— ... mais il avait un léger accent. Tchèque, je crois, ajouta rapidement Olivier.

— En êtes-vous sûr?

— Oui. Il était tchèque, marmonna Olivier entre ses dents. J'en suis sûr.

Gamache vit Beauvoir écrire dans son carnet. C'était le premier indice qui permettrait peut-être d'établir l'identité de l'homme.

— Quand le corps a été trouvé, pourquoi ne nous avez-vous pas dit que vous connaissiez l'Ermite?

— J'aurais dû, mais je pensais que vous ne trouveriez peut-être pas la cabane.

— C'est ce que vous espériez? Pourquoi?

Olivier essaya de respirer, mais l'oxygène ne semblait pas atteindre ses poumons. Ni son cerveau. Ses lèvres pincées étaient gelées et il avait les yeux brûlants. Ne leur en avait-il pas assez dit? Pourtant, assis en face de lui, Gamache attendait toujours. Et Olivier le lisait dans ses yeux: il savait. Gamache connaissait la réponse, mais exigeait malgré tout qu'Olivier la donne lui-même.

– Parce qu'il y avait des choses dans la cabane que je voulais. Pour moi.

Olivier paraissait exténué, comme s'il venait de cracher ses entrailles. Mais Gamache savait qu'il y avait plus encore.

– Parlez-nous des sculptures.

Clara marcha le long du chemin à partir de la vieille gare, traversa le pont et, en arrivant dans Three Pines, s'arrêta et regarda d'un côté puis de l'autre.

Que devrait-elle faire?

Elle venait d'aller au bureau provisoire pour rendre la sculpture.

« Sale pédé. »

Deux mots.

Elle pourrait sans doute les oublier. Faire comme si Fortin ne les avait pas prononcés. Ou, mieux encore, peut-être devrait-elle trouver quelqu'un qui lui assurerait que ce qu'elle avait fait était très bien.

Elle n'avait rien fait. Rien dit. Elle avait seulement remercié Denis Fortin d'être venu la rencontrer, avait convenu que tout ça était excitant, avait promis de rester en contact avec lui à mesure que la date de l'exposition approchait. Ils s'étaient serré la main et s'étaient embrassés sur les deux joues.

Et maintenant elle était plantée là, perdue, regardant à gauche et à droite. L'idée d'en parler à Gamache lui avait traversé l'esprit, mais elle l'avait écartée. Elle le considérait comme un ami, mais il était aussi un policier, qui enquêtait sur un crime pire que des mots grossiers.

Et pourtant, Clara s'interrogeait. Était-ce ainsi que commençaient la plupart des meurtres? Débutaient-ils par des mots? Des paroles qui s'enracinaient et couvaient. Fermentaient. Et tuaient.

« Sale pédé. »

Et elle n'avait rien fait.

Clara tourna à droite et se dirigea vers les boutiques.

* * *

– Quelles sculptures ?

– Celle-ci, entre autres.

Gamache déposa le navire à voiles sur la table, avec le passager malheureux caché parmi les sourires.

Olivier le regarda fixement.

Postés à l'extrême limite de la terre, tassés les uns contre les autres, ils regardaient l'océan devant eux. Sauf le jeune homme, qui avait les yeux tournés vers l'arrière, vers l'endroit d'où ils étaient venus.

Il était impossible, maintenant, de ne pas voir les lumières dans le ciel sombre. De plus, il faisait presque toujours noir ; il n'y avait plus de différence entre le jour et la nuit. Et pourtant, les villageois étaient si joyeux et remplis d'espoir qu'ils ne semblaient pas le remarquer, ou s'en inquiéter.

Tel un sabre, la lumière fendit l'obscurité, l'ombre menaçante fonçant dans leur direction, et qui était presque au-dessus d'eux.

Le roi de la montagne s'était réveillé et avait assemblé une armée constituée de Bile et de Rage, et dirigée par le Chaos. Leur courroux découpait le ciel devant eux. Ils étaient à la recherche d'un homme en particulier, un jeune homme, à peine sorti de l'enfance. Et du paquet qu'il avait emporté.

Ils avançaient toujours, s'approchant de plus en plus. Et sur le rivage les villageois attendaient qu'on les amène à la terre promise. Là où rien de grave ne se produisait, où personne ne devenait malade ni ne vieillissait.

Le jeune homme courait ici et là, essayant de trouver une cachette. Une grotte, peut-être, un endroit où il pourrait se tapir, se terrer. Se faire le plus petit possible. Et ne pas attirer l'attention.

– Oh, fit Olivier.

– Que pouvez-vous me dire au sujet de cette sculpture ? demanda Gamache.

Seule une petite colline séparait la redoutable armée des villageois. C'est-à-dire une heure, peut-être moins.

Olivier entendit de nouveau la voix, l'histoire qui emplissait la cabane, même les coins sombres.

— Regardez! cria l'un des villageois en pointant le doigt vers l'eau.

Le jeune homme se retourna, se demandant quelle horreur pouvait bien venir de la mer. Il vit plutôt un bateau. Toutes voiles dehors. Qui se hâtait vers eux.

— Il nous a été envoyé par les dieux, dit sa vieille tante lorsqu'elle monta à bord.

Et c'était vrai, il le savait. Un des dieux avait eu pitié d'eux et leur avait envoyé un puissant navire et un vent fort. Ils embarquèrent rapidement et le bateau appareilla immédiatement. Une fois en mer, le jeune homme regarda vers l'arrière et vit, s'élevant au-dessus de la dernière colline, une forme sombre. Elle se dressa de plus en plus haut. Autour de son sommet tournoyaient les Furies et sur ses flancs maintenant nus avançaient la Tristesse, le Chagrin et la Folie. Et à la tête de l'armée se tenait le Chaos.

En apercevant le vaisseau minuscule sur l'océan, la Montagne hurla et son mugissement gonfla les voiles du navire, si bien que celui-ci fendit les flots à vive allure. À l'avant du bateau, les villageois heureux scrutaient l'horizon, cherchant à apercevoir la terre, leur nouveau monde. Mais le jeune homme, blotti parmi eux, regardait en arrière. Il regardait la Montagne d'Amertume qu'il avait créée. Et la rage qui emplissait leurs voiles.

— Où avez-vous trouvé ça? demanda Olivier.

— Dans la cabane.

Gamache l'observait attentivement. Olivier paraissait abasourdi par la vue de la sculpture. Presque effrayé.

— L'avez-vous déjà vue?

— Jamais.

— Ou d'autres semblables?

— Non.

Gamache tendit la sculpture à Olivier et dit:

— C'est un sujet étonnant, vous ne trouvez pas?

— Comment ça?

— Eh bien, tout le monde a l'air si heureux, joyeux, même. Sauf lui.

Gamache posa son index sur la tête du personnage accroupi. Olivier le regarda de plus près et fronça les sourcils.

– Je ne connais rien à l'art. Vous devriez vous adresser à quelqu'un d'autre.

– Qu'est-ce que l'Ermite sculptait?

– Rien de particulier. Il taillait au couteau des morceaux de bois, c'est tout. Une fois, il a essayé de me montrer comment faire, mais je ne cessais de me couper. Je ne suis pas habile de mes mains.

– Ce n'est pas ce que dit Gabri. À une époque, d'après lui, vous cousiez vos propres vêtements.

– Quand j'étais jeune, répondit Olivier en rougissant. Et c'était de la merde.

Gamache reprit la sculpture.

– Nous avons trouvé des outils à travailler le bois dans la cabane. Les gens du labo sont en train de les examiner et nous saurons bientôt s'ils ont été utilisés pour sculpter ceci. Mais nous connaissons tous les deux la réponse, n'est-ce pas?

Les deux hommes se dévisagèrent.

– Vous avez raison, répondit Olivier avec un petit rire. J'avais oublié. Il faisait de drôles de sculptures, mais il ne m'a jamais montré celle-là.

– Que vous a-t-il montré?

– Je ne m'en souviens pas.

Gamache montrait rarement des signes d'impatience, mais l'inspecteur Beauvoir, oui. Il ferma son carnet d'un coup sec. Le son produit ne lui parut pas très satisfaisant. Il ne traduisait certainement pas sa frustration par rapport à un témoin qui se comportait comme son neveu de six ans accusé d'avoir volé des biscuits, niant tout, mentant sur tout, même les détails les plus insignifiants, comme s'il ne pouvait s'en empêcher.

– Essayez, dit Gamache.

Olivier soupira.

– Je me sens un peu mal à l'aise, à ce sujet. Il adorait sculpter et m'a demandé de lui apporter du bois, mais pas n'importe lequel. Du cèdre rouge, a-t-il précisé, de la Colombie-Britannique. J'en ai obtenu d'Old Mundin. Mais quand l'Ermite a commencé à m'offrir ses sculptures, j'ai été très déçu. D'autant plus qu'il ne me donnait plus d'antiquités. Seulement ces objets taillés dans le bois.

Il indiqua la sculpture d'un petit geste de la main.

– Qu'en avez-vous fait?

– Je m'en suis débarrassé.

– Où?

– Dans les bois. Quand je revenais à la maison, je les jetais dans la forêt. Je n'en voulais pas.

– Mais cette sculpture, il ne vous l'a pas donnée, ni même montrée?

Olivier secoua la tête.

Gamache réfléchit un moment. Pourquoi l'Ermite avait-il caché celle-là, et l'autre? Qu'y avait-il de différent dans leur cas? Peut-être se doutait-il qu'Olivier avait jeté les autres. Peut-être s'était-il rendu compte qu'il ne pouvait faire confiance à son visiteur, ne devait pas lui confier ses créations.

– Qu'est-ce que ça signifie, ça? demanda l'inspecteur-chef en montrant les lettres en dessous du bateau.

OWSVI

– Je ne sais pas.

Olivier semblait perplexe.

– Il n'y avait pas ça sur les autres.

– Parlez-moi de *woo*, dit Gamache, si doucement qu'Olivier crut avoir mal entendu.

Assise dans le fauteuil profond et confortable, Clara regarda Myrna servir M. Béliveau. Le vieil épicier était venu chercher quelque chose à lire, mais n'avait pas d'idée précise. Myrna en discuta avec lui et fit quelques suggestions. Elle connaissait les goûts de tout le monde, à la fois leurs préférences déclarées et leurs véritables préférences.

Finalement, M. Béliveau repartit avec des biographies de Jean-Paul Sartre et de Wayne Gretzky. Il salua Clara en inclinant légèrement la tête, et elle, de son fauteuil, fit de même. Elle n'était jamais certaine de la façon dont elle devait réagir lorsque le vieil homme courtois faisait cela.

Myrna tendit à Clara un verre de limonade fraîche, puis s'assit dans le fauteuil en face d'elle. Le soleil de l'après-midi entrait à flots par la fenêtre de la librairie. Ici et là, elles voyaient un chien courir après une balle pour un villageois, ou vice versa.

– N'est-ce pas ce matin que tu devais rencontrer M. Fortin ?

Clara hocha la tête.

– Comment ça s'est passé ?

– Pas mal.

– Oh, qu'est-ce qui t'arrive ? Tu as le nez qui s'allonge !

– Très drôle, dit Clara.

Mais c'était l'encouragement dont elle avait besoin. En décrivant la rencontre, elle s'efforça de garder un ton léger. Lorsqu'elle énuméra la liste des personnes qui assisteraient fort probablement au vernissage à la Galerie Fortin, Myrna s'exclama et serra son amie dans ses bras.

– C'est incroyable, non ?

– Sale pédé.

– Vieille pute. Jouons-nous à un nouveau jeu ? demanda Myrna en riant.

– Ce que j'ai dit ne t'offusque pas ?

– Me traiter de sale pédé ? Non.

– Pourquoi ?

– Eh bien, je sais que c'est une plaisanterie, que tu n'étais pas sérieuse. L'étais-tu ?

– Supposons que oui.

– Alors, je m'inquiéterais à ton sujet, répondit Myrna avec un sourire. Allez, dis-moi, qu'est-ce qui se passe ?

– Quand on était au bistro, Gabri est venu nous servir et, lorsqu'il est reparti, Fortin l'a traité de sale pédé.

Myrna respira profondément.

– Et qu'as-tu dit ?

– Rien.

Myrna hocha la tête. C'était à son tour de ne rien dire.

– Pardon ?

– *Woo*, répéta l'inspecteur-chef.

– *Woo* ?

Olivier paraissait déconcerté, mais il avait feint l'étonnement tout au long de cet interrogatoire. Beauvoir avait cessé depuis longtemps de croire quoi que ce soit que cet homme puisse dire.

– L'Ermite l'a-t-il mentionné à un moment donné ? demanda Gamache.

– Mentionné *woo*? Je n'ai aucune idée de ce que vous me demandez.

– Avez-vous remarqué une toile d'araignée, dans un des coins de la cabane?

– Une toile d'araignée? Hein? Non, je n'en ai jamais remarqué. Mais, si vous voulez mon avis, je serais très étonné qu'il y en ait. La cabane de l'Ermite était impeccablement tenue.

– Propre, dit Gamache.

– Propre, répéta Olivier.

– *Woo*. Pour vous, Olivier, qu'est-ce que ça évoque?

– Rien.

– Et pourtant c'est le mot qui était taillé dans le morceau de bois que vous avez pris dans la main de l'Ermite. Après qu'il eut été assassiné.

C'était pire que ce qu'avait imaginé Olivier, qui croyait pourtant s'être préparé au pire. Gamache semblait tout savoir. Ou du moins presque tout.

«Mon Dieu, faites qu'il ne sache pas tout», pensa-t-il.

– Oui, je l'ai ramassé, avoua Olivier. Mais je ne l'ai pas regardé. Il était par terre à côté de sa main. Quand j'ai vu qu'il y avait du sang dessus, je l'ai laissé tomber. On y lisait *woo*?

Gamache hocha la tête et se pencha vers l'avant; ses grosses mains semblèrent se soutenir l'une l'autre lorsqu'il appuya les coudes sur ses genoux.

– L'avez-vous tué?

26

Au bout d'un moment, Myrna parla. Elle se pencha vers l'avant et prit la main de Clara.

– Tu as eu une réaction normale.

– Vraiment? Pourtant, je me sens comme de la merde.

– Eh bien, ta vie, dans l'ensemble, c'est de la merde, dit Myrna en hochant la tête avec componction. C'est pourquoi ça paraît normal.

– Ha, ha.

– Écoute, Fortin t'offre tout ce dont tu as toujours rêvé, tout ce que tu as toujours voulu.

– Et il semblait si gentil.

– Il l'est probablement. Pouvait-il s'agir d'une blague?

Clara secoua la tête.

– Il est peut-être lui-même gai, ajouta Myrna.

Clara secoua de nouveau la tête.

– J'y ai pensé, mais il a une femme et des enfants, et il n'a simplement pas l'air gai.

Clara et Myrna étaient toutes deux dotées d'un détecteur d'homosexuels assez sensible. Il n'était pas parfait, elles le savaient, mais il aurait sans doute enregistré le bip de Fortin. Mais non, rien. Il avait seulement capté l'immense objet, facilement reconnaissable, qu'était Gabri, s'éloignant.

– Qu'est-ce que je devrais faire? demanda Clara.

Myrna garda le silence.

– Je dois parler à Gabri, n'est-ce pas?

– Ça pourrait aider.

– Peut-être demain.

En partant, Clara réfléchit aux paroles de son amie. Fortin lui offrait tout ce qu'elle avait toujours voulu, son seul rêve depuis l'enfance : être reconnue en tant qu'artiste. Le succès serait encore plus gratifiant après sa traversée du désert, toutes ces années pendant lesquelles on s'était moqué d'elle, l'avait marginalisée.

Il suffisait qu'elle se taise.

Elle était capable de faire ça.

– Non, je ne l'ai pas tué.

Mais en le disant, Olivier prit conscience des conséquences désastreuses de ce qu'il avait fait. En mentant constamment, il avait travesti la vérité.

– Il était déjà mort quand je suis arrivé.

« Seigneur. » Même à ses oreilles, ça paraissait un mensonge. « Non, je n'ai pas pris le dernier biscuit, je n'ai pas cassé la tasse en porcelaine, je n'ai pas volé l'argent dans ton sac à main. Non, je ne suis pas gai. »

Mensonges. Il avait menti toute sa vie. Tout le temps. Jusqu'à ce qu'il vienne à Three Pines. Pendant un instant, pendant quelques jours merveilleux, il avait vécu dans la sincérité. Avec Gabri. Dans leur petit logement minable au-dessus du magasin.

Ensuite, l'Ermite était arrivé. Et avec lui toute une série de mensonges.

– Écoutez, c'est la vérité. C'était samedi soir et le bistro était bondé. C'est toujours une vraie maison de fous le week-end de la fête du Travail. Mais vers minuit, seuls quelques clients traînaient encore. Puis Old Mundin est arrivé avec les chaises et une table. Quand il est reparti, la place était vide et Havoc finissait de ranger. Alors, j'ai décidé de rendre visite à l'Ermite.

– Après minuit ? demanda Gamache.

– C'est l'heure où j'y allais habituellement. Pour ne pas être vu.

En face, l'inspecteur-chef s'appuya contre le dossier de sa chaise, pour établir une distance entre eux. Le geste était éloquent. Il laissait entendre que Gamache ne le croyait pas. Olivier fixa cet homme qu'il avait considéré comme un ami et il sentit un serrement, une constriction.

— Vous n'aviez pas peur de l'obscurité?

Gamache avait posé la question simplement et Olivier se rendit immédiatement compte du génie de cet homme. Il était capable de se glisser sous la peau des gens et de creuser au-delà de la chair, du sang et des os. De poser des questions qui semblaient anodines.

— Ce n'est pas de l'obscurité que j'ai peur.

Il se souvenait de la liberté qui venait seulement après le coucher de soleil. Dans les parcs de la ville, les salles de cinéma sombres, les chambres à coucher. Le bonheur éprouvé quand il pouvait enlever sa cuirasse et être lui-même. Protégé par la nuit.

Il ne craignait pas la noirceur, mais plutôt ce qui pouvait être mis au jour.

— Je connaissais le chemin et le trajet prenait seulement une vingtaine de minutes.

— Qu'avez-vous vu quand vous êtes arrivé?

— Tout semblait normal. Une lumière brillait à la fenêtre et la lanterne sur la galerie était allumée.

— Il attendait quelqu'un.

— Il m'attendait, moi. Il allumait toujours la lanterne quand je venais. J'ai compris que quelque chose n'allait pas seulement après avoir ouvert la porte, quand je l'ai vu. Je savais qu'il était mort, mais j'ai pensé qu'il était simplement tombé, avait peut-être subi un AVC ou une crise cardiaque et s'était cogné la tête.

— Vous n'avez pas vu d'arme?

— Non, aucune.

Gamache se pencha en avant.

« Commence-t-il à me croire? » se demanda Olivier.

— Lui avez-vous apporté de la nourriture?

Olivier réfléchit à toute vitesse et fit oui de la tête.

— Que lui avez-vous apporté?

— Les provisions habituelles : fromage, lait, beurre. Du pain. Et comme gâterie, du miel et du thé.

— Qu'en avez-vous fait?

— Des produits? Je ne sais pas. J'étais sous le choc. Je n'arrive pas à me rappeler.

– Nous avons trouvé la nourriture dans la cuisine. Entamée.

Les deux hommes se dévisagèrent. Puis Gamache plissa les yeux et Olivier eut énormément de difficulté à soutenir son regard.

Gamache était en colère.

– Je me suis rendu à la cabane à deux reprises cette nuit-là, marmonna Olivier, la tête baissée vers la table.

– Plus fort, s'il vous plaît, dit le chef.

– Je suis retourné à la cabane, OK ?

– C'est le moment, Olivier. Dites-moi la vérité.

La respiration d'Olivier était saccadée. Elle ressemblait aux derniers soubresauts de quelque chose accroché à un hameçon, ramené à terre et sur le point d'être découpé en filets.

– À ma première visite, l'Ermite était en vie. Nous avons bu une tasse de thé et parlé.

– De quoi avez-vous parlé ?

« Le Chaos approche, mon garçon. Rien ne l'arrêtera. Il lui a fallu du temps, mais il est enfin arrivé. »

– Il voulait toujours savoir qui venait au village, me bombardait de questions sur le monde extérieur.

– Le monde extérieur ?

– Vous savez, par ici. Depuis des années, il ne s'éloignait pas à plus de quinze mètres de sa cabane.

– Continuez. Que s'est-il passé ensuite ?

– Il se faisait tard, alors je suis parti. Il a offert de me donner quelque chose pour la nourriture. J'ai d'abord refusé, mais il a insisté. Quand je suis sorti du bois, je me suis rendu compte que je l'avais laissé à la cabane. J'y suis donc retourné.

« Inutile de leur parler de l'objet dans le sac de toile », se dit-il.

– Et je l'ai trouvé mort.

– Combien de temps avez-vous été parti ?

– Environ une demi-heure. Je n'ai pas traîné.

De nouveau, il vit les branches des arbres qui le cinglaient, sentit l'odeur des aiguilles de pin et entendit les craquements dans les bois, comme si une armée s'avançait en courant. À toute vitesse. Olivier avait pensé qu'il s'agissait du bruit que lui faisait, amplifié par la peur et l'obscurité. Mais peut-être pas.

– Vous n'avez rien vu, rien entendu ?

– Rien.

– Quelle heure était-il?

– Environ deux heures, je pense. Peut-être deux heures trente.

Gamache s'entrecroisa les doigts.

– Qu'avez-vous fait quand vous vous êtes rendu compte de ce qui s'était passé?

Olivier débita le reste de l'histoire rapidement, d'une seule traite. Lorsqu'il avait compris que l'Ermite était mort, il avait eu une idée. L'Ermite allait pouvoir l'aider. Il avait mis le corps dans la brouette et l'avait transporté à travers les bois jusqu'à la vieille maison des Hadley.

– Ç'a été long, mais je suis finalement arrivé à l'auberge. J'avais pensé le laisser sur la galerie, mais la porte n'était pas verrouillée, alors je l'ai étendu dans le vestibule.

Il laissait entendre qu'il avait agi avec douceur, mais ce n'était pas vrai, il le savait. C'était un acte brutal, horrible, vindicatif. La violation d'un corps, d'une amitié, de la demeure des Gilbert. Et, enfin, c'était une trahison envers Gabri et leur vie à Three Pines.

Il régnait un tel silence dans la pièce qu'il pouvait presque se croire seul. Il leva la tête et vit Gamache, qui l'observait.

– Je suis désolé, dit Olivier.

Il s'adressait des reproches, cherchant à tout prix à éviter de se mettre à pleurer. Le cliché du gai hypersensible. Mais il savait que ses actes l'avaient amené bien au-delà de la simple caricature.

Armand Gamache fit alors quelque chose d'extraordinaire. Il se pencha encore plus vers l'avant, ses mains larges et calmes touchant presque celles d'Olivier, comme s'il n'y avait rien de mal à se trouver si près d'un être si immonde, puis, d'une voix grave et posée, demanda:

– Si vous n'avez pas tué l'homme, qui d'autre aurait pu le faire? J'ai besoin de votre aide.

Avec cette phrase, Gamache se rangeait du côté d'Olivier. Celui-ci pouvait encore se trouver aux confins du monde, mais au moins il n'était pas seul.

Gamache le croyait.

* * *

Clara était à l'extérieur du studio de Peter, devant la porte fermée. Elle ne frappait presque jamais, ne le dérangeait pratiquement jamais. À moins d'une urgence. Or il ne s'en produisait pas beaucoup à Three Pines et celles qui survenaient prenaient habituellement la forme de Ruth et étaient difficiles à éviter.

Clara avait fait le tour du jardin quelques fois, était rentrée à l'intérieur, avait tourné en rond dans le séjour, puis dans la cuisine, en cercles de plus en plus petits, avant d'aboutir là. Elle aimait Myrna, avait confiance en Gamache, adorait Gabri et Olivier et bien d'autres amis. Mais elle avait besoin de Peter.

Elle frappa. Après un court moment, la porte s'ouvrit.

– J'ai besoin de parler.

– Qu'y a-t-il? demanda Peter en sortant du studio et en fermant la porte. Ça ne va pas?

– J'ai rencontré Fortin, comme tu sais, et il a dit quelque chose.

Le cœur de Peter cessa de battre un instant et quelque chose de mesquin s'y faufila. Quelque chose qui espérait que Fortin changerait d'avis, annulerait l'exposition solo de Clara, reconnaîtrait s'être trompé, avouerait que c'était en fait Peter qu'il voulait.

Peter aimait Clara de tout son cœur, chaque heure de chaque jour. Mais de temps en temps son cœur flanchait.

Il prit les mains de sa femme dans les siennes.

– Qu'est-ce qu'il a dit?

– Il a traité Gabri de sale pédé.

Peter attendit la suite. La partie où il serait question de lui, l'artiste le plus talentueux des deux. Mais Clara n'ajouta rien, le fixa simplement.

– Raconte-moi.

Il la conduisit à une chaise et l'invita à s'asseoir.

– Tout allait si bien. Il a adoré mes idées pour la disposition des tableaux, m'a dit que FitzPatrick du MoMA serait présent et aussi Allyne du *Times*, et peut-être même Vanessa Destin Browne, la conservatrice du Tate Modern. Te rends-tu compte?

Non, Peter n'y arrivait pas.

– Continue.

Il avait l'impression de se jeter encore et encore sur un mur aux pointes de fer acérées.

— Il a ensuite traité Gabri de sale pédé, derrière son dos. Et a ajouté que ça lui donnait envie de vomir.

Le mur aux pointes de fer s'aplanit, devint lisse.

— Qu'est-ce que tu as dit ?

— Rien.

Peter baissa les yeux, puis regarda Clara.

— Je n'aurais probablement rien dit moi non plus.

— Vraiment ? demanda-t-elle en scrutant son visage.

— Vraiment, répondit-il en souriant et en serrant ses mains. Tu ne t'attendais pas à une telle remarque de sa part.

— Ç'a été un choc, dit Clara, qui tenait absolument à s'expliquer. Qu'est-ce que je devrais faire ?

— Que veux-tu dire ?

— Devrais-je simplement oublier l'incident ou dire quelque chose à Fortin ?

Peter vit immédiatement son dilemme. Si elle demandait des explications au galeriste, elle courait le risque de le mettre en colère. En fait, c'était presque certain. À tout le moins, leur relation en souffrirait. Il pourrait même annuler son exposition.

Si elle se taisait, il ne se produirait rien. Mais Peter la connaissait. Cette situation la rongerait, tourmenterait sa conscience. Et une fois éveillée, une conscience pouvait être une chose terrible.

Gabri passa la tête par la porte de l'arrière-salle.

— Salut. Pourquoi ces visages sérieux ?

Olivier, Gamache et Beauvoir se tournèrent vers lui. Aucun ne souriait.

— Un instant… Parlez-vous à Olivier de la visite que vous avez rendue à son père ? demanda Gabri en prenant place à côté de son partenaire. J'aimerais écouter, moi aussi. Qu'a-t-il dit à mon sujet ?

— Nous ne parlions pas du père d'Olivier, répondit Gamache.

En face, Olivier adressait une prière muette à l'inspecteur-chef, que celui-ci était incapable d'exaucer.

— Nous parlions de la relation entre Olivier et l'homme mort.

Gabri regarda tour à tour Gamache, Olivier et Beauvoir. Puis de nouveau Olivier.

– Quoi ?

Gamache et Olivier échangèrent un regard, et Olivier commença à parler. De l'Ermite, de ses visites à la cabane, du corps. Gabri écouta, en silence. C'était la première fois, se disait Beauvoir, que Gabri restait silencieux plus d'une minute. Même lorsque Olivier eut fini, Gabri ne dit rien. Il resta assis là, comme s'il n'allait plus jamais parler.

Mais après un moment, il dit :

– Comment as-tu pu être aussi stupide ?

– Je suis désolé. C'était idiot.

– C'était plus qu'idiot. Je n'arrive pas à croire que tu ne m'aies pas parlé de la cabane.

– J'aurais dû, je sais. Mais l'homme était si craintif, il ne voulait pas révéler sa présence. Tu ne le connaissais pas…

– Évidemment.

– … mais si jamais il avait su que j'avais parlé de lui à quelqu'un, il aurait refusé de me voir.

– Pourquoi tenais-tu à lui rendre visite ? C'était un reclus, vivant dans une cabane, nom de Dieu ! Non, mais, une minute…

Il y eut un silence pendant que Gabri rassemblait tous les morceaux du casse-tête.

– Pourquoi allais-tu là-bas ? demanda-t-il enfin.

Olivier jeta un coup d'œil à Gamache, qui hocha la tête. Ça finirait par se savoir de toute façon.

– Sa cabane était remplie de trésors, Gabri. Tu n'en reviendrais pas. Des billets de banque enfoncés entre les rondins servaient d'isolant. Il y avait du cristal, des tapisseries. C'était incroyable. Tous ses biens étaient d'une valeur inestimable.

– Tu me racontes des histoires.

– Non, je te jure. On mangeait dans de la porcelaine ayant appartenu à Catherine la Grande. Le papier hygiénique, c'était des dollars.

– Seigneur ! Ça ressemble à un de tes rêves érotiques. Maintenant je sais que tu blagues.

– Non, non. C'était inouï. Et, à l'occasion, il m'offrait un petit quelque chose après ma visite.

– Et tu l'acceptais ? demanda Gabri en haussant le ton.

— Évidemment, répondit sèchement Olivier. Je ne le volais pas, et les objets ne lui étaient d'aucune utilité.

— Mais il n'avait probablement pas toute sa tête. Ça équivaut à voler.

— C'est horrible de dire ça! Tu crois que je volerais un vieil homme?

— Pourquoi pas? Tu as bien trimbalé son corps jusque dans la vieille maison des Hadley. Qui sait ce dont tu es capable.

— Ah oui? Et toi, tu es blanc comme neige dans cette histoire?

Le ton d'Olivier était froid, avec une pointe de méchanceté.

— À ton avis, comment avons-nous pu acheter le bistro? Et le gîte? Hein? Tu ne t'es jamais demandé comment nous sommes passés du statut de locataires d'un appartement minable...

— Je l'avais retapé. Il n'était plus minable.

— ... à celui de propriétaires d'un bistro et d'un gîte? Comment croyais-tu qu'on pouvait soudainement se permettre de les acheter?

— Je pensais que la boutique d'antiquités marchait bien.

Les deux hommes se turent.

— Tu aurais dû m'en parler, dit enfin Gabri.

Il se demanda, comme Gamache et Beauvoir d'ailleurs, ce qu'Olivier cachait d'autre.

C'était la fin de l'après-midi et Armand Gamache marchait dans les bois. Beauvoir avait offert de l'accompagner, mais le chef avait préféré être seul avec ses pensées.

Après avoir quitté Olivier et Gabri, les deux enquêteurs étaient retournés au bureau provisoire où les attendait l'agent Morin.

— Je sais qui est BM, avait-il lancé tout excité, en leur laissant à peine le temps d'enlever leur manteau. Venez voir.

Ils étaient allés à son ordinateur. Gamache s'était assis et Beauvoir s'était penché par-dessus son épaule. L'écran montrait une photo en noir et blanc d'un homme fumant une cigarette.

— Il s'appelle Bohuslav Martinů. C'est lui, le compositeur de la musique que nous avons trouvée. La date de son anniversaire est le 8 décembre. Le violon était sans doute un cadeau de sa femme : C. Son nom était Charlotte.

Tout en écoutant, Gamache avait fixé une ligne de la biographie affichée. Martinů était né le 8 décembre 1890, en Bohème. Aujourd'hui la République tchèque.

– Avaient-ils des enfants ? demanda Beauvoir.

Lui aussi avait remarqué la mention.

– Aucun.

– En êtes-vous certain ? demanda Gamache, en pivotant sur sa chaise pour regarder Morin.

Le jeune agent avait secoué la tête.

– Et pourtant, ce n'est pas faute d'avoir cherché. J'ai appelé l'Institut Martinů, à Prague, même s'il est presque minuit là-bas, pour obtenir d'autres renseignements. Je poserai la question quand on me rappellera, mais il semble qu'ils n'en aient pas eu.

– Informez-vous aussi au sujet du violon, s'il vous plaît, avait dit Gamache en se levant et en remettant son manteau.

Puis il s'était dirigé vers la cabane en marchant d'un pas lent dans la forêt, perdu dans ses pensées.

Il fut accueilli par une agente de la Sûreté sur la galerie, qui surveillait l'endroit.

– Venez avec moi, s'il vous plaît, dit Gamache en se rendant au potager.

Il expliqua à la policière que la brouette avait servi à transporter un corps et lui demanda de prélever des échantillons. Tandis qu'elle s'exécutait, il retourna à la cabane.

Elle serait vidée le lendemain matin, chaque objet emporté pour être catalogué et mis à l'abri. Dans une chambre forte sombre. Loin des mains et des yeux des humains.

Mais Gamache voulait voir ces trésors une dernière fois.

Fermant la porte derrière lui, il attendit que ses yeux s'habituent au faible éclairage. Comme les autres fois, ce fut l'odeur qui le frappa. Ça sentait le bois et la fumée de bois. Puis il perçut l'arôme âcre de café et finalement celui plus doux de la coriandre et de l'estragon venant des boîtes sous les fenêtres.

L'endroit était paisible, reposant. Gai, même. Tous les objets étaient des chefs-d'œuvre et, pourtant, ils semblaient à leur place dans la cabane rustique. L'Ermite avait peut-être eu une idée de leur valeur, mais savait très bien à quoi ils servaient. Verres, assiettes, argenterie, vases : il les utilisait.

Gamache prit le violon Bergonzi et, le serrant contre lui, s'assit dans la bergère de l'Ermite, près de la cheminée. « Une pour la solitude, deux pour l'amitié. »

L'homme n'avait pas besoin, ne voulait pas de la société des gens. Mais il recevait de la visite.

Ils savaient maintenant qui s'était assis dans l'autre fauteuil confortable. Gamache avait d'abord pensé qu'il s'agissait du Dr Vincent Gilbert. Il s'était trompé. C'était Olivier Brûlé. Il était venu rendre visite à l'Ermite, lui avait apporté des graines et des provisions, lui avait tenu compagnie. En retour, l'homme avait donné à Olivier ce qu'il voulait. Des pièces du trésor.

C'était un échange équitable.

Mais quelqu'un d'autre avait-il découvert l'Ermite ? Si ce n'était pas le cas — ou si Gamache ne pouvait le prouver —, alors Olivier Brûlé serait arrêté pour meurtre. Arrêté, traduit en justice et probablement reconnu coupable.

Cependant, il n'arrivait pas à oublier que le Dr Vincent Gilbert avait reparu juste au moment où le reclus avait été tué. Selon Olivier, l'Ermite ne craignait-il pas les étrangers ? Gilbert était peut-être cet étranger.

Gamache renversa la tête en arrière et réfléchit encore. Supposons que Vincent Gilbert n'était pas l'homme de qui l'Ermite se cachait. Supposons qu'il s'agissait d'un autre Gilbert. Après tout, c'était Marc qui avait acheté la vieille maison des Hadley. Il avait quitté un travail dans lequel il excellait pour venir ici. Sa femme et lui avaient beaucoup d'argent ; ils auraient pu faire l'acquisition de n'importe quelle propriété dans les Cantons-de-l'Est. Alors pourquoi acheter une vieille demeure tombant en ruine ? À moins que ce ne soit pas la maison qui les intéressait, mais la forêt.

Et les Parra ? Olivier avait dit que l'Ermite parlait avec un léger accent. Tchèque. Roar dégageait la piste qui menait jusqu'ici. Il avait peut-être trouvé la cabane. Et le trésor.

Les Parra savaient peut-être que l'homme était dans le coin et le cherchaient. Quand les Gilbert avaient acheté la maison,

Roar avait peut-être accepté le travail proposé pour pouvoir explorer les bois à la recherche de l'Ermite.

Et Havoc. Que pouvait-on retenir contre lui? Il semblait un jeune homme normal, selon les dires de tout le monde. Mais un jeune qui choisissait de rester ici, dans ce trou perdu, alors que la plupart de ses amis étaient partis étudier à l'université ou faire carrière. Le métier de serveur ne pouvait pas être considéré comme une carrière. Qu'est-ce que ce jeune homme sympathique et intelligent faisait ici?

Gamache se pencha vers l'avant et imagina la dernière nuit de la vie de l'Ermite. Le bistro plein à craquer. Old Mundin apportant les meubles, puis repartant. Olivier quittant les lieux. Havoc fermant l'établissement, puis remarquant que son employeur faisait quelque chose d'inattendu. De bizarre, même.

Havoc avait-il vu Olivier se diriger vers les bois plutôt que chez lui? Et, par curiosité, l'avait-il suivi? Jusqu'à la cabane. Jusqu'au trésor.

Gamache voyait la scène dans sa tête: Havoc arrivant après le départ d'Olivier, se disputant avec l'homme apeuré, exigeant des objets précieux. L'Ermite qui refusait, qui avait peut-être poussé Havoc. Pour se défendre, celui-ci avait peut-être saisi une arme et asséné un coup sur le crâne du vieil homme. Effrayé par son geste, il se serait enfui. Juste avant le retour d'Olivier.

Mais cela n'expliquait pas tout.

Gamache reposa le violon et leva la tête vers la toile d'araignée dans le coin. Non, ce meurtre n'avait pas été commis par hasard. L'assassin avait fait preuve de ruse. Et de cruauté. L'Ermite avait d'abord été torturé, puis tué, et l'instrument de torture avait été un tout petit mot: *Woo*.

Après quelques minutes, Gamache se leva et fit lentement le tour de la pièce. De temps en temps, il prenait des objets que jamais il n'aurait pensé voir, et encore moins tenir dans ses mains. Une partie du vitrail de la Chambre d'ambre, qui projetait une lumière couleur citrouille dans la cuisine. Des contenants en terre cuite dont se servait l'Ermite pour conserver ses fines herbes. Des cuillers émaillées et des tapisseries de soie remarquables. Et des premières éditions. Le livre sur la table de chevet en était peut-être une. Machinalement, Gamache le prit.

L'auteur était Currer Bell. L'agent Morin avait mentionné ce livre. Gamache l'ouvrit. Une autre première édition, en effet. Puis il remarqua le titre de l'ouvrage.

Jane Eyre : An Autobiography. Currer Bell. C'était le pseudonyme de…

Il ouvrit de nouveau le livre. Charlotte Brontë. Il tenait un exemplaire de l'édition originale de *Jane Eyre*.

Armand Gamache demeura parfaitement immobile, mais la pièce n'était pas silencieuse. Il entendait un mot, sans cesse murmuré dans sa tête. Il l'avait entendu dès le moment où il avait découvert la cabane. Et il le voyait partout. Dans le livre pour enfants laissé dans les toilettes extérieures, sur le panneau d'ambre et le violon, et maintenant dans le livre qu'il tenait à la main. Un mot. Un prénom.

Charlotte.

27

— Nous avons reçu d'autres résultats du labo, dit Lacoste.

À son retour, le chef avait réuni son équipe autour de la table de conférence, et l'agente Lacoste distribuait maintenant les feuilles imprimées.

— La toile était faite de fil de nylon pour canne à pêche. Facile à se procurer. Aucune empreinte, bien sûr, et pas de trace d'ADN. Quiconque l'a fabriquée portait probablement des gants chirurgicaux. Les techniciens n'ont trouvé qu'un peu de poussière et une toile d'araignée.

Elle sourit en disant cela.

— De la poussière? demanda Gamache. Sait-on depuis combien de temps la toile se trouvait là?

— Tout au plus quelques jours, selon le labo. Ou alors l'Ermite l'époussetait tous les jours, ce qui semble peu probable.

Gamache hocha la tête.

— Alors, qui l'a mise là? demanda Beauvoir. La victime? Le meurtrier?

— Il y a autre chose, dit Lacoste. Les techniciens ont examiné le *Woo* en bois. À leur avis, le mot a été sculpté il y a de nombreuses années.

— Par l'Ermite? demanda Gamache.

— C'est ce qu'ils essaient de déterminer.

— Savons-nous quelque chose sur la signification de *woo*?

— Il existe un réalisateur du nom de John Woo, originaire de Chine. C'est lui qui a fait *Mission: Impossible 2*, dit Morin d'un ton sérieux, comme s'il leur révélait une information capitale.

– *Woo* peut être l'acronyme de World of Outlaws. C'est une organisation de coureurs automobiles, dit Lacoste en s'adressant au chef, qui la fixa, le regard vide.

Elle baissa rapidement les yeux sur ses notes pour trouver un renseignement plus utile.

– Woo est aussi un jeu vidéo, ajouta-t-elle.

– Oh non, je n'arrive pas à croire que j'ai oublié ça, dit Morin en se tournant vers Gamache. Woo n'est pas le nom du jeu, mais celui d'un personnage. Le jeu s'appelle King of the Monsters.

– King of the Monsters?

Gamache doutait que l'Ermite, ou son bourreau, ait eu un jeu vidéo en tête.

– Autre chose? demanda-t-il.

– Eh bien, il y a le cocktail *woo* : schnaps de pêche et vodka, dit Lacoste.

– Et il y a *woo-woo*. C'est de l'argot anglais.

– Vraiment? Qu'est-ce que ça veut dire? demanda Gamache à son adjoint.

– «Fou», répondit Beauvoir en souriant.

– *Woo* veut également dire «courtiser, séduire quelqu'un», ajouta Lacoste.

Puis elle secoua la tête. Ils n'étaient pas plus avancés.

Gamache mit fin à la réunion et alla à son ordinateur. Il tapa un mot.

Charlotte.

Gabri coupait des tomates, des poivrons et des oignons. Encore et encore. Il avait déjà tranché les prunes jaunes, les fraises, les betteraves, les cornichons. Et après avoir aiguisé son couteau, il avait continué de hacher, tout l'après-midi et jusque dans la soirée.

– Peut-on parler, maintenant? demanda Olivier, à la porte de la cuisine.

Il s'en dégageait des arômes si réconfortants, pourtant elle lui semblait si peu familière.

Dos à la porte, Gabri n'arrêta pas. Il prit un chou-fleur et le coupa.

— Des cornichons aux graines de moutarde, dit Olivier, qui se hasarda à entrer dans la pièce. Mes préférés.

Clac, clac, clac, faisait le couteau. Gabri jeta les morceaux de chou-fleur dans l'eau bouillante pour les blanchir.

— Je te demande pardon, dit Olivier.

À l'évier, Gabri lava des citrons, les coupa en quartiers, les mit dans un bocal et ajouta un peu de gros sel. Par-dessus, il versa le jus des citrons qui restaient.

— Je peux t'aider?

Olivier tendit la main vers un couvercle, mais Gabri se plaça entre son partenaire et les bocaux et vissa lui-même les couvercles, sans dire un mot.

Sur toutes les surfaces dans la cuisine se trouvaient des bocaux colorés de confitures, de gelées, de cornichons et de chutneys. Et Gabri donnait l'impression qu'il n'arrêterait jamais. Conservant tout ce qu'il pouvait, en silence.

Clara coupa les fanes des carottes fraîchement cueillies et regarda Peter jeter les pommes de terre grelots dans l'eau bouillante. Ce soir, le souper serait simple : légumes de leur potager avec fines herbes et beurre doux. C'était un de leurs repas préférés de la fin d'été.

— Je ne sais pas qui est le plus à plaindre : Olivier ou Gabri, dit-elle.

— Moi, je sais, répondit Peter en écossant des pois. Gabri n'a rien fait. Te rends-tu compte qu'Olivier est allé voir ce type dans les bois pendant des années sans jamais en parler à personne? Que nous cache-t-il d'autre?

— Savais-tu qu'il était gai?

— Il est probablement hétéro et ne nous le dit pas.

— Ça, ça ferait drôlement chier Gabri, mais je connais quelques femmes qui seraient heureuses de l'apprendre, dit Clara avec un petit sourire narquois.

Elle marqua une pause, le couteau en l'air, puis ajouta :

— Je crois qu'Olivier se sent vraiment mal.

— Allons donc. Il serait encore en train de rendre visite à l'Ermite s'il n'avait pas été assassiné.

— Il n'a rien fait de mal, tu sais. L'Ermite lui a tout donné.

– C'est ce qu'il prétend.

– Que veux-tu dire?

– Eh bien, l'homme est mort. Ça tombe bien, non?

Clara cessa de couper les légumes.

– Qu'est-ce que tu insinues?

– Rien. Je suis en colère, c'est tout.

– Pourquoi? Parce qu'il ne nous a rien dit?

– Ça ne te fâche pas, toi?

– Un peu, mais je suis plus stupéfaite que fâchée. Écoute, nous savons tous qu'Olivier aime les belles choses.

– Il est cupide et avare, tu veux dire.

– Ce qui me renverse, c'est ce qu'Olivier a fait avec le corps. Je ne l'imagine pas en train de le trimbaler à travers les bois jusqu'à la vieille maison des Hadley. Je ne pensais pas qu'il avait cette force.

– Moi, je ne pensais pas qu'il avait une telle rage.

Clara hocha la tête. Elle non plus. Et, comme Peter, elle se demanda quoi d'autre leur ami leur cachait. Toute cette histoire l'empêchait maintenant de demander à Gabri ce que ça lui faisait d'être traité de « sale pédé ». Elle en parla à Peter lorsqu'ils furent à table.

– Donc, conclut-elle devant son assiette à peine entamée, je ne sais pas quoi faire à propos de Fortin. Devrais-je aller à Montréal et aborder franchement le sujet avec lui, ou laisser tomber?

Peter prit une autre tranche de baguette, moelleuse au centre avec une croûte qui croquait sous la dent. Il la beurra au complet, couvrant chaque millimètre de la surface. Méthodiquement.

En l'observant, Clara se sentit sur le point de hurler, d'exploser ou, à tout le moins, de lui arracher cette satanée tranche et de la lancer contre le mur pour qu'elle ne soit plus qu'une tache graisseuse.

Peter continuait de beurrer son pain, s'assurant qu'il y en avait partout.

Que devrait-il lui dire? De tout oublier? Que les paroles de Fortin n'étaient pas très graves? Pas suffisamment, en tout cas, pour risquer sa carrière. Elle devrait laisser faire. De toute façon, discuter avec Fortin ne le ferait fort probablement pas changer d'avis au sujet des gais et il pourrait se retourner contre Clara. Et ce n'était pas une petite exposition ordinaire qu'il lui offrait. C'était ce dont Clara avait toujours rêvé. Ce dont chaque artiste rêve. Tout le gratin du monde artistique serait présent. La carrière de Clara serait lancée.

Devrait-il lui dire de laisser tomber ou de parler à Fortin? Pour Gabri, Olivier et tous leurs amis gais. Mais surtout pour elle-même.

Cependant, Fortin pouvait se fâcher, pouvait très bien annuler l'exposition.

Avec la pointe de son couteau, Peter retira un peu de beurre d'un trou dans la mie.

Il savait ce qu'il voulait dire à Clara, mais n'était pas certain si c'était pour son bien à elle ou le sien.

— Alors? demanda-t-elle.

Elle entendit l'impatience dans sa voix et reprit plus doucement:

— Alors? Qu'est-ce que je devrais faire, à ton avis?

— Toi, qu'est-ce que tu en penses?

Clara scruta le visage de son mari.

— Je pense que je devrais laisser tomber. S'il le répète, je dirai peut-être quelque chose. Nous sommes tous stressés en ce moment.

— C'est la bonne décision, j'en suis sûr.

Clara baissa les yeux sur son assiette encore pleine. Elle avait entendu l'hésitation dans la voix de Peter. Bien sûr, ce n'était pas lui qui risquait de tout perdre.

Rose, endormie, cancanait de temps en temps. Ruth lui enleva doucement la chemise de nuit en flanelle et le canard battit légèrement des ailes puis se rendormit, le bec glissé sous une aile.

Olivier était venu rendre visite à Ruth. Il avait le visage rouge et était contrarié. Ruth avait débarrassé un fauteuil des numéros du *New Yorker* qui y étaient empilés et il s'était assis dans son salon, avec un air de fugitif. Elle lui avait apporté un verre de xérès de cuisson ainsi qu'une branche de céleri garnie de Velveeta et s'était assise elle aussi. Ils étaient restés environ une heure sans parler, jusqu'à ce que Rose entre dans la pièce en se dandinant, vêtue d'un blazer gris en flanelle. Ruth vit les lèvres d'Olivier se serrer et son menton trembloter. Aucun son ne s'échappa. Ce qui s'échappa fut des larmes, qui laissèrent de douces traînées sur son beau visage las.

Puis il raconta à la vieille poète ce qui s'était passé. Il lui parla de Gamache, de la cabane, de l'Ermite et de ses possessions. Du corps qu'il avait transporté. Il lui révéla que le bistro, la boulangerie et pratiquement tout Three Pines lui appartenaient.

Ruth s'en foutait. Elle pensait seulement à ce qu'elle serait prête à donner en échange de mots. Pour pouvoir dire quelque chose. Des paroles bien senties. Pour dire à Olivier qu'elle l'aimait. Que Gabri l'aimait et ne le quitterait jamais. Que l'amour était éternel.

Elle s'imagina en train de se lever, de s'asseoir près de lui, de prendre sa main tremblante et de dire : «Tout ira bien, tout ira bien.»

Ensuite elle frotterait doucement son dos, qui se soulevait au rythme de sa respiration haletante, jusqu'à ce qu'il reprenne son souffle.

Mais elle s'était plutôt versé un autre verre de xérès et lui avait lancé des regards furieux.

Maintenant, Olivier était parti et le soleil s'était couché. Ruth était assise à la table en plastique blanc trouvée dans un dépotoir, sur une chaise de jardin également en plastique. Suffisamment soûle, elle tira vers elle son carnet. Pendant que Rose, sous une petite couverture de laine, cancanait doucement, elle écrivit :

Elle s'éleva dans les airs et la terre éconduite soupira.
Elle s'éleva au-delà des poteaux téléphoniques et des toits
des maisons où se cachait le terre à terre.
Elle s'éleva, mais se souvint d'agiter poliment la main
en signe d'adieu...

Puis elle embrassa Rose sur la tête et, en clopinant, monta se coucher.

28

Lorsque Clara descendit le lendemain matin, elle fut surprise de voir Peter dans le jardin, le regard perdu dans l'espace. Il avait préparé du café ; elle en versa deux tasses et alla le rejoindre.

— As-tu bien dormi ? demanda-t-elle en lui tendant une tasse.

— Pas vraiment. Et toi ?

— Assez bien. Pourquoi as-tu mal dormi ?

Le temps était couvert et frisquet. C'était le premier matin donnant l'impression que l'été était terminé et que l'automne approchait. Clara adorait l'automne. Les feuilles aux couleurs éclatantes, les foyers allumés, l'odeur de fumée de bois dans le village. Elle adorait s'asseoir à une table à l'extérieur du bistro pour siroter un café au lait, bien emmitouflée dans des chandails.

Peter pinça les lèvres et baissa les yeux sur ses pieds, dans des bottes en caoutchouc pour les protéger de la rosée abondante.

— Je pensais à ta question. Quoi faire au sujet de Fortin.

Clara resta parfaitement immobile.

— Continue.

Peter y avait réfléchi une bonne partie de la nuit. Il s'était levé, était descendu au rez-de-chaussée et avait fait les cent pas dans la cuisine, pour finalement aboutir dans son studio. Son refuge. Où il se reconnaissait dans l'odeur. Son atelier sentait les odeurs corporelles, la peinture à l'huile, la toile et, très légèrement, la tarte au citron meringuée, ce que Peter était incapable d'expliquer. Son studio sentait comme nul autre endroit sur terre.

Et il le rassérénait.

La nuit précédente, il y était allé pour réfléchir, et finalement pour arrêter de penser. Pour se vider l'esprit, se débarrasser du hurlement qui n'avait cessé d'augmenter, comme quelque chose d'énorme s'approchant. Et enfin, juste avant l'aube, il avait su ce qu'il devait dire à Clara.

— Je crois que tu devrais lui parler.

Voilà, il l'avait dit. À côté de lui, Clara demeura silencieuse un moment, ses mains encerclant la tasse chaude.

— Vraiment?

Peter hocha la tête.

— Je suis désolé. Veux-tu que je t'accompagne?

— Je ne suis même pas encore certaine d'aller le voir, répliqua-t-elle sèchement, puis elle s'éloigna de quelques pas.

Peter voulait se précipiter vers elle, retirer ses paroles, lui dire qu'il s'était trompé. Elle devrait rester là avec lui, ne rien dire, se contenter d'exposer ses œuvres.

À quoi donc avait-il pensé?

— Tu as raison, dit Clara en se retournant vers lui, l'air malheureux. Ça ne le froissera pas, n'est-ce pas?

— Fortin? Non. Tu n'as pas besoin de te mettre en colère, dis-lui simplement comment tu te sens, c'est tout. Je suis sûr qu'il comprendra.

— Je pourrais dire que j'ai peut-être mal entendu, et que Gabri est un de nos meilleurs amis.

— Oui, très bien. Fortin ne se souvient peut-être même pas de ce qu'il a dit.

— Je suis certaine qu'il ne se froissera pas.

Clara se dirigea lentement vers la maison pour appeler le galeriste.

— Denis? C'est Clara Morrow. Oui, c'était très agréable. Vraiment, c'est un bon prix? Oui, bien sûr, je le dirai à l'inspecteur-chef. Écoutez, je vais à Montréal aujourd'hui et j'ai pensé qu'on pourrait se rencontrer de nouveau. J'ai, euh…, quelques idées.

Elle marqua une pause.

— Oui oui. Oui oui. Excellent. À midi et demi au café Santropol, rue Saint-Urbain. Parfait.

« Qu'ai-je fait? » se demanda Peter.

* * *

Le petit-déjeuner au gîte fut un triste repas constitué de rôties brûlées, d'œufs caoutchouteux et de bacon carbonisé. Le café était faible et le lait semblait caillé, figé comme Gabri. Les enquêteurs convinrent tacitement de ne pas discuter de l'affaire et d'attendre de se trouver au bureau provisoire.

– Oh, Dieu merci! s'exclama l'agente Lacoste en se précipitant vers les cafés Tim Hortons, deux crèmes, deux sucres, que Paul Morin avait apportés, et les beignes glacés au chocolat. Jamais je n'aurais pensé préférer ça aux petits-déjeuners de Gabri.

Elle avala une énorme bouchée d'un beigne sucré et tendre.

– Si les choses ne s'améliorent pas, ajouta-t-elle, nous allons peut-être devoir résoudre le meurtre et partir.

– Tiens, c'est une idée, ça, dit Gamache en mettant ses lunettes de lecture.

Beauvoir se rendit à son ordinateur pour vérifier ses messages. Sur le moniteur était scotché un bout de papier à l'écriture familière. Il l'arracha, le chiffonna et le lança par terre.

L'inspecteur-chef, lui aussi devant son écran, regardait les résultats de sa recherche sur «Charlotte» dans Google.

Tout en sirotant son café, il lut des textes sur Good Charlotte, le groupe rock, Charlotte Brontë, Charlotte Church, *La toile de Charlotte*, la ville de Charlotte en Caroline du Nord et celle de Charlottetown à l'Île-du-Prince-Édouard, et les îles de la Reine-Charlotte à l'autre bout du continent, un archipel au nord de la Colombie-Britannique. La plupart des lieux avaient été nommés en l'honneur de la reine Charlotte, constata-t-il.

– Le nom Charlotte vous dit-il quelque chose? demanda-t-il aux membres de son équipe.

Après avoir réfléchi un moment, ils secouèrent tous la tête.

– Et la reine Charlotte? C'était la femme du roi George.

– George III? Le fou? demanda Morin.

Les autres le regardèrent avec ébahissement, et il sourit.

– À l'école, j'étais bon en histoire.

Le fait qu'il ait quitté l'école assez récemment aidait, pensa Gamache.

Le téléphone sonna et l'agent Morin répondit. C'était l'Institut Martinů, à Prague. Gamache écouta ce que disait Morin jusqu'à ce que son propre téléphone sonne.

C'était la directrice Brunel.

– Lorsque je suis arrivée au bureau, il avait l'air de la tente d'Hannibal. Avec tous les objets de votre ermite, je peux à peine bouger, Armand.

Elle ne paraissait pas mécontente.

– Mais je n'appelle pas à ce sujet. Je veux vous faire une invitation. Aimeriez-vous venir dîner avec Jérôme et moi ? Jérôme voudrait vous montrer quelque chose. Et j'ai de l'information pour vous.

Il fut convenu que Gamache rencontrerait les Brunel à leur appartement de la rue Laurier à treize heures. À peine eut-il raccroché que le téléphone sonna de nouveau.

– Clara Morrow pour vous, monsieur, dit l'agent Morin.

– *Hello*, Clara.

– Bonjour. Je voulais simplement vous dire que j'ai parlé à Denis Fortin, ce matin. En fait, nous devons dîner ensemble aujourd'hui. Il a apparemment trouvé un acheteur pour les sculptures.

– Ah oui ? Qui ?

– Je ne lui ai pas posé la question, mais, d'après lui, l'acheteur serait prêt à payer mille dollars pour la paire. Il semblait croire que c'était un bon prix.

– Voilà qui est intéressant. Aimeriez-vous aller à Montréal avec moi ? Je dois y rencontrer quelqu'un, moi aussi.

– Certainement. Merci.

– Je passerai vous prendre dans environ une demi-heure.

Lorsqu'il raccrocha, l'agent Morin n'était plus au téléphone.

– Selon la personne à qui j'ai parlé, Martinů n'avait pas d'enfants. Les gens de l'Institut étaient au courant de l'existence du violon, mais celui-ci aurait disparu après sa mort en...

Morin consulta ses notes.

– ... 1959. J'ai mentionné que nous avions trouvé le violon et une partition originale. Ils sont tout excités, là-bas. Ça vaudrait beaucoup d'argent, paraît-il. En fait, ce serait considéré comme un trésor national tchèque.

Encore ce mot : trésor.

– Vous êtes-vous informé au sujet de sa femme, Charlotte ?

– Oui. Ils ont vécu ensemble longtemps, mais se sont mariés seulement lorsqu'il était à l'article de la mort. Elle est décédée il y a quelques années. Pas de famille.

Gamache hocha la tête, réfléchissant. Puis il s'adressa de nouveau à l'agent Morin.

– J'aimerais que vous vous renseigniez sur la communauté tchèque de la région, et en particulier sur les Parra. Informez-vous aussi sur leur vie en République tchèque : comment ils ont quitté le pays, qui ils connaissaient là-bas, leur famille. Tout.

Il s'approcha ensuite de Beauvoir.

– Je vais à Montréal pour la journée, pour parler à la directrice Brunel et explorer quelques pistes.

– D'accord. Dès que Morin aura l'information sur les Parra, j'irai chez eux.

– N'y allez pas seul.

– Non, ne vous en faites pas.

Gamache se pencha et ramassa le bout de papier sur le sol à côté du bureau de Beauvoir. L'ouvrant, il lut :

qu'au milieu de ton cauchemar,

– « Qu'au milieu de ton cauchemar », répéta-t-il tout haut en tendant le papier à Beauvoir. Qu'est-ce que ça signifie, à votre avis ?

Beauvoir haussa les épaules et ouvrit le tiroir de son bureau, où reposait un nid de papiers écrasés en boule.

– J'en trouve partout. Dans la poche de mon manteau, punaisés sur la porte de ma chambre le matin. Celui-ci était collé sur mon ordinateur.

Gamache tendit le bras et prit un papier au hasard dans le tiroir.

que la divinité qui tue pour le plaisir
guérira aussi,

– Ils sont tous comme ça ?

Beauvoir répondit par un hochement de tête.

— Tous plus fous les uns que les autres. Qu'est-ce que je suis censé en faire ? Elle est seulement en colère parce qu'on a réquisitionné sa caserne de pompiers. Pensez-vous que je pourrais obtenir une injonction restrictive pour la tenir à distance ?

— Pour empêcher une lauréate d'un Prix du Gouverneur général âgée de quatre-vingts ans de vous envoyer de la poésie ?

Quand on l'exprimait de cette façon, ça semblait peu probable.

Gamache regarda de nouveau les boules de papier, qui lui faisaient penser à de la grêle.

— Eh bien, sur ce, je m'en vais.

— Merci de votre aide, lui lança Beauvoir.

— De rien, répondit Gamache en lui faisant un signe de la main avant de disparaître.

Pendant le trajet d'environ une heure pour se rendre à Montréal, Gamache et Clara parlèrent des habitants de Three Pines, des vacanciers venus pour l'été, des Gilbert, qui, selon Clara, allaient peut-être rester maintenant.

— Old Mundin et Charles étaient au village, l'autre jour. Old est très impressionné par Vincent Gilbert. Apparemment, il savait que c'était lui, dans les bois, mais ne voulait rien dire.

— Comment a-t-il pu le reconnaître ?

— *Être*, répondit Clara.

— Bien sûr, dit Gamache en s'engageant sur l'autoroute menant à Montréal. Charles est atteint du syndrome de Down.

— Après sa naissance, Myrna a offert un exemplaire d'*Être* à ses parents. La lecture de ce livre a changé leur vie. A changé de nombreuses vies. Selon Myrna, le Dr Gilbert est un grand homme.

— Je suis certain qu'il ne la contredirait pas.

Clara rit.

— Malgré tout, je ne crois pas que j'aimerais être élevée par un saint.

Gamache partageait son opinion. La plupart des saints étaient des martyrs et entraînaient beaucoup de personnes avec eux dans leur sacrifice.

Dans un silence complice, ils continuèrent leur route, passant à côté de panneaux annonçant la ville de Saint-Jean et un village nommé L'Ange-Gardien.

— Si je disais « *woo* », que penseriez-vous ? demanda Gamache.

— À part la première chose qui viendrait à l'esprit ? répondit-elle en le regardant avec une inquiétude feinte.

— Ce mot évoque-t-il quelque chose pour vous ?

Le fait qu'il y était revenu éveilla l'attention de Clara.

— *Woo*, répéta-t-elle. Eh bien, il y a *to pitch woo*, une expression un peu archaïque signifiant « conter fleurette ».

— Un peu archaïque comparé à « conter fleurette » ? dit Gamache en riant. Mais je comprends ce que vous voulez dire. Je ne crois pas, cependant, que ce soit ce que je cherche.

— Désolée, je ne peux pas vous aider.

— Ce n'est probablement pas très important de toute façon.

Ils venaient de traverser le pont Champlain. Gamache remonta le boulevard Saint-Laurent, tourna à gauche, puis encore à gauche, et déposa Clara devant le Santropol.

Après avoir monté les marches, elle se retourna et revint à la voiture. Se penchant par la fenêtre, elle demanda :

— Si quelqu'un insultait une personne que vous aimez beaucoup, diriez-vous quelque chose ?

Gamache réfléchit un moment.

— J'espère que oui.

Clara hocha la tête et s'éloigna. Elle connaissait Gamache, cependant, et savait qu'il ne serait aucunement question d'« espérer ».

29

Après un dîner de potage aux concombres et fines herbes, crevettes grillées, salade de fenouil et tarte aux pêches, Gamache et les Brunel s'installèrent dans le séjour bien éclairé de l'appartement situé au premier. Les murs étaient couverts de bibliothèques. Des objets trouvés étaient posés çà et là comme éléments décoratifs : des morceaux de vieilles poteries, des tasses ébréchées. C'était une pièce agréable, où il faisait bon lire, bavarder, réfléchir, rire.

— J'ai effectué des recherches sur le contenu de la cabane, dit Thérèse Brunel.

— Et ? dit Gamache en s'avançant sur le canapé, sa tasse d'expresso à la main.

— Rien, pour le moment. Aussi étrange que cela puisse paraître, aucun des objets n'a été déclaré volé, mais je n'ai pas tout à fait fini mon travail. Cela prendra des semaines pour les retracer tous.

Gamache se pencha lentement vers l'arrière et croisa ses longues jambes.

— S'ils n'ont pas été volés, alors quoi ? Quelle autre possibilité existe-t-il ?

— Eh bien, les objets appartenaient peut-être à la victime, ou ont été dérobés à des personnes mortes, qui ne pouvaient pas déclarer le vol. Au cours d'une guerre, par exemple. Comme ce fut le cas pour la Chambre d'ambre.

— Ou ils lui ont été donnés, dit son mari, Jérôme.

— Mais ils sont inestimables, fit valoir Thérèse. Pourquoi les lui donner ?

— Pour services rendus ? répondit-il.

Tous les trois demeurèrent silencieux, chacun se demandant quel service avait été payé si cher.

— Bon, Armand, j'ai quelque chose à vous montrer, dit Jérôme en se levant.

Mesurant tout juste un mètre soixante-cinq, il semblait aussi haut que large, mais se déplaçait malgré tout avec grâce, comme si son corps était rempli des pensées qui débordaient de sa tête.

Il s'assit sur le canapé, coincé entre le bras et Gamache. Dans ses mains, il tenait les deux sculptures.

— Tout d'abord, ces œuvres sont remarquables. Elles parlent presque, ne trouvez-vous pas? Ma tâche, m'a dit Thérèse, consistait à découvrir ce qu'elles disent. Ou, plus précisément, ce que signifie ceci.

Il retourna les sculptures pour montrer les lettres gravées : MRKBVYDDO sous celle des gens sur le rivage et OWSVI sous le bateau.

— Il s'agit d'un code quelconque, expliqua Jérôme en mettant ses lunettes et en examinant les inscriptions. J'ai commencé avec le plus facile. Qwerty. Celui qu'utiliserait un novice. Le connaissez-vous?

— Ce mot fait référence au clavier d'une machine à écrire ou d'un ordinateur, répondit Gamache. Les lettres correspondent aux premières touches de la rangée du haut.

— La personne qui se sert de ce code tape la lettre qui suit celle qu'elle voulait écrire. Le décodage est enfantin. Mais ce n'est pas Qwerty qui a été utilisé ici, soit dit en passant.

Jérôme s'extirpa du canapé et Gamache faillit tomber dans le vide laissé par son corps.

— J'ai essayé de déchiffrer les inscriptions à l'aide de différents procédés de décryptage et, pour être franc, je n'ai rien trouvé. Je suis désolé.

Gamache avait espéré que cet as de la cryptographie réussirait à déchiffrer le code de l'Ermite. Cependant, comme pour bien d'autres éléments dans cette enquête, la clé ne se révélerait pas facilement.

— Mais je crois savoir quelle méthode a été utilisée. À mon avis, il s'agit du chiffre de César.

— Continuez.

– Bien, dit Jérôme, visiblement ravi de pouvoir démontrer son savoir. Jules César était un génie. Il est véritablement l'empereur des fanatiques de codes secrets. Un brillant cerveau. Il se servait de l'alphabet grec pour envoyer des messages codés à ses troupes en France. Plus tard, il a raffiné sa méthode de cryptographie en optant pour l'alphabet romain – celui que nous utilisons aujourd'hui – et en décalant chaque lettre de trois. Donc, si on veut envoyer le mot *tuer*, on écrirait…

Sur un bout de papier, il écrivit d'abord les lettres de l'alphabet.

A B C D E F G H I J K L M N O P Q R S T U V W X Y Z

Puis il traça un cercle autour de quatre d'entre elles : WXHU.
– Vous voyez ?

Gamache et Thérèse se penchèrent au-dessus de son bureau en désordre.

– Ainsi, il décalait simplement les lettres, dit Gamache. Si c'est la méthode utilisée pour les inscriptions sous les sculptures, ne pouvez-vous pas procéder de la même façon ? Mais cette fois en décalant chaque lettre de trois vers la gauche ?

Il regarda les lettres sous le bateau.

– Ça donnerait… L, T, P. OK, inutile de continuer. Ça ne signifie rien.

– En effet. César était futé. Votre ermite aussi, je crois. Du moins, il connaissait les méthodes d'encodage. Ce qui rend le chiffre de César vraiment astucieux, c'est qu'il est pratiquement impossible à décrypter, car la longueur du décalage peut varier. Ou, mieux encore, vous pouvez utiliser un mot clé, que le destinataire du message et vous retiendrez facilement. Vous l'écrivez, puis le faites suivre des lettres de l'alphabet, et vous êtes prêt pour le cryptage. Prenons Montréal comme mot clé.

Il retourna à l'alphabet sur la feuille et écrivit Montréal sous les huit premières lettres, puis ajouta le reste de l'alphabet en commençant avec A.

A B C D E F G H I J K L M N O P Q R S T U V W X Y Z
M O N T R E A L A B C D E F G H I J K L M N O P Q R

– Donc, si le mot est *tuer*, comment l'écrirait-on ? demanda Jérôme à Gamache.

L'inspecteur-chef prit le crayon et entoura d'un cercle quatre lettres : LMRJ.

– C'est ça, dit le Dr Brunel avec un large sourire.

Gamache, fasciné, fixait la feuille tandis que Thérèse, qui avait déjà vu le génie de son mari à l'œuvre, se redressa et sourit fièrement.

– Nous avons besoin du mot clé, dit Gamache, en se redressant lui aussi.

– Oui. Seulement ça, dit Jérôme en riant.

– Eh bien, je crois l'avoir.

Jérôme hocha la tête, approcha un fauteuil et s'assit. D'une écriture bien nette, il écrivit encore une fois les lettres de l'alphabet.

A B C D E F G H I J K L M N O P Q R S T U V W X Y Z

Il attendit, le crayon au-dessus de la deuxième ligne.

– Charlotte, dit Gamache.

Clara et Denis Fortin buvaient tranquillement leur café. Le jardin à l'arrière du café Santropol était presque vide. La clientèle du midi, principalement des jeunes un peu marginaux du Plateau-Mont-Royal, était partie.

On venait de leur apporter l'addition et Clara savait que c'était maintenant ou jamais.

– J'aimerais vous parler de quelque chose d'autre.

– Des sculptures ? Vous les avez avec vous ? demanda Fortin en se penchant vers Clara.

– Non, c'est l'inspecteur-chef qui les a, mais je lui ai fait part de votre offre. Le problème, je crois, c'est qu'elles constituent des éléments de preuve dans l'affaire de meurtre.

– Évidemment. Rien ne presse, bien que je doute que l'acheteur se montre intéressé très longtemps. C'est vraiment inouï que quelqu'un les veuille.

Clara hocha la tête et se dit que Fortin et elle pouvaient peut-être simplement partir. Elle retournerait à Three Pines, établirait une liste d'invités pour le vernissage et oublierait l'histoire.

Déjà le commentaire de Fortin sur Gabri devenait moins net dans son esprit. Il ne devait pas être bien grave.

– Alors, de quoi vouliez-vous me parler? Voulez-vous savoir s'il est préférable d'acheter une maison en Provence ou en Toscane? Que diriez-vous d'un yacht?

Clara ne savait pas s'il blaguait, mais, chose certaine, il ne lui facilitait pas la tâche.

– Ce n'est vraiment pas grand-chose. J'ai dû mal comprendre, mais quand vous êtes venu à Three Pines, hier, j'ai cru vous entendre dire quelque chose à propos de Gabri.

Fortin parut intéressé, préoccupé, perplexe.

– Il était notre serveur, expliqua Clara. Il a apporté nos consommations.

Fortin la fixait toujours. Elle sentit son cerveau se vider. Après avoir passé presque toute la matinée à repasser dans sa tête ce qu'elle allait dire, soudain, elle n'arrivait même pas à se souvenir de son propre nom.

– Eh bien, euh, je me demandais…

Sa voix s'éteignit. Elle ne pouvait pas continuer. Ce devait être un signe de Dieu, se dit-elle, un signe qu'elle était censée ne rien dire. Qu'elle se faisait une montagne d'un rien.

– Ce n'est pas important, dit-elle en souriant. Je voulais seulement vous dire son nom.

Heureusement, pensa-t-elle, Fortin était habitué à traiter avec des artistes soûls, dérangés, défoncés. Et Clara paraissait être les trois à la fois. Aux yeux du galeriste, elle devait certainement être une artiste extraordinaire si elle était aussi déjantée.

Fortin paya en laissant, remarqua-t-elle, un très gros pourboire.

– Je me souviens de lui, dit Fortin en traversant avec elle le restaurant aux boiseries foncées, qui sentait la tisane. C'était la tapette.

VDTK?? MMF/X

Ils fixaient les lettres, et plus ils les regardaient, moins elles semblaient avoir de sens, ce qui en soi était significatif.

– D'autres suggestions ? demanda Jérôme en levant la tête.

Gamache était sidéré. Il était convaincu de détenir la clé, que «Charlotte» leur permettrait de décrypter le code. Il réfléchit un moment, passant en revue divers éléments de l'enquête.

– Woo, dit-il.

Ils vérifièrent. Rien.

– Walden.

Il tentait n'importe quoi, il le savait. Bien sûr, ils firent chou blanc.

Ça ne donnait rien, absolument rien. Qu'est-ce qui lui avait échappé ?

– Eh bien, je vais continuer de chercher, dit Jérôme. Il ne s'agit peut-être pas d'un chiffre de César. Il y a beaucoup d'autres codes.

Il fit un sourire rassurant et l'inspecteur-chef eut une idée de ce que ses patients avaient pu ressentir. Les nouvelles n'étaient pas bonnes, mais ils pouvaient compter sur un homme qui n'abandonnerait pas.

– Que pouvez-vous me dire au sujet d'un de vos collègues : Vincent Gilbert ? demanda Gamache.

– Il n'était pas un de mes collègues, répondit Jérôme d'un ton irrité. Le collègue de personne, d'ailleurs, si mes souvenirs sont bons. Il ne supportait pas les imbéciles. Avez-vous remarqué comment la plupart des gens comme lui prennent tout le monde pour des imbéciles ?

– Il était désagréable à ce point ?

– Jérôme est contrarié parce que le D\ Gilbert se prenait pour Dieu, expliqua Thérèse, en s'assoyant sur le bras du fauteuil de son mari.

– C'est difficile de travailler avec de telles personnes, dit Gamache, qui avait lui-même côtoyé quelques dieux au cours de sa carrière.

– Oh non, ce n'est pas ça, ajouta-t-elle en souriant. Jérôme est vexé parce que, à son avis, c'était lui, Dieu, et Gilbert refusait de le vénérer.

Ils rirent tous les trois, mais Jérôme fut le premier à cesser de sourire.

– Vincent Gilbert est un homme très dangereux. Selon moi, il se prend réellement pour Dieu. Un vrai mégalomane. Une personne très intelligente. Ce livre qu'il a écrit…

– *Être*, dit Gamache.

– Oui. Il a été conçu pour produire un effet, chaque mot a été soigneusement choisi. Et, je dois le reconnaître, ça a fonctionné. La plupart des gens qui ont lu l'ouvrage sont d'accord avec Gilbert : il est certainement un grand homme, peut-être même un saint.

– Vous ne partagez pas cet avis ?

Le Dr Brunel renâcla.

– Son seul miracle a été de convaincre tout le monde de sa sainteté. Tout un exploit, vu que c'est un trou de cul. Vous me demandez si je partage cet avis ? Non.

– Bon, c'est à mon tour de vous montrer quelque chose, dit Thérèse Brunel en se levant. Venez avec moi.

Laissant Jérôme retourner au code, Gamache la suivit dans le bureau, rempli de piles de papiers et de revues. Thérèse s'installa devant son ordinateur et, après qu'elle eut tapé sur quelques touches, une photo apparut. Celle d'une sculpture représentant une épave.

Gamache tira une chaise et fixa l'écran.

– Est-ce… ?

– Une sculpture comme les autres ? Oui.

Elle sourit comme une magicienne qui aurait fait apparaître un lapin particulièrement impressionnant.

– C'est l'Ermite qui l'a réalisée ?

Gamache pivota sur sa chaise et regarda Thérèse Brunel, qui confirma d'un hochement de tête. Gamache se retourna vers l'écran. La sculpture était constituée de plusieurs éléments. Sur un côté on voyait l'épave, puis une forêt, et de l'autre un village en train d'être construit.

– Même sur une photo, la sculpture semble vivante. Je vois bien les petits personnages. Ce sont les mêmes que dans les autres ?

– Je le crois. Mais je n'ai pas trouvé le garçon effrayé.

Gamache scruta le village, le bateau sur le rivage, la forêt. Rien. Qu'était-il arrivé au jeune homme ?

– Il nous faut cette sculpture.

– Elle fait partie d'une collection privée à Zurich. J'ai pris contact avec le propriétaire d'une galerie là-bas. Un homme que je connais, très influent. Il va m'aider.

Gamache savait qu'il valait mieux ne pas poser de questions à la directrice Brunel sur ses «contacts».

– Ce n'est pas seulement pour voir si le garçon y est, dit Gamache. Nous devons savoir s'il y a une inscription en dessous.

À l'instar des autres sculptures, celle-ci représentait une scène paisible, empreinte de sérénité, du moins à première vue. Mais quelque chose planait autour. Une menace.

Pourtant, les petits personnages en bois semblaient heureux.

– Il y en a une autre, dans une collection à Cape Town.

L'écran clignota et une autre sculpture apparut. Elle représentait un garçon, endormi ou mort, couché sur le flanc d'une montagne. Gamache mit ses lunettes et s'approcha en plissant les yeux.

– Difficile à dire, mais, selon moi, c'est le même jeune homme.

– C'est également mon avis, dit la directrice.

– Est-il mort?

– Je me suis posé la question, mais je ne crois pas. Remarquez-vous quelque chose de particulier au sujet de cette sculpture, Armand?

Gamache se redressa et respira profondément pour libérer un peu de tension. Il ferma les yeux, les rouvrit, mais pas pour regarder l'image sur l'écran. Cette fois, il voulait ressentir ce qui en émanait.

Après un moment, il sut que Thérèse Brunel avait raison. Cette sculpture n'était pas comme les autres. Elle était du même artiste, cela se voyait, mais un élément, d'une grande importance, était différent.

– Il n'y a pas de peur.

Thérèse hocha la tête.

– Seulement une sérénité. Un contentement.

– De l'amour, aussi, ajouta l'inspecteur-chef.

Il mourait d'envie de tenir cette sculpture dans ses mains, de la posséder, même. Bien sûr, cela n'arriverait jamais. Et il sentit, non pour la première fois, le petit tiraillement provoqué par le désir, l'avidité. Jamais il ne succomberait à la tentation, mais d'autres le pourraient. Cette sculpture avait beaucoup de valeur. Toutes, se doutait-il, en avaient.

— Que savez-vous sur ces œuvres ?

— Elles ont été vendues par l'intermédiaire d'une société à Genève. Je connais bien la maison. Elle est la discrétion même et fait affaire avec une clientèle très huppée.

— Combien a rapporté la vente ?

— Au total, sept sculptures ont été vendues, dont la première il y a six ans, pour quinze mille dollars. Ensuite, le prix n'a cessé de grimper et la dernière a atteint trois cent mille dollars. Elle a été achetée l'hiver dernier. Le propriétaire de la maison pense pouvoir obtenir au moins un demi-million pour la prochaine.

Étonné, Gamache expira bruyamment.

— Quiconque a vendu les sculptures a dû empocher des centaines de milliers de dollars.

— La société de vente aux enchères, à Genève, prélève une importante commission, mais j'ai procédé à un calcul rapide. Le vendeur aurait réalisé un bénéfice d'environ un million et demi.

Les pensées se bousculaient dans la tête de Gamache. Soudain, il se rappela un fait, ou plutôt des paroles. Olivier avait affirmé avoir jeté les sculptures dans les bois quand il revenait chez lui. Or, encore une fois, il avait menti.

« Quel garçon stupide », se dit Gamache. Puis il regarda l'écran de l'ordinateur et le jeune homme couché sur la montagne et qui semblait la caresser.

Serait-ce possible ? Olivier aurait-il pu commettre le crime ? Aurait-il pu assassiner l'Ermite ?

Un million de dollars constituait un puissant motif. Mais pourquoi tuer l'homme qui fournissait les œuvres d'art ?

De toute évidence, Olivier ne disait pas tout. Et si Gamache voulait découvrir le meurtrier, il devait connaître la vérité.

« Pourquoi faut-il que Gabri soit un sale pédé ? se dit Clara. Une tapette. Et moi, une sale lâche ? »

– Oui, c'est lui, s'entendit-elle dire comme si elle était à l'extérieur de son corps.

Fortin et elle se trouvaient sur le trottoir. Il faisait plus chaud maintenant, mais elle resserra son manteau.

– Où puis-je vous déposer? demanda Denis Fortin.

Où? Clara ne savait pas où se trouvait Gamache, mais elle avait son numéro de cellulaire.

– Je me débrouillerai. Merci.

Ils se serrèrent la main.

– Cette exposition sera très importante, pour nous deux. Je suis très heureux pour vous, dit-il avec chaleur.

– Il y a une autre chose. Gabri. C'est un de mes amis.

Elle sentit la main de Fortin relâcher la sienne. Mais il lui souriait toujours.

– J'avais seulement besoin de dire qu'il n'est pas un sale pédé ni une tapette.

– Ah non? En tout cas, il semble gai.

– Eh bien, oui, il est gai.

Elle se rendit compte que son cerveau s'embrouillait.

– Que voulez-vous dire, Clara?

– Vous l'avez traité de pédé, de tapette.

– Et alors?

– Ce n'était pas bien, pas très gentil.

Elle avait maintenant l'impression d'être une écolière. On n'employait pas souvent des mots comme «bien» ou «gentil» dans le monde artistique. Sauf comme insulte.

– Essayez-vous de censurer mes propos?

Sa voix était devenue pareille à de la mélasse; Clara sentait ses mots lui coller à la peau. Ses yeux, qui avaient déjà été bienveillants, étaient maintenant durs. Il y avait un avertissement dans son regard.

– Non. Je dis seulement que j'ai été surprise et que je n'ai pas aimé entendre mon ami se faire insulter.

– Mais *c'est* un pédé, une tapette. Vous-même l'avez reconnu.

– J'ai reconnu qu'il était gai.

Ses joues étaient en feu et son visage devait certainement être rouge comme une tomate.

– Oh, soupira Fortin en secouant la tête. Je comprends.

Il la regardait maintenant avec tristesse, comme on regarde un animal de compagnie malade.

– Vous êtes bien une petite fille de la campagne, après tout. Vous habitez dans ce petit village depuis trop longtemps, Clara. Vous avez l'esprit étroit. Vous vous autocensurez et maintenant vous essayez d'étouffer ma voix. La rectitude politique, Clara, c'est très dangereux. Un artiste doit repousser les frontières, aller au-delà des conventions, bousculer les idées reçues, choquer. Mais vous n'êtes pas disposée à faire ça, n'est-ce pas ?

Elle le fixait, sans comprendre ce qu'il disait.

– Non, c'est bien ce que je croyais, ajouta-t-il. Je dis la vérité, peut-être crûment, mais j'ai le mérite de parler sans détour. Vous préféreriez de belles paroles gentilles.

– Vous avez insulté un homme merveilleux, derrière son dos.

Elle sentit des larmes couler, des larmes de rage, mais qui devaient ressembler à autre chose. À de la faiblesse.

– Je vais devoir reconsidérer l'exposition, dit Fortin. Je suis très déçu. Je croyais avoir trouvé une artiste authentique, mais vous feigniez de l'être. Vous êtes superficielle. Ordinaire. Je ne peux pas courir le risque d'associer ma galerie à une artiste timorée.

La circulation se fit soudain moins dense et Denis Fortin traversa à grandes enjambées la rue Saint-Urbain. Rendu de l'autre côté, il se retourna et secoua de nouveau la tête. Puis il marcha rapidement vers son auto.

L'inspecteur Jean-Guy Beauvoir et l'agent Morin s'approchaient de la maison des Parra. Beauvoir s'était attendu à une demeure traditionnelle. Celle qu'habiterait un homme des bois tchèque. Un chalet suisse, peut-être. Pour Beauvoir, il y avait les Québécois et «les autres». Les étrangers. Les Chinois se ressemblaient tous, comme les Africains, d'ailleurs. Quant aux Sud-Américains – auxquels il lui arrivait peu souvent de penser –, ils étaient tous semblables, mangeaient tous la même nourriture et vivaient dans le même genre de maison. Un peu moins jolie que la sienne. Et les Anglais, il le savait très bien, étaient aussi tous pareils. Cinglés.

Les Suisses, les Tchèques, les Allemands, les Norvégiens et les Suédois formaient un groupe homogène. Ils étaient grands, blonds, de bons athlètes, quoiqu'un peu demeurés, vivaient dans des maisons à la charpente en A contenant beaucoup de boiseries et buvaient du lait.

Beauvoir ralentit sur le chemin sinueux et la voiture s'arrêta devant la demeure des Parra. Il ne voyait que des panneaux de verre. Certains étincelaient sous le soleil, d'autres reflétaient le ciel, les nuages, les oiseaux, la forêt, les montagnes et un petit clocher blanc. L'église de Three Pines, rapprochée par cette maison magnifique qui renvoyait l'image de la vie autour d'elle.

— Vous arrivez au bon moment. J'étais sur le point de retourner travailler, dit Roar après avoir ouvert la porte.

Il fit entrer les deux agents. L'intérieur était inondé de lumière. Les planchers en béton poli donnaient un air de solidité à la maison, qui paraissait ainsi bien ancrée, mais également capable de s'élever. Et, effectivement, on avait l'impression qu'elle flottait dans les airs.

— Merde, murmura Beauvoir, en pénétrant dans la grande pièce constituée de la cuisine, de la salle à manger et du séjour.

Avec ses trois murs vitrés, il ne semblait pas y avoir de division entre les deux mondes. Entre l'intérieur et l'extérieur. Entre la forêt et ce foyer.

Où vivrait un homme des bois tchèque si ce n'est dans les bois. Dans une maison faite de lumière.

Hanna Parra était devant l'évier en train de se sécher les mains et Havoc rangeait la vaisselle lavée. Une odeur de soupe flottait dans l'air.

— Tu ne travailles pas au bistro? demanda Beauvoir.

— Ma journée est divisée en deux aujourd'hui. Olivier m'a demandé si ça me dérangeait.

— Et?

— Si ça me dérange? dit-il, en accompagnant les deux enquêteurs jusqu'à la longue table de la partie salle à manger. Non. Il est très stressé en ce moment, je crois.

— Comment est-il en tant que patron?

Beauvoir vit Morin sortir son carnet et un stylo, comme il lui avait demandé de le faire à leur arrivée chez les Parra. Ça décontenançait les suspects et c'est ce que voulait Beauvoir.

— Très bien. Bien sûr, je ne peux le comparer qu'à mon père.

— Et ça veut dire quoi, ça? demanda Roar.

Beauvoir dévisagea l'homme trapu et fort pour déceler chez lui des signes d'agressivité, mais il ne vit rien. Il eut l'impression qu'il s'agissait d'une blague de famille.

— Olivier ne m'oblige pas à travailler avec des scies, des haches et des machettes.

— Le gâteau au chocolat avec crème glacée d'Olivier est bien plus dangereux. Avec une hache, au moins, on sait qu'il faut être prudent.

Beauvoir comprit qu'il venait de cerner l'essence même de cette affaire: ce qui semblait menaçant ne l'était pas et ce qui paraissait merveilleux ne l'était pas non plus.

— J'aimerais vous montrer une photo du mort.

— Nous l'avons déjà vue. L'agente Lacoste nous l'a montrée, dit Hanna.

— Regardez-la encore une fois, s'il vous plaît.

— Où voulez-vous en venir, inspecteur? demanda Hanna.

— Vous êtes tchèques.

— Et?

— Vous êtes établis ici depuis longtemps, je sais, poursuivit Beauvoir en ignorant ses interruptions. De nombreux Tchèques ont émigré ici après l'invasion russe.

— Effectivement, il y a une bonne communauté tchèque dans la région, reconnut Hanna.

— En fait, elle est si importante qu'il existe même une association. Vous vous rencontrez une fois par mois pour un repas-partage.

Ces renseignements, et bien d'autres, lui venaient de la recherche effectuée par l'agent Morin.

— C'est vrai, dit Roar.

Celui-ci observait Beauvoir attentivement, cherchant à déterminer ce qu'il voulait.

— Et vous avez été président de l'association à quelques reprises, dit l'inspecteur en s'adressant à Roar.

Puis, se tournant vers Hanna, il ajouta :

— Vous avez occupé cette fonction tous les deux.

— Ce n'est pas nécessairement un honneur, inspecteur, dit Hanna en souriant. Nous assumons la présidence à tour de rôle. Il y a une rotation.

— Est-il juste de dire que vous connaissez tous les membres de la communauté tchèque de la région ?

Les Parra se regardèrent, sur leur garde maintenant, puis firent oui de la tête.

— Donc, vous devriez connaître la victime. Il était tchèque.

Beauvoir sortit la photo de sa poche et la posa sur la table. Les Parra n'y jetèrent même pas un coup d'œil. Ils le regardaient, lui, avec étonnement. Parce qu'il était au courant ? Ou parce que l'homme était tchèque ? Ce pouvait être pour l'une ou l'autre de ces raisons, dut-il admettre.

Roar prit la photo et la fixa. Secouant la tête, il la tendit à sa femme.

— Nous l'avons déjà vue et nous vous disons la même chose qu'à l'agente Lacoste. Nous ne le connaissons pas. S'il était tchèque, il ne venait pas aux soupers. Il n'avait aucun contact avec nous. Bien sûr, vous devrez aussi vous informer auprès des autres.

— C'est ce que nous faisons, dit Beauvoir en remettant la photo dans sa poche. Des agents interrogent les autres membres de la communauté en ce moment même.

— N'est-ce pas du profilage ? demanda Hanna, qui ne souriait pas.

— Non. C'est ce qui s'appelle enquêter. Si la victime était de nationalité tchèque, n'est-il pas normal d'interroger les gens de cette communauté ?

Le téléphone sonna et Hanna se leva pour répondre.

— C'est Eva, dit-elle après avoir regardé l'afficheur.

Elle décrocha et, continuant à parler en français, dit qu'un agent de la Sûreté était justement chez elle et que, non, elle n'avait pas reconnu l'homme sur la photo. Oui, elle avait été surprise d'apprendre qu'il était tchèque.

« Astucieux », se dit Beauvoir. À peine Hanna eut-elle raccroché que la sonnerie retentit de nouveau.

– C'est Yanna, dit-elle sans toutefois décrocher.

Le téléphone, se rendaient-ils tous compte, sonnerait tout l'après-midi, à mesure que les agents se présentaient chez les gens, posaient leurs questions et repartaient. Et que les membres de la communauté tchèque s'appelaient.

Tout cela avait un côté sinistre, mais Beauvoir dut reconnaître, à regret, qu'il aurait agi de la même façon.

– Connaissez-vous Bohuslav Martinů ?

– Qui ?

Beauvoir répéta le nom, puis leur montra la photo imprimée.

– Oh, Bohuslav Martinů, dit Roar.

Il avait prononcé le nom d'une façon incompréhensible pour Beauvoir.

– C'est un compositeur tchèque. Vous ne le soupçonnez quand même pas ?

Roar éclata de rire, mais pas Hanna ni Havoc.

– Quelqu'un dans la communauté a-t-il un lien avec lui ?

– Non, personne, répondit Hanna avec conviction.

La recherche de Morin sur les Parra n'avait pas donné grand-chose. Leur famille en République tchèque semblait se limiter à une tante et quelques cousins. Ils avaient fui leur pays lorsqu'ils étaient au début de la vingtaine et avaient demandé le statut de réfugié au Canada, qui le leur avait accordé. Ils étaient maintenant des citoyens canadiens.

Rien de particulier. Aucun lien avec Martinů ni avec quelqu'un de célèbre ou de tristement célèbre. Pas de *woo*, pas de Charlotte, pas de trésor. Rien.

Pourtant, ces gens cachaient quelque chose, Beauvoir en était convaincu. Quelque chose que Morin n'avait pas trouvé.

À mesure qu'ils s'éloignaient de la maison en verre, leur reflet se rapetissant de plus en plus, Beauvoir se demanda si les Parra étaient aussi transparents que leur maison.

– J'ai une question pour vous, dit Gamache tandis que Thérèse et lui revenaient dans le séjour.

Jérôme leva un instant la tête, puis se pencha de nouveau sur les lettres pour essayer d'en tirer quelque chose.

– Allez-y.

– Denis Fortin…

– De la Galerie Fortin? dit-elle en l'interrompant.

Gamache hocha la tête.

– Il était en visite à Three Pines, hier, et il a vu une des sculptures. Selon lui, elle ne vaut pas grand-chose.

Thérèse Brunel réfléchit un moment.

– Ça ne me surprend pas. C'est un galeriste respecté qui a tout un flair pour découvrir de nouveaux artistes. Mais sa spécialité n'est pas la sculpture, bien qu'il représente des sculpteurs de grande renommée.

– Pourtant, même moi je pouvais voir que ces œuvres sont remarquables. Pourquoi pas lui?

– Qu'essayez-vous de dire, Armand? Qu'il a menti?

– Est-ce possible?

Thérèse considéra la question.

– J'imagine que oui. Je trouve toujours un peu amusante, et à l'occasion utile, la perception qu'ont les gens du monde de l'art. Ils semblent penser qu'il est composé d'artistes arrogants et dérangés, d'acheteurs idiots et de propriétaires de galeries qui servent d'intermédiaires. En fait, c'est un commerce, et quiconque ne comprend pas ça et n'en tient pas compte ne survit pas. Parfois, des centaines de millions de dollars sont en jeu. Mais encore plus gros que les liasses de dollars, il y a les ego. Réunissez d'immenses fortunes et des ego démesurés et vous obtenez un mélange instable. C'est un univers cruel, souvent sordide et violent.

Gamache pensa à Clara et se demanda si elle était au courant, si elle savait ce qui l'attendait à l'extérieur de l'enceinte.

– Mais tout le monde n'est pas comme ça, j'ose espérer, dit-il.

– C'est vrai. Mais à ce niveau, oui, dit-elle en désignant les sculptures sur la table devant son mari. Un homme est mort et, à mesure que l'enquête progressera, il est possible que nous découvrions que d'autres ont été tués.

– À cause de ces sculptures? demanda Gamache en prenant celle du bateau.

– À cause de l'argent.

Gamache fixa le navire. Ce n'étaient pas seulement les dollars, savait-il, qui motivaient les gens. Il y avait d'autres devises :

la jalousie, la rage, la vengeance. Gamache n'avait pas les yeux braqués sur les passagers naviguant vers le bonheur, mais sur le personnage qui regardait vers l'arrière. Vers l'endroit d'où ils venaient. Avec terreur.

– J'ai quand même de bonnes nouvelles, Armand.

Gamache reposa le bateau et tourna les yeux vers la directrice.

– J'ai trouvé votre *woo*.

30

– Tenez, c'est là.

Ils s'étaient rendus au centre-ville de Montréal en auto et maintenant la directrice Brunel pointait le doigt vers un édifice. Gamache ralentit, ce qui entraîna immédiatement des coups de klaxon. Au Québec, ralentir était presque un crime capital. Il n'accéléra pas, ignora les klaxons et essaya de voir ce qu'elle lui montrait. C'était une galerie d'art. La Galerie Heffel. Il y avait une sculpture de bronze à l'extérieur, mais il n'eut pas le temps de bien la voir. Durant les vingt minutes suivantes, il chercha une place de stationnement.

– Vous ne pouvez pas tout simplement vous garer en double file ? demanda la directrice Brunel.

– Si on veut se faire massacrer, oui.

Elle se racla la gorge, mais partageait son avis. Après avoir enfin trouvé un endroit où se garer, ils marchèrent le long de la rue Sherbrooke jusqu'à ce qu'ils soient revenus devant la Galerie Heffel et la sculpture de bronze, que Gamache avait déjà remarquée, sans toutefois s'arrêter pour l'observer.

Sentant son téléphone cellulaire vibrer, il s'excusa auprès de Thérèse Brunel et répondit.

– C'est Clara. Je me demandais quand vous seriez prêt.

– Dans quelques minutes. Est-ce que ça va ?

Elle lui paraissait mal à l'aise, bouleversée.

– Oui, oui, ça va. Où puis-je vous rencontrer ?

– Je suis devant la Galerie Heffel, rue Sherbrooke.

– Je la connais. Je pourrais y être dans quelques minutes. Ça vous va ?

Elle semblait avoir hâte, et même être impatiente, de partir.

– C'est parfait. Je serai ici.

Il remit le téléphone dans sa poche et revint à la sculpture. Il en fit le tour en silence pendant que Thérèse Brunel l'observait d'un air amusé.

Le bronze représentait une femme d'âge moyen mal fagotée, presque grandeur nature, debout à côté d'un cheval. Près d'elle il y avait un chien, et un singe était perché sur le dos du cheval.

Lorsque Gamache fit de nouveau face à la directrice Brunel, il s'arrêta.

– C'est ça, *woo*?

– Non, c'est Emily Carr. Le titre de cette sculpture, une œuvre de Joe Fafard, est *Emily Carr et ses amis*.

Gamache sourit, puis secoua la tête. Bien sûr, c'était elle ; il le voyait, maintenant. La femme, corpulente, trapue, laide, avait compté parmi les plus grands artistes du Canada. Talentueuse et visionnaire, elle avait peint surtout au début du xxᵉ siècle et était morte depuis longtemps. Mais ses œuvres n'avaient cessé de gagner en importance et en influence.

Il regarda plus attentivement la femme en bronze. Elle était plus jeune que celle qu'il avait vue sur de vieilles photos en noir et blanc à gros grain, qui montraient presque toutes une femme d'allure masculine, seule. Dans une forêt. Qui ne souriait pas et semblait malheureuse.

Celle-ci était heureuse. Il s'agissait peut-être d'une idée du sculpteur.

– C'est magnifique, n'est-ce pas? dit la directrice Brunel. D'habitude, Emily Carr a l'air horrible. À mon avis, c'est brillant de l'avoir représentée heureuse, comme, apparemment, elle ne l'était qu'avec ses animaux. C'étaient les êtres humains qu'elle détestait.

– Vous avez dit avoir trouvé *woo*. Où?

Il était déçu et loin d'être convaincu que la directrice avait raison. Comment une peintre ayant vécu à l'autre bout du continent et morte depuis des années pouvait-elle être liée d'une quelconque façon à l'affaire de meurtre?

Thérèse Brunel s'approcha de la sculpture et posa une main manucurée sur le singe.

– Voici Woo. Le fidèle compagnon d'Emily Carr.

– Woo est un singe ?

– Elle adorait tous les animaux, mais Woo plus que tous.

Gamache croisa les bras sur sa poitrine et fixa la sculpture.

– C'est une hypothèse intéressante, mais le *woo* dans la cabane de l'Ermite pourrait signifier n'importe quoi. Pourquoi voyez-vous un lien avec le singe d'Emily Carr ?

– À cause de ça.

Elle ouvrit son sac à main et en tira une luxueuse brochure, qu'elle lui tendit. Il s'agissait d'un catalogue préparé par la Vancouver Art Gallery pour une rétrospective de l'œuvre d'Emily Carr. Gamache regarda les photographies des tableaux représentant la nature sauvage de la côte Ouest, et que l'artiste, au style si caractéristique, avait peints près d'un siècle auparavant.

Ses œuvres étaient extraordinaires. De riches teintes de vert et de brun s'y entremêlaient dans des spirales tourbillonnantes, si bien que la forêt paraissait à la fois délirante et paisible. Cette forêt n'existait plus depuis longtemps ; elle avait été abattue, rasée par les coupes, détruite. Cependant, grâce au pinceau et au génie d'Emily Carr, elle était toujours vivante.

Mais ce n'étaient pas ces peintures qui l'avaient rendue célèbre.

Gamache feuilleta la brochure jusqu'à ce qu'il trouve la série qui avait fait sa renommée, des toiles représentant des objets que tout Canadien qui les voyait n'oubliait jamais.

Les mâts totémiques, plantés sur le rivage dans un village de pêche haïda, isolé, au nord de la Colombie-Britannique. Carr les avait peints sur les lieux mêmes où les Haïdas les avaient dressés.

Puis, un doigt délicat attira l'attention de Gamache sur quelques mots : les îles de la Reine-Charlotte. C'était l'endroit où se trouvaient les mâts.

Charlotte.

Gamache frissonna d'excitation. Se pouvait-il vraiment qu'ils aient trouvé Woo ?

– Pour réaliser ses sculptures, l'Ermite a utilisé du cèdre rouge, dit Thérèse Brunel. Et le mot Woo a été taillé dans le même bois. Les cèdres rouges poussent à différents endroits, mais pas ici, pas au Québec. Il y en a en Colombie-Britannique, cependant.

– Dans les îles de la Reine-Charlotte, murmura Gamache.

Les yeux toujours fixés sur les tableaux, il était fasciné par les mâts totémiques. Grands, droits, magnifiques; pas encore abattus, jetés à terre par des missionnaires et le gouvernement qui les avaient vus comme des monuments païens.

Les peintures d'Emily Carr étaient les seules images qui montraient les mâts tels que les Haïdas avaient voulu qu'ils soient. Elle ne peignait jamais des gens, mais elle peignait ce qu'ils créaient, dont des maisons longues. Et de gigantesques mâts totémiques.

Gamache continua de fixer les mâts, transporté par leur beauté sauvage, et le désastre imminent.

Puis il regarda de nouveau la légende: « Village haïda. Îles de la Reine-Charlotte. »

Il sut alors que Thérèse avait raison. Woo faisait penser à Emily Carr, et Carr aux îles de la Reine-Charlotte. Voilà sans doute pourquoi il y avait tant de références à des Charlotte dans la cabane de l'Ermite. *La toile de Charlotte*, Charlotte Brontë, Charlotte Martinů, qui avait donné le violon à son mari. La Chambre d'ambre qui avait été créée pour une Charlotte. Tout cela le menait ici, aux îles de la Reine-Charlotte.

– Vous pouvez la garder, dit la directrice Brunel en indiquant la brochure. Elle contient beaucoup de renseignements biographiques sur Emily Carr. Ça pourrait être utile.

– Merci.

Gamache ferma le catalogue et se tourna encore une fois vers la sculpture d'Emily Carr, la femme qui avait réussi à illustrer la honte du Canada, pas en peignant des personnes déplacées, brisées, mais en peignant leurs chefs-d'œuvre.

Clara regarda les eaux grises du Saint-Laurent quand ils traversèrent le pont Champlain.

– Comment a été votre dîner? demanda Gamache lorsqu'ils furent sur l'autoroute menant à Three Pines.

– Eh bien, ç'aurait pu être mieux.

L'humeur de Clara oscillait constamment entre la rage, la culpabilité et le remords. Elle se disait qu'elle aurait dû se montrer plus claire avec Fortin, lui dire quelle merde il était, puis, l'instant d'après, elle avait hâte d'arriver chez elle pour pouvoir lui téléphoner et s'excuser.

Comme un aimant, Clara attirait les blâmes. Les reproches, les critiques, les remontrances fusaient de partout et se collaient à elle. Elle semblait attirer le négatif, peut-être parce qu'elle avait une attitude si positive.

Eh bien, elle en avait assez. Elle se redressa sur son siège. «Qu'il aille se faire foutre!» Mais, pensa-t-elle aussitôt, elle devrait peut-être s'excuser et exprimer son opinion seulement après l'exposition.

Quelle imbécile elle avait été! Comment diable avait-elle pu penser que c'était une bonne idée que de faire chier le galeriste qui lui offrait la célébrité et la fortune? La reconnaissance de son talent. L'approbation. Une vitrine.

Merde, qu'avait-elle fait? Y avait-il moyen de revenir en arrière et de tout annuler? Elle aurait certainement pu attendre jusqu'au lendemain du vernissage, après la parution des comptes rendus dans le *New York Times* et le *Times* de Londres. Quand la colère de Fortin ne pourrait plus causer sa perte, comme elle le pouvait maintenant.

Comme elle le ferait maintenant.

Elle avait entendu ses paroles. Mais, surtout, elle l'avait vu dans son visage: Fortin la démolirait, la réduirait à rien. Cela laissait supposer, cependant, que quelque chose avait été construit et qu'on pouvait donc le détruire. Non, ce qu'il ferait serait pire. Il s'assurerait que jamais personne n'entendrait parler de Clara Morrow. Ne verrait ses toiles.

Elle regarda l'heure sur le tableau de bord: quinze heures cinquante. Sur l'autoroute, la circulation automobile était moins dense. Ils seraient à Three Pines dans environ une heure. S'ils arrivaient avant dix-sept heures, elle pourrait appeler à la galerie et se prosterner au téléphone devant Fortin.

Ou peut-être devrait-elle l'appeler pour lui dire qu'il était un trou de cul.

Le trajet du retour lui semblait extrêmement long.

— Aimeriez-vous en parler? demanda Gamache après une demi-heure de silence.

Il venait de quitter l'autoroute et se dirigeait vers Cowansville.

— Je ne sais pas vraiment quoi dire. Hier, au bistro, Denis Fortin a traité Gabri de sale pédé. Gabri ne l'a pas entendu, mais moi, oui, et je n'ai rien dit. J'en ai parlé à Peter et à Myrna. Ils m'ont écoutée, mais, en fin de compte, m'ont laissée décider ce que je devrais faire. Jusqu'à ce matin, quand Peter a plus ou moins suggéré que je devrais parler à Fortin.

Gamache tourna sur une route secondaire. Les commerces et les maisons disparurent et la forêt se resserra autour d'eux.

— Comment Fortin a-t-il réagi? demanda-t-il.

— Il a dit qu'il annulerait l'exposition.

Gamache soupira.

— Je suis désolé pour vous, Clara.

Il jeta un coup d'œil de son côté. Le visage triste, elle regardait fixement par la fenêtre. Elle lui fit penser à sa fille, Annie, l'autre soir. Une lionne lasse.

— Comment a été votre journée? demanda Clara.

La voiture cahotait sur le chemin de terre, maintenant. Peu de gens empruntaient cette route; à peu près seulement des personnes qui savaient où elles allaient, ou qui s'étaient complètement perdues.

— Fructueuse, je crois. J'ai une question pour vous.

— Allez-y.

Elle semblait soulagée d'avoir autre chose à faire que regarder l'horloge égrener les minutes en s'approchant de plus en plus de dix-sept heures.

— Que savez-vous au sujet d'Emily Carr?

— Eh bien, jamais je ne me serais attendue à cette question, répondit-elle avec un sourire.

Puis, se concentrant, elle poursuivit:

— Nous avons étudié son œuvre, à l'école d'art. Elle a été une grande source d'inspiration pour de nombreux artistes canadiens, certainement pour les femmes. Elle en a été une pour moi.

— Comment vous a-t-elle inspirée?

– Elle allait dans des régions éloignées, sauvages, où personne d'autre n'osait s'aventurer, emportant seulement son chevalet.

– Et son singe.

– Est-ce un euphémisme, inspecteur-chef?

Gamache rit.

– Non. Continuez.

– Eh bien, c'était une personne très indépendante. Et sa peinture a évolué. Au début, elle était figurative. Un arbre était un arbre; une maison, une maison. C'était presque du documentaire. Emily Carr voulait représenter les Haïdas, vous savez, les peindre dans leurs villages, avant que ceux-ci soient détruits.

– La plupart de ses œuvres ont été réalisées dans les îles de la Reine-Charlotte, n'est-ce pas?

– Beaucoup de ses tableaux les plus célèbres, oui. À un moment donné, elle s'est rendu compte que peindre avec précision ce qu'on pouvait voir ne suffisait pas. Alors elle s'est laissée aller, a rompu avec toutes les conventions, et s'est mise à peindre non seulement ce qu'elle voyait, mais ce qu'elle ressentait. Ça lui a attiré des moqueries. L'ironie, c'est que ses œuvres de cette période sont maintenant les plus connues.

Gamache hocha la tête, se souvenant des mâts totémiques devant la forêt tourbillonnante, aux couleurs éclatantes.

– Une femme remarquable.

– Je crois que tout a commencé avec la révélation brutale, dit Clara.

– La quoi?

– La révélation brutale. C'est assez connu dans les milieux artistiques. La plus jeune de cinq filles, elle était très proche de son père. Ils avaient une très belle relation, apparemment. Rien ne laisse supposer qu'il y ait eu entre eux autre chose qu'une relation de confiance, aimante.

– Rien de sexuel, vous voulez dire.

– C'est ça, seulement un lien père-fille très fort. Puis, vers la fin de son adolescence, il s'est passé quelque chose et elle a quitté la maison. Elle n'a plus jamais parlé à son père, ne l'a pas revu.

– Que s'était-il produit?

Remarquant que Gamache commençait à ralentir, Clara regarda l'horloge : il était presque cinq heures moins cinq.

– Personne ne l'a jamais su. Elle n'en a parlé à personne et sa famille n'a rien dit. Mais, après avoir été une enfant heureuse, insouciante, elle est devenue une femme aigrie. Très solitaire, et peu sympathique, semble-t-il. Puis, vers la fin de sa vie, dans une lettre à un ami, elle mentionne que son père lui avait dit quelque chose d'horrible et d'impardonnable.

– La révélation brutale.

– C'est ainsi qu'elle l'a décrit.

Ils venaient d'arriver à Three Pines. Gamache s'arrêta devant la maison de Clara et tous deux restèrent assis en silence pendant un moment. Il était cinq heures cinq. Trop tard. Elle pouvait essayer d'appeler, mais Fortin ne répondrait pas, elle le savait.

– Merci, dit Gamache. Vous m'avez beaucoup aidé.

– Vous aussi.

– J'aimerais que ce soit vrai.

Il lui sourit. Assez étonnamment, pourtant, elle paraissait se sentir mieux.

Clara sortit de la voiture, mais, au lieu de rentrer chez elle, demeura immobile sur le bord de la route. Puis, lentement, elle se dirigea vers le parc du village et en fit le tour, sans se presser, jusqu'à ce que la fin rejoigne le début et qu'elle soit revenue à son point de départ. Pendant qu'elle se promenait nonchalamment, elle pensa à Emily Carr. Et à toutes les railleries dont l'avaient accablée des galeristes, des critiques et un public trop frileux pour la suivre où elle voulait les emmener.

Loin, toujours plus loin, au cœur de la nature sauvage.

Clara rentra ensuite chez elle.

Il était tard dans la soirée à Zurich quand un collectionneur d'art prit dans sa main la curieuse petite sculpture pour laquelle il avait déboursé une si grosse somme. On lui avait assuré que c'était une grande œuvre, mais, plus important encore, qu'elle constituait un excellent investissement.

Il lui avait d'abord trouvé une place chez lui, mais, un jour, sa femme lui avait demandé de la déplacer. Ailleurs, hors de la maison. Il l'avait donc mise dans sa galerie privée, où, une fois par jour, il s'assoyait, avec un cognac, et contemplait les chefs-d'œuvre. Les Picasso, les Rodin, les Henry Moore.

Mais ses yeux revenaient sans cesse à l'amusante petite sculpture, qui représentait une forêt et des gens heureux en train de construire un village. Au début, il avait éprouvé du plaisir à la regarder, mais maintenant elle lui donnait froid dans le dos. Il envisageait de la déplacer de nouveau, de la mettre dans un placard, peut-être.

Lorsque le courtier l'avait appelé, plus tôt ce jour-là, pour lui demander s'il accepterait de la renvoyer au Canada pour une enquête policière, il avait refusé. C'était un investissement, après tout. Et on ne pouvait pas le forcer à le faire. Il n'avait rien fait de mal et la police canadienne n'avait aucun pouvoir contraignant.

Cependant, le courtier lui avait transmis deux requêtes de la part de la police. Il connaissait la réponse à la première question, mais vérifia malgré tout. Prenant la sculpture, il regarda sa base lisse. Pas de lettres, aucune signature. Rien. Bien que la seconde question lui parût ridicule, il fit un effort. Juste au moment où il s'apprêtait à remettre la sculpture à sa place et à envoyer un courriel pour dire qu'il n'avait rien trouvé, il remarqua quelque chose de pâle parmi les pins foncés.

Il s'approcha pour mieux voir et alors, au cœur de la forêt, à l'écart du village, il trouva ce que la police cherchait.

Un minuscule personnage en bois. Un jeune homme, à peine sorti de l'adolescence, se cachant dans les bois.

31

Il commençait à se faire tard. L'agente Lacoste était partie, et l'inspecteur Beauvoir et l'agent Morin rendaient compte de leur journée.

— Nous avons fait des recherches sur les Parra, les Kmenik, les Mackus. Sur toute la communauté tchèque, dit Beauvoir. Rien. Personne ne connaissait l'Ermite, personne ne l'a vu. Tous avaient entendu parler du violoniste…

— Martinů, précisa Morin.

— … parce que c'est un compositeur tchèque célèbre, mais personne ne le connaissait personnellement.

— J'ai parlé aux gens de l'Institut Martinů et vérifié les antécédents des membres des familles tchèques, dit Morin. Ils sont ce qu'ils affirment être : des réfugiés ayant fui les communistes. Rien de plus. En fait, ils semblent plus respectueux des lois que la majorité des gens. Aucun n'a de lien avec Martinů.

Beauvoir secoua la tête. Si les mensonges l'agaçaient, la vérité semblait l'irriter encore plus. Surtout lorsqu'elle ne lui convenait pas.

— Votre impression ? demanda Gamache à l'agent Morin, qui jeta un coup d'œil à l'inspecteur Beauvoir avant de répondre.

— À mon avis, le violon et la partition n'ont rien à voir avec les gens d'ici.

— Vous avez peut-être raison, reconnut Gamache.

Il savait qu'ils allaient devoir regarder dans de nombreuses cavernes vides avant de trouver leur tueur. Cette piste conduisait peut-être à l'une d'elles.

— Et les Parra ? ajouta-t-il.

Il posa la question bien qu'il sût la réponse. S'il y avait eu quelque chose d'intéressant de ce côté, Beauvoir l'en aurait déjà informé.

— Rien dans leur vie passée, confirma Beauvoir. Mais...

Gamache attendit la suite.

— Ils paraissaient sur la défensive, sur leurs gardes. Ils étaient surpris d'apprendre que l'homme mort était tchèque. Tout le monde l'était.

— Quelle est votre opinion ? demanda le chef.

D'un geste las, Beauvoir se passa la main sur le visage.

— Je n'arrive pas à assembler tous les morceaux, mais je crois que ça se tient.

— Vous pensez qu'il y a un lien ? insista Gamache.

— Comment ne pourrait-il pas y en avoir un ? Le mort était tchèque, de même que la partition et le précieux violon, et il y a dans la région une importante communauté tchèque comprenant deux personnes qui auraient pu trouver la cabane. À moins que...

— Oui ?

Beauvoir se pencha en avant, ses mains nerveuses jointes sur la table.

— Supposons que nous nous trompons. Supposons que l'homme n'était pas tchèque.

— Vous voulez dire qu'Olivier nous aurait menti ? demanda Gamache.

Beauvoir répondit d'un hochement de tête.

— Il a menti à propos de tout le reste. Il a peut-être voulu nous mettre sur une fausse piste, nous amener à soupçonner d'autres personnes.

— Mais alors, le violon et les feuilles de musique ?

— Mais alors quoi ? répondit Beauvoir, qui commençait à s'animer. Il y avait plein d'autres choses dans cette cabane. Morin a peut-être raison.

Il avait prononcé ces mots sur le même ton qu'il aurait utilisé pour dire qu'un chimpanzé avait raison, avec un mélange d'émerveillement devant un miracle et d'incrédulité.

— La musique et le violon n'ont peut-être rien à voir avec la nationalité de l'homme. Après tout, il y avait des assiettes venues de Russie et de la verrerie provenant d'autres endroits. Les objets ne nous révèlent rien. L'homme aurait pu être originaire de n'importe quel pays. Nous n'avons aucune preuve de l'affirmation d'Olivier. Et peut-être Olivier ne mentait-il pas tout à fait. L'homme parlait peut-être avec un accent, mais pas tchèque. Ce pouvait être un accent russe ou polonais, ou celui d'un de ces autres pays par là-bas.

Gamache s'adossa contre le dossier de sa chaise et réfléchit un moment, puis il hocha la tête et se redressa.

– C'est possible. Mais est-ce probable?

Dans le travail d'enquête, c'était la partie qu'il aimait le plus, et aussi celle qui l'effrayait le plus. Pas le suspect coincé prêt à tuer. Mais la possibilité de tourner à gauche quand il devrait tourner à droite. D'écarter un indice, d'abandonner une piste prometteuse, ou alors, pressé de conclure une affaire, de négliger une piste.

Non, il devait avancer prudemment maintenant. Comme tout explorateur, il savait que le danger n'était pas de tomber d'une falaise, mais de se perdre complètement. De se laisser embrouiller, désorienter par trop d'informations.

En fin de compte, la solution d'une affaire de meurtre était toujours extrêmement simple. Elle était toujours là, évidente. Cachée parmi les faits, les indices, les mensonges, et les fausses impressions des enquêteurs.

– Oublions ça pour le moment, dit-il, et gardons l'esprit ouvert. L'Ermite était peut-être tchèque, ou pas. D'une façon ou d'une autre, on ne peut pas faire abstraction des objets dans sa cabane.

– Qu'a dit la directrice Brunel? demanda Beauvoir. Certains objets avaient-ils été volés?

– Elle n'a rien trouvé pour l'instant, mais elle continue ses recherches. Cependant, Jérôme Brunel a étudié les lettres gravées sous les sculptures et il croit qu'il s'agit d'un chiffre de César, un type de code.

Il expliqua comment fonctionnait un chiffre de César.

– Il nous faut donc simplement trouver le mot clé? demanda Beauvoir. Ça me semble assez facile. C'est Woo.

– Non. Nous l'avons essayé.

Beauvoir se dirigea vers une grande feuille épinglée au mur, retira le capuchon d'un marqueur et écrivit les lettres de l'alphabet, puis attendit, le marqueur dans les airs.

– Et si c'était violon ? demanda Morin.

Encore une fois, Beauvoir le regarda comme s'il découvrait un chimpanzé étonnamment intelligent. Sur une autre feuille, il écrivit « violon », puis « Martinů » et « Bohuslav ».

– Bohème, suggéra Morin.

– Oui, bonne idée, dit Beauvoir.

Au bout d'une minute, ils eurent une douzaine de possibilités. En moins de dix minutes, ils les eurent toutes essayées, sans obtenir de résultat.

Beauvoir se tapota la main avec son marqueur – signe d'une certaine contrariété – et fixa les lettres, comme si c'était la faute de l'alphabet.

– Eh bien, continuez, dit Gamache. La directrice Brunel essaie de trouver les autres sculptures.

– Croyez-vous que c'est pour ça qu'on a tué l'homme ? demanda Morin. Pour s'emparer des sculptures ?

– C'est possible. Certaines personnes seraient prêtes à tout pour mettre la main sur des objets d'une telle valeur.

– Pourtant, quand nous avons découvert la cabane, elle n'avait pas été fouillée, dit Beauvoir. Si vous repériez l'homme, alliez à la cabane et le tuiez, est-ce que vous ne mettriez pas l'endroit sens dessus dessous pour trouver les sculptures ? D'autant plus que le meurtrier n'avait pas à s'inquiéter de déranger les voisins.

– Il en avait peut-être l'intention, mais a entendu Olivier revenir et a dû partir, répondit Gamache.

Beauvoir hocha la tête. Il avait oublié qu'Olivier était retourné à la cabane. Cette explication avait du bon sens.

– Cela me fait penser, dit-il en se rassoyant. Nous avons reçu les rapports du labo concernant les outils à travailler le bois. Ils auraient été utilisés pour réaliser les sculptures, mais pas pour sculpter Woo. Les entailles dans le bois n'y correspondaient pas. De plus, la technique utilisée ne serait pas la même. Il n'y a aucun doute, il s'agit du travail de deux personnes différentes.

C'était un soulagement de pouvoir être certain d'au moins une chose dans cette enquête.

– Mais du cèdre rouge a été utilisé dans tous les cas ?

Gamache voulait entendre la confirmation.

– Oui, répondit Beauvoir en hochant la tête. Les techniciens du labo ont même pu fournir plus de précisions, du moins en ce qui concerne le morceau de bois dans lequel a été taillé Woo. En considérant la teneur en humidité, les insectes, les cernes de croissance, toutes sortes de choses, ils ont pu établir la provenance du bois.

Gamache se pencha en avant et écrivit quelques mots sur un bout de papier qu'il poussa ensuite de l'autre côté de la table. Beauvoir le lut et émit un petit grognement.

– Vous avez parlé aux gens du labo ?

– J'ai parlé avec la directrice Brunel.

Il raconta à ses collaborateurs ce qu'il avait appris au sujet de Woo, d'Emily Carr, et leur parla des mâts totémiques des Haïdas, sculptés dans du cèdre rouge.

Beauvoir baissa les yeux sur le papier du chef. «Les îles de la Reine-Charlotte», avait-il écrit.

Et c'est ce qu'avait dit le laboratoire. Le bois qui était devenu Woo avait commencé, des siècles auparavant, comme un arbrisseau poussant dans les îles de la Reine-Charlotte.

Gabri remonta la rue du Moulin d'un pas presque militaire. Il avait pris une décision et voulait arriver là-haut avant de changer d'idée, comme il l'avait fait toutes les cinq minutes au cours de l'après-midi.

Il avait à peine échangé cinq mots avec Olivier depuis que l'interrogatoire de l'inspecteur-chef avait révélé l'étendue de tout ce que son partenaire lui avait caché. Finalement arrivé, il regarda l'extérieur fraîchement repeint de ce qui avait été la vieille maison des Hadley. Maintenant, une enseigne sculptée dans le bois était accrochée à l'avant et se balançait doucement au gré de la brise.

«Auberge et spa», annonçait-elle. Le lettrage était de bon goût, clair, élégant. Gabri avait eu l'intention de commander à Old Mundin une enseigne semblable pour le gîte, mais ne l'avait pas encore fait. Au-dessus des lettres étaient sculptés trois pins alignés. Un symbole emblématique, inoubliable, classique.

Il avait aussi pensé utiliser ce symbole pour le gîte, qui, au moins, se trouvait au cœur de Three Pines. Cette auberge semblait suspendue au-dessus du village, elle n'en faisait pas réellement partie.

Quoi qu'il en soit, maintenant c'était trop tard. Et il n'était pas venu pour critiquer. Bien au contraire.

Il monta sur la galerie et se rendit compte qu'Olivier aussi s'y était trouvé, avec le corps. Il essaya de chasser l'image de son Olivier, si doux, gentil et réservé, faisant quelque chose d'aussi abominable.

Gabri sonna à la porte et attendit. Il remarqua le cuivre brillant de la poignée, la vitre taillée en biseau et la nouvelle peinture rouge. C'était gai et accueillant.

– Bonjour? dit Dominique Gilbert en ouvrant, son visage exprimant une méfiance polie.

– Madame Gilbert? Nous nous sommes rencontrés dans le village lorsque vous avez déménagé ici. Je suis Gabriel Dubeau.

Il lui tendit sa grosse main et elle la prit.

– Je sais qui vous êtes. Vous tenez ce merveilleux gîte dans Three Pines.

Gabri reconnaissait sans difficulté des paroles destinées à amadouer, étant lui-même un expert en ce domaine. Malgré tout, c'était agréable de recevoir un compliment, et il n'en refusait aucun.

– En effet, répondit-il avec un sourire. Mais il n'est rien comparé à ce que vous avez fait ici. La transformation est spectaculaire.

– Aimeriez-vous entrer?

Dominique fit un pas de côté et Gabri pénétra dans le grand hall. La dernière fois qu'il s'était trouvé là, ce lieu tombait en ruine et lui-même était une loque. Mais il était évident que la vieille maison des Hadley n'existait plus. La calamité sur la colline, qui semblait toujours gémir, était devenue une demeure souriante. Une auberge chaleureuse, d'une élégance raffinée, où il séjournerait volontiers, pour se faire dorloter. Pour s'évader.

Il pensa à son gîte un peu terne. Quelques instants plus tôt, il le voyait comme un endroit confortable, charmant, accueillant, mais maintenant il lui paraissait seulement vieillot, comme une grande dame vieillissante, fatiguée. Qui voudrait aller chez « matante » quand on pouvait venir à l'auberge et spa d'un jeune couple branché ?

Olivier avait raison : c'était la fin pour eux.

En regardant Dominique, affable, pleine d'assurance, il sut qu'elle ne pouvait pas échouer. Elle semblait être née pour le succès, pour réussir.

– Nous sommes en train de prendre l'apéro dans le salon. Aimeriez-vous vous joindre à nous ?

Il s'apprêtait à décliner l'invitation. Il était venu pour dire une chose aux Gilbert, une seule, et avait eu l'intention de repartir aussitôt. Il ne s'agissait pas d'une visite de courtoisie. Mais Dominique, présumant qu'il acceptait, avait déjà tourné les talons et s'éloignait le long d'un couloir voûté.

Malgré l'élégance naturelle des lieux et de la femme, Gabri trouvait que quelque chose clochait. En suivant son hôtesse, il l'observa attentivement. Elle portait un chemisier en soie, un pantalon Aquascutum et un foulard dénoué. Et un parfum qu'il n'arrivait pas à identifier.

Puis il le reconnut, et sourit. Au lieu de porter du Chanel, cette châtelaine portait du Cheval, avec de fortes notes sous-jacentes de crottin.

Cela lui remonta le moral. Au moins, chez lui, ça sentait les muffins.

– C'était Gabriel Dubeau à la porte, que voici, annonça Dominique en entrant dans le salon.

Debout devant la cheminée, un homme âgé avait les yeux braqués sur le feu qui y flambait. Carole Gilbert était assise dans un fauteuil et Marc se trouvait près du plateau de boissons. Tous les trois levèrent la tête.

L'inspecteur-chef Gamache n'avait jamais vu le bistro aussi vide. Il s'installa dans un fauteuil près du foyer et Havoc Parra lui apporta un verre.

– Soirée tranquille? demanda-t-il quand le jeune homme déposa le scotch et une assiette de fromages québécois.

– C'est le calme plat, répondit Havoc, en rougissant un peu. Mais il devrait venir plus de monde.

Ils savaient tous deux que ce n'était pas vrai. À dix-huit heures trente – l'heure de l'apéro –, le bistro aurait dû bourdonner d'activité. Seuls deux autres clients étaient assis dans la vaste pièce, tandis qu'un petit escadron de serveurs attendait, prêt pour une période d'affluence qui ne viendrait jamais. Pas ce soir-là. Peut-être jamais plus.

Three Pines avait pardonné beaucoup de choses à Olivier. Le corps trouvé dans le bistro avait été associé à de la malchance. Même le fait qu'Olivier connaissait l'existence de l'Ermite et de sa cabane ne fut pas retenu contre lui. Ce ne fut pas nécessairement facile, mais, comme ils aimaient Olivier, les villageois étaient prêts à faire preuve d'une certaine tolérance. Ils avaient même été capables de lui pardonner d'avoir déplacé le corps, comme s'il avait agi sous le coup d'une folie passagère.

Cependant, ils cessèrent de se montrer indulgents lorsqu'ils apprirent qu'Olivier avait gagné des millions de dollars en exploitant un reclus probablement dément, agissant en cachette durant des années, puis avait discrètement acheté presque tout Three Pines. Myrna, Sarah et M. Béliveau étaient ses locataires.

Le village était devenu Olivierville, et les habitants originaires de la région étaient troublés. L'homme qu'ils avaient cru connaître était bel et bien un étranger, en fin de compte.

– Olivier est-il ici?

– Dans la cuisine. Il a donné congé au chef et décidé de préparer les repas lui-même ce soir. C'est un excellent cuisinier, vous savez.

Gamache le savait en effet, ayant eu quelques fois l'occasion d'apprécier ses plats au cours de repas privés. Il savait aussi que cette décision de cuisiner permettait à Olivier de se cacher. Dans la cuisine, il pouvait échapper aux regards mécontents et accusateurs de personnes qui étaient ses amis. Ou ne pas voir les chaises vides où des amis s'assoyaient habituellement – ce qui était pire encore.

– Pourriez-vous lui demander de se joindre à moi ?

– Je ferai de mon mieux.

– S'il vous plaît.

Par son ton de voix, Gamache avait réussi à faire comprendre qu'il ne s'agissait pas d'une simple requête polie. Quelques minutes plus tard, Olivier s'assoyait en face de lui. Ils n'avaient pas besoin de s'efforcer de parler à voix basse, le bistro était maintenant vide.

Gamache se pencha vers l'avant, prit une gorgée de scotch et observa Olivier attentivement.

– Qu'est-ce que le nom Charlotte signifie pour vous ?

Surpris, Olivier haussa les sourcils.

– Charlotte ?

Il réfléchit un moment.

– Je ne connais aucune Charlotte. J'ai déjà connu une fille qui s'appelait Charlie.

– L'Ermite a-t-il mentionné ce nom ?

– Il ne mentionnait jamais de noms.

– De quoi parliez-vous ?

Olivier se rappela la voix de l'homme mort ; elle n'était pas grave, mais, d'une certaine manière, apaisante.

– Nous parlions de potagers, de construction, de plomberie. Il avait appris plein de choses en étudiant les méthodes des Romains, des Grecs, des premiers colons. C'était fascinant.

Une pensée traversa l'esprit de Gamache, une pensée qui lui était déjà venue : il aurait tant souhaité qu'il y ait eu un troisième fauteuil dans la cabane, pour lui.

– A-t-il fait allusion au chiffre de César ?

Encore une fois, Olivier parut perplexe et secoua la tête.

– Ou aux îles de la Reine-Charlotte ?

– En Colombie-Britannique ? Pourquoi en aurait-il parlé ?

– Savez-vous si quelqu'un du village est originaire de cette province ?

– Il y a des gens d'un peu partout, mais je ne me souviens de personne qui serait venu de là-bas. Pourquoi ?

Gamache sortit les sculptures et les déposa sur la table. Le bateau donnait l'impression de chercher à fuir le fromage et le fromage, coulant, semblait le pourchasser.

— Parce que celles-ci viennent de la Colombie-Britannique. Ou du moins le bois. C'est du cèdre rouge des îles de la Reine-Charlotte. Recommençons donc, dit Gamache doucement. Dites-moi ce que vous savez au sujet de ces sculptures.

Le regard d'Olivier demeura impassible. Gamache connaissait ce regard, c'était celui d'une personne surprise à mentir, et qui cherchait la dernière porte de sortie, la brèche par laquelle s'échapper. L'inspecteur-chef attendit. Il but une petite gorgée de scotch et étala un peu de fromage sur une tranche d'excellent pain aux noix. Après l'avoir placée devant Olivier, il en prépara une pour lui. Puis il mangea et attendit.

— C'est l'Ermite qui les a sculptées, répondit enfin Olivier d'une voix égale, sans expression.

— Vous nous l'avez déjà dit. Vous nous avez aussi dit qu'il vous en avait donné d'autres et que vous les avez jetées dans la forêt.

Gamache attendit encore, sachant que le reste viendrait, maintenant. Il regarda par la fenêtre et aperçut Ruth promenant Rose. Le canard, pour une raison quelconque, portait un petit imperméable rouge.

— Je ne les ai pas jetées. Je les ai gardées, murmura Olivier.

Il eut l'impression que le monde au-delà du cercle de lumière projeté par le foyer venait de disparaître, comme si les deux hommes étaient seuls dans leur propre cabane.

— J'allais rendre visite à l'Ermite depuis presque un an lorsqu'il m'a donné la première.

— Vous rappelez-vous ce qu'elle représentait ?

— Une colline, avec des arbres. Ou plutôt une montagne. Et un garçon qui y était étendu.

— Est-ce celle-ci ?

Gamache lui montra une photo que Thérèse Brunel lui avait remise. Olivier hocha la tête.

— Je m'en souviens très bien, car j'ignorais que l'Ermite faisait de telles choses. Sa cabane était pleine de magnifiques objets, mais qui étaient l'œuvre d'autres personnes.

— Qu'en avez-vous fait ?

— Je l'ai gardée durant un certain temps, mais je devais la cacher pour que Gabri ne se mette pas à poser des questions.

Puis je me suis dit que ce serait plus simple de la vendre. Je l'ai donc mise sur eBay. On m'a offert mille dollars. Puis un courtier a pris contact avec moi. Il disait avoir des acheteurs, si jamais il existait d'autres sculptures semblables. J'ai cru à une blague, mais, huit mois plus tard, lorsque l'Ermite m'en a donné une autre, je me suis souvenu du gars et j'ai communiqué avec lui.

– Était-ce Denis Fortin?

– Le propriétaire de la galerie où Clara doit exposer? Non. C'était un Européen. Je peux vous donner ses coordonnées.

– Ce serait utile. Comment était la deuxième sculpture?

– Assez ordinaire, très simple. À première vue. J'étais un peu déçu. Elle représentait une forêt, mais si on regardait de plus près, sous la voûte des arbres, on voyait des gens marcher en file.

– Le garçon était-il parmi eux?

– Quel garçon?

– Celui étendu sur la montagne.

– Eh bien, non. Il s'agissait d'une pièce différente.

– J'en suis conscient, dit Gamache, en se demandant s'il se faisait bien comprendre. Mais il semble possible que l'Ermite ait inclus les mêmes personnages dans chacune de ses sculptures.

– Le garçon?

– Et les gens. Autre chose?

Olivier réfléchit. Il y avait autre chose: l'ombre au-dessus des arbres. Quelque chose se dressait, menaçant, derrière eux. Et il savait ce que c'était.

– Non, rien. Seulement une forêt et les gens à l'intérieur. Le courtier était tout excité.

– À quel prix a-t-elle été vendue?

– Quinze mille dollars.

Olivier s'attendit à voir la stupeur sur le visage de Gamache, mais il n'y eut aucun changement dans son regard, et Olivier se félicita d'avoir dit la vérité. Il était évident que l'inspecteur-chef connaissait déjà la réponse à cette question. Dire la vérité comportait toujours des risques, mais raconter des mensonges aussi. Selon l'expérience d'Olivier, il était préférable d'entremêler les deux.

— Combien de sculptures l'Ermite a-t-il réalisées ?

— Je croyais qu'il y en avait huit, mais maintenant que vous avez trouvé celles-ci, j'imagine qu'il en a fait dix.

— Et vous avez vendu toutes celles qu'il vous a données ?

Olivier répondit d'un hochement de tête.

— Vous nous avez dit qu'au début l'Ermite vous a donné d'autres objets en échange de la nourriture. Que sont-ils devenus ?

— Je les ai proposés à des boutiques d'antiquités de la rue Notre-Dame, à Montréal. Ensuite, quand je me suis rendu compte de la valeur de tout ce qu'il y avait dans la cabane, j'ai trouvé des courtiers.

— Qui ?

— Je ne fais plus affaire avec eux depuis des années. Il va falloir que je fasse des recherches. Il y en avait à Toronto et à New York.

Il s'appuya contre le dossier de son fauteuil et parcourut la pièce vide du regard.

— J'imagine que je devrais laisser partir Havoc et les autres.

Gamache demeura silencieux.

— À votre avis, les gens reviendront-ils ?

L'inspecteur-chef hocha la tête.

— Ce que vous avez fait les a blessés.

— Moi ? Marc Gilbert est pire. Soyez prudent avec lui. Il n'est pas qui il paraît être.

— Ni vous, Olivier. Vous nous avez menti depuis le début. Vous mentez peut-être maintenant. Je vais vous poser une question et je veux que vous réfléchissiez bien à la réponse.

Olivier fit oui de la tête et se redressa.

— L'Ermite était-il tchèque ?

Olivier ouvrit aussitôt la bouche, mais Gamache leva rapidement la main pour l'arrêter.

— Je vous ai demandé de réfléchir avant de répondre. Auriez-vous pu vous tromper ? Peut-être n'avait-il aucun accent, dit-il en observant attentivement son compagnon. Ou peut-être parlait-il avec un accent qui n'était pas nécessairement tchèque. Il s'agissait peut-être d'une simple supposition de votre part. Faites bien attention à ce que vous direz.

Olivier fixa la large main de Gamache, immobile dans les airs, puis, lorsque celui-ci l'abaissa, il tourna son regard vers l'homme à la large carrure, immobile devant lui.

— Je ne me suis pas trompé. Au fil des ans, j'ai entendu assez d'amis et de voisins parler en tchèque. L'Ermite était tchèque.

L'affirmation avait été énoncée avec plus d'assurance que tout ce qu'Olivier avait dit à Gamache depuis le début de l'enquête. Malgré tout, l'inspecteur-chef scruta le visage de l'homme mince assis en face de lui. Il examina sa bouche, ses yeux, les rides sur son front, la coloration de sa peau. Puis il hocha la tête.

— Soirée frisquette, dit Ruth en s'affalant dans le fauteuil à côté de Gamache et en réussissant à lui frapper le genou assez fort avec sa canne boueuse. Désolée, dit-elle, en lui donnant un autre coup.

Elle ne tint aucun compte de la conversation qu'elle interrompait et ne semblait pas consciente de la tension entre les deux hommes. Elle regarda Olivier, et ensuite Gamache.

— Eh bien, assez de ce badinage galant. Pouvez-vous croire ce qu'Olivier a fait avec ce cadavre? Sa stupidité excède même la vôtre. Elle me donne une idée de l'incommensurable. C'est presque une expérience spirituelle. Un peu de fromage?

Elle avala le dernier morceau de Saint-André et tendit la main pour prendre le scotch de Gamache, mais celui-ci fut plus rapide qu'elle. Myrna arriva alors, suivie de Clara et Peter, qui racontèrent comment s'était passée la rencontre de Clara avec Denis Fortin. Tout le monde compatit avec elle. Ils furent tous d'accord qu'elle avait fait la bonne chose, puis qu'elle devrait l'appeler le lendemain matin pour implorer son pardon, et ensuite qu'elle ne devrait pas le faire.

— J'ai vu Rose dehors, dit Clara qui voulait à tout prix changer de sujet de conversation. Elle est mignonne dans son imper.

Elle s'était demandé pourquoi un canard aurait besoin d'un imperméable, mais s'était dit que Ruth devait être en train d'habituer Rose à porter des manteaux.

À un moment donné, la conversation revint à Olivier, et à l'Ermite — l'Ermite mort et l'Ermite vivant. Ruth se pencha vers Olivier et lui prit la main.

— Ne t'en fais pas, mon cher, nous savons tous que tu es cupide.

Elle regarda ensuite Clara.

— Et nous savons tous que tu as besoin d'attention, et que Peter est mesquin. Quant à Clouseau, ici, dit-elle en se tournant vers Gamache, il est arrogant. Et toi, tu es…, commença-t-elle en regardant Myrna.

Revenant à Olivier, elle murmura, assez fort :

— C'est qui, elle ? Elle traîne toujours dans les parages.

— Tu n'es qu'une méchante vieille chnoque folle et soûle, dit Myrna.

— Je ne suis pas encore soûle.

Ils finirent tous leur verre, puis s'en allèrent. Avant de partir, Ruth tendit un bout de papier à Gamache, soigneusement, minutieusement plié.

— Donnez ceci à ce petit bonhomme qui vous suit partout.

Olivier ne cessait de jeter des coups d'œil dans le village, où Rose attendait patiemment Ruth dans le parc. Il n'y avait aucun signe de celui qui n'était pas là, celui qu'Olivier aurait tant voulu voir.

Gabri était surtout curieux de rencontrer le saint, Vincent Gilbert. Myrna lui vouait une grande admiration, et il y avait peu de gens qui lui inspiraient de l'admiration. Old Mundin et L'Épouse affirmaient qu'il avait changé leur vie avec son livre, *Être*, et son travail à La Porte. Et, par la même occasion, la vie du petit Charlie.

— Bonsoir, dit Gabri, un peu nerveux.

Il tourna son regard vers Vincent Gilbert. Élevé dans la religion catholique, Gabri avait passé des heures à contempler des vitraux illustrant la vie misérable et la mort glorieuse des saints. Quand il avait abandonné sa religion, il avait conservé une chose : la certitude que les saints étaient bons.

— Que voulez-vous ? demanda Marc Gilbert.

Il était debout à côté de sa femme et de sa mère, près du canapé. Ensemble, ils formaient un demi-cercle. Son père, à l'écart, donnait l'impression d'être un satellite. Gabri attendit que Vincent Gilbert calme son fils, lui dise d'accueillir leur invité poliment, de se montrer raisonnable. Mais il ne dit rien.

— Eh bien? dit Marc.

— Je suis désolé de ne pas être venu vous souhaiter la bienvenue plus tôt.

Marc ronchonna.

— Le comité d'accueil nous a déjà laissé notre paquet.

— Marc, s'il te plaît, dit Dominique. Il est notre voisin.

— Pas par choix. S'il y pouvait quelque chose, nous ne serions plus ici depuis longtemps.

Gabri ne le contredit pas, car c'était vrai. Leurs problèmes, à Olivier et lui, avaient commencé avec l'arrivée des Gilbert. Mais ils étaient là, et il fallait dire quelque chose. En redressant son corps d'un mètre quatre-vingt-cinq, il dit:

— Je suis venu vous présenter mes excuses. Je suis désolé de ne pas vous avoir fait sentir les bienvenus. Et je suis profondément désolé au sujet du corps.

Ouais, ses excuses lui parurent aussi boiteuses qu'il l'avait craint. Il espérait au moins qu'elles semblaient sincères.

— Pourquoi Olivier n'est-il pas ici? demanda Marc. Ce n'est pas vous qui avez laissé le corps ici. Ce n'est pas à vous de vous excuser.

— Marc, tu exagères, dit Dominique. Ne vois-tu pas à quel point cette démarche est difficile pour lui?

— Non. Olivier l'a probablement envoyé dans l'espoir d'éviter une poursuite judiciaire. Ou que nous ne disions pas à tout le monde qu'il est un psychopathe.

— Olivier n'est pas un psychopathe, dit Gabri, qui sentait sa patience atteindre sa limite. C'est un homme merveilleux. Vous ne le connaissez pas.

— C'est vous qui ne le connaissez pas si vous le croyez merveilleux. Un homme merveilleux se débarrasse-t-il d'un cadavre en le laissant dans la maison d'un voisin?

— C'est à vous de me le dire.

Les deux hommes s'avancèrent l'un vers l'autre.

— Je n'ai pas emporté le corps dans une maison privée pour terroriser les occupants. Ça, c'était un geste horrible.

— Olivier y a été poussé. Il a essayé de se lier d'amitié avec vous quand vous avez déménagé ici, mais vous avez ensuite essayé de nous voler notre personnel et avez voulu ouvrir cet énorme hôtel.

— Une auberge de dix chambres n'est pas énorme, dit Dominique.

— Peut-être pas à Montréal, mais ici, oui. Three Pines est un petit village, où nous vivons tranquillement depuis longtemps. Votre arrivée a tout changé. Vous n'avez même pas fait d'efforts pour vous intégrer.

— Par nous «intégrer», vous voulez dire vous faire des courbettes et vous remercier de nous avoir permis de nous installer ici? demanda Marc.

— Non, je veux dire vous montrer respectueux de ce qui existe déjà. De ce que des gens ont consacré beaucoup d'efforts à bâtir.

— Vous voulez lever le pont-levis, n'est-ce pas? dit Marc, dégoûté. Vous êtes à l'intérieur et voulez empêcher toute autre personne d'entrer.

— C'est faux. Presque tout le monde à Three Pines est venu d'ailleurs.

— Mais vous acceptez seulement les gens qui respectent vos règles. Qui agissent comme vous le voulez. Nous sommes venus ici pour vivre notre rêve et vous voulez nous en empêcher. Pourquoi? Parce qu'il est incompatible avec le vôtre. Vous vous sentez menacés par notre présence, alors vous cherchez à nous chasser. Vous n'êtes que des tyrans, avec de beaux sourires.

Marc crachait presque.

Gabri le dévisageait, stupéfait.

— Vous ne vous attendiez tout de même pas à ce que nous soyons heureux, n'est-ce pas? Pourquoi venir ici et vexer délibérément des gens qui allaient être vos voisins? Vous ne vouliez pas que nous devenions des amis? Vous deviez vous douter de la façon dont réagirait Olivier.

— Quoi? En déposant un cadavre dans notre maison?

— Il a eu tort de faire ça, je l'ai déjà dit. Mais vous l'avez provoqué, vous nous avez tous provoqués. Nous voulions être vos amis, mais c'était trop difficile à cause de votre attitude.

– Alors, vous voulez bien être nos amis à condition que quoi ? Que notre succès soit modeste ? Que nous ayons peu de clients ? Que seules deux ou trois personnes par jour viennent pour des soins ? Accepteriez-vous que nous ayons une petite salle à manger ? Mais rien qui puisse vous faire concurrence, à Olivier et vous ?

– Vous avez tout compris, répondit Gabri.

Cette réplique cloua le bec à Marc.

– Écoutez, pourquoi croyez-vous que nous ne faisons pas de croissants ? continua Gabri. Ni de tartes. Ni aucun autre produit de boulangerie. Nous le pourrions. C'est ce que j'adore faire. Mais il y avait déjà une boulangerie ici. Sarah a vécu toute sa vie dans le village et la boulangerie appartenait à sa grand-mère. Alors, nous avons plutôt ouvert un bistro. Tous nos croissants, tartes et pains viennent de chez Sarah. Nous avons adapté nos rêves en tenant compte des rêves déjà concrétisés ici. Ça nous coûterait moins cher, et ce serait plus amusant, de faire nous-mêmes notre pain et nos pâtisseries, mais ce n'est pas le but visé.

– Quel est le but ? demanda Vincent Gilbert, qui parlait pour la première fois.

– Le but n'est pas de faire fortune, répondit Gabri en se tournant vers lui avec gratitude, mais de savoir ce qui suffit pour être heureux.

Il y eut un moment de silence et Gabri remercia intérieurement le saint d'avoir créé cet espace de temps qui permettait au bon sens de revenir.

– Vous devriez peut-être rappeler ça à votre partenaire. Vous avez de belles paroles, mais ne les mettez pas en pratique. Ça vous arrange de rejeter la faute sur mon fils. Vous travestissez votre comportement en le faisant passer pour moral, généreux, altruiste, mais savez-vous ce qu'il est ?

Vincent Gilbert marchait vers Gabri, s'en rapprochait de plus en plus. À mesure qu'il avançait, il semblait grandir, et Gabri se sentait rapetisser.

– Il est égoïste, siffla Gilbert. Mon fils s'est montré patient. Il a engagé des travailleurs de la région, a créé des emplois. Cet endroit est un établissement de cure, et non seulement vous essayez de causer sa ruine, mais vous tentez de présenter mon fils comme le fautif.

Vincent Gilbert se plaça à côté de Marc, ayant enfin trouvé le coût du sentiment d'appartenance.

Il n'y avait plus rien à dire, alors Gabri partit.

De la lumière brillait dans les fenêtres lorsqu'il descendit vers le village. Dans le ciel, des canards volaient en V en direction du sud, fuyant le froid meurtrier qui s'apprêtait à s'abattre sur le pays. Gabri s'assit sur une souche près de la route et regarda le soleil se coucher sur Three Pines. Il se mit à penser au temps perdu et se sentit très seul, sans même la certitude de l'existence des saints pour le réconforter.

Une bière fut déposée sur la table pour Beauvoir. Gamache continuait de siroter son scotch. Bien installés sur leurs chaises confortables, les deux hommes examinèrent le menu du soir. Le bistro était désert. Peter, Clara, Myrna et Ruth étaient partis et Olivier était retourné dans sa cuisine. Havoc, le seul serveur qui restait, prit leur commande, puis s'éloigna pour les laisser parler.

Gamache rompit une petite baguette et résuma sa conversation avec Olivier.

– Or donc, il affirme toujours que l'Ermite était tchèque. Le croyez-vous ?

– Oui, répondit Gamache. Ou du moins, je crois qu'Olivier en est convaincu. Avez-vous réussi à déchiffrer le code de César ?

– Malheureusement non.

Morin et lui avaient laissé tomber quand ils avaient commencé à se servir de leurs propres noms, soulagés, tout de même, que ceux-ci ne donnaient rien.

– Qu'y a-t-il ? demanda Gamache.

Beauvoir s'était redressé sur son siège et avait lancé sa serviette en lin sur la table.

– Je suis frustré. Chaque fois qu'on progresse dans l'enquête, les pistes semblent se brouiller. Nous ne savons même pas encore qui était l'homme mort.

Gamache sourit. C'était leur lot habituel. Plus ils enquêtaient sur une affaire, plus ils accumulaient des indices. À un moment donné, ils ne comprenaient plus rien, comme s'il y avait trop de bruit, comme si quelque chose de sauvage leur criait des indices. C'était le hurlement de quelque chose qui était coincé et effrayé, Gamache le savait. Ses collaborateurs et lui amorçaient les dernières étapes de la présente enquête. Bientôt, les indices, les pièces du puzzle, cesseraient d'opposer une résistance et commenceraient à trahir le meurtrier. Ils s'approchaient de la solution.

— Au fait, je ne serai pas là demain, dit l'inspecteur-chef après que Havoc eut apporté les entrées.

— Vous retournez à Montréal?

Beauvoir prit une pleine fourchette de calmars grillés au feu de bois tandis que Gamache mangeait son prosciutto accompagné de tranches de poire.

— Je vais un peu plus loin que ça. Dans les îles de la Reine-Charlotte.

— Vraiment? En Colombie-Britannique? Près de l'Alaska? À cause d'un singe appelé Woo?

— Oui, eh bien, quand on le présente comme ça...

Beauvoir piqua sa fourchette dans un calmar noirci et le plongea dans une sauce à l'ail.

— Voyons, ça ne vous semble pas un peu, comment dire, extrême?

— Non. Le nom Charlotte revient sans cesse, répondit Gamache, qui énuméra les références en les comptant sur ses doigts. Le livre de Charlotte Brontë, *La toile de Charlotte*, des premières éditions dans les deux cas. Le panneau de la Chambre d'ambre, créé pour une princesse nommée Charlotte. Le mot que gardait l'Ermite à propos du violon avait été écrit par une Charlotte. Depuis un moment, j'essayais de comprendre la signification de cette répétition du nom, et cet après-midi la directrice Brunel m'a fourni la réponse. Les îles de la Reine-Charlotte. L'endroit où Emily Carr a peint, et d'où provient le bois utilisé pour les sculptures. Ça mènera peut-être à une impasse, mais je serais fou de ne pas suivre cette piste.

— Mais qui mène la marche? Vous ou le meurtrier? À mon avis, on vous lance sur une fausse piste pour vous éloigner. Selon moi, le meurtrier est ici, à Three Pines.

— Je le pense aussi, mais je crois que le meurtre a commencé dans les îles de la Reine-Charlotte.

Beauvoir souffla bruyamment, exaspéré.

— Vous rassemblez des indices pour leur faire dire ce que vous voulez entendre.

— Qu'insinuez-vous, exactement?

Beauvoir devait se montrer prudent. L'inspecteur-chef Gamache était plus que son supérieur. La relation entre les deux hommes était plus intense que toutes celles que Beauvoir avait avec d'autres personnes. Et il savait que la patience de Gamache avait ses limites.

— Je crois que vous voyez ce que vous voulez voir. Vous voyez des choses qui ne sont pas vraiment là.

— Qui sont invisibles, vous voulez dire.

— Non, je veux dire: qui ne sont pas là. Tirer une conclusion trop hâtivement n'est pas la fin du monde. Mais vous vous élancez à gauche et à droite, et où cela vous mène-t-il? Jusqu'au bout du putain de monde. Monsieur.

Beauvoir regarda par la fenêtre, pour essayer de se calmer. Havoc vint prendre leurs assiettes et Beauvoir attendit qu'il soit reparti avant de poursuivre.

— Je sais que vous aimez l'histoire, la littérature et l'art. Pour vous, la cabane de l'Ermite a dû paraître comme un magasin de bonbons. Mais à mon avis, dans cette enquête, vous voyez beaucoup plus de choses qu'il en existe. Je crois que vous la compliquez. Je vous suivrais n'importe où, vous le savez. Nous le ferions tous. Vous n'avez qu'à me faire signe et je suis là. J'ai une totale confiance en vous. Mais même vous pouvez faire des erreurs. Vous dites toujours que, dans le fond, un meurtre est très simple. À la base, il y a une émotion. Cette émotion est ici, de même que l'assassin. Nous avons suffisamment de pistes à explorer sans qu'on ait besoin de s'interroger au sujet d'un singe, d'un bloc de bois ou d'îles perdues à l'autre bout du pays.

— Avez-vous fini? demanda Gamache.

Beauvoir se redressa et respira profondément.

— J'ai peut-être encore autre chose.

Gamache sourit.

– Je suis d'accord avec vous, Jean-Guy, l'assassin est ici. Quelqu'un d'ici connaissait l'Ermite et l'a tué. Vous avez raison. Quand on élimine toutes les babioles inutiles, tous les ornements brillants, c'est simple. Un homme se retrouve avec des antiquités valant une fortune. Il les a peut-être volées. Il veut se cacher, alors il vient dans ce village que presque personne ne connaît. Mais ça ne suffit pas. Il construit donc une cabane au fond des bois. Se cache-t-il de la police? Peut-être. De quelque chose ou de quelqu'un pire encore? C'est ce que je crois. Mais il ne peut pas le faire tout seul. Il a besoin d'aide, ne serait-ce que pour obtenir de l'information. Il lui faut des yeux et des oreilles à l'extérieur. Alors il recrute Olivier.

– Pourquoi lui?

– Ruth l'a dit ce soir.

– Un autre scotch, trou de cul?

– Eh bien, ça aussi. Mais elle a dit qu'Olivier était cupide. Et il l'est. L'Ermite l'était aussi, et il s'est probablement reconnu en Olivier. Cette cupidité, ce besoin de posséder. De plus, il savait qu'il pourrait le maintenir sous son emprise, en lui promettant plus d'antiquités, de plus beaux objets. Au fil des ans, cependant, quelque chose s'est produit.

– Il est devenu fou?

– Peut-être. Ou peut-être tout le contraire. Il est peut-être devenu sain d'esprit. La cabane qu'il avait construite pour se cacher s'est transformée en un chez-soi, un havre. Vous l'avez ressenti: la vie de l'Ermite avait quelque chose de paisible, de réconfortant même. Elle était simple. Qui ne rêve pas de cela, de nos jours?

Leurs plats arrivèrent et l'humeur morose de Beauvoir disparut lorsqu'on posa devant lui un bœuf bourguignon parfumé. Il regarda l'inspecteur-chef, de l'autre côté de la table, qui souriait à la vue de son homard thermidor.

– Oui, la vie simple à la campagne, dit-il en levant son verre de vin rouge.

Gamache répondit au toast de son inspecteur en penchant son verre de blanc vers lui, puis prit un bon morceau du succulent crustacé. Tout en mangeant, il se remémora les premières minutes passées dans la cabane de l'Ermite. Et le moment où il avait pris conscience de ce qu'il avait devant les yeux. Des trésors. Pourtant, tout était utilisé, chacun des objets servait à quelque chose, que ce soit pour son côté pratique ou pour le plaisir, comme les livres et le violon.

Une chose, toutefois, ne semblait avoir aucune utilité.

Gamache déposa lentement sa fourchette et regarda fixement au-delà de Beauvoir. Après un moment, l'inspecteur déposa lui aussi sa fourchette et regarda derrière lui. Il n'y avait rien, seulement la pièce vide.

– Qu'y a-t-il?

Gamache leva l'index, une façon subtile et discrète de demander le silence. Puis il sortit un stylo et un carnet de sa poche de poitrine et nota rapidement quelque chose, comme s'il avait peur de l'oublier. Beauvoir étira le cou pour lire et frémit d'excitation lorsqu'il vit ce que c'était.

L'alphabet.

En silence, il regarda le chef écrire la ligne en dessous. L'étonnement se lisait sur son visage. L'étonnement d'avoir été aussi stupide, de ne pas avoir su voir ce qui paraissait maintenant si évident.

En dessous de l'alphabet, l'inspecteur-chef Gamache avait écrit: SIXTEEN.

– Le numéro au-dessus de la porte, murmura Beauvoir, comme s'il craignait de faire fuir cet indice d'une importance capitale.

– Quelles étaient les lettres des codes? demanda Gamache, maintenant pressé d'arriver à l'étape de vérification.

Beauvoir plongea la main dans sa poche et en sortit son calepin.

– MRKBVYDDO sous les gens attendant sur la rive. Et OWSVI sous le navire.

Il regarda Gamache travailler à déchiffrer les messages de l'Ermite.

A B C D E F G H I J K L M N O P Q R S T U V W X Y Z
S I X T E E N A B C D E F G H I J K L M N O P Q R S

Gamache nomma les lettres au fur et à mesure qu'il les trouvait.

– T, Y, R, I, lettre inconnue...

— Tyri, marmonna Beauvoir. Tyri…

— … autre lettre inconnue, puis K, K, V.

Il releva la tête et regarda Beauvoir, qui demanda :

— Qu'est-ce que ça veut dire ? Est-ce un nom ? Peut-être un nom tchèque ?

— C'est peut-être une anagramme. Changeons l'ordre des lettres.

Durant quelques minutes, c'est ce qu'ils firent, en prenant de temps en temps une bouchée de leur repas, mais n'obtinrent aucun résultat. Ils essayèrent ensuite avec le nombre en français, SEIZE. Finalement, Gamache posa son stylo sur la table et secoua la tête.

— Je croyais avoir trouvé la solution.

— Peut-être que oui, dit Beauvoir, pas encore prêt à abandonner la partie.

À son tour, il écrivit des lettres et essaya de décrypter l'autre code. Après avoir changé l'ordre des lettres, il en arriva à la même conclusion.

Le mot clé n'était ni *sixteen* ni *seize*.

— Je me demande bien, cependant, pourquoi ce numéro se trouve au-dessus de la porte.

— Certaines choses ne remplissent peut-être aucun but, dit Gamache. Peut-être est-ce cela, leur but.

Ce type de réflexion était trop ésotérique pour Beauvoir. Comme l'était le raisonnement du chef au sujet des îles de la Reine-Charlotte. En fait, Beauvoir n'appellerait pas ça un raisonnement. Au mieux, il s'agissait d'une intuition de la part du chef ; au pire, une hypothèse avancée au hasard, peut-être même suggérée par le meurtrier.

Quand Beauvoir pensait au sombre archipel à l'autre bout du pays, la seule image qui lui venait à l'esprit était celle de forêts denses, de montagnes et d'eaux grises sans fin. Mais surtout de brume.

Et Armand Gamache s'apprêtait à pénétrer dans cette brume, seul.

— Oh, j'ai presque oublié, Ruth Zardo m'a donné ceci.

Gamache tendit le bout de papier à Beauvoir, qui le déplia et lut à voix haute :

et ramassera doucement ton âme par la nuque
et te fera entrer dans la noirceur et le paradis à coups de caresses.

Au moins, il y avait un point après « caresses ». Ces vers étaient-ils, enfin, les derniers ?

32

Armand Gamache arriva dans les îles mystérieuses en fin d'après-midi après avoir voyagé dans des avions de plus en plus petits, le dernier ne lui paraissant guère plus qu'un fuselage entourant son corps et propulsé sur le tarmac de l'aéroport de Prince Rupert.

Tandis que l'hydravion survolait l'archipel au nord de la Colombie-Britannique, Gamache, regardant en bas, vit un paysage de montagnes et de vieilles forêts denses. Cachées pendant des millénaires par des brumes formant une barrière aussi impénétrable que les arbres, les îles étaient demeurées isolées. Mais pas désertes. Elles constituaient un creuset grouillant de vie, qui avait produit les plus gros ours noirs et les plus petits hiboux. C'est un corbeau qui avait découvert les premiers hommes dans une gigantesque coquille à une extrémité de l'une des îles. C'est ainsi, selon leur conception de la Création, que les Haïdas vinrent vivre ici. Plus récemment, on avait également découvert des bûcherons dans l'archipel. Bien sûr, ils ne faisaient pas partie de l'histoire de la Création. Ils avaient regardé au-delà des brumes épaisses et avaient vu de l'argent. Arrivés dans les îles de la Reine-Charlotte il y a un siècle, ils ne virent pas un lieu fécond, seulement un trésor : les anciennes forêts de cèdres rouges, ces arbres au bois recherché pour sa durabilité. Ils avaient été grands et droits longtemps avant la naissance de la reine Charlotte et son mariage avec le roi fou. Mais maintenant, abattus par des scies, ils étaient transformés en bardeaux, galeries et revêtement extérieur. Et en dix petites sculptures.

Après un amerrissage en douceur, la jeune pilote de brousse aida l'homme massif à s'extirper de son petit hydravion.

– Bienvenue à Haida Gwaii, dit-elle.

Lorsque, tôt ce matin-là, Gamache s'était levé à Three Pines et avait trouvé Gabri à moitié endormi dans la cuisine en train de lui préparer un petit pique-nique pour le trajet jusqu'à l'aéroport de Montréal, il ne savait rien de ces îles situées à des milliers de kilomètres. Pendant les longs vols de Montréal à Vancouver, de Vancouver à Prince Rupert, puis jusqu'au village de Queen Charlotte, il avait lu de la documentation à leur sujet et appris cette phrase :

– Merci de m'avoir emmené sur la terre de vos ancêtres.

Il y avait de la méfiance dans les yeux brun foncé de la pilote. Elle avait bien raison, pensa Gamache. L'arrivée d'un autre homme blanc d'âge moyen vêtu d'un complet n'augurait jamais rien de bon. Il n'était pas nécessaire d'être haïda pour le savoir.

– Vous devez être l'inspecteur-chef Gamache.

Un grand gaillard baraqué aux cheveux noirs et à la peau de la couleur du cèdre rouge s'avançait sur le quai, la main tendue. Les deux hommes se serrèrent la main.

– Je suis le sergent Minshall de la GRC. Nous avons correspondu.

Il avait une voix grave, légèrement chantante. C'était un Haïda.

– Ah oui. Merci d'être venu m'accueillir.

L'agent prit le sac de voyage des mains de la pilote et le balança par-dessus son épaule. Les hommes remercièrent la jeune femme, qui ne leur prêta pas attention, et se rendirent au bout du quai où ils montèrent une rampe jusqu'à la route. L'air vif rappela à Gamache qu'ils étaient plus près de l'Alaska que de Vancouver.

– Je vois que vous ne resterez pas longtemps.

Gamache regarda vers l'océan et sut que le continent avait disparu. Il ne s'était pas volatilisé, il n'existait tout simplement pas ici. Le continent, en fait, c'était ici.

– J'aimerais rester plus longtemps. C'est tellement beau. Mais je ne peux pas.

– Je comprends. Je vous ai réservé une chambre à l'auberge. Vous vous y plairez, je crois. La population des îles de la Reine-Charlotte est peu nombreuse, comme vous le savez probablement. Il y a peut-être cinq mille habitants, dont la moitié sont des Haïdas et l'autre moitié…

Après une légère hésitation, il ajouta :

– … ne le sont pas. Nous recevons beaucoup de visiteurs, mais la saison touristique se termine.

Les deux hommes avaient ralenti le pas et fini par s'arrêter. En chemin, ils étaient passés devant une quincaillerie, un café et un petit bâtiment avec une sirène à l'avant. Mais ce fut le port qui retint l'attention de Gamache. Jamais de sa vie il n'avait vu pareil paysage, et pourtant il en avait contemplé, au Québec, des endroits d'une beauté à couper le souffle. Mais aucun, devait-il reconnaître, ne se comparait à celui-ci.

Devant lui s'étendait une nature sauvage. Aussi loin qu'il pouvait voir, des montagnes couvertes de forêts sombres émergeaient de l'eau. Il voyait aussi une île et des bateaux de pêche. Au-dessus, des aigles planaient. Les hommes marchèrent sur la grève jonchée de galets et de coquillages. Ils s'immobilisèrent un moment pour écouter, en silence, les oiseaux et le clapotis de l'eau, et pour humer l'air aux odeurs d'algues, de poissons, de forêt.

– Il y a plus de nids d'aigle ici que n'importe où au Canada, vous savez. C'est un bon signe. L'aigle est un oiseau de bon augure.

Gamache, complètement subjugué par la vue, ne se tourna pas pour regarder l'homme, mais il l'écoutait.

– Les Haïdas se divisent en deux clans, celui de l'Aigle et celui du Corbeau. J'ai organisé une rencontre avec les anciens des deux groupes. Ils vous ont invité à souper.

– Merci. Serez-vous présent ?

Le sergent Minshall sourit.

– Non. Tout le monde sera plus à l'aise sans moi. Les Haïdas sont des gens chaleureux, vous savez. Ils ont vécu ici depuis des milliers d'années, sans être importunés. Jusqu'à récemment.

« C'est intéressant, pensa Gamache, qu'il dise "ils" et non "nous" en parlant des Haïdas. » Il le faisait peut-être pour l'inspecteur-chef, pour paraître impartial.

– Je vais essayer de ne pas les importuner ce soir.

– C'est trop tard.

Armand Gamache se doucha, se rasa et essuya la buée sur le miroir. C'était comme si la brume qui flottait au-dessus des forêts s'était infiltrée dans sa chambre. Peut-être pour l'observer. Pour chercher à deviner ses intentions.

Il fit un petit rond sur la surface embuée et vit un officier de la Sûreté très fatigué, loin de chez lui.

Après avoir mis une chemise propre et un pantalon foncé, il choisit une cravate et s'assit sur le bord du lit à deux places. Le couvre-lit semblait être une courtepointe cousue à la main.

La chambre était simple, propre et confortable. Même si elle avait été remplie de navets, cela n'aurait rien changé. On ne remarquait que la vue, donnant sur la baie. Le coucher de soleil emplissait le ciel de lueurs dorées, violacées et rouges qui on-doyaient, changeaient constamment de forme. Elles semblaient vivantes. Tout semblait en vie ici.

Il alla à la fenêtre et, les yeux rivés sur le spectacle, noua sa cravate en soie verte. On frappa à la porte. Il ouvrit, s'attendant à voir la propriétaire ou le sergent Minshall, mais à sa grande surprise, c'était la jeune pilote de brousse.

– Ma *noni*, mon arrière-grand-mère, m'a demandé de venir vous chercher pour le souper.

Elle ne souriait toujours pas. Elle semblait même particuliè-rement mécontente d'avoir à accomplir cette tâche. Gamache enfila un veston gris et son manteau et, en compagnie de la jeune femme, sortit dans la nuit de plus en plus noire. Les lumières étaient allumées dans les maisons ceinturant le port. Revigoré par l'air froid et humide, Gamache était plus éveillé qu'il ne l'avait été de tout l'après-midi. Ils montèrent dans un vieux pick-up et quittèrent la petite ville.

– Alors, vous êtes native des îles de la Reine-Charlotte ?

– De Haida Gwaii.

– Bien sûr, excusez-moi. Êtes-vous du clan de l'Aigle ?

– Du Corbeau.

– Ah.

Il devait paraître un peu ridicule, pensa Gamache, mais la jeune femme, apparemment, ne s'en souciait pas. Elle semblait plutôt vouloir l'ignorer.

– Votre famille doit être très contente que vous soyez pilote.

– Pourquoi?

– Eh bien, vous volez.

– Vous dites ça parce que je suis Corbeau? Tout le monde ici vole, inspecteur-chef. J'ai seulement besoin d'un peu plus d'aide.

– Vous êtes pilote depuis longtemps?

Elle resta silencieuse. Manifestement, sa question ne méritait pas de réponse. C'était vrai, dut-il reconnaître. Le silence était plus approprié. Ses yeux s'adaptant à l'obscurité, il réussit à distinguer la silhouette des montagnes de l'autre côté de la baie. Quelques minutes plus tard, ils arrivèrent à un autre village. La jeune femme immobilisa le pick-up devant un bâtiment blanc quelconque: le Skidegate Community Hall, selon l'enseigne sur la façade. Elle descendit du véhicule et marcha jusqu'à la porte, sans se retourner pour voir si Gamache la suivait. Ou bien elle le croyait derrière, ou bien – et c'était plus probable – elle s'en foutait.

Tournant le dos au port illuminé par les lueurs crépusculaires, Gamache lui emboîta le pas, passa la porte et se trouva dans un théâtre. Il regarda vers l'arrière pour s'assurer qu'il y avait bien une porte et qu'il n'avait pas pénétré comme par magie dans un autre univers. Des balcons très ornés occupaient trois murs. Lentement, il fit un tour complet sur lui-même, le plancher de bois luisant crissant légèrement sous ses pieds. Se rendant alors compte qu'il avait la bouche entrouverte, il la ferma et s'adressa à la jeune femme à côté de lui.

– *My God, it's extraordinary.*

– *Haw'aa.*

Des escaliers majestueux menaient aux balcons, et au fond de la salle se trouvait une scène avec une peinture murale à l'arrière-plan.

– Ça représente un village haïda, dit-elle en indiquant le mur d'un mouvement de la tête.

– Incroyable, murmura Gamache.

Il arrivait souvent à l'inspecteur-chef d'être surpris, stupéfait par la vie, mais rarement abasourdi. Or, en ce moment, il l'était.

– Ça vous plaît ?

Gamache baissa la tête et constata qu'une autre femme, beaucoup plus vieille que la pilote et lui-même, les avait rejoints. Contrairement à la jeune femme, la dame âgée souriait. Elle semblait sourire facilement, comme si elle trouvait beaucoup d'humour dans la vie.

– Énormément.

Il tendit la main et elle la serra.

– Je vous présente ma *noni*, dit la pilote.

– Esther.

– Armand Gamache, dit l'inspecteur-chef en s'inclinant légèrement. Je suis très honoré de faire votre connaissance.

– Tout l'honneur est pour moi, inspecteur-chef. S'il vous plaît…

Elle fit un geste vers le centre de la salle où une table avait été dressée. D'agréables odeurs de nourriture flottaient dans l'air et Gamache vit des gens qui se parlaient, se saluaient, s'interpellaient. Riaient.

Il s'était attendu à voir les anciens dans leurs vêtements traditionnels et se sentait maintenant gêné d'avoir eu un tel stéréotype en tête. Les hommes et les femmes portaient leurs habits de travail : des t-shirts et des gros pulls pour certains, des complets pour d'autres. Il y avait des employés de banque, des gens qui travaillaient à l'école, à la clinique, sur les eaux froides. Parmi eux, il y avait des artistes, dont des peintres, mais surtout des sculpteurs.

– Nous sommes une société matrilinéaire, inspecteur-chef, expliqua Esther. La plupart des chefs, cependant, sont des hommes. Cela ne veut pas dire que les femmes n'ont pas de pouvoir. Bien au contraire.

Son regard était franc, elle énonçait simplement un fait. Ce n'était pas de la vantardise.

Elle le présenta ensuite à chaque personne. Gamache répéta les noms en essayant de se rappeler à qui ils correspondaient, mais après avoir rencontré une demi-douzaine de personnes, il était perdu. Finalement, Esther l'emmena à la table où un buffet avait été préparé.

– Voici Skaay, dit-elle en lui présentant un vieil homme de petite taille.

Le vieillard leva la tête de son assiette. Ses yeux, d'un blanc laiteux, ne voyaient pas.

– Du clan de l'Aigle, ajouta-t-elle.

– Vous pouvez m'appeler Robert, si vous voulez, dit Skaay.

Sa voix était forte et sa poignée de main aussi.

– Les femmes des deux clans vous ont préparé un festin haïda traditionnel, inspecteur-chef, ajouta-t-il en souriant.

L'aveugle parcourut la longueur de la table avec lui en nommant chaque plat.

– Ça, c'est du *k'aaw*, des œufs de hareng sur des algues. Ici, vous avez du saumon fumé enrobé de poivre et là du saumon fumé au bois, pêché ce matin par Reg. Il a passé toute la journée à le fumer. Pour vous.

Ils se rendirent jusqu'au bout de la table, sur laquelle se trouvaient des boulettes de pieuvre, des croquettes de crabe, du flétan, de la salade de pommes de terre, du pain tout juste sorti du four. Des jus et de l'eau comme boissons. Pas d'alcool.

– Nous organisons des danses ici. C'est l'endroit où ont lieu la plupart des fêtes de mariage. Et les funérailles. Ça veut dire beaucoup de repas. Lorsque le clan de l'Aigle reçoit, ce sont les membres de celui du Corbeau qui servent. Et vice-versa, évidemment. Mais ce soir, les deux clans sont les hôtes et vous êtes notre invité d'honneur.

Gamache, qui avait assisté à des soupers protocolaires dans des palaces, à des banquets donnés en son honneur, à des cérémonies de remise de prix, n'avait jamais senti autant de déférence à son égard.

Il prit un peu de chaque plat et s'assit. À sa surprise, la jeune pilote se joignit à lui.

Au cours du repas, tous parlaient, la conversation allait bon train, mais Gamache se rendit compte que les anciens ne répondaient pas beaucoup à ses questions et avaient plutôt tendance à lui en poser. Ils s'intéressèrent à son travail, à sa vie, à sa famille, l'interrogèrent sur le Québec. Ils étaient informés, attentifs, gentils, et sur leurs gardes.

Au moment du dessert, soit un gâteau accompagné de baies fraîchement cueillies et de Cool Whip, Gamache leur parla du meurtre et de l'Ermite dans la cabane au fond des bois. Les anciens, qui l'écoutaient attentivement, devinrent de plus en plus silencieux à mesure qu'il leur parlait de l'homme qui avait vécu entouré de trésors, mais seul. Un homme à qui on avait ôté la vie, mais en laissant ses possessions derrière. Un homme sans nom, entouré d'histoire, mais dont on ne connaissait pas la sienne.

— Était-il heureux, d'après vous? demanda Esther.

Il était pratiquement impossible de savoir si ce groupe avait un chef, élu ou désigné d'un commun accord. Mais s'il y en avait un, ce serait cette femme, supposa Gamache.

Il hésita à répondre. Il ne s'était pas vraiment posé la question.

« L'Ermite était-il heureux ? »

— Je dirais qu'il éprouvait du contentement. Il menait une vie simple, paisible. Un genre de vie qui m'attire.

La jeune pilote se tourna vers lui. Jusqu'à maintenant, elle avait regardé droit devant.

— Il était entouré de beauté, poursuivit-il. Et il recevait de la visite de temps en temps. Quelqu'un lui apportait ce qu'il ne pouvait produire lui-même. Mais il avait peur.

— Il est difficile d'être à la fois heureux et effrayé, dit Esther. Mais la peur peut mener au courage.

— Et le courage à la paix, ajouta un jeune homme vêtu d'un complet.

Cela rappela à Gamache les mots du pêcheur écrits sur le mur du café à Mutton Bay quelques années auparavant. Assis à l'autre bout du restaurant, cet homme l'avait regardé et lui avait souri si gentiment que Gamache en avait eu le souffle coupé. Puis le pêcheur avait griffonné quelque chose sur le mur et était parti. S'étant approché, Gamache avait lu :

Qui trouve l'amour trouve le courage
Qui trouve le courage trouve la paix

Qui trouve la paix trouve Dieu.
Et lorsqu'on a Dieu, on a tout.

Gamache récita ces vers et le silence se fit dans la salle. Les Haïdas excellaient à rester silencieux. Gamache aussi.

– Est-ce une prière? demanda enfin Esther.

– Un pêcheur a écrit ces mots sur un mur dans un endroit très loin d'ici appelé Mutton Bay.

– Ce n'est peut-être pas si loin que ça, dit Esther.

– Un pêcheur? demanda l'homme au complet en souriant. Ça ne m'étonne pas. Ils sont tous fous.

Un homme plus âgé à côté de lui, vêtu d'un chandail épais, lui donna une tape et tous les deux se mirent à rire.

– Nous sommes tous des pêcheurs, expliqua Esther.

Gamache eut l'impression qu'elle l'incluait dans le groupe. La vieille femme réfléchit un moment, puis demanda:

– Qu'est-ce que votre ermite aimait?

Gamache prit un instant pour y penser et répondit:

– Je ne sais pas.

– Quand vous le découvrirez, peut-être trouverez-vous son assassin. Comment pouvons-nous vous aider?

– Il y avait quelques références aux noms Woo et Charlotte dans la cabane. Elles m'ont mené à Emily Carr, qui m'a mené ici.

– Eh bien, vous n'êtes certainement pas le premier, dit un homme âgé, en riant.

Il n'y avait ni suffisance ni moquerie dans son rire.

– Ses peintures attirent des gens à Haida Gwaii depuis des années.

Gamache ne pouvait dire si les Haïdas considéraient cela comme une bonne chose.

– Je crois que l'Ermite s'est trouvé dans les îles de la Reine-Charlotte, il y a quinze ans ou plus. Nous pensons qu'il était de nationalité tchèque. Il aurait parlé avec un accent.

Il sortit les photos prises à la morgue et les avertit tous de ce qu'ils allaient voir. Mais il n'était pas inquiet. Ces gens côtoyaient la vie et la mort sans se formaliser, dans un monde où la frontière entre les deux était floue et où les hommes, les animaux et les esprits marchaient ensemble. Où les aveugles voyaient et où tout le monde avait le pouvoir de voler.

Tout en buvant du thé fort, ils regardèrent les photos. Longuement et attentivement. Même la jeune pilote prit le temps d'y jeter un coup d'œil.

Gamache, lui, les observait, cherchant l'étincelle dans leurs yeux quand ils reconnaîtraient l'homme, restant à l'affût d'un tressaillement, d'un changement dans la respiration. Il eut soudain très nettement conscience de chacun d'eux. Mais il ne vit que des gens qui essayaient de l'aider.

— Nous vous avons déçu, je le crains, dit Esther tandis que Gamache rangeait les photos dans son sac à bandoulière. Pourquoi ne nous les avez-vous pas simplement envoyées par courriel ?

— Eh bien, je les ai fait parvenir au sergent Minshall de cette façon et il les a fait circuler parmi les agents de police, mais je tenais à venir. Et il y avait quelque chose que je ne pouvais pas transmettre par voie électronique. Quelque chose que j'ai avec moi.

Il posa les deux serviettes roulées en boule sur la table et, doucement, déroula la première.

Pas une cuiller ne tinta contre une tasse. Personne ne déchira le couvercle d'un godet de crème. On n'entendit aucune respiration. C'était comme si quelque chose était venu se joindre à eux. Comme si le silence s'était assis à la table.

Délicatement, Gamache ouvrit la seconde serviette. Et la sculpture vogua sur la table jusqu'à l'autre.

— Il y en a d'autres. Huit, croyons-nous.

S'ils l'avaient entendu, les Haïdas n'en montrèrent aucun signe. Puis un homme trapu, dans la cinquantaine, tendit la main et regarda Gamache.

— Vous permettez ?

— Je vous en prie.

Il prit la sculpture du navire dans ses larges mains usées. Il la leva jusqu'à la hauteur de ses yeux pour examiner de près les minuscules hommes et femmes qui envisageaient l'avenir avec tant d'allégresse et de joie.

— C'est Haawasti, chuchota la pilote. Will Sommes.

— Vraiment ? Will Sommes ? demanda Gamache.

Il avait lu des articles au sujet de cet homme, l'un des plus grands artistes canadiens vivants. Ses sculptures débordaient de vie et les collectionneurs, de même que les musées partout dans le monde, se les arrachaient. Sa renommée était telle qu'il devait certainement être un reclus et se terrer, avait présumé Gamache. Mais l'inspecteur-chef commençait à comprendre qu'à Haida Gwaii les personnages légendaires prenaient vie, marchaient parmi eux et, parfois, buvaient du thé noir et mangeaient du Cool Whip.

Sommes prit l'autre sculpture et la tourna dans tous les sens.

– Du cèdre rouge.

– D'ici, confirma Gamache.

Le sculpteur regarda en dessous du bateau.

– Est-ce une signature?

– Peut-être pourriez-vous me le dire.

– Ce ne sont que des lettres. Mais elles doivent avoir une signification.

– Il s'agirait d'un code, mais nous n'avons pas encore réussi à le déchiffrer.

– C'est l'homme mort qui a réalisé ces sculptures? demanda Sommes.

– Oui.

Le sculpteur haïda baissa les yeux sur l'objet dans sa main.

– Je ne peux pas vous dire qui il était, mais je peux vous dire ceci: votre ermite n'était pas seulement effrayé, il était terrifié.

33

Quand il se réveilla le lendemain matin, Gamache sentit la brise froide de la mer qui entrait par la fenêtre ouverte et entendit les cris d'oiseaux à la recherche de nourriture. Il se tourna dans le lit et, remontant la courtepointe douillette autour de lui, regarda dehors. La journée de la veille lui avait paru un rêve. Il s'était réveillé à Three Pines et s'était endormi dans ce village haïda au bord de l'océan.

Le ciel était d'un bleu éclatant et il voyait planer des aigles et des mouettes. Il se leva et enfila rapidement ses vêtements les plus chauds, tout en se grondant d'avoir oublié d'apporter un caleçon long.

Au rez-de-chaussée, un petit-déjeuner complet l'attendait : des œufs, du bacon, des rôties et du bon café fort.

— Lavina a téléphoné pour dire d'être au quai d'ici neuf heures, sinon elle partira sans vous.

Gamache regarda autour de lui pour voir à qui la propriétaire parlait, mais il était seul dans la pièce.

— *Me?*

— Oui, vous. Lavina a dit de ne pas être en retard.

Gamache regarda sa montre. Il était huit heures et demie et il n'avait aucune idée qui était Lavina, où se trouvait le quai, ni pourquoi il devait y aller. Il but une autre tasse de café, monta à sa chambre pour aller aux toilettes et prendre son manteau et son chapeau, puis redescendit pour parler à la propriétaire.

— Lavina a-t-elle précisé quel quai ?

— Je suppose que c'est celui qu'elle utilise tout le temps. Impossible de le manquer.

Combien de fois avait-il entendu ces mots, pour ensuite passer à côté de ce qu'il cherchait ? Malgré tout, il sortit sur la galerie et, respirant à pleins poumons l'air vivifiant, scruta le littoral. Il vit plusieurs quais.

Mais il n'y en avait qu'un seul avec un hydravion. Et la jeune pilote de brousse regardant sa montre. S'appelait-elle Lavina ? Gêné, il se rendit compte qu'il ne lui avait pas demandé son nom.

Il marcha jusqu'au quai et, lorsque ses pieds heurtèrent les planches de bois, constata qu'elle n'était pas seule. Will Sommes était là.

– J'ai pensé que vous aimeriez voir d'où viennent les morceaux de bois, dit le sculpteur en invitant Gamache à monter dans le petit avion pourvu de flotteurs. Ma petite-fille a accepté de nous y emmener. L'avion à bord duquel vous êtes arrivé hier assure les vols commerciaux. Celui-ci est le sien.

– J'ai une petite-fille, moi aussi, dit Gamache, en cherchant la ceinture de sécurité d'une manière qui, espérait-il, ne paraissait pas trop désespérée, tandis que l'avion quittait le quai en direction du détroit. Et une autre qui naîtra bientôt. Ma petite-fille me fait des dessins avec ses doigts trempés dans la peinture.

Il faillit ajouter que, au moins, une peinture réalisée avec les doigts ne risquait pas de vous tuer, mais se dit que ce serait faire preuve d'indélicatesse.

L'avion prit de la vitesse et commença à rebondir sur les petites vagues. C'est à ce moment-là que Gamache remarqua les sangles en toile déchirées, les sièges rouillés, les coussins fendus. Il regarda par la fenêtre et regretta d'avoir pris un si copieux petit-déjeuner.

Puis l'avion décolla, vira à gauche et monta dans le ciel. Durant quarante minutes, il vola en suivant la côte. C'était si bruyant dans le petit appareil qu'il était impossible de se parler sans crier. De temps en temps, Sommes se penchait vers Gamache et lui indiquait quelque chose du doigt. Une fois, il montra une petite anse en disant que c'était l'endroit où était apparu le premier être humain, dans une coquille de palourde. C'était leur paradis terrestre, expliqua-t-il. Un peu plus tard, il attira l'attention de Gamache sur la dernière forêt ancienne où poussaient encore des cèdres rouges.

Gamache avait une vue d'ensemble de ce monde, comme le verrait un aigle. Il voyait des rivières, des criques, des forêts et des montagnes découpées par des glaciers. Finalement, ils amorcèrent la descente vers une baie. Les sommets des montagnes tout autour étaient enveloppés de brume, même en cette journée où le ciel était dégagé. Quand l'avion se dirigea vers le rivage sombre en rasant l'eau, Will Sommes se pencha de nouveau vers Gamache et cria :

– Bienvenue à Gwaii Haanas, les îles de la beauté.

Et c'était vrai.

Lavina s'approcha le plus possible de la rive, puis un homme apparut et poussa à l'eau une barque dans laquelle il sauta au dernier instant. Lorsqu'il fut à la porte de l'avion, il tendit la main pour aider l'inspecteur-chef à prendre place dans le bateau instable.

– Bonjour. Je suis John, le gardien.

Gamache remarqua qu'il était pieds nus, puis vit Lavina et son grand-père enlever leurs souliers et leurs chaussettes et rouler les jambes de leur pantalon pendant que John ramait. Il comprit bientôt pourquoi. La barque ne pouvait s'approcher qu'à une certaine distance de la rive. Pour franchir les trois derniers mètres, ils allaient devoir marcher. Il imita donc les autres, puis débarqua... ou presque. Dès que son gros orteil toucha l'eau, il eut un mouvement de recul. En avant de lui, il vit Lavina et Sommes sourire.

– C'est vrai qu'elle est froide, reconnut le gardien.

– Allons donc, petite princesse, un peu de courage, dit Lavina.

Gamache se demanda si Ruth Zardo parlait à travers elle. Y en avait-il une dans chaque meute ?

Gamache rassembla son courage et rejoignit les autres sur la plage. Après à peine une minute dans l'eau, ses pieds étaient mauves. Il marcha lestement sur les galets jusqu'à une souche, s'assit, frotta la plante de ses pieds pour enlever la terre et les morceaux de coquillages, puis remit ses chaussettes et ses chaussures. Il n'arrivait pas à se souvenir de la dernière fois où il s'était senti aussi soulagé. En fait, la dernière fois était probablement quand l'hydravion s'était posé.

Il avait été si impressionné par les environs, le gardien, l'eau glaciale qu'il n'avait pas encore remarqué ce qu'il y avait là. Puis il les vit : des mâts totémiques dressés fièrement, en demi-cercle, à l'orée de la forêt.

Gamache sentit son sang affluer à son cœur, son âme.

– Ceci est le village de Ninstints, murmura Will Sommes.

Gamache ne répondit pas. Il en était incapable. Fasciné, il contemplait les grands mâts dans lesquels avait été sculptée la mythologie haïda, ce mélange d'animaux et d'êtres surnaturels. Des épaulards, des requins, des loups, des ours, des aigles et des corbeaux semblaient le fixer. Autre chose aussi. Des êtres avec de longues langues et d'énormes yeux, et des dents. Des créatures inconnues hors de l'univers mythique, mais bien réelles ici.

Gamache eut l'impression de se trouver à l'aube de la mémoire.

Certains totems étaient grands et droits, mais la plupart s'étaient écroulés ou penchaient sur un côté.

– Nous sommes tous des pêcheurs, dit Will. Esther avait raison. La mer nourrit notre corps, mais ceci nourrit notre âme, ajouta-t-il en indiquant la forêt d'un simple petit geste de la main.

Pendant qu'ils s'avançaient entre les mâts, le gardien John expliqua, d'une voix douce :

– Ceci constitue la plus importante collection de mâts totémiques encore debout. Le site est maintenant protégé, mais il ne l'a pas toujours été. Certains mâts commémorent un événement spécial, d'autres sont des mâts mortuaires. Chacun raconte une histoire. Les images sont interreliées et ont été intentionnellement placées dans un ordre particulier.

– C'est ici qu'Emily Carr a réalisé beaucoup de ses œuvres, dit Gamache.

– J'ai pensé que vous aimeriez voir ce lieu, dit Sommes.

– *Thank you.* Je vous en suis très reconnaissant.

– Ce village fut le dernier à disparaître, poursuivit John. C'était le plus isolé, et peut-être le plus entêté. Mais, tel un raz-de-marée, les maladies, l'alcool et les missionnaires finirent par le détruire, comme tous les autres. Les totems furent jetés à terre et les maisons longues démolies. Voici tout ce qui reste, dit-il en montrant une bosse dans la forêt, recouverte de mousse. C'était une maison longue.

Durant une heure, Armand Gamache se promena sur le site. On l'avait autorisé à toucher les totems et, plusieurs fois, il leva haut sa large main pour la poser sur les visages magnifiques, en essayant d'entrer en communion avec quiconque avait sculpté de telles créatures.

Finalement, il revint vers John, qui était resté debout au même endroit pendant tout ce temps, à l'observer.

– Je suis venu ici dans le cadre d'une enquête sur un meurtre. Puis-je vous montrer deux choses?

John répondit d'un hochement de tête.

– La première est une photo de l'homme assassiné. Je pense qu'il a pu séjourner un certain temps à Haida Gwaii, mais à mon avis il devait plutôt appeler cet archipel les îles de la Reine-Charlotte.

– Ce n'était pas un Haïda, alors.

– Non, je ne le crois pas.

Gamache tendit la photo à John, qui l'étudia attentivement.

– Désolé, je ne le connais pas.

– Ça remonterait à un bon nombre d'années, peut-être quinze ou vingt.

– C'était une période difficile. Il y avait beaucoup de monde ici. C'est à cette époque que les Haïdas ont finalement mis fin aux activités des sociétés forestières, en bloquant les routes. L'homme était peut-être un bûcheron.

– C'est possible. Il semblait se sentir à l'aise dans la forêt et il s'est construit une cabane en rondins. Qui, ici, aurait pu lui montrer comment faire?

– Vous me posez sérieusement la question?

– Oui.

– Presque tout le monde. La plupart des Haïdas habitent dans des villages maintenant, mais nous avons presque tous une cabane dans les bois. Que nous avons nous-mêmes construite, ou que nos parents avaient construite.

– Vivez-vous dans une cabane ?

John hésita-t-il avant de répondre ?

– Non, j'ai une chambre au Holiday Inn Ninstints.

Il rit, puis ajouta :

– Oui. J'ai construit ma propre cabane il y a quelques années. Voulez-vous la voir ?

– Si ça ne vous ennuie pas.

Pendant que Will Sommes et sa petite-fille se promenèrent dans les environs, le gardien emmena Gamache plus profondément dans la forêt.

– Certains de ces arbres ont plus de mille ans, vous savez.

– Ils valent la peine d'être préservés, dit Gamache.

– Tout le monde n'est pas nécessairement d'accord avec vous.

Il s'immobilisa et pointa le doigt vers une petite cabane dans la forêt, avec une galerie, sur laquelle se trouvait une chaise berçante.

La réplique exacte de la cabane de l'Ermite.

– Le connaissiez-vous, John ? demanda Gamache, soudain conscient d'être seul dans les bois avec un homme très fort.

– L'homme mort ?

Gamache hocha la tête, et John sourit de nouveau.

– Non.

Mais le gardien s'était approché très près de Gamache.

– Lui avez-vous appris comment bâtir une cabane en rondins ?

– Non.

– Lui avez-vous appris à sculpter ?

– Non.

– Me le diriez-vous si c'était le cas ?

– Je n'ai rien à craindre de vous. Rien à cacher.

– Alors pourquoi êtes-vous ici, tout seul ?

– Et vous ?

La voix de John était à peine plus qu'un murmure, un sifflement.

Gamache lui montra une des sculptures de l'Ermite. John regarda les hommes et les femmes sur le bateau et fit un pas en arrière.

— Le bois est du cèdre rouge. De Haida Gwaii, précisa Gamache. Il provient peut-être même des arbres de cette forêt. C'est une œuvre de l'homme assassiné.

— Ça ne me dit rien du tout.

Après un dernier coup d'œil à la sculpture, John s'éloigna.

Gamache le suivit pour sortir de la forêt et trouva Will Sommes sur la grève, qui lui sourit.

— Avez-vous eu une bonne conversation avec John ?

— Il n'avait pas grand-chose à dire.

— C'est un gardien, pas un parleur.

Gamache sourit et commença à envelopper la sculpture, mais Sommes toucha sa main pour l'arrêter et prit encore une fois la sculpture.

— Vous dites que le bois vient d'ici. Est-ce du vieux bois, d'une forêt ancienne ?

— Nous ne le savons pas. Pour pouvoir le déterminer, les scientifiques devraient détruire la sculpture pour obtenir un échantillon assez gros, et je ne le permettrais pas.

— Elle vaut plus que la vie d'un homme ?

— Peu de choses valent plus que la vie d'un homme, monsieur. Mais cet homme a déjà perdu la vie. J'espère pouvoir trouver son meurtrier sans avoir à détruire aussi ses créations.

Cette réponse sembla satisfaire Sommes, qui remit la sculpture à Gamache, mais à contrecœur.

— J'aurais aimé rencontrer l'homme qui a fait ça. Il avait du talent.

— C'était peut-être un bûcheron, qui a peut-être aidé à abattre vos forêts.

— Beaucoup d'hommes de ma famille étaient des bûcherons. Ce sont des choses qui arrivent. Ça n'en fait pas de mauvaises personnes ni des ennemis pour la vie.

— Enseignez-vous à d'autres artistes ? demanda Gamache d'un ton détaché.

— Vous pensez qu'il a pu venir ici pour me parler ?

— Je pense qu'il est venu ici. Et c'était un sculpteur.

— D'abord, il était un bûcheron ; maintenant, un sculpteur. Lequel des deux est-ce, inspecteur-chef ?

La question avait été posée avec humour, mais la critique n'échappa pas à Gamache. Il allait à la pêche aux informations, il le savait. Comme le savait Sommes, de même qu'Esther. « Nous sommes tous des pêcheurs », avait-elle dit.

Avait-il découvert quelque chose au cours de cette visite ? Il commençait à en douter.

– Enseignez-vous la sculpture ? demanda-t-il encore.

– Seulement à d'autres Haïdas.

– L'Ermite a utilisé du bois d'ici. Est-ce que ça vous surprend ?

– Pas du tout. Certaines sections de la forêt sont maintenant protégées, mais nous nous sommes mis d'accord sur des zones pouvant être exploitées. Et replantées. C'est une bonne industrie, si on la gère correctement. Et de jeunes arbres sont excellents pour l'écosystème. Je recommande à tous les sculpteurs d'utiliser du cèdre rouge.

– Nous devrions partir, dit Lavina. Le temps est en train de changer.

Lorsque l'hydravion décolla et vira sur l'aile en s'éloignant de la baie abritée, Gamache regarda en bas. Il eut l'impression qu'un des mâts totémiques avait pris vie et agitait un bras en signe d'adieu. Puis il reconnut John, qui gardait cet endroit obsédant, mais avait eu peur du petit morceau de bois dans la main de Gamache. John, qui s'était placé hors de l'enceinte.

– Il a été impliqué dans le conflit avec les sociétés forestières, vous savez, cria Sommes par-dessus le bruit du vieux moteur.

– Il me semble une bonne personne à avoir de votre côté.

– Et il l'était. De votre côté, je veux dire. John était un agent de la Gendarmerie royale. Il a été obligé d'arrêter sa propre grand-mère. Je le vois encore l'emmener.

– John est mon oncle, cria Lavina à partir du cockpit.

Il fallut un moment à Gamache pour comprendre. L'homme sombre, peu bavard et solitaire qu'il venait de rencontrer, l'homme qui avait regardé leur avion s'envoler, avait arrêté Esther.

– Et maintenant il est un gardien qui veille sur les derniers mâts totémiques, dit Gamache.

– Nous sommes tous le gardien de quelque chose, répondit Sommes.

* * *

411

Le sergent Minshall avait laissé un message pour Gamache à l'auberge, ainsi qu'une enveloppe. Pendant le repas de midi, constitué de poisson frais et de maïs en conserve, il l'ouvrit et en sortit des photos, imprimées à partir de l'ordinateur du policier. Il y avait également un courriel.

Armand,

Nous avons retracé quatre autres sculptures. Il en reste deux que nous n'avons pas encore trouvées : celle qu'Olivier a vendue sur eBay et l'une de celles vendues aux enchères à Genève. Aucun des collectionneurs n'a consenti à nous faire parvenir l'œuvre elle-même, mais ils ont tous envoyé des photos (ci-jointes). Il n'y a pas d'inscription sous ces sculptures.

Jérôme travaille toujours au décryptage de votre code. Sans succès jusqu'à présent.

Que pensez-vous des photos ? Elles sont bouleversantes, ne trouvez-vous pas ?

J'ai continué à examiner les objets de la cabane. Aucun n'a été déclaré volé et je ne réussis pas à établir un lien entre eux. Je pensais qu'un bracelet en or pouvait être tchèque, mais c'est en fait un bi-jou dace. Il s'agit d'une découverte stupéfiante. La Dacie était une région de l'Europe antique correspondant à la Roumanie actuelle.

C'est vraiment étrange, les objets semblent n'avoir aucun rap-port entre eux. À moins que ce soit ça, la clé ? Je devrai y réfléchir encore. J'essaie de me montrer discrète en ce qui concerne ces trou-vailles, mais j'ai déjà reçu des appels des quatre coins du monde, de la part d'agences de presse, de musées. Je ne sais pas comment la ru-meur s'est répandue, mais elle circule. Surtout au sujet de la Chambre d'ambre. Qu'est-ce que ce sera lorsqu'on apprendra l'existence de tout le reste ?

Il paraît que vous êtes dans les îles de la Reine-Charlotte. Heureux homme. Si vous rencontrez Will Sommes, dites-lui que j'adore ses œuvres. Ça m'étonnerait que vous le voyiez, cependant, car c'est un homme solitaire qui mène une vie de reclus.

Thérèse Brunel

Tout en mangeant, Gamache jeta un coup d'œil aux photos. Lorsqu'on lui apporta un morceau de tarte à la noix de coco, il les avait toutes regardées. Il les avait disposées en éventail devant lui sur la table. Maintenant, il les étudia plus attentivement.

L'impression qui se dégageait des œuvres avait changé. Dans l'une d'elles, les personnages semblaient être en train de remplir des charrettes, de vider leurs maisons. Ils paraissaient excités, sauf le jeune homme, nerveux, qui leur faisait signe de se hâter. Mais dans la suivante, on décelait un malaise grandissant chez les gens. Les deux dernières sculptures étaient très différentes. Dans l'une d'elles, les gens ne marchaient plus. Ils étaient dans des cabanes, des maisons. Quelques personnages regardaient par les fenêtres, d'un air méfiant. Ils n'étaient pas effrayés. Pas encore. La peur avait été gardée pour la dernière sculpture, la plus grande. Les personnages, debout, regardaient fixement vers le haut, comme s'ils regardaient Gamache.

C'était une étrange perspective. Elle donnait à l'observateur l'impression de faire partie de l'œuvre, d'en être un des éléments. Pas un élément agréable, cependant, mais plutôt la raison pour laquelle ces gens avaient si peur.

Parce qu'ils étaient effrayés, maintenant. Qu'avait dit Will Sommes, la veille, lorsqu'il avait remarqué le garçon recroquevillé sur le pont du navire?

L'Ermite n'était pas seulement effrayé, mais terrifié.

Quelque chose de terrible avait trouvé les personnages de ses sculptures. Et quelque chose de terrible avait trouvé leur créateur.

Curieusement, Gamache ne réussissait pas à voir le garçon dans les deux dernières sculptures. Il demanda une loupe à la propriétaire et, se sentant comme Sherlock Holmes, examina minutieusement les photographies. Sans résultat.

Se redressant sur sa chaise, il sirota son thé. Il n'avait pas touché à la tarte. Quelle que soit la terreur qui avait mis fin au bonheur dans les sculptures, elle lui avait aussi coupé l'appétit.

Quelques minutes plus tard, le sergent Minshall arriva et encore une fois les deux hommes traversèrent le village, en s'arrêtant chez Greeley's Construction.

– Que puis-je faire pour vous? demanda un homme assez âgé.

Sa barbe, ses cheveux et ses yeux étaient gris, mais il paraissait robuste et encore vert.

— Nous aimerions parler de certains des ouvriers qui travaillaient pour vous dans les années quatre-vingt et au début des années quatre-vingt-dix, répondit le sergent Minshall.

— Vous voulez rire ? Vous connaissez les bûcherons. Ils vont et viennent. Et c'était surtout vrai à cette époque.

— Pourquoi surtout à cette époque ? demanda Gamache.

— Voici l'inspecteur-chef Armand Gamache, de la Sûreté du Québec, dit Minshall.

Après qu'il eut fait les présentations, les deux hommes se serrèrent la main. Gamache eut la très nette impression que Greeley était un homme qu'il valait mieux ne pas contrarier.

— Vous êtes loin de chez vous, dit Greeley.

— En effet. Mais on m'a très bien accueilli ici. Qu'est-ce que cette période avait de si particulier ?

— Les années quatre-vingt et le début des années quatre-vingt-dix ? Vous plaisantez ? L'île Lyell, ça vous dit quelque chose ? Les barrages routiers, les manifestations ? Il y a des milliers d'acres de forêts, et soudain les Haïdas s'opposent à l'exploitation forestière. Vous n'avez pas entendu parler de ça ?

— Oui, mais je n'étais pas ici. Peut-être pourriez-vous m'expliquer ce qui s'est passé.

— Ce n'était pas la faute des Haïdas. Ce sont les brasseurs de merde qui leur ont monté la tête. Les environnementalistes extrémistes. Des terroristes, rien de moins. Ils ont recruté une bande de voyous et des jeunes qui voulaient seulement faire parler d'eux. Ça n'avait rien à voir avec la forêt. Écoutez, ce n'était pas comme si on tuait des gens, ni même des animaux. On abattait des arbres. Qui repoussent. Et on était le plus gros employeur de la région. Mais les environnementalistes ont échauffé les esprits, raconté un tas de conneries aux jeunes.

À côté de Gamache, le sergent Minshall se déplaça d'un pied sur l'autre, mais ne dit rien.

— Et pourtant, les Haïdas arrêtés avaient en moyenne soixante-seize ans, dit Gamache. Les anciens se sont placés entre les jeunes protestataires et vous.

– Un coup organisé. Ça ne veut rien dire, répliqua sèchement Greeley. Je pensais que vous ne saviez rien de ce qui s'était produit.

– J'ai dit que je n'étais pas ici. J'ai lu des comptes rendus des événements, mais ce n'est pas la même chose qu'être sur place.

– Vous avez fichtrement raison. La presse a tout gobé. On avait l'air d'être les méchants alors que tout ce qu'on essayait de faire, c'était d'abattre des arbres dans une zone de quelques centaines d'acres, comme on en avait le droit.

Greeley commençait à élever la voix. La blessure, la rage n'étaient pas profondément enfouies.

– Il y a eu de la violence ? demanda Gamache.

– Un peu. C'était à prévoir. Mais ce n'est pas nous qui avons commencé. On voulait seulement faire notre travail.

– Beaucoup de gens sont venus passer quelque temps dans la région, à cette époque ? Surtout des bûcherons et des manifestants, je suppose.

– Ça grouillait de monde, par ici. Et vous voulez qu'on vous aide à trouver *une* personne ?

Greeley poussa un grognement, puis ajouta :

– Quel est son nom ?

– Je ne sais pas.

Gamache ne s'offusqua pas du rire moqueur de Greeley et lui montra plutôt la photo de l'homme mort.

– Il avait peut-être un accent tchèque, précisa-t-il.

Greeley regarda la photo, puis la remit à l'inspecteur-chef.

– Regardez-la plus attentivement, s'il vous plaît.

Les deux hommes se dévisagèrent.

– Pourriez-vous regarder la photo plutôt que moi, *sir* ?

Bien que posé, le ton de Gamache était dur.

Greeley la reprit et l'observa plus longuement.

– Je ne le connais pas. Il était peut-être ici, mais qui peut le dire ? De plus, il aurait été beaucoup plus jeune, bien sûr. Et si vous voulez mon avis, il n'a pas l'air d'un bûcheron ni d'un forestier. Il est trop petit.

C'était la première chose utile que disait Greeley. Gamache jeta un coup d'œil à la photo du reclus mort. À l'époque, dans les îles de la Reine-Charlotte, il y avait trois types de personnes

venues de l'extérieur: des bûcherons, des environnementalistes et des artistes. L'hypothèse la plus vraisemblable était que
l'Ermite faisait partie du dernier groupe. Gamache remercia
Greeley et s'en alla.

Une fois dans la rue, il regarda sa montre. S'il réussissait
à convaincre Lavina de l'emmener à Prince Rupert, il avait encore le temps de prendre le vol de nuit jusqu'à Montréal. Mais
il prit d'abord une minute pour faire un appel téléphonique.

– *Mr. Sommes?*

– Oui, inspecteur-chef. Pensez-vous maintenant que votre
homme ait pu être un écoterroriste?

– Mais voyons, comment le savez-vous?

Will Sommes rit, puis demanda:

– Comment puis-je vous aider?

– John, le gardien, m'a montré sa cabane dans les bois. L'avez-
vous vue?

– Oui.

– C'est exactement la même que la maisonnette construite
par notre mort dans une forêt du Québec, à l'autre bout du pays.

Il y eut un silence.

– *Mr. Sommes?* Vous êtes là?

Gamache se demandait si la communication avait été coupée.

– Ça ne veut pas dire grand-chose, malheureusement. Ma
cabane est également identique à la sienne. Toutes nos cabanes
le sont, sauf quelques rares exceptions. Désolé de vous décevoir.

Gamache raccrocha, loin d'être déçu. Il était maintenant
persuadé d'une chose: l'Ermite avait bel et bien séjourné dans
les îles de la Reine-Charlotte.

L'inspecteur-chef Gamache arriva à Vancouver tout juste à
temps pour prendre l'avion de nuit à destination de Montréal.
Il s'installa tant bien que mal dans son siège du milieu et, dès
que l'avion eut décollé, l'homme assis devant lui abaissa le dossier du sien jusqu'à ce qu'il repose presque sur ses genoux. Les
deux personnes à côté de lui accaparèrent les accoudoirs.
L'inspecteur-chef allait donc pouvoir passer les sept prochaines
heures à écouter le petit garçon de l'autre côté de l'allée jouer à
GI Joe.

Il mit ses demi-lunes et poursuivit ses lectures sur Emily Carr, son œuvre, ses voyages, sa « révélation brutale ». Il regarda longuement les tableaux qu'elle avait peints dans les îles de la Reine-Charlotte, dont il apprécia encore davantage toute la force évocatrice et la poésie. Il s'attarda le plus longtemps sur ses toiles de Ninstints, qui montraient le village juste avant qu'il soit détruit, quand les mâts totémiques se dressaient encore bien haut dans les airs et que les maisons longues n'étaient pas recouvertes de mousse.

Lorsque l'avion passa au-dessus de Winnipeg, il sortit les photos des sculptures de l'Ermite et les regarda en laissant son esprit vagabonder. D'une oreille distraite, il entendait le garçon, à côté, qui avait inventé toute une histoire complexe de guerre, d'attaque et d'actes de bravoure. Gamache pensa à Beauvoir, à Three Pines, pourchassé, bombardé par une avalanche de faits, et les mots de Ruth Zardo. Il ferma les yeux et, la tête appuyée contre le dossier de son siège, se mit à penser aux vers que Ruth ne cessait d'envoyer, comme si la poésie était une arme, ce qu'elle était, bien sûr. Pour elle.

et ramassera doucement ton âme par la nuque
et te fera entrer dans la noirceur et le paradis à coups de caresses.

« Comme ces vers sont beaux », se dit Gamache en glissant dans un demi-sommeil tandis qu'Air Canada le ramenait à la maison. Quelques secondes avant qu'il s'endorme, deux autres vers lui revinrent à la mémoire.

que la divinité qui tue pour le plaisir
guérira aussi,

Lorsque l'avion survola Toronto, Gamache avait enfin compris la signification des sculptures et savait ce qu'il devait faire maintenant.

34

Pendant que Gamache s'était trouvé dans les brumes des îles de la Reine-Charlotte, Clara avait elle aussi été dans une sorte de brouillard. Elle avait passé la journée à tourner autour du téléphone, à s'en rapprocher de plus en plus avant de s'en éloigner rapidement.

Peter l'observait de son studio, ne sachant plus ce qu'il voulait qui se produise. Que Clara appelle Fortin, ou pas. Il ne savait plus ce qui serait le mieux. Pour elle, pour lui.

Il fixa le tableau sur son chevalet. Prenant un pinceau, il le trempa dans de la peinture et s'approcha, déterminé à ajouter ce que les gens attendaient de ses œuvres : les détails, la complexité, les différentes couches.

Il ajouta un seul point, puis se recula.

– Seigneur, soupira-t-il, les yeux braqués sur cette petite tache sur la toile blanche.

Clara s'approcha de nouveau du téléphone après un détour par le réfrigérateur. Du lait au chocolat dans une main et des biscuits Oreo dans l'autre, elle regarda fixement le téléphone.

Se montrait-elle têtue ? Obstinée ? Ou défendait-elle des principes auxquels elle croyait ? Était-elle une héroïne ou une garce ? C'était étrange, trouvait-elle, à quel point il pouvait parfois être difficile de déterminer si elle était l'une ou l'autre.

Elle se rendit dans le jardin où elle désherba sans enthousiasme pendant quelques minutes, puis se doucha, se changea, dit au revoir à Peter en l'embrassant, monta dans l'auto et s'en alla à Montréal. À la Galerie Fortin, pour reprendre son portfolio.

Avant de revenir à la maison, elle fit un détour pour rendre visite à Emily Carr. Clara regarda longuement la sculpture de la femme excentrique, mal fagotée, avec son cheval, son chien et son singe. Et la certitude d'avoir pris la bonne décision à la suite de la révélation brutale.

L'inspecteur Beauvoir alla chercher Gamache à l'aéroport Trudeau.

— Avez-vous des nouvelles de la directrice Brunel? demanda l'inspecteur-chef tandis que son adjoint lançait son sac de voyage sur le siège arrière.

— Elle a trouvé une autre sculpture. C'est un type à Moscou qui l'a. Il ne veut pas s'en séparer, mais il a envoyé des photos, dit Beauvoir en tendant une enveloppe à l'inspecteur-chef. Et vous? Qu'avez-vous découvert?

— Saviez-vous que les vers que vous donne Ruth font partie d'un même poème?

— Vous avez découvert ça dans les îles de la Reine-Charlotte?

— Indirectement. Les avez-vous conservés?

— Les bouts de papier? Bien sûr que non. Pourquoi? Ils ont un lien avec l'enquête?

Gamache soupira. Il était fatigué. Mais il avait encore du chemin à parcourir aujourd'hui et ne pouvait se permettre un faux pas. Pas maintenant.

— Non, sans doute que non. Mais c'est dommage de les perdre.

— Ouais, c'est facile pour vous de dire ça. Attendez qu'elle utilise sa plume contre vous.

— «... et ramassera doucement ton âme par la nuque / et te fera entrer dans la noirceur et le paradis à coups de caresses», murmura Gamache.

— Où allons-nous? demanda Beauvoir tandis que l'auto cahotait sur le chemin menant à Three Pines.

— Au bistro. Nous devons de nouveau parler à Olivier. Vous avez examiné ses finances?

— Son avoir totalise environ quatre millions de dollars: un million et demi provient de la vente des sculptures, un peu plus d'un million des antiquités que lui a données l'Ermite, et ses biens immobiliers valent approximativement un million. Ça ne nous avance pas beaucoup, dit Beauvoir, l'air sombre.

Gamache, cependant, savait qu'ils s'approchaient de la solution. Et il savait aussi que c'était à ce moment-là que se produisait l'une de deux choses : ou bien le sol sur lequel ils avançaient devenait solide, ou bien il se dérobait sous eux.

L'auto s'arrêta doucement devant le bistro. L'inspecteur-chef était demeuré si silencieux sur son siège que Beauvoir se demanda s'il ne piquait pas un somme. Il paraissait fatigué. Qui ne le serait pas après ce long vol à bord d'un avion d'Air Canada ? Ce transporteur qui faisait payer pour tout. Bientôt, Beauvoir en était persuadé, il y aurait une fente pour cartes de crédit à côté des masques à oxygène.

L'inspecteur jeta un coup d'œil à son chef. Celui-ci avait effectivement la tête penchée et les yeux fermés. Beauvoir détestait devoir le déranger, car il avait l'air si serein. Puis il remarqua le pouce de Gamache qui frottait doucement la photo qu'il tenait lâchement dans sa main. Beauvoir regarda son supérieur plus attentivement. Ses yeux n'étaient pas fermés, pas complètement.

Ils étaient plissés et fixaient l'image dans sa main.

Elle montrait une sculpture d'une montagne. Aride, déserte. Comme si une coupe à blanc y avait été pratiquée. Seuls quelques pins difformes poussaient à sa base. Une tristesse en émanait, pensa Gamache, une impression de vide. Pourtant, comparée aux autres sculptures, celle-ci avait quelque chose de très différent : il s'en dégageait aussi une sorte de légèreté. Plissant davantage les yeux, il examina plus attentivement la photo, puis il le vit. Ce qu'il avait pris pour un autre pin au pied de la montagne n'en était pas un.

C'était un jeune homme, un garçon avançant avec hésitation sur la base de la sculpture.

Et là où il avait posé le pied, de jeunes plants surgissaient de terre.

Cela lui rappelait la peinture de Ruth peinte par Clara. Celle-ci avait su rendre le moment où le désespoir se transformait en espoir. S'il y avait de la tristesse dans cette magnifique sculpture, il y avait aussi, curieusement, de l'espoir. Gamache n'eut pas besoin de regarder le personnage de plus près. Il s'agissait bien du même garçon que dans les autres sculptures. Mais la frayeur avait disparu. Ou peut-être ne s'était-elle pas encore manifestée?

Dans le parc, Rose cancana. Aujourd'hui, elle portait un coordonné rose pâle. Et des perles?

— Seigneur, dit Beauvoir en indiquant le canard d'un mouvement de la tête lorsqu'ils furent sortis de la voiture. Vous vous imaginez entendre ça à longueur de journée?

— Attendez d'avoir des enfants, répondit Gamache, qui s'arrêta un instant pour regarder Rose et Ruth avant d'entrer dans le bistro.

— Quoi? Ils cancanent?

— Non, mais ils font du bruit. Et d'autres choses. Prévoyez-vous avoir des enfants?

— Peut-être un jour. Enid ne semble pas beaucoup y tenir.

Il était debout à côté de Gamache et tous deux regardaient le village paisible. Si on faisait abstraction des cris du canard.

— Avez-vous des nouvelles de Daniel?

— Reine-Marie lui a parlé hier. Tout va bien. Il ne reste que quelques semaines avant l'arrivée du bébé. Nous irons à Paris dès qu'il sera né.

Beauvoir hocha la tête.

— Ça lui fait deux enfants, à Daniel. Et Annie? Prévoit-elle en avoir?

— Je ne pense pas. David aimerait bien fonder une famille, mais Annie n'a pas beaucoup de patience avec les enfants.

— Je l'ai vue avec Florence, dit Beauvoir, qui se rappelait quand Daniel était venu en visite avec la petite-fille de l'inspecteur-chef.

Il avait vu Annie avec sa nièce dans les bras, qui lui chantait une chanson.

— Elle l'adore, ajouta-t-il.

— Elle prétend ne pas vouloir d'enfants. Et nous ne voulons pas faire pression sur elle.

— Mieux vaut ne pas intervenir.

— Ce n'est pas ça. Elle gardait des enfants quand elle était adolescente, mais c'était chaque fois un vrai fiasco, comme sa mère et moi en avons été témoins. Dès que l'enfant se mettait à pleurer, Annie nous appelait et nous devions immédiatement aller la remplacer. Nous avons gagné plus d'argent qu'elle à faire du gardiennage d'enfants.

L'inspecteur-chef se pencha vers son adjoint et, à voix basse, ajouta :

— Et, Jean-Guy, sans vouloir entrer dans les détails, je vous demande de ne jamais laisser ma fille me mettre une couche.

— Elle m'a demandé la même chose à propos de vous, répondit Beauvoir.

Il vit son supérieur sourire, puis reprendre un air sérieux.

— On y va ? demanda Gamache en indiquant d'un geste le bistro.

Les quatre hommes décidèrent de s'asseoir loin des fenêtres. Dans un endroit frais et tranquille. Un petit feu crépitait doucement dans l'âtre à chaque extrémité de la pièce. Gamache se souvint de la première fois qu'il était entré dans le bistro, quelques années auparavant, et avait vu les pièces de mobilier dépareillées. Les fauteuils, les bergères, les chaises Windsor. Les tables rondes, carrées et rectangulaires. Les cheminées en pierre et les poutres en bois. Et les étiquettes de prix accrochées sur tout.

Tout était à vendre. Tout le monde aussi ? Gamache ne le pensait pas, mais se le demandait parfois.

— Bon Dieu, es-tu en train de dire que tu n'as pas parlé de moi à ton père ?

— Non. J'ai parlé de toi. Je lui ai dit que je vivais avec Gabriel.

— Votre père pense qu'il s'agit d'*une* Gabrielle, dit Beauvoir.

— Quoi ? s'écria Gabri en faisant les gros yeux à Olivier. Il pense que je suis une femme ? Ça veut dire…

Gabri regarda son partenaire d'un air incrédule.

— Il ne sait pas que tu es gai ?

— Je ne le lui ai jamais dit.

— Peut-être pas avec des mots, mais tu le lui as certainement dit.

Se tournant vers Beauvoir, il ajouta :

— Presque la quarantaine, pas marié, antiquaire. Quand les autres enfants creusaient pour essayer d'atteindre la Chine, m'a déjà dit Olivier, lui creusait pour trouver de la vaisselle Royal Doulton. Ce n'est pas être gai, ça, à votre avis?

Il regarda de nouveau Olivier.

– Tu avais un four Easy-Bake et tu confectionnais tes propres costumes d'Halloween.

– Je ne le lui ai jamais dit et n'en ai aucune intention, répliqua sèchement Olivier. Ça ne le regarde pas.

– Quelle famille! soupira Gabri. En fait, le père et le fils s'entendent à merveille. L'un ne veut pas le savoir et l'autre ne veut pas le dire.

Gamache, cependant, savait qu'il ne s'agissait pas simplement de ne pas vouloir révéler son homosexualité. Dans le cas d'Olivier, il était plutôt question d'un petit garçon avec des secrets. Qui avait grandi et était devenu un grand garçon avec des secrets. Qui à son tour était devenu un homme. Gamache prit une enveloppe dans son sac à bandoulière et sortit sept photos qu'il étala sur la table devant Olivier. Puis il retira les sculptures des serviettes et les posa aussi sur la table.

– Dans quel ordre doit-on les mettre?

– Je ne me rappelle pas quelles sculptures l'Ermite m'a données en premier ni quand il me les a données, répondit Olivier.

Gamache le fixa, puis dit doucement:

– Ce n'est pas ce que je vous ai demandé. Je vous ai demandé dans quel ordre on devait les mettre. Vous le savez, n'est-ce pas?

– Je ne sais pas ce que vous voulez dire, répondit Olivier, l'air perplexe.

L'inspecteur-chef fit ensuite quelque chose que Beauvoir l'avait rarement vu faire. Il donna un grand coup sur la table avec sa large main, en frappant si fort que les petits personnages en bois semblèrent sursauter, comme le firent les trois hommes.

– Ça suffit. J'en ai assez.

Et ça paraissait. Il avait un regard sévère et son visage aux traits durs était marqué de rides creusées par les mensonges et les secrets.

– Avez-vous une idée du pétrin dans lequel vous vous trouvez? demanda-t-il d'une voix grave, tendue et rauque. Les mensonges doivent cesser maintenant. Si vous avez le moindre espoir de vous tirer d'affaire, vous devez nous dire la vérité. Maintenant.

Gamache posa sa main ouverte sur les photos et les poussa vers Olivier, qui les fixa, comme s'il était pétrifié.

— Je ne sais pas, dit-il d'une voix hésitante.

— Pour l'amour de Dieu, Olivier, s'il te plaît! l'implora Gabri.

La rage émanait maintenant de l'inspecteur-chef, une rage où se mêlaient la colère, la frustration et la crainte que le véritable meurtrier puisse s'échapper, se cacher dans les mensonges d'un autre homme. Olivier et Gamache se dévisagèrent : un homme qui passait sa vie à ensevelir des secrets et un autre qui consacrait la sienne à les mettre au jour.

Leurs partenaires avaient les yeux braqués sur eux, conscients du bras de fer engagé, mais impuissants à les aider.

— La vérité, Olivier, dit Gamache d'une voix râpeuse.

— Comment avez-vous su?

— Grâce à un lieu de beauté dans les îles de la Reine-Charlotte, un village appelé Ninstints. Les mâts totémiques me l'ont dit.

— Ils vous l'ont dit?

— À leur façon. Les images sculptées les unes au-dessus des autres sont interreliées. Séparément, chacune constitue une histoire, une merveille en soi. Mais considérées comme un ensemble, elles disent bien plus.

En l'écoutant, Beauvoir pensa aux vers de Ruth. Le chef lui avait dit la même chose à propos d'eux. Réunis dans le bon ordre, ils raconteraient une histoire. Il mit la main dans sa poche et toucha le bout de papier glissé sous la porte de sa chambre ce matin-là.

— Que racontent ces sculptures, Olivier? demanda Gamache.

Cette idée que les sculptures racontaient une histoire lui était venue dans l'avion quand il écoutait le petit garçon jouer à GI Joe dans le monde complexe qu'il s'était créé. Il avait réfléchi à l'enquête, pensé aux Haïdas et au gardien, qui, guidé par sa conscience, avait fini par trouver la paix. Dans la nature sauvage.

La même chose avait dû arriver à l'Ermite, s'était dit l'inspecteur-chef. Il était allé dans les bois en tant qu'homme

424

cupide, pour se terrer. Mais quelqu'un l'avait découvert, il y avait de cela des années. Et cette personne était lui-même. Alors il s'était mis à utiliser son argent comme isolant et papier hygiénique et ses premières éditions pour les connaissances et la compagnie qu'elles lui procuraient, et à se servir d'assiettes anciennes comme vaisselle de tous les jours.

Dans cette nature sauvage, il avait trouvé la liberté et le bonheur. Et la paix.

Cependant, il lui manquait encore quelque chose. Ou plutôt, pour être plus exact, quelque chose restait collé à lui. Il avait réussi à se libérer des choses matérielles, mais un fardeau pesait toujours sur ses épaules. La vérité.

Alors il avait décidé de la révéler à quelqu'un. À Olivier. Toutefois, il n'avait pu se résoudre à la dire ouvertement et l'avait cachée dans une fable, une allégorie.

— Il m'avait fait promettre de ne jamais rien dire.

Olivier avait laissé tomber sa tête et regardait ses genoux.

— Et vous avez tenu votre promesse. Du moins, tant qu'il vivait. Mais vous devez raconter la vérité, maintenant.

Sans dire un mot, Olivier avança la main et déplaça les photos, en hésitant parfois, et en modifiant l'ordre au moins une fois. Finalement, étalée devant eux en images se trouvait l'histoire de l'Ermite.

Mettant une main au-dessus de chaque photo, Olivier commença l'histoire. À mesure que sa voix douce, presque envoûtante, remplissait l'espace entre eux, Gamache voyait l'Ermite, en vie, tard le soir dans sa cabane. Assis en face de la cheminée où brûlait faiblement un feu, son seul visiteur écoutait ce récit où il était question d'orgueil démesuré, de châtiment et d'amour. Et de trahison.

Gamache voyait les villageois, des gens heureux, car ils étaient dans l'ignorance, quitter leurs maisons, et aussi le jeune homme, son petit paquet serré contre lui, courir devant en les pressant d'avancer. Vers le paradis, croyaient-ils. Mais le garçon savait que ce n'était pas vrai. Il avait volé le trésor de la Montagne.

Pire, il avait trahi sa confiance.

Maintenant, les personnages sculptés par l'Ermite prenaient une autre signification. Les hommes et les femmes attendaient sur le rivage parce qu'ils ne pouvaient aller plus loin. Et le garçon était accroupi, recroquevillé, parce qu'il avait perdu tout espoir.

Puis le navire arriva, envoyé par les dieux jaloux de la Montagne.

Mais derrière, l'ombre était toujours présente. De même que la menace de quelque chose d'invisible mais bien réel : l'effroyable armée levée par la Montagne, composée des Furies et de la Vengeance, jurant de déclencher des catastrophes. Alimentée par la rage. Et, enfin, la Montagne elle-même, qu'on ne pouvait arrêter et qui réclamait son dû.

Elle trouverait tous les villageois et elle trouverait le jeune homme. Et elle trouverait le trésor qu'il avait volé.

À mesure qu'elle progressait, cette armée provoquait des guerres, des famines, des inondations, répandait la peste, dévastait l'univers. Menée par le Chaos, elle semait le chaos sur son passage.

Beauvoir écoutait le récit en serrant fort le dernier vers de Ruth dans sa poche. Le papier était humide de sueur. Baissant les yeux sur les photos des sculptures, il vit l'expression des villageois, ces gens heureux qui ne se doutaient de rien, changer lentement lorsqu'ils commencèrent à pressentir que quelque chose s'approchait, puis en eurent la certitude.

Et Beauvoir partageait leur sentiment d'horreur.

Les guerres et la famine finirent par arriver sur les rives du Nouveau Monde. Durant des années, les batailles firent rage autour d'eux, en les épargnant, toutefois. Mais ensuite…

Les quatre hommes regardèrent la dernière image. Celle des villageois agglutinés, serrés les uns contre les autres. Émaciés, leurs vêtements en loques. Terrifiés, ils levaient les yeux vers le ciel.

Vers eux.

Olivier se tut.

— Continuez, chuchota Gamache.

— C'est tout.

— Et le garçon, que lui est-il arrivé ? demanda Gabri. On ne le voit plus dans les sculptures. Où est-il allé ?

— Il s'est caché dans la forêt, sachant que la Montagne trouverait les villageois.

– Il les a trahis, eux aussi? Sa propre famille? Ses amis? demanda Beauvoir.

Olivier hocha la tête et ajouta:

– Mais il y avait quelque chose d'autre.

– Quoi?

– Quelque chose se trouvait derrière la Montagne et la poussait à avancer. Quelque chose qui la terrifiait même elle.

– C'était pire que le Chaos? Pire que la mort? demanda Gabri.

– Pire que tout.

– Qu'est-ce que c'était? demanda Gamache.

– Je ne sais pas. L'Ermite est mort avant de pouvoir me le dire. Mais je crois qu'il l'a sculpté.

– Que voulez-vous dire? demanda Beauvoir.

– Il gardait un objet dans un sac de toile. Il ne me l'a jamais montré, mais il me voyait jeter un coup d'œil au sac de temps en temps. Je ne pouvais pas m'en empêcher. Il se mettait alors à rire en disant qu'il me le montrerait un jour.

– Et quand vous l'avez trouvé mort...? demanda Gamache.

– Le sac n'était plus là.

– Pourquoi ne nous avez-vous pas raconté ça avant? demanda sèchement Beauvoir.

– Parce qu'il aurait fallu tout avouer: que je connaissais l'Ermite, que j'avais pris les sculptures et les avais vendues. Me donner son trésor une pièce à la fois, c'était sa manière de s'assurer que je reviendrais.

– Comme un revendeur de came agit envers un drogué, dit Gabri.

Il n'y avait pas de rancœur dans sa voix, mais pas d'étonnement non plus.

– Comme Schéhérazade.

Tous se tournèrent vers Gamache.

– Qui? demanda Gabri.

– C'est un opéra, composé par Rimski-Korsakov. *Les mille et une nuits*, si vous préférez.

Une totale incompréhension se lisait sur leur visage.

– Le roi épousait chaque nuit une nouvelle femme qui était mise à mort le lendemain, expliqua l'inspecteur-chef. Un soir, il choisit Schéhérazade. Connaissant ses habitudes, elle se savait en danger, mais elle avait un plan.

– Elle allait tuer le roi ? demanda Gabri.

– Mieux. Chaque soir, elle lui racontait une histoire, mais sans la terminer. S'il voulait connaître la suite, il devait la garder en vie.

– L'Ermite racontait son histoire pour sauver sa vie ? demanda Beauvoir, perdu.

– D'une certaine façon, oui, répondit le chef. Comme la Montagne, il rêvait de compagnie, et peut-être connaissait-il suffisamment bien Olivier pour savoir que la seule façon de le faire revenir était de promettre de lui donner d'autres objets.

– Ce n'est pas juste. Vous me faites passer pour une putain, dit Olivier. J'ai fait plus que prendre ses objets. Je l'ai aidé à cultiver son potager et lui ai apporté de la nourriture. Mes visites étaient profitables pour lui.

– C'est vrai. Mais elles l'étaient également pour vous, dit Gamache.

Joignant ses mains, il regarda Olivier et lui demanda :

– Qui était l'homme mort ?

– Il m'a fait promettre…

– Et les secrets sont importants pour vous. Je comprends ça. Vous avez été un bon ami pour l'Ermite. Mais vous devez parler, maintenant.

– Il était originaire de Tchécoslovaquie, dit enfin Olivier. Son prénom était Jakob. Je n'ai jamais su son nom de famille. Il est venu quand le mur de Berlin est tombé. Personne, ici, ne sait vraiment à quel point la situation était chaotique, là-bas. Je me rappelle avoir pensé combien excitant ce moment devait être pour ceux qui le vivaient. De goûter enfin à la liberté. Mais ce qu'il décrivait était différent. Tous les systèmes qui faisaient marcher le pays s'effondraient. C'était l'anarchie. Rien ne fonctionnait. Il n'y avait ni service de téléphone ni trains. Les avions s'écrasaient. C'était l'horreur, disait-il. Mais c'était également le moment parfait pour fuir. Pour sortir du pays.

– Il a emporté avec lui le contenu entier de la cabane ?

Olivier fit oui de la tête.

— Avec des dollars américains — une devise forte, disait-il —, on pouvait tout arranger. Il avait des contacts avec des antiquaires, ici, et leur a vendu certains de ses biens. Il s'est servi de l'argent pour soudoyer les autorités de son pays et ainsi sortir ses affaires. Après les avoir acheminées par cargo au port de Montréal, il les a entreposées, puis il a attendu.

— A attendu quoi?

— De trouver un endroit où vivre.

— Il s'est d'abord rendu dans les îles de la Reine-Charlotte, n'est-ce pas? demanda Gamache.

Olivier resta silencieux un moment, puis fit un mouvement de tête affirmatif.

— Mais il n'y est pas resté, poursuivit Gamache. Il voulait la paix et le calme, mais les manifestations commençaient dans l'archipel et il y avait de plus en plus de gens venus de partout dans le monde. Alors il est revenu. Près de ses trésors. Et il a décidé de trouver un endroit au Québec. Dans les bois, ici.

Olivier hocha de nouveau la tête.

— Pourquoi Three Pines? demanda Beauvoir.

Secouant la tête, Olivier répondit:

— Je ne sais pas. Je le lui ai demandé, mais il n'a pas voulu me répondre.

— Que s'est-il passé ensuite? demanda Gamache.

— Comme je l'ai dit, il est venu ici et a entrepris de construire sa cabane. Quand elle a été prête, il a sorti ses affaires de l'entrepôt et les a apportées dans la cabane. Ça lui a pris du temps, mais il n'était pas pressé.

— Les trésors qu'il a sortis de Tchécoslovaquie lui appartenaient-ils? demanda Gamache.

— Je ne lui ai jamais posé la question, et il ne me l'a jamais dit. Mais, à mon avis, non. Il avait très peur. Il se cachait. Fuyait quelque chose, ou quelqu'un. Mais je ne sais pas qui.

— Vous rendez-vous compte combien de temps vous nous avez fait perdre? Mon Dieu, à quoi pensiez-vous? demanda Beauvoir, furieux.

— Je ne cessais de me dire que vous trouveriez le meurtrier et que tous ces détails n'auraient pas besoin d'être dévoilés.

– Ces détails? dit Beauvoir. Vous considérez ça comme des détails? Comment croyiez-vous que nous allions découvrir l'assassin si vous nous mentiez et nous laissiez courir dans toutes les directions?

Gamache leva légèrement la main et Beauvoir, au prix d'un certain effort, se tut et respira à fond.

– Parlez-nous de Woo, demanda Gamache.

Olivier leva la tête. On pouvait voir la fatigue dans ses yeux. Blême et les traits tirés, il semblait avoir vieilli de vingt ans en une semaine.

– Il me semble vous avoir entendu dire que c'était le nom du singe d'Emily Carr.

– En effet, je le croyais. Mais en réfléchissant je suis venu à la conclusion que ça devait signifier autre chose pour l'homme mort. Quelque chose de plus personnel. Qui l'effrayait. Je pense que le mot avait été tissé dans la toile et sculpté dans le bois comme une sorte de menace. Il avait probablement un sens que seuls son meurtrier et lui comprenaient.

– Alors pourquoi me posez-vous la question?

– Parce que Jakob a pu vous le dire. Est-ce le cas, Olivier?

Gamache regarda Olivier droit dans les yeux, le sommant silencieusement de dire la vérité.

– Il ne m'a rien dit, répondit Olivier après un moment.

Sa réponse fut accueillie avec scepticisme.

Gamache fixa Olivier, s'efforçant de voir à travers le brouillard créé par ses mensonges. Olivier disait-il enfin la vérité?

Gamache se leva. Rendu à la porte, il se tourna vers Olivier et Gabri. Olivier était épuisé, complètement vidé. Il avait tout dit. Du moins Gamache l'espérait-il. Tirer la vérité d'Olivier était comme lui arracher un morceau de peau et, maintenant, il était assis là, dans le bistro, sa chair en lambeaux.

– Qu'est-il arrivé au jeune homme? demanda Gamache. Celui dans l'histoire. La Montagne l'a-t-elle trouvé?

– Elle a dû, répondit Olivier. Il est mort, n'est-ce pas?

35

Au gîte, Gamache prit une douche, se rasa et changea de vêtements. Il jeta un bref regard au lit, avec ses draps propres et la
couette repliée vers l'arrière. Qui l'attendait. Il résista cependant à ce chant de sirène et, peu de temps après, Beauvoir et lui
traversaient le parc du village en direction du bureau provisoire
où se trouvaient déjà les agents Morin et Lacoste.

Ils s'assirent tous autour de la table, avec, devant eux, des
tasses de café fort et les sculptures de l'Ermite. L'inspecteur-
chef résuma succinctement son voyage aux îles de la Reine-
Charlotte et l'interrogatoire d'Olivier.

— L'Ermite racontait donc une histoire à travers ses sculptures, dit Lacoste.

— Essayons de récapituler la série d'événements, dit Beauvoir
en s'approchant des feuilles sur le mur. L'Ermite quitte la Tchécoslovaquie avec les trésors à l'époque où l'Union soviétique
s'écroule. Le chaos règne là-bas, alors il soudoie des employés
du port pour faire envoyer ses biens à Montréal. À son arrivée
ici, il les entrepose en lieu sûr.

— S'il était un réfugié ou un immigrant, on aurait trouvé ses
empreintes digitales dans les fichiers, dit Morin.

L'agente Lacoste se tourna vers lui. Il était jeune, elle le savait,
et inexpérimenté.

— Il y a des immigrants illégaux partout au Canada. Certains
se cachent, d'autres ont des passeports falsifiés. Il suffit de savoir à qui donner de l'argent.

— Il est donc entré au pays clandestinement. Mais qu'en est-
il des antiquités? Avaient-elles été volées? Comment les a-t-il

eues? Le violon, par exemple, et ce panneau de la Chambre d'ambre.

— Selon la directrice Brunel, la Chambre d'ambre a disparu au cours de la Seconde Guerre mondiale, dit Gamache. Il existe diverses théories au sujet de ce qu'elle est devenue, y compris celle voulant qu'Albert Speer l'ait cachée dans une chaîne de montagnes entre l'Allemagne et la République tchèque actuelle.

— Vraiment? dit Lacoste, son cerveau fonctionnant à toute vitesse. Et si ce Jakob l'avait trouvée?

— S'il l'avait trouvée, il aurait eu tous les éléments qui la composaient, répondit Beauvoir. Et si quelqu'un d'autre l'avait trouvée, ou une partie de ce qui la constituait, et l'avait vendue à l'Ermite?

— Et si, ajouta Morin, il l'avait volée?

— Et si, intervint Gamache, vous aviez tous raison? Supposons que quelqu'un l'ait trouvée; ça pourrait remonter à quelques décennies. Et que cette personne l'ait divisée. Et tout ce qui restait à une famille, c'était le panneau. Supposons qu'on ait confié le panneau à l'Ermite pour qu'il le sorte clandestinement du pays.

— Pourquoi? demanda Lacoste, en se penchant vers l'avant.

— Pour que les membres de cette famille puissent commencer une nouvelle vie, répondit Beauvoir. Ils ne seraient pas les premiers à faire sortir en cachette un trésor familial et à ensuite le vendre pour se lancer en affaires ou acheter une maison au Canada.

— Donc, ils l'ont donné à l'Ermite pour pouvoir sortir du pays, dit Morin.

— Aurait-il pu recevoir des objets de différentes personnes? demanda Lacoste, réfléchissant à voix haute. Une aurait donné un livre, une autre un meuble antique, d'autres encore des verres ou des pièces d'argenterie de grande valeur? Tous ses objets venaient peut-être de différentes familles qui espéraient commencer une nouvelle vie ici. Et il a tout sorti en fraude.

— La directrice Brunel se demandait pourquoi il y avait une si grande variété d'objets, dit Gamache. Cette théorie répond à sa question. Ils ne viennent pas d'une seule collection, mais de plusieurs.

— Mais personne ne confierait à quelqu'un d'autre des trésors aussi précieux, dit Beauvoir.

— Peut-être ces gens n'avaient-ils pas le choix, répondit le chef. Ils devaient les faire sortir du pays. Ils n'auraient peut-être pas fait confiance à un étranger. Mais si l'Ermite était un ami…

— Comme le garçon dans l'histoire, dit Beauvoir, il a trahi tous ceux qui avaient confiance en lui.

Les enquêteurs regardèrent droit devant eux, en silence. Morin ne savait pas, avant, qu'on attrapait les meurtriers dans le silence. Mais c'était le cas.

Qu'avait-il pu se produire? Des familles avaient attendu à Prague, dans de plus petites villes ou dans des villages. Attendu de recevoir un mot. De l'ami en qui elles avaient confiance. À quel moment l'espoir s'était-il transformé en désespoir? Et finalement en rage. Et en soif de vengeance.

Quelqu'un avait-il fait le trajet jusque dans le Nouveau Monde et trouvé l'Ermite?

— Mais pourquoi est-il venu ici? demanda Morin.

— Pourquoi pas? répondit Beauvoir.

— Eh bien, il y a beaucoup de gens d'origine tchèque dans la région. S'il avait tous ces objets volés, ayant appartenu à des familles en Tchécoslovaquie, ne voudrait-il pas rester le plus loin possible d'eux?

Ils se tournèrent vers Gamache pour avoir son opinion. Le chef, tout en les écoutant, réfléchissait. Puis, se penchant vers l'avant, il rapprocha de lui les photographies des sculptures. Surtout celle représentant les gens heureux construisant un nouveau village, dans leur nouvelle patrie. Sans le jeune homme.

— Peut-être n'y a-t-il pas seulement Olivier qui ment, dit-il en se levant. L'Ermite n'était peut-être pas seul lorsqu'il est venu ici. Peut-être avait-il des complices.

— Qui sont toujours à Three Pines, ajouta Beauvoir.

Hanna Parra rangeait la vaisselle après le dîner. Elle avait préparé une soupe consistante et l'odeur flottant dans la cuisine lui rappelait la maison de sa mère dans son village natal. Ça sentait le bouillon, le persil, les feuilles de laurier et les légumes du potager.

Sa propre maison en métal et en verre, si lumineuse, ne pouvait pas être plus différente du chalet en bois où elle avait grandi. Rempli de merveilleux arômes, avec un soupçon de peur. La peur d'attirer l'attention, de se faire remarquer. Ses parents, ses tantes, ses voisins avaient tous vécu une vie confortable, dans le conformisme. La crainte d'être jugé différent, toutefois, créait un mince voile entre les gens.

Mais ici tout était réellement transparent. Hanna s'était sentie le cœur léger dès le moment où Roar et elle étaient arrivés au Canada. Où les gens ne se mêlaient pas des affaires des autres.

Du moins, c'est ce qu'elle croyait. Sa main resta suspendue au-dessus du comptoir en marbre lorsque son œil perçut un reflet du soleil. Une auto remontait l'allée.

Armand Gamache ne pouvait détacher les yeux du cube de verre et de métal devant lui. Il avait lu les rapports sur les interrogatoires des Parra, y compris les descriptions de leur maison. Malgré tout, il en restait interloqué.

La maison brillait sous le soleil. Ce n'était pas aveuglant, mais elle semblait rayonner comme si elle appartenait à un monde légèrement différent. Un monde de lumière.

– C'est magnifique, murmura Gamache.

– Vous devriez voir l'intérieur.

– Je crois que je devrais, en effet, répondit Gamache en hochant la tête, et les deux hommes traversèrent lentement la cour.

Hanna Parra les fit entrer et prit leurs manteaux.

– C'est un plaisir de vous voir, inspecteur-chef.

Elle avait un léger accent, mais son français était excellent. Non seulement avait-elle appris la langue, mais elle l'aimait. Ça s'entendait dans chaque syllabe. Gamache savait qu'il était impossible de séparer la langue de la culture. Sans l'une, l'autre s'étiolait. Aimer la langue, c'était respecter la culture.

C'était pour cette raison qu'il avait appris l'anglais si bien.

– Nous aimerions aussi parler à votre mari et à votre fils, si c'est possible.

Son ton de voix était doux, affable, mais, d'une certaine façon, sa grande courtoisie donnait du poids à ses mots.

— Havoc est dans les bois, mais Roar est ici.

— Où, dans les bois, madame ? demanda Beauvoir.

Hanna sembla légèrement nerveuse.

— En arrière. Il coupe du bois mort pour l'hiver.

— Pouvez-vous aller le chercher, s'il vous plaît ? demanda Beauvoir.

Ses efforts pour se montrer poli ne réussissaient qu'à lui donner un air sinistre.

— Nous ne savons pas où il est.

La voix venait de derrière. En se retournant, les deux enquêteurs virent Roar dans le vestibule. L'homme râblé et fort avait les mains sur les hanches, les coudes vers l'extérieur, comme un animal qui se sent menacé et essaie de se faire paraître plus large.

— Nous pouvons peut-être parler avec vous, alors, dit Gamache.

Roar ne bougea pas.

— Je vous en prie, venez dans la cuisine, dit Hanna. Il y fait plus chaud.

Tout en les guidant vers l'intérieur de la maison, elle lança un regard d'avertissement à son mari.

Le soleil qui entrait à flots dans la cuisine diffusait une chaleur naturelle.

— Mais c'est extraordinaire ! s'exclama Gamache.

Par les immenses fenêtres, il voyait des champs, la forêt et, au loin, le clocher de l'église Saint-Thomas, à Three Pines. C'était comme si les Parra vivaient dans la nature, que la maison ne constituait aucunement une intrusion. C'était une demeure insolite, à laquelle on ne s'attendait pas. Mais elle ne détonnait pas. Au contraire, elle était à sa place ici. Elle était parfaite.

— Félicitations, dit-il en se tournant vers le couple. Votre maison est magnifique, une réalisation extraordinaire. Vous deviez rêver de quelque chose de semblable depuis longtemps.

Roar baissa les bras et indiqua une place à la table en verre et Gamache s'y assit.

— Nous en avons discuté pendant un certain temps. Ce n'était pas mon premier choix. Je voulais une maison plus traditionnelle.

Gamache regarda Hanna, qui s'était installée au bout de la table.

— Il a sans doute fallu du temps et de la patience pour le convaincre, dit-il en souriant.

— En effet, répondit-elle en souriant à son tour, d'un sourire poli, sans chaleur ni humour. Des années. Il y avait une cabane sur la propriété et nous y avons vécu jusqu'à ce que Havoc ait environ six ans, mais il grandissait et je voulais une maison où nous nous sentirions chez nous.

— Je comprends, mais pourquoi ceci ?

— Vous ne l'aimez pas ?

D'après son ton, elle ne semblait pas sur la défensive, seulement curieuse.

— Au contraire. Je la trouve vraiment magnifique. Elle donne l'impression d'être à sa place. Mais elle est surprenante, vous devez le reconnaître. Personne d'autre n'a une demeure semblable.

— Nous voulions quelque chose de complètement différent des maisons où nous avions grandi. Nous voulions un changement.

— Nous ? demanda Gamache.

— J'ai fini par être d'accord, répondit Roar d'une voix dure et l'air méfiant. Puis-je savoir pourquoi vous êtes venu ?

Gamache hocha la tête et, s'avançant sur son siège, posa ses larges mains, les doigts écartés, sur la surface fraîche de la table.

— Pourquoi votre fils travaille-t-il pour Olivier ?

— Il a besoin de l'argent, répondit Hanna.

Gamache hocha de nouveau la tête.

— Je comprends, mais n'en gagnerait-il pas plus en travaillant dans les bois ? Ou dans la construction ? Le salaire d'un serveur ne doit pas être très élevé, même avec les pourboires.

— Pourquoi est-ce à nous que vous posez la question ? demanda Hanna.

— Eh bien, je la poserais à Havoc, s'il était ici.

Roar et Hanna échangèrent un regard.

— Havoc tient de sa mère. Physiquement, il me ressemble, mais il a son tempérament. Il aime les gens. Travailler dans les bois lui plaît, mais il préfère côtoyer des gens. Le bistro est parfait pour lui. Il y est heureux.

Gamache hocha lentement la tête.

— Havoc travaillait tard au bistro tous les soirs, dit Beauvoir. À quelle heure rentrait-il ?

— Vers une heure, rarement plus tard.

— Mais parfois plus tard ?

— De temps en temps, je suppose. Je ne restais pas debout à l'attendre.

— J'imagine que vous, oui, dit Beauvoir en se tournant vers Hanna.

— Oui, je l'attendais, mais, autant que je m'en souvienne, il n'est jamais rentré à la maison passé une heure et demie. Si les clients s'attardaient, surtout quand il y avait une fête, il devait attendre leur départ avant de nettoyer et ranger, alors il rentrait un peu plus tard que d'habitude, mais jamais beaucoup plus tard.

— Faites attention, madame, dit Gamache doucement.

— À quoi ?

— Nous voulons la vérité.

— Nous vous disons la vérité, inspecteur-chef, dit Roar.

— J'espère. Qui était l'homme mort ?

— Pourquoi nous pose-t-on sans cesse cette question ? demanda Hanna. Nous ne le connaissions pas.

— Il s'appelait Jakob, dit Beauvoir, et il était tchèque.

— Ah, je vois, dit Roar, les traits tordus par la colère. Et vous pensez que tous les Tchèques se connaissent ? Avez-vous la moindre idée à quel point c'est insultant ?

Armand Gamache se pencha vers lui.

— Ce n'est pas insultant. C'est la nature humaine. Si j'habitais à Prague, je me rapprocherais des Québécois vivant là-bas, surtout au début. L'homme est venu ici il y a plus d'une dizaine d'années et a construit une cabane dans les bois, qu'il a remplie de trésors. Savez-vous d'où ils auraient pu venir ?

— Comment le saurions-nous ?

— Nous pensons qu'il a pu les voler à des personnes en Tchécoslovaquie.

— Et parce qu'ils venaient de Tchécoslovaquie, nous devrions être au courant ?

— S'il avait volé les objets, pensez-vous vraiment que la première chose qu'il ferait serait de participer à un souper de l'association de Tchèques ? demanda Hanna. Nous ne connaissons pas ce Jakob.

– Que faisiez-vous avant de venir ici ? demanda Gamache.

– Nous étions tous les deux étudiants. Nous nous sommes rencontrés à l'Université Charles de Prague, répondit Hanna. J'étudiais en sciences politiques et Roar faisait des études d'ingénieur.

– Vous êtes conseillère municipale, dit Gamache à Hanna, puis il se tourna vers Roar. Vous, cependant, ne semblez pas avoir poursuivi ici une carrière correspondant à vos champs d'intérêt. Pourquoi ?

Parra ne répondit pas immédiatement. Il regarda ses grosses mains rugueuses et gratta un durillon.

– J'en avais marre des gens. Je ne voulais plus rien avoir à faire avec eux. Pourquoi pensez-vous qu'il y a tant de Tchèques par ici, loin des villes ? C'est parce que nous sommes écœurés par ce que les gens sont capables de faire. Des gens encouragés, enhardis par d'autres. Contaminés par le cynisme, la peur, la suspicion. Par la jalousie et la cupidité. Ils s'en prennent les uns aux autres. Je ne veux rien avoir à faire avec eux. Je préfère travailler dans un jardin, dans les bois, en paix. Les gens sont d'horribles créatures. Vous devez le savoir, inspecteur-chef. Vous avez vu ce qu'ils peuvent se faire les uns aux autres.

– C'est vrai, reconnut Gamache.

Il cessa de parler pendant un bref instant, et dans cet espace de temps étaient rassemblées toutes les terribles choses que pouvait voir le chef des homicides.

– Je sais de quoi sont capables les gens.

Il sourit, puis poursuivit :

– Tout le mal, mais aussi le bien. J'ai vu des actes d'abnégation, et j'ai vu le pardon là où il semblait impossible. La bonté existe, monsieur Parra. Croyez-moi.

Pendant un moment, il sembla possible que Roar Parra le croie. Il regardait Gamache les yeux grands ouverts, comme si cet homme imposant et calme l'invitait dans une demeure où il rêvait d'entrer. Mais ensuite il eut un mouvement de recul.

– Vous êtes un imbécile, inspecteur-chef, dit-il avec un rire narquois.

– Mais un imbécile heureux, répondit Gamache en souriant. Maintenant, revenons à nos moutons. De quoi parlions-nous? Ah oui, de meurtre.

– C'est à qui, la voiture dans l'allée?

La voix flotta de l'entrée jusqu'à eux, puis ils entendirent une porte claquer.

Beauvoir se leva. Hanna et Roar firent de même, et se dévisagèrent. Gamache se dirigea vers la porte de la cuisine.

– C'est la mienne, Havoc. Puis-je vous poser quelques questions?

– Certainement.

Le jeune homme entra dans la cuisine en enlevant sa casquette. Il avait le visage sale et en sueur, et un sourire désarmant.

– Pourquoi ces airs si sérieux?

Puis son expression changea.

– Ne me dites pas qu'il y a eu un autre meurtre?

– Pourquoi penseriez-vous cela? demanda Gamache en l'observant.

– Eh bien, vous avez tous la mine si sombre. Je me sens comme si c'était le jour où on remet les bulletins scolaires.

– D'une certaine façon, ce l'est, j'imagine. C'est le moment de faire le point.

Gamache indiqua une chaise à côté de Roar, et son fils y prit place. Gamache s'assit également.

– Olivier et vous avez été les dernières personnes à quitter le bistro, samedi soir?

– C'est exact. Olivier est parti et j'ai fermé à clé.

– Et où Olivier est-il allé?

– Chez lui, j'imagine.

La question sembla amuser Havoc.

– Nous savons maintenant qu'Olivier rendait visite à l'Ermite tard le soir. Les samedis.

– Ah oui, vraiment?

– Oui.

L'attitude du jeune homme était un peu trop parfaite, un peu trop étudiée. Comme s'il se donnait une contenance, pensa Gamache.

– Mais une autre personne connaissait l'existence de l'Ermite. Pas seulement Olivier. Quelqu'un aurait pu trouver Jakob de deux façons : en suivant les pistes cavalières envahies par la végétation ou en suivant Olivier, jusqu'à la cabane.

Le sourire de Havoc se crispa.

– Êtes-vous en train de dire que j'ai suivi Olivier?

Le jeune homme regarda Gamache, se tourna ensuite vers ses parents, scruta leurs visages, puis revint à l'inspecteur-chef.

– Où étiez-vous tout à l'heure?

– Dans les bois.

Gamache hocha lentement la tête.

– Et que faisiez-vous?

– Je coupais du bois.

– Pourtant, nous n'avons pas entendu de scie.

– Je l'avais déjà coupé et je l'empilais.

Maintenant, ses yeux passèrent encore plus rapidement de Gamache à son père et de nouveau à Gamache.

L'inspecteur-chef se leva, fit quelques pas jusqu'à la porte de la cuisine, se pencha et ramassa quelque chose. Revenu s'asseoir, il le plaça sur la table. C'était un copeau de bois, ou plus précisément un frison, une rognure en forme de boucle.

– Comment avez-vous pu vous payer cette maison? demanda Gamache à Roar.

– Que voulez-vous dire?

– Elle a dû coûter des centaines de milliers de dollars. À eux seuls, les matériaux valent au moins ça. Il faut ensuite ajouter la conception et des plans très détaillés pour une maison aussi particulière, et puis la main-d'œuvre. Vous dites l'avoir construite il y a environ quinze ans. Que s'est-il passé à ce moment-là qui vous a permis de le faire? Comment avez-vous obtenu l'argent nécessaire?

– Que croyez-vous qu'il s'est passé? Vous, les Québécois, vous ne vous intéressez qu'à votre petit monde, dit Roar en se penchant vers l'inspecteur-chef. Que s'est-il passé il y a une quinzaine d'années? Voyons voir… Il y a eu un référendum sur la souveraineté du Québec, il y a eu un terrible incendie de forêt en Abitibi, il y a eu des élections dans la province. À part ça, pas grand-chose à signaler.

Les mots qu'il soufflait en direction de Gamache faisaient trembloter le frison sur la table.

— Je n'en peux plus. Seigneur, comment ne pouvez-vous pas savoir ce qui s'est passé à cette époque?

— La Tchécoslovaquie a été séparée en deux, répondit Gamache, et est devenue la Slovaquie et la République tchèque. Cela remonte à presque vingt ans, en fait, mais les effets peuvent mettre du temps à se faire sentir. Les murs là-bas sont tombés, et ceux-ci, dit-il en jetant un coup d'œil aux parois de verre, ont été érigés.

— Nous pouvions revoir nos familles, dit Hanna. Retrouver ce que nous avions laissé derrière. Nos proches, nos amis.

— Les œuvres d'art, l'argenterie, les objets de valeur légués de génération en génération, dit Beauvoir.

— Pensez-vous que ces choses-là avaient de l'importance? demanda Hanna. Nous avions vécu sans elles pendant si longtemps. C'étaient les gens qui nous manquaient, pas des objets. Nous osions à peine y croire. On nous avait déjà bernés, en 1968, après le Printemps de Prague. Et puis, les reportages diffusés à l'Ouest différaient de ce qu'on entendait de la part de nos proches là-bas. Ici, on entendait seulement dire que c'était merveilleux, on voyait des gens agiter des drapeaux et chanter. Mes cousins et mes tantes, cependant, racontaient une histoire différente. L'ancien système était horrible. Corrompu, brutal. Mais au moins c'était un système. Quand il a été aboli, il ne restait rien. C'était le vide. Le chaos.

Gamache inclina légèrement la tête en entendant ce mot, encore une fois. Le chaos.

— C'était terrifiant. Les gens se faisaient battre, assassiner, voler, et il n'y avait ni policiers ni tribunaux.

— Un temps idéal pour faire sortir des gens ou des objets clandestinement, dit Beauvoir.

— Nous voulions parrainer nos cousins, mais ils ont décidé de rester là-bas, dit Roar.

— Et ma tante voulait rester avec eux, bien sûr.

— Bien sûr, dit Gamache. Si vous n'avez pas fait sortir des gens, qu'en est-il d'objets?

Après un moment, Hanna hocha la tête.

— Nous avons réussi à faire sortir des objets de valeur appartenant à ma famille. Mon père et ma mère les avaient cachés après la guerre, disant qu'il fallait les garder, car ils pourraient servir pour faire du troc, marchander, si jamais les choses se mettaient à aller mal.

— Et les choses se sont mises à aller mal, dit Gamache.

— Nous les avons fait sortir du pays et les avons vendus. Pour pouvoir bâtir la maison de nos rêves, dit Hanna. La décision n'a pas été facile à prendre. Nous avons hésité longtemps, mais je me suis finalement dit que mes parents comprendraient et approuveraient. Il ne s'agissait que d'objets. Ce qui compte, c'est un foyer.

— Qu'aviez-vous? demanda Beauvoir.

— Quelques tableaux, des meubles de qualité, des icônes. Nous avions plus besoin d'une maison que d'une icône, répondit Hanna.

— À qui les avez-vous vendus?

— À un antiquaire de New York, dit Roar. L'ami d'un ami. Je peux vous donner son nom. Il a prélevé une petite commission, mais nous a obtenu un bon prix.

— Oui, j'aimerais avoir son nom, s'il vous plaît. Je voudrais lui parler. Vous avez certainement fait bon usage de l'argent. Faites-vous aussi de la menuiserie, monsieur Parra? demanda l'inspecteur-chef.

— Un peu.

— Et vous? demanda Gamache en se tournant vers Havoc, qui haussa les épaules. En fait de réponse, j'aurais besoin de plus que ça, ajouta-t-il.

— Un peu.

Gamache tendit la main et poussa lentement le copeau de bois sur la table, jusque devant le jeune homme, puis attendit.

— Tout à l'heure, dans la forêt, je m'amusais à tailler un morceau de bois, avoua Havoc. Quand j'ai fini mon travail, j'aime m'asseoir tranquillement et sculpter des petits objets dans du bois. C'est relaxant. Ça me donne l'occasion de réfléchir, de me détendre. Je fais des jouets pour Charles Mundin. Old me donne des morceaux de vieux bois. C'est lui qui m'a montré comment faire. La plupart des choses que je sculpte ne sont que de la merde et je les jette ou les brûle. Mais si je réussis quelque chose d'assez bien, je le donne à Charles. Qu'est-ce que ça peut vous faire si j'aime travailler le bois?

— Un morceau de bois a été trouvé à côté de l'homme assassiné, dans lequel avait été taillé le mot Woo. Ce n'est pas Jakob qui l'a sculpté. Selon nous, c'est le meurtrier.

— Vous pensez que Havoc...

Roar était incapable de finir la phrase.

— J'ai un mandat de perquisition et des policiers sont en route pour venir ici.

— Que cherchez-vous? demanda Hanna, soudain blême. Seulement les outils à travailler le bois? Nous pouvons vous les donner.

— Il y a plus que cela, madame. Deux choses ont disparu de la cabane de Jakob: l'arme du crime et un petit sac de toile. Nous voulons les trouver aussi.

— Nous ne les avons jamais vus. Havoc, va chercher tes outils.

Havoc mena Beauvoir jusqu'à la remise pendant que Gamache attendait les agents de police, qui arrivèrent quelques minutes plus tard. Puis Beauvoir revint avec les outils, et autre chose.

Des morceaux de bois, de cèdre rouge. Taillés au couteau.

Il fut décidé que Beauvoir superviserait les recherches pendant que Gamache retournerait au bureau provisoire. Les deux hommes se rendirent ensemble jusqu'à la voiture et parlèrent un moment.

— À votre avis, lequel des Parra a commis le meurtre? demanda Beauvoir en tendant les clés au chef. Havoc aurait pu suivre Olivier et découvrir la cabane. Mais c'est peut-être Roar. Il aurait pu trouver la cabane lorsqu'il dégageait les pistes. Ce pourrait aussi être la mère, bien sûr. Il ne fallait pas nécessairement beaucoup de force pour commettre le meurtre. De la colère, oui, une poussée d'adrénaline, mais pas une grande force. Supposons que Jakob avait volé des biens appartenant aux Parra, en Tchécoslovaquie. Ensuite, quand il est venu ici, ceux-ci l'ont reconnu. Les ayant lui aussi reconnus, il s'est enfui dans les bois pour se cacher.

— Ou bien, autre possibilité, Jakob et les Parra ont agi de connivence. Ils ont peut-être tous les trois convaincu leurs voisins et amis en Tchécoslovaquie de leur confier leurs objets précieux, puis ont disparu avec les trésors.

– Et quand ils sont arrivés ici, Jakob a baisé ses complices en allant se terrer dans les bois. Mais Roar a pu trouver la cabane lorsqu'il débroussaillait les sentiers.

Gamache regarda les membres des équipes de recherche commencer leur travail méthodique. Bientôt, la vie des Parra n'aurait plus de secrets pour eux.

Il avait besoin de réfléchir, de se concentrer. Tendant les clés à son adjoint, il dit :

– Je vais marcher.

– Vous plaisantez ? demanda Beauvoir, pour qui marcher constituait une punition. Le village est à des kilomètres d'ici.

– Ça me fera du bien, m'éclaircira les idées. Je vous reverrai à Three Pines.

Sur ces mots, il s'éloigna sur le chemin de terre, en faisant un dernier petit signe de la main à Beauvoir. Quelques guêpes bourdonnaient dans l'air chargé des odeurs pénétrantes de l'automne, mais ne représentaient aucun danger. Elles étaient grosses et paresseuses, presque grisées par le nectar de pomme, de poire, de raisin.

C'était un peu comme si le monde était sur le point de pourrir.

Pendant que Gamache marchait tranquillement, sans se presser, les odeurs familières se dissipèrent et les sons s'estompèrent, et d'autres personnes se joignirent à lui : le gardien John, Lavina qui pouvait voler et le petit garçon de l'autre côté de l'allée dans l'avion d'Air Canada. Qui volait, lui aussi, et racontait des histoires.

Le meurtre sur lequel son équipe et lui enquêtaient semblait être lié à un trésor. Mais Gamache savait qu'il n'avait rien à voir avec ça. Il ne fallait pas se fier aux apparences. Le crime était plutôt lié à quelque chose d'invisible. Comme tous les meurtres.

Ce meurtre avait un lien avec la peur, et les mensonges qu'elle entraîne. Mais, plus subtilement, il avait un rapport avec des histoires. Les histoires que les gens racontaient aux autres, et celles qu'ils se racontaient à eux-mêmes. La mythologie et les totems, cette frontière floue entre fable et réalité. Et les gens qui tombaient dans le gouffre. Ce meurtre était lié aux histoires narrées par les sculptures de Jakob. Au sujet du Chaos et des Furies, d'une Montagne de Désespoir et de Rage. D'une trahison. Et autre chose encore. Quelque chose qui horrifiait même la Montagne.

Et au cœur de cette chose, savait maintenant Gamache, il y avait une révélation brutale.

36

Les équipes de recherche avaient déjà fouillé le bistro à quelques reprises, mais elles recommencèrent, plus minutieusement cette fois, regardant sous les lattes du plancher, en dessous des avant-toits, derrière les tableaux. Partout.

Et elles trouvèrent enfin.

L'objet était derrière les briques de l'une des énormes cheminées. Derrière un feu qui semblait brûler en permanence. Il avait fallu éteindre les flammes et enlever les bûches fumantes. Et là, à l'arrière de l'âtre, les policiers avaient trouvé une brique lâche, puis deux, puis quatre, qui cachaient un petit compartiment.

L'inspecteur Beauvoir introduisit doucement une main gantée dans le trou, mais réussit malgré tout à tacher de suie son bras et son épaule.

– J'ai quelque chose, dit-il.

Tous les yeux étaient rivés sur lui tandis qu'il sortait lentement son bras de la cavité. Il posa sur la table, devant l'inspecteur-chef, un chandelier en argent. Une ménorah. Même Beauvoir, qui ne connaissait rien aux objets en argent, comprit que celui-ci était remarquable. Simple, mais élégant et ancien.

Cette ménorah avait survécu à des sièges, à des pogroms, à des massacres, à l'Holocauste. Elle avait eu une grande signification pour des gens, qui l'avaient cachée, protégée, avaient prié devant elle. Puis, une nuit, dans une forêt du Québec, quelqu'un l'avait profanée.

La ménorah avait tué un homme.

– Est-ce de la paraffine? demanda Beauvoir en pointant le doigt vers de petits morceaux de matière translucide collés sur le chandelier et auxquels se mêlait un peu de sang séché. L'Ermite fabriquait ses propres bougies. La cire trouvée dans la cabane ne servait pas seulement pour les conserves, mais aussi pour les bougies.

Le chef hocha la tête.

Beauvoir retourna à l'âtre et enfonça de nouveau son bras dans le trou noir. Tout le monde regardait son visage et vit ses traits changer et exprimer la surprise quand sa main toucha quelque chose.

Il posa un petit sac de toile à côté de la ménorah. Personne ne parla. Finalement, l'inspecteur-chef s'adressa à l'homme assis en face de lui.

— Avez-vous regardé à l'intérieur ?

— Non.

— Pourquoi pas ?

Il y eut une longue pause durant laquelle Gamache ne dit rien, ne le pressa pas. Rien ne pressait, maintenant.

— Je n'en ai pas eu le temps. Je l'ai pris, puis je suis sorti rapidement de la cabane et je l'ai caché avec le chandelier en pensant l'ouvrir le lendemain matin. Mais le corps a été découvert et le bistro était devenu le centre d'attention.

— C'est pour ça, Olivier, que vous avez allumé les feux avant que la police arrive ?

Olivier baissa la tête. C'était fini. Enfin.

— Comment avez-vous su où chercher ?

— Je ne le savais pas, au début. Mais pendant que j'observais les policiers à l'œuvre, je me suis souvenu de vous avoir entendu dire qu'à l'origine le bistro était une quincaillerie. Et que les cheminées avaient dû être reconstruites. Bien qu'elles semblent anciennes, elles constituent les seuls éléments nouveaux dans la pièce. Ensuite, je me suis rappelé les feux allumés un matin où le temps était humide, mais pas froid. C'est la première chose que vous avez faite quand le corps a été découvert. Et pourquoi ? Pour vous assurer que nous ne les trouverions pas, dit Gamache en indiquant d'un mouvement de la tête les objets sur la table.

Armand Gamache se pencha en avant, vers Olivier assis de l'autre côté de la ménorah et du sac de toile. À l'extérieur de l'enceinte.

— Dites-nous ce qui s'est passé. La vérité, cette fois.

Gabri, encore ébranlé, s'assit à côté d'Olivier. Il avait d'abord été amusé quand les policiers de la Sûreté étaient arrivés au bistro après avoir quitté la propriété des Parra. Il avait lancé quelques blagues, qui étaient tombées à plat. Mais à mesure que la fouille prenait de l'ampleur, devenait plus minutieuse, son amusement avait fait place à l'agacement, puis à la colère. Et, maintenant, au choc.

Cependant, il n'avait jamais quitté Olivier et n'avait pas l'intention de le faire.

— L'Ermite était mort quand je l'ai trouvé. J'ai pris ces objets, je l'avoue, dit Olivier en montrant d'un geste les objets sur la table. Mais je ne l'ai pas tué.

— Faites attention, Olivier. Faites bien attention, je vous en conjure.

Il y avait de la tension dans la voix de Gamache et son ton glaça même les agents de la Sûreté.

— C'est la vérité.

Fermant les yeux, Olivier réussit presque à se convaincre que, s'il ne les voyait pas, ils n'étaient pas là. Il n'y aurait ni ménorah en argent ni sac de toile crasseux sur la table dans son bistro. Ni policiers. Il y aurait seulement Gabri et lui. Et ils auraient la paix.

Rouvrant enfin les yeux, il vit l'inspecteur-chef qui le fixait.

— Je ne l'ai pas tué, je le jure. Ce n'est pas moi.

Il se tourna vers Gabri, qui le dévisagea puis lui prit la main.

— Écoutez, dit Gabri en s'adressant à Gamache, vous connaissez Olivier. Je connais Olivier. Il n'a pas tué l'Ermite.

Olivier regarda tour à tour les deux hommes. Il devait sûrement y avoir une porte de sortie, se disait-il. Une ouverture, même toute petite, par laquelle il pourrait se glisser.

— Dites-moi ce qui s'est passé, répéta Gamache.

— Je vous l'ai déjà dit.

— Dites-le encore une fois.

Olivier respira à fond.

— J'ai laissé Havoc fermer le bistro et je suis allé à la cabane. J'y suis resté environ trois quarts d'heure. Nous avons bu du thé et, au moment où je m'apprêtais à partir, l'Ermite a voulu me donner un petit pot à crème. Une fois arrivé au village, je me suis aperçu que je l'avais oublié et ça m'a mis en colère. J'étais en rogne parce qu'il promettait toujours de me donner ça, dit-il en pointant le doigt à plusieurs reprises vers le sac, mais sans jamais le faire. Il me donnait seulement des babioles.

– Ce pot à crème a été évalué à cinquante mille dollars. Il appartenait à Catherine la Grande.

– Mais ce n'était pas *ça*, dit Olivier en regardant de nouveau le sac. Quand je suis revenu à la cabane, l'Ermite était mort.

– Vous nous avez dit que le sac avait disparu.

– J'ai menti. Il était là.

– Aviez-vous déjà vu la ménorah ?

Olivier fit oui de la tête.

– Il s'en servait tout le temps.

– Pour prier ?

– Pour s'éclairer.

– Elle aussi a probablement une très grande valeur. Vous le saviez, je suppose.

– Vous voulez dire que c'est la raison pour laquelle je l'ai prise ? Non. C'est parce que mes empreintes digitales se trouvaient partout sur le chandelier. Je l'avais touché des centaines de fois, quand j'allumais les bougies, en mettais de nouvelles.

– Décrivez-nous en détail ce qui s'est passé, dit Gamache d'une voix calme et posée.

Olivier commença son récit et les enquêteurs virent la scène se dérouler : Olivier de retour à la cabane, voyant le rai de lumière sur la galerie et la porte entrouverte, poussant celle-ci, découvrant l'Ermite étendu. Apercevant le sang. Olivier, hébété, qui s'approchait, ramassait l'objet près de la main de l'homme, puis le laissait tomber en remarquant, trop tard, le sang. L'objet qui avait roulé sous le lit où l'agente Lacoste l'avait trouvé. Woo.

Olivier avait également vu la ménorah, renversée sur le sol. Couverte de sang.

Il était sorti sur la galerie à reculons, prêt à s'enfuir en courant. Puis il s'était arrêté. Devant lui, il y avait l'horrible scène : un homme qu'il connaissait et pour qui il s'était pris d'affection était mort, de façon violente. Derrière lui, le bois sombre et le sentier qui le traversait.

Et qui était pris entre la cabane et la forêt?

Lui.

Il s'était affaissé sur la chaise berçante sur la galerie. Il devait réfléchir. Dos à la scène atroce, il avait pensé à ce qu'il allait faire.

Que devait-il faire?

Le problème, savait-il, était le sentier pour chevaux. Il le savait depuis des semaines, depuis, en fait, que les Gilbert avaient acheté la vieille maison des Hadley. Tout le monde avait été surpris par leur acquisition, mais encore davantage par leur décision de rouvrir les pistes cavalières.

— Maintenant je comprends pourquoi tu les détestais tant, dit Gabri doucement. Ta réaction paraissait si exagérée. Ce n'était pas seulement parce qu'ils allaient faire concurrence au gîte et au bistro, n'est-ce pas?

— C'étaient les pistes. J'avais peur, et j'en voulais aux Gilbert d'avoir demandé à Roar de les rouvrir. Il trouverait la cabane et ce serait la fin.

— Qu'avez-vous fait? demanda Gamache.

Olivier le lui dit.

Il était resté assis à réfléchir durant ce qui lui avait paru des siècles. En repassant sans cesse dans sa tête tous les aspects de la situation. Finalement, il avait su quoi faire: il allait porter le coup de grâce aux Gilbert. Grâce à l'Ermite. Il causerait la ruine de Marc Gilbert et mettrait fin du même coup au débroussaillage des sentiers.

— J'ai mis le corps dans la brouette et l'ai transporté jusqu'à la vieille maison des Hadley. Je m'étais dit que si on y trouvait un autre corps les Gilbert seraient foutus. Plus d'auberge, plus de spa et, par conséquent, plus de pistes cavalières. Les Gilbert partiraient, Roar cesserait de débroussailler les sentiers et ceux-ci seraient de nouveau envahis par la végétation.

— Et? demanda Gamache.

Olivier hésita un instant, puis ajouta:

— Je pourrais prendre ce que je voulais dans la cabane. Tout s'arrangerait.

Trois personnes le dévisagèrent. Aucune avec admiration.

— Oh, Olivier, dit Gabri.

– Que pouvais-je faire d'autre ? demanda-t-il à son partenaire d'un air implorant. Je ne pouvais pas les laisser trouver l'endroit.

Comment lui expliquer, se disait Olivier, que ce plan lui avait paru raisonnable, brillant même, à deux heures trente du matin, dans l'obscurité, à trois mètres d'un cadavre.

– Sais-tu quelle impression ça donne ? dit Gabri d'une voix râpeuse.

Olivier hocha la tête, puis la laissa retomber.

Se tournant vers l'inspecteur-chef, Gabri ajouta :

– Il n'aurait jamais transporté le corps chez les Gilbert s'il avait tué l'homme. Vous ne le feriez pas non plus, n'est-ce pas ? Vous essayeriez de cacher le crime, pas d'attirer l'attention sur lui.

– Que s'est-il passé ensuite ? demanda Gamache.

Il ne voulait pas ignorer la remarque de Gabri, mais ne voulait pas non plus qu'ils s'éloignent du sujet.

– J'ai rapporté la brouette et pris ces deux objets, et je suis parti.

Les quatre hommes regardèrent les objets sur la table : l'arme du crime et le sac. Les objets les plus incriminants, et les plus précieux.

– Je les ai apportés ici et cachés derrière le foyer.

– Vous n'avez pas regardé dans le sac ? demanda Gamache pour la seconde fois.

– J'ai pensé que j'aurais tout mon temps quand l'attention se focaliserait sur les Gilbert. Mais lorsque Myrna a trouvé le corps le lendemain matin, j'ai cru mourir. Je ne pouvais pas sortir les objets de leur cachette, alors j'ai allumé les feux pour m'assurer que vous ne fouilleriez pas dans les cheminées. Puis, dans les jours qui ont suivi, l'attention s'est portée sur le bistro. Après ça, tout ce que je voulais, c'était faire semblant que les objets n'avaient jamais existé. Que rien de tout ceci n'était arrivé.

Ces paroles furent accueillies par un silence.

Gamache s'appuya contre le dossier de sa chaise et regarda Olivier un moment.

– Racontez-moi le reste de l'histoire que narraient les sculptures de l'Ermite.

— Je ne connais pas la suite. Je ne la saurai pas tant que nous n'ouvrirons pas ça, dit Olivier, qui avait du mal à détourner les yeux du sac.

— Cela n'est pas nécessaire, pour le moment, dit Gamache en se penchant vers l'avant. Racontez-moi l'histoire.

Abasourdi, Olivier fixa Gamache.

— Je vous ai dit tout ce que je sais. L'Ermite s'était arrêté à la partie où l'armée avait rattrapé les villageois.

— Au moment où quelque chose d'horrible s'approchait, je me rappelle. Je veux maintenant connaître la fin.

— Mais je ne sais pas comment finit l'histoire.

— Olivier? dit Gabri en regardant son partenaire dans les yeux.

Olivier soutint son regard, puis se tourna vers Gamache.

— Vous savez?

— Oui.

— Vous savez quoi? demanda Gabri en regardant tour à tour Gamache et son partenaire. Dites-moi.

— L'Ermite n'était pas le narrateur, dit Gamache.

Gabri fixa l'inspecteur-chef, l'air hébété. Puis il se tourna vers Olivier, qui hocha la tête.

— Toi? murmura Gabri.

Olivier ferma les yeux et le bistro disparut. Il était de retour dans la cabane et entendait le feu de l'Ermite ronfler. L'arôme sucré du bois d'érable qui s'en échappait et l'odeur des rondins lui emplissaient les narines. Il sentait la tasse de thé chaude dans ses mains, comme il l'avait sentie des centaines de fois. Il voyait le violon que la lueur des flammes faisait reluire. Et en face de lui était assis l'homme à l'air misérable, dans de vieux vêtements propres mais reprisés, entouré de trésors. L'Ermite était penché vers l'avant, les yeux brillants et pleins de frayeur, tandis qu'il écoutait Olivier raconter l'histoire.

Olivier rouvrit les yeux. Il était de nouveau dans le bistro.

— L'Ermite avait peur de quelque chose. Je l'ai su dès notre première rencontre, dans cette pièce même. Au fil des ans, il est devenu de plus en plus reclus et a fini par ne presque plus quitter sa cabane. Il me demandait des nouvelles du monde extérieur. Alors je lui parlais de la situation politique, de guerres, de ce qui se passait dans le coin. Un jour, j'ai mentionné qu'un concert devait avoir lieu dans l'église du village. Tu étais un des chanteurs, dit Olivier en regardant Gabri, et l'Ermite voulait y assister.

Olivier venait d'atteindre le point de non-retour. Une fois qu'il aurait prononcé les mots suivants, il ne pourrait plus revenir en arrière.

— Je ne pouvais pas le laisser venir. Je ne voulais pas que quelqu'un d'autre le rencontre, se lie peut-être d'amitié avec lui. Alors je lui ai dit que le concert avait été annulé, et il a demandé pourquoi. Je ne sais pas ce qui m'a pris, mais j'ai inventé cette histoire au sujet de la Montagne, des villageois et du garçon qui avait volé le trésor, puis s'était enfui et terré.

Olivier fixait le bord de la table. Il voyait les veines dans le bois patiné, usé au fil des ans par des mains qui s'y étaient posées, l'avaient touché, frotté. Comme les siennes le faisaient maintenant.

— L'Ermite craignait quelque chose, et les histoires intensifiaient sa peur. Elles le troublaient profondément, le rendaient impressionnable. Je m'étais dit que, si je lui racontais que des choses horribles se produisaient à l'extérieur de la forêt, il me croirait.

Gabri se recula pour mieux regarder son partenaire.

— Tu as fait exprès ? Tu lui as décrit un monde si terrifiant qu'il ne voulait pas quitter sa cabane ? Olivier...

Il avait expulsé ce mot hors de lui comme s'il puait.

— Mais ce n'était pas tout, dit Gamache doucement. Non seulement vos histoires retenaient-elles l'Ermite prisonnier et empêchaient-elles quiconque de découvrir ses trésors, mais elles étaient aussi sa source d'inspiration pour les sculptures. Je me demande ce que vous avez pensé quand vous avez vu la première.

— Quand il me l'a donnée, j'ai failli la jeter. Puis je me suis persuadé que c'était une bonne chose. Les histoires l'inspiraient, l'aidaient à créer.

— À créer des sculptures avec des montagnes qui marchent, et des monstres et des armées lancés à sa poursuite ? Le pauvre homme a dû faire des cauchemars, dit Gabri.

– Que veut dire Woo? demanda Gamache.

– Je ne sais pas. Pas vraiment. Il le murmurait parfois quand je racontais l'histoire. Au début, je croyais qu'il s'agissait seulement d'un souffle, puis j'ai compris qu'il disait un mot : Woo.

Olivier prononça le mot comme l'avait fait l'Ermite, en le chuchotant.

– Vous avez alors fabriqué la toile d'araignée contenant ce mot, pour imiter celle dont il est question dans *Charlotte's Web*, un livre que l'Ermite vous avait demandé de lui trouver.

– Non. Je n'ai pas fabriqué la toile d'araignée. Comment aurais-je pu? Je ne saurais même pas par où commencer.

– Pourtant, selon Gabri, vous cousiez vos propres vêtements quand vous étiez enfant. Si vous aviez voulu, vous auriez fini par comprendre comment faire.

– Non, répondit Olivier avec fermeté.

– Et vous avez admis que l'Ermite vous avait montré à tailler le bois, à sculpter.

– Mais je n'avais aucun talent, dit Olivier d'une voix implorante.

L'incrédulité se lisait dans le regard des autres.

– C'était plutôt mal fait. C'est vous qui avez sculpté ce mot, dit Gamache, qui n'abandonnait pas. Des années auparavant. Vous n'aviez pas besoin de connaître son sens, seulement qu'il signifiait quelque chose pour l'Ermite. Quelque chose de terrible. Et vous avez gardé ce mot, pour vous en servir un jour. Comme les pays qui entreposent leurs armes les plus destructrices, pour le jour où ils en auraient besoin. Ce mot taillé dans le bois était votre arme ultime. Pour votre Nagasaki. La dernière bombe à larguer sur un homme fatigué, effrayé et fou. Vous avez joué sur son sentiment de culpabilité, amplifié par l'isolement. Vous avez supposé qu'il avait volé les objets qui se trouvaient dans sa cabane et c'est pourquoi vous avez inventé cette histoire à propos du garçon et de la Montagne. Et cela a fonctionné. Elle l'a empêché de sortir de sa cachette. Mais elle lui a aussi servi d'inspiration pour ses sculptures, qui, ironiquement, se sont révélées ses plus grands trésors.

– Je ne l'ai pas tué.

– Tu en as seulement fait un prisonnier. Comment as-tu pu ? demanda Gabri.

– Je n'ai rien dit qu'il n'était pas prêt à croire.

– C'est vraiment ce que tu penses ?

Gamache jeta un coup d'œil aux objets sur la table. La ménorah : l'arme du crime. Et le petit sac : la raison du crime. Il ne pouvait plus repousser le moment. Le temps de sa révélation brutale était arrivé. Il se leva.

– Olivier Brûlé, dit l'inspecteur-chef Gamache.

Sa voix était lasse, son visage sombre.

– Je vous arrête sous l'inculpation de meurtre.

37

Le sol était tapissé de givre lorsque Armand Gamache revint à Three Pines. Il gara sa voiture près de la vieille maison des Hadley et, en suivant le sentier, s'enfonça de plus en plus dans la forêt. Les feuilles tombées des arbres craquaient sous ses pas. Il en ramassa une et, comme cela lui était déjà arrivé, s'émerveilla devant la perfection de la nature, quand les feuilles atteignaient l'apogée de leur beauté à la fin de leur vie.

Il s'arrêtait de temps en temps, pas pour s'orienter, car il savait où il allait et comment s'y rendre, mais pour apprécier pleinement le décor. Le calme. La douce lumière qui pouvait maintenant pénétrer entre les arbres et toucher un sol qui voyait rarement le soleil. Les bois dégageaient de riches odeurs musquées. Gamache marchait lentement, aucunement pressé, et arriva à la cabane au bout d'une demi-heure. Il resta un moment sur la galerie, remarquant encore une fois, avec un sourire, les chiffres en cuivre au-dessus de la porte.

Puis il entra.

Il n'avait pas revu la cabane depuis qu'on y avait relevé les empreintes, puis photographié, catalogué et emporté tous les trésors.

Il s'immobilisa un instant à côté de la tache bordeaux sur le plancher de bois.

Ensuite, il fit le tour de l'unique pièce. Cet endroit pourrait être un chez-soi pour lui, à la condition qu'il contienne une chose précieuse : Reine-Marie.

Deux chaises pour l'amitié.

Pendant qu'il restait là, debout, en silence, la cabane se remplit lentement d'antiquités, d'objets d'art anciens et de premières éditions. Et d'une mélodie celtique obsédante. L'inspecteur-chef revit le jeune Morin faire danser le violon comme un violoneux, ses membres maladroits et mous soudain fermes, faits pour jouer.

Puis il vit l'Ermite Jakob, seul, sculptant un bout de bois à côté du feu. Le livre de Thoreau sur la table en marqueterie. Le violon appuyé contre les galets de la cheminée. Cet homme qui avait le même âge que lui, mais paraissait beaucoup plus vieux. Usé par la terreur. Et autre chose. Cette chose que même la Montagne craignait.

Il se rappela les deux sculptures cachées par l'Ermite. D'une certaine façon différentes des autres. Caractérisées par le mystérieux code en dessous. Il avait vraiment cru que le mot clé permettant de décrypter le chiffre de César était Charlotte. Puis il avait été sûr que la clé était le numéro au-dessus de la porte, ce qui aurait expliqué l'étrange présence de ces chiffres en cuivre.

Mais le code de César n'avait pas été déchiffré. Il demeurait un mystère.

Gamache fit une pause dans ses réflexions et essaya de se souvenir comment Jérôme Brunel lui avait expliqué le chiffre de César. Qu'avait fait Jules César pour créer son premier code ? Il n'avait pas utilisé un mot clé, mais un nombre. Il avait décalé l'alphabet de trois lettres.

Gamache se dirigea vers le manteau de la cheminée, sortit un carnet et un stylo de sa poche de poitrine, puis il écrivit. D'abord l'alphabet. Ensuite, en dessous, il compta des espaces. C'était ça, la clé. Pas le mot *seize* ou *sixteen*, mais le nombre 16.

A B C D E F G H I J K L M N O P Q R S T U V W X Y Z
K L M N O P Q R S T U V W X Y Z A B C D E F G H I J

Lentement, ne voulant pas faire d'erreur en allant trop vite, il vérifia les lettres. L'Ermite avait gravé MRKBVYDDO sous la sculpture des gens sur le rivage. C, H, A, R... Gamache se concentra encore plus, se forçant à ralentir. L, O, T, T, E.

Il poussa un long soupir, et un mot sortit de sa bouche. Charlotte.

Il passa ensuite au code écrit sous les gens remplis d'espoir sur le bateau. OWSVI.

Quelques instants plus tard, il l'avait décrypté.

Emily.

Le sourire aux lèvres, il se remémora son survol des montagnes enveloppées de brume et de légendes. D'esprits et de fantômes. Il se souvint de l'endroit oublié par le temps, et du gardien John, qui ne pourrait jamais oublier. Et des totems, fixés pour toujours sur la toile par une peintre mal fagotée.

Quel message l'Ermite Jakob envoyait-il? Se savait-il en danger et avait-il voulu transmettre ce message, cet indice? Ou s'agissait-il, comme le soupçonnait Gamache, de quelque chose de plus personnel? Peut-être même quelque chose de réconfortant.

Cet homme avait gardé ces deux sculptures pour une raison. En dessous, il avait écrit les noms Charlotte et Emily pour une raison. Et il avait utilisé du cèdre rouge, des îles de la Reine-Charlotte, également pour une raison.

De quoi un homme seul a-t-il besoin? Il avait tout le reste: de la nourriture, de l'eau, des livres, de la musique. Ses passe-temps et son art. Un beau potager. Alors que manquait-il?

De la compagnie. Le sentiment d'appartenir à une communauté. D'être à l'intérieur de l'enceinte. Deux chaises pour l'amitié. Ces sculptures lui tenaient compagnie.

Il ne réussirait peut-être jamais à le prouver, mais Gamache était convaincu que l'Ermite avait séjourné dans les îles de la Reine-Charlotte, fort probablement à son arrivée au Canada. Là-bas, il avait appris à sculpter et à construire des cabanes en rondins. Il avait également eu, pour la première fois, un aperçu de ce qu'était la paix, avant qu'elle soit perturbée par les actions de protestation. Comme un premier amour, l'endroit où l'on trouve la paix pour la première fois ne s'oublie jamais.

Il était venu dans ces bois pour recréer cela. Il avait bâti une cabane identique à celles qu'il avait vues dans les îles. Il avait sculpté dans du cèdre rouge, parce que l'odeur familière et la sensation du bois dans ses mains le réconfortaient. Et il avait sculpté des gens pour la compagnie. Des gens heureux.

Sauf une personne.

Ces créations étaient devenues sa famille. Ses amis. Il les avait gardées, protégées. Leur avait donné des noms. Il avait dormi avec elles, sous sa tête. En retour, elles lui avaient tenu compagnie au cours des longues nuits froides lorsqu'il guettait le bruit d'un craquement de branche, et l'arrivée de quelque chose de pire qu'un massacre.

Soudain, Gamache entendit le craquement d'une brindille et se raidit.

— Puis-je me joindre à vous ?

Sur la galerie se trouvait Vincent Gilbert.

— Je vous en prie.

Gilbert entra et les deux hommes se serrèrent la main.

— J'étais chez Marc et j'ai vu votre auto. Je vous ai suivi. J'espère que ça ne vous dérange pas.

— Pas du tout.

— Vous aviez l'air complètement absorbé dans vos pensées, il y a un instant.

— Il y a ample matière à réflexion, dit Gamache avec un petit sourire, en remettant son carnet dans sa poche de poitrine.

— Ce que vous avez fait était très difficile. Je suis désolé que ç'ait été nécessaire.

Gamache ne répondit rien et les deux hommes demeurèrent silencieux un moment.

— Je vais vous laisser seul, dit enfin Gilbert en se dirigeant vers la porte.

Gamache hésita, puis le suivit.

— Ce n'est pas nécessaire. J'ai fini ici.

Il ferma la porte sans un regard en arrière et rejoignit Vincent Gilbert sur la galerie.

— J'ai dédicacé ceci pour vous, dit Gilbert en lui tendant un livre relié. Il a été réédité après toute la publicité entourant le meurtre et le procès. C'est un best-seller, apparemment.

— Merci.

Gamache tourna l'exemplaire d'*Être*, avec sa couverture rigide luisante, et regarda la photo de l'auteur. Disparus, l'air méprisant, le visage renfrogné. Il vit plutôt un bel homme distingué, qui paraissait compréhensif et patient.

— Félicitations.

Gilbert sourit, puis il déplia deux chaises de jardin en aluminium.

— J'ai apporté ces chaises avec moi. Et j'apporterai quelques autres meubles. Marc a dit que je pouvais m'installer dans la cabane, en faire ma maison.

Gamache s'assit.

— Je vous vois très bien ici.

— À l'écart de la bonne société, dit Gilbert en souriant. Nous les saints apprécions notre solitude.

— Et pourtant, vous avez apporté deux chaises.

— Ah, vous connaissez la citation ? « J'avais dans ma maison trois chaises : une pour la solitude, deux pour l'amitié, trois pour la société. »

— Ma citation préférée de Thoreau est également tirée de *Walden*, dit Gamache. « Un homme est riche en proportion du nombre de choses qu'il peut arriver à laisser tranquilles. »

— Dans votre travail, vous ne pouvez pas laisser beaucoup de choses tranquilles, n'est-ce pas ?

— Non, mais je peux les laisser aller, une fois que j'ai fini ce que je devais faire.

— Alors pourquoi êtes-vous ici ?

Gamache garda le silence un moment, puis répondit :

— Parce que dans certains cas il est plus difficile de lâcher prise.

Vincent Gilbert hocha la tête, mais ne dit rien. Pendant que l'inspecteur-chef regardait dans le vide, le docteur sortit un thermos d'un sac à dos et versa deux tasses de café.

— Comment vont Marc et Dominique ? demanda Gamache, en prenant une gorgée du café noir.

— Très bien. Leurs premiers clients sont arrivés et ils semblent se plaire à l'auberge. Et Dominique est dans son élément.

— Comment va Marc le cheval ?

Il osait à peine poser la question, et le lent secouement de tête de Vincent confirma ses craintes.

— Quel cheval…, murmura Gamache.

— Marc n'avait pas le choix. Il devait s'en débarrasser.

Gamache revoyait la créature sauvage, à moitié aveugle, à moitié folle, couverte de plaies, et il savait que le choix avait été fait des années auparavant.

— Dominique et Marc s'installent tranquillement, et c'est grâce à vous, continua Gilbert. Si vous n'aviez pas résolu l'affaire, ils auraient été ruinés. D'après ce qui a été dit au procès, je conclus que c'était justement l'intention d'Olivier lorsqu'il a déplacé le corps. Il voulait faire fermer l'auberge.

Gamache ne répondit rien.

— Mais il y avait plus que cela, bien sûr, dit Gilbert, ne voulant pas laisser tomber le sujet. Il était cupide, j'imagine.

Gamache demeura toujours silencieux, ne désirant pas accabler davantage un homme qu'il considérait toujours comme un ami. C'était aux avocats, aux juges et aux jurés de dire ce genre de choses.

— L'esprit affamé, dit Gilbert.

Ces mots sortirent Gamache de sa torpeur, qui se tourna sur sa chaise de jardin pour regarder l'homme plein de dignité à côté de lui.

— Pardon?

— C'est une croyance du bouddhisme. L'un des états de l'homme dans la Roue de la vie. Plus on mange, plus on a faim. Cette vie est considérée comme la pire de toutes. On essaie de remplir un trou qui ne cesse de se creuser. Le remplir avec de la nourriture, ou de l'argent, ou du pouvoir. Avec l'admiration des autres. Ou autre chose encore.

— L'esprit affamé, dit Gamache. Ce doit être épouvantable.

— Vous n'avez aucune idée.

— Vous, oui?

Après un moment, Gilbert hocha la tête. Il n'avait plus l'air aussi admirable. Mais beaucoup plus humain.

— J'ai dû renoncer à tout ça pour avoir ce que je voulais vraiment.

— Et qu'est-ce que c'était?

Gilbert réfléchit un long moment.

— De la compagnie.

— Vous venez vous installer dans une cabane dans les bois pour trouver de la compagnie? dit Gamache en souriant.

— Pour apprendre à devenir de la bonne compagnie pour moi-même.

Ils gardèrent le silence durant quelques minutes, puis Gilbert demanda :

— Olivier a donc tué l'Ermite pour le trésor ?

Gamache fit oui de la tête.

— Il craignait qu'on le découvre. Quand votre fils a déménagé ici et que Parra a commencé à ouvrir les sentiers, il savait bien que c'était seulement une question de temps.

— Puisqu'on parle des Parra, les avez-vous considérés comme des suspects, à un moment donné ?

Gamache regarda la tasse de café fumant qui réchauffait ses larges mains. Jamais il ne raconterait tout à cet homme. Ce ne serait pas approprié d'avouer que Havoc Parra avait été leur principal suspect. Havoc travaillait tard et aurait pu suivre Olivier jusqu'à la cabane après avoir fermé le bistro. Le résultat de l'analyse de ses outils avait été négatif, mais il aurait pu se servir d'autres outils. Et puis, l'Ermite n'était-il pas tchèque ?

Ou si Havoc n'était pas le coupable, ç'aurait pu être son père, Roar, qui dégageait les pistes et se dirigeait presque certainement vers la cabane. Peut-être l'avait-il trouvée.

Peut-être, peut-être, peut-être.

Toute une série de «peut-être» menait directement aux Parra.

Gamache décida aussi de ne pas révéler à Gilbert qu'il avait également été un suspect, de même que son fils et sa belle-fille. La cabane se trouvait sur leur propriété. Pourquoi avaient-ils acheté cette vieille maison en ruine alors qu'ils auraient pu faire l'acquisition de n'importe quelle autre ? Pourquoi avaient-ils voulu que les sentiers soient rouverts aussi rapidement ? C'était pratiquement la première chose qu'ils avaient fait faire.

Et pourquoi le saint Dr Gilbert et le cadavre étaient-ils apparus au même moment ?

Pourquoi, pourquoi, pourquoi.

Toute une série de «pourquoi» menait directement à la porte de la vieille maison des Hadley.

Toutes ces personnes représentaient de bons suspects. Mais toutes les preuves accusaient Olivier. Les empreintes digitales, l'arme du crime, le sac de toile, les sculptures. Olivier ne semblait pas posséder d'outils à travailler le bois, mais cela ne voulait rien dire. Il aurait pu s'en être débarrassé des années auparavant. Les policiers avaient cependant trouvé du fil de nylon dans le gîte. Du même diamètre et de la même résistance que celui utilisé pour tisser la toile. L'avocat d'Olivier avait argué qu'il s'agissait d'un fil de grosseur standard et que ça ne prouvait donc rien. Gabri avait affirmé sous serment s'en être servi dans le jardin, pour attacher les branches de chèvrefeuilles grimpants.

Ça ne prouvait rien.

– Mais pourquoi avoir tissé ce mot dans la toile, et l'avoir taillé dans du bois? demanda Vincent.

– Pour effrayer l'Ermite et le forcer ainsi à lui donner le trésor dans le sac.

La solution avait été d'une simplicité déconcertante. Le sentier se rapprochait de plus en plus de la cabane. Il ne lui restait plus beaucoup de temps, Olivier le savait. Il devait convaincre l'Ermite de lui remettre le sac, avant qu'on trouve la cabane. Sinon, l'Ermite découvrirait alors la vérité : Olivier lui avait menti. Il n'y avait pas de Montagne. Pas d'armée de Terreur et de Désespoir. Pas de Chaos. Seulement un petit antiquaire cupide, qui en voulait toujours plus.

Aucune horreur ne s'approchait, seulement un autre esprit affamé.

Si Olivier voulait amener l'Ermite à lui donner le sac, il ne lui restait qu'un moyen : le convaincre de l'imminence du danger. Pour sauver sa vie, Jakob allait devoir se débarrasser du trésor. Ainsi, quand la Montagne arriverait, elle trouverait l'Ermite, mais pas le sac.

L'histoire n'avait cependant pas réussi à inspirer suffisamment de terreur et le sentier se rapprochait dangereusement de la cabane. Olivier avait alors sorti son napalm, son gaz moutarde, sa bombe volante. Son *Enola Gay*.

Il avait accroché la toile dans un coin et placé le mot taillé dans un morceau de bois quelque part dans la cabane, où Jakob le trouverait. Sachant que lorsque l'Ermite le verrait il... Quoi? Mourrait? Peut-être. Mais il paniquerait certainement, car il saurait qu'il avait été repéré. La chose qu'il avait fuie, de laquelle il se cachait, la chose qu'il craignait le plus l'avait trouvé. Et avait laissé sa carte de visite.

Pourquoi ce plan n'avait-il pas fonctionné? L'Ermite n'avait-il pas vu la toile? Sa cupidité avait-elle été encore plus grande que celle d'Olivier? Quoi qui ait pu se produire, Gamache savait avec certitude un fait: Olivier, sa patience épuisée, à bout de nerfs et fou de rage, avait attrapé la ménorah et frappé.

Son avocat avait opté pour un procès devant jury. Une bonne stratégie, avait pensé Gamache. Il y avait moyen de convaincre les jurés qu'il avait agi sous le coup d'une folie passagère. Gamache lui-même avait soutenu qu'Olivier devrait être jugé pour homicide involontaire et non pour meurtre, et le procureur avait été d'accord. L'inspecteur-chef savait qu'Olivier avait fait de terribles choses à l'Ermite, délibérément. Mais le tuer n'en était pas une. Le garder prisonnier de la cabane, oui. Le manipuler et l'exploiter, oui. Perturber son esprit déjà fragile, oui. Mais l'assassiner, non. Le meurtre, croyait Gamache, avait surpris et atterré même Olivier.

On pouvait cependant dire qu'Olivier avait en fait tué l'Ermite à petit feu, sur une longue période, et pas seulement en portant le coup fatal. Il l'avait miné, détruit peu à peu. L'inquiétude avait fini par creuser de profondes rides sur le visage de l'homme, et son âme frémissait d'épouvante au moindre craquement de brindille.

Mais en fin de compte, il y avait aussi eu un suicide, car Olivier s'était tué en même temps. Il avait lentement éliminé tout ce qui était bon et estimable en lui, jusqu'à ce que le dégoût remplace le respect de soi. L'homme qu'il aurait pu être était mort. Dévoré par l'esprit affamé.

Finalement, c'étaient les faits, les preuves, et non des conjectures, qui incriminaient Olivier. Aucune trace de personne d'autre n'avait été trouvée dans la cabane. Ses empreintes digitales y avaient été relevées, de même que sur l'arme du crime. Il connaissait l'Ermite. Il avait vendu certains de ses trésors. Il avait vendu les sculptures. Il avait volé le sac de toile. Et, enfin, l'arme du crime avait été trouvée cachée dans le bistro, avec le sac. Gamache savait que l'avocat de la défense essaierait d'opposer toutes sortes d'arguments, mais il était aussi persuadé d'avoir des preuves solides.

Toutefois, si des faits étaient suffisants pour un procureur, un juge, un jury, Gamache avait besoin de plus. Il lui fallait le mobile. Cet élément qu'on ne pouvait jamais prouver parce qu'il était invisible.

Qu'est-ce qui poussait un homme à tuer ?

C'est cette question qui avait mené Gamache à la solution. Lorsqu'il rentrait à pied à Three Pines, après avoir ordonné de fouiller encore une fois la demeure et la propriété des Parra, il avait réfléchi à l'affaire. Aux éléments de preuve. Mais aussi à l'esprit malveillant caché derrière.

Il s'était rendu compte que tous les signes indiquant que les Parra avaient pu commettre le crime s'appliquaient également à Olivier. La peur et la cupidité. Mais un détail faisait pencher la balance du côté d'Olivier : les Parra avaient montré peu d'inclination pour la cupidité alors qu'Olivier s'y était vautré.

Olivier craignait deux choses, Gamache le savait. Être démasqué et être pauvre.

Ces deux possibilités menaçaient de se produire.

Tout en sirotant son café, Gamache pensa de nouveau aux mâts totémiques à Ninstints, pourris, tombants, tombés. Malgré tout, ils avaient toujours une histoire à raconter.

C'est là-bas que l'idée avait germé. L'idée que ce meurtre avait quelque chose à voir avec des récits, et que les sculptures de l'Ermite constituaient l'élément clé. Il ne s'agissait pas de sculptures individuelles, sans liens entre elles. Elles formaient une communauté de sculptures. Chacune pouvait être considérée séparément, mais, ensemble, elles racontaient une histoire plus complexe. Comme les mâts totémiques.

Olivier avait raconté des histoires pour tenir l'Ermite sous son pouvoir et l'emprisonner. L'Ermite s'en était servi pour créer ses remarquables sculptures. Et Olivier avait utilisé ces œuvres pour s'enrichir au-delà de tout ce qu'il avait pu rêver.

Il ne s'était pas rendu compte, cependant, que ses histoires étaient en fait vraies. Il s'agissait d'une allégorie, bien sûr, mais elles n'en étaient pas moins vraies. Une montagne de misère s'approchait. Et elle grossissait avec chaque nouveau mensonge, chaque nouvelle fable.

Un esprit affamé.

Plus Olivier s'enrichissait, plus il était gourmand. Et ce qu'il désirait plus que tout, c'était ce qu'on refusait de lui donner. Le contenu du petit sac de toile.

Jakob était venu à Three Pines avec ses trésors, presque certainement volés à des amis et à des voisins en Tchécoslovaquie. Des gens qui avaient eu confiance en lui. Après la chute du rideau de fer, ces gens, pouvant maintenant quitter le pays, commencèrent à demander leur argent, à l'exiger. À menacer de venir le réclamer en personne. Certains d'entre eux étaient peut-être même venus.

Alors, il était allé se cacher dans les bois avec son trésor, leurs trésors, en attendant que l'orage passe, que les gens abandonnent et retournent chez eux. Le laissent en paix.

Il aurait pu ensuite tout vendre et acheter des jets privés, des yachts de luxe. Un hôtel particulier à Chelsea, un vignoble en Bourgogne.

Aurait-il été heureux? Aurait-il enfin été contenté?

«Découvrez ce qu'il aimait et peut-être trouverez-vous son assassin», avait dit Esther à Gamache au cours du souper avec les Haïdas. L'Ermite aimait-il l'argent?

Peut-être au début.

Mais ensuite ne s'était-il pas servi de billets de banque comme papier hygiénique? Les enquêteurs n'avaient-ils pas trouvé des billets de vingt dollars enfoncés entre les rondins en guise d'isolant?

L'Ermite avait-il aimé son trésor? Peut-être au début.

Mais ensuite il avait commencé à s'en débarrasser, en échange de lait, de fromage, de café.

Et de compagnie.

Après qu'Olivier avait été emmené par la police, Gamache s'était rassis et avait regardé le sac. Qu'est-ce qui pouvait être pire que le chaos, le désespoir, la guerre? Qu'est-ce qui ferait fuir même la Montagne? Gamache y avait longuement réfléchi. Qu'est-ce qui hantait les gens même sur leur lit de mort – peut-être surtout à l'approche de la mort? Qu'est-ce qui les poursuivait, les torturait et en terrassait quelques-uns?

Le regret.

Le regret d'avoir prononcé certaines paroles, d'avoir fait certaines choses, ou de ne pas en avoir fait d'autres. Le regret de n'avoir pas été la personne qu'ils auraient pu être.

Finalement, lorsqu'il s'était trouvé seul, l'inspecteur-chef avait ouvert le sac et, en regardant à l'intérieur, s'était rendu compte qu'il se trompait. Le pire de tout n'était pas le regret.

Clara frappa à la porte du studio de Peter.

— Tu es prêt?

— Oui.

Il sortit de son atelier en s'essuyant les mains pour enlever la peinture à l'huile. Il avait pris l'habitude de tacher ses mains de peinture pour faire croire à Clara qu'il travaillait fort, alors qu'en fait son tableau était terminé depuis des semaines.

Il avait fini par se l'avouer, mais n'avait pas encore pu se résoudre à l'avouer à qui que ce soit d'autre.

— De quoi ai-je l'air?

— Tu es superbe, répondit Peter en retirant un morceau de rôtie des cheveux de sa femme.

— Je gardais ça pour le dîner.

— On ira manger au restaurant. Pour célébrer.

Ils sortirent de la maison, montèrent dans la voiture et prirent la direction de Montréal.

Le terrible jour où Clara était allée récupérer son portfolio à la Galerie Fortin, elle s'était arrêtée devant la sculpture d'Emily Carr. Une autre personne était là, mangeant son lunch sur un banc. Clara s'était assise à l'autre extrémité du banc et avait longuement regardé la petite femme en bronze. De même que le cheval, le chien et le singe. Woo.

Emily Carr n'avait pas l'air de l'une des plus remarquables artistes visionnaires qui aient jamais existé. Elle ressemblait à quelqu'un qu'on verrait de l'autre côté de l'allée dans l'autobus 24. Elle était courte, un peu boulotte, mal accoutrée.

— Elle vous ressemble un peu, dit la femme à côté de Clara.

— Vous croyez ? demanda Clara, loin d'être convaincue qu'il s'agissait d'un compliment.

La femme, dans la soixantaine, était élégamment vêtue, calme et posée, chic.

— Je suis Thérèse Brunel, dit-elle en tendant la main.

Comme Clara continuait d'afficher un air perplexe, elle ajouta :

— La directrice Brunel, de la Sûreté du Québec.

— Bien sûr ! Excusez-moi. Vous étiez à Three Pines avec Armand Gamache.

— Ce sont vos œuvres ? demanda Thérèse Brunel en indiquant le portfolio.

— Des photos de mes toiles, oui.

— Puis-je les voir ?

Clara ouvrit le portfolio et cette femme qui dirigeait l'un des services de la Sûreté le feuilleta, en souriant, en faisant quelques commentaires et en retenant son souffle de temps en temps. Mais arrivée à une photo, elle s'arrêta. Il s'agissait du tableau d'une femme à l'air joyeux que l'on voyait de face, mais qui regardait vers l'arrière.

— Elle est belle, dit Thérèse. C'est quelqu'un que j'aimerais connaître.

Clara n'avait rien dit, simplement attendu. Après une minute, la directrice avait cligné des yeux, puis souri en levant la tête pour regarder Clara.

— C'est très surprenant. Elle est pleine de grâce, mais il vient de se produire quelque chose, n'est-ce pas ?

Clara continua de garder le silence, les yeux fixés sur la reproduction de sa propre œuvre.

Thérèse Brunel aussi l'observa de nouveau. Puis elle inspira brusquement et se tourna encore une fois vers Clara.

— La chute. Mon Dieu, vous avez peint la chute. Ce moment. Elle n'en est même pas consciente, n'est-ce pas ? Pas vraiment, mais elle aperçoit quelque chose, un indice de l'horreur imminente. La fin de l'état de grâce.

Immobile et en silence, Thérèse continua de regarder cette belle femme, heureuse, sereine. Et cette petite lueur de prise de conscience, presque invisible.

– Oui, répondit Clara en hochant la tête.

Thérèse l'observa plus attentivement.

– Mais il y a autre chose. Je sais ce que c'est. C'est vous, n'est-ce pas ? Cette femme, c'est vous.

Clara hocha de nouveau la tête.

Après un moment, Thérèse murmura quelque chose et Clara n'était même pas certaine que les mots avaient réellement été prononcés. Peut-être s'agissait-il simplement du vent.

– De quoi avez-vous peur ?

Clara hésita longtemps avant de parler, pas parce qu'elle ignorait la réponse, mais parce qu'elle ne l'avait jamais formulée tout haut.

– J'ai peur de ne pas reconnaître le paradis.

Il y eut un silence.

– Moi aussi, dit la directrice Brunel.

Elle écrivit ensuite un numéro sur un bout de papier et le tendit à Clara.

– Je ferai un appel lorsque je serai de retour au bureau. Ceci est mon numéro. Téléphonez-moi cet après-midi.

C'est ce qu'avait fait Clara, pour apprendre, à sa grande stupéfaction, que cette femme élégante, de la Sûreté du Québec, avait communiqué avec le conservateur en chef du Musée d'art contemporain de Montréal et que celui-ci acceptait de regarder son portfolio.

Cela remontait à plusieurs semaines. Il s'était passé beaucoup de choses depuis. L'inspecteur-chef Gamache avait arrêté Olivier pour meurtre. Tout le monde savait que c'était une erreur. Mais, à mesure que les preuves s'accumulaient, le doute s'était installé. Entre-temps, Clara était allée porter son portfolio au MAC. Et maintenant les responsables voulaient la rencontrer.

– Ils ne diront pas non, dit Peter, filant sur l'autoroute. Jamais une galerie ou un musée n'organise un rendez-vous avec un artiste pour ensuite refuser d'exposer ses œuvres. C'est une bonne nouvelle, Clara. Une excellente nouvelle. C'est infiniment mieux que ce que Fortin aurait pu faire pour toi.

Clara osait espérer que c'était vrai.

Tout en conduisant, Peter pensa à sa peinture sur son chevalet. Celle qui – il le savait maintenant – était terminée.

Comme l'était sa carrière. Sur la toile blanche, Peter avait peint un grand cercle noir, presque fermé, mais pas tout à fait. Et à l'endroit où il aurait pu se fermer, il avait mis des points.

Trois points. Pour représenter l'infini. La société.

Jean-Guy Beauvoir était dans le sous-sol, chez lui, en train de regarder les bandes de papier aux bords irréguliers. Il entendait Enid, en haut, qui préparait le dîner.

Au cours des dernières semaines, il était descendu au sous-sol dès qu'il en avait l'occasion. Il allumait la télévision à une chaîne qui diffusait des émissions sportives, puis s'assoyait à son bureau, dos au téléviseur. Hypnotisé par les bouts de papier. Si au moins la vieille poète folle avait tout écrit sur une seule feuille qu'elle aurait pu ensuite déchirer en bandes pour qu'il puisse les assembler comme un puzzle. Mais non, les morceaux de papier ne correspondaient pas les uns aux autres. Il devait découvrir le sens à l'aide des mots.

Beauvoir avait menti au chef. Ça ne lui arrivait pas souvent, et il n'avait aucune idée pourquoi il l'avait fait cette fois. Il lui avait dit avoir jeté tous les papiers, tous les mots stupides que Ruth avait punaisés sur sa porte, glissés dans sa poche ou donnés à d'autres pour qu'ils les lui remettent.

Il avait voulu s'en débarrasser, mais, plus encore, il avait voulu savoir ce qu'ils signifiaient. C'était une tâche presque impossible. Le chef réussissait peut-être à décrypter la poésie, mais, pour Beauvoir, elle n'avait toujours été qu'un énorme tas de conneries. Même lorsqu'on lui présentait un poème complet. Comment, alors, pourrait-il assembler un poème en pièces détachées ?

Il s'y était efforcé, toutefois. Durant des semaines.

Il glissa un bout de papier entre deux autres et en déplaça un autre en haut.

Je ne fais que m'asseoir là où on me place, composée
de pierre et de vœux pieux :
que la divinité qui tue pour le plaisir
guérira aussi,

Il avala une lampée de bière.

– Jean-Guy, le dîner est prêt, lui lança Enid d'une voix chantante.

– J'arrive.

qu'au milieu de ton cauchemar,
le cauchemar final, une gentille lionne
viendra avec des pansements dans sa gueule
et le corps doux d'une femme,

Enid l'appela encore une fois, mais il ne répondit pas, le regard fixé sur le poème. Puis il leva les yeux vers les petites pattes en fausse fourrure qui pendaient de l'étagère au-dessus de son bureau. À la hauteur des yeux, où il pouvait voir le lion en peluche qu'il avait pris discrètement au gîte. Il l'avait d'abord emporté dans sa chambre, pour qu'il lui tienne compagnie. Il l'avait assis sur une chaise où il pouvait le voir à partir du lit. Et il l'avait imaginée, elle, là. Exaspérante, passionnée, pleine de vie. Remplissant les coins vides, tranquilles, de sa vie. Les remplissant de vie.

Et quand l'affaire avait été terminée, il avait glissé le lion dans son sac et l'avait apporté ici, au sous-sol, où Enid ne venait jamais.

Le gentil lion. Avec sa peau douce et son sourire.

– *Wimoweh, a-wimoweh*, chanta-t-il doucement en lisant la dernière strophe.

et essuiera ta fièvre à coups de langue,
et ramassera doucement ton âme par la nuque
et te fera entrer dans la noirceur et le paradis à coups de caresses.

Une heure plus tard, Armand Gamache sortit des bois et descendit la pente menant à Three Pines. Sur la galerie du bistro, il respira à fond, se calma, puis entra.

Ses yeux mirent un moment à s'habituer à la pénombre. Quand ils y furent parvenus, il vit Gabri derrière le bar, là où Olivier se tenait toujours. Le gros homme avait rapetissé, maigri. Il paraissait rongé par les soucis. Fatigué.

— Gabri, dit Gamache, et les deux vieux amis se dévisagèrent.

— Monsieur, répondit Gabri.

Sur le comptoir en bois verni, il déplaça un pot de bonbons assortis et un autre de bonbons haricots, puis passa de l'autre côté, et offrit à Gamache une réglisse en forme de pipe.

En arrivant quelques minutes plus tard, Myrna trouva Gabri et Gamache calmement assis près du feu. Ils parlaient, leurs têtes très près l'une de l'autre, leurs genoux se touchant presque. Entre eux il y avait une réglisse non entamée.

Ils levèrent la tête lorsqu'elle entra.

— Excusez-moi. Je peux revenir plus tard. Je voulais seulement te montrer ceci, dit-elle en tendant un papier vers Gabri.

— J'en ai reçu un aussi. Le plus récent poème de Ruth. D'après toi, qu'est-ce qu'il signifie?

— Je ne sais pas.

Elle avait de la difficulté à s'habituer à ne trouver que Gabri quand elle venait au bistro. Avec Olivier en prison, c'était comme s'il manquait un élément essentiel, comme si un des pins avait été coupé.

Ce qui s'était produit dernièrement avait créé une situation insoutenable. Les villageois se sentaient déchirés. Ils voulaient soutenir Olivier et Gabri, et avaient été consternés par l'arrestation. Ils pouvaient à peine y croire, tout en sachant que l'inspecteur-chef n'y aurait jamais procédé à moins d'être sûr de ce qu'il faisait.

Par ailleurs, il était évident qu'arrêter un ami avait été douloureux pour Gamache. Il semblait impossible d'accorder son appui à l'un sans trahir l'autre.

Gabri se leva, de même que Gamache.

— On se met au courant des dernières nouvelles. Savais-tu que l'inspecteur-chef avait une deuxième petite-fille? Zora.

— Félicitations.

Myrna embrassa le grand-père.

— J'ai besoin de prendre l'air, dit Gabri, soudain agité.

Rendu à la porte, il se tourna vers Gamache.

— Eh bien?

L'inspecteur-chef et Myrna le rejoignirent et, ensemble, ils marchèrent tranquillement autour du parc. Où tout le monde pouvait voir Gamache et Gabri, ensemble. La plaie ne s'était pas cicatrisée, mais elle ne devenait pas plus profonde non plus.

— Olivier ne l'a pas fait, vous savez, dit Gabri, s'arrêtant pour regarder Gamache directement dans les yeux.

— J'admire votre loyauté à son égard.

— Je sais qu'il a beaucoup de défauts, mais que voulez-vous, c'est mon homme, je l'ai dans la peau.

Gamache sourit.

— Je me pose une question, cependant, et j'aimerais connaître la réponse.

— Oui?

— Si Olivier a tué l'Ermite, pourquoi a-t-il déplacé le corps? Pourquoi l'apporter à la maison des Hadley pour qu'on le découvre? Pourquoi ne pas le laisser dans la cabane? Ou l'abandonner dans les bois?

Gamache remarqua que Gabri parlait du corps plutôt que de Jakob. Il ne pouvait accepter qu'Olivier avait tué, et encore moins qu'il avait tué un être ayant une identité; parler du corps était plus impersonnel.

— La réponse a été donnée au cours du procès, dit Gamache d'un ton patient. Ce n'était qu'une question de temps avant qu'on trouve la cabane. Roar était en train de dégager un sentier qui y menait directement.

Gabri hocha la tête à contrecœur. Myrna le regarda et l'adjura intérieurement d'accepter la vérité maintenant incontestable.

— Je sais. Mais pourquoi l'apporter à la maison des Hadley? Pourquoi ne pas simplement le transporter plus loin dans les bois et laisser les animaux faire le reste?

— Parce que Olivier s'est rendu compte que la preuve la plus accablante contre lui n'était pas le corps, mais la cabane. Où depuis des années il laissait des indices, des éléments de preuve: ses empreintes digitales, des cheveux, de la nourriture. Il ne pouvait pas tout nettoyer, du moins pas immédiatement. Mais si l'enquête se concentrait sur Marc Gilbert et la maison des Hadley, le travail de débroussaillage cesserait peut-être, car, si les Gilbert étaient ruinés, il n'y aurait plus besoin d'ouvrir des pistes pour chevaux.

La voix de Gamache était calme. On n'y décelait aucun signe de l'impatience qu'elle aurait pu contenir, comme le savait Myrna. C'était au moins la dixième fois qu'elle entendait l'inspecteur-chef donner ces explications à Gabri. Mais celui-ci ne les acceptait pas, ne pouvait croire à la culpabilité d'Olivier. Même maintenant, il secouait la tête.

— Je suis désolé, dit Gamache, et il était sincère. Il n'y avait aucune autre conclusion possible.

— Olivier n'est pas un assassin.

— Je suis d'accord. Mais il a tué. C'était un homicide. Involontaire. Pouvez-vous vraiment me dire que vous le croyez incapable de tuer dans un accès de rage ? Il avait consacré des années à l'Ermite pour l'amener à lui donner son trésor et craignait de le perdre. Êtes-vous certain qu'Olivier n'aurait pas pu être poussé à avoir recours à la violence ?

Gabri hésita. Ni Gamache ni Myrna n'osaient respirer, de peur de chasser la faible lueur de bon sens qui voltigeait autour de leur ami.

— Olivier ne l'a pas fait.

Gabri soupira d'exaspération.

— Pourquoi aurait-il déplacé le corps ?

L'inspecteur-chef le dévisagea, à court de mots. Si seulement il y avait un moyen de convaincre cet homme tourmenté. Il avait essayé. Il détestait penser que Gabri porterait ce fardeau inutile, l'horreur de croire que son partenaire avait été emprisonné à tort. Il était préférable d'accepter la terrible vérité que de chercher sans relâche à transformer un souhait en réalité.

Gabri tourna le dos à l'inspecteur-chef et se dirigea vers le centre du parc, en plein milieu du village, et s'assit sur le banc.

— Quel homme admirable, dit Gamache, en reprenant sa marche avec Myrna.

— Oui, il l'est. Il ne cessera jamais d'attendre le retour d'Olivier, vous savez.

Gamache ne répondit rien et tous les deux continuèrent leur promenade en silence.

— J'ai rencontré Vincent Gilbert, tout à l'heure, dit-il après un moment. Il m'a dit que Marc et Dominique s'installaient tranquillement dans leur nouvelle demeure.

— Oui. Il s'avère que Marc est très sympathique, quand il n'est pas en train de trimbaler des corps dans le village.

— C'est dommage, pour Marc le cheval.

— Tout compte fait, il est probablement plus heureux.

Surpris par cette remarque, Gamache se tourna vers Myrna.

— En étant mort ?

— Mort ? Vincent Gilbert l'a fait envoyer à La Porte.

Gamache pouffa de rire et secoua la tête. Un vrai saint trou de cul, en effet.

Lorsqu'ils passèrent à côté du bistro, il pensa au sac de toile, la pièce à conviction la plus accablante pour Olivier, lorsqu'on l'avait trouvé caché derrière la cheminée.

La porte de la maison de Ruth s'ouvrit et la vieille poète, enveloppée dans son manteau de drap usé, sortit en clopinant, suivie de Rose. Cette fois, le canard n'avait pas de vêtements, seulement des plumes.

Gamache était tellement habitué à voir Rose dans ses ensembles qu'il lui semblait presque anormal qu'elle n'en porte pas un maintenant. Ruth et son oiseau traversèrent la route et entrèrent dans le parc. Ruth ouvrit alors un petit sac en papier et lança des morceaux de pain pour Rose, qui alla de l'un à l'autre en se dandinant et en battant des ailes. On entendait cancaner dans le ciel, et les cris se rapprochaient. Gamache et Myrna se tournèrent du côté d'où ils venaient. Ruth, cependant, garda les yeux fixés sur Rose. Des canards volant en V passaient au-dessus du village, se dirigeant vers le sud pour l'hiver.

Soudain, en poussant un cri qui paraissait presque humain, Rose s'envola dans les airs. Elle décrivit des cercles et, pendant un instant, tout le monde pensa qu'elle allait revenir. Ruth leva la main, pour lui offrir les miettes de pain dans sa paume. Ou lui faire un signe. D'adieu.

Puis Rose disparut.

— Oh mon Dieu ! dit Myrna dans un souffle.

Dos à Gamache et Myrna, Ruth regardait fixement le ciel, sa main toujours levée. Les miettes de pain tombèrent dans l'herbe.

Myrna sortit de sa poche le papier froissé et le donna à Gamache.

Elle s'éleva dans les airs et la terre éconduite soupira.
Elle s'éleva au-delà des poteaux téléphoniques et des toits
des maisons où se cachait le terre à terre.
Elle s'éleva plus gracieusement que les moineaux qui tournoyaient
autour d'elle tel un cyclone en liesse.
Elle s'éleva, au-delà des satellites, et tous les cellulaires sur terre
sonnèrent en même temps.

— Rose, murmura Myrna. Ruth.

Gamache regarda la vieille poète. Il savait ce qui se cachait, menaçant, derrière la Montagne. Ce qui écrasait tout sur son passage. Ce que l'Ermite craignait plus que tout. Ce que la Montagne craignait plus que tout.

La conscience.

Gamache se rappela le moment où il avait ouvert le sac en grosse toile, quand sa main avait glissé sur le bois lisse à l'intérieur. Il s'agissait d'une sculpture. D'un jeune homme assis dans un fauteuil et qui écoutait. Olivier.

En la retournant, il avait vu trois lettres gravées dans le bois. GYY. Il venait tout juste de les décoder, lorsqu'il était dans la cabane tout à l'heure.

Woo.

Cette sculpture cachée dans le tissu rugueux était encore plus magnifique que les autres aux détails plus finement travaillés. Elle était la simplicité même. Le message était d'une élégante sobriété, mais horrible, aussi. La sculpture était belle, et pourtant le jeune homme paraissait totalement vide. Toutes ses imperfections avaient été effacées. Le bois était dur et lisse, si bien que l'univers glissait par-dessus en l'effleurant à peine. Il n'y aurait aucun contact, donc aucune émotion.

C'était le roi de la montagne, représenté sous les traits d'un homme. Hors d'atteinte. Gamache avait eu envie de jeter cette sculpture loin dans les bois, pour qu'elle repose là où l'Ermite s'était réfugié, se cachant d'un monstre qu'il avait lui-même créé.

Mais il était impossible de se cacher de sa conscience.

Pas dans de nouvelles maisons et de nouvelles autos. Pas dans les voyages. Ni dans la méditation ou l'activité frénétique. Pas dans les enfants ni dans les bonnes œuvres. Ni sur la pointe des pieds ni à genoux. Pas dans une brillante carrière. Ni dans une petite cabane.

Quoi qu'on fasse, notre conscience nous trouve. Le passé refait toujours surface.

Voilà pourquoi, savait Gamache, il était essentiel d'être conscient des actions accomplies dans le présent. Car le présent devenait le passé, et le passé grossissait, et vous suivait.

Et vous trouvait. Comme il avait trouvé l'Ermite. Et Olivier. Gamache avait regardé longuement le trésor sans vie, dur et froid, dans sa main.

Qui n'aurait pas peur de ça?

Ruth traversa le parc en boitillant et s'assit sur le banc. D'une main veinée, elle resserra son manteau bleu autour du cou tandis que Gabri, prenant son autre main dans la sienne, la caressa doucement et murmura:

– Allez, allez. Tout ira bien.

Elle s'éleva, mais se souvint d'agiter poliment la main en signe d'adieu...